un livre

Ces quatre titres ont été publiés pour la première fois séparément dans la collection Folio Junior.

Roald Dahl

Illustré par Quentin Blake

GALLIMARD JEUNESSE

Charlie et la chocolaterie

Pour Théo

Les cinq enfants du livre sont :

AUGUSTUS GLOOP
Un petit garçon très gourmand

VERUCA SALT
Une petite fille gâtée par ses parents

VIOLETTE BEAUREGARD
Une petite fille qui passe ses journées
à mâcher du chewing-gum

MIKE TEAVEE
Un petit garçon qui ne fait
que regarder la télévision

et
CHARLIE BUCKET
Notre héros

1
voici Charlie

Ce vieux monsieur et cette vieille dame
sont les parents de Mr. Bucket.
Ils s'appellent grand-papa Joe
et grand-maman Joséphine.

Et voici deux autres vieux. Le père et la mère de Mrs. Bucket.
Ils s'appellent grand-papa Georges
et grand-maman Georgina.

Voici Mr. Bucket. Voici Mrs. Bucket.
Mr. et Mrs. Bucket ont un petit garçon
qui s'appelle Charlie Bucket.

Voici Charlie.
Bonjour, Charlie ! Bonjour,
bonjour et re-bonjour.

Il est heureux de faire votre connaissance.

Toute cette gentille famille – les six grandes personnes (comptez-les !) et le petit Charlie Bucket – vivait réunie dans une petite maison de bois, en bordure d'une grande ville.

La maison était beaucoup trop petite pour abriter tant de monde et la vie y était tout sauf confortable. Deux pièces seulement et un seul lit. Ce lit était occupé par les quatre grands-parents, si vieux, si fatigués. Si fatigués qu'ils n'en sortaient jamais.

D'un côté, grand-papa Joe et grand-maman Joséphine. De l'autre, grand-papa Georges et grand-maman Georgina.

Quant à Charlie Bucket et à ses parents, Mr. et Mrs. Bucket, ils dormaient dans l'autre pièce, par terre, sur des matelas.

En été, ce n'était pas bien grave. Mais en hiver, des courants d'air glacés balayaient le sol toute la nuit. Et cela, c'était effrayant.

Pas question d'acheter une maison plus confortable, ni même un autre lit. Ils étaient bien trop pauvres pour cela.

Mr. Bucket était le seul, dans cette famille, à avoir un emploi. Il travaillait dans une fabrique de pâte dentifrice.

Assis sur un banc, il passait ses journées à visser les petits capuchons sur les tubes de dentifrice. Mais un visseur de capuchons sur tubes de dentifrice est toujours très mal payé, et le pauvre Mr. Bucket avait beau travailler très dur et visser ses capuchons à toute vitesse, il ne parvenait jamais à gagner assez pour acheter seulement la moitié de ce qui aurait été indispensable à une si nombreuse famille. Pas même assez pour nourrir convenablement tout ce petit monde. Rien que du pain et de la margarine pour le petit déjeuner, des pommes de terre bouillies

et des choux pour le déjeuner, et de la soupe aux choux pour le repas du soir. Le dimanche, ils mangeaient un peu mieux. C'est pourquoi ils attendaient toujours le dimanche avec impatience. Car ce jour, bien que le menu fût exactement le même, chacun avait droit à une seconde portion.

Bien sûr, les Bucket ne mouraient pas de faim, mais tous – les deux vieux grands-pères, les deux vieilles grands-mères, le père de Charlie, la mère de Charlie, et surtout le petit Charlie lui-même – allaient et venaient du matin au soir avec un sentiment de creux terrible dans la région de l'estomac.

Et c'est Charlie qui le ressentait plus fort que tous les autres. Ses parents avaient beau se priver souvent de déjeuner ou de dîner pour lui abandonner leur part, c'était toujours insuffisant pour un petit garçon en pleine croissance. Il réclamait désespérément quelque chose de plus nourrissant, de plus réjouissant que des choux et de la soupe aux choux. Mais ce qu'il désirait par-dessus tout, c'était… du CHOCOLAT.

En allant à l'école, le matin, Charlie pouvait voir les grandes tablettes de chocolat empilées dans les vitrines. Alors il s'arrêtait, les yeux écarquillés, le nez collé à la vitre, l'eau à la bouche. Plusieurs fois par jour, il voyait les autres enfants tirer de leurs poches des bâtons de chocolat pour les croquer goulûment. Ce qui, naturellement, était pour lui une véritable torture.

Une fois par an seulement, le jour de son anniversaire, Charlie Bucket avait droit à un peu de chocolat. Toute la famille faisait des économies en prévision de cette fête exceptionnelle et, le grand jour arrivé, Charlie se voyait offrir une petite tablette de chocolat, pour lui tout seul. Et chaque fois, en ce merveilleux matin d'anniversaire, il plaçait la tablette avec soin dans une petite caisse de bois pour la conserver précieusement comme un lingot d'or massif ; puis, pendant quelques jours, il se contentait de la regarder sans même oser y toucher. Enfin, quand il n'en pouvait plus, il retirait un tout petit bout de papier, dans le coin, découvrant un tout petit bout de chocolat, et puis il prenait ce petit bout, juste de quoi grignoter, pour le laisser fondre doucement sur sa langue. Le lendemain, il croquait un autre petit bout, et ainsi de suite, et ainsi de suite. C'est comme ça que Charlie faisait durer plus d'un mois le précieux cadeau d'anniversaire qu'était cette petite tablette de chocolat à deux sous.

Mais je ne vous ai pas encore dit ce qui torturait plus que toute autre chose l'amateur de chocolat qu'était le petit Charlie. Et cette torture-là était bien pire que la vue des tablettes de chocolat dans les vitrines ou le spectacle des enfants qui croquaient leurs confiseries sous son nez. Vous n'imaginerez pas de plus monstrueux supplice : dans la ville même, bien visible depuis la maison où habitait Charlie, se trouvait une ÉNORME CHOCOLATERIE !

Imaginez un peu !

Et ce n'était même pas une chocolaterie ordinaire. C'était la plus importante et la plus célèbre du monde entier ! C'était la CHOCOLATERIE WONKA, propriété d'un dénommé Mr. Willy Wonka, le plus grand inventeur et fabricant de chocolat de tous les temps. Et quel endroit merveilleux, fantastique ! De grandes portes de fer, un haut mur circulaire, des cheminées crachant des paquets de fumée, d'étranges sifflements venant du fond du bâtiment. Et dehors, tout autour, dans un secteur de près d'un kilomètre, l'air embaumait d'un riche et capiteux parfum de chocolat fondant !

Deux fois par jour, sur le chemin de l'école, puis au retour, le petit Charlie Bucket passait devant les portes de la chocolaterie. Et, chaque fois, il se mettait à marcher très très lentement, le nez en l'air, pour mieux respirer cette délicieuse odeur de chocolat qui flottait autour de lui.

Oh ! comme il aimait cette odeur !

Et comme il rêvait de faire un tour à l'intérieur de la chocolaterie, pour voir à quoi elle ressemblait !

grignoter knabbern, naschen
Es beschreibt das Essen von kleinen Bissen, oft langsam und ohne großen Appetit, wie wenn man an Snacks oder kleinen Häppchen isst. (Chat GPT)

à deux sous = sehr billig oder von geringem Wert
un Roman / un conseil
un Film à deux sous
= ein Film von niedriger Qualität oder geringem Budget

sous = eine alte Währungseinheit

2
La chocolaterie de Mr. Willy Wonka

Le soir, après avoir mangé sa soupe aux choux noyée d'eau, Charlie allait toujours dans la chambre de ses quatre grands-parents pour écouter leurs histoires, et pour leur souhaiter bonne nuit.

Chacun d'eux avait plus de quatre-vingt-dix ans. Ils étaient fripés comme des pruneaux secs, ossus comme des squelettes et, toute la journée, jusqu'à l'apparition de Charlie, ils se pelotonnaient dans leur lit, deux de chaque côté, coiffés de bonnets de nuit qui leur tenaient chaud, passant le temps à ne rien faire. Mais dès qu'ils entendaient la porte s'ouvrir, puis la voix du petit Charlie qui disait : « Bonsoir, grand-papa Joe et grand-maman Joséphine, bonsoir, grand-papa Georges et grand-maman Georgina », tous les quatre se dressaient dans leur lit, leurs vieilles figures ridées lui souriaient, illuminées de plaisir – et ils commençaient à lui raconter des histoires. Car ils aimaient beaucoup le petit garçon. Il était leur seule joie et, toute la journée, ils attendaient impatiemment l'heure de sa visite. Souvent, ses parents l'accompagnaient et, debout dans l'encadrement de la porte, ils écoutaient les histoires des grands-parents ; ainsi, chaque soir, pendant une demi-heure environ, la chambre devenait un endroit joyeux et toute la famille oubliait la faim et la misère.

Un soir, en venant voir ses grands-parents, Charlie leur dit : « Est-il bien vrai que la chocolaterie Wonka est la plus grande du monde ?

– Si c'est vrai ? s'écrièrent-ils en chœur. Bien sûr que c'est vrai ! Bonté divine, tu ne le savais donc pas ? Elle est à peu près cinquante fois plus grande que toutes les autres !

– Et Mr. Willy Wonka est-il vraiment le plus habile de tous les fabricants de chocolat ?

– Mon garçon, dit grand-papa Joe en se soulevant sur son oreiller, Mr. Willy Wonka est le chocolatier le plus *fascinant*, le plus *fantastique*, le plus *extraordinaire* qu'on ait jamais vu ! Je croyais que tout le *monde* savait cela !

– Je savais qu'il était célèbre, grand-papa Joe, et je savais aussi qu'il était très habile...

– *Habile* ! s'écria le vieil homme. Il est beaucoup plus que ça ! C'est un *magicien* du chocolat ! Il sait tout faire – tout ce qu'il veut ! Pas vrai, mes amis ? »

Les trois autres vieux se mirent à hocher doucement la tête, et ils dirent : « C'est *absolument* vrai. Rien n'est plus vrai. »

Et grand-papa Joe s'étonna : « Tu veux dire que je ne t'ai jamais parlé de Mr. Willy Wonka et de sa chocolaterie ?

– Jamais, répondit le petit Charlie.

– Bonté divine ! Où avais-je la tête ?

– Veux-tu m'en parler maintenant, grand-papa Joe, s'il te plaît ?

– Certainement. Viens t'asseoir près de moi sur le lit, mon petit, et écoute-moi bien. »

Grand-papa Joe était le plus vieux des quatre grands-parents. Il avait quatre-vingt-seize ans et demi, et il est très difficile d'être plus vieux que lui. Comme toutes les personnes extrêmement âgées, il était fragile et de santé délicate. Dans la journée, il parlait à peine. Mais le soir, en présence de Charlie, son petit-fils bien-aimé, il semblait rajeunir comme par miracle. Toute fatigue le quittait et il devenait vif et remuant comme un jeune garçon.

« Oh ! quel homme, ce Mr. Willy Wonka ! s'écria grand-papa Joe. Est-ce que tu savais, par exemple, qu'il a inventé à lui seul plus de deux cents nouvelles variétés de chocolat, chacun fourré de façon différente, plus sucrés, plus onctueux, plus délicieux les uns que les autres ? Aucun autre chocolatier ne peut en faire autant !

– C'est la vérité ! cria grand-maman Joséphine. Et il les expédie aux quatre coins de la terre ! N'est-ce pas, grand-papa Joe ?

– C'est vrai, ma chère, c'est vrai. Il en envoie à tous les rois et à tous les présidents du monde entier. Mais il ne fait pas seulement des tablettes de chocolat. Oh ! mon Dieu, il fait mieux ! Il a plus d'un tour dans son sac, cet étonnant Mr. Willy Wonka ! Sais-tu qu'il a inventé un procédé permettant à la glace au chocolat de rester froide pendant des heures et des heures sans qu'on ait besoin de la mettre au frigo ? On peut même l'exposer au soleil, toute la matinée, un jour de grande chaleur, et elle ne fondra pas !

– Mais c'est *impossible* ! dit le petit Charlie en ouvrant des yeux tout ronds sur son grand-père.

– Bien sûr que c'est impossible ! s'écria grand-papa Joe. C'est même tout à fait *absurde* ! Mais Mr. Willy Wonka le peut !

– C'est juste ! approuvèrent les autres en hochant la tête. Mr. Wonka le peut.

– Et puis, reprit grand-papa Joe en parlant très lentement pour que Charlie ne perde pas un mot de ce qu'il disait, Mr. Willy Wonka sait faire des pâtes de guimauve parfumées à la violette, et des caramels mous qui changent de couleur toutes les dix secondes quand on les suce, et des bonbons feuilletés qui fondent délicieusement dès qu'on les prend entre ses lèvres. Il fabrique du chewing-gum qui ne perd jamais son goût, et des ballons en pâte de fruits qui deviennent énormes quand on souffle dedans, puis on les pique avec une épingle et on les avale. Et puis, il a une méthode secrète pour faire de beaux œufs d'oiseaux bleus, tachetés de noir, et si on en prend un dans la bouche, il devient de plus en plus petit jusqu'à ce que, soudain, il ne vous en reste qu'un minuscule bébé oiseau tout rosé, en sucre, perché au bout de la langue. »

Grand-papa Joe se tut un instant pour se passer lentement le bout de la langue sur les lèvres. « Rien que d'y penser, j'en ai l'eau à la bouche, dit-il.

– Moi aussi, dit le petit Charlie. Mais continue, s'il te plaît ! »

Tandis qu'ils parlaient, Mr. et Mrs. Bucket, les parents de Charlie, étaient entrés sur la pointe des pieds. Tous deux se tenaient près de la porte et écoutaient.

« Raconte à Charlie l'histoire de ce prince indien fou, dit grand-maman Joséphine. Il l'aimera bien.

– Tu veux parler du prince Pondichéry ? dit grand-papa Joe, puis il éclata de rire.

– *Complètement* toqué ! dit grand-papa Georges.

– Mais *très* riche, dit grand-maman Georgina.

– Qu'est-ce qu'il a fait ? demanda vivement Charlie.

– Tu le sauras, dit grand-papa Joe, écoute-moi bien. »

3
Mr. Wonka et le prince indien

« Le prince Pondichéry avait écrit à Mr. Willy Wonka, dit grand-papa Joe, pour lui demander de venir d'urgence en Inde, afin de lui bâtir un immense palais, tout en chocolat.

– Et Mr. Wonka l'a-t-il bâti, grand-papa ?

– Il l'a bâti. Et quel palais ! Il comptait une centaine de chambres, et *tout* y était en chocolat, tantôt clair, tantôt sombre ! Les briques étaient en chocolat, le ciment qui les faisait tenir était en chocolat, les fenêtres étaient en chocolat, tous les murs et tous les plafonds étaient faits de chocolat, ainsi que les tapis, les tableaux, les meubles et les lits ; et quand on ouvrait les robinets de la salle de bains, il en coulait du chocolat chaud.

« Lorsque tout fut terminé, Mr. Wonka dit au prince Pondichéry : “ Je vous préviens, tout cela risque de ne pas durer très longtemps, vous feriez donc mieux de le manger sans trop attendre.

– Insensé ! hurla le prince. Je ne mangerai pas mon palais ! Je ne grignoterai même pas l'escalier, je ne lécherai même pas les murs ! Je m'y installerai ! ”

« Mais, naturellement, Mr. Wonka avait raison, car peu après, il y eut un jour de très grande chaleur. Le soleil cuisait fort et tout le palais se mit à fondre, puis à s'écrouler en douceur, et ce fou de prince qui somnolait dans sa salle de séjour se réveilla, flottant au milieu d'un grand lac brun et onctueux, un lac de chocolat. »

Assis bien tranquille sur le bord du lit, le petit Charlie avait les yeux fixés sur son grand-père. Son visage était tout illuminé, et ses yeux si grands ouverts qu'on pouvait en voir le blanc, tout autour. « Est-ce que c'est bien vrai, tout ça ? demanda-t-il. Ne me fais-tu pas marcher ?

– C'est la vérité ! s'écrièrent les quatre vieux en chœur. Bien sûr que c'est la vérité ! Demande à qui tu voudras !

– Et ce n'est pas tout », dit grand-papa Joe. Il se pencha plus près de Charlie et baissa la voix pour chuchoter confidentiellement : « *Personne... n'en... sort... jamais !*

– Mais d'où ? demanda Charlie.

– *Et... personne... n'y... entre... jamais !*

– Où ça ? cria Charlie.

– Je parle de la chocolaterie Wonka, voyons !

– Que veux-tu dire, grand-papa ?

– Je parle des *ouvriers*, Charlie.

– Des ouvriers ?

– Toutes les usines, dit grand-papa Joe, ont des ouvriers qui arrivent en foule le matin et qui repartent le soir – toutes les usines, sauf la chocolaterie Wonka ! As-tu jamais vu une seule personne y entrer – ou en sortir ? »

Le petit Charlie interrogea lentement du regard les quatre vieux visages, l'un après l'autre, et ils répondirent à son regard, graves et souriants à la fois. Personne n'avait l'air de plaisanter ou de se moquer de lui.

« Eh bien ? En as-tu vu ? demanda grand-papa Joe.

– Je... je ne sais pas, grand-papa, balbutia Charlie. Quand je passe devant l'usine, les portes ont toujours l'air d'être fermées.

– Exactement ! dit grand-papa Joe.

– Mais il doit bien y avoir des gens qui y travaillent…

– Pas des *gens*, Charlie. Pas des *gens ordinaires*, en tout cas.

– Alors, qui ? cria Charlie.

– Ha ha… Nous y voilà… C'est là une autre astuce de Mr. Willy Wonka.

– Mon petit Charlie, appela Mrs. Bucket depuis la porte, il est temps d'aller te coucher. Ça suffit pour ce soir.

– Mais, maman, je *veux* savoir…

– Demain, mon chéri…

– C'est ça, dit grand-papa Joe. Tu connaîtras la suite demain soir. »

4
Les ouvriers mystérieux

Le lendemain, grand-papa Joe raconta la suite de son histoire.

« Vois-tu, Charlie, dit-il, il n'y a pas si longtemps, la chocolaterie de Mr. Willy Wonka comptait des milliers d'ouvriers. Puis un jour, soudain, Mr. Wonka dut tous les prier de rentrer chez eux, de ne jamais revenir.

– Mais pourquoi ? demanda Charlie.

– A cause des espions.

– Des espions ?

– Oui. Car tous les autres chocolatiers s'étaient mis à jalouser les merveilleuses confiseries que fabriquait Mr. Wonka, et à lui envoyer des espions pour lui voler ses recettes. Les espions se firent embaucher par la chocolaterie Wonka en se faisant passer pour de simples ouvriers, et cela leur permit, pendant qu'ils y étaient, d'étudier de quoi étaient faites certaines de ses spécialités.

– Et puis ils retournaient à leurs propres usines pour tout raconter ? demanda Charlie.

– Je suppose, répondit grand-papa Joe, puisque, peu après, la chocolaterie Fickelgruber s'était mise à fabriquer une crème glacée qui ne fondait jamais, même par la plus grande chaleur. Puis la chocolaterie Prodnose sortit un chewing-gum qui ne perdait jamais sa saveur, même après des heures de mastication. Et puis la chocolaterie Slugworth s'est mise à fabriquer des ballons de confiserie que l'on gonflait et crevait avant de les consommer. Et ainsi de suite, et ainsi de suite. Et Mr. Willy Wonka tira sur sa barbe et hurla : « C'est épouvantable ! Je vais être ruiné ! Des espions partout ! Je serai obligé de fermer mon usine ! »

– Mais il ne l'a pas fermée ! dit Charlie.

– Mais si, il l'a fermée. Après avoir dit à tous ses ouvriers qu'il était navré, mais qu'ils devaient rentrer chez eux, il a fermé la porte cochère et l'a attachée avec une chaîne. Et soudain, la gigantesque chocolaterie Wonka est devenue silencieuse et déserte. Les cheminées ont cessé de fumer, les machines de ronronner et, à partir de ce fameux jour, on n'y fabriquait plus un bonbon, plus une bouchée de chocolat. Plus personne n'entrait ni ne sortait. Pas un chat. Quant à Mr. Willy Wonka, il disparut complètement.

« Des mois et des mois passèrent, poursuivit grand-papa Joe, mais la chocolaterie était toujours fermée. Et tout le monde disait : "Pauvre Mr. Wonka. Il était si gentil. Et il faisait de si merveilleuses sucreries. Le voilà ruiné. Tout est fini !"

« Puis il arriva quelque chose d'étonnant. Un jour, de bon matin, on vit cinq panaches de fumée blanche sortir des grandes cheminées de la chocolaterie ! Les passants s'arrêtaient en écarquillant les yeux ! "Que se passe-t-il ! s'écrièrent les gens. Quelqu'un a allumé les fourneaux ! Mr. Wonka a dû rouvrir son usine !" Ils coururent aux portes, s'attendant à les trouver grandes ouvertes, et à y voir Mr. Wonka en train de souhaiter la bienvenue à ses anciens ouvriers.

« Mais non ! Les grandes portes de fer étaient cadenassées plus hermétiquement que jamais et Mr. Wonka, lui, demeurait invisible.

“Mais la chocolaterie fonctionne ! criaient les gens. Écoutez les machines ! Elles bourdonnent de nouveau ! Et on sent partout cette odeur de chocolat fondu !” »

Grand-papa Joe se pencha en avant et posa un long doigt décharné sur le genou de Charlie. Puis il dit à voix basse : « Mais ce qu'il y avait de plus mystérieux, Charlie, c'étaient les ombres qu'on apercevait par les fenêtres de l'usine. Car les gens passant dans la rue pouvaient voir de petites ombres noires qui se déplaçaient derrière les vitres dépolies.

– Les ombres de qui ? demanda vivement Charlie.

– C'est exactement ce que tout le monde voulait savoir. “L'usine est pleine d'ouvriers ! criaient les gens. Pourtant, personne n'est entré ! Les portes sont verrouillées ! C'est insensé ! Et personne ne sort jamais !” « Mais ce qui ne faisait plus de doute, dit grand-papa Joe, c'est que la chocolaterie fonctionnait. Et pendant les dix dernières années, elle ne devait plus s'arrêter. Et, qui plus est, ses chocolats et ses bonbons étaient encore plus fantastiques, encore plus délicieux qu'avant. Et, naturellement, quand Mr. Wonka invente maintenant une nouvelle et merveilleuse variété de confiserie, ni Mr. Fickelgruber, ni Mr. Prodnose, ni Mr. Slugworth, ni qui que ce soit n'arrive à le copier.

Leurs espions ne peuvent plus pénétrer dans l'usine pour s'emparer de la recette.

– Mais *qui*, grand-papa, s'écria Charlie, *qui* est-ce qui travaille maintenant pour Mr. Wonka ?

– On n'en sait rien, Charlie.

– Mais c'est *absurde* ! Personne n'a donc essayé de le demander à Mr. Wonka ?

– Plus personne ne le voit. Il ne sort jamais. Seuls les chocolats et les bonbons sortent de cette usine. Ils en sortent par une trappe spéciale, emballés et étiquetés, et des camions postaux viennent les chercher tous les jours.

– Mais, grand-papa, qui sont ces gens qui travaillent là-dedans ?

– Mon garçon, dit grand-papa Joe, c'est là un des grands mystères du monde chocolatier. Quant à nous autres, nous n'en savons qu'une chose. Ils sont très petits. Les vagues silhouettes qui apparaissent quelquefois derrière les vitres, surtout la nuit quand les lampes sont allumées, ce sont des silhouettes de personnages très petits, pas plus gros qu'un poing…

– Des gens comme ça, ça n'existe pas », dit Charlie.

A cet instant, Mr. Bucket, le père de Charlie, entra dans la pièce. Il rentrait de sa fabrique de dentifrice en brandissant, l'air plutôt excité, le journal du soir. « Connaissez-vous la dernière nouvelle ? » cria-t-il. Il déploya le journal, et ils virent le gros titre. Ce titre disait :

LA CHOCOLATERIE WONKA

OUVRIRA SES PORTES

A QUELQUES ÉLUS

5
Les tickets d'or

« Tu veux dire que le public aura accès à la chocolaterie ? cria grand-papa Joe. Lis-nous cet article… vite !

– Bien, dit Mr. Bucket en passant la main sur le journal. Écoutez. »

JOURNAL DU SOIR

MR. WILLY WONKA,
LE CONFISEUR DE GÉNIE QUE PERSONNE
N'A VU PENDANT LES DIX DERNIÈRES ANNÉES,
FAIT CONNAÎTRE L'AVIS SUIVANT :

Je, soussigné Willy Wonka, ai décidé de permettre à cinq enfants – cinq et pas plus, retenez-le bien – de visiter ma chocolaterie cette année. Ces cinq élus feront le tour de l'établissement, pilotés par moi-même, et seront initiés à tous ses secrets, à toute sa magie. Puis, en fin de tournée, tous auront droit à un cadeau spécial : il leur sera fait don d'une quantité de chocolats et de bonbons qui devra suffire jusqu'à la fin de leurs jours ! Enfants, cherchez bien vos tickets d'or ! Cinq tickets d'or ont été imprimés sur papier doré, et ces cinq tickets d'or sont cachés dans le papier d'emballage ordinaire de cinq tablettes ordinaires de chocolat. Ces cinq tablettes seront en vente n'importe où – dans n'importe quelle boutique de n'importe quelle rue, dans n'importe quelle ville de n'importe quel pays du monde – partout où sont vendues les confiseries Wonka. Et les cinq heureux gagnants de ces cinq tickets d'or seront les seuls à pouvoir visiter ma chocolaterie, eux seuls verront comment elle se présente maintenant à l'intérieur !

Bonne chance à tous et bon courage !

Willy Wonka.

« Il est fou ! grommela grand-maman Joséphine.

– C'est un génie ! s'écria grand-papa Joe. C'est un magicien ! Pensez à ce qui va arriver maintenant ! Le monde entier fera la chasse aux tickets d'or ! Tout le monde achètera les tablettes de chocolat Wonka, dans l'espoir d'en trouver un ! Il en vendra plus que jamais ! Oh ! Comme ce serait passionnant de trouver un ticket d'or !

– Et tous ces chocolats, tous ces bonbons qu'on pourrait manger pour le reste de nos jours – gratuitement ! dit grand-papa Georges. Imaginez un peu !

– Il devra les livrer à domicile, en camion ! dit grand-maman Georgina.

– Rien que d'y penser, j'ai mal au cœur, dit grand-maman Joséphine.

– Sottises ! cria grand-papa Joe. Qu'est-ce que tu dirais, Charlie, si tu trouvais un ticket d'or dans une tablette de chocolat ? Un ticket d'or tout brillant ?

– Ce serait épatant, grand-papa. Mais c'est sans espoir, dit tristement Charlie. On ne m'en offre qu'une par an.

– Sait-on jamais, mon chéri, dit grand-maman Georgina. La semaine prochaine, c'est ton anniversaire. Tu as autant de chances que les autres.

– J'ai bien peur que ce ne soit pas vrai, dit grand-papa Georges. Les gosses qui trouveront les tickets d'or seront de ceux qui peuvent s'offrir des tablettes de chocolat tous les jours. Notre Charlie n'en a qu'une par an. C'est sans espoir. »

6
Les deux premiers gagnants

Pas plus tard que le lendemain, le premier ticket d'or fut trouvé. Trouvé par un petit garçon nommé Augustus Gloop. Le journal du soir de Mr. Bucket publiait une importante photo de lui en première page. Cette photo représentait un garçon de neuf ans, si gros et si gras qu'il avait l'air gonflé par une pompe extrapuissante. Tout flasque et tout en bourrelets de graisse. Avec une figure comme une monstrueuse boule de pâte, et des yeux perçants comme des raisins secs, scrutant le monde avec malveillance. La ville où habitait Augustus Gloop, disait le journal, fêtait son héros, folle de joie et d'émotion. Des drapeaux flottaient à toutes les fenêtres, les enfants n'allaient pas en classe, et une parade allait être organisée en l'honneur du glorieux jeune homme.

« Je savais bien qu'Augustus trouverait un ticket d'or, avait confié sa mère aux journalistes. Il mange tant de tablettes de chocolat par jour qu'il aurait été presque impossible qu'il n'en trouve pas. Manger, c'est son dada, que voulez-vous ? C'est tout ce qui l'intéresse. Après tout, ça vaut mieux que d'être un voyou et de passer son temps à tirer des coups de pistolet, n'est-ce pas ?

Tout ce que je peux vous dire, c'est qu'il ne mangerait certainement pas autant si son organisme ne le réclamait pas, qu'en pensez-vous ? Il lui faut des vitamines, à ce petit. Comme ce sera émouvant pour lui de visiter la merveilleuse chocolaterie Wonka ! Nous sommes très fiers de lui ! »

« Quelle femme révoltante, dit grand-maman Joséphine.

– Et quel petit garçon répugnant, dit grand-maman Georgina.

– Plus que quatre tickets d'or, dit grand-papa Georges. Je me demande qui les trouvera. »

A présent, dans tout le pays, que dis-je, dans le monde entier, c'était la ruée vers les tablettes de chocolat. Tout le monde cherchait avec frénésie les précieux tickets qui restaient à trouver. On voyait des femmes adultes entrer dans des boutiques de confise-

rie pour acheter dix tablettes de chocolat Wonka à la fois. Puis elles déchiraient le papier comme des folles et l'examinaient, avides d'apercevoir un éclair de papier doré. Les enfants cassaient leurs tirelires à coups de marteau puis, les mains pleines de monnaie, ils se précipitaient dans les magasins. Dans une ville, un fameux gangster cambriola une banque afin d'acheter, le jour même, pour cinq mille livres de tablettes de chocolat. Et lorsque la police vint l'arrêter, elle le trouva assis par terre, parmi des montagnes de chocolat, en train de fendre l'emballage avec la lame de son surin. Dans la lointaine Russie, une femme nommée Charlotte Russe prétendit avoir trouvé le second ticket, mais on devait apprendre aussitôt que ce n'était qu'un astucieux trucage. En Angleterre, un illustre savant, le professeur Foulbody, inventa une machine capable de dire, sans déchirer le papier, s'il y avait, oui ou non, un ticket d'or dans une tablette de chocolat. Cette machine avait un bras mécanique qui sortait avec une force infernale pour saisir sur-le-champ tout ce qui contenait le moindre gramme d'or. Pendant un moment, on crut y voir une solution. Mais, par malheur, alors que le professeur présentait sa machine au public, au rayon chocolat d'un grand magasin, le bras mécanique sortit et arracha le plombage d'or de la molaire d'une duchesse qui se trouvait là par hasard. Il y eut une très vilaine scène, et la machine fut mise en pièces par la foule.

Soudain, la veille de l'anniversaire de Charlie, les journaux annoncèrent que le deuxième ticket venait d'être trouvé. L'heureuse gagnante était une petite fille nommée Veruca Salt, qui vivait avec ses parents dans une grande ville lointaine. Une nouvelle fois, le journal de Mr. Bucket publiait une photo en première page. La gagnante y était assise entre ses parents radieux dans la salle de séjour de leur maison, brandissant le ticket au-dessus de sa tête, le visage fendu d'une oreille à l'autre par un large sourire.

Le père de Veruca, Mr. Salt, expliqua avec empressement aux journalistes comment le ticket avait été trouvé. « Voyez-vous, mes amis, quand ma petite fille m'a dit qu'il lui fallait un ticket d'or à tout prix, j'ai couru en ville pour acheter tout le stock de tablettes de chocolat. Des milliers de tablettes, je crois. Des centaines de milliers ! Puis je les ai fait charger sur des camions pour les envoyer directement à ma *propre* usine. Pour ne rien vous cacher, je suis dans les cacahuètes, et j'ai à mon service une centaine d'ouvrières. Elles décortiquent les cacahuètes qui sont ensuite grillées et salées. Toute la journée, elles décortiquent les cacahuètes. Alors je leur ai dit : "Eh bien, les filles, désormais, au lieu de décortiquer des cacahuètes, vous dépouillerez ces petites barres de chocolat de rien du tout !" Et elles se sont mises au travail. Du matin au soir, fidèles au poste, elles retiraient le papier de ces tablettes de chocolat.

« Trois jours ont passé ainsi, mais toujours rien, pas de chance. Oh ! c'était terrible ! Ma petite Veruca se désolait de plus en plus, et chaque fois que je rentrais à la maison, elle me

recevait avec des cris : “Où est mon ticket d’or ? Je veux mon ticket d’or !” Et elle se roulait par terre, en gigotant et en hurlant de façon extrêmement gênante. Eh bien, monsieur, je ne pouvais plus voir souffrir ainsi ma petite fille, c’est pourquoi j’ai juré de poursuivre mes recherches jusqu’au moment où je pourrais lui apporter ce qu’elle désirait. Puis soudain… vers la fin du quatrième jour, une de mes ouvrières s’est écriée : “Tiens ! Un ticket d’or !” Et j’ai dit : “Donnez-le-moi, vite !” Et elle me l’a donné, et je me suis précipité à la maison pour le remettre à ma petite Veruca chérie, et maintenant elle est tout sourires, et la maison a retrouvé son calme. »

« Elle est encore pire que le gros garçon, dit grand-maman Joséphine.

– Elle mérite une bonne fessée, dit grand-maman Georgina.

– Je trouve que le père de la petite fille n’a pas joué franc jeu, qu’en penses-tu, grand-papa ? murmura Charlie.

– Il la gâte trop, dit grand-papa Joe. Et, crois-moi, Charlie, c’est toujours dangereux de trop gâter les enfants.

– Viens dormir, mon chéri, dit la mère de Charlie. Demain c’est ton anniversaire, ne l’oublie pas. Je suppose que tu seras levé de bonne heure pour ouvrir ton cadeau.

– Une tablette de chocolat Wonka ! s’écria Charlie. C’est une tablette Wonka, n’est-ce pas ?

– Oui, mon chéri, dit la mère. Naturellement.

– Oh ! Ne serait-ce pas magnifique si j’y trouvais le troisième ticket d’or ? dit Charlie.

– Apporte-la quand tu l’auras, dit grand-papa Joe. Comme ça, nous assisterons tous au déballage. »

7
L'anniversaire de Charlie

« Bon anniversaire ! » s'écrièrent les quatre vieux grands-parents lorsque, le lendemain, de bonne heure, Charlie entra dans leur chambre.

Il sourit nerveusement et s'assit à leur chevet. Entre ses mains, il tenait avec précaution son cadeau, son seul cadeau. Sur le papier d'emballage, on lisait :

SUPER-DÉLICE FONDANT WONKA
A LA GUIMAUVE

Les quatre vieux, deux à chaque bout du lit, se soulevèrent sur leurs oreillers et regardèrent, les yeux pleins d'anxiété, la tablette dans les mains de Charlie.

Le silence se fit dans la chambre. Tout le monde attendait l'instant où il se mettrait à déballer son cadeau. Charlie, lui, gardait les yeux baissés sur son chocolat. Lentement, il y promenait les doigts, caressant amoureusement le papier brillant qui émettait, dans le silence de la chambre, de petits bruissements secs.

Puis Mrs. Bucket dit doucement : « Ne sois pas trop déçu, mon chéri, si tu ne trouves pas ce que tu cherches dans ce papier. Tu ne peux pas t'attendre à tant de chance.

– Elle a raison », dit Mr. Bucket.

Charlie, lui, ne dit rien.

« Après tout, dit grand-maman Joséphine, il ne reste que trois tickets à trouver dans le monde entier.

– Et n'oublie pas que, quoi qu'il arrive, il te reste toujours ton chocolat, dit grand-maman Georgina.

– Du super-délice fondant Wonka à la guimauve ! s'écria grand-papa Georges. C'est ce qu'il y a de mieux ! Tu te régaleras !

– Oui, souffla Charlie. Je sais.

– Tu n'as qu'à oublier cette histoire de tickets d'or. Vas-y, goûte ta tablette, dit grand-papa Joe. Qu'est-ce que tu attends ? »

Ils savaient tous combien il aurait été ridicule de s'attendre à ce que cette pauvre petite tablette recelât un ticket magique, c'est pourquoi ils s'efforçaient, avec beaucoup de douceur et de gentillesse, de prévenir la déception qui attendait Charlie. Mais ce n'était pas tout. Car les grandes personnes savaient aussi que la chance, fût-elle infime, était là. La chance devait bien y être. Cette tablette-là avait autant de chances que n'importe quelle autre de contenir un ticket d'or.

Et c'est pourquoi tous les grands-parents et parents qui se trouvaient dans la chambre étaient tout aussi émus, tout aussi crispés que Charlie, malgré leurs efforts pour paraître très calmes.

« Vas-y, ouvre-la, tu arriveras en retard à l'école, dit grand-papa Joe.

– Vas-y, jette-toi à l'eau, dit grand-papa Georges.

– Ouvre-la, mon petit, dit grand-maman Georgina. Ouvre-la, veux-tu ? Tu me rends nerveuse. »

Très lentement, les doigts de Charlie se mirent à manipuler un coin de l'emballage.

Les vieux, dans leur lit, se penchèrent en avant en tendant leurs cous décharnés.

Puis, soudain, n'en pouvant plus, Charlie fendit d'un seul coup le papier, au milieu… et il vit tomber sur ses genoux… une petite tablette de chocolat au lait marron clair.

Pas le moindre ticket d'or.

« Eh bien… voilà ! dit joyeusement grand-papa Joe. C'est exactement ce qu'on attendait. »

Charlie leva la tête. Quatre bons vieux visages le regardaient avec attention. Il leur fit un sourire, un petit sourire triste, puis il haussa les épaules, ramassa sa tablette de chocolat, la présenta à sa mère :

« Tiens, maman, prends-en un peu. Nous allons partager. Je veux que tout le monde en mange.

– Pas question ! » dit la mère.

Et tous les autres crièrent : « Non, non ! Jamais de la vie ! Il est à toi seul !

– *S'il vous plaît* », supplia Charlie. Il se retourna et présenta le chocolat à grand-papa Joe. Mais ni lui ni personne n'en voulait.

« Va, mon chéri, dit Mrs. Bucket en entourant de son bras les épaules maigres de Charlie. Va en classe, tu vas être en retard. »

8
Deux autres tickets d'or trouvés

Ce soir-là, le journal de Mr. Bucket annonçait la découverte non seulement du troisième, mais aussi du quatrième ticket d'or. DEUX TICKETS D'OR TROUVÉS AUJOURD'HUI, disaient en énormes caractères les manchettes. IL N'EN RESTE PLUS QU'UN.

« Parfait, dit grand-papa Joe lorsque toute la famille était réunie dans la chambre des vieux, après le dîner, voyons qui les a trouvés. »

« Le troisième ticket, lut Mr. Bucket en approchant le journal de ses yeux parce que sa vue était mauvaise et qu'il n'avait pas les moyens de s'offrir des lunettes, le troisième ticket a été trouvé par une demoiselle Violette Beauregard. L'agitation battait son plein chez les Beauregard lorsque notre envoyé arriva pour interviewer l'heureuse jeune personne – sous les déclics des appareils photo et dans la fumée des flashes, les gens se bousculaient et se poussaient du coude, dans l'espoir d'approcher la glorieuse fillette. Quant à la glorieuse fillette, elle se tenait debout sur une chaise de la salle de séjour, en brandissant éperdument le ticket d'or, comme pour arrêter un taxi. Elle parlait très vite et très fort à tout le monde, mais on

avait du mal à la comprendre car, tout en parlant, elle mâchait du chewing-gum avec férocité.

« D'habitude, je mâche du chewing-gum, hurla-t-elle, mais quand j'ai entendu parler de ces tickets Wonka, j'ai quitté la gomme pour le chocolat, dans l'espoir d'un coup de veine. Maintenant, bien sûr, je reviens à mon cher chewing-gum. Il faut bien que je vous dise que je l'adore. Je ne peux pas vivre sans chewing-gum. J'en mâche à longueur de journée, sauf au moment des repas. Alors je le sors et je le colle derrière mon oreille pour ne pas le perdre... Pour vous dire la stricte vérité, je ne me sentirais pas bien dans ma peau si je ne pouvais pas mâcher toute la journée mon petit bout de chewing-gum, vraiment. Ma mère dit que ça fait mal élevé et que ce n'est pas beau à voir, les mâchoires d'une petite fille qui remuent tout le temps, mais moi, je ne suis pas d'accord. Et de quel droit me critique-t-elle puisque, si vous voulez tout savoir, elle remue les mâchoires presque autant que moi, à force de me gronder toutes les trois minutes.

« – Voyons, Violette, dit Mrs. Beauregard, du haut du piano où elle s'était réfugiée pour n'être pas écrasée par la foule.

« – Bon, bon, maman, ne t'emballe pas ! hurla Miss Beauregard. Et maintenant, poursuivit-elle en se tournant de nouveau vers les journalistes, vous serez peut-être intéressés par le fait que le chewing-gum que je suis en train de mâcher, je le travaille ferme depuis trois mois. C'est un record, puisque je vous le dis. J'ai battu le record que détenait jusque-là ma meilleure amie, Miss Cornelia Prinzmetel. Elle était furieuse. Maintenant, ce morceau de gomme, c'est ce que je possède de plus précieux. La nuit, je le colle à une colonne de mon lit, et le matin, il est tout aussi bon – un peu dur au départ, mais il s'attendrit vite sous mes dents. Avant de m'entraîner pour les championnats du monde, je changeais de chewing-gum tous les jours. J'en changeais dans l'ascenseur, ou dans la rue, en rentrant de l'école. Pourquoi l'ascenseur ? Parce que j'aimais bien coller le morceau que je venais de finir à l'un des boutons qu'on presse pour monter. Comme ça, la personne suivante qui appuyait sur le bouton se collait mon vieux chewing-gum au bout du doigt. Ha ! ha ! C'est fou ce qu'ils faisaient comme boucan, les gens. Les plus drôles étaient les bonnes femmes, avec leurs gants qui coûtent cher. Oh ! oui, ça me plaira drôlement de visiter l'usine de Mr. Wonka. Pourvu qu'il me donne du chewing-gum pour le reste de mes jours ! Youpi ! Hourra ! »

« Quelle sale gosse ! dit grand-maman Joséphine.

– Abominable ! dit grand-maman Georgina. Elle finira mal si elle continue à mastiquer toute la journée, vous allez voir.

– Et qui a trouvé le quatrième ticket, papa ? demanda Charlie.

– Voyons un peu, dit Mr. Bucket en reprenant le journal. Ah ! oui, j'y suis. Le quatrième ticket d'or, lut-il, a été trouvé par un garçon nommé Mike Teavee.

– Encore un mauvais garnement, je parie, grommela grand-maman Joséphine.

– Ne l'interrompez pas, grand-mère, dit Mrs. Bucket.

– La maison des Teavee, poursuivit Mr. Bucket, était bondée, tout comme les autres, de visiteurs fort agités, lors de l'arrivée de notre reporter, mais le jeune Mike Teavee, l'heureux gagnant, semblait extrêmement ennuyé par toute cette affaire. "Espèces d'idiots, ne voyez-vous pas que je suis en train de regarder la télévision ? dit-il d'une voix courroucée, je ne veux pas qu'on me dérange !"

« Le garçon qui est âgé de neuf ans était installé devant un énorme poste de télévision, les yeux collés à l'écran. Il regardait un film où une bande de gangsters tirait à coups de mitraillette sur une autre bande de gangsters. Mike Teavee lui-même n'avait pas moins de dix-huit pistolets d'enfant de toutes les tailles accrochés à des ceinturons tout autour de son corps et, toutes les cinq minutes, il sautait en l'air pour tirer une demi-douzaine de coups avec une de ses nombreuses armes.

"Silence ! hurlait-il chaque fois que quelqu'un tentait de lui poser une question. Ne vous ai-je pas dit de ne pas me déranger ! Ce spectacle est d'une violence ! Il est formidable ! Je le regarde tous les jours. Je les regarde tous, tous les jours, même les plus miteux, où il n'y a pas de bagarre. Je préfère les gangsters. Ils sont formidables, les gangsters ! Surtout quand ils y vont de leurs pruneaux, ou de leurs stylets, ou de leurs coups de poing américains ! Oh ! nom d'une pipe, qu'est-ce que je ne donnerais pas pour être à leur place ! Ça, c'est une vie ! Formidable, quoi !"

– C'est assez ! dit sèchement grand-maman Joséphine. Je suis écœurée !

– Moi aussi, dit grand-maman Georgina. Est-ce que tous les enfants se conduisent comme ça, de nos jours… comme ces moutards dont parle le journal ?

– Bien sûr que non, dit Mr. Bucket en souriant à la vieille dame. Il y en a, cela est vrai. Il y en a même beaucoup. Mais pas *tous.*

– Et voilà qu'il ne reste *plus qu'un ticket* ! dit grand-papa Georges.

– En effet, dit grand-mère Georgina en reniflant. Et, aussi sûr que je mangerai de la soupe aux choux demain soir, ce ticket ira encore à une vilaine petite brute qui ne le mérite pas ! »

9
Grand-papa Joe tente sa chance

Le lendemain, lorsque Charlie revint de l'école et entra dans la chambre de ses grands-parents, il ne trouva que grand-papa Joe réveillé. Les trois autres ronflaient bruyamment.

« Chut ! » dit tout bas grand-papa Joe, et il lui fit signe de venir plus près. Charlie traversa la pièce sur la pointe des pieds et s'arrêta près du lit. Le vieil homme lui fit un sourire malicieux puis, d'une main, il se mit à farfouiller sous l'oreiller ; et lorsque la main reparut, elle tenait entre les doigts une vieille bourse de cuir. Tout en la cachant sous le drap, le vieil homme ouvrit la bourse et la retourna. Il en tomba une pièce d'argent. « C'est mon magot, chuchota-t-il. Les autres n'en savent rien. Et maintenant, toi et moi, nous allons essayer une nouvelle fois de trouver le dernier ticket. Qu'en penses-tu ? Mais il faudra que tu m'aides.

– Es-tu sûr d'avoir envie d'y laisser tes économies, grand-papa ? chuchota Charlie.

– Tout à fait sûr ! lança le vieillard avec passion. Pas la peine de discuter ! J'ai une envie folle de trouver ce ticket, comme toi, exactement ! Tiens, prends cet argent, cours à la première boutique et achète la première tablette de chocolat Wonka que tu vois, puis reviens et nous l'ouvrirons ensemble. »

Charlie prit la petite pièce d'argent et quitta rapidement la chambre. Au bout de cinq minutes, il était de retour.

« Ça y est ? » chuchota grand-papa Joe, les yeux brillants d'excitation.

Charlie acquiesça et lui montra le chocolat. SURPRISE CROUSTILLANTE WONKA AUX NOISETTES, disait l'emballage.

« Bien ! » dit le vieillard. Il se souleva dans son lit et se frotta les mains. « Maintenant, viens t'asseoir près de moi et nous allons l'ouvrir ensemble. Es-tu prêt ?

– Oui, dit Charlie. Je suis prêt.

– Bon. Commence à le défaire.

– Non, dit Charlie, c'est toi qui l'as payé. C'est à toi de l'ouvrir. »

Les doigts du vieil homme tremblaient épouvantablement tandis qu'il maniait avec maladresse la tablette de chocolat. « C'est sans espoir, vraiment, chuchota-t-il avec un petit rire nerveux. Tu sais que c'est sans espoir, n'est-ce pas ?

– Oui, dit Charlie. Je le sais. »

Ils échangèrent un regard. Puis tous deux se mirent à rire nerveusement.

« Remarque, dit grand-papa Joe, il y a quand même une toute petite chance que ce soit le bon, tu es bien d'accord ?

– Oui, dit Charlie. Bien sûr. Pourquoi ne l'ouvres-tu pas, grand-papa ?

– Chaque chose en son temps, mon garçon, chaque chose en son temps. Par quel bout dois-je commencer ? Qu'en penses-tu ?

– Celui-là. Celui qui est plus près de toi. Ne déchire qu'un tout petit bout. Comme ça on ne verra encore rien.

– Comme ça ? dit le vieillard.

– Oui. Maintenant, un tout petit peu plus.

– Finis, dit grand-papa Joe. Je suis trop énervé.

– Non, grand-papa. C'est à toi de finir.

– Très bien. J'y vais. » Il arracha l'emballage. Tous deux ouvrirent de grands yeux.

Ce qu'ils virent était une tablette de chocolat. Rien de plus.

Soudain, tous deux prirent conscience de ce que la chose avait de comique, et ils éclatèrent de rire.

« Que diable faites-vous là ? s'écria grand-maman Joséphine, réveillée subitement.

– Rien, dit grand-papa Joe. Rien, allez, dors. »

10
La famille commence à mourir de faim

Pendant les quinze jours suivants, il allait faire très froid. D'abord la neige se mit à tomber. Comme ça, tout d'un coup, un matin, au moment même où Charlie Bucket s'habillait pour aller en classe. Par la fenêtre, il vit les gros flocons qui tournoyaient lentement dans un ciel glacial et livide.

Le soir, une couche d'un mètre couvrait les alentours de la petite maison et Mr. Bucket dut dégager un passage de la porte jusqu'à la route.

Après la neige, ce fut le gel, le vent glacé. Il souffla pendant des jours et des jours, sans cesse. Oh ! quel froid épouvantable ! Tout ce que touchait Charlie était comme de la glace et, dès qu'il passait la porte, il sentait le vent qui lui tailladait les joues, comme une lame de couteau.

Même à l'intérieur de la maison, on n'était pas à l'abri des bouffées d'air glacé qui entraient par toutes les fentes des portes et des fenêtres. Pas un coin douillet ! Les quatre vieux se pelotonnaient en silence dans leur lit, tentant de préserver leurs vieux os du froid impitoyable. L'agitation qu'avaient provoquée les tickets d'or était oubliée depuis longtemps. La famille n'avait que deux problèmes, deux problèmes capitaux : se chauffer et manger à sa faim.

Car le grand froid, ça vous donne une faim de loup. On se surprend alors en train de rêver éperdument de riches ragoûts tout fumants, de tartes aux pommes chaudes et de toutes sortes de plats délicieusement réchauffants ; et, sans même nous en rendre compte, quelle chance nous avons : nous obtenons généralement ce que nous désirons... ou presque. Mais Charlie Bucket, lui, ne pouvait pas s'attendre à voir se réaliser ses rêves, car sa famille était bien trop pauvre pour lui offrir quoi que ce soit et, à mesure que persistait le froid, sa faim de loup grandissait désespérément. Des deux tablettes de chocolat, celle de son anniversaire et celle que lui avait payée grand-papa Joe, il ne restait plus rien depuis longtemps. Il n'avait plus droit qu'à trois maigres repas par jour, repas où dominaient les choux.

Puis, tout à coup, ces repas devinrent encore plus maigres.

Et cela pour la simple raison que la fabrique de dentifrice qui employait Mr. Bucket, ayant fait faillite, dut fermer ses portes. Mr. Bucket se mit aussitôt à la recherche d'un autre emploi. Mais la chance n'était pas avec lui. A la fin, pour gagner quelques sous, il dut accepter de pelleter la neige dans les rues. Mais il gagnait bien trop peu pour acheter le quart de la nourriture nécessaire à sept personnes. La situation devint désespérée. Le petit déjeuner se réduisait maintenant à un morceau de pain par personne, le déjeuner à une demi-pomme de terre bouillie.

Lentement mais sûrement, toute la maisonnée commençait à mourir de faim.

Et tous les jours, en avançant péniblement dans la neige sur le chemin de l'école, le petit Charlie Bucket devait passer devant la gigantesque chocolaterie de Mr. Willy Wonka. Et tous les jours, à l'approche de la chocolaterie, il levait haut son petit nez pointu pour respirer la merveilleuse odeur sucrée de chocolat fondu. Parfois, il s'arrêtait devant la porte pendant plusieurs minutes pour respirer longuement, profondément, comme s'il tentait de se *nourrir* de ce délicieux parfum.

« Cet enfant, dit grand-papa Joe, par un matin glacial, en sortant la tête de dessous la couverture, cet enfant *doit* manger

à sa faim. Nous autres, ce n'est pas pareil. Nous sommes vieux, c'est sans importance. Mais un garçon en *pleine croissance* ! Ça ne peut pas continuer ! Il ressemble de plus en plus à un squelette !

– Qu'est-ce qu'on peut faire ? murmura d'une voix plaintive grand-maman Joséphine. Il ne veut pas que nous nous privions pour lui. Ce matin, je l'ai bien entendu, sa mère a tenté vainement de lui abandonner son morceau de pain. Il n'y a pas touché. Elle a dû le reprendre.

– C'est un bon petit, dit grand-papa Georges. Il mériterait mieux. »

Le froid impitoyable n'en finissait pas.

Et le pauvre petit Charlie Bucket maigrissait de jour en jour. Sa petite figure devenait de plus en plus blanche, de plus en plus pincée. Il avait la peau visiblement collée aux pommettes. On se demandait si cela pouvait encore durer longtemps sans que Charlie tombe gravement malade.

Et puis, tout doucement, avec cette curieuse sagesse qui semble venir si souvent aux enfants, face à de rudes épreuves, il se mit à changer çà et là quelque chose à ses habitudes, histoire d'économiser ses forces. Le matin, il quittait la maison dix minutes plus tôt. Ainsi il pouvait marcher à pas lents, sans jamais avoir besoin de courir. Pendant la récréation, il restait tranquille en classe, tandis que les autres se précipitaient au-dehors pour se rouler dans la neige, pour faire des boules de neige. Tous ses gestes étaient devenus lents et pondérés, comme pour prévenir la fatigue.

Puis un soir, en rentrant de l'école, bravant le vent glacial, se sentant plus affamé que jamais, il vit soudain un éclat argenté briller dans le caniveau enneigé. Charlie fit quelques pas vers le bord du trottoir et se pencha pour examiner l'objet à moitié couvert de neige.

Mais soudain, il comprit de quoi il s'agissait.

Une pièce de cinquante pence !

Il regarda furtivement autour de lui.

Quelqu'un venait-il de la laisser tomber ?

Non… c'était impossible, vu la façon dont elle était enfoncée dans la neige.

Plusieurs personnes passèrent, pressées, le menton emmitouflé. Leurs pas grinçaient sur la neige. Personne ne cherchait de l'argent par terre, personne ne se souciait du petit garçon accroupi dans le caniveau.

Elle était donc à lui, cette pièce ?

Pouvait-il la ramasser ?

Doucement, Charlie la retira de la neige. Elle était humide et sale mais, à part cela, en parfait état.

Cinquante pence !

La pièce était là, entre ses doigts crispés. Impossible de la quitter des yeux. Impossible de ne pas penser à une chose, une seule : MANGER !

Machinalement, Charlie revint sur ses pas pour se diriger vers la boutique la plus proche. Elle n'était qu'à dix pas... c'était une de ces librairies-papeteries où on trouve un peu de tout, y compris des confiseries et des cigares...

« Et voilà », se dit-il à voix basse...

Il se payerait une succulente tablette de chocolat, et il la mangerait tout entière, jusqu'au dernier carré... puis il rentrerait vite à la maison pour donner la monnaie à sa mère.

11
Le miracle

Charlie entra dans la boutique et posa la pièce humide sur le comptoir.

« Un super-délice fondant Wonka à la guimauve », dit-il, en se rappelant combien il avait aimé le chocolat de son anniversaire.

L'homme derrière le comptoir paraissait gras et bien nourri. Il avait des lèvres épaisses, des joues rebondies et un cou énorme dont le bourrelet débordait sur le col de la chemise, on aurait dit un anneau de caoutchouc. Il tourna le dos à Charlie pour chercher la tablette de chocolat, puis il se retourna et la lui tendit. Charlie s'en empara, déchira rapidement le papier et prit un énorme morceau. Puis un autre... et encore un autre... Oh ! quelle joie de pouvoir croquer à belles dents quelque chose de bien sucré, de ferme, de consistant ! Quel plaisir d'avoir la bouche pleine de cette riche et solide nourriture !

« Tu en avais bien envie, pas vrai, fiston », dit le marchand en souriant.

Charlie inclina la tête, la bouche pleine de chocolat. Le marchand posa la monnaie sur le comptoir.

« Doucement, dit-il, si tu avales tout sans mastiquer, tu auras mal au ventre. »

Charlie continua à dévorer son chocolat. Impossible de s'arrêter. Et en moins d'une demi-minute, il avait tout englouti. Bien qu'à bout de souffle, il se sentit merveilleusement, extraordinairement heureux. Il étendit la main pour prendre sa monnaie. Puis il hésita en voyant les petites pièces d'argent sur le comptoir. Il y en avait neuf, toutes pareilles. Ce ne serait sûrement pas grave s'il en dépensait une de plus...

« Je pense, dit-il d'une petite voix tranquille, je pense que... que je vais prendre encore une autre tablette. La même, s'il vous plaît.

– Pourquoi pas ? dit le gros marchand.

Et il prit derrière lui, sur le rayon, une autre tablette de super-délice fondant Wonka à la guimauve. Il la posa sur le comptoir. Charlie la saisit et déchira le papier... et *soudain*... dessous le papier... s'échappa un brillant éclair d'or.

Le cœur de Charlie s'arrêta net.

« Un ticket d'or ! hurla le boutiquier en sautant en l'air. Tu as trouvé un ticket d'or ! Le dernier ticket d'or ! Hé, les gens ! Venez

voir, tous ! Ce gosse a trouvé le dernier ticket d'or Wonka ! Le voici ! Il l'a entre les mains ! »

On aurait dit que le marchand allait avoir une crise.

« Et c'est arrivé dans mon magasin ! hurla-t-il. C'est ici, dans ma petite boutique, qu'il l'a trouvé ! Vite, appelez les journaux, apprenez-leur la nouvelle ! Attention, fiston ! Ne le déchire pas ! C'est un bien précieux ! »

Au bout de quelques secondes, il y avait autour de Charlie un attroupement d'une vingtaine de personnes, et d'autres encore accouraient de la rue. Tout le monde voulait voir le ticket d'or et l'heureux gagnant.

« Où est-il ? cria quelqu'un. Tiens-le en l'air pour que nous puissions tous le voir !

– Le voilà ! cria une autre voix. Il l'a en main ! Voyez comme ça brille !

– Je voudrais bien savoir comment il a fait pour le trouver ! cria d'une voix maussade un grand garçon. Moi qui ai acheté vingt tablettes par jour, pendant des semaines et des semaines !

– Et tout ce chocolat qu'il va pouvoir s'envoyer ! dit jalousement un autre garçon. Il en aura pour la vie !

– Il en a bien besoin, ce petit gringalet, il n'a que la peau sur les os ! dit en riant une fillette.

Charlie n'avait pas bougé. Il n'avait même pas tiré le ticket d'or de son enveloppe. Muet, immobile, il serrait contre lui sa tablette de chocolat, au milieu des cris, de la bousculade. Il se sentait tout étourdi. Tout étourdi et étrangement léger. Léger comme un ballon qui s'envole dans le ciel. Ses pieds semblaient ne plus toucher le sol. Et quelque part, au fond de sa poitrine, il entendait son cœur qui tambourinait très fort.

Soudain, il sentit une main sur son épaule. Il leva les yeux et vit un homme de haute taille. « Écoute, dit l'homme tout bas. Je te l'achète. Je te donne cinquante livres. Qu'en penses-tu, hein ? Et je te donnerai aussi une bicyclette toute neuve. D'accord ?

– Vous êtes fou ? hurla une femme qui se tenait à distance égale. Moi, je le lui achète deux cents livres ! Jeune homme, voulez-vous me vendre ce ticket pour *deux cents livres* ?

– Assez ! Ça suffit ! » cria le gros boutiquier en se frayant un chemin à travers la cohue. Il prit Charlie par le bras. « Laissez ce gosse tranquille, voulez-vous ? Dégagez ! Laissez-le sortir ! » Et tout en le conduisant vers la porte, il dit tout bas à Charlie : « Ne le donne à personne ! Rentre vite chez toi pour ne pas le perdre ! Cours vite et ne t'arrête pas en chemin, compris ? »

Charlie inclina la tête.

« Tu sais », dit le gros boutiquier. Il hésita un instant et sourit à Charlie. « Quelque chose me dit que ce ticket tombe à pic. Je suis drôlement content pour toi. Bonne chance, fiston.

– Merci », dit Charlie, puis il partit en courant dans la neige. Et en passant devant la chocolaterie de Mr. Willy Wonka, il se retourna, lui fit signe de la main et dit en chantant : « Nous nous verrons ! A bientôt ! A bientôt ! » Encore cinq minutes, et il arriva chez lui.

12
Ce qui était écrit sur le ticket d'or

Charlie passa la porte en coup de vent. Il cria : « Maman ! Maman ! Maman ! »

Mrs. Bucket était dans la chambre des grands-parents, en train de leur servir la soupe du soir.

« Maman ! » hurla Charlie en fonçant sur eux comme un ouragan. « Regarde ! Ça y est ! Ça y est ! Regarde ! Le dernier ticket d'or ! Il est à moi ! J'ai trouvé un peu d'argent dans la rue, alors j'ai acheté deux tablettes de chocolat et, dans la seconde, il y avait le ticket d'or, et il y avait plein de gens autour de moi qui voulaient le voir, et le marchand est venu à mon secours, et je suis rentré en courant, et me voici ! C'EST LE CINQUIÈME TICKET D'OR, MAMAN, ET C'EST MOI QUI L'AI TROUVÉ ! »

Mrs. Bucket resta bouche bée, tandis que les quatre grands-parents qui étaient assis dans leur lit, le bol de soupe sur les genoux, laissèrent tous tomber leur cuillère à grand bruit et restèrent pétrifiés.

Alors la chambre fut plongée dans un silence absolu qui dura dix secondes. Personne n'osait parler ni bouger. Ce fut un moment magique. Puis, d'une voix très douce, grand-papa Joe dit : « Tu te moques de nous, Charlie, n'est-ce pas ? Tu nous racontes ça pour rire ?

– Pas du tout ! » cria Charlie. Il se précipita vers le lit en brandissant le superbe ticket d'or.

Grand-papa Joe se pencha en avant pour le voir de plus près. C'est tout juste si son nez ne touchait pas le ticket. Les autres assistaient à la scène, en attendant le verdict.

Puis, très lentement, le visage éclairé par un large et merveilleux sourire, grand-papa Joe leva la tête et regarda Charlie droit dans les yeux. Ses joues retrouvèrent leurs couleurs, ses yeux grands ouverts brillaient de bonheur et, au milieu de chaque œil, juste au milieu, au noir de la pupille dansait une petite étincelle d'enthousiasme. Puis le vieil homme respira profondément, et soudain, de façon tout à fait imprévue, quelque chose sembla exploser au fond de lui. Il jeta les bras en l'air et cria : « Youpiiiiiiiiiiii ! »

A l'instant même, son long corps maigre quitta le lit, son bol de soupe vola à la figure de grand-maman Joséphine et, dans un bond fantastique, ce gaillard de quatre-vingt-seize ans et demi, qui n'était pas sorti du lit depuis vingt ans, sauta à terre et se livra, en pyjama, à une danse triomphale.

« Youpiiiiiiiiii ! cria-t-il. Vive Charlie ! Hip, hip, hip, hourra ! »

A cet instant, la porte s'ouvrit pour laisser entrer Mr. Bucket, visiblement fatigué et mort de froid. Il avait passé la journée à pelleter la neige dans les rues.

« Sapristi ! cria Mr. Bucket. Que se passe-t-il ? »

Ils le mirent au courant sans attendre.

« Je n'arrive pas à y croire ! dit-il. Ce n'est pas possible.

– Montre-lui le ticket, Charlie, cria grand-papa Joe, qui tournait toujours en rond, comme un derviche, dans son pyjama à rayures. Fais voir à ton père le cinquième et dernier ticket d'or du monde !

– Fais voir, Charlie », dit Mr. Bucket. Il se laissa tomber sur une chaise et tendit la main. Charlie s'avança pour lui présenter le précieux document.

Qu'il était beau, ce ticket d'or ! Fait, à ce qu'il semblait, d'une plaque d'or fin, presque aussi mince qu'une feuille de papier. Une de ses faces portait, imprimée en noir par quelque système astucieux, l'invitation rédigée par Mr. Wonka.

« Lis-la à haute voix, dit grand-papa Joe en regagnant son lit. Écoutons tous cette invitation. »

Mr. Bucket approcha le ticket d'or de ses yeux. Ses mains tremblaient un peu, il était visiblement ému. Après avoir respiré très fort, il s'éclaircit la gorge et dit : « Bien, je vais vous la lire. Voilà :

« Heureux gagnant de ce ticket d'or, Mr. Willy Wonka te salue ! Reçois sa chaleureuse poignée de main ! Il t'arrivera des choses étonnantes ! De merveilleuses surprises t'attendent ! Car je t'invite à venir dans ma chocolaterie. Tu seras mon invité pendant toute une journée – toi et tous les autres qui auront eu la chance de trouver mes tickets d'or. Moi, Willy Wonka, je te ferai faire le tour de mon usine, je te montrerai tout ce qu'il y a à voir et ensuite, au moment de nous quitter, une procession de gros camions t'escortera jusque chez toi, et ces camions, je te le promets, seront pleins des plus délicieux comestibles, pour toi et pour toute ta famille, de quoi vous nourrir pendant de nombreuses années. Si, à un moment ou un autre, tes provisions venaient à s'épuiser, il te suffirait de revenir à l'usine et, sur simple présentation de ce ticket d'or, je me ferais un plaisir de regarnir ton garde-manger. De cette manière, tu seras délicieusement ravitaillé jusqu'à la fin de tes jours. Mais je te réserve d'autres surprises tout aussi passionnantes. Des surprises encore plus merveilleuses et plus fantastiques, à toi et à tous mes chers détenteurs de tickets d'or – des surprises mystérieuses et féeriques qui t'enchanteront, qui t'intrigueront, te transporteront, t'étonneront, te stupéfieront outre mesure. Jamais, même dans tes rêves les plus audacieux, tu n'imaginerais de telles aventures ! Tu verras ! Et maintenant, voici mes instructions : le jour que j'ai choisi pour la visite est le 1er du mois de février. Ce matin-là, ce matin-là uniquement, tu te présenteras aux portes de la chocolaterie, à dix heures précises. Tâche d'être à l'heure ! Tu as le droit d'être accompagné d'un ou deux membres de ta famille afin qu'ils prennent soin de toi et qu'ils t'empêchent de faire des bêtises. Et surtout – n'oublie pas ce ticket car, sans lui, on ne te laissera pas entrer.

Willy Wonka. »

« Le 1er *février* ! s'écria Mrs. Bucket. Mais c'est *demain* ! Puisque nous sommes aujourd'hui le dernier jour de janvier !

– Sapristi ! dit Mr. Bucket. Je crois que tu as raison !

– De justesse ! s'écria grand-papa Joe. Pas une minute à perdre. Dépêche-toi ! Prépare-toi ! Lave-toi la figure, donne-toi un coup de peigne, décrasse tes mains, brosse-toi les dents, mouche-toi, coupe-toi les ongles, cire tes chaussures, repasse ta chemise et, pour l'amour du ciel, enlève toute cette boue de ton pantalon ! Soigne-toi, mon garçon ! Pense à avoir l'air correct, puisque c'est le plus grand jour de ta vie !

– Ne vous excitez pas trop, grand-père, dit Mrs. Bucket. Et ne troublez pas ce pauvre Charlie. Gardons tous notre sang-froid. Premièrement, qui accompagnera Charlie à la chocolaterie ?

– Moi ! hurla grand-papa Joe, sautant une nouvelle fois hors du lit. C'est moi qui l'accompagnerai ! Laissez-moi faire ! »

Mrs. Bucket sourit au vieillard, puis elle se tourna vers son mari : « Qu'en penses-tu, mon chéri ? Ne serait-ce pas plutôt à toi de l'accompagner ?

– Eh bien…, dit Mr. Bucket d'une voix hésitante, non… je n'en suis pas si sûr.

– Mais…

– Il n'y a pas de *mais*, ma chère, dit doucement Mr. Bucket. Remarque, je serais très heureux d'y aller. Ce serait extrêmement passionnant. Mais d'un autre côté… Je pense que celui qui mérite vraiment d'accompagner Charlie, c'est grand-papa Joe. Il faut croire qu'il s'y connaît mieux que nous. A condition qu'il se sente en forme, naturellement…

– Youpiiiiii ! » hurla grand-papa Joe. Il attrapa Charlie par les mains pour l'entraîner dans une danse folle.

« Il est en forme, ça ne fait pas de doute, dit en riant Mrs. Bucket. Oui… tu as peut-être raison, après tout. C'est peut-être bien grand-papa Joe qui doit l'accompagner. En ce qui me concerne, je ne pourrai certainement pas laisser seuls les trois autres grands-parents pendant toute une journée.

– Alléluia ! hurla grand-papa Joe. Dieu soit loué ! »

A ce moment, on frappa fort à la porte d'entrée. Mr. Bucket alla ouvrir et, l'instant d'après, des essaims de journalistes et de photographes vinrent remplir la maison. Ils avaient déniché le gagnant du cinquième ticket d'or, et maintenant, tous voulaient en parler longuement en première page des journaux du matin. Pendant des heures, la petite maison fut sens dessus dessous. Ce n'est que vers minuit que Mr. Bucket parvint enfin à se débarrasser d'eux et que Charlie, lui, put aller se coucher.

13
Le grand jour est là

Le matin du grand jour, il faisait un soleil radieux, mais la terre était toujours couverte de neige et l'air était très froid.

Devant les portes de la chocolaterie Wonka se pressait un monde fou, venu assister à l'entrée des cinq détenteurs de tickets. L'agitation était sans bornes. Il était un peu moins de dix heures. Les gens se bousculaient en hurlant, et des agents de police armés tentaient vainement de les éloigner des portes.

Tout près de l'entrée, formant un petit groupe bien protégé de la foule par la police, se tenaient les cinq fameux enfants, ainsi que les grandes personnes qui les accompagnaient.

On y voyait se dresser le long et maigre grand-papa Joe qui serrait la main du petit Charlie Bucket.

Tous les enfants, à l'exception de Charlie, étaient accompagnés de leurs deux parents, et c'était chose heureuse car, sans cela, c'eût été le désordre complet. Ils étaient si impatients d'entrer que leurs parents devaient les empêcher de force d'escalader la grille. « Patience ! » criaient les pères. « Tiens-toi tranquille ! Ce n'est pas encore le moment ! Il n'est pas encore dix heures ! »

Derrière son dos, Charlie pouvait entendre les cris des gens venus en foule qui se bousculaient et se battaient pour apercevoir les fameux enfants.

« Voici Violette Beauregard ! entendit-il crier quelqu'un. C'est bien elle ! J'ai vu sa photo dans les journaux !

– Tiens ! répondit une autre voix, elle est encore en train de mâcher cet horrible bout de chewing-gum d'il y a trois mois ! Regarde ses mâchoires ! Elles n'arrêtent pas de remuer !

– Qui est cet hippopotame ?

– C'est Augustus Gloop !

– Exact !

– Il est énorme, n'est-ce pas ?

– Fantastique !

– Et qui est le gosse qui a la tête d'un cow-boy peinte sur son blouson ?

– C'est Mike Teavee ! Le maniaque de la télévision !

– Mais il est complètement fou ! Regardez tous ces pistolets qu'il trimbale !

– Moi, c'est Veruca Salt que je voudrais voir ! cria une autre voix dans la foule. Vous savez, la petite fille dont le père a acheté cinq cent mille tablettes de chocolat. Puis il les a données à déballer aux ouvrières de son usine de cacahuètes, jusqu'à ce qu'elles trouvent le ticket d'or ! Il lui offre tout ce qu'elle veut ! Absolument tout ! Elle n'a qu'à se mettre à brailler, et voilà !

– Affreux, n'est-ce pas ?

– Plutôt choquant, dirais-je.

– Laquelle est-ce ?

– Celle-là ! Là, à gauche ! La petite fille au manteau de vison argenté !

– Et lequel est Charlie Bucket ?

– Ce doit être ce petit gringalet, à côté du vieux qui a l'air d'un squelette. Là, tout près, tu vois ?

– Pourquoi n'a-t-il pas de manteau par ce froid ?

– Est-ce que je sais ? Peut-être qu'il n'a pas de quoi.

– Bon sang ! Il doit être gelé ! »

Charlie, qui avait tout entendu, serra plus fort la main de grand-papa Joe. Le vieil homme regarda Charlie et sourit.

Quelque part, au loin, une cloche d'église se mit à sonner les dix coups.

Très lentement, dans un grincement de gonds rouillés, les grandes portes de fer s'écartèrent.

Soudain, le silence se fit dans la foule. Les enfants cessèrent de s'agiter. Tous les yeux étaient fixés sur les portes.

« Le voici ! cria quelqu'un. *C'est lui* ! »

Et c'était bien vrai !

14
Mr. Willy Wonka

Mr. Wonka se tenait tout seul à l'entrée de la chocolaterie.

Quel extraordinaire petit homme que ce Mr. Wonka !

Il était coiffé d'un chapeau haut de forme noir.

Il portait un habit à queue d'un beau velours couleur de prune.

Son pantalon était vert bouteille.

Ses gants étaient gris perle.

Et il tenait à la main une jolie canne à pommeau d'or.

Une petite barbiche noire taillée en pointe – un bouc – ornait son menton. Et ses yeux – ses yeux étaient merveilleusement brillants. Ils semblaient vous lancer sans cesse des regards complices pleins d'étincelles. Tout son visage était, pour ainsi dire, illuminé de gaieté, de bonne humeur.

Et, oh ! comme il avait l'air futé ! Plein d'esprit, de malice et de vivacité !

Il avait de drôles de petits gestes saccadés, sa tête bougeait sans cesse et son regard vif se posait partout, enregistrait tout en un clin d'œil. Tous ses mouvements étaient rapides comme ceux d'un écureuil. Oui, c'était bien ça, il ressemblait à un vieil écureuil vif et malicieux.

Soudain, dans un curieux pas de danse sautillant, il ouvrit largement les bras et sourit aux cinq enfants rassemblés devant la porte. Puis il s'écria : « Soyez les bienvenus, mes chers petits amis ! Soyez les bienvenus dans ma chocolaterie ! »

Sa voix était claire et flûtée. « Voulez-vous avancer un à un, s'il vous plaît ? dit-il, sans quitter vos parents. Puis vous me présenterez vos tickets d'or en me disant votre nom. Au premier ! »

Le petit garçon gros et gras s'avança. « Je suis Augustus Gloop, dit-il.

– Augustus ! s'écria Mr. Wonka en lui serrant la main de toutes ses forces. Comme tu as bonne mine, mon garçon ! Très heureux ! Charmé ! Enchanté de t'avoir ici ! Et tu amènes tes parents, comme c'est gentil ! Entrez ! Entrez donc ! C'est cela ! Passez la porte ! »

Mr. Wonka partageait visiblement l'excitation de ses invités.

« Je m'appelle Veruca Salt, dit la petite fille qui venait ensuite.

– Ma petite Veruca, bonjour ! Quel plaisir de te voir ! Quel nom intéressant tu as ! J'ai toujours pensé que c'était celui d'une sorte de verrue qu'on a sur la plante du pied ! Mais je me trompe, n'est-ce pas ? Comme tu es mignonne dans ton joli manteau de

vison ! Comme je suis heureux que tu sois venue ! Mon Dieu, quelle délicieuse journée nous allons passer ensemble ! J'espère que tu y prendras plaisir ! J'en suis même tout à fait sûr ! Oui, tout à fait sûr ! Ton père ? Bonjour, Mr. Salt ! Bonjour Mrs. Salt ! Enchanté de vous connaître ! Oui, le ticket est bien en règle ! Entrez, s'il vous plaît ! »

Les deux enfants suivants, Violette Beauregard et Mike Teavee, avancèrent, présentèrent leur ticket et faillirent avoir le bras pratiquement arraché par l'énergique poignée de main de Mr. Wonka.

Puis, à la fin, une petite voix timide chuchota :

« Charlie Bucket.

– Charlie ! s'exclama Mr. Wonka. Tiens, tiens, tiens ! Donc, te voici ! C'est toi, le petit garçon qui n'a trouvé son ticket qu'hier soir, n'est-ce pas ? Oui, oui. J'ai tout lu dans les journaux de ce matin ! Il était temps, mon petit ! Et ça me fait bien plaisir ! Je suis très heureux pour toi ! Et ça, c'est ton grand-père ? Charmé de vous voir, monsieur ! Ravi ! Enchanté ! C'est parfait ! C'est

excellent ! Est-ce que tout le monde est entré ? Cinq enfants ? Oui ! Bon ! Maintenant, suivez-moi, s'il vous plaît ! Notre tournée va commencer ! Mais restez ensemble ! Ne vous dispersez pas ! Je n'aimerais perdre aucun de vous, au point où en sont les choses ! Ma foi, non ! »

Charlie jeta un coup d'œil par-dessus son épaule. Il vit se refermer lentement les grandes portes de fer. Dehors, les gens se bousculaient toujours en hurlant. Charlie les regarda une dernière fois. Puis les portes claquèrent et toute image du monde extérieur s'évanouit.

« Voilà ! s'écria Mr. Willy Wonka qui trottait en tête du groupe. Passez cette grande porte rouge, s'il vous plaît ! C'est ça ! Il fait bon ici ! Il faut que je chauffe bien mon usine à cause de mes ouvriers. Mes ouvriers sont habitués à un climat *extrêmement* chaud ! Ils ne supportent pas le froid ! Ils périraient s'ils sortaient par le temps qu'il fait ! Ils mourraient de froid !

– Mais qui sont ces ouvriers ? demanda Augustus Gloop.

– Chaque chose en son temps, mon garçon ! dit en souriant Mr. Wonka. Patience ! Tu finiras par tout savoir ! Êtes-vous tous là ? Bon ! Voulez-vous fermer la porte, s'il vous plaît ? Merci ! »

Charlie Bucket vit un long couloir qui s'étirait devant lui à perte de vue. Ce corridor était assez large pour laisser passer une voiture. Les murs, peints en rose pâle, recevaient un éclairage doux et agréable.

« Comme c'est joli et douillet ! chuchota Charlie.

– Oui. Et comme ça sent bon ! » répondit grand-papa Joe en reniflant longuement. Les plus merveilleux parfums du monde se rencontraient dans l'air qu'ils respiraient. Un savant mélange de café grillé, et de sucre confit, et de chocolat fondu, et de menthe, et de violette, et de noisette pilée, et de fleur de pommier, et de caramel, et de zeste de citron…

Et de bien plus loin, du fond de la grande usine, s'échappaient des rugissements assourdis, comme si une machine monstrueuse et gigantesque faisait tourner ses mille roues à une vitesse infernale.

« Maintenant, écoutez-moi bien, mes enfants, dit Mr. Wonka en élevant la voix pour dominer le bruit, ceci est le corridor principal. Voulez-vous avoir l'amabilité d'accrocher vos manteaux et vos chapeaux à ces portemanteaux que vous voyez là, avant de me suivre. Voilà ! Bien ! Tout le monde est prêt ! Venez ! Allons-y ! » Il emprunta le corridor en courant, laissant flotter derrière lui la queue de son habit couleur de prune, et les invités se mirent tous à courir à sa suite.

Cela faisait pas mal de monde, quand on y pense. Neuf adultes et cinq enfants. Quatorze personnes en tout. Vous parlez d'une bousculade ! Et, en tête, la petite silhouette agile de Mr. Wonka qui criait : « Venez ! Dépêchez-vous, s'il vous plaît ! Si vous traînez comme ça, nous ne ferons pas le tour de l'établissement dans la journée ! »

Bientôt il quitta le corridor principal pour un autre couloir, à peine plus étroit, à sa droite.

Puis il tourna à gauche.

Puis encore à gauche.

Puis à droite.

Puis à gauche.

Puis à droite.

Puis à droite.

Puis à gauche.

Cet endroit ressemblait à une gigantesque garenne, avec des tas de couloirs dans tous les sens.

« Surtout, ne lâche pas ma main, Charlie », souffla grand-papa Joe.

« Avez-vous remarqué comme ils sont en pente, tous ces couloirs ? s'écria Mr. Wonka. Nous descendons au sous-sol ! Toutes les salles importantes de mon usine se situent très bas au-dessous du niveau de la terre !

– Pourquoi ça ? demanda quelqu'un.

– Parce qu'il n'y a pas assez de place en haut ! répondit Mr. Wonka. Les salles que nous allons visiter sont *immenses* ! Plus vastes que des terrains de football ! Aucun bâtiment au monde n'est assez grand pour les abriter ! Mais là-bas, sous la terre, il y a de la place – il suffit de creuser. »

Mr. Wonka tourna à droite.

Puis il tourna à gauche.

Puis encore à droite.

Les couloirs s'enfonçaient de plus en plus.

Puis, soudain, Mr. Wonka s'arrêta devant une porte de métal brillant. Ses invités se groupèrent autour de lui. Sur la porte, on pouvait lire, en gros caractères :

LA SALLE AU CHOCOLAT

15
La salle au chocolat

« Très importante, cette salle ! » cria Mr. Wonka. Il sortit de sa poche un trousseau de clefs et en glissa une dans la serrure de la porte. « Ceci est le centre nerveux de toute l'usine, le cœur même de l'affaire ! Et comme elle est *belle* ! J'attache beaucoup d'importance à la beauté de mes salles ! Je ne tolère pas la laideur dans une usine ! Et voilà, nous entrons ! Mais soyez prudents, mes petits amis ! Ne perdez pas la tête ! Ne vous excitez pas trop ! Gardez votre sang-froid ! »

Mr. Wonka ouvrit la porte. Les cinq enfants et les neuf adultes entrèrent en se bousculant… pour tomber en arrêt devant tant de merveilles. Oh ! Quel fascinant spectacle !

A leurs pieds s'étalait… une jolie vallée. De chaque côté, il y avait de verts pâturages et tout au fond coulait une grande rivière brune.

Mais on voyait aussi une formidable cascade – une falaise abrupte du haut de laquelle une eau pleine de remous se précipitait dans la rivière, formant un rideau compact, finissant en un tourbillon bouillonnant, écumant de mousse et d'embruns.

Au pied de la cascade (quel étonnant spectacle !), d'énormes tuyaux de verre pendaient par douzaines, un bout trempant dans la rivière, l'autre accroché quelque part au plafond, très haut ! Ils étaient vraiment impressionnants, ces tuyaux. Extrêmement nombreux, ils aspiraient l'eau trouble et brunâtre pour l'emporter Dieu sait où. Et comme ils étaient de verre, on pouvait voir le liquide monter et mousser à l'intérieur, et le bruit bizarre et perpétuel que faisaient les tuyaux en l'aspirant se mêlait au tonnerre de la cascade. Des arbres et des arbustes pleins de grâce poussaient le long de la rivière : des saules pleureurs, des aulnes, du rhododendron touffu à fleurs roses, rouges et mauves. Le gazon était étoilé de milliers de boutons-d'or.

« Voyez ! » s'écria Mr. Wonka en sautillant. De sa canne à pommeau d'or, il désigna la grande rivière brune. « Tout cela, c'est du chocolat ! Chaque goutte de cette rivière est du chocolat fondu, et du meilleur. Du chocolat de première qualité. Du chocolat, rien que du chocolat, de quoi remplir toutes les baignoires du pays ! Et aussi toutes les piscines ! N'est-ce pas magnifique ? Et regardez mes tuyaux ! Ils pompent le chocolat et le conduisent dans toutes les autres salles de l'usine ! Des milliers et des milliers de litres ! »

Les enfants et leurs parents étaient bien trop ébahis pour pouvoir parler. Ils étaient confondus. Stupéfaits. Ahuris. Éblouis. Ils étaient subjugués par ce spectacle fantastique. Ils étaient là, les yeux ronds, sans dire un mot.

« La cascade est *extrêmement* importante ! poursuivit Mr. Wonka. C'est elle qui mélange le chocolat ! Elle le bat ! Elle le fouette ! Elle le dose ! Elle le rend léger et mousseux ! Aucune autre chocolaterie au monde ne mélange son chocolat à la cascade ! Pourtant, c'est la seule façon de le faire convenablement ! La seule ! Et mes arbres, qu'en pensez-vous ? cria-t-il en brandissant sa canne. Et mes jolis arbustes ? Ne sont-ils pas beaux ? Je déteste la laideur, je vous l'ai bien dit ! Et naturellement, tout cela se mange ! Tout est fait d'une matière différente, mais toujours

délicieuse ! Et mes pelouses ? Que pensez-vous de mon herbe et de mes boutons-d'or ? L'herbe où vous posez vos pieds, mes chers amis, est faite d'une nouvelle sorte de sucre à la menthe, une de mes dernières inventions ! J'appelle cela du *smucre* ! Goûtez un brin ! Allez-y ! C'est délicieux ! »

Machinalement, tout le monde se baissa pour cueillir un brin d'herbe – tout le monde, à l'exception d'Augustus Gloop qui en cueillit toute une poignée.

Violette Beauregard, avant de goûter à son brin d'herbe, sortit de sa bouche le chewing-gum destiné à battre le record du monde et le colla soigneusement derrière son oreille.

« C'est merveilleux ! chuchota Charlie. Quel goût exquis, n'est-ce pas, grand-papa ?

– Je mangerais bien tout le gazon ! dit grand-papa Joe avec un large sourire. Je me promènerais à quatre pattes, comme une vache, et je brouterais tous les brins d'herbe !

– Goûtez les boutons-d'or ! cria Mr. Wonka. Ils sont encore meilleurs ! »

Soudain, de grands cris aigus retentirent. Ces cris étaient ceux de Veruca Salt. Elle désignait l'autre rive, en hurlant comme une folle. « *Regardez* ! Regardez, là-bas ! cria-t-elle. Qu'est-ce que c'est ? Ça bouge ! Ça marche ! C'est un petit personnage ! C'est un petit bonhomme ! Là, sous la cascade ! »

Tout le monde cessa de cueillir des boutons-d'or pour regarder l'autre rive.

« *Elle a raison, grand-papa* ! s'écria Charlie. C'est bien un tout petit bonhomme ! Tu le vois ?

– Je le vois, Charlie ! dit, tout ému, grand-papa Joe.

Et tout le monde se mit à pousser des cris.

« Il y en a deux !

– Sapristi ! C'est vrai !

– Plus que ça ! Il y en a un, deux, trois, quatre, cinq !

– Que font-ils ?

– D'où sortent-ils ?

– Qui sont-ils ? »

Enfants et parents coururent vers la rivière pour les voir de plus près.

« Fantastiques, n'est-ce pas ?

– Pas plus hauts que trois pommes !

– Tu as vu leurs longs cheveux !

Les minuscules bonshommes – pas plus grands que des poupées de taille moyenne – avaient cessé de vaquer à leurs occupations pour regarder à leur tour les visiteurs rassemblés sur l'autre rive. L'un d'eux montra du doigt les enfants, puis il dit quelque chose, à voix basse, à ses compagnons. Et tous les cinq éclatèrent de rire.

– Impossible ! s'exclama Charlie. Des hommes si petits, ça n'existe pas !

– Bien sûr que si, répondit Willy Wonka. Ce sont des Oompa-Loompas.

16
Les Oompa-Loompas

« Des Oompa-Loompas ? répétèrent en chœur parents et enfants. *Des Oompa-Loompas !*

– Tout droit venus du Loompaland ! expliqua fièrement Mr. Wonka.

– Ce pays n'existe pas ! répliqua Mrs. Salt.

– Très chère madame, je vous demande pardon, mais...

– Mr. Wonka ! le coupa-t-elle. Je suis professeur de géographie...

– Alors vous devez certainement tout savoir sur cette terrible contrée ! Rien d'autre qu'une jungle infestée des bêtes les plus féroces au monde – griffeféroces, bêtabecs ainsi que les cruellement cruelles horribilicornes. Une horribilicorne peut vous dévorer dix Oompa-Loompas d'affilée pour son petit déjeuner et revenir au galop pour se resservir ! Lorsque je suis allé là-bas, j'ai découvert que les Oompa-Loompas vivaient dans des maisons perchées dans les arbres. Ils étaient obligés, les pauvres, pour échapper aux griffeféroces, aux bêtabecs et aux horribilicornes. Ils avaient pour toute nourriture des chenilles vertes. Les chenilles ont un goût horrible, et les Oompa-Loompas passaient leurs journées à grimper au sommet des arbres, en quête de n'importe quoi qui pût améliorer ce goût – des scarabées rouges, par exemple, et des feuilles d'eucalyptus, et de l'écorce de bong-bong, tout cela, bien entendu, était infect, mais moins infect que les chenilles. Pauvres petits Oompa-Loompas ! La nourriture qui leur manquait le plus, c'était le cacao. Impossible d'en trouver. Un Oompa-Loompa devait s'estimer heureux s'il trouvait trois ou quatre graines de cacao par an. Oh ! Comme ils en rêvaient ! Toutes les nuits, ils rêvaient de cacao, et toute la journée, ils en parlaient. Vous n'aviez qu'à prononcer le mot "cacao" devant un Oompa-Loompa pour lui mettre l'eau à la bouche. Les graines de cacao qui poussent sur les cacaotiers sont à la base de toute l'industrie chocolatière, poursuivit Mr. Wonka. Sans graines de cacao, pas de chocolat. Le cacao, c'est le chocolat. Moi-même, dans mon usine, j'utilise des billions de graines de cacao par semaine. C'est pourquoi, mes chers enfants, ayant découvert que les Oompa-Loompas étaient particulièrement friands de cette denrée, je grimpai dans leur village arborescent, je passai la tête par la porte de la demeure

du chef de la tribu. Le pauvre petit bonhomme, tout maigre et famélique, était là, s'efforçant d'avaler tout un bol de chenilles vertes en purée sans se trouver mal. « Écoute-moi, lui dis-je (pas en anglais, bien sûr, mais en oompa-loompéen), écoute-moi. Si vous veniez tous avec moi, toi et ton petit peuple, dans mon pays, pour vous installer dans ma chocolaterie, vous auriez tous les jours du cacao à gogo ! J'en ai des montagnes dans mes entrepôts ! Vous pourriez en manger à tous les repas ! Vous pourriez vous rouler dans du cacao ! Je vous paierai en graines de cacao si vous le désirez.

« – Tu parles sérieusement ? demanda en bondissant de sa chaise le chef Oompa-Loompa.

« – Bien sûr que je parle sérieusement, lui dis-je. Et vous pourriez aussi manger du chocolat. Le chocolat, c'est encore meilleur que le cacao pur, puisqu'il contient du lait et du sucre. »

« Le petit bonhomme poussa un grand cri de joie et envoya promener son bol de chenilles écrasées par la fenêtre de sa maison dans les arbres. "Marché conclu ! dit-il. Allons-y !"

« Et je les ai tous amenés, en bateau, tous les hommes, toutes les femmes et tous les enfants de la tribu Oompa-Loompa. C'était chose facile. Je n'ai eu qu'à les cacher dans de grandes caisses pourvues de trous d'aération. Et tous sont arrivés sains et saufs. Ce sont de merveilleux ouvriers. Maintenant, ils parlent tous anglais. Ils adorent la danse et la musique. Ils improvisent toujours des chansons. Vous allez sûrement les entendre chanter. Mais je dois vous prévenir, ils sont un peu polissons. Ils aiment faire des blagues. Ils s'habillent toujours comme dans la jungle. Ils y tiennent beaucoup. Les hommes, comme vous pouvez le constater vous-mêmes, ne portent que des peaux de daim. Les femmes sont vêtues de feuilles et les enfants ne portent rien du tout. Les femmes changent de feuilles tous les jours…

– *Papa* ! » cria Veruca Salt, la petite fille qui obtenait toujours tout ce qu'elle voulait. « *Papa* ! Je veux un Oompa-Loompa !

Je veux que tu m'achètes un Oompa-Loompa. Je veux un Oompa-Loompa, et tout de suite ! Je veux l'emmener à la maison ! Vas-y, *papa* ! Achète-moi un Oompa-Loompa !

– Voyons, voyons, mon chou ! lui dit son père, il ne faut pas interrompre Mr. Wonka.

– *Mais je veux un Oompa-Loompa* ! hurla Veruca.

– Très bien, Veruca, très bien. Mais je ne peux pas te l'avoir tout de suite. Sois patiente. Je m'en occuperai. Tu en auras un ce soir, au plus tard.

– Augustus ! cria Mrs. Gloop. Augustus, mon chéri, il ne faut pas faire *ça* ! » Augustus Gloop, rien d'étonnant à cela, avait rampé à la sauvette jusqu'à la rivière, et à présent, agenouillé sur la rive, il se remplissait la bouche, aussi vite qu'il pouvait, de chocolat fondu tout chaud.

17
Augustus Gloop saisi par le tuyau

En voyant ce que faisait Augustus Gloop, Mr. Wonka s'écria : « Oh ! Non ! Je t'en prie, Augustus ! Je te supplie d'arrêter. Aucune main humaine ne doit toucher mon chocolat !

– Augustus ! s'exclama Mrs. Gloop. N'as-tu pas entendu ? Laisse cette rivière et reviens immédiatement !

– Fo-o-ormidable, ce jus ! dit Augustus, sans prêter la moindre attention à sa mère ni à Mr. Wonka. Mais il me faudrait un gobelet pour le boire comme il faut !

– Augustus », cria Mr. Wonka. Il bondit et agita sa canne. « Il faut revenir. Tu salis mon chocolat !

– Augustus ! cria Mrs. Gloop.

– Augustus ! » cria Mr. Gloop.

Mais Augustus faisait la sourde oreille à tout, excepté à l'appel de son énorme estomac. Il était allongé par terre, la tête en bas, lapant le chocolat comme un chien.

« Augustus ! hurla Mrs. Gloop. Tu vas passer ton sale rhume à des millions de gens, aux quatre coins du pays !

– Attention, Augustus ! hurla Mr. Gloop. Tu te penches trop en avant ! »

Mr. Gloop avait parfaitement raison. Car soudain on entendit un cri perçant, et puis, plouf ! Augustus Gloop tomba dans la rivière et, au bout d'une seconde, il y disparut englouti par les flots bruns.

« Sauvez-le ! » hurla Mrs. Gloop en blêmissant. Elle agitait follement son parapluie. « Il se noie ! Il ne sait pas nager ! Sauvez-le ! Sauvez-le !

– Tu es folle, ma femme, dit Mr. Gloop, je ne vais pas plonger là-dedans ! J'ai mis mon plus beau costume ! »

Le visage d'Augustus Gloop, tout barbouillé de chocolat, reparut à la surface. « Au secours ! Au secours ! Au secours ! brailla-t-il. Repêchez-moi ! »

« Ne reste pas là sans rien faire ! cria Mrs. Gloop en s'adressant à Mr. Gloop. Fais quelque chose !

– Je fais quelque chose ! » dit Mr. Gloop, en ôtant sa veste pour plonger dans la rivière de chocolat. Mais pendant ce temps, l'un des grands tuyaux qui trempaient dans la rivière aspirait impitoyablement l'infortuné garçon, l'attirant plus près, toujours plus près. Et, tout à coup, la puissante force de succion l'emporta tout à fait, il disparut sous la surface du chocolat, puis dans la gueule béante du tuyau.

Les autres attendaient sur le rivage, le souffle coupé, se demandant par où il sortirait.

« Le voilà qui remonte ! » hurla quelqu'un en désignant du doigt le tuyau.

Et c'était bien vrai. Comme le tuyau était de verre, tout le monde pouvait voir Augustus Gloop jaillir vers le haut, la tête la première, comme une torpille.

« Au secours ! A l'assassin ! Police ! hurla Mrs. Gloop. Augustus, reviens ! Où vas-tu ?

– Comment se fait-il, dit Mr. Gloop, que, gros comme il est, il puisse tenir dans ce tuyau.

– Justement, il est trop étroit, le tuyau ! dit Charlie Bucket. Oh ! Mon Dieu, regardez ! Il ralentit !

– C'est vrai ! dit grand-papa Joe.

– Il va rester coincé ! dit Charlie.

– Je crois que c'est fait ! dit grand-papa Joe.

– Fichtre ! Le voilà coincé ! dit Charlie.

– C'est son ventre qui ne passe pas ! dit Mr. Gloop.

– Il a bouché le tuyau ! dit grand-papa Joe.

– Cassez le tuyau ! hurla Mrs. Gloop en brandissant toujours son parapluie. Augustus, sors de là ! »

Les spectateurs purent voir des flots de chocolat gicler autour du garçon prisonnier du tuyau, puis former une masse compacte derrière lui, une masse qui le poussait plus avant. La pression était énorme. Quelque chose devait céder... Et quelque chose céda, et ce quelque chose était Augustus. Et, hop ! Il remonta d'un seul coup, comme une balle dans un canon de fusil.

« Il a disparu ! hurla Mrs. Gloop. Où va ce tuyau ? Vite ! Appelez les pompiers !

– Du calme ! cria Mr. Wonka. Calmez-vous, chère madame, calmez-vous ! Il n'est pas en danger. Il n'est pas en danger, quoi qu'il arrive ! Augustus va faire un petit voyage, c'est tout. Un petit voyage très intéressant. Mais il s'en tirera très bien, vous allez voir.

– Comment ! Il s'en tirera bien ? suffoqua Mrs. Gloop. Dans cinq secondes, il sera réduit en guimauve !

– Impossible ! s'écria Mr. Wonka. Impensable ! Inconcevable ! Absurde ! Il ne pourra jamais être réduit en guimauve !

– Et pourquoi pas, puis-je le savoir ? hurla Mrs. Gloop.

– Parce que ce tuyau ne conduit pas dans la salle à guimauve ! répondit Mr. Wonka. Même pas à proximité de cette salle ! Ce tuyau – celui par où est monté Augustus –, ce tuyau conduit directement à la salle où je produis la plus délicieuse des nougatines, parfumée à la fraise, enrobée de chocolat…

– Alors il va être changé en nougatine à la fraise enrobée de chocolat ! se lamenta Mrs. Gloop. Mon pauvre petit Augustus ! On le vendra au kilo, dès demain, dans tout le pays !

– Exactement, dit Mr. Gloop.

– J'en suis sûre, dit Mrs. Gloop.

– Ce n'est plus drôle du tout, dit Mr. Gloop.

– Ce ne doit pas être l'avis de Mr. Wonka ! cria Mrs. Gloop. Regardez-le ! Il rit aux éclats ! Comment osez-vous rire alors que mon petit garçon est emporté par le tuyau ! Monstre ! hurla-t-elle en braquant son parapluie sur Mr. Wonka comme pour le transpercer. Vous croyez que c'est drôle ? Vous croyez que c'est une bonne grosse plaisanterie que de faire aspirer mon garçon jusque dans votre salle à nougatine ?

– Il sera sain et sauf, dit Mr. Wonka, toujours secoué de rire.

– Il sera transformé en nougatine ! hurla Mrs. Gloop.

– Jamais de la vie ! cria Mr. Wonka.

– Si ! Je le sais ! rugit Mrs. Gloop.

– Je ne le permettrai jamais ! cria Mr. Wonka.

– Et pourquoi pas ? hurla Mrs. Gloop.

– Parce que ce serait indigeste, dit Mr. Wonka. Vous voyez un Gloop farci d'Augustus, enrobé de chocolat ? Personne n'en voudrait !

– Tout le monde en voudra ! cria Mr. Gloop avec indignation.

– Je ne veux même pas y penser ! hurla Mrs. Gloop.

– Moi non plus, dit Mr. Wonka. Et je vous garantis, madame, que votre enfant chéri est en parfaite santé.

– S'il est en parfaite santé, je veux savoir où il est ! dit vivement Mrs. Gloop. Je veux le voir tout de suite ! »

Mr. Wonka se retourna et claqua trois fois des doigts. Aussitôt, comme par miracle, un Oompa-Loompa surgit et s'arrêta près de lui.

L'Oompa-Loompa s'inclina et sourit, montrant ses belles dents blanches. Il avait la peau rosée, de longs cheveux châtain doré, et le sommet de sa tête arrivait juste au genou de Mr. Wonka. Il portait la rituelle peau de daim jetée sur l'épaule.

« Écoute-moi bien ! dit Mr. Wonka en se penchant vers le petit bout d'homme. Conduis Mr. et Mrs. Gloop dans la salle à nougatine. Tu dois les aider à retrouver leur fils, Augustus, que le tuyau vient d'emporter. »

L'Oompa-Loompa jeta un coup d'œil sur Mrs. Gloop et éclata de rire.

« Oh ! tais-toi ! dit Mr. Wonka. Domine-toi ! Fais un effort ! Mrs. Gloop pense que ce n'est pas drôle du tout !

– Ça, vous pouvez le dire ! dit Mrs. Gloop.

– Cours à la salle à nougatine, dit Mr. Wonka à l'Oompa-Loompa et, une fois arrivé, prends un long bâton et plonge-le dans la grosse barrique à chocolat pour la sonder. Je suis presque sûr que tu l'y trouveras. Mais cherche bien ! Et dépêche-toi ! Si tu le laisses trop longtemps dans la barrique à chocolat, on risque de le verser dans la bouilloire à nougatine, et alors ce serait un vrai désastre, n'est-ce pas ? Ma nougatine en deviendrait tout à fait indigeste ! »

Mrs. Gloop poussa un long cri de fureur.

« Je plaisante, dit Mr. Wonka en riant dans sa barbe. Je ne parle pas sérieusement. Pardonnez-moi. Je suis navré. Au revoir, Mrs. Gloop ! Au revoir, Mr. Gloop ! A tout à l'heure… »

Dès que Mr. et Mrs. Gloop et leur petite escorte eurent quitté la salle, les cinq Oompa-Loompas qui se trouvaient sur l'autre rive se mirent à sauter, à danser et à battre comme des fous de minuscules tambours. « Augustus Gloop ! chantaient-ils. Augustus Gloop ! Augustus Gloop ! Augustus Gloop ! »

« Grand-papa ! s'écria Charlie. Écoute-les, grand-papa ! Qu'est-ce que c'est ?

– Chut ! fit grand-papa Joe. Je pense qu'ils vont nous chanter une chanson ! »

Augustus Gloop ! chantèrent
les Oompa-Loompas.
Augustus Gloop ! Augustus Gloop !
Tu l'as bien méritée, ta soupe !
On en a assez de te voir

Qui te remplis le réservoir.
Joufflu, bouffi, gourmand, glouton,
Énorme comme un gros cochon.
Toujours, et désespérément,
Il ennuiera petits et grands.
Normalement, c'est en douceur
Qu'on dompte le marmot frondeur,
On le transforme sur-le-champ
En quelque chose d'amusant ;
En un ballon, un jeu de l'oie,
Un baigneur, un dada en bois.
Mais pour ce gamin révoltant,
Nous procédons tout autrement.
Goulu, ventru, insociable,
Il laisse un goût peu agréable
Dans notre bouche, et c'est pourquoi
Il faut d'abord qu'on le nettoie.
Alors, vivement le tuyau !
Et puis, en route, par monts et vaux !
Et bientôt il fera escale
Dans une bien étrange salle.
Ne craignez rien, mes petits chats,
Augustus ne souffrira pas ;
Pourtant, il faudra bien l'admettre,
Il se transformera peut-être
Une fois passé dans la machine
A fabriquer la nougatine.
Alors que les roues tourneront
Avec leurs dents d'acier, ron, ron,
Et que cent lames feront le reste,
Nous ajoutons un peu de zeste,
Un peu de sucre, un peu de lait,
Pour un résultat plus parfait ;

Une minute de cuisson, au moins,
Pour être tout à fait certains
Que de tous ses vilains symptômes
Il ne reste plus un atome.
Puis, le voilà sorti ! Bon Dieu !
Un vrai miracle aura eu lieu !
Ce gars qui, voilà peu de temps,
Faisait hurler petits et grands,
L'hippopotame, la brute immonde
Va être aimée de tout le monde :
Car qui pourrait faire grise mine
A un morceau de nougatine ?

« Je vous l'avais bien dit, ils adorent chanter ! s'écria Mr. Wonka. Ne sont-ils pas délicieux ? Ne sont-ils pas charmants ? Mais il ne faut pas croire un mot de ce qu'ils disent. Ils disent n'importe quoi, pour rire !

– Est-il vrai, grand-papa, que les Oompa-Loompas ne font que plaisanter ? demanda Charlie.

– Bien sûr qu'ils plaisantent, répondit grand-papa Joe. Ils plaisantent sans aucun doute. Du moins, je l'espère. Et toi ? »

18
En descendant la rivière de chocolat

« En route ! cria Mr. Wonka. En route, tout le monde, dépêchons-nous ! Nous allons visiter la prochaine salle ! Suivez-moi. Et ne vous tourmentez pas pour Augustus Gloop. Il s'en sortira. Ils s'en sortent toujours. Nous poursuivons notre voyage en bateau. Le voilà qui arrive ! Regardez ! »

Un fin brouillard enveloppa la grande rivière de chocolat chaud et, soudain, il s'en détacha un bateau rose absolument fantastique. C'était un grand bateau à rames, haut devant et derrière, une sorte de drakkar viking des temps anciens, d'un rose si étincelant et si lumineux qu'on eût dit du verre rose. De chaque côté, il avait des tas de rames et, à mesure qu'il approchait, les visiteurs assemblés sur la rive pouvaient voir les rameurs, une foule d'Oompa-Loompas – dix, au moins, par rame.

« C'est mon yacht personnel ! s'écria Mr. Wonka, tout rayonnant de plaisir. Je l'ai taillé dans un énorme bloc de fondant ! N'est-il pas beau ? Voyez comme il sillonne la rivière ! »

L'éblouissant bateau de fondant rose se dirigeait vers le rivage. Une centaine d'Oompa-Loompas, appuyés à leurs rames, levèrent les yeux vers les invités. Puis soudain, pour une raison qu'ils étaient sans doute les seuls à connaître, ils éclatèrent de rire.

« Qu'y a-t-il de si drôle ? demanda Violette Beauregard.

– Oh ! Ne t'en fais pas ! cria Mr. Wonka. Ils rient tout le temps ! Ils pensent que tout n'est que plaisanterie ! Sautez tous à bord ! Allons ! Dépêchons-nous ! »

Dès que tout le monde fut embarqué, les Oompa-Loompas levèrent l'ancre et se mirent à ramer. Le bateau commença à descendre la rivière à toute allure.

« Hé, là-bas ! Mike Teavee ! hurla Mr. Wonka. Ne lèche pas le bateau, veux-tu ? Tu vas le rendre poisseux !

– Papa, dit Veruca Salt, je veux un bateau comme celui-ci ! Je veux que tu m'achètes un grand bateau en fondant rose, exactement comme celui de Mr. Wonka ! Et je veux des tas d'Oompa-Loompas qui rameront, et je veux une rivière de chocolat et je veux... je veux...

– Elle veut une bonne fessée », dit grand-papa Joe à l'oreille de Charlie. Tous deux étaient assis à l'arrière du bateau. Charlie serrait très fort la vieille main noueuse de son grand-père. La tête lui tournait, tant il était ému. Tout ce qu'il venait de découvrir – la grande rivière de chocolat, la cascade, les grands tuyaux aspirateurs, les pelouses de confiserie, les Oompa-Loompas, le joli bateau rose, et surtout Mr. Wonka lui-même –, tout cela était si étonnant qu'il commença à se demander si d'autres surprises pouvaient encore l'attendre. Où allaient-ils maintenant ? Qu'allaient-ils voir ? Que se passerait-il dans la salle suivante ?

« Merveilleux, n'est-ce pas ? » lui dit grand-papa Joe, en souriant.

Charlie lui rendit son sourire.

Soudain, Mr. Wonka, qui était assis de l'autre côté de Charlie, prit dans le fond du bateau une grande chope, la plongea dans la rivière pour la remplir de chocolat et la tendit à Charlie. « Bois, dit-il. Ça te fera du bien ! Tu as l'air mort de faim ! »

Puis Mr. Wonka remplit une autre chope, pour grand-papa Joe. « Vous aussi, dit-il. Vous avez l'air d'un squelette ! Que se passe-t-il ? N'y avait-il donc rien à manger chez vous, ces derniers temps ?

– Pas grand-chose », dit grand-papa Joe.

Charlie porta la chope à ses lèvres. Le chocolat chaud, riche et onctueux, descendit dans son estomac vide, et il sentit dans tout son corps des picotements de plaisir.

Une impression de bonheur intense l'envahit tout entier.

« C'est bon ? demanda Mr. Wonka.

– Oh ! C'est merveilleux ! dit Charlie.

– Je n'ai jamais bu de chocolat aussi délicieux, aussi onctueux ! dit grand-papa Joe en se léchant les lèvres.

– C'est qu'il a été fouetté par la cascade », expliqua Mr. Wonka.

Le bateau glissait rapidement sur la rivière qui, elle, devenait de plus en plus étroite. Ils aperçurent devant eux une sorte de tunnel sombre, un grand tunnel rond comme un énorme tuyau – où la rivière pénétrait. Le bateau, lui aussi, allait passer par là ! « Allez, ramez ! » hurla Mr. Wonka. Il sauta sur ses pieds et agita sa canne. « En avant ! Plus vite ! » Et tandis que les Oompa-Loompas ramaient plus vite que jamais, le bateau s'engouffra dans le tunnel noir comme la poix, et tous les passagers poussèrent des cris d'épouvante.

« Comment peuvent-ils voir où ils vont ? cria Violette Beauregard, dans l'obscurité.

– Pas moyen de savoir où ils vont ! » cria Mr. Wonka dans un diabolique éclat de rire.

Pas moyen de vous dire
Où nous porte mon navire,
Sur l'eau noire qui soupire
Sous les rames de mes sbires,
On n'a pas le cœur à rire,

Et si mon bateau chavire,
Dépêchez-vous d'en sourire…

« Il a l'esprit dérangé ! » s'écria l'un des pères, consterné, et les autres parents se mirent à hurler en chœur :

« Il est fou ! »
« Il est cinglé ! »
« Il est sonné ! »
« Il est cintré ! »
« Il est marteau ! »
« Il est piqué ! »
« Il est tapé ! »
« Il est timbré ! »
« Il est toc-toc ! »
« Il est maboul ! »
« Il est dingue ! »
« Il est cinoque ! »
« Pas du tout ! » dit grand-papa Joe.

« Allumez les lampes ! » ordonna Mr. Wonka. Et soudain, tout le tunnel apparut brillamment éclairé, et Charlie constata qu'ils se trouvaient réellement à l'intérieur d'un tube gigantesque dont les parois étaient d'un blanc immaculé. La rivière de chocolat coulait très rapidement et tous les Oompa-Loompas ramaient comme des fous tandis que le bateau avançait à une vitesse incroyable. A l'arrière du bateau, Mr. Wonka encourageait en bondissant les rameurs à ramer plus vite, toujours plus vite. Cette croisière-éclair, en bateau rose, par le tunnel blanc, semblait l'amuser follement. Il battait des mains, il riait, sans jamais quitter des yeux ses passagers afin de voir s'ils s'amusaient autant que lui.

« Regarde, grand-papa ! s'écria Charlie. Il y a une porte dans le mur ! » Cette porte qui était verte se trouvait légèrement au-dessus du niveau de la rivière. C'est tout juste s'ils pouvaient déchiffrer en passant ce qui y était écrit :

HALLE DE DÉPÔT N° 54 :
TOUTES LES CRÈMES : CRÈME FRAÎCHE,
CRÈME FOUETTÉE, CRÈME DE VIOLETTE,
CRÈME DE CAFÉ, CRÈME D'ANANAS,
CRÈME DE VANILLE ET CRÈME À RASER.

« Crème à raser ? cria Mike Teavee. Comment ? Vous en mettez dans vos chocolats ?

– En avant ! hurla Mr. Wonka. Ce n'est pas le moment de répondre à des questions stupides. »

Ils passèrent en flèche devant une porte noire. L'écriteau disait :

HALLE DE DÉPÔT N° 71 :
FOUETS. TOUTES FORMES
ET TOUTES TAILLES.

« Des fouets ! s'étonna Veruca Salt. Qu'en faites-vous ?

– C'est pour fouetter la crème, naturellement, dit Mr. Wonka. Comment veux-tu fouetter une crème sans fouet ? Une crème fouettée n'est pas une crème fouettée tant qu'elle n'est pas fouettée avec un fouet. Comme un œuf brouillé n'est pas un œuf brouillé tant qu'il ne s'est pas brouillé avec toute sa famille ! En avant s'il vous plaît ! »

Ils passèrent devant une porte jaune où on pouvait lire :

HALLE DE DÉPÔT N° 77 :
TOUS LES GRAINS, GRAINS DE CACAO,
GRAINS DE CAFÉ, GRAINS DE MARMELADE
ET GRAINS DE BEAUTÉ.

« Grains de beauté ? s'écria Violette Beauregard.

– Oui, comme celui que tu as sur le nez ! dit Mr. Wonka. Ce n'est pas le moment de discuter ! En avant ! Plus vite ! » Mais lorsque, au bout de cinq minutes, apparut une porte rouge vif, il leva soudain sa canne à pommeau d'or et cria : « Arrêtez le bateau ! »

19
La salle des inventions. Bonbons inusables et caramels à cheveux

Lorsque Mr. Wonka cria : « Arrêtez le bateau ! » les Oompa-Loompas enfoncèrent leurs rames dans la rivière et ramèrent furieusement à rebours. Le bateau s'immobilisa.

Les Oompa-Loompas venaient de ranger le bateau devant la porte rouge. Sur cette porte, on pouvait lire : SALLE DES INVENTIONS – PRIVÉ – ENTRÉE INTERDITE. Mr. Wonka prit une clef dans sa poche, se pencha par-dessus bord et la glissa dans la serrure.

« Ceci est la salle la plus importante de toute mon usine ! dit-il. C'est ici que mijotent mes dernières inventions les plus secrètes ! Que ne donnerait le vieux Fickelgruber s'il pouvait entrer ici, ne fût-ce que pour trois minutes ! Sans parler de Prodnose, de Slugworth et de tous les autres petits chocolatiers miteux ! Et maintenant, écoutez-moi ! Vous ne salirez rien, en entrant ici ! Vous ne toucherez à rien ! Vous ne tripoterez rien ! Vous ne goûterez rien ! Promis ?

– Oui ! Oui ! crièrent les enfants. C'est promis !

– Jusqu'à ce jour, dit Mr. Wonka, personne, pas même un Oompa-Loompa, n'a eu le droit d'entrer ici ! » Il ouvrit la porte et quitta le bateau pour la salle, suivi des quatre enfants et de leurs parents.

« Ne touchez à rien ! cria Mr. Wonka. Et ne renversez rien ! »

Charlie Bucket parcourut du regard la salle gigantesque. On eût dit une cuisine de sorcière ! Dans tous les coins, il y avait des marmites en métal noir, fumant et bouillonnant sur de grands fourneaux, des bouilloires sifflantes et des poêles à frire ronronnantes, d'étranges machines de fer qui crachotaient et cliquetaient, et des tuyaux qui couraient le long du plafond et des murs, le tout enveloppé de fumée, de vapeurs, de riches et délicieux parfums.

Quant à Mr. Wonka, il semblait encore plus vif, plus agité que d'habitude. On voyait bien que c'était là sa salle préférée. Il sautillait au milieu des casseroles et des machines comme un enfant parmi ses cadeaux de Noël, ne sachant par où commencer. Il souleva le couvercle d'une grande marmite et renifla ; puis il trempa un doigt dans une barrique pour goûter une masse jaune et visqueuse ; puis il alla à grands pas vers l'une des machines et tourna à gauche et à droite une demi-douzaine de boutons ; puis il jeta un long regard inquiet par la portière vitrée d'un gigantesque fourneau, se frotta les mains et rit tout doucement, l'air satisfait. Enfin, il courut vers une autre machine, petite et brillante, qui émettait d'inlassables « *Phut – phut – phut – phut* », et à chaque « *phut* », il en tombait une grosse bille verte. Du moins, cela ressemblait à des billes.

« Des bonbons acidulés inusables ! s'écria fièrement Mr. Wonka. La dernière nouveauté ! Je les ai inventés pour les enfants qui n'ont que très peu d'argent de poche. Prenez un de ces bonbons, et sucez-le, sucez-le, sucez-le, il ne fondra jamais !

– C'est comme du chewing-gum ! s'écria Violette Beauregard.

– Ce n'est pas comme du chewing-gum, dit Mr. Wonka. La gomme doit être mâchée, mais tu te casserais les dents si tu voulais mâcher ces bonbons-là. Cependant ils ont un goût fabuleux ! Et ils changent de couleur une fois par semaine ! Et ils ne s'usent jamais ! JAMAIS ! C'est du moins ce que je pense. L'un d'eux est testé, en ce moment même, dans la pièce voisine qui me sert de laboratoire. Un Oompa-Loompa est en train de le sucer. Cela fait déjà un an qu'il le suce sans arrêt, et le bonbon tient bon !

« Dans ce coin-là, poursuivit Mr. Wonka en traversant la salle à pas vifs, dans ce coin, je suis en train d'inventer une toute nouvelle espèce de caramels ! » Il s'arrêta près d'une grande casserole, pleine d'une mélasse violâtre, bouillonnante et moussante. Le petit Charlie se hissa sur la pointe des pieds pour mieux la voir.

« C'est du caramel qui fait pousser les cheveux ! cria Mr. Wonka. Il suffit d'en avaler une toute petite pincée et, au bout d'une demi-heure exactement, il vous pousse sur toute la tête une superbe crinière ! Et des moustaches ! Et une barbe !

– Une barbe ! s'écria Veruca Salt. Qui peut bien avoir envie d'une barbe ?

– Elle t'irait très bien, dit Mr. Wonka, mais, malheureusement, le mélange n'est pas encore au point. Il est trop fort. Il est trop actif. Je l'ai essayé hier sur un Oompa-Loompa, dans mon laboratoire, et aussitôt, une grande barbe noire lui a poussé, et elle a poussé si vite que bientôt le sol était couvert de tout un tapis barbu. Elle poussait si vite qu'elle résistait aux ciseaux, impossible de la couper ! A la fin, nous avons dû nous servir d'une tondeuse à gazon pour en venir à bout ! Mais bientôt, mon mélange sera prêt à l'usage ! Et alors, plus d'excuse pour les petits garçons et les petites filles qui se promènent le crâne chauve !

– Mais, Mr. Wonka, dit Mike Teavee, les petits garçons et les petites filles ne se promènent jamais le...

– Ne discutons pas, mon petit, ne discutons pas ! cria Mr. Wonka. Nous n'avons pas une minute à perdre ! Maintenant, si vous voulez vous donner la peine de me suivre, je vais vous montrer quelque chose dont je suis terriblement fier. Oh ! Prenez garde ! Ne renversez rien ! Reculez ! »

20
La grande machine à chewing-gum

Mr. Wonka conduisit le groupe à une gigantesque machine qui se dressait au centre même de la salle des inventions. Une montagne de métal luisant, dominant de très haut les enfants et leurs parents. Tout en haut, elle portait quelques centaines de fins tubes de verre, et tous ces tubes étaient courbés vers le bas, formant un bouquet suspendu au-dessus d'un énorme récipient, aussi grand qu'une baignoire.

« Et voilà ! » cria Mr. Wonka, puis il pressa sur trois boutons différents sur le côté de la machine. Au bout d'une seconde, on entendit un effroyable grondement. Toute la machine était secouée de façon inquiétante, dégageant de la fumée de toutes parts, et soudain, les spectateurs virent couler du liquide dans tous les petits tubes de verre, en direction de la grande cuve. Et dans chacun des petits tubes, le liquide était d'une couleur différente, si bien que toutes les couleurs de l'arc-en-ciel (et bien d'autres encore) se rencontraient dans un formidable éclaboussement. C'était un très joli spectacle. Et lorsque la cuve fut presque pleine, Mr. Wonka appuya sur un autre bouton et, aussitôt, le liquide cessa de couler à l'intérieur des tubes, le grondement se tut pour faire place à un mélange de bourdonnements et de sifflements, puis un tourniquet géant se mit à virevolter dans l'énorme cuve, fouettant les liquides multicolores comme un ice-cream-soda. Petit à petit, le mélange se mit à mousser. La mousse se fit de plus en plus abondante, virant du bleu au blanc, du vert au brun, puis du jaune au noir pour redevenir bleue à la fin.

« Attention ! » dit Mr. Wonka.

Il y eut un déclic et le tourniquet s'arrêta. Alors on entendit une sorte de bruit de succion et, très rapidement, tout le mélange bleu et mousseux de la grande cuve fut aspiré jusque dans le ventre de la machine. Après un bref silence, il y eut quelques grondements bizarres. Puis ce fut encore le silence. Et soudain, la machine poussa une plainte monstrueuse et, au même instant, un minuscule tiroir (pas plus grand que celui d'un distributeur

automatique) sortit brusquement du côté de la machine, et dans ce tiroir, il y avait quelque chose de si petit, de si plat, de si gris que tout le monde crut à une erreur. On aurait dit un petit bout de carton gris.

Les enfants et leurs parents ouvrirent de grands yeux sur ce petit bout de carton gris blotti dans le tiroir.

« C'est tout ? dit Mike Teavee, l'air déçu.

– C'est tout, répondit, plein de fierté, Mr. Wonka. Tu ne sais donc pas ce que c'est ? »

Il y eut un silence. Puis soudain, Violette Beauregard, mâcheuse de gomme chevronnée, poussa un long cri hystérique. « Mais c'est du chewing-gum ! hurla-t-elle. C'est une tablette de chewing-gum !

– Exact ! » s'écria Mr. Wonka. Il donna une tape dans le dos de Violette. « C'est une tablette de chewing-gum. Et ce chewing-gum est le plus étonnant, le plus fabuleux, le plus sensationnel du monde ! »

21
Adieu Violette !

« Ce chewing-gum, poursuivit Mr. Wonka, est la dernière, la plus importante, la plus fascinante de mes inventions ! C'est un vrai repas ! C'est… c'est… c'est… ce minuscule morceau de chewing-gum que vous voyez là est à lui seul un véritable dîner composé de trois plats !

– Que racontez-vous là ? C'est insensé ! dit l'un des pères.

– Cher monsieur ! s'écria Mr. Wonka, ce chewing-gum, une fois mis en vente dans les boutiques, changera la face du monde ! Ce sera la fin des plats cuisinés ! Plus de marché à faire ! Plus de boucheries, plus d'épiceries ! Plus de couteaux, plus de fourchettes ! Plus d'assiettes ! Plus de vaisselle à laver ! Plus de détritus ! Plus de pagaille ! Rien qu'une petite tablette magique de chewing-gum Wonka ! Elle remplacera votre petit déjeuner, votre déjeuner, votre souper ! Ce morceau de chewing-gum que vous voyez là représente justement une soupe à la tomate, un rosbif et une tarte aux myrtilles. Mais le choix est grand ! Vous trouverez presque tout ce qui vous plaira !

– Soupe à la tomate, rosbif, tarte aux myrtilles ? Que voulez-vous dire par là ? demanda Violette Beauregard.

– Il suffit de mâcher ce chewing-gum, dit Mr Wonka, pour avoir exactement l'impression de manger les plats de ce menu. C'est absolument stupéfiant ! Vous croyez avaler réellement votre nourriture, vous la sentez qui descend jusque dans votre estomac ! Et vous mangez avec appétit ! Et après, vous avez le ventre plein ! Vous mangez à votre faim ! C'est formidable !

– C'est tout à fait impossible, dit Veruca Salt.

– Du moment que c'est du chewing-gum, hurla Violette Beauregard, du chewing-gum qui se mâche, ça m'intéresse ! » Cela dit, elle recracha son bout de chewing-gum voué à tous les records du monde et se le colla derrière l'oreille gauche. « A nous deux, Mr. Wonka, dit-elle, passez-moi votre fameux chewing-gum magique et nous verrons bien ce que ça donne !

– Voyons, Violette, dit Mrs. Beauregard, sa mère, tu vas encore faire des bêtises !

– Il me faut du chewing-gum ! s'entêta Violette. Ce n'est pas une bêtise.

– Il vaudrait mieux que tu ne le prennes pas, dit avec douceur Mr. Wonka. Vois-tu, il n'est pas encore tout à fait au point. Il y a encore quelques détails...

– Cause toujours ! » dit Violette, et soudain, avant même que Mr. Wonka pût intervenir, elle étendit une main potelée, sortit le chewing-gum de son tiroir et le fourra dans sa bouche. Et aussitôt, ses larges mâchoires bien entraînées se mirent à travailler comme une paire de tenailles.

« Arrête ! dit Mr. Wonka.

– Fabuleux ! hurla Violette. Du tonnerre, cette soupe à la tomate ! Chaude, épaisse, délicieuse ! Et ça descend !

– Arrête ! répéta Mr. Wonka. Ce chewing-gum n'est pas prêt ! Il n'est pas au point !

– Mais si, mais si ! dit Violette. Il fonctionne à merveille ! Oh ! Mon Dieu ! Quelle bonne soupe !

– Recrache-la ! dit Mr. Wonka.

– Ça change ! hurla Violette, tout en mastiquant, avec un large sourire. Voici le second plat ! Du rosbif ! Oh ! Comme il est tendre et succulent ! Et ces patates ! Elles ont la peau croustillante puis, à l'intérieur, il y a du beurre !

– Comme c'est in-té-res-sant, Violette, dit Mrs. Beauregard. Tu es une fille sensée, vraiment.

– Vas-y, ma fille ! dit Mr. Beauregard. Continue, mon lapin ! C'est un grand jour pour les Beauregard ! Notre petite fille est la première au monde à manger un repas chewing-gum ! »

Tous les regards étaient fixés sur Violette Beauregard, en train de mâcher ce chewing-gum extraordinaire. Le petit Charlie était comme hypnotisé par le spectacle de ses lèvres épaisses et mobiles qui s'ouvraient et se refermaient. A ses côtés, grand-papa Joe paraissait également fasciné. Mr. Wonka, lui, se tordait les mains en répétant : « Non, non, non, non, non ! Cette invention n'est pas prête ! Elle n'est pas au point ! Tu n'aurais pas dû !

– Et voici la tarte aux myrtilles à la crème ! hurla Violette. Ça y est ! Oh ! C'est tout à fait ça ! C'est épatant ! C'est... c'est tout à fait comme si je l'avalais ! Comme si j'avalais de bonnes cuillerées de la plus merveilleuse tarte aux myrtilles du monde !

– Ciel ! Ma fille ! s'écria soudain Mrs. Beauregard, les yeux posés sur Violette, qu'est-ce qui arrive à ton nez !

– Oh ! Tais-toi, mère, et laisse-moi finir ! dit Violette.

– Il vire au bleu ! hurla Mrs. Beauregard. Ton nez devient bleu comme une myrtille !

– Ta mère a raison ! hurla à son tour Mr. Beauregard. Tu as le nez tout violet !

– Que voulez-vous dire ? demanda Violette sans cesser de mastiquer.

– Tes joues ! hurla Mrs. Beauregard. Elles virent au bleu aussi ! Et ton menton ! Toute ta figure est bleue !

– Recrache immédiatement ce chewing-gum ! ordonna Mr. Beauregard.

– Pitié ! Au secours ! hurla Mrs. Beauregard. Ma fille est en train de devenir toute bleue et mauve ! Même ses cheveux changent de couleur ! Violette ! Te voilà violette ! Qu'est-ce qu'il t'arrive ?

– Je t'avais bien dit que ce n'était pas au point, soupira Mr. Wonka en secouant tristement la tête.

– Ça, vous pouvez le dire ! cria Mrs. Beauregard. Ma pauvre fille ! Voyez ce qu'elle est devenue ! »

Tous les yeux étaient fixés sur Violette. Quel terrible et singulier spectacle ! Son visage, ses mains, ses jambes et son cou, en fait, toute sa peau, sans oublier sa chevelure bouclée, tout était d'un bleu-violet éclatant, exactement comme du jus de myrtille !

« Ça se gâte *toujours* au dessert, soupira Mr. Wonka. C'est la faute de cette tarte aux myrtilles. Mais un jour, j'y arriverai, vous verrez !

– Violette ! hurla Mrs. Beauregard, te voilà qui grossis !

– Je ne me sens pas bien, dit Violette.

– Tu gonfles ! hurla Mrs. Beauregard.

– Je me sens bizarre ! suffoqua Violette.

– Ça ne m'étonne pas ! dit Mr. Beauregard.

– Ciel ! hurla Mrs. Beauregard. Tu gonfles comme un ballon, ma fille !

– Comme une myrtille, rectifia Mr. Wonka.

– Vite, un médecin ! cria Mr. Beauregard.

– Piquez-la avec une épingle ! dit l'un des pères.

– Sauvez-la ! » pleurait Mrs. Beauregard en se tordant les mains.

Mais il n'y avait pas moyen de la sauver pour l'instant. Son corps s'arrondissait toujours, changeant d'aspect avec une rapidité telle qu'au bout d'une minute il fut transformé en une énorme boule bleue – une gigantesque myrtille. Tout ce qui restait de Violette elle-même était une minuscule paire de jambes et une minuscule paire de bras plantés dans le gros fruit rond, et une toute petite tête posée au sommet.

« C'est *toujours* la même chose, soupira Mr. Wonka. Je l'ai essayé vingt fois dans mon laboratoire, sur vingt Oompa-Loompas, et tous les vingt ont fini par être changés en myrtilles. C'est très ennuyeux. Je n'y comprends vraiment rien.

– Mais je ne veux pas de myrtille pour fille ! hurla Mrs. Beauregard. Réparez-la-moi vite, pour qu'elle soit comme avant ! »

Mr. Wonka claqua des doigts, et dix Oompa-Loompas apparurent aussitôt à ses côtés.

« Roulez Miss Beauregard dans le bateau, leur dit-il, et conduisez-la vite à la salle aux jus de fruits.

– La *salle aux jus de fruits* ? s'écria Mrs. Beauregard. Qu'est-ce qu'ils vont lui faire, là-bas ?

– La presser, dit Mr. Wonka. Il faut qu'elle perde immédiatement tout son jus. Après, nous verrons bien. Mais ne vous tourmentez pas, chère madame. Nous vous la réparerons, quoi qu'il arrive. Je suis navré, vraiment… »

Déjà les dix Oompa-Loompas roulaient l'énorme myrtille à travers la salle des inventions, vers la porte qui s'ouvrait sur la

rivière de chocolat où les attendait le bateau. Mr. et Mrs. Beauregard les suivirent en courant. Ce qui restait du groupe, y compris Charlie Bucket et grand-papa Joe, demeura immobile en les regardant s'éloigner.

« Écoute ! chuchota Charlie. Écoute, grand-papa ! Les Oompa-Loompas se remettent à chanter ! »

Les voix, une centaine de voix chantant en chœur, leur parvenaient distinctement depuis le bateau :

Chers amis, il faut bien savoir
Que rien n'est moins joli à voir
Qu'un petit monstre dégoûtant
Mâchant du chewing-gum tout le temps.
(C'est presque aussi mal, avouez,
Que de mettre les doigts dans le nez.)
On vous le dit, et c'est bien vrai :
Le chewing-gum ne paie jamais ;
Cette habitude déplorable
Appelle une fin bien lamentable.

Connaissez-vous la triste histoire
De Miss Pipenoire ?
La redoutable mijaurée
Mastiquait toute la journée.
Elle mastiquait, soir et matin,
A l'église, au bal, dans son bain,
Dans l'autobus, dans l'ascenseur,
Vraiment, ça vous soulevait le cœur !
Et, ayant perdu son chewing-gum,
Elle mâchait du linoléum,
Tout ce qui était à sa hauteur,
Des gants, l'oreille du facteur,
Le jupon bleu de sa belle-sœur,
Et même le nez de son danseur.
Elle mâchait, mâchait sans répit.
Sa mâchoire s'en ressentit
Et l'envergure de son menton
Fut celle d'une boîte à violon.
Ainsi passèrent les années :
Cinquante paquets par journée !
Jusqu'à ce fameux soir d'été
Où ce grand drame est arrivé.
Après avoir lu dans son lit,
Tout en mâchant à très grand bruit,
Elle déposa à son chevet
Son morceau de chewing-gum mâché,
Juste à côté de son réveil,
Puis elle sombra dans le sommeil
Mais, malgré tout, dans la nuit noire,
Toujours s'agitaient ses mâchoires.
Comme elle n'avait rien sous la dent
Ce fut d'autant plus trépidant,
Elle était si bien entraînée

Qu'elle ne pouvait plus s'arrêter.
Ça faisait tic-tac dans le noir
Avec un vrai bruit de battoir
Sa bouche, telle une porte cochère
S'ouvrait dans un bruit de tonnerre.
Enfin, sa mâchoire géante
Bâilla – et demeura béante,
Béante pour un bon moment,
Puis se referma violemment
Et, sous le couperet hideux,
Elle eut la langue coupée en deux !
Muette pour le reste de ses jours
Elle fit un très long séjour
A l'affreux sanatorium.
Tout cela à cause du chewing-gum !
C'est pour cela que, sans retard,
Faut empêcher Miss Beauregard
De souffrir le même martyre.
Il faut lui éviter le pire
Comme elle est jeune, l'espoir est grand
Qu'elle survivra à son traitement.

22
Le long du corridor

« Et voilà, soupira Mr. Willy Wonka. Deux méchants enfants nous quittent. Restent trois enfants sages. Je pense qu'il vaudrait mieux sortir d'ici le plus vite possible, avant de perdre encore quelqu'un !

– Mais, Mr. Wonka, dit anxieusement Charlie Bucket, est-ce que Violette Beauregard redeviendra comme avant, ou bien sera-t-elle toujours une myrtille ?

– Ils ne tarderont pas à lui faire perdre tout son jus ! déclara Mr. Wonka. Ils vont la rouler jusque dans le pressoir, et elle en ressortira mince comme un fil !

– Mais sera-t-elle toujours bleue partout ? demanda Charlie.

– Elle sera *violette* ! proclama Mr. Wonka. D'un beau violet profond, de la tête aux pieds ! Mais c'est bien fait ! C'est ce qui arrive quand on mâche ce machin répugnant à longueur de journées !

– Si vous trouvez le chewing-gum répugnant, dit Mike Teavee, pourquoi en fabriquez-vous ?

– Parle distinctement, dit Mr. Wonka. Je ne comprends pas un mot de ce que tu dis. En route ! Allons-y ! Dépêchons-nous !

Suivez-moi ! Nous allons repasser par les corridors ! » Cela dit, Mr. Wonka traversa en courant la salle des inventions pour ouvrir une petite porte secrète, dissimulée par des tas de tuyaux et de fourneaux, suivi des trois enfants – Veruca Salt, Mike Teavee et Charlie Bucket – et des cinq adultes qui restaient en course.

Charlie Bucket reconnut l'un de ces longs couloirs roses coupés de beaucoup d'autres couloirs roses. Mr. Wonka galopait en tête, tournant à gauche et à droite, à droite et à gauche, et grand-papa Joe dit : « Serre bien ma main, Charlie. Ce ne doit pas être drôle de se perdre ici. » Mr. Wonka, lui, disait : « Plus de temps à perdre ! A ce train-là, nous n'arriverons plus nulle part ! » Et il filait par d'interminables couloirs roses, avec son chapeau haut de forme noir et son habit couleur de prune dont la queue flottait derrière lui comme un drapeau au vent.

Ils passèrent devant une porte. « Pas le temps d'entrer ! cria Mr. Wonka. Allons ! Pressons ! »

Ils passèrent devant une autre porte, puis une autre et encore une autre. Il y en avait une à peu près tous les vingt pas, et

chacune portait un écriteau. D'étranges bruits métalliques en sortaient, des parfums délicieux filtraient par les trous de serrure, et quelquefois, de petits jets de vapeur colorés s'échappaient par les fentes.

Grand-papa Joe et Charlie devaient courir vite pour maintenir l'allure, mais ils parvenaient néanmoins à lire quelques inscriptions en passant. OREILLERS MANGEABLES EN PÂTE DE GUIMAUVE, disait l'une d'elles.

« Formidables, les oreillers de guimauve ! s'écria Mr. Wonka sans ralentir. Ils feront sensation quand je les aurai mis en vente ! Mais nous n'avons pas le temps d'entrer ! Pas le temps ! »

PAPIER PEINT QUI SE LÈCHE POUR CHAMBRES D'ENFANTS, disait l'écriteau suivant.

« Charmant, ce papier qui se lèche ! cria Mr. Wonka, toujours pressé. Des fruits y sont peints : des bananes, des pommes, des oranges, des raisins, des ananas, des fraises et des flageoises...

– Des flageoises ? demanda Mike Teavee.

– Ne me coupe pas la parole ! dit Mr. Wonka. Tous ces fruits figurent sur le papier, et il suffit de lécher une banane pour avoir un goût de banane. Léchez une fraise, et vous obtenez un goût de fraise. Et si vous léchez une flageoise, ça donnera exactement le goût d'une flageoise...

– Mais ça a quel goût, une flageoise ?

– Tu manges encore tes mots, dit Mr. Wonka. Parle plus fort, la prochaine fois. Allons ! Dépêchons-nous ! »

CRÈMES GLACÉES CHAUDES POUR LES JOURS DE GRAND FROID, disait l'inscription suivante.

« *Extrêmement* utiles en hiver, dit Mr. Wonka en passant. Les glaces chaudes sont étonnamment réchauffantes quand il gèle. Je produis aussi des glaçons chauds pour boissons chaudes. Les glaçons chauds rendent les boissons chaudes encore plus chaudes.

VACHES DONNANT DU LAIT CHOCOLATÉ, lisait-on sur la porte suivante.

« Ah ! Mes jolies petites vaches ! Comme je les aime, mes vaches ! s'écria Mr. Wonka.

– Pourquoi ne pouvons-nous pas les voir ? demanda Veruca Salt. Pourquoi faut-il passer si vite devant toutes ces jolies salles ?

– Nous nous arrêterons au bon moment ! s'écria Mr. Wonka. Ne sois pas si impatiente ! »

BOISSONS GAZEUSES AÉRODYNAMIQUES, disait l'écriteau suivant.

« Oh ! celles-là sont fabuleuses ! cria Mr. Wonka. Elles vous remplissent de bulles, de bulles pleines d'un gaz spécial, et ce gaz est si incroyablement léger qu'il vous décolle du sol comme un ballon, et vous vous envolez au plafond – pour y rester.

– Mais qu'est-ce qu'on fait pour redescendre ? demanda le petit Charlie.

– Il faut roter, naturellement, dit Mr. Wonka. Vous rotez de toutes vos forces, et alors le gaz remonte et vous redescendez ! Mais n'en buvez pas en plein air ! On ne sait jamais jusqu'où ça peut monter ! J'en ai fait boire une fois à un vieil Oompa-Loompa, dehors, dans la cour, et il est monté, monté, monté ! A la fin, il a disparu dans le ciel ! C'était très triste. Je ne l'ai plus jamais revu.

– Il aurait dû roter, dit Charlie.

– Bien sûr qu'il aurait dû roter, dit Mr. Wonka. J'étais là, en train de lui crier : «Rote, espèce d'âne, rote, sans cela, tu ne redescendras plus ! » Mais il n'a pas roté, il n'a pas pu, ou il n'a pas voulu, je ne sais trop. Il était peut-être trop poli. Il doit être dans la lune maintenant. »

Sur la porte suivante, on pouvait lire : BONBONS CARRÉS QUI ONT L'AIR D'ÊTRE RONDS.

« Attendez ! cria Mr. Wonka en s'arrêtant soudain. Je suis très fier de mes bonbons carrés qui ont l'air d'être ronds. Allons les voir ! »

23
Les bonbons carrés qui ont l'air d'être ronds

Tout le monde s'arrêta devant la porte dont le haut était de verre. Grand-papa Joe souleva Charlie pour lui permettre de voir l'intérieur de la salle. Charlie y vit une longue table et, sur cette table, des rangées et des rangées de petits bonbons blancs en forme de cubes. Ces bonbons ressemblaient beaucoup à des morceaux de sucre – mais chacun d'eux avait sur l'une de ses six faces une drôle de petite figure peinte en rose. A l'autre bout de la table, quelques Oompa-Loompas s'appliquaient à peindre d'autres figures sur d'autres bonbons.

« Voilà ! cria Mr. Wonka. Les bonbons carrés à l'aspect rond !

– Je ne les vois pas ronds, dit Mike Teavee.

– Ils ont l'air carrés, dit Veruca Salt. Complètement carrés.

– Mais ils *sont* carrés, dit Mr. Wonka. Je n'ai jamais dit le contraire.

– Vous disiez qu'ils étaient ronds ! dit Veruca Salt.

– Je n'ai jamais dit ça, dit Mr. Wonka. J'ai dit qu'ils *avaient l'air* d'être ronds.

– Mais ils n'ont pas l'air d'être ronds ! dit Veruca Salt. Ils ont l'air carrés !

– Ils ont l'air ronds, insista Mr. Wonka.

– Ils n'ont pas l'air ronds du tout, c'est sûr ! cria Veruca Salt.

– Veruca chérie, dit Mrs. Salt, ne fais pas attention à ce que raconte Mr. Wonka ! Il te ment !

– Pauvre vieille toupie, dit Mr. Wonka, tu peux causer !

– Comment osez-vous me parler sur ce ton ? hurla Mrs. Salt.

– Silence ! dit Mr. Wonka. Et regardez bien ! » Il sortit une clef de sa poche et ouvrit la porte. La porte bâilla... et soudain... au son du bâillement de la porte, les innombrables petits bonbons carrés qui s'entassaient sur la table ouvrirent des yeux ronds en tournant leurs petits visages vers la porte, le regard fixé sur Mr. Wonka.

« Et voilà ! cria-t-il triomphalement. Ils ont l'air d'être ronds. C'est indiscutable ! Ce sont des bonbons carrés qui ont l'air ronds !

– Sapristi ! Il a raison ! dit grand-papa Joe.

– Allez ! En route ! dit Mr. Wonka. En route ! Pas une minute à perdre ! »

CHOCOLAT À LA LIQUEUR ET SUCRERIES ALCOOLISÉES, disait l'écriteau de la porte suivante.

« Voilà qui me paraît bien plus intéressant, dit Mr. Salt, le père de Veruca.

– Magnifique ! dit Mr. Wonka. Tous les Oompa-Loompas en raffolent. Ça leur monte à la tête. Écoutez ! Ils font la noce ! »

Des cris joyeux, des rires et des bribes de chansons parvenaient aux visiteurs par la porte close.

« Ils boivent comme des trous, dit Mr. Wonka. Ce qu'ils préfèrent c'est le whisky-caramel. Mais le gin-tonic au beurre est très populaire aussi. Suivez-moi, s'il vous plaît ! Nous ne devrions pas nous arrêter partout. » Il tourna à gauche. Il tourna à droite. Puis ils arrivèrent devant une grande volée d'escalier. Mr. Wonka descendit sur la rampe. Les trois enfants l'imitèrent. Mrs. Salt et Mrs. Teavee, les seules femmes restées en course, étaient hors d'haleine. Mrs. Salt était une énorme créature avec de toutes petites jambes. Elle soufflait comme un rhinocéros. « Par ici ! » cria Mr. Wonka arrivé au pied de l'escalier. Il tourna à gauche.

« Courez moins vite ! haleta Mrs. Salt.

– Impossible, dit Mr. Wonka. Nous n'arriverons pas à l'heure si nous allons moins vite !

– Arriver où ? demanda Veruca Salt.

– Ne t'inquiète pas, dit Mr. Wonka. Tu verras bien. »

24
Veruca dans la salle aux noix

Mr. Wonka se remit à galoper le long du corridor. LA SALLE AUX NOIX, annonçait l'écriteau de la porte suivante.

« Parfait, dit-il, arrêtez-vous ici quelques secondes pour souffler, et jetez un coup d'œil par la vitre de cette porte. Mais surtout, n'entrez pas ! Quoi qu'il arrive, n'entrez pas dans la salle aux noix ! Vous risquez de déranger les écureuils ! »

Ils s'attroupèrent devant la porte.

« Oh ! Regarde, grand-papa, regarde ! » cria Charlie.

« Des écureuils ! » cria Veruca Salt.

« Ça alors ! » dit Mike Teavee.

Le spectacle était fascinant. Une centaine d'écureuils étaient juchés sur de hauts tabourets autour d'une grande table. Sur la table, il y avait des tas et des tas de noix, et les écureuils travaillaient comme des forcenés. Ils décortiquaient les noix à une vitesse incroyable.

« Ces écureuils ont été entraînés exprès pour décortiquer les noix, expliqua Mr. Wonka.

– Pourquoi des écureuils ? demanda Mike Teavee. Pourquoi pas des Oompa-Loompas ?

– Parce que, dit Mr. Wonka, les Oompa-Loompas n'arrivent pas à sortir les cerneaux de leurs coquilles sans les casser. Seuls les écureuils sont capables de les conserver intacts. C'est extrêmement difficile. Or, dans ma chocolaterie, je tiens beaucoup à n'utiliser que des noix entières. C'est pourquoi j'ai recours à des écureuils. Ils sont magnifiques, n'est-ce pas ? Voyez leurs gestes ! Et voyez comme ils frappent d'abord la coquille du doigt pour s'assurer que la noix n'est pas pourrie ! Les noix pourries sonnent creux, et alors, pas la peine de les ouvrir ! Ils les jettent à la poubelle. Là ! Regardez ! Regardez bien le premier écureuil ! Je pense qu'il est tombé sur une mauvaise noix ! »

Tous les regards s'étaient posés sur le premier écureuil qui frappait de la patte la coquille. Il pencha la tête d'un côté, écouta attentivement puis, soudain, il lança la noix par-dessus son épaule, dans un grand trou par terre.

« Maman ! cria soudain Veruca Salt, j'en veux un, c'est décidé ! Achète-moi un de ces écureuils !

– Ne dis pas de sottises, ma chérie, dit Mrs. Salt. Ils sont tous à Mr. Wonka.

– Je m'en moque ! hurla Veruca. J'en veux un. Je n'ai à la maison que deux chiens, quatre chats, six petits lapins, deux perruches, trois canaris, un perroquet vert, une tortue, un bocal plein de poissons rouges, une cage pleine de souris blanches et un viel hamster complètement gâteux ! Je veux un *écureuil* !

– Très bien, mon chou, lança Mrs. Salt. Maman t'offrira un écureuil le plus tôt possible.

– Mais je ne veux pas un écureuil quelconque ! hurla Veruca. Je veux un écureuil dressé ! »

A cet instant, Mr. Salt, le père de Veruca, fit un pas en avant.

« Eh bien, Wonka, dit-il d'un ton présomptueux en sortant un portefeuille plein d'argent, combien voulez-vous pour l'une de vos sacrées bestioles ? Quel est votre prix ?

– Mes écureuils ne sont pas à vendre, répondit Mr. Wonka. Elle n'en aura pas.

– Comment, je n'en aurai pas ! hurla Veruca. Qu'est-ce qui m'empêche d'aller m'en chercher un, tout de suite ?

– N'y va pas ! », intervint aussitôt Mr. Wonka, mais… trop tard ! Déjà la fillette avait ouvert la porte pour se précipiter dans la salle.

A l'instant même, les cent écureuils cessèrent de travailler et tournèrent la tête pour la dévisager de leurs petits yeux de jais.

Veruca s'arrêta à son tour pour les regarder. Puis son choix se fixa sur un joli petit écureuil, non loin d'elle, au bout de la table. L'écureuil tenait une noix entre ses pattes.

« Bien, dit Veruca, je t'aurai ! »

Elle étendit les mains pour attraper l'écureuil… mais aussitôt… en une fraction de seconde, alors qu'elle avançait les mains, il y eut soudain un remue-ménage dans la salle, un remue-ménage tout roux, et tous les écureuils quittèrent d'un bond la table pour atterrir sur le corps de Veruca.

Vingt-cinq écureuils prirent possession de son bras droit et l'immobilisèrent.

Vingt-cinq autres s'emparèrent de son bras gauche pour le bloquer de même.

Vingt-cinq s'abattirent sur sa jambe gauche et la clouèrent au sol.

Vingt-quatre en firent autant pour sa jambe droite.

Enfin, l'unique écureuil encore inoccupé (le chef, de toute évidence) grimpa sur l'épaule de Veruca et se mit à frapper, toc ! toc ! toc ! sur la tête de la malheureuse petite fille.

« Sauvez-la ! hurla Mrs. Salt. Veruca ! Reviens ! Qu'est-ce qu'ils lui font ?

– Ils l'examinent pour voir si c'est une noix pourrie, dit Mr. Wonka. Regardez ! »

Veruca se débattait furieusement, mais les écureuils la tenaient fermement, impossible de bouger. Celui qui était juché sur son épaule continuait à taper sur sa tête.

Puis, tout à coup, les écureuils renversèrent Veruca et se mirent à la traîner par terre, tout le long de la salle.

« Bonté divine ! Elle est une noix pourrie, dit Mr. Wonka. Sa tête a dû sonner bien creux. »

Veruca gigota et brailla. Rien à faire. Les petites pattes vigoureuses la serraient très fort. Impossible de fuir.

« Où l'emmènent-ils ? hurla Mrs. Salt.

– Là où vont toutes les noix pourries, dit Mr. Willy Wonka. Au vide-ordures.

– Ça alors ! Ils la jettent dans le trou ! dit Mr. Salt qui observait sa fille à travers la porte vitrée.

– Qu'est-ce que vous attendez pour la sauver ? cria Mrs. Salt.

– Trop tard, dit Mr. Wonka. Elle est partie ! » Et c'était vrai.

« Mais où est-elle ? hurla Mrs. Salt en gesticulant comme une folle. Que fait-on des mauvaises noix ? Où conduit ce vide-ordures ?

– Le vide-ordures en question, dit Mr. Wonka, aboutit directement à l'égout qui charrie tous les détritus de tous les coins de mon usine – toute la poussière, toutes les épluchures de pommes de terre, les feuilles de choux fanées, les têtes de poissons et j'en passe.

– Qui est-ce qui mange du poisson, des choux et des patates dans cette chocolaterie, je voudrais bien le savoir ? dit Mike Teavee.

– Moi, naturellement, répondit Mr. Wonka. Ou crois-tu que je me nourris de grains de cacao ?

– Mais… mais… mais, cria Mrs. Salt, où finit cet égout ?

– Dans le grand fourneau, voyons, dit calmement Mr. Wonka. A l'incinérateur ! » Mrs. Salt ouvrit sa grande bouche rouge et poussa un cri perçant.

« Ne vous tourmentez pas, dit Mr. Wonka, il y a de fortes chances qu'il ne soit pas allumé aujourd'hui.

– Des *chances* ! hurla Mrs. Salt. Ma pauvre petite Veruca ! Elle… elle… elle sera grillée comme une saucisse !

– Très juste, ma chère, dit Mr. Salt. Maintenant, écoutez-moi, Wonka, ajouta-t-il, je pense que vous allez un tout petit peu trop loin, vraiment. Que ma fille soit une vraie petite peste, je veux bien l'admettre. Mais ce n'est pas une raison pour la faire rôtir au four. Je suis extrêmement indigné et fâché.

– Oh ! ne vous fâchez pas, cher monsieur ! dit Mr. Wonka. Je suppose qu'elle remontera tôt ou tard. Peut-être n'est-elle pas descendue du tout. Elle a pu rester coincée dans le conduit, juste après le trou et, dans ce cas, il vous suffirait d'y entrer pour la tirer de là. »

A ces mots, Mr. et Mrs. Salt se précipitèrent tous deux dans la salle aux noix. Ils coururent vers le trou et se penchèrent dessus.

« Veruca ! cria Mrs. Salt. Es-tu là ? »

Pas de réponse.

Afin de mieux voir, Mrs. Salt se pencha plus avant. Maintenant, elle était agenouillée au bord du trou, la tête baissée, son énorme derrière en l'air comme un champignon géant. Position plutôt dangereuse. Il suffisait de la pousser un peu… de lui donner une toute petite tape au bon endroit… et c'est exactement ce que firent les écureuils !

Elle tomba, la tête la première, en poussant des cris de perroquet.

« Bonté divine ! dit Mr. Salt en voyant dégringoler sa volumineuse épouse, ce qu'il y aura comme déchets ce soir ! »

Elle disparut dans le trou sombre. « Tu te plais là-bas, Angine ? » s'exclama-t-il, tout en se penchant un peu plus avant.

Les écureuils surgirent derrière son dos…

« Au secours ! » hurla Mr. Salt.

Mais déjà il tombait, la tête la première, pour disparaître dans le conduit, succédant à sa femme… et à sa fille.

« Oh ! Mon Dieu ! cria Charlie qui assistait avec les autres à la scène, derrière la vitre, que vont-ils devenir maintenant ?

– Je pense que quelqu'un les attrapera à la sortie du conduit, dit Mr. Wonka.

– Et le grand incinérateur ? demanda Charlie.

– Ils ne l'allument qu'un jour sur deux, dit Mr. Wonka. C'est peut-être un jour sans. On ne sait jamais… Ils peuvent avoir de la chance…

– Chut ! dit grand-papa Joe. Écoutez-les ! Ils chantent encore ! »

Au loin, à l'autre bout du corridor, les battements des tambours se firent entendre. Puis vint la chanson.

Veruca Salt ! chantaient les Oompa-Loompas,
Veruca Salt, l'horrible enfant,
V'là qu'elle descend le toboggan.
(Aussi avons-nous cru bien faire,
Afin de régler cette affaire
Qui nous causait tant de tourments,
D'expédier aussi ses parents.)
Veruca se volatilise
Et il faut bien qu'on vous le dise :
Il se peut bien qu'elle connaisse
Des amis d'une tout autre espèce
Des amis bien moins raffinés
Que ceux qu'elle vient de quitter.
Voyez la tête de morue
Qui au passage la salue.
En descendant ce tuyau sombre
Elle fera bien d'autres rencontres,
Des os rognés, du lard moisi,
De vieux croûtons de pain rassis,
Un steak dont on n'a pas voulu,
Un camembert tout vermoulu,
Une coquille d'huître triste à voir,
Un bout de saucisson tout noir,
Des noix pourries à chaque pas,
De la sciure au pipi de chat,
Tout ça galope et s'enchevêtre,
Empestant à trois kilomètres.
Tels sont les amis délicats

Qu'aura rencontrés Veruca,
En descendant, à son passage !
Vrai, pour une enfant de son âge,
Direz-vous, c'est un bien triste sort.
C'est juste, vous n'avez pas tort.
Car, bien qu'elle soit insupportable,
Elle n'est qu'à moitié coupable.
Et c'est pourquoi, à voix haute,
On vous demande : A qui la faute ?
Car – et c'est loin d'être un problème,
On ne se gâte pas soi-même.
Qui donc a fait de Veruca
Le petit monstre que voilà ?
Hélas, hélas ! Ne cherchez pas !
Ils sont tout près, les scélérats !
Ah ! C'est bien triste à dire, vraiment,
Ils ont pour nom PAPA et MAMAN.
Les v'là en route pour la fournaise,
La solution n'est pas mauvaise !

25
Le grand ascenseur de verre

« Je n'ai jamais vu une chose pareille ! cria Mr. Wonka. Tous ces enfants qui disparaissent à tour de rôle ! Mais il ne faut pas vous tourmenter ! Ils s'en tireront *tous* ! »

Mr. Wonka passa en revue le petit groupe. Plus que deux enfants – Mike Teavee et Charlie Bucket. Et trois adultes, Mr. et Mrs. Teavee et grand-papa Joe. « Alors, on continue ? demanda Mr. Wonka.

– Oh ! Oui ! crièrent Charlie et grand-papa Joe en même temps.

– Je commence à avoir mal aux pieds, dit Mike Teavee. J'ai envie de regarder la télévision.

– Si tu es fatigué, il vaudrait mieux prendre l'ascenseur, dit Mr. Wonka. C'est par là. Venez ! Et nous y voilà ! » Il traversa à grands pas le couloir pour s'arrêter devant une porte à deux battants. Les battants s'ouvrirent pour laisser entrer les deux enfants et les adultes.

« Et maintenant, s'écria Mr. Wonka, sur quel bouton allons-nous appuyer d'abord ? Faites votre choix ! »

Charlie Bucket regarda autour de lui, tout étonné. Il n'avait jamais vu d'ascenseur aussi excentrique. Des boutons partout !

Les murs, et même le plafond, étaient couverts d'innombrables rangées de petits boutons noirs ! Il y en avait bien mille de chaque côté, sans parler du plafond ! Et soudain, Charlie s'aperçut que chacun de ces boutons était flanqué d'une minuscule étiquette, indiquant la destination.

« Ce n'est pas un ascenseur ordinaire qui monte et qui descend ! annonça fièrement Mr. Wonka. Cet ascenseur se déplace aussi bien de travers qu'en avant et en arrière, dans tous les sens, en somme ! Il dessert toutes les pièces de ma chocolaterie, sans exception ! Vous n'avez qu'à appuyer sur le bouton… et zing !.. vous partez !

– *Fantastique* ! » murmura grand-papa Joe.

Devant les innombrables rangées de boutons, ses yeux brillaient d'enthousiasme.

« L'ascenseur est tout entier fait de verre blanc très épais ! déclara Mr. Wonka. Les parois, les portes, le sol, le plafond, tout est transparent, tout est panoramique, vous pouvez tout voir, dans tous les sens !

– Mais il n'y a rien à voir, dit Mike Teavee.

– Choisis un bouton ! dit Mr. Wonka. Chaque enfant a droit à un bouton. Faites votre choix ! Vite ! Dans chaque salle vous attend quelque chose de merveilleux, de délicieux ! »

Charlie se mit vite à lire les inscriptions qui accompagnaient les boutons.

MINE DE ROCHERS DE CHOCOLAT
– PROFONDEUR 3 000 MÈTRES, disait l'une d'elles ;
Puis… PISTOLETS À JUS DE FRAISE,
CARAMÉLIERS À PLANTER
DANS VOTRE JARDIN
– TOUTES LES TAILLES ;
BONBONS EXPLOSIFS POUR VOS ENNEMIS ;
SUCETTES LUMINEUSES,

À MANGER AU LIT, LA NUIT ;
JUJUBES À LA MENTHE COLORANT LES DENTS
EN VERT POUR UN MOIS ;
CARAMELS CREUX – PLUS BESOIN DE DENTISTE !
BONBONS COLLANTS POUR PARENTS BAVARDS ;
BONBONS MOBILES QUI SE TORTILLENT
DÉLICIEUSEMENT DANS VOTRE ESTOMAC
APRÈS AVOIR ÉTÉ AVALÉS ;
BÂTONS DE CHOCOLAT INVISIBLES
À MANGER EN CLASSE ;
CRAYONS ENROBÉS DE CHOCOLAT
AGRÉABLES À SUCER ;
PISCINES À LIMONADE GAZEUSE ;
NOUGATINE MAGIQUE – IL SUFFIT DE L'AVOIR
DANS LA MAIN POUR EN SENTIR LE GOÛT ;
DRAGÉES ARC-EN-CIEL – SUCEZ-LES
ET VOUS CRACHEREZ DE TOUTES
LES COULEURS.

« Allons, pressons ! cria Mr. Wonka. Nous ne pouvons pas nous éterniser ici !

– N'y a-t-il pas une salle de télévision dans tout ce fatras ? demanda Mike Teavee.

– Mais certainement, dit Mr. Wonka. C'est ce bouton-là. » Il le désigna du doigt. Tous les regards se posèrent sur la minuscule étiquette qui accompagnait le bouton et qui disait : CHOCOLAT TÉLÉVISÉ.

« Youpiiii ! hurla Mike Teavee. C'est exactement ce qu'il me faut ! » Il tendit le doigt et appuya sur le bouton. Aussitôt, on entendit un formidable sifflement. Les portes claquèrent et l'ascenseur sursauta comme piqué par une guêpe. Mais il s'ébranla *latéralement* ! Et tous les passagers (sauf Mr. Wonka qui avait empoigné une courroie fixée au plafond) furent jetés à terre.

« Debout ! Debout ! » s'esclaffa Mr. Wonka. Mais à peine s'étaient-ils relevés que l'ascenseur changea de direction pour prendre un virage avec violence. Et tout le monde se retrouva par terre.

« Au secours ! cria Mrs. Teavee.

– Prenez mon bras, madame, dit galamment Mr. Wonka. Voilà ! Et maintenant, agrippez-vous à cette courroie ! Que tout le monde en attrape une ! Le voyage n'est pas encore fini ! »

Le vieux grand-papa Joe se releva et se saisit d'une courroie. Trop petit pour atteindre le plafond, Charlie mit ses bras autour des jambes de son grand-père et s'y cramponna de toutes ses forces.

L'ascenseur avait la rapidité d'une fusée. A présent, il grimpait. Il grimpait, il grimpait, comme s'il escaladait une pente très abrupte. Puis, soudain, comme s'il avait atteint le sommet de la colline et survolé un précipice, il tomba comme une pierre, et Charlie sentit son estomac faire un bond jusque dans sa gorge, et grand-papa Joe hurla : « Youpiii ! Nous voilà ! » et Mrs. Teavee s'écria : « La corde est cassée ! Nous allons nous écraser ! – Calmez-vous, chère madame », dit Mr. Wonka en lui tapotant le bras pour la réconforter. Grand-papa Joe baissa les yeux vers Charlie qui s'accrochait toujours à ses jambes : « Ça va, Charlie ? – Ça va très bien ! répondit Charlie ! On dirait un bateau qui roule ! » Et, à travers les parois de verre, ils entrevoyaient, en passant devant de nouvelles salles, d'étranges, de merveilleuses images :

Une énorme gargouille crachant une sauce brune et onctueuse…

Une haute montagne rocailleuse toute en nougat que des Oompa-Loompas (encordés pour plus de sécurité) découpaient à la pioche…

Une sorte de bombe qui vaporisait de la poudre blanche, on aurait dit une tempête de neige…

Un lac de crème chaude au caramel qui fumait…

Un village d'Oompa-Loompas, avec de minuscules maisons, et des rues où jouaient des centaines de tout petits Oompa-Loompas qui ne mesuraient pas plus de vingt centimètres…

Puis l'ascenseur se redressa. On aurait dit qu'il volait plus vite que jamais. A mesure qu'ils avançaient, Charlie pouvait entendre hurler le vent. L'ascenseur fonçait en se tortillant… et il tourna… et il monta… et il descendit… et…

« Je vais me trouver mal ! hurla Mrs. Teavee qui était devenue toute verte.

– Ne vous trouvez pas mal, s'il vous plaît ! dit Mr. Wonka.

– Rien à faire ! dit Mrs. Teavee.

– Alors, prenez ceci », dit Mr. Wonka. Il ôta son magnifique chapeau haut de forme noir et le mit sens dessus dessous devant la bouche de Mrs. Teavee.

« Arrêtez cet effroyable engin ! ordonna Mr. Teavee.

– Impossible, dit Mr. Wonka. Il ne s'arrêtera pas avant d'être arrivé. Pourvu que personne ne se serve en ce moment de l'*autre* ascenseur.

– Quel autre ascenseur ? hurla Mrs. Teavee.

– Celui qui va dans le sens inverse, sur la même voie, dit Mr. Wonka.

– Ciel ! cria Mr. Teavee. Vous voulez dire qu'il peut y avoir une collision ?

– Jusqu'à présent, j'ai toujours eu de la chance, dit Mr. Wonka.

– Cette fois-ci, je vais vraiment être malade ! gémit Mrs. Teavee.

– Non, non ! dit Mr. Wonka. Pas maintenant ! Nous arrivons ! N'abîmez pas mon chapeau ! »

Au bout d'un instant, on entendit crisser les freins et l'ascenseur ralentit. Puis il s'arrêta complètement.

« Vous parlez d'une balade ! » dit Mr. Teavee. Il sortit son mouchoir pour s'éponger la figure.

« Plus jamais ça ! » suffoqua Mrs. Teavee. Puis les portes de l'ascenseur s'ouvrirent et Mr. Wonka dit : « Une minute ! Écoutez-moi bien ! Puis-je vous demander d'être tous très prudents dans cette salle ? Elle est pleine de choses dangereuses. Ne touchez à rien ! »

26
La salle au chocolat télévisé

La famille Teavee, suivie de Charlie et de grand-papa Joe, quitta l'ascenseur pour une salle si éblouissante de clarté qu'ils durent tous s'arrêter en fermant les yeux. Mr. Wonka remit à chacun d'eux une paire de lunettes noires et dit : « Mettez-les vite ! Et tant que vous êtes dans cette salle, ne les enlevez pas, quoi qu'il arrive ! Cette lumière peut vous aveugler ! »

Dès qu'il eut chaussé ses lunettes noires, Charlie put regarder tranquillement autour de lui. La pièce était entièrement peinte en blanc. Même le sol était blanc, on n'y voyait pas un grain de poussière. Le plafond était hérissé de grosses lampes qui inondaient la salle d'une éclatante lumière, d'un blanc bleuté. Seules ses deux extrémités étaient meublées. A l'une d'elles se dressait une énorme caméra montée sur roues, et toute une armée d'Oompa-Loompas tournaient autour, en train de graisser les jointures, de tourner les boutons de réglage, de faire briller les objectifs. Ces Oompa-Loompas étaient vêtus de façon vraiment extraordinaire. Ils portaient des scaphandres de cosmonautes rouge vif avec des casques et des lunettes protectrices – du moins, cela ressemblait à des scaphandres de cosmonautes – et ils travaillaient dans un silence complet. En les voyant faire, Charlie fut pris d'un étrange sentiment d'insécurité. Toute cette affaire sentait le danger et les Oompa-Loompas le savaient. Finis les bavardages, finies les chansons. Dans leurs scaphandres écarlates, ils maniaient l'énorme caméra avec lenteur et précaution.

A l'autre bout de la pièce, à cinquante pas environ de la caméra, un seul Oompa-Loompa (habillé également en cosmonaute) était assis à une table noire, les yeux fixés sur l'écran d'un très grand poste de télévision.

« Et voilà ! cria Mr. Wonka, tout sautillant et tout excité, dans cette salle va naître la dernière, la plus importante de mes inventions : le chocolat télévisé !

– Mais qu'est-ce que c'est que ce chocolat télévisé ? demanda Mike Teavee.

– Bonté divine, ne me coupe pas tout le temps la parole, mon garçon ! dit Mr. Wonka. Il agit par la télévision. En ce qui me concerne, je n'aime pas beaucoup la télévision. A petites doses, passe encore, mais il faut croire que les enfants sont incapables de s'en tenir là. Ils ne s'en lassent jamais, ils restent collés à l'écran à longueur de journée…

– Comme moi ! dit Mike Teavee.

– La ferme ! dit Mr. Teavee.

– Merci, dit Mr. Wonka. Et maintenant je vais vous dire comment fonctionne ce fascinant poste de télévision que voici. Mais, au fait, savez-vous comment fonctionne la télévision ordinaire ? C'est très simple. D'un côté, là où l'image est prise, vous avez une grande caméra et vous commencez par prendre des photos. Ensuite, ces photos sont divisées en des millions de petites particules, si petites qu'il est impossible de les voir, et ces petites particules sont projetées dans le ciel par l'électricité. Là, dans le ciel, elles tournent en rond en sifflant, jusqu'à ce qu'elles se heurtent à une antenne, sur le toit d'une maison. Alors elles descendent en une fraction de seconde par le fil qui les conduit tout droit dans le dos du poste de télévision et, une fois sur place, elles sont secouées et remuées jusqu'à ce qu'elles se remettent en place (exactement comme dans un puzzle), et hop ! l'image apparaît sur l'écran...

– Ce n'est pas exactement comme ça que ça fonctionne, dit Mike Teavee.

– Je suis un peu sourd de l'oreille gauche, dit Mr. Wonka. Excuse-moi si je n'entends pas tout ce que tu dis.

– Je dis que ça ne marche pas exactement comme vous dites ! hurla Mike Teavee.

– Tu es un gentil garçon, dit Mr. Wonka, mais tu parles trop. Allons ! Quand j'ai vu fonctionner une télévision ordinaire pour la première fois, il m'est venu une idée extraordinaire. J'ai crié : « Regardez ! Si ces gens peuvent découper une *image* en des millions de morceaux, et envoyer ces morceaux en l'air pour les recoller ensuite, pourquoi ne tenterais-je pas la même chose avec

du chocolat ? Qu'est-ce qui m'empêche de catapulter une vraie tablette de chocolat divisée en tout petits morceaux, et de la recoller ensuite ? »

– Impossible ! dit Mike Teavee.

– Tu crois ? cria Mr. Wonka. Eh bien, regarde ! Je vais expédier maintenant une tablette de mon meilleur chocolat à l'autre bout de cette salle – par la télévision ! Hé ! Là-bas ! Apportez le chocolat ! »

Six Oompa-Loompas apparurent aussitôt, portant sur leurs épaules une gigantesque tablette de chocolat comme Charlie n'en avait jamais vu. Elle était à peu près de la taille du matelas sur lesquels Charlie dormait à la maison.

« Il faut qu'elle soit grande, expliqua Mr. Wonka, car tout est toujours beaucoup plus petit qu'avant, au moment de la projection. Même à la télévision ordinaire, vous avez beau prendre un grand et gros bonhomme, sur l'écran il ne sera jamais plus grand qu'un crayon, pas vrai ? Donc, allez-y ! Partez ! *Non* ! *Non* ! *Arrêtez* ! *Arrêtez tout* ! Toi, là-bas ! Mike Teavee ! Recule ! Tu es trop près de la caméra ! Elle émet des rayons dangereux ! Ils peuvent te réduire en un million de petits morceaux, en une seconde ! C'est pour cela même que les Oompa-Loompas portent des scaphandres ! Ça les protège ! Bien ! Ça va ! Allez-y ! *Allumez* ! »

L'un des Oompa-Loompas tourna un énorme commutateur.

Il y eut un éclair aveuglant.

« Le chocolat s'est volatilisé ! » s'écria grand-papa Joe en agitant les bras.

Il disait vrai ! L'énorme tablette de chocolat avait complètement disparu !

« Il est en route ! cria Mr. Wonka. Il s'envole dans les airs, au-dessus de nos têtes, désintégré en un million de petits morceaux. Vite ! Venez par ici ! » Il se précipita vers l'autre bout de la salle, là où se dressait l'énorme poste de télévision. Les autres le suivirent. « Regardez bien l'écran ! cria-t-il. Ça vient ! Regardez ! »

L'écran se mit à clignoter, puis il s'alluma. Et soudain, une petite tablette de chocolat apparut au milieu du rectangle.

« Attrapez-la ! cria Mr. Wonka, de plus en plus excité.

– L'attraper ? demanda en riant Mike Teavee. Mais ce n'est qu'une image sur un écran de télévision.

– Charlie Bucket ! cria Mr. Wonka. Attrape-la ! Étends la main et attrape-la ! »

Charlie tendit la main et toucha l'écran. Et soudain, comme par miracle, la tablette de chocolat se détacha et il la sentit entre ses doigts. Son étonnement fut tel qu'il faillit la laisser tomber.

« Mange-la ! cria Mr. Wonka. Vas-y, mange-la ! Elle sera délicieuse ! C'est la même tablette ! Elle a rétréci en chemin, voilà tout !

– C'est absolument fantastique ! balbutia grand-papa Joe. C'est… c'est… c'est un miracle !

– Pensez, cria Mr. Wonka, imaginez ce que ce sera quand je le diffuserai dans tout le pays… vous serez tranquillement chez vous à regarder la télévision, et soudain, il y aura une annonce publicitaire sur votre écran, et une voix dira :

«MANGEZ LES CHOCOLATS WONKA ! LES MEILLEURS DU MONDE ! VOUS NE NOUS CROYEZ PAS ? EH BIEN, GOÛTEZ-LES ! »

Et vous n'aurez qu'à tendre la main pour cueillir la tablette ! Eh bien, qu'en pensez-vous ?

– Magnifique ! cria grand-papa Joe. Ça va changer la face du monde ! »

27
Mike Teavee se fait téléviser

A la vue de ce chocolat télévisé, Mike Teavee s'excita encore plus que grand-papa Joe. « Mais, Mr. Wonka, cria-t-il, pouvez-vous téléviser autre chose, de la même façon ? Un petit déjeuner de céréales, par exemple ?

– Quelle horreur ! s'écria Mr. Wonka. Ne me parle pas de ce produit dégoûtant ! Sais-tu ce que c'est, le petit déjeuner de céréales ? C'est fait de ces petits copeaux de bois frisottés qu'on trouve dans les taille-crayons !

– Mais si vous le vouliez, pourriez-vous le téléviser comme du chocolat ? insista Mike Teavee.

– Naturellement !

– Et les gens ? Pourriez-vous projeter de la même façon un véritable être vivant ?

– *Un être vivant* ? cria Mr. Wonka. Serais-tu devenu fou ?

– Mais est-ce que cela se peut ?

– Ça, mon garçon, je ne le sais vraiment pas… c'est bien possible après tout… oui, j'en suis à peu près sûr… c'est tout à fait possible… mais je n'aimerais pas courir ce risque… j'aurais bien trop peur du résultat… »

Mais déjà, Mike Teavee s'était détaché du groupe. En entendant dire Mr. Wonka « j'en suis à peu près sûr... c'est tout à fait possible », il s'était mis à courir comme un fou vers l'autre bout de la salle où s'élevait la grande caméra. « Regardez-moi bien ! cria-t-il, tout en courant. Je vais être la première personne du monde à être télévisée comme du chocolat !

– Non, non, non, non ! cria Mr. Wonka.

– Mike ! hurla Mrs. Teavee. Arrête ! Reviens ! Tu vas être désintégré en un million de petits morceaux ! »

Or, rien à faire pour arrêter Mike Teavee. Il fonçait, comme un fou, sur l'immense caméra et s'empara du commutateur en écartant les Oompa-Loompas sur son passage.

« A nous deux, mon vieux ! » hurla-t-il en allumant les puissants objectifs. Et il s'exposa à leur lumière.

Il y eut un éclair aveuglant.

Puis ce fut le silence. Et puis Mrs. Teavee se mit à courir... mais elle s'arrêta à mi-chemin... pour rester là... à regarder fixement l'endroit où elle avait vu son fils... sa bouche rouge grande ouverte, elle hurla : « Il a disparu ! Il a disparu !

– Ciel ! Mais c'est vrai, il est parti ! » hurla Mr. Teavee.

Mr. Wonka accourut et posa doucement une main sur l'épaule de Mrs. Teavee. « Ne nous affolons pas. Il faut prier pour que votre petit sorte indemne par l'autre bout.

– Mike ! hurla Mrs. Teavee en se tordant les mains. Où es-tu ?

– Je peux te dire où il est, dit Mr. Teavee, il tourne en rond au-dessus de nos têtes, désintégré en un million de petits morceaux !

– Tais-toi ! gémit Mrs. Teavee.

– Il faut regarder la télévision, dit Mr. Wonka. Il peut passer à n'importe quel moment. »

Mr. et Mrs. Teavee, grand-papa Joe et le petit Charlie firent demi-cercle autour du poste, les yeux fixés sur l'écran. Mais il était vide.

« Il met du temps à revenir, dit Mr. Teavee en s'épongeant le front.

– Oh, mon Dieu, mon Dieu, dit Mr. Wonka, j'espère qu'il n'y laissera aucune partie de sa personne.

– Qu'entendez-vous par là ? demanda vivement Mr. Teavee.

– Loin de moi l'idée de vouloir vous effrayer, dit Mr. Wonka, mais il arrive quelquefois que les petites particules s'égarent et que la moitié seulement retrouvent le chemin du poste. C'est ce qui est arrivé la semaine dernière. Je ne sais trop pourquoi, mais seule une demi-tablette de chocolat est apparue sur l'écran. »

Mrs. Teavee poussa un cri de terreur. « Vous voulez dire qu'une moitié seulement de Mike nous reviendra ?

– Espérons que ce sera celle du haut, dit Mr. Teavee.

– Attention ! dit Mr. Wonka. Regardez l'écran ! Il y a du nouveau ! »

L'écran s'était mis à clignoter.

Puis on vit apparaître quelques lignes ondulées.

Mr. Wonka tourna l'un des boutons, et les lignes ondulées disparurent.

Petit à petit, l'écran devenait plus net.

« Le voici ! hurla Mr. Wonka. Oui, c'est bien lui !

– Est-il tout d'une pièce ? cria Mrs. Teavee.

– Je n'en suis pas sûr, dit Mr. Wonka. Il est encore trop tôt pour le dire. »

D'abord floue, mais devenant de plus en plus nette de seconde en seconde, l'image de Mike Teavee se découpa sur l'écran. Il était debout, saluant de la main les téléspectateurs, le visage fendu par un large sourire.

« Mais c'est un nain ! hurla Mr. Teavee.

– Mike ! cria Mrs. Teavee, comment te sens-tu ? Ne te manque-t-il rien ?

– Ne grandira-t-il plus ? hurla Mr. Teavee.

– Parle-moi, Mike ! cria Mrs. Teavee. Dis quelque chose ! Dis-moi que tu vas bien ! »

Une toute petite voix, pas plus grosse que le couic d'une souris, sortit du poste de télévision :

« Bonjour, maman ! dit la voix. Bonjour, papa ! Regardez-moi ! Je suis la première personne télévisée du monde !

– Attrapez-le ! ordonna Mr. Wonka. Vite ! »

Mrs. Teavee avança la main et cueillit le minuscule personnage qu'était devenu Mike Teavee.

« Hourra ! cria Mr. Wonka. Il est tout d'une pièce ! Il ne lui manque rien ! Il est indemne !

– Vous appelez ça indemne ! » siffla Mrs. Teavee en examinant le petit bout de garçon qui se promenait de long en large dans le creux de sa main en brandissant ses pistolets.

Il ne mesurait certainement pas plus d'un pouce.

« Il a rétréci ! constata Mr. Teavee.

– Bien sûr qu'il a rétréci, dit Mr. Wonka. Qu'attendiez-vous d'autre ?

– C'est terrible ! gémit Mrs. Teavee. Qu'allons-nous faire ? »

Et Mr. Teavee dit : «Nous ne pourrons pas l'envoyer à l'école dans cet état ! Il se ferait piétiner ! Il se ferait écraser !

– Il ne pourra plus rien faire du tout ! se lamenta Mrs. Teavee.

– Mais si, mais si ! fit la petite voix de Mike Teavee. Je pourrai toujours regarder la télé !

– *Plus jamais* ! hurla Mr. Teavee. Dès que nous serons rentrés à la maison, je jetterai le poste par la fenêtre. J'en ai assez de la télévision ! »

En entendant ces mots, Mike Teavee piqua une colère terrible. Il se mit à sauter comme un fou dans le creux de la main maternelle, en poussant des cris perçants et en tentant de lui mordre les doigts. « Je veux regarder la télé ! glapit-il. Je veux regarder la télé ! Je veux regarder la télé ! Je veux regarder la télé !

– Donne ! Passe-le-moi ! » dit Mr. Teavee. Il prit le minuscule garçon, le glissa dans la poche de son veston et mit son mouchoir par-dessus. On entendit encore des couics et des cris venant de la poche où se débattait furieusement le petit prisonnier.

« Oh ! Mr. Wonka, se lamenta Mrs. Teavee, que faut-il faire pour qu'il grandisse ?

– Eh bien, répondit-il en se caressant la barbe, les yeux levés au plafond, l'air pensif, ça va être un peu compliqué, disons-le tout de suite. Il est vrai que les garçons de petite taille sont extrêmement souples et agiles. Extensibles comme tout. Donc, nous n'avons qu'à le mettre dans un appareil spécial dont je me sers pour éprouver l'élasticité du chewing-gum ! Ça l'aidera peut-être à redevenir comme avant.

– Oh ! merci ! dit Mrs. Teavee.

– Il n'y a pas de quoi, chère madame.

– Jusqu'où pensez-vous pouvoir l'étirer ? demanda Mr. Teavee.

– Peut-être à des kilomètres, dit Mr. Wonka. Qui sait ? Mais je vous préviens qu'il sera terriblement mince. Tout ce qu'on étire s'amincit.

– Vous voulez dire comme du chewing-gum ? demanda Mr. Teavee.

– Exactement.

– Mince comment ? s'inquiéta Mrs. Teavee.

– Aucune idée, dit Mr. Wonka. Et, de toute manière, ça n'a pas beaucoup d'importance puisque nous allons bientôt le faire engraisser. Il suffira de lui administrer une triple surdose de mon merveilleux chocolat supervitaminé. Le chocolat supervitaminé contient des quantités considérables de vitamine A et de vitamine B. Il contient aussi de la vitamine C, de la vitamine D, de la vitamine E, de la vitamine F, de la vitamine G, de la vitamine H, de la vitamine I, de la vitamine J, de la vitamine K, de la vitamine L, de la vitamine N, de la vitamine O, de la vitamine P, de la vitamine R, de la vitamine S, de la vitamine

T, de la vitamine U, de la vitamine V, de la vitamine W, de la vitamine X, de la vitamine Y et, aussi étonnant que cela puisse paraître, de la vitamine Z. Les seules vitamines qu'il ne contient pas sont la vitamine M, qui vous rend malade, et la vitamine Q, parce qu'elle vous fait pousser une queue, une vraie queue de bœuf. En revanche, il contient une toute petite dose de la vitamine la plus rare, la plus recherchée, la plus magique de toutes : la vitamine Wonka.

– Et qu'est-ce que cela donnera ? demanda anxieusement Mr. Teavee.

– Elle lui fera pousser les doigts de pied. Ils seront aussi longs que les doigts de sa main...

– Oh ! non ! cria Mrs. Teavee.

– Ne soyez pas sotte, voyons, dit Mr. Wonka. C'est très utile. Il pourra jouer du piano avec les pieds.

– Mais, Mr. Wonka...

– Ne discutons pas, *s'il vous plaît* ! » dit Mr. Wonka. Il tourna la tête et claqua trois fois des doigts. Un Oompa-Loompa surgit aussitôt à ses côtés. « Suivez mes ordres, dit Mr. Wonka en remettant à l'Oompa-Loompa un bout de papier où il avait écrit des tas d'instructions. Quant au gosse, vous le trouverez dans la poche de son père. Allez ! Allez ! Au revoir, monsieur. Au revoir, madame ! Et ne prenez pas cet air si navré ! Ils s'en tirent toujours, vous le savez bien ! Tout s'arrange... »

Et déjà, à l'autre bout de la salle, les Oompa-Loompas rassemblés autour de la caméra battaient le tambour et se trémoussaient en cadence.

« Ça y est, ils recommencent ! dit Mr. Wonka. Vous ne les empêcherez pas de chanter, je le crains bien. »

Le petit Charlie prit la main de grand-papa Joe, et tous deux restèrent debout auprès de Mr. Wonka, au milieu de la longue salle blanche, en écoutant chanter les Oompa-Loompas. Et voici leur chanson :

Le premier des commandements,
En ce qui concerne les enfants,
Est celui-ci : éloignez-les
De votre poste de télé.
Ou mieux – n'installez pas du tout
Ce machin idiot chez vous.
Dans presque toutes les maisons
On les a vus, en pâmoison,

Vautrés devant leur appareil,
On n'a jamais rien vu de pareil.
Les yeux leur sortaient de la tête
(Y en avait plein sur la carpette)
Transis, absents, les yeux en boules,
Devant ce poste qui les saoule,
Les bourre à longueur de journée
De nourritures insensées.
Vrai, ils se tiennent bien tranquilles,
Ils ne font pas les imbéciles,
Ne touchant rien, ne cassant rien,
Ne poussant pas de cris d'Indiens,
En un mot, ils vous fichent la paix,
Étant bien sages, cela est vrai.
Mais savez-vous, mes chers adultes
Ce qu'il a de ravageant, ce culte ?
UTILE ? LOUABLE ? PAS QUESTION !
ÇA VOUS TUE L'IMAGINATION !
ÇA VOUS COLMATE LES MÉNINGES
ÇA VOUS TRANSFORME EN PETITS SINGES,
EN PANTINS ET EN ABRUTIS
SANS FANTAISIE ET SANS ESPRIT,
EN RAMOLLIS, EN AUTOMATES
AVEC DES TÊTES COMME DES PATATES !
« D'accord ! nous direz-vous, d'accord,
Mais quel sera alors le sort
De nos petits ainsi frustrés ?
Que trouver pour les amuser ? »
Justement, là est la question.
Le monstre appelé télévision,
Si on a bonne mémoire
N'a pas toujours été notoire !
Que faisiez-vous, étant petits,

Pour vous vitaminer l'esprit ?
C'est oublié ? Faut-il le dire
Tout haut ? LES... ENFANTS... SAVAIENT... LIRE !
Oui, ils lisaient, ces chers enfants,
Des contes, des vers et des romans,
Oui, ils dévoraient par milliers
Les gros volumes familiers !
Des fées, des rois et des reines
Faisant la chasse à la baleine,
Des sorcières et des dragons,
Des vaisseaux explorant les fonds
Des mers du Sud. Pirates, sauvages
Défilaient sur les rayonnages,
Des cannibales en délire
Dansant autour d'une poêle à frire...
Oh ! Dieu ! Qu'il était beau le temps,
Le temps des livres passionnants !
Et c'est pourquoi nous vous prions
D'extirper vos télévisions
Pour les remplacer par des livres
Pleins de merveilles, de joie de vivre !
Ils oublieront, en s'y plongeant,
Les insanités de l'écran !
Pour revenir à Mike Teavee,
Nous ferons tout pour le sauver,
Mais si, des fois, nous le manquons,
Que ça lui serve de leçon !

28
Seul Charlie reste

« Quelle sera la prochaine salle ? dit Mr. Wonka après avoir regagné l'ascenseur en courant. Allez ! En route ! Partons ! Ça nous fait combien d'enfants, maintenant ? »

Le petit Charlie regarda grand-papa Joe, et grand-papa Joe regarda le petit Charlie.

« Mais, Mr. Wonka, lui cria grand-papa Joe, il n'y a… il n'y a plus que Charlie. »

Mr. Wonka se retourna et regarda Charlie d'un air hébété.

Il y eut un silence. Charlie resta immobile en serrant fort la main de grand-papa Joe.

« Tu veux dire qu'il n'y a plus que toi ? dit Mr. Wonka en feignant la surprise.

– Eh bien… oui », dit tout bas Charlie.

Alors, soudain, Mr. Wonka explosa. « Mais… mon petit, s'exclama-t-il, cela signifie que tu as gagné ! » Et d'un bond, il quitta l'ascenseur et serra la main de Charlie si fort qu'il faillit lui arracher le bras. « Oh ! Toutes mes félicitations ! cria-t-il. Quelle joie ! Je suis enchanté, enchanté ! Ce ne pouvait être mieux ! Comme c'est merveilleux ! Sais-tu que, dès le début, mon petit doigt me disait que ce serait toi ! Bravo, Charlie, bien joué ! C'est formidable ! Maintenant, la fête va commencer pour de vrai ! Mais ce n'est pas une raison pour traînasser ! Nous avons encore moins de temps à perdre qu'avant ! Il nous reste encore une foule de choses à faire avant la fin du jour ! Et puis tous ces gens que nous devons aller chercher ! Mais, par bonheur, nous avons notre grand ascenseur, si sûr et si rapide ! Vas-y Charlie, monte ! Montez, Mr. grand-papa Joe ! Non ! Après vous, s'il vous plaît ! Par ici ! Voilà ! Et, cette fois-ci, c'est moi qui choisirai le bouton ! »

Le scintillant regard bleu de Mr. Wonka se posa un instant sur le visage de Charlie.

« Nous allons encore avoir une de ces folles aventures », pensa Charlie. Mais il n'avait pas peur. Il n'était même pas nerveux.

Tout juste ému, terriblement ému. Et grand-papa Joe l'était tout autant. Le visage du vieil homme rayonnait tandis qu'il suivait des yeux chaque geste de Mr. Wonka. Ce dernier posa le doigt sur un bouton, tout en haut, au plafond de l'ascenseur. Charlie et grand-papa Joe tendirent le cou pour lire ce que disait la petite étiquette collée à côté du bouton.

Ils lurent... POUR MONTER ET SORTIR.

« Monter et sortir, pensa Charlie, drôle de salle ! Qu'est-ce que ce peut bien être ? »

Mr. Wonka pressa le bouton.

Les portes de verre se refermèrent.

« Agrippez-vous bien ! » cria Mr. Wonka.

Et PHTTT ! L'ascenseur fila tout droit comme une fusée ! « Youpi ! » cria grand-papa Joe. Charlie s'accrocha aux jambes de son grand-père et Mr. Wonka à une courroie suspendue au plafond. Et ça montait, ça montait, toujours plus haut, toujours tout droit, sans détours, sans pirouettes ! Et, à mesure que l'ascenseur accélérait, Charlie pouvait entendre siffler le vent. « Youpiii ! cria encore grand-papa Joe. Youpiii ! Nous voilà partis !

– Plus vite ! cria Mr. Wonka en cognant à la paroi de l'ascenseur. Plus vite ! Plus vite ! Sinon, à ce train-là, nous ne traverserons jamais !

– Traverser quoi ? demanda grand-papa Joe. Qu'y a-t-il à traverser ?

– Ah ! ha ! cria Mr. Wonka, attendez voir ! Cela fait des années que j'ai une envie folle d'appuyer sur ce bouton ! Mais je ne l'ai jamais fait jusqu'à présent ! J'ai été tenté souvent ! Oh ! oui, drôlement tenté ! Mais je supportais mal l'idée de faire un grand trou dans le toit de l'usine ! Et voilà, mes amis ! Cette fois-ci, ça y est !

– Mais vous ne voulez pas dire..., cria grand-papa Joe, vous ne voulez tout de même pas dire que cet ascenseur...

– Mais si, mais si, parfaitement ! répondit Mr. Wonka. Attendez voir ! Nous sortons !

– Mais… mais… mais… il est en verre ! hurla grand-papa Joe. Il volera en un million d'éclats !

– C'est possible, dit Mr. Wonka, toujours souriant, mais c'est du bon gros verre ! »

Et l'ascenseur monta plus vite, plus vite, toujours plus vite…

Et puis soudain, CRAC ! Ils entendirent au-dessus de leurs têtes, un vacarme affolant de bois éclaté et de tuiles cassées ! « Au secours ! hurla grand-papa Joe ! C'est la fin de tout ! Nous sommes perdus ! » Et Mr. Wonka dit : « Mais non ! Nous avons réussi ! Nous sommes sortis ! » Et c'était bien vrai. L'ascenseur avait traversé le toit de la chocolaterie. Il s'enfonçait dans le ciel comme une fusée et le soleil inondait le plafond de verre. Au bout de cinq secondes, ils planaient à près de mille mètres au-dessus du sol.

« L'ascenseur est devenu fou ! hurla grand-papa Joe.

– Ne craignez rien, cher monsieur », dit calmement Mr. Wonka. Et il appuya sur un autre bouton. L'ascenseur s'arrêta, comme par enchantement. Il demeura sur place, suspendu dans les airs, planant comme un hélicoptère au-dessus de la chocolaterie, au-dessus de la ville qui s'étalait à leurs pieds comme une carte postale ! A travers le plancher de verre, Charlie pouvait voir, au loin, les petites maisons, les rues et, par-dessus tout cela, l'épaisse couche de neige. Quelle étrange et inquiétante impression que d'être debout sur du verre, en plein ciel ! On avait le sentiment d'être debout sur rien du tout !

« Est-ce que tout va bien ? demanda grand-papa Joe. Qu'est-ce qui fait tenir en l'air cet engin ?

– L'énergie du chocolat ! dit Mr. Wonka. Un million d'unités d'énergie de chocolat ! Oh ! Regardez ! cria-t-il en désignant la terre, voilà les autres enfants qui rentrent chez eux ! »

29
Les autres enfants rentrent chez eux

« Il *faut* que nous descendions pour voir nos petits amis avant d'entreprendre quoi que ce soit », dit Mr. Wonka. Il appuya sur un autre bouton et l'ascenseur se mit à descendre pour planer bientôt juste au-dessus des grandes portes d'entrée de la chocolaterie.

A présent, Charlie distinguait les enfants et leurs parents, formant un petit groupe à l'intérieur de la cour, tout près de l'entrée. « Je n'en vois que trois, dit-il. Qui est-ce qui manque ?

– Ce doit être Mike Teavee, dit Mr. Wonka. Mais il ne tardera pas à les rejoindre. Vois-tu les camions ? » Mr. Wonka désigna une longue rangée de fourgons couverts qui stationnaient le long du mur.

« Oui, dit Charlie. Qu'est-ce que c'est que ces camions ?

– As-tu oublié ce qui est écrit sur les tickets d'or ? Chaque enfant ramène à la maison des provisions de sucreries pour la vie. Un camion par enfant, plein à craquer. Tiens ! Voici notre ami Augustus Gloop ! Le vois-tu ? Il monte dans le premier camion avec ses parents !

– Êtes-vous sûr qu'il va tout à fait bien ? s'étonna Charlie. Après son voyage dans cet horrible tuyau ?

– Il va très, très bien, dit Mr. Wonka.

– Il a changé ! dit grand-papa Joe en l'examinant attentivement à travers la vitre de l'ascenseur. Il était gras, avant ! Il est devenu maigre comme une allumette !

– Bien sûr qu'il a changé, dit en riant Mr. Wonka. Il a été comprimé par le tuyau. Vous vous souvenez ? Tiens ! Voici Miss Violette Beauregard, la grande mâcheuse de chewing-gum ! On dirait qu'ils l'ont bien débarrassée de tout ce jus ! J'en suis ravi. Et comme elle a bonne mine ! Bien meilleure qu'avant !

– Mais son visage est tout violet ! s'écria grand-papa Joe.

– Exact, dit Mr. Wonka. Là, évidemment, il n'y a rien à faire.

– Mon Dieu ! s'écria Charlie. Regardez cette pauvre Veruca Salt et ses parents ! Ils sont absolument couverts de détritus !

– Et voilà Mike Teavee ! dit grand-papa Joe. Bonté divine ! Ils l'ont drôlement allongé ! Il mesure au moins deux mètres et il est mince comme un fil.

– Ils l'ont laissé trop longtemps dans la machine à tester le chewing-gum, constata Mr. Wonka. Quelle négligence !

– Quel drame pour lui ! s'écria Charlie.

– Mais non, mais non, dit Mr. Wonka. Il a de la chance. Toutes les équipes de basket-ball du pays se l'arracheront. Mais ça suffit maintenant, ajouta-t-il. Il est temps de quitter ces quatre petits idiots. J'ai quelque chose de très important à te dire, mon petit Charlie. » Mr. Wonka appuya sur un nouveau bouton et l'ascenseur se remit à monter pour s'envoler dans le ciel.

30
La chocolaterie de Charlie

Le grand ascenseur de verre planait maintenant très haut au-dessus de la ville. Il emportait Mr. Wonka, grand-papa Joe et le petit Charlie.

« Comme j'aime ma chocolaterie », dit Mr. Wonka en contemplant l'usine d'en haut. Puis il se tut, tourna la tête et regarda Charlie d'un air extrêmement sérieux. « Et toi, Charlie ? Tu l'aimes aussi ? demanda-t-il.

– Oh ! oui, cria Charlie. Je pense que c'est l'endroit le plus merveilleux du monde !

– Je suis très heureux de te l'entendre dire », dit Mr. Wonka, l'air plus sérieux que jamais. Et il continua de regarder fixement Charlie. « Oui, dit-il, je suis vraiment très heureux de te l'entendre dire. Et maintenant, je vais t'expliquer pourquoi. »

Mr. Wonka pencha la tête d'un côté et, soudain, des tas de petits plis, signes d'un sourire, apparurent aux coins de ses yeux, et il dit : «Vois-tu, mon garçon, j'ai décidé de t'en faire cadeau. Dès que tu seras assez grand pour la diriger, toute la chocolaterie t'appartiendra. »

Charlie ouvrit de grands yeux étonnés. Grand-papa Joe, lui, ouvrit la bouche pour parler, mais il ne put sortir un mot.

« C'est la vérité dit Mr. Wonka qui, à présent, souriait pour de bon. Je te la donne réellement. Tu es bien d'accord ?

– La lui *donner* ? suffoqua grand-papa Joe. Vous plaisantez !

– Je ne plaisante pas, monsieur. Je parle très sérieusement.

– Mais... mais... pourquoi donneriez-vous votre usine à Charlie ?

– Écoutez, dit Mr. Wonka, je suis un vieil homme. Je suis bien plus vieux que vous ne pensez. Je ne durerai pas toujours. Et je n'ai pas d'enfants. Pas de famille, rien. Qui donc s'occupera de ma chocolaterie quand je serai trop vieux pour le faire moi-même ? Il faut que quelqu'un la prenne en main, ne serait-ce qu'à cause des Oompa-Loompas. Songez qu'il y a des milliers de gens très capables qui donneraient tout au monde pour être à ma place. Mais je ne veux pas de ces gens-là. Je ne veux pas d'une grande personne, ici. Un adulte ne m'écouterait pas ; il n'apprendrait rien. Il tenterait de procéder à sa manière et non à la mienne. C'est pourquoi il me faut un enfant. Un enfant sage, sensible et affectueux, un enfant à qui je puisse confier mes précieux secrets de fabrication – tant que je vivrai encore.

– C'est donc pour cela que vous avez sorti vos tickets d'or ! s'écria Charlie.

– Exactement ! dit Mr. Wonka. J'ai décidé d'inviter cinq enfants à passer la journée dans ma chocolaterie, et celui que j'aimerais le mieux au bout de cette journée serait le gagnant !

– Mais Mr. Wonka, balbutia grand-papa Joe, cette immense usine... pensez-vous réellement la donner tout entière à mon petit Charlie ? Après tout...

– Ce n'est pas le moment de discuter ! le coupa Mr. Wonka. Il faut que nous allions chercher le reste de la famille – le père et la mère de Charlie, et puis tous les autres ! Désormais ils pourront tous habiter à l'usine ! Ils pourront tous me donner un coup de main, tant que Charlie sera encore trop petit pour diriger l'affaire tout seul ! Où habites-tu, Charlie ? »

Charlie scruta par la vitre de l'ascenseur les maisons enneigées. « C'est par là, dit-il, en tendant le doigt. C'est la petite maison, là-bas, au bout de la ville, la toute petite...

– Je la vois ! » s'écria Mr. Wonka. Il appuya sur d'autres boutons et l'ascenseur fonça sur la petite maison.

« J'ai bien peur que ma mère ne puisse pas nous accompagner, dit tristement Charlie.

– Et pourquoi donc ?

– Elle ne voudra pas quitter grand-maman Joséphine, grand-maman Georgina et grand-papa Georges.

– Mais il faut qu'ils viennent tous !

– Impossible, dit Charlie. Ils sont très vieux. Ils ne sont pas sortis de leur lit depuis vingt ans.

– Alors nous emporterons aussi le lit, ils n'auront même pas besoin d'en sortir, dit Mr. Wonka. L'ascenseur est assez vaste pour contenir un lit.

– Vous ne pourrez pas sortir le lit de la maison, dit grand-papa Joe. Il ne passera pas la porte.

– Il ne faut jamais désespérer ! cria Mr. Wonka. Rien n'est impossible ! Vous allez voir ! »

L'ascenseur planait maintenant au-dessus de la petite maison des Bucket.

« Qu'allez-vous faire ? s'écria Charlie.

– Je vais les chercher, dit Mr. Wonka.

– Comment ? demanda grand-papa Joe.

– En passant par le toit », dit Mr. Wonka. Et il appuya sur un autre bouton.

« Non ! hurla Charlie.

– Arrêtez ! » hurla grand-papa Joe.

ET PATATRAS ! L'ascenseur traversa le toit pour faire irruption dans la chambre à coucher des vieux. Sous une pluie de poussière, de tuiles cassées, d'éclats de bois, de cafards, d'araignées, de briques et de ciment, les trois vieux, dans leur lit, crurent voir arriver la fin du monde. Grand-maman Georgina s'évanouit, grand-maman Joséphine perdit son dentier, grand-papa Georges mit la tête sous la couverture, et Mr. et Mrs. Bucket accoururent de l'autre pièce.

« Pitié ! cria grand-maman Joséphine.

– Calme-toi, mon épouse chérie, dit grand-papa Joe en sortant de l'ascenseur. Ce n'est que nous.

– Maman ! cria Charlie en se jetant dans les bras de Mrs. Bucket. Maman ! Maman ! Écoute ! Nous allons tous habiter à la chocolaterie de Mr. Wonka et nous allons l'aider à la diriger et il me l'a donnée tout entière, à moi, et… et… et… et…

– Qu'est-ce que tu racontes ? dit Mrs. Bucket.

– Regarde plutôt notre maison ! cria le pauvre Mr. Bucket. Elle est en ruine !

– Cher monsieur, dit Mr. Wonka en faisant un bond en avant pour serrer cordialement la main de Mr. Bucket, je suis vraiment heureux de faire votre connaissance. Ne vous tourmentez pas pour votre maison. Désormais, de toute manière, vous pourrez vous en passer.

– Qui est ce fou ? hurla grand-maman Joséphine. Il a failli nous tuer tous !

– C'est Mr. Willy Wonka en personne », dit grand-papa Joe.

Tous deux, grand-papa Joe et Charlie, mirent un bon moment à faire comprendre à la famille ce qui leur était arrivé au cours de la journée. Et même après qu'ils eurent compris, tous refusèrent de monter dans l'ascenseur qui devait les transporter à la chocolaterie.

« J'aime encore mieux mourir dans mon lit ! décréta grand-maman Joséphine.

– Moi aussi ! cria grand-maman Georgina.

– Je refuse de partir ! » déclara grand-papa Georges.

Alors, sans se soucier de leurs cris, Mr. Wonka, grand-papa Joe et Charlie poussèrent le lit dans l'ascenseur. Puis ils y firent entrer de force Mr. et Mrs. Bucket. Enfin ils montèrent eux-mêmes. Mr. Wonka appuya sur un bouton. Les portes se fermèrent. Grand-maman Georgina poussa un cri aigu. Et l'ascenseur s'ébranla, repassa par le trou du toit et s'envola dans le ciel.

Charlie grimpa sur le lit et tenta de réconforter les trois vieux morts de peur. « Ne craignez rien, dit-il. C'est sans danger. Et l'endroit où nous allons est le plus merveilleux du monde !

– Charlie a raison, dit grand-papa Joe.

– Trouverons-nous quelque chose à manger, là-bas ? demanda grand-maman Joséphine. Je meurs de faim ! Toute la famille meurt de faim !

– A manger ? dit en riant Charlie. Oh ! Attendez, vous verrez!»

Charlie et le grand ascenseur de verre

Pour mes filles Tessa, Ophelia, Lucy
et pour mon filleul
Edmund Pollinger

1
Mr. Wonka va trop loin

La dernière fois que nous avons vu Charlie, il survolait sa ville natale dans le grand ascenseur de verre. Quelques instants auparavant, Mr. Wonka lui avait appris que désormais, l'énorme, la fabuleuse chocolaterie lui appartenait. A présent, notre jeune ami revenait triomphalement pour y habiter avec toute sa famille.

Petit rappel des passagers de l'ascenseur :

Charlie Bucket, notre héros.

Mr. Willy Wonka, l'extraordinaire fabricant de chocolat.

Mr. et Mrs. Bucket, le père et la mère de Charlie.

Grand-papa Joe et grand-maman Joséphine, le père et la mère de Mr. Bucket.

Grand-papa Georges et grand-maman Georgina, le père et la mère de Mrs. Bucket.

Grand-maman Joséphine, grand-maman Georgina et grand-papa Georges étaient toujours dans leur lit qu'on avait poussé à bord avant le décollage. Grand-papa Joe, vous vous en souvenez, était sorti du lit pour aller visiter la chocolaterie avec Charlie.

Le grand ascenseur de verre volait tranquillement, sans se

presser, à trois cents mètres de haut. Le ciel était d'un bleu étincelant. Tout le monde à bord était follement excité à l'idée d'aller vivre dans la célèbre chocolaterie.

Grand-papa Joe chantait.

Charlie gambadait.

Mr. et Mrs. Bucket semblaient heureux pour la première fois depuis des années, et les trois vieux grabataires se regardaient en souriant de toutes leurs gencives roses et édentées.

– Qu'est-ce qui fait donc voler cet incroyable engin ? marmonna grand-maman Joséphine.

– Les crochets du ciel, répondit Mr. Wonka.

– Pas possible ! s'écria grand-maman Joséphine.

– Chère madame, dit Mr. Wonka, vous venez juste d'entrer en scène. Quand vous serez avec nous depuis plus longtemps, rien ne vous étonnera plus.

– Ces crochets du ciel, reprit grand-maman Joséphine, ils ont sans doute un bout accroché à notre engin. Exact ?

– Exact, dit Mr. Wonka.

– Et à quoi est accroché l'autre bout ? demanda grand-maman Joséphine.

– Je deviens chaque jour de plus en plus sourd, répondit Mr. Wonka. Rappelez-moi de téléphoner à mon oto-rhino quand nous reviendrons, s'il vous plaît.

– Charlie, dit grand-maman Joséphine, je n'ai pas grande confiance en ce monsieur.

– Moi non plus, dit grand-maman Georgina. Il plaisante tout le temps.

Charlie se pencha sur le lit pour chuchoter aux deux vieilles dames :

– Je vous en prie, soyez gentilles. Mr. Wonka est un homme fantastique. C'est mon ami. Je l'adore.

– Charlie a raison, murmura grand-papa Joe en rejoignant le groupe. Calmez-vous, Josie, et ne nous ennuyez plus.

– Dépêchons-nous ! s'écria Mr. Wonka. Nous avons tant de temps et si peu à faire ! Non, attendez ! C'est exactement le contraire ! Vous m'aviez compris, merci ! Et maintenant, de retour à la chocolaterie !

Il claqua dans ses mains et fit un bond de deux pieds de haut sur ses deux pieds.

– Nous volons vers la chocolaterie ! Mais nous devons nous élever avant de redescendre. Nous devons nous élever de plus en plus haut !

– Qu'est-ce que je vous disais, fit grand-maman Joséphine. Il est givré !

– Calmez-vous, Josie, dit grand-papa Joe. Mr. Wonka sait très bien ce qu'il fait.

– Il est givré comme un citron ! dit grand-maman Georgina.

– Nous devons monter de plus en plus haut ! criait Mr. Wonka. Fantastiquement haut ! Accrochez bien vos estomacs !

Il appuya sur un bouton marron. L'ascenseur s'ébranla, et whoush ! il s'élança en flèche, comme une fusée, avec un bruit effrayant. Tout le monde s'agrippa à tout le monde, et tandis que l'énorme appareil gagnait de la vitesse, le vacarme du vent se fit de plus en plus fort, de plus en plus aigu, jusqu'à percer les tympans. Il fallait hurler pour être entendu.

– Arrêtez ! hurla grand-maman Joséphine. Faites-le s'arrêter, Joe ! Je veux m'en aller !

– Sauvez-nous ! hurla grand-maman Georgina.

– Redescendez ! hurla grand-papa Georges.

– Non, non ! hurla Mr. Wonka. Nous devons monter !

– Mais pourquoi ? s'écrièrent-ils en chœur Pourquoi monter au lieu de descendre ?

– Parce que plus haut nous serons au moment de redescendre, plus vite nous rentrerons dedans, dit Mr. Wonka. Il faut aller à une vitesse foudroyante quand nous la tamponnerons.

– Quand nous tamponnerons quoi ? s'écrièrent-ils.

– La chocolaterie, bien sûr, répondit Mr. Wonka.

– Ça, c'est un peu fort ! dit grand-maman Joséphine. Nous allons être réduits en bouillie !

– Comme des œufs brouillés ! ajouta grand-maman Georgina.

– Ça, dit Mr. Wonka, c'est un risque à courir.

– Vous plaisantez, fit grand-maman Joséphine. Dites-nous que vous plaisantez.

– Madame, déclara Mr. Wonka, je ne plaisante jamais.

– Oh, mes chéris ! s'écria grand-maman Georgina, nous allons être hachés-pâtés jusqu'au dernier !

– Très probablement, dit Mr. Wonka.

Grand-maman Joséphine poussa un cri perçant, et disparut sous les draps. Grand-maman Georgina agrippa si fort grand-papa Georges qu'il sembla maigrir de moitié. Mr. et Mrs. Bucket se tenaient dans les bras l'un de l'autre, muets de peur. Seuls Charlie et grand-papa Joe restaient à peu près calmes. Ils avaient fait un bout de chemin avec Mr. Wonka et ils s'étonnaient moins qu'avant. Mais, tandis que le grand ascenseur continuait à s'éloigner de la Terre à toute allure, Charlie lui-même commençait à se sentir un tantinet inquiet.

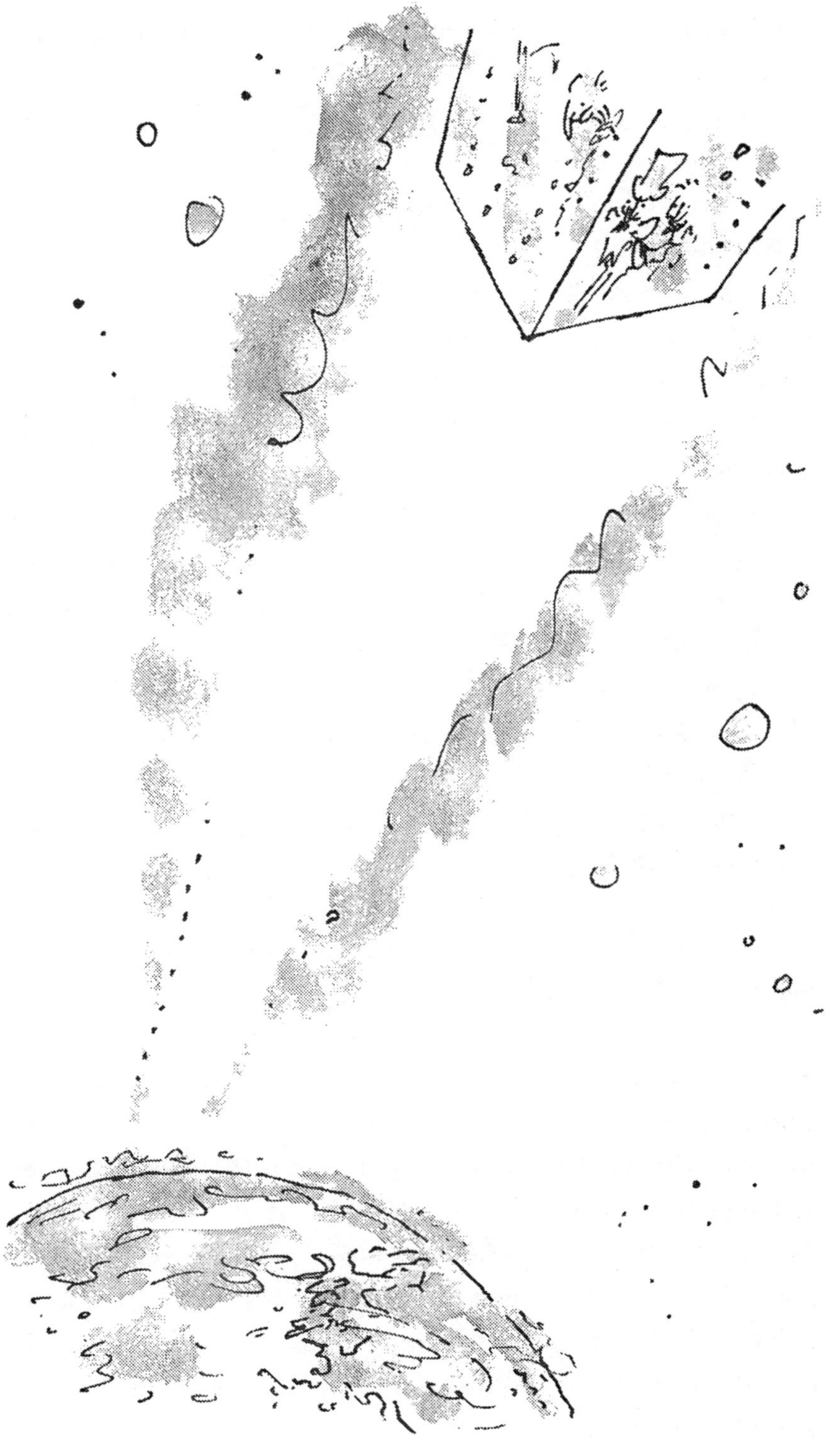

– Mr. Wonka, hurla-t-il au milieu du vacarme, je ne comprends pas pourquoi nous devons descendre si vite.

– Mon cher enfant, répondit Mr. Wonka, si nous ne descendons pas si vite, nous ne crèverons pas le toit de la chocolaterie pour rentrer. Ce n'est pas facile de percer un trou dans un toit aussi solide.

– Mais il y a déjà un trou, dit Charlie. Nous l'avons fait en sortant.

– Eh bien, nous en ferons un autre, décréta Mr. Wonka. Deux trous valent mieux qu'un. N'importe quelle souris te le dira.

Le grand ascenseur de verre filait de plus en plus haut. Bientôt, ils virent les mers et les pays de la Terre qui s'étalaient au-dessous d'eux comme une carte de géographie. Tout cela était très beau, mais quand on est sur un sol de verre et qu'on regarde à travers, quelle abominable sensation !

Même Charlie commençait à avoir peur, maintenant. Il serra fort la main de grand-papa Joe, et leva les yeux sur la figure du vieil homme.

– J'ai peur, grand-papa, dit-il.

Grand-papa mit son bras autour de Charlie et l'étreignit.

– Moi aussi, Charlie.

– Mr. Wonka, hurla Charlie, vous ne croyez pas qu'on est assez haut ?

– Presque, répondit Mr. Wonka, mais pas encore. A présent, s'il vous plaît, ne parlez plus et ne me dérangez plus. Au stade où nous sommes, je dois faire très attention. Il faut chronométrer au quart de seconde près. Tu vois ce bouton vert ? Je dois appuyer dessus exactement au bon moment. Si j'appuie une demi-seconde trop tard, nous continuerons à monter.

– Que se passera-t-il si nous continuons à monter ? demanda grand-papa Joe.

– S'il vous plaît, ne me parlez plus, que je puisse me concentrer, dit Mr. Wonka.

A l'instant même, grand-maman Joséphine sortit sa tête de sous les draps. A travers le sol de verre, elle aperçut toute l'Amérique du Nord à deux cents miles environ, pas plus grosse qu'une barre de chocolat.

– Il faut arrêter ce maniaque ! vociféra-t-elle.

De sa vieille main ridée, elle attrapa prestement Mr. Wonka par la queue de son habit et le renversa sur le lit.

– Non, non ! cria Mr. Wonka en se débattant pour se dégager. J'ai des choses à faire ! Ne gênez pas le pilote !

– Vous êtes fou ! brailla grand-maman Joséphine en le secouant si fort qu'on ne lui voyait presque plus la tête. Ramenez-nous à la maison sur-le-champ !

– Lâchez-moi ! hurla Mr. Wonka. Je dois appuyer sur ce bouton, ou bien nous continuerons à monter. Lâchez-moi ! Lâchez-moi !

Mais grand-maman Joséphine tenait bon.

– Charlie ! lança Mr. Wonka, appuie sur le bouton ! Le bouton vert ! Vite, vite, vite !

Charlie traversa l'ascenseur d'un bond et appuya de toutes ses forces sur le bouton vert. Alors, l'ascenseur grinça horriblement, se renversa sur le côté, et le sifflement du vent s'arrêta. Il y eut un silence à donner le frisson.

– Trop tard ! s'écria Mr. Wonka Oh, mon Dieu ! Nous sommes cuits !

A ce moment-là, le lit se souleva doucement du sol avec les trois vieux et Mr. Wonka, et resta suspendu en l'air. Charlie, grand-papa Joe, Mr. et Mrs. Bucket s'élevèrent eux aussi, et, en un clin d'œil, tous les passagers du grand ascenseur de verre se mirent à flotter comme des ballons.

– Regardez ce que vous avez fait ! dit Mr. Wonka tout en voletant.

– Qu'est-il arrivé ? demanda grand-maman Joséphine.

Elle était sortie du lit et planait au plafond, en chemise de nuit.

– Nous avons continué à monter ? interrogea Charlie.

– Continué à monter ? répéta Mr. Wonka. Bien sûr ! Savez-vous où nous sommes, mes amis ? Nous sommes sur orbite !

Ils ouvrirent la bouche et les yeux de stupeur, trop ahuris pour parler.

– Maintenant nous tournons autour de la Terre à dix-sept mille miles à l'heure, dit Mr. Wonka. Tout va bien ?

– J'étouffe ! suffoqua grand-maman Joséphine. Je ne peux plus respirer !

– Évidemment, dit Mr. Wonka, il n'y a plus d'air !

Il fit quelques mouvements de brasse pour aller appuyer sur un bouton marqué : OXYGÈNE.

– Ça va aller mieux, dit-il. Respirez à pleins poumons.

– Quelle étrange sensation ! fit Charlie en nageant dans l'air. J'ai l'impression d'être une bulle.

– Formidable ! s'écria grand-papa Joe. C'est comme si je ne pesais plus rien du tout.

– En effet, dit Mr. Wonka. Nous ne pesons plus rien, même pas une livre.

– Sottises ! s'exclama grand-maman Georgina. Je pèse exactement cent trente-sept livres.

– Plus maintenant, dit Mr. Wonka. Vous ne pesez plus rien.

Les trois vieux : grand-papa Georges, grand-maman Georgina et grand-maman Joséphine, essayaient désespérément de regagner leur lit, mais en vain. Il flottait, tout comme eux. Chaque fois qu'ils passaient au-dessus, et qu'ils tentaient de s'y allonger, ils remontaient irrésistiblement. Charlie et grand-papa Joe rugissaient de rire.

– Qu'y a-t-il de si drôle ? demanda grand-maman Joséphine.

– Nous vous avons enfin fait sortir du lit ! dit grand-papa Joe.

– Tais-toi ! Aide-nous plutôt à descendre ! coupa grand-maman Joséphine.

– Impossible ! dit Mr. Wonka. Vous ne redescendrez plus jamais. Continuez à flotter, et amusez-vous bien !

– C'est un fou ! s'écria grand-maman Georgina. Attention, faites bien attention ou il va tous nous hacher-pâtés.

2
Space Hotel U.S.A.

Le grand ascenseur de verre de Mr. Wonka n'était pas le seul appareil en orbite autour de la Terre à ce moment-là. Deux jours auparavant, les États-Unis d'Amérique avaient lancé leur premier hôtel spatial, une gigantesque capsule en forme de saucisse qui n'avait pas moins de deux mille pieds de long. Cette merveille de l'ère spatiale s'appelait le *Space Hotel U.S.A.* A l'intérieur, il y avait un court de tennis, une piscine, un gymnase, une salle de jeux pour les enfants, et cinq cents magnifiques chambres ayant chacune leur salle de bains, tout cela bien entendu avec air conditionné. L'hôtel était également équipé d'une machine à créer une gravité artificielle pour marcher normalement sans flotter.

Cet extraordinaire objet tournait maintenant autour de la Terre, à une hauteur de deux cent quarante miles. Un service de taxis, des petites capsules décollant de Cap Kennedy, faisaient la navette toutes les heures, du lundi au vendredi, pour embarquer et débarquer les clients. Pourtant, jusqu'à présent, il n'y avait eu personne à bord, même pas un astronaute. Personne n'avait vraiment cru qu'une chose aussi énorme pourrait quitter le sol sans exploser !

Pourtant, le lancement fut un grand succès, et depuis que le *Space Hotel* était en orbite, on se pressait, on se bousculait pour envoyer les premiers hôtes. On racontait même que le président des États-Unis en personne serait parmi les premiers à séjourner à l'hôtel, et bien sûr, des tas de gens des quatre coins du monde se ruaient comme des enragés pour retenir des chambres. Plusieurs rois et plusieurs reines envoyèrent des télégrammes à la Maison-Blanche, à Washington, pour obtenir des réservations, et un milliardaire texan du nom d'Orson Cart, qui devait épouser une starlette, Helen Highwater, offrit cent mille dollars pour passer une journée dans la suite réservée aux jeunes mariés.

Mais on ne peut pas envoyer des clients dans un hôtel s'il n'y a personne pour s'occuper d'eux. Et voilà pourquoi un autre objet volant tournait autour de la Terre. C'était une grande capsule qui transportait tout le personnel du *Space Hotel U.S.A.* : des directeurs, des sous-directeurs, des caissiers, des serveuses, des grooms, des femmes de chambre, des chefs pâtissiers et des plantons. Cette capsule était pilotée par les trois célèbres astronautes Shuckworth, Shanks et Showler, tous les trois beaux, intelligents et courageux.

– Dans une heure exactement, déclara Shuckworth dans un haut-parleur aux passagers, nous atteindrons le *Space Hotel U.S.A.*, que vous aurez le bonheur d'habiter pendant dix ans. Bientôt, devant vous, vous allez apercevoir pour la première fois ce magnifique vaisseau spatial. Ah, ah ! Je vois quelque chose ! Mes amis, c'est sûrement ça ! Oui, il y a bien un engin au-dessus de nous !

Shuckworth, Shanks et Showler, ainsi que les directeurs, les sous-directeurs, les caissiers, les serveuses, les grooms, les femmes de chambre, les chefs pâtissiers et les plantons, regardèrent par les hublots, tout excités. Shuckworth alluma deux petites fusées pour accélérer la vitesse de la capsule et rattraper l'engin.

– Hé ! brailla Showler. Ce n'est pas notre hôtel spatial !

– Peste ! s'écria Shanks. Par Nabuchodonosor, qu'est-ce que c'est ?

– Vite ! Un télescope ! hurla Shuckworth.

D'une main, il régla le télescope tandis que de l'autre il appuya sur le bouton qui le reliait à la tour de contrôle, à terre.

– Hello, Houston ! cria-t-il dans le micro. Il y a un truc incroyable, en haut ! C'est une chose en orbite, au-dessus de nous, et ça ne ressemble en rien aux vaisseaux de l'espace que j'ai vus, ça, c'est sûr !

– Décrivez-le ! ordonna la tour de contrôle à Houston.

– C'est… c'est tout en verre, une sorte de cube, et il y a plein de gens dedans ! Ils flottent comme des poissons dans un aquarium !

– Combien d'astronautes à bord ?

– Aucun, répondit Shuckworth. Ça ne peut pas être des astronautes.

– Et pourquoi ?

– Parce que trois d'entre eux sont en chemise de nuit !

– Ne faites pas l'idiot ! glapit la tour de contrôle. Remettez-vous, mon gars ! C'est sérieux.

– Je vous le jure ! s'écria le malheureux Shuckworth. Trois sont en chemise de nuit ! Deux vieilles femmes et un vieil homme ! Je les vois nettement ! Je vois même leurs figures ! Ciel ! Ils sont plus vieux que Moïse ! Ils ont dans les quatre-vingt-dix ans !

– Vous êtes fou, Shuckworth ! hurla la tour de contrôle. Vous êtes licencié ! Passez-moi Shanks !

– Ici Shanks, dit Shanks, Écoutez-moi, Houston. Il y a ces trois drôles d'oiseaux en chemise de nuit, en train de voler dans cette incroyable boîte en verre et il y a un curieux petit bonhomme avec un bouc, qui porte un haut-de-forme noir, un habit à queue en velours de couleur prune et un pantalon vert bouteille.

– Arrêtez ! cria la tour de contrôle.

– Ce n'est pas tout, dit Shanks. Il y a aussi un petit garçon d'une dizaine d'années.

– Ce n'est pas un petit garçon, imbécile ! coupa la tour de contrôle. C'est un astronaute déguisé ! Un astronaute nain déguisé en petit garçon ! Et ces vieux aussi sont des astronautes ! Ils sont tous déguisés !

– Mais qui sont-ils ? demanda Shanks.

– Comment diable le savoir ? dit la tour de contrôle. Est-ce qu'ils se dirigent vers notre *Space Hotel* ?

– Exactement ! vociféra Shanks. Maintenant, je vois le *Space Hotel* à environ un mile au-dessus de nous !

– Ils vont le faire exploser ! hurla la tour de contrôle. Quelle catastrophe ! C'est…

Soudain, la voix fut interrompue et Shanks entendit une autre voix dans ses écouteurs, grave et âpre, entièrement différente.

– Je m'en occupe, fit la voix grave et âpre. Vous êtes là. Shanks ?

– Bien sûr que je suis là, dit Shanks. Comment osez-vous nous interrompre ? Et qui êtes-vous ?

– Le président des États-Unis, dit la voix.

– Et moi, le Magicien d'Oz, dit Shanks. Vous voulez me faire marcher ?

– Arrêtez vos âneries, coupa le président. Il s'agit d'une affaire d'État.

– Mon Dieu ! s'écria Shanks en se retournant vers Shuckworth et Showler. C'est vraiment le président, le président Gilligrass en personne... Eh bien, bonjour, monsieur le président. Comment allez-vous aujourd'hui ?

– Combien y a-t-il de personnes dans la capsule en verre ? demanda le président de sa voix âpre.

– Huit, dit Shanks. Toutes en train de flotter.

– En train de flotter ?

– Nous sommes en apesanteur, là-haut, monsieur le président. Tout le monde flotte. Nous-mêmes, nous flotterions si nous n'étions pas retenus par des courroies. Le saviez-vous ?

– Bien entendu, répondit le président. Qu'est-ce que vous pouvez me dire d'autre, au sujet de cette capsule en verre ?

– Il y a un lit à l'intérieur, un grand lit à deux places qui flotte lui aussi.

– Un lit ! aboya le président. Il n'y a jamais de lit dans un engin spatial !

– Je vous jure que c'est un lit.

– Vous êtes fondu, Shanks, déclara le président. Fondu comme un fromage ! Passez-moi Showler !

– Ici Showler, monsieur le président, dit Showler en prenant le micro à Shanks. C'est un grand honneur pour moi de vous parler, monsieur le président.

– Oh ça va ! coupa le président. Dites-moi ce que vous voyez.

– C'est un lit, monsieur le président. Je le vois dans mon télescope. Il y a des draps, des couvertures, et un matelas.

– Ce n'est pas un lit, espèce de radoteur taré ! hurla le président. Vous ne comprenez pas que c'est une ruse ? C'est une bombe ! Une bombe camouflée en lit ! Ils vont faire sauter notre magnifique *Space Hotel* !

– Qui ça, ils, monsieur le président ? demanda Shanks.

– Ne parlez pas tant et laissez-moi réfléchir, dit le président.

Il y eut un moment de silence. Showler attendait nerveusement, ainsi que Shanks et Shuckworth, et ainsi que les directeurs et les sous-directeurs, les caissiers et les serveuses, les grooms et les femmes de chambre, les chefs pâtissiers et les plantons. En bas, dans l'énorme tour de contrôle, cent contrôleurs étaient assis sans bouger devant leurs cadrans, dans leurs cabines d'écoute, attendant les ordres que le président allait donner aux astronautes.

– J'ai une idée, dit le président. Y a-t-il une caméra de télévision à l'avant de la capsule, Showler ?

– Absolument, monsieur le président.

– Alors, filmez, crétin ! Comme ça, en bas, nous pourrons voir l'objet !

– Je n'y aurais jamais songé, dit Showler. Pas étonnant que vous soyez le président. Voilà.

Il appuya sur le bouton qui déclenchait la caméra, dans le nez de l'appareil, et, au même moment, les cinq cent millions de gens dans le monde, qui venaient de tout entendre à la radio, se précipitèrent sur leurs téléviseurs.

Et, sur leurs écrans, ils virent exactement ce que Shuckworth, Shanks et Showler voyaient : une étrange boîte en verre, en orbite autour de la Terre et, à l'intérieur (l'image n'était pas très nette mais il n'y avait aucun doute), sept adultes, un petit garçon et un grand lit à deux places en train de flotter. Trois des adultes étaient en chemise de nuit, pieds nus. Au loin, au-delà de la boîte en verre, les téléspectateurs aperçurent le *Space Hotel*, énorme, étincelant et argenté.

Mais ce qui attirait tous les regards, c'était la sinistre boîte en verre avec son sinistre équipage, huit créatures si fortes et si résistantes qu'elles ne portaient même pas de combinaisons spatiales. Qui étaient ces gens et d'où venaient-ils ? Et cette grande chose diabolique, camouflée en lit à deux places, qu'est-ce que cela pouvait bien être ? Le président avait dit qu'il s'agissait d'une bombe et il avait probablement raison. Qu'allaient-ils en faire ?

A travers l'Amérique, le Canada, la Russie, le Japon, l'Inde, la Chine, l'Afrique, l'Angleterre, la France, l'Allemagne et partout ailleurs dans le monde, une sorte de panique commença à s'emparer des téléspectateurs.

– Restez à distance, Showler, ordonna le président dans la radio.

– Pour sûr, monsieur le président, répondit Shanks. Pour sûr.

3
L'arrimage

Dans le grand ascenseur de verre, tout le monde était aussi très excité, Charlie, Mr. Wonka et les autres apercevaient nettement l'énorme forme argentée du *Space Hotel U.S.A.* à environ un mile au-dessus d'eux. Au-dessous se trouvait la capsule qui transportait le personnel, plus petite mais quand même de dimension considérable. Le grand ascenseur de verre (qui ne paraissait d'ailleurs pas si grand entre ces deux monstres !) était au milieu. Bien sûr, ils savaient tous très bien ce qui se passait, même grand-maman Joséphine. Ils savaient même que les trois pilotes de la capsule s'appelaient Shuckworth, Shanks et Showler. Le monde entier le savait. Les journaux et la télévision n'avaient pratiquement parlé que de cela durant les six derniers mois. L'Opération *Space Hotel U.S.A.* était l'événement du siècle.

– Quelle chance ! s'écria Mr. Wonka, nous sommes tombés pile sur le plus grand événement spatial de tous les temps !

– Nous sommes tombés pile dans un joli pétrin, oui ! dit grand-maman Joséphine. Ramenez-nous à terre tout de suite !

– Non, grand-maman, dit Charlie. Assistons à l'arrimage de la capsule et de l'hôtel spatial !

Mr. Wonka voleta jusqu'à Charlie.

– Battons-les sur leur propre terrain, Charlie, chuchota-t-il. Arrivons les premiers et montons à bord du *Space Hotel* !

Charlie resta bouche bée de stupeur. Puis il dit à voix basse :

– C'est impossible. Il faut plein de gadgets spéciaux pour arrimer un autre vaisseau spatial, Mr. Wonka.

– Mon ascenseur pourrait arrimer un alligator, si l'occasion se présentait, dit Mr. Wonka. Laisse-moi faire, mon garçon !

– Grand-papa Joe ! s'écria Charlie. Tu as entendu ? Nous allons nous accrocher au *Space Hotel* et monter à bord !

– Yippeeee ! hurla grand-papa Joe. Idée géniale, monsieur ! Idée renversante !

Il attrapa la main de Mr. Wonka et se mit à la secouer comme un thermomètre.

– Calmez-vous, vieille chauve-souris fêlée ! intervint grand-maman Joséphine. Nous patinons déjà dans la choucroute ! Je veux revenir chez moi !

– Moi aussi ! dit grand-maman Georgina.

– Mais s'ils nous poursuivent ? demanda Mr. Bucket qui ouvrait la bouche pour la première fois.

– Mais s'ils nous capturent ? demanda Mrs. Bucket.

– Mais s'ils nous tirent dessus ? demanda grand-maman Georgina.

– Mais si ma barbe était en rhubarbe ! s'écria Mr. Wonka. On ne ferait jamais rien si on se demandait tout le temps : mais si ? mais si ? Est-ce que Christophe Colomb aurait découvert l'Amérique s'il s'était dit : mais si je coule en chemin ? Mais si je rencontre des pirates ? Mais si je ne reviens jamais ? Il ne serait même pas parti ! Ici, nous n'avons pas besoin de « mais si ? mais si ? », pas vrai, Charlie ? Allez, on y va ! Attention... Je dois effectuer une manœuvre très difficile et il faut qu'on m'aide. Il faut appuyer sur des boutons situés à trois endroits différents de l'ascenseur. Je prendrai ces deux-là, le blanc et le noir.

Pouf ! Pouf ! Mr. Wonka souffla légèrement et glissa comme un énorme oiseau jusqu'aux boutons blanc et noir.

– Monsieur grand-papa Joe, mettez-vous à côté de ce bouton argenté, là… oui, c'est le bon. Et toi, Charlie, approche-toi de ce petit bouton doré, près du plafond. Chacun de ces boutons allume des fusées à l'extérieur de l'ascenseur. C'est grâce à elles que nous changeons de direction. Les fusées de grand-papa nous font virer à tribord, à droite.

Celles de Charlie nous font virer à bâbord, à gauche. Et avec les miennes, nous allons plus haut, plus bas, plus vite ou plus lentement. Vous êtes prêts ?

– Non, attendez ! s'écria Charlie qui flottait entre le plancher et le plafond. Je n'arrive pas à monter !

Il battait frénétiquement des bras et des jambes mais restait sur place comme quelqu'un qui se noie.

– Mon cher enfant, dit Mr. Wonka, tu ne peux pas nager dans ce machin. Ce n'est pas de l'eau, c'est de l'air, un air très léger. Rien ne te fait avancer. Tu dois donc te propulser toi-même. Regarde-moi bien. D'abord, tu respires à fond, puis tu arrondis ta bouche et tu souffles de toutes tes forces. Si tu souffles vers le bas, tu montes. Si tu souffles vers la gauche, tu vas à droite et ainsi de suite. Tu te diriges comme un vaisseau spatial, en te servant de ta bouche comme réacteur.

Soudain, ils se mirent tous à s'exercer et, bientôt, dans l'ascenseur, on n'entendit plus que souffler et renifler. Grand-maman Georgina, dans sa chemise de nuit en flanelle rouge, avec ses jambes squelettiques qui dépassaient, barrissait et crachait comme un rhinocéros. Elle volait d'un côté, de l'autre, en hurlant : « Écartez-vous ! Écartez-vous ! », et elle chargeait à fond de train les pauvres Mr. et Mrs. Bucket. Grand-papa Georges et grand-maman Georgina faisaient de même. Vous imaginez ce que devaient penser les millions de gens qui suivaient cet extravagant spectacle, à la télévision ! Bien sûr, l'image était un peu floue. Le grand ascenseur de verre n'était pas plus grand qu'un pamplemousse et les passagers guère plus gros que des pépins. Malgré tout, les téléspectateurs les voyaient s'agiter comme des insectes dans une boîte en verre.

– Que diable fabriquent-ils ? s'écria le président des États-Unis, les yeux braqués sur son écran.

– On dirait une danse guerrière, monsieur le président, répondit l'astronaute Showler à la radio.

– Vous voulez dire que ce sont des Peaux-Rouges ! s'exclama le président.

– Je n'ai pas dit ça, monsieur.

– Oh, si, Showler.

– Oh, non, monsieur le président.

– Silence ! dit le président. Vous m'embrouillez.

Dans l'ascenseur, Mr. Wonka répétait :

– S'il vous plaît ! S'il vous plaît ! Arrêtez de voler ! Calmez-vous ! Sinon, nous ne pourrons pas arrimer.

– J'en ai marre de ce vieil homard ! dit grand-maman Georgina en passant près de lui. Juste au moment où on commençait à s'amuser un peu, il veut qu'on s'arrête !

– Eh, regardez-moi ! brailla grand-maman Joséphine. Je vole ! Je suis l'épervier royal !

– Je vole plus vite que vous tous ! cria grand-papa Georges en tourbillonnant, sa chemise de nuit ondoyant derrière lui comme la queue d'un perroquet.

– S'il te plaît, grand-papa Georges, calme-toi ! supplia Charlie. Si on ne se dépêche pas, ces astronautes vont arriver avant nous. Vous n'avez pas envie de visiter le *Space Hotel* ?

– Écartez-vous ! hurlait grand-maman Georgina qui allait et venait en soufflant. Je suis un Jumbo Jet !

– Vous êtes une vieille chauve-souris fêlée, oui ! dit Mr. Wonka.

A la fin, les trois vieux se sentirent tout à coup très las, à bout de souffle, et ils se mirent à flotter tranquillement sur place.

– Charlie ! Grand-papa Joe ! Êtes-vous prêts ? demanda Mr. Wonka.

– Prêts, Mr. Wonka, répondit Charlie qui planait au plafond.

– Je suis le pilote, déclara Mr. Wonka. C'est moi qui commande. Ne lancez pas les fusées avant que je ne l'ordonne. Et n'oubliez pas vos rôles. Charlie bâbord, grand-papa Joe tribord.

Mr. Wonka appuya sur l'un de ses deux boutons. Aussitôt, des fusées s'allumèrent sous le grand ascenseur de verre qui bondit en avant mais se déporta violemment vers la droite.

– Bâbord ! cria Mr. Wonka.

Charlie appuya sur son bouton. Ses fusées s'allumèrent. L'ascenseur se remit en ligne droite.

– Ne bougez pas ! ordonna Mr. Wonka. Dix degrés à tribord !... Ne bougez pas !... Ne bougez pas !... Ça va !

Bientôt, ils planaient exactement au-dessous de la queue argentée de l'énorme hôtel spatial.

– Vous voyez cette petite porte carrée avec ces manettes ? dit

Mr. Wonka. C'est pour l'arrimage. On n'en a plus pour très longtemps… Un peu à bâbord !… Stop !… Un peu à tribord !… Bien… Bien… Ça va… Nous y sommes presque…

Charlie avait comme l'impression de se trouver dans un minuscule canoë, à l'arrière du plus grand vaisseau du monde. Le *Space Hotel* les dominait de sa taille gigantesque.

« A quoi ça ressemble, à l'intérieur ? songeait Charlie. Qu'il me tarde d'y entrer… »

4. Le président

A un demi-mile de là, Shuckworth, Shanks et Showler braquaient sans relâche leur caméra sur l'ascenseur de verre. Et, dans le monde entier, des millions et des millions de gens, devant leur télévision, regardaient avec angoisse le drame qui se jouait à deux cent quarante miles au-dessus de la Terre. Dans son bureau, à la Maison-Blanche, siégeait Lancelot R. Gilligrass, le président des États-Unis d'Amérique, l'homme le plus puissant de la planète. A l'occasion de cette crise, il avait convoqué ses meilleurs conseillers et, à présent, ceux-ci suivaient attentivement, sur un écran de télévision géant, chaque mouvement de l'inquiétante capsule en verre et des huit desperados de l'espace. L'état-major était réuni au grand complet. Il y avait le chef de l'armée de terre, avec quatre généraux, le chef de la marine, le chef de l'armée de l'air et le meilleur ami du président, un avaleur de sabres d'Afghanistan. Au milieu de la pièce, le conseiller financier essayait en vain de faire tenir le budget en équilibre sur le sommet de sa tête. Et tout près du président se tenait la vice-présidente, une énorme femme de quatre-vingt-neuf ans, avec du poil au menton. Elle avait été la nourrice du président, dont

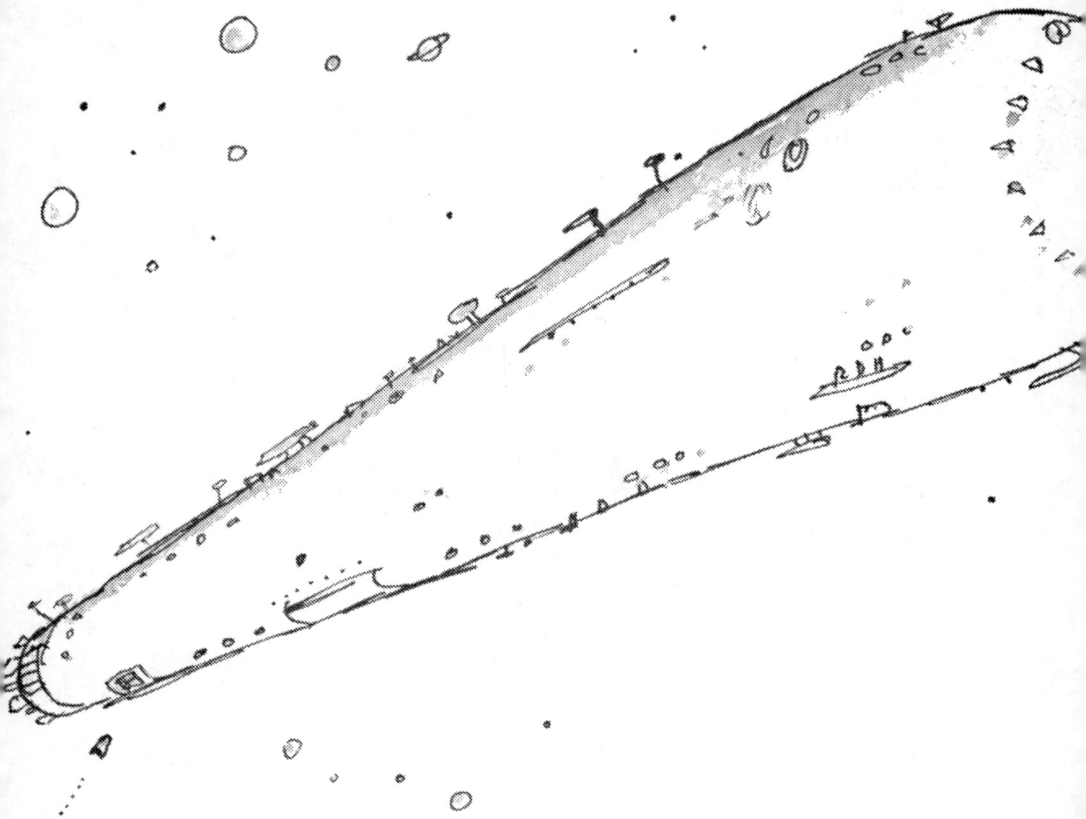

elle était maintenant l'éminence grise, et elle s'appelait miss Tibbs. Elle ne tolérait pas la moindre bêtise. On racontait qu'elle se montrait aussi sévère avec le président que lorsqu'il était petit.

C'était la terreur de la Maison-Blanche, et le chef des services secrets en personne claquait des dents quand elle le convoquait. Seul le président avait le droit de l'appeler Nounou. Dans la pièce se trouvait également la célèbre chatte du président, Mrs. Taubsypuss.

Pour l'instant, le plus grand silence régnait dans le bureau. Tous les yeux étaient rivés sur l'écran de télé, tandis que le petit objet de verre, fusées allumées, glissait doucement derrière le gigantesque *Space Hotel*.

– Ils vont arrimer ! hurla le président. Ils vont aborder l'hôtel !

– Ils vont le faire sauter ! s'écria le chef de l'armée de terre. Faisons-les d'abord sauter, eux ! Crac, boum, patatras, pan pan pan ! »

Le chef de l'armée de terre portait tant de médailles qu'elles lui recouvraient entièrement la poitrine et descendaient même le long de ses pantalons.

– Allons, monsieur le président, continua-t-il, et qu'ça saute ! Et qu'ça saute !

– Silence, petit crétin ! dit miss Tibbs.

Aussitôt, le chef de l'armée de terre alla se retirer, tout penaud, dans un coin.

– Écoutez, reprit le président, le problème est le suivant : qui sont ces gens et d'où viennent-ils ? Où est l'espion en chef ?

– Me voici, monsieur le président, dit l'espion en chef.

Il avait une fausse moustache, une fausse barbe, des faux cils, de fausses dents et une voix de fausset.

– Toc toc ! dit le président.

– Qui est là ? demanda l'espion en chef.

– Courteney.

– Courteney qui ?

– Vous avez déjà un Courteney ? fit le président.

Il y eut un moment de silence.

– Le président vous a posé une question, dit miss Tibbs d'une voix glaciale. Avez-vous déjà un Courteney ?

– Non, madame, non, répondit l'espion en chef soudain nerveux.

– Eh bien, vous avez de la chance ! gronda miss Tibbs.

– Parfait, fit le président. Dites-moi immédiatement qui sont ces gens dans la capsule en verre.

– Ah, ah, dit l'espion en chef en tortillant sa fausse moustache. C'est une question fort difficile.

– Vous ne le savez pas ?

– Si, je le sais, monsieur le président. Enfin, je crois le savoir. Nous venons de lancer le plus bel hôtel du monde. Exact ?

– Exact.

– Et qui est férocement jaloux de notre merveilleux hôtel, au point de vouloir le faire sauter ?

– Miss Tibbs, répondit le président.

– Faux, dit l'espion en chef. Une autre réponse.

– Eh bien, dit le président en se raclant la cervelle, dans ce cas-là, peut-être qu'un autre propriétaire d'hôtel jalouse le nôtre ?

– Génial ! s'écria l'espion en chef. Continuez, monsieur, vous chauffez !

– Mr. Savoy, dit le président.

– Vous chauffez, vous chauffez !

– Mr. Ritz !

– Vous chauffez ! Vous brûlez ! Continuez !

– J'ai trouvé ! cria le président. Mr. Hilton !

– Bravo, monsieur ! dit l'espion en chef.

– Vous êtes sûr que c'est lui ?

– Pas sûr, mais c'est très probable, monsieur le président. Après tout, Mr. Hilton a des hôtels partout dans le monde, mais pas dans l'espace. Nous, si. Il doit être jaloux comme un jars.

– Par mon chewing-gum ! On va arranger ça ! trancha le président en attrapant l'un des onze téléphones de son bureau. Allô ? Allô, allô, allô ? Où est le standard ?

Il pressa désespérément le petit bouton sur lequel on appuie quand on veut le standard.

– Allô, le standard ?

– On ne vous répondra pas, dit miss Tibbs. Ils regardent tous la télévision.

– Alors, celui-ci répondra ! dit le président en décrochant un téléphone rouge vif. C'était la ligne directe qui le reliait au secrétaire général de l'Union soviétique, à Moscou. Elle était toujours libre, et on ne s'en servait qu'en cas d'extrême urgence.

– Ça peut aussi bien être les Russes que Mr. Hilton, continua le président. Êtes-vous d'accord, Nounou ?

– Ce sont obligatoirement les Russes, affirma miss Tibbs.

– Balépatine à l'appareil, dit la voix en provenance de Moscou. Qu'y a-t-il, monsieur le président ?

– Toc, toc, fit le président.

– Qui est là ? demanda le secrétaire général.

– Guerret.

– Guerret quoi ?

– Guerre et Paix de Léon Tolstoï, dit le président. Écoutez-moi, Balépatine. Je veux que vous éloigniez vos astronautes de notre hôtel spatial. Sinon, vous allez voir ce que vous allez voir !

– Ces astronautes ne sont pas russes, monsieur le président.

– Il ment, dit miss Tibbs.

– Vous mentez, répéta le président.

– Je ne mens pas, dit Balépatine. Avez-vous regardé de près ces astronautes, dans leur boîte en verre ? Je ne les vois pas très bien sur mon écran, mais l'un d'entre eux, le petit à barbiche et en haut-de-forme, a exactement l'air d'un Chinois. En fait, il me rappelle étrangement mon ami le Premier ministre de Chine Populaire…

– Quel fourbi ! s'écria le président en raccrochant le téléphone rouge et en décrochant celui de porcelaine qui le reliait directement à la présidence de la République populaire de Chine, à Pékin.

– Allô, allô, allô, dit le président.

– Boutique de légumes et d'ailerons de requins à Shanghai, dit une petite voix dans le lointain. Mr. Wing à l'appareil.

– Nounou ! s'exclama le président en raccrochant bruyamment le téléphone, je croyais que c'était la ligne de la Présidence.

– C'est ça, dit miss Tibbs. Essayez encore.

Le président décrocha une nouvelle fois le récepteur.

– Allô, hurla-t-il.

– Mr. Wong à l'appareil, dit une voix à l'autre bout.

– Qui ? vociféra le président.

– Mr. Wong, sous-chef de gare à Chungking. Si c'est au sujet du train de 10 heures, il n'y en a pas aujourd'hui. La chaudière a éclaté.

Le président jeta le téléphone au général des transmissions, qui le reçut en plein dans l'estomac.

– Qu'est-ce qui se passe ? hurla le président.

– C'est très difficile de téléphoner en Chine, monsieur le président, dit le général des transmissions. Il y a plein de Wing et de Wong dans le pays, et quand on veut obtenir un Wing, on a un Wong.

– En effet, dit le président.

Le général des transmissions replaça le téléphone sur le bureau.

– Essayez encore, monsieur le président, je vous en prie. J'ai serré les écrous, en dessous.

Le président décrocha à nouveau le récepteur.

– Mes compliments, honorable président, dit une voix douce, au loin. Chou-in-gom, vice-premier ministre à l'appareil. Que puis-je faire pour vous ?

– Toc, toc, dit le président.

– Qui est là ?

– Attention.

– Attention quoi ?

– Attention vous-même quand vous tombez de la Grande Muraille de Chine, dit le président. O.K., Chou-in-gom, je voudrais parler au Premier ministre Ko-Mao-Sava.

– Tous mes regrets, Ko-Mao-Sava n'est pas là pour l'instant, monsieur le président.

– Où est-il ?

– Dehors. Il répare son vélo qui a crevé.

– Oh, non ! Ne me racontez pas d'histoires, vieux mandarin matois ! Il est en train d'aborder notre magnifique *Space Hotel* avec sept autres canailles, pour le faire sauter !

– Je vous prie de m'excuser, monsieur le président, mais vous vous trompez lourdement.

– Je ne me trompe pas ! aboya le président. Et si vous ne les rappelez pas immédiatement, je vais dire au chef de l'armée de terre de les faire tous sauter. Mâchez-moi ça, Chou-in-gom !

– Hourrah ! dit le chef de l'armée de terre. Et qu'ça saute ! Et qu'ça saute ! Bang, bang, bang !

– Silence ! glapit miss Tibbs.

– J'y suis arrivé ! s'écria le conseiller financier. Regardez-moi ! J'ai équilibré le budget !

En effet. Il se tenait au milieu de la pièce, avec l'énorme budget de deux cents billions de dollars splendidement en équilibre sur le sommet de son crâne chauve. Tout le monde applaudit. Puis soudain, la voix de l'astronaute Shuckworth fit irruption dans le haut-parleur de la radio.

– Ils ont arrimé ! Ils sont à bord ! hurlait-il. Et ils ont emmené le lit… c'est-à-dire la bombe !

Le président ouvrit la bouche pour prendre sa respiration et il aspira une grosse mouche qui passait par là inopinément. Il faillit s'étouffer. Miss Tibbs lui tapa dans le dos. Il avala la mouche et se sentit mieux. Mais il était furieux. Il saisit un crayon et du papier et se mit à faire un dessin. Tout en dessinant, il marmonnait : « Je ne veux plus de mouches dans mon bureau ! Je ne tolérerai plus une seule mouche ! »

Ses conseillers attendaient anxieusement. Ils savaient que le grand homme allait encore livrer au monde une de ses brillantes inventions. La dernière avait été le tire-bouchon pour gauchers Gilligrass que les gauchers du pays avaient accueilli comme la bénédiction du siècle.

– Ça y est ! dit le président en brandissant sa feuille de papier. Voici le brevet du piège à mouches Gilligrass !

Tous firent cercle autour de lui.

– La mouche grimpe à l'échelle par le côté gauche, commença le président. Elle marche sur la planche, s'arrête. Elle renifle. Elle hume quelque chose d'agréable. Elle regarde par-dessus bord et voit le morceau de sucre. « Ah, ah ! s'écrie-t-elle, du sucre ! » Elle va descendre le long de la ficelle pour l'attraper quand elle aperçoit le baquet d'eau en dessous. « Oh, oh ! dit-elle, un piège ! On espère que je vais y tomber ! ». Alors, elle continue à marcher, en pensant qu'elle est joliment futée. Mais comme vous le constatez, il manque un barreau à l'échelle de droite, par où elle va redescendre. Soudain, elle tombe et se rompt le cou.

– Colossal, monsieur le président ! crièrent-ils tous en chœur. Fantastique ! Un coup de génie !

– J'en commande tout de suite cent mille pour l'armée, dit le chef de l'armée de terre.

– Merci, dit le président en notant soigneusement la commande.

– Je répète, reprit la voix désespérée de Shuckworth dans le haut-parleur. Ils ont abordé et emmené la bombe !

– Restez à distance, ordonna le président. Pas question de faire sauter vos hommes !

Et maintenant, dans le monde entier, des millions de téléspectateurs attendaient plus anxieusement que jamais devant leurs téléviseurs. Les images, de couleurs violentes, montraient la sinistre petite boîte en verre bien arrimée sous le gigantesque hôtel spatial. On aurait dit un minuscule bébé animal accroché au ventre de sa mère. Et quand la caméra fit un zoom, des millions de téléspectateurs virent nettement que la boîte était vide. Les huit desperados avaient grimpé dans le *Space Hotel* en emportant la bombe !

5
Les Martiens

A l'intérieur du *Space Hotel*, on n'était pas en apesanteur, grâce à la machine à fabriquer de la gravité. Après leur arrimage triomphal, Mr. Wonka, Charlie, grand-papa Joe, Mr. et Mrs. Bucket purent sortir du grand ascenseur de verre et entrer dans le hall de l'hôtel sur leurs deux jambes. Quant à grand-papa Georges, grand-maman Georgina et grand-maman Joséphine, aucun d'entre eux n'avait posé les pieds par terre depuis plus de vingt ans, et ce n'était certainement pas maintenant qu'ils allaient changer leurs habitudes. Aussi, lorsqu'ils s'arrêtèrent de flotter, ils tombèrent tous les trois pile sur les couvertures, et insistèrent pour qu'on les pousse, avec le lit, dans le *Space Hotel*.

Charlie regardait bouche bée le hall gigantesque. Un épais tapis vert recouvrait le sol.

Vingt énormes chandeliers scintillants pendaient du plafond. Les murs disparaissaient presque sous les tableaux de valeur, et il y avait partout de grands fauteuils moelleux. A l'autre bout de la pièce se trouvaient les portes de cinq ascenseurs. Le groupe contemplait tout ce luxe en silence. Personne n'osait parler.

Mr. Wonka les avait avertis que chaque mot prononcé pouvait être intercepté par la tour de contrôle à Houston, aussi devaient-ils faire attention. On entendait un faible bourdonnement, sous le plancher, ce qui rendait le silence encore plus inquiétant. Charlie prit la main de grand-papa Joe et la serra fort. Il n'aimait pas tellement cet endroit. Ils avaient pénétré par effraction dans une propriété du gouvernement des États-Unis, le plus grand engin spatial jamais construit par l'homme. S'ils étaient découverts, capturés, ce qui ne manquerait pas de se produire, que leur arriverait-il ? La prison à vie ? Oui, la prison, ou pire encore...

Mr. Wonka écrivit sur un petit bloc-notes qu'il brandit : AVEZ-VOUS FAIM ?

Les trois vieux grabataires firent oui de la tête en agitant les bras, ouvrant et fermant leur bouches. Mr. Wonka tourna la feuille de papier côté verso. On pouvait lire : DANS LES CUISINES DE CET HÔTEL, IL Y A PLEIN DE NOURRITURE SUCCULENTE, DES HOMARDS, DES STEAKS, DES GLACES À LA CRÈME. NOUS ALLONS FAIRE LE FESTIN LE PLUS FABULEUX DE NOTRE VIE !

Soudain, une voix formidable surgit d'un haut-parleur caché dans la pièce.

« Attention ! » tonna la voix.

Charlie sursauta. Grand-papa Joe aussi. Tout le monde sursauta, même Mr. Wonka.

« ATTENTION À VOUS, ASTRONAUTES ÉTRANGERS ! ICI LA TOUR DE CONTRÔLE À HOUSTON, TEXAS, U.S.A. ! VOUS AVEZ VIOLÉ UNE PROPRIÉTÉ AMÉRICAINE ! DONNEZ IMMÉDIATEMENT VOTRE IDENTITÉ ! RÉPONDEZ ! »

– Chut ! murmura Mr. Wonka, un doigt sur les lèvres.

Suivirent quelques secondes d'un horrible silence. Personne ne bougeait, sauf Mr. Wonka qui répétait : « Chut ! Chut ! »

« QUI... ÊTES... VOUS ? gronda la voix de Houston que le monde entier entendait. JE RÉPÈTE... QUI... ÊTES... VOUS ? » hurlait la voix, insistante et féroce.

Cinq cents millions de personnes, installées devant leurs téléviseurs, attendaient que les mystérieux étrangers parlent. La télévision ne pouvait pas retransmettre leur image, car il n'y avait pas de caméra à l'intérieur du *Space Hotel* pour filmer la scène. Seul le son leur parvenait. Les téléspectateurs ne voyaient que l'extérieur du gigantesque hôtel en orbite, photographié évidemment par Shuckworth, Shanks et Showler. Pendant une demi-minute, le monde entier attendit la réponse.

Mais cette réponse ne vint pas.

« PARLEZ ! PARLEZ ! PARLEZ ! PARLEZ ! » rugit la voix, de plus en plus fort. A la fin, elle n'était plus qu'un effrayant hurlement, à crever les tympans de Charlie.

Grand-maman Georgina se fourra sous les draps, grand-maman Joséphine se boucha les oreilles, grand-papa Georges enfouit sa tête sous l'oreiller. Mr. et Mrs. Bucket étaient une fois de plus dans les bras l'un de l'autre. Charlie serra fort la main de grand-papa Joe. Tous les deux fixaient Mr. Wonka, le suppliant du regard de faire quelque chose. Mr. Wonka restait immobile et, malgré le calme de son visage, on pouvait être certain que son cerveau habile et fertile tournait comme une toupie.

« C'EST VOTRE DERNIÈRE CHANCE ! vociféra la voix. ENCORE UNE FOIS... QUI... ÊTES... VOUS ? RÉPONDEZ IMMÉDIATEMENT ! SI VOUS NE RÉPONDEZ PAS, NOUS SERONS OBLIGÉS DE VOUS CONSIDÉRER COMME DE DANGEREUX ENNEMIS. NOUS APPUIERONS SUR LE BOUTON DU CONGÉLATEUR DE SECOURS, ET LA TEMPÉRATURE DU *SPACE HOTEL* TOMBERA A CENT DEGRÉS AU-DESSOUS DE ZÉRO. VOUS SEREZ REFROIDIS EN UN CLIN D'ŒIL. VOUS AVEZ QUINZE SECONDES POUR PARLER. APRÈS ÇA, VOUS SEREZ CHANGÉS EN GLAÇONS... UN... DEUX... TROIS... »

– Grand-papa ! chuchota Charlie tandis que la voix continuait à compter, on doit faire quelque chose ! Vite !

« SIX... SEPT !... HUIT !... NEUF !... »

Mr. Wonka n'avait pas bougé. Il regardait toujours droit devant lui, très calme, parfaitement impassible. Charlie et grand-papa Joe le regardaient avec horreur. Puis, tout à coup, ils virent les ridules frémissantes d'un sourire apparaître aux coins de ses yeux. Il renaissait. Il virevolta sur ses talons, fit quelques pas en sautillant et poussa une sorte de cri dément et inhumain : « FIMBO FEEZ ! »

La voix dans le haut-parleur arrêta de compter. Ce fut le silence. Le monde entier se tut.

Les yeux de Charlie étaient braqués sur Mr. Wonka. Il allait se remettre à parler. Il inspira profondément et hurla : « BUNGO BUNI ! »

Il avait crié si fort qu'il s'était soulevé sur la pointe des pieds.

« BUNGO BUNI
DAFU DUNI
VOU LUNI »

Encore le silence.

Puis Mr. Wonka recommença. Cette fois les mots jaillirent à toute vitesse, avec la force et la violence de boulets de canon.

« ZOONK-ZOONK-ZOONK-ZOONK ! » aboya-t-il. Son cri résonna en écho dans le *Space Hotel*. Et l'écho fut entendu dans le monde entier.

Mr. Wonka se tourna du côté d'où venait la voix dans le haut-parleur, au bout du hall. Il se rapprocha de quelques pas, comme quelqu'un qui désire bavarder de façon plus intime avec son public. Et cette fois-ci, il parla plus lentement, sur un ton plus mesuré, mais chaque syllabe prononcée avait quelque chose de métallique :

« KIRASOUKOU MALIBOUKOU
NOUSAGE VOUTOUFOU !

ALIPENDA KAKAMENDA
PANTZ FORLDUN OVNI SUSPENDA

FUIKIKAR KANDERIKAR
NOUFORTAR VOUFAIBLAR !

KATIKATI LUNET STARS
FANTANISHA VENUS MARS ! »

Mr. Wonka observa une pause dramatique pendant quelques secondes. Puis il respira profondément et, d'une voix féroce et terrifiante, hurla :

« KITIMBIBI ZOONK !
FIMBOLEEZI ZOONK !
GUGUMIZA ZOONK !
FUMIKAKA ZOONK !
ANAPOLALA ZOONK ZOONK ZOONK ! »

Ce fut comme une décharge électrique dans le monde entier. A la tour de contrôle, à Houston, à la Maison-Blanche à Washington, dans les palais, dans les immeubles, dans les chalets, de l'Amérique à la Chine en passant par le Pérou, les cinq cents millions de personnes qui avaient entendu cette voix féroce et terrifiante vociférer ces paroles étranges et mystérieuses tremblèrent de peur devant leur téléviseur. Tous les gens se tournaient les uns vers les autres en demandant : « Qui sont-ils ? En quelle langue parlent-ils ? D'où viennent-ils ? »

Dans le bureau du président, à la Maison-Blanche, la vice-présidente miss Tibbs, les membres du cabinet, les chefs de l'armée de terre, de la marine et des forces aériennes, l'avaleur de sabres d'Afghanistan, le conseiller financier en chef et la chatte Mrs. Taubsypuss, tous étaient raidis par l'angoisse.

Mais le président, lui, gardait la tête froide et les idées claires.

– Nounou ! s'écria-t-il, oh, Nounou ! Qu'allons-nous faire ?

– Je vais vous apporter un bon verre de lait chaud, dit miss Tibbs.

– J'ai horreur de ça, dit le président. Oh, s'il vous plaît, ne m'en donnez pas !

– Convoquons le chef interprète ! dit miss Tibbs.

– Convoquons le chef interprète ! répéta le président. Où est-il ?

– Je suis là, monsieur le président, dit le Chef Interprète.

– Quelle langue parlait cette créature, dans le *Space Hotel* ? Répondez-moi vite ! de l'Eskimo ?

– Non, pas de l'Eskimo, monsieur le président.

– Ah… alors du Tagalog ! Du Tagalog ou de l'Ugro ?

– Ni du Tagalog, ni de l'Ugro, monsieur le président.

– Alors du Tulu ? Du Tungus ? Du Tupi ?

– Certainement pas du Tulu, monsieur le président. Et j'affirme que ce n'est pas non plus du Tungus ni du Tupi.

– Ne restez pas planté là à nous dire ce que ça n'est pas, espèce d'idiot ! ordonna miss Tibbs. Dites-nous plutôt ce que c'est !

– Oui, mademoiselle la vice-présidente, dit le Chef Interprète. Croyez-moi, monsieur le président, il s'agit d'une langue que je n'ai jamais entendue.

– Je pensais que vous connaissiez toutes les langues.

– En effet, monsieur le président.

– Ne me racontez pas d'histoires, chef interprète ! Comment pouvez-vous connaître toutes les langues alors que vous ignorez celle-ci ?

– Ce n'est pas une langue connue, monsieur le président.

– Balivernes, crétin ! aboya miss Tibbs. J'ai compris quelques bribes !

– Mademoiselle la vice-présidente, ces personnes ont de toute évidence essayé d'apprendre quelques mots de notre langue, quelques mots faciles, mais le reste fait partie d'une langue que je n'ai jamais entendue auparavant sur notre planète.

– Squelettiques scorpions ! s'écria le président. Vous voulez dire que ces gens pourraient venir de… de… d'une autre planète ?

– Précisément, monsieur le président.

– Par exemple ?

– Comment savoir ? N'avez-vous pas remarqué, monsieur le président, qu'ils ont parlé de Vénus et de Mars ?

– Bien sûr que j'ai remarqué, dit le président. Mais où est le rapport ?… Ah, je vois où vous voulez en venir ! Dieu me pardonne ! Des Martiens !

– Et des Vénusiens, ajouta le Chef Interprète.

– Ça, dit le président, ce sont des ennuis en perspective !

– Exactement ce que j'allais dire, approuva le Chef Interprète.

– Ce n'était pas à vous qu'il parlait, dit miss Tibbs.

– Que faisons-nous, mon général ? demanda le président.

– Faisons-les sauter ! lança le général.

– Vous voulez toujours faire tout sauter, dit le président. Vous ne pouvez pas avoir une autre idée ?

– J'aime qu'ça saute ! cria le général. J'adore le bruit des explosions. Woomph ! Woomph !

– Ne faites pas l'idiot ! dit miss Tibbs. Si vous faites sauter ces gens-là, Mars nous déclarera la guerre. Et Vénus avec !

– Très juste, Nounou, approuva le président. Nous serons tous farcis comme des dindes ! Passés à la moulinette !

– Je m'en occupe ! hurla le chef de l'armée de terre.

– Taisez-vous ! glapit miss Tibbs. Vous êtes renvoyé !

– Hourra ! clamèrent les autres généraux. Bravo, mademoiselle la vice-présidente !

– Il faut traiter ces gens avec douceur, reprit miss Tibbs. L'extra-terrestre qui vient de parler à l'instant semblait très en colère. Il faut nous montrer polis avec eux, les flatter, les contenter. Une invasion des Martiens serait bien la pire des choses qui pourrait nous arriver. Il faut que vous leur parliez, monsieur le président. Dites à Houston que nous voulons une liaison directe avec le *Space Hotel*. Et vite !

6
Invitation à la Maison-Blanche

« Le président des États-Unis va vous parler, maintenant ! » annonça la voix du haut-parleur, dans le hall du *Space Hotel*.

Grand-maman Georgina émergea avec précaution de sous les draps et glissa un œil furtif. Grand-maman Joséphine se déboucha les oreilles, et grand-papa Georges sortit la tête de son coussin.

– Il va vraiment nous parler ? murmura Charlie.

– Chut ! dit Mr. Wonka. Écoute !

– Mes chers amis, commença la célèbre voix présidentielle, mes chers amis ! Bienvenue au *Space Hotel U.S.A.* Salut aux vaillants astronautes de Mars et de Vénus…

– Mars et Vénus…, chuchota Charlie, il croit qu'on vient…

– Chut ! Chut ! Chut ! ordonna Mr Wonka.

Il se tordait de rire en silence et sautait d'un pied sur l'autre.

– Vous avez fait un long voyage, continua le président. Un tout petit détour et vous pourriez en profiter pour nous rendre visite, sur notre modeste petite planète ? Je vous invite tous les huit à séjourner chez moi, ici, à Washington. Vous serez mes invités d'honneur. Vous pourrez faire atterrir votre merveilleuse machine volante sur la pelouse, derrière la Maison-Blanche. Le tapis rouge est déjà déroulé. J'espère que vous connaissez suffisamment notre langue pour me comprendre. J'attends votre réponse avec impatience.

Il y eut un déclic, et la voix du président s'arrêta.

– Fantastique ! murmura grand-papa Joe. La Maison-Blanche, Charlie ! Nous sommes invités à la Maison-Blanche ! Nous sommes les invités d'honneur !

Charlie prit la main de grand-papa Joe, et tous deux se mirent à danser dans le hall. Mr. Wonka, qui se tordait toujours de rire, alla s'asseoir sur le lit et fit signe aux autres de s'approcher. Il ne fallait pas que les micros camouflés les entendent chuchoter.

– Ils sont morts de peur, souffla-t-il. Maintenant, ils ne nous embêteront plus. Faisons donc le festin dont nous avons parlé tout à l'heure et, après, allons explorer l'hôtel.

– Nous n'allons pas à la Maison-Blanche ? chuchota grand-maman Joséphine. Je veux aller à la Maison-Blanche habiter chez le président !

– Chère vieille boulette bouffonne, lui dit Mr. Wonka, vous ressemblez autant à une Martienne qu'à une punaise de lit ! Ils comprendront tout de suite que nous les avons roulés, et on nous arrêtera avant que nous ayons eu le temps de leur dire bonjour.

Mr. Wonka avait raison. Il n'était pas question d'accepter l'invitation du président, tous le savaient.

– Mais il faut lui répondre, chuchota Charlie. En ce moment, il doit attendre la réponse, à la Maison-Blanche.

– Donnez une excuse, dit Mr. Bucket.

– Dites que nous avons d'autres obligations, ajouta Mrs. Bucket.

– Vous avez raison, chuchota Mr. Wonka. C'est grossier de ne pas répondre à une invitation.

Il se leva, fit quelques pas. Il resta un moment sans bouger,

rassemblant ses idées. Charlie aperçut encore les ridules frémissantes au coin de ses yeux.

Mr. Wonka se mit à parler d'une voix grave, diabolique, très forte, très lente, comme celle d'un géant.

Dans le marécage touffeux tourbeux,
Au Pays Apre, laideux hideux,
A l'heure sorcière de mélancolite,
Les grobes retournent chez eux en suintite.
On les entend gluanter doucement,
Gliscintiller, siffler dans les taudiscules,
Tous ces corps huileux bouillonnants,
Suintant dans le crépiscule.

Allez, courez ! Oh, glissez, sultez,
Dans les taudiscules bourbeux et fangeonds !
Gambadez bondissez sautez, pateauchez !
Tous les grobes sont vagabonds !

Dans son bureau, à deux cent quarante miles au-dessous, le président était devenu blanc comme la Maison-Blanche.

– Par le lapin des magiciens ! s'écria-t-il. Ils vont nous envahir !

– Oh, je voudrais tant les faire sauter ! dit l'ex-chef de l'armée de terre.

– Silence ! glapit miss Tibbs. Restez au coin !

Dans le hall du *Space Hotel*, Mr. Wonka s'était tout bonnement arrêté pour réfléchir à une autre strophe et il allait en commencer une lorsqu'un cri perçant et terrifiant l'arrêta. C'était grand-maman Joséphine. Elle s'était dressée dans le lit et montrait d'un doigt tremblant les ascenseurs, à l'autre bout du hall. Elle cria une deuxième fois, le doigt toujours pointé, et tous les regards se tournèrent vers les ascenseurs. La porte de celui de gauche s'était ouverte et on vit nettement qu'il y avait une chose… une chose énorme… une chose brune… pas exactement brune mais brun verdâtre… une chose à la peau visqueuse et aux grands yeux… tapie dans l'ascenseur !

7
D'horribles créatures dans les ascenseurs

Grand-maman Joséphine s'était arrêtée de crier. Le choc l'avait comme changée en pierre. Les autres aussi, y compris Charlie et grand-papa Joe. Quant à Mr. Wonka, qui s'était aussitôt retourné au premier cri, il fixait la « chose » de l'ascenseur, la bouche ouverte, les yeux écarquillés, pétrifié. Personne n'osait bouger. C'est à peine s'ils osaient respirer. Voici ce qu'ils voyaient :

Cela ressemblait avant tout à un œuf énorme, en équilibre sur son bout allongé. C'était de la hauteur d'un grand garçon et encore plus gros que le plus gros des hommes. La peau brun verdâtre, toute ridée, avait un aspect visqueux et luisant. Il y avait deux grands yeux ronds comme des soucoupes aux trois quarts de la hauteur, à l'endroit le plus large. Ces yeux étaient blancs mais avec une pupille rouge et brillante. Les pupilles rouges étaient posées sur Mr. Wonka. Puis elles passèrent lentement sur Charlie, sur grand-papa Joe et sur les autres, en les fixant d'un regard froid et malveillant. Il n'y avait pas d'autres traits, pas de nez, pas de bouche, pas d'oreilles, rien que des yeux. Tout ce corps ovoïde bougeait très légèrement, palpitant et tressautant doucement, comme s'il était rempli d'un liquide visqueux.

A ce moment-là, Charlie remarqua que l'ascenseur voisin descendait. Les chiffres du tableau lumineux au-dessus de la porte clignotaient... 6... 5... 4... 3... 2... 1... H (pour hall). Il y eut un bref arrêt. La porte glissa sur ses gonds et là, dans le second ascenseur, se trouvait un autre ovoïde brun verdâtre, gluant, ridé, pourvu d'yeux. A présent, les chiffres clignotaient au-dessus des trois derniers ascenseurs. Ils descendaient... descendaient... descendaient... Et bientôt, ils atteignirent le hall exactement au même instant et les portes s'ouvrirent... Cinq portes ouvertes... Une créature à chacune... cinq en tout... cinq paires d'yeux avec des pupilles rouges et

brillantes observant toutes Mr. Wonka, Charlie, grand-papa Joe et les autres.

Ces ovoïdes avaient de légères différences de taille et de forme, mais ils avaient tous la même peau ridée brun verdâtre qui palpitait et ondulait.

Pendant environ trente secondes, rien ne se passa. Personne ne bougeait, personne ne faisait de bruit. Le silence était horrible, l'attente terrifiante. Charlie avait si peur qu'il sentait son corps se rétrécir. Soudain, il vit la créature de l'ascenseur de gauche commencer à changer de forme ! Elle s'allongeait, s'amincissait et s'élevait vers le plafond. Puis celle de l'ascenseur voisin s'étira aussi. Ensuite, au même moment, les trois autres s'allongèrent lentement vers le haut, se bouclant, se courbant, se tortillant, se balançant sur la queue... Lorsqu'elles eurent fini leurs transformations, voici ce que cela donnait :

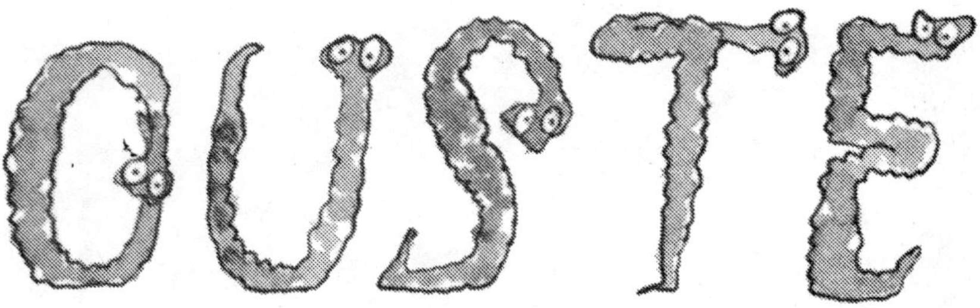

– OUSTE ! hurla Mr. Wonka. Sortons vite !

Personne ne courut jamais aussi vite que grand-papa Joe, Charlie et Mr. et Mrs. Bucket à cet instant précis. Ils coururent en poussant le lit comme des fous. Mr. Wonka galopait devant eux en hurlant : « Ouste ! Ouste ! Ouste ! ». En dix secondes, ils sortirent du hall et se retrouvèrent dans le grand ascenseur de verre. Mr. Wonka poussa les verrous et appuya fébrilement sur les boutons. La porte du grand ascenseur de verre se ferma en claquant, et l'engin tout entier fit un bond sur le côté. Enfin repartis ! Et bien sûr, tous, y compris les trois vieux grabataires, se remirent à flotter.

8
Les Kpoux Vermicieux

– Oh, grands dieux ! haletait Mr. Wonka, ô grands pantalons suprêmes ! ô, suprême de volailles ! ô, mes oies caquetantes !

Il flotta jusqu'au bouton blanc et appuya dessus. Les fusées s'allumèrent.

L'ascenseur fila si vite que le *Space Hotel* disparut en un rien de temps.

– Quelle horreur ! Qu'est-ce que c'était ? demanda Charlie.

– Comment ! Tu ne le savais pas ? s'écria Mr. Wonka. Eh bien, tant mieux pour toi ! Si tu avais eu la moindre idée de ce qui t'attendait, tu en aurais perdu la moelle ! Tu aurais été pétrifié de terreur, cloué au sol. Alors, ils t'auraient capturé ! Ils t'auraient cuit comme un concombre, râpé en mille petits morceaux, passé à la moulinette comme du gruyère, transformé en flocons ! Avec tes articulations, ils auraient fait des colliers et avec tes dents des bracelets ! Parce que ces êtres, cher petit ignorant, sont les bêtes les plus méchantes, les plus vindicatives, les plus venimeuses, les plus meurtrières de tout l'univers.

Ici, Mr. Wonka s'arrêta et passa le bout de sa langue sur ses lèvres.

– LES KPOUX VERMICIEUX ! cria-t-il. Ce sont les KPOUX VERMICIEUX ! Il insistait bien sur le K…LES KPOUX !

– Je croyais que c'étaient des grobes, dit Charlie, ces grobes suintantes et suantes dont vous avez parlé au président.

– Oh, non, c'étaient des histoires pour effrayer la Maison-Blanche, répliqua Mr. Wonka. Mais crois-moi, les Kpoux Vermicieux ne sont pas des inventions. Ils vivent, comme chacun sait, sur la planète Vermiss qui se trouve à dix-huit mille quatre cent vingt-sept millions de miles et ce sont de méchantes bêtes très très très malignes. Le Kpou Vermicieux peut prendre la forme qu'il veut. Il n'a pas d'os. Son corps n'est en fait qu'un énorme muscle, extraordinairement fort mais très élastique, très mou, comme un mélange de caoutchouc et de mastic, avec des fils d'acier à l'intérieur. Normalement, il a la forme d'un œuf mais il peut tout aussi bien se donner deux jambes, comme un humain, ou quatre pattes comme un cheval. Il peut devenir rond comme un ballon ou long comme la ficelle d'un cerf-volant.

Un Kpou Vermicieux qui a complètement terminé sa croissance peut venir te mordre la tête à cinquante yards rien qu'en tendant le cou !

– Avec quoi mordrait-il ? demanda grand-maman Georgina. Je ne lui ai pas vu de bouche.

– Ils ont autre chose pour mordre, répondit seulement Mr. Wonka.

– Par exemple ?

– Raccrochez, vos trois minutes sont écoulées, dit Mr. Wonka. Je viens de penser à une chose amusante. J'ai fait une blague au président en prétendant que nous étions des extra-terrestres et… par Jupiter ! voilà qu'il y a vraiment des extra-terrestres à bord !

– Pensez-vous qu'ils sont nombreux ? interrogea Charlie. Plus que les cinq que nous avons vus ?

– Ils sont des milliers ! Il y a cinq cents chambres dans le *Space Hotel*, et il y a probablement une famille dans chacune !

– Ça va être un sacré choc quand ils monteront à bord, dit grand-papa Joe.

– Ils se feront croquer comme des cacahuètes, dit Mr. Wonka. Du premier au dernier.

– Vous parlez sérieusement ? demanda Charlie.

– Bien sûr que je parle sérieusement, répliqua Mr. Wonka. Ces Kpoux Vermicieux sont la terreur de l'univers. Ils voyagent dans l'espace en grands bataillons, atterrissent sur d'autres étoiles, d'autres planètes et détruisent tout ce qu'ils trouvent. De gentilles créatures, les Nouzas, vivaient jadis sur la Lune. Eh bien, les Kpoux Vermicieux les ont toutes dévorées. Ils ont fait de même sur Vénus, sur Mars et sur les autres planètes.

– Pourquoi ne sont-ils pas venus sur Terre pour nous manger ? demanda Charlie.

– Ils ont essayé, Charlie, mais ils n'y sont jamais parvenus. Vois-tu, il y a une épaisse enveloppe d'air et de gaz autour de la Terre et tout ce qui la heurterait à grande vitesse serait porté au rouge. Les capsules spatiales sont faites d'un métal qui résiste à la chaleur. D'ailleurs, quand elles font leur entrée dans l'atmosphère terrestre, le « frottement » et les rétrofusées réduisent la vitesse à environ deux miles à l'heure. Mais elles se font quand même sérieusement roussir. Les Kpoux, qui ne résistent pas du tout à la chaleur et n'ont pas de rétrofusées, se font complètement frire avant d'avoir effectué la moitié du trajet. As-tu déjà vu une étoile filante ?

– Des tas, répondit Charlie.

– En réalité, ce ne sont absolument pas des étoiles filantes, ce sont des Kpoux filants, des Kpoux qui ont essayé d'entrer dans l'atmosphère terrestre à toute vitesse et qui se sont enflammés.

– Sornettes ! lança grand-maman Georgina.

– Attendez, dit Mr. Wonka. Vous verrez peut-être la chose se produire avant la fin du jour.

– Mais s'ils sont si féroces et si dangereux, dit Charlie,

pourquoi ne nous ont-ils pas aussitôt mangés, dans le *Space Hotel* ? Pourquoi ont-ils perdu du temps à se tortiller pour former les lettres du mot « OUSTE » ?

– Parce que ce sont des cabots, répliqua Mr. Wonka. Ils sont épouvantablement fiers de savoir écrire comme ça.

– Pourquoi nous dire *Ouste*, alors qu'ils voulaient nous attraper et nous manger ?

– C'est le seul mot qu'ils connaissent, dit Mr. Wonka

– Regardez ! brailla grand-maman Joséphine en montrant quelque chose du doigt à travers le verre. Là-bas !

Avant même de regarder, Charlie savait exactement ce qu'il allait voir. Les autres aussi. Le ton hystérique de la vieille dame le laissait présager.

Et en effet, volait, tranquillement à côté d'eux, à moins de douze yards, un Kpou Vermicieux tout bonnement colossal, ovoïde, gluant et brun verdâtre. Il était gros comme une baleine, long comme un camion et avec un de ces méchants regards vermicieux dans l'œil ! Cet œil rouge et malveillant (le seul visible) fixait intensément les passagers flottant dans le grand ascenseur de verre !

– C'est la fin ! hurla grand-maman Georgina.

– Il va nous manger ! cria Mrs. Bucket.

– D'une seule bouchée ! ajouta Mr. Bucket.

– Nous sommes cuits, Charlie, dit grand-papa Joe.

Charlie fit oui de la tête. Il ne pouvait ni parler ni crier. La peur lui nouait la gorge.

Cette fois-ci, Mr. Wonka ne s'affola pas et garda son calme.

– Nous allons nous débarrasser de ça ! dit-il.

Et il appuya sur six boutons à la fois. Six fusées partirent en même temps sous l'ascenseur qui bondit en avant comme un cheval piqué par une guêpe, de plus en plus vite, mais le grand Kpou vert et gluant continuait à les suivre tranquillement.

– Faites-le déguerpir ! vociféra grand-maman Georgina. Je ne supporte pas son regard !

– Chère madame, dit Mr. Wonka, il ne peut pas entrer ici. Je veux bien reconnaître que j'ai été un tantinet inquiet dans le *Space Hotel*, et avec quelque raison. Mais ici, nous n'avons plus rien à craindre. Le grand ascenseur résiste aux chocs, à l'eau, aux bombes, aux balles et aux Kpoux ! Alors, détendez-vous et amusez-vous bien !

– *Ô, Kpou ! Toi qui es vil et vermicieux !* s'écria Mr. Wonka.

Tu es gluant, mou et pâteux
Mais qui de nous s'en soucie ?
Car nous sommes à l'abri
N'insiste plus et adieu !

A ce moment-là, l'énorme Kpou fit demi-tour et s'éloigna.

– Enfin ! s'exclama Mr. Wonka triomphalement. Il m'a entendu ! Il revient chez lui !

Il se trompait. Lorsque la créature se fut éloignée, elle s'arrêta, plana un moment puis revint doucement vers l'ascenseur avec son bout arrière (le bout allongé de l'œuf) en avant. Même à reculons, sa vitesse était foudroyante. On aurait dit une balle monstrueuse qui fonçait si vite sur eux que personne n'eut le temps de crier.

CRAC ! Elle heurta l'ascenseur de verre avec un fracas épouvantable. Toute la cage trembla, s'ébranla, mais le verre résista et le Kpou rebondit comme une balle en caoutchouc.

– Qu'est-ce que je vous avais dit ! hurla Mr. Wonka victorieusement. Ici, nous sommes à l'abri comme des abricots !

– Il va avoir un sacré mal de crâne, après ça ! dit grand-papa Joe.

– Ce n'est pas sa tête, c'est son derrière, dit Charlie. Regarde, grand-papa. Il y a une bosse qui surgit sur son bout allongé ! Elle est rouge et bleu !

En effet. Une bosse pourpre, de la taille d'une petite voiture, se formait sur le bout allongé du Kpou géant.

– Salut, grande sale bête ! cria Mr. Wonka.

Salut à toi, grand Kpou ! Comment ça va ?
Tu m'as l'air étrange.
Ton derrière est pourpre et orange.
C'est bien normal, tout ça ?

Tu ne te sens pas bien ? Tu vas défaillir ?
Est-ce un secret honteux ?
Il a des raisons de gémir,
Ton arrière-train monstrueux !

Je connais un médecin
Pour un Kpou mal en point !
Il s'agit d'un boucher,
Ses tarifs sont légers !

Ah, le voilà ! Docteur, c'est gentil
D'être enfin venu.
Voici le Kpou au postérieur meurtri,
Tout espoir est-il perdu ?

« Ah, quel problème, il est blême ! »
Fait le docteur avec un sourire sardonique.
« Le bout de sa queue est orné d'un œdème,
Avec une épingle, il faut que je le pique ! »

Il sort un javelot indien
Tout emplumé par-dessus
Il en pique le Kpou dans sa partie charnue
Hélas, le ballon n'éclate point !

Le Kpou gémit : « Quel désespoir !
J'ai mal ! Je suis défiguré !
Voilà mes vacances gâchées
Et je ne peux plus m'asseoir ! »

« Votre cas est désespéré, »
Conclut l'apothicaire.
« Pour vous asseoir, faites le poirier
Avec le derrière en l'air ! »

9
Avalés !

Le jour où arrivèrent tous ces événements, aucune usine au monde n'ouvrit ses portes. Tous les bureaux et toutes les écoles restèrent fermés. Personne ne quitta son écran de télévision, même pas deux minutes pour prendre un Coca ou pour donner à manger à bébé.

La tension était insupportable.

Tous les gens avaient entendu l'invitation que le président américain avait faite aux Martiens d'aller lui rendre visite à la Maison-Blanche. Et ils avaient entendu l'étrange réponse en vers, apparemment menaçante. Ils avaient aussi entendu un cri perçant (grand-maman Joséphine) et un petit peu plus tard, quelqu'un hurler : « Ouste ! Ouste ! Ouste ! » (Mr. Wonka).

Personne n'avait rien compris à ce cri qui fut pris pour quelque dialecte martien.

Mais lorsque les huit mystérieux astronautes revinrent précipitamment dans leur capsule en verre et s'éloignèrent du *Space Hotel*, on aurait presque pu entendre un grand soupir de soulagement poussé par tous les habitants de la planète. Les télégrammes et les messages plurent sur la Maison-Blanche pour féliciter le président de la façon éblouissante dont il avait maîtrisé cette effrayante situation.

Quant au président, il demeurait calme et pensif. Il s'assit à son bureau, en roulant un petit bout de chewing-gum mouillé entre son pouce et son index.

Il attendait le moment où il pourrait le lancer sur miss Tibbs sans être vu. Il le lança, rata son coup mais toucha le chef de l'armée de l'air sur le bout du nez.

– Croyez-vous que les Martiens ont accepté mon invitation à la Maison-Blanche ? demanda le président.

– Bien sûr qu'ils ont accepté, répondit le secrétaire des Affaires étrangères. C'était un brillant discours, monsieur.

– Ils sont probablement en route, maintenant, dit miss Tibbs. Allez vous laver les mains et enlevez cet affreux chewing-gum. Ils peuvent venir d'une minute à l'autre.

– Chantez-moi une chanson, Nounou, dit le président, Une nouvelle chanson ! Sur moi ! S'il vous plaît. Nounou...

Chanson de Nounou

Je chante un homme très puissant.
Le plus grand des hommes.
Jadis, ce n'était qu'un enfant
Haut comme trois pommes.

C'était un tout petit marmot
Qui mangeait de la bouillie.
Je l'asseyais sur le pot
Pour qu'il fasse son petit pipi.

Je lui lavais bien les orteils
Je lui brossais les cheveux
Je nettoyais ses oreilles
Et je l'habillais de bleu.

Il a passé des jours bénis
Comme j'en souhaite à tous les enfants.
Quand il désobéissait, pan pan !
Quand il était gentil, pan pan fini !

Je réalisais bientôt
Qu'il n'était guère brillant.
Quand il eut vingt-trois ans,
Il n'écrivait pas un mot

« Que faire ? sanglotaient ses parents.
Ce petit ki' est pas très doué !
Il n'aura jamais de métier,
Il ne serait même pas truand ! »

« Ah, ah ! dis-je, ce petit pou
Pourrait être un homme politique »
« Nounou ! cria-t-il, oh. Nounou !
Quelle idée fantastique ! »

« D'accord, dis-je, observe bien
Comment sont les politiciens :
Ils prennent les idées dans l'air
Parlent à tort et à travers
Et font plein de trucs amusants
Pour gagner les votes des gens !

Apprends à noyer le poisson
Quand tu parles à la télévision.
Et rappelle-toi, le plus important,
Bien évidemment,
Est de garder un sourire éclatant
Et d'éviter les cancans. »

Maintenant, j'ai quatre-vingt-neuf ans.
Et je ne regrette rien.
C'est ma faute si ce petit vaurien
Est devenu président !

– Bravo, Nounou ! s'écria le président en battant des mains.

– Hourra ! hurlèrent les autres. Bravo, mademoiselle la vice-présidente ! Brillant ! Génial !

– Mon Dieu, dit le président, les Martiens vont venir d'un moment à l'autre ! Que diable allons-nous leur donner pour déjeuner ? Où est mon chef cuisinier ?

Le chef cuisinier était un Français. C'était aussi un espion français et, à ce moment précis, il écoutait par le trou de la serrure du bureau.

– Ici, monsieur le président, dit-il en surgissant.

– Chef cuisinier, dit le président, que mangent des Martiens, à déjeuner ?

– Des barres de Mars, répondit le chef cuisinier.

– Rôties ou bouillies ? demanda le président.

– Oh, rôties, bien sûr, monsieur le président. On gâcherait les barres de Mars en les faisant bouillir !

La voix de l'astronaute Shuckworth grésilla dans le haut-parleur du bureau.

– Ai-je la permission d'arrimer et d'aborder le *Space Hotel* ?

– Permission accordée, répondit le président. Continuez tout droit, Shuckworth. La voie est libre, à présent... Grâce à moi.

Et ainsi, la grande capsule qui transportait le personnel, pilotée par Shuckworth, Shanks et Showler, avec tous les directeurs, et les sous-directeurs, les plantons et les chefs pâtissiers, les grooms et les serveuses et les femmes de chambre, avança doucement et arrima le *Space Hotel* géant.

– Hé là ! Il n'y a plus d'image sur l'écran ! cria le président.

– Hélas, la caméra s'est écrasée contre le *Space Hotel*, monsieur le président, répondit Shuckworth.

Le président proféra un juron très grossier dans le micro. Les dix millions d'enfants du pays se mirent à le répéter allègrement et se firent taper par leurs parents.

– Tous les astronautes et les cent cinquante membres du personnel sont sains et saufs à bord du *Space Hotel* ! annonça Shuckworth à la radio. Maintenant, nous sommes dans le hall !

– Et que pensez-vous de tout cela ? demanda le président.

Il savait que le monde entier écoutait et espérait que Shuckworth répondrait combien c'était merveilleux. Shuckworth ne le déçut pas.

– Oh là là ! C'est extraordinaire, monsieur le président, dit-il. Incroyable ! C'est tellement colossal ! Et tellement… difficile de trouver les mots pour en parler. C'est véritablement grandiose, surtout les chandeliers, les tapis et tout ! Le directeur de l'hôtel, Mr. Félix F. Fix est à côté de moi, en ce moment. Il aimerait avoir l'honneur de vous dire un mot.

– Passez-le-moi, dit le président.

– Monsieur le président, ici Félix Fix. Quel hôtel somptueux ! Les décorations sont superbes !

– Avez-vous remarqué que tous les tapis sont fixés au sol, monsieur Félix Fix ? demanda le président.

– Oui, monsieur le président, je l'ai effectivement remarqué.

– Et tous les papiers des murs sont également fixés, monsieur Félix Fix.

– Oui, monsieur le président. C'est fantastique ! Ce sera un vrai plaisir de tenir un bel hôtel comme celui-ci !… Hé ! Qu'est-ce que c'est, là-bas ? Il y a quelque chose qui sort des ascenseurs ? Au secours !

Soudain, on entendit dans le haut-parleur du bureau une série de cris et de hurlements des plus effroyables.

– Aïeeeee ! Oooouh ! Aïeeee ! Au secoooooours ! Au secoooooors ! Au secoooooooors !

– Que se passe-t-il donc ? fit le président. Shuckworth ! Vous êtes là, Shuckworth ?…. Shanks ! Showler ! monsieur Félix Fix ! Où êtes-vous passés ? Qu'arrive-t-il ?

Les cris continuaient, si fort que le président dut se mettre les mains sur les oreilles. Et toutes les télévisions, toutes les radios du monde retransmettaient ces horribles braillements. Il y avait aussi d'autres bruits, des grognements, des reniflements et des crunch ! crunch ! Puis le silence.

Le président appela désespérément le *Space Hotel* par radio. Houston appela le *Space Hotel*. Le président appela Houston. Houston appela le président, Puis les deux appelèrent encore le *Space Hotel*. Mais aucune réponse ne leur parvint. Là-haut, dans l'espace, le silence !

– Il est arrivé quelque chose d'épouvantable, dit le président.

– Ce sont ces Martiens, fit l'ex-chef de l'armée de terre. Je vous avais bien dit qu'il fallait qu'ça saute !

– Silence ! tonna le président. Je réfléchis.

Le haut-parleur se mit à grésiller.

– Allô, allô, allô ! Est-ce que la tour de contrôle à Houston me reçoit ?

Le président s'empara du micro sur son bureau.

– Laissez-moi cet appel, Houston ! hurla-t-il. Ici le président Gilligrass. Je vous reçois très clairement. Allez-y.

– Ici l'astronaute Shuckworth, monsieur le président, de nouveau à bord de la capsule... Dieu merci !

– Qu'est-il arrivé, Shuckworth ? Qui est avec vous ?

– Nous sommes presque tous là, monsieur le président, fort heureusement. Shanks et Showler sont avec moi ainsi que toute une bande. Nous avons perdu environ deux douzaines de personnes en même temps, des chefs pâtissiers, des grooms... enfin, des gens comme ça. Ça a été une belle bousculade pour sortir vivants de cet endroit.

– Comment ? Vous avez perdu deux douzaines de personnes ? hurla le président. De quelle façon ?

– Ils ont été avalés ! répliqua Shuckworth, En une seule bouchée ! J'ai vu un grand sous-directeur de six pieds de haut être avalé comme vous avaleriez une glace, monsieur le président ! Sans mâcher… rien ! Directo dans l'estomac !

– Mais qui ? vociféra le président. De qui parlez-vous ? Qui les a avalés ?

– Attendez ! cria Shuckworth, Oh, Seigneur ! Ils arrivent ! Ils nous poursuivent ! Ils sortent en escadrons du *Space Hotel* ! En escadrons ! Excusez-moi un moment, monsieur le président. Fini les bavardages, maintenant ! Faut y aller !

10
La capsule en danger. Première attaque

Pendant que les Kpoux chassaient Shuckworth, Shanks et Showler du *Space Hotel*, le grand ascenseur de verre de Mr. Wonka tournait à une vitesse formidable autour de la Terre. Mr. Wonka avait allumé toutes les fusées et l'ascenseur atteignait l'allure de trente-quatre mille miles à l'heure au lieu des dix-sept mille ordinaires. Ils essayaient, vous vous en doutez bien, d'échapper à l'énorme Kpou Vermicieux affamé, au postérieur pourpre. Mr. Wonka n'en avait pas peur mais grand-maman Joséphine était terrifiée. Chaque fois qu'elle le regardait, elle poussait un cri perçant et se cachait les yeux. Naturellement, faire trente-quatre mille miles à l'heure, pour un Kpou, ce n'est qu'un jeu d'enfant. De jeunes Kpoux en bonne santé n'ont pas peur de parcourir un million de miles entre le déjeuner et le dîner et un autre million le lendemain, avant le petit déjeuner. Autrement, comment pourraient-ils voyager entre la planète Vermiss et les autres étoiles ? Mr. Wonka aurait dû le savoir et économiser ses fusées, mais non, il n'en faisait rien. A côté, le Kpou géant volait sans se fatiguer, regardant avec fureur l'intérieur de l'ascenseur de son

méchant œil rouge. « Vous me le paierez, ce mal au postérieur ! » semblait-il dire.

Ils tournèrent ainsi autour de la Terre pendant quarante-cinq minutes lorsque Charlie, qui flottait tranquillement au plafond, à côté de grand-papa Joe, dit soudain :

– Il y a quelque chose à l'avant ! Tu vois, grand-papa ? Juste devant nous !

– Je vois, Charlie, je vois… Grands dieux ! le *Space Hotel* !

– C'est impossible, grand-papa. Nous l'avons laissé à plusieurs miles derrière nous !

– Ah, ah ! fit Mr. Wonka, nous allons si vite que nous avons déjà effectué une révolution autour de la Terre et que nous l'avons rattrapé ! Quelle prouesse magnifique !

– Et voilà la capsule du personnel ! Tu la vois, grand-papa ? Derrière le *Space Hotel* !

– Et si je ne me trompe pas, Charlie, il y a autre chose !

– Je sais ce que c'est ! brailla grand-maman Joséphine. Ce sont des Kpoux Vermicieux ! Revenons en arrière sur-le-champ !

– Reculons ! hurla grand-maman Georgina, rebroussons chemin !

– Chère madame, dit Mr Wonka, on n'est pas en voiture sur une route. Quand on est en orbite, on ne peut pas s'arrêter et retourner en arrière.

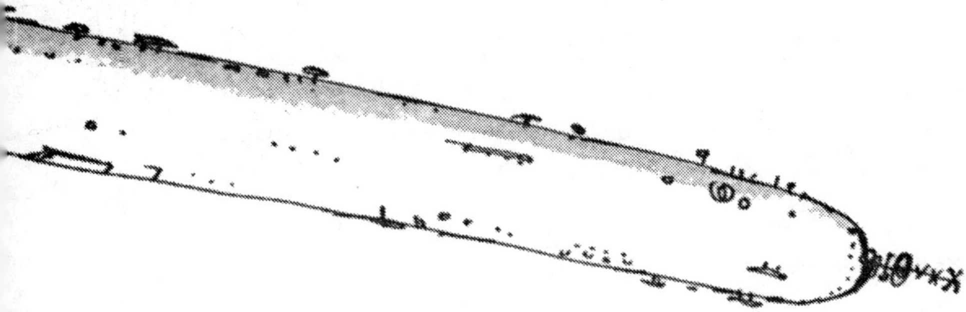

– Je m'en fiche ! vociféra grand-maman Joséphine. Freinez ! Arrêtez ! Marche arrière ! Les Kpoux vont nous attraper !

– Je vous en prie, cessez ces bêtises une bonne fois pour toutes ! ordonna sèchement Mr. Wonka. Vous savez très bien que mon ascenseur résiste parfaitement aux Kpoux. Vous n'avez rien à craindre.

A présent qu'ils étaient plus près, ils voyaient les Kpoux jaillir de la queue du *Space Hotel* et pulluler comme des guêpes autour de la capsule du personnel.

– Ils attaquent ! cria Charlie ! Ils poursuivent la capsule !

C'était un terrifiant spectacle. Les énormes Kpoux verts et ovoïdes s'étaient groupés par vingtaines. Chaque escadron se mettait en ligne, avec un intervalle d'un yard entre chaque Kpou.

Alors, l'un après l'autre, les escadrons commencèrent à attaquer la capsule. Ils fonçaient à reculons, leur postérieur (le bout pointu) en avant, à une vitesse fantastique.

WHAM ! Un escadron attaqua. Il rebondit et fit demi-tour. CRASH ! Un autre escadron s'écrasa sur le côté de la capsule.

– Emmenez-nous loin d'ici, espèce de dingue ! cria grand-maman Joséphine. Qu'est-ce que vous attendez ?

– Après, ce sera nous qu'ils poursuivront ! hurla grand-maman Georgina. Pour l'amour du ciel, retournons sur Terre !

– Je ne crois pas que leur capsule résiste aux Kpoux, dit Mr. Wonka.

– Alors, aidons-les ! s'écria Charlie. Faisons quelque chose ! Il y a plus de cent personnes dans cet appareil !

Sur Terre, dans le bureau de la Maison-Blanche, le président et ses conseillers écoutaient avec horreur les voix des astronautes à la radio.

– Ils nous poursuivent tous ! hurlait Shuckworth. Ils vont nous réduire en petits morceaux !

– Mais qui ? vociféra le président Vous ne nous avez même pas dit qui vous attaquait !

– Ces grandes et vilaines brutes brun verdâtre aux yeux rouges ! brailla Shanks à son tour. Ils ont la forme d'œufs énormes ! Et ils nous poursuivent à reculons !

– A reculons ! s'exclama le président. Pourquoi à reculons ?

– Parce que leurs derrières sont encore plus pointus que leurs devants ! hurla Shuckworth. Attention ! Voici un autre escadron ! « BANG ! » Nous ne pourrons pas tenir le coup longtemps, monsieur le président. Les serveuses poussent des cris, les femmes de chambre deviennent hystériques, les grooms sont malades et les portiers récitent leurs prières. Qu'allons-nous faire, monsieur le président ? Qu'allons-nous donc faire ?

– Allumez vos fusées, crétin, et revenez ! cria le président. Revenez sur Terre immédiatement !

– Impossible ! fit Showler. Ils ont aplati nos fusées ! Ils les ont réduites en miettes !

– Nous voilà cuits, monsieur le président ! hurla Shanks. C'est la fin ! Même s'ils n'arrivent pas à détruire la capsule, nous devrons rester en orbite pour le restant de nos jours. Sans fusées, impossible de rentrer !

Le président transpirait et la sueur lui dégoulinait sur la nuque et le col.

– Monsieur le président, continua Shanks, d'un moment à

l'autre nous allons perdre le contact avec vous ! Un autre escadron arrive à gauche et il vise notre antenne-radio ! Le voilà ! Nous ne pourrons pas…

La voix s'arrêta. La radio demeurait muette.

– Shanks ! cria le président, où êtes-vous, Shanks ?… Shuckworth ! Showler !… Showlworth ! Shucks ! Shanksler !… Shanksworth ! Showl ! Shuckler ! Pourquoi ne répondez-vous pas ?

Dans le grand ascenseur de verre où il n'y avait pas de radio et où l'on n'entendait rien de ces conversations, Charlie disait :

– Leur seul espoir est certainement de faire demi-tour et de revenir vite sur Terre !

– Oui, dit Mr. Wonka. Mais pour regagner l'atmosphère terrestre, ils doivent quitter leur orbite. Il leur faut redescendre. Et pour cela, ils ont besoin de fusées ! Mais les tubes de leurs fusées sont tout bosselés et tout tordus ! Vous les voyez d'ici ! Disloqués !

– Pourquoi ne les remorquerions-nous pas ? demanda Charlie.

Mr. Wonka parvint à sursauter tout en flottant. Il était si excité qu'il bondit et se cogna la tête contre le plafond. Alors, il tourna trois fois en l'air et s'écria :

– Tu as trouvé, Charlie ! C'est ça ! Nous allons les remorquer et les faire sortir de l'orbite ! Appuyons vite sur les boutons !

– Avec quoi allons-nous les remorquer ? interrogea grand-papa Joe. Avec nos cravates ?

– Ne vous inquiétez pas pour ce petit détail ! s'exclama Mr. Wonka. Mon grand ascenseur de verre est prêt à tout ! Allons-y ! Sus à l'ennemi !

– Arrêtez-le ! brailla grand-maman Joséphine.

– Calmez-vous, Josie, dit grand-papa Joe. Il y a là-bas quelqu'un qui a besoin de notre aide et c'est notre devoir de la lui offrir. Si vous avez peur, fermez bien les yeux et bouchez-vous les oreilles !

11
La bataille des Kpoux

– Monsieur grand-papa Joe ! hurla Mr. Wonka, soyez gentil, allez tourner cette manette, dans ce coin de l'ascenseur, là-bas ! Elle libère la corde !

– Une corde ne servira à rien, Mr. Wonka ! Les Kpoux la grignoteront en un rien de temps !

– C'est une corde en acier, dit Mr. Wonka, en acier très résistant. S'ils essaient de la ronger, leurs dents se briseront comme des bricoles ! Approche-toi de tes boutons, Charlie ! Il faut que tu m'aides à manœuvrer ! Nous allons nous mettre au-dessus de la capsule du personnel et tenter de trouver un endroit pour l'accrocher solidement.

Comme un navire de guerre partant à l'assaut, le grand ascenseur de verre, toutes fusées allumées, vogua doucement vers le sommet de l'énorme capsule.

Immédiatement, les Kpoux cessèrent d'attaquer la capsule et se dirigèrent vers l'ascenseur.

Les escadrons de Kpoux Vermicieux géants, les uns après les autres, se précipitèrent rageusement contre la merveilleuse machine de Mr. Wonka ! WHAM ! CRASH ! BANG ! Un terrible bruit de tonnerre retentit. L'ascenseur fut projeté dans le ciel comme une feuille.

A l'intérieur, grand-maman Joséphine, grand-maman Georgina et grand-papa Georges, flottant dans leur chemise de nuit, braillaient, s'égosillaient, agitaient les bras et appelaient au secours. Mrs. Bucket avait enlacé Mr. Bucket et le serrait si fort que l'un des boutons de la chemise de son mari s'incrusta dans sa peau.

Au plafond, Charlie et Mr. Wonka, froids comme deux glaçons, actionnaient les boutons des fusées.

En bas, grand-papa Joe, tout en vociférant des cris de guerre et en maudissant les Kpoux, tournait la manette qui désenroulait la corde d'acier et la suivait des yeux à travers le sol de verre.

– Un peu plus à tribord, Charlie ! hurla grand-papa Joe. Nous sommes au-dessus, maintenant !... Deux yards en avant, Mr. Wonka !... J'essaie de mettre le crochet autour de ce gros truc qui dépasse, à l'avant !... Arrêtez !... Je l'ai... Ça y est !... Un peu en avant... Voyons si ça tient !... Davantage !... Davantage !...

La grande corde en acier se raidit. Elle tenait ! Et, merveille des merveilles, avec ses fusées en marche, l'ascenseur commença à remorquer l'énorme capsule !

– En avant et vite ! lança grand-papa Joe. Elle va tenir ! Elle tient ! Elle tient bien !

– Allumez toutes les fusées ! cria Mr. Wonka.

L'ascenseur bondit en avant. La corde tenait toujours, Mr. Wonka s'élança vers grand-papa Joe, en bas, et lui serra chaleureusement la main.

– Bravo, monsieur ! dit-il. Vous avez fait un brillant travail dans de difficiles conditions !

Charlie se retourna pour regarder la capsule du Personnel à trente yards derrière, au bout de la corde. Elle avait de petites fenêtres sur le haut de la façade, et à ces fenêtres, il voyait nettement les figures abasourdies de Shuckworth, Shanks et Showler.

Charlie leur fit bonjour et leva son pouce comme pour dire : « On les a eus ! » Ils ne lui répondirent pas. Ils le fixaient, bouche bée, comme s'ils croyaient rêver.

Fou d'enthousiasme, grand-papa Joe souffla, s'éleva et se mit à planer à côté de Charlie.

– Charlie, mon garçon, lui dit-il, nous avons vécu de drôles d'aventures ensemble, mais jamais rien de pareil !

– Où sont les Kpoux, grand-papa ? Ils ont disparu !

Tout le monde regarda en arrière. Le seul Kpou visible était leur vieil ami au postérieur pourpre, qui se promenait toujours près d'eux et les fixait de son œil furibond.

– Attendez ! s'écria grand-maman Joséphine. Qu'est-ce que je vois là-bas ?

Ils regardèrent à nouveau, et cette fois, en effet, au loin, dans le bleu sombre de l'espace intersidéral, ils aperçurent un nuage compact de Kpoux Vermicieux faire demi-tour et virer comme une flotte de bombardiers.

– Si vous croyez être sorti de l'auberge, vous êtes espagnol ! hurla grand-maman Georgina.

– Aucun Kpou ne me fait peur ! dit Mr. Wonka. Nous les avons battus !

– Fadaises et foutaises ! dit grand-maman Joséphine. D'un moment à l'autre, ils seront à nos trousses ! Regardez-les ! Ils arrivent ! Les voilà !

C'était vrai. L'énorme flotte des Kpoux s'avançait à une vitesse fantastique et volait maintenant au même niveau que le grand ascenseur de verre, mais à deux cents yards à droite. Celui qui avait l'arrière-train enflé était plus près encore, à seulement vingt yards, également à droite.

– Il change de forme ! cria Charlie. Celui qui est tout près ! Que va-t-il faire ? Il s'allonge ! Il s'allonge !

En effet. Le monstrueux corps ovoïde s'étirait lentement,

s'allongeait et s'amincissait comme du chewing-gum. Il se mit à ressembler exactement à un long serpent vert et gluant, épais comme un gros arbre et grand comme un terrain de football. A l'avant, il y avait les larges yeux blancs aux pupilles rouges, à l'arrière une sorte de queue effilée, et à l'extrême bout de la queue, le gros œdème arrondi qu'il s'était fait en s'écrasant contre le verre.

Les passagers flottant dans l'ascenseur l'observaient et attendaient. Ils virent alors le Kpou en forme de corde virer et venir lentement vers eux. Il fit une fois le tour du grand ascenseur de verre... puis deux fois. Son corps mou et verdâtre bavait contre la paroi de verre. Quelle horreur !

– Il nous ficelle comme un paquet ! vociféra grand-maman Joséphine.

– Calembredaines ! s'écria Mr. Wonka.

– Il va nous étouffer dans ses anneaux ! gémit grand-maman Georgina.

– Jamais ! dit Mr. Wonka,

Charlie jeta un coup d'œil en arrière sur la capsule du Personnel. Shuckworth, Shanks et Showler, blancs comme linge, appuyaient leurs figures contre les vitres des petites fenêtres, frappés de terreur, stupéfiés, abasourdis, bouches bées, l'expression figée comme des filets de poisson surgelé. Une fois encore, Charlie leva son pouce, comme pour dire : « Formidable ! » Showler lui répondit par un faible sourire, mais ce fut tout.

– Oh, oh, oh ! criait grand-maman Joséphine, Enlevez cette sale chose gluante !

Le Kpou, qui s'était enroulé deux fois autour de l'ascenseur, s'était mis à faire un nœud avec son corps, un bon nœud bien solide, de gauche à droite et de droite à gauche. Après l'avoir serré, il pendait encore un bout d'environ cinq yards. Ce bout ne pendit pas longtemps. Il se recourba vite en forme de crochet, d'un énorme crochet collé aux parois de l'ascenseur, comme s'il attendait quelque chose d'autre pour s'accrocher.

Pendant que se déroulait tout cela, personne n'avait prêté attention à ce que préparaient les autres Kpoux.

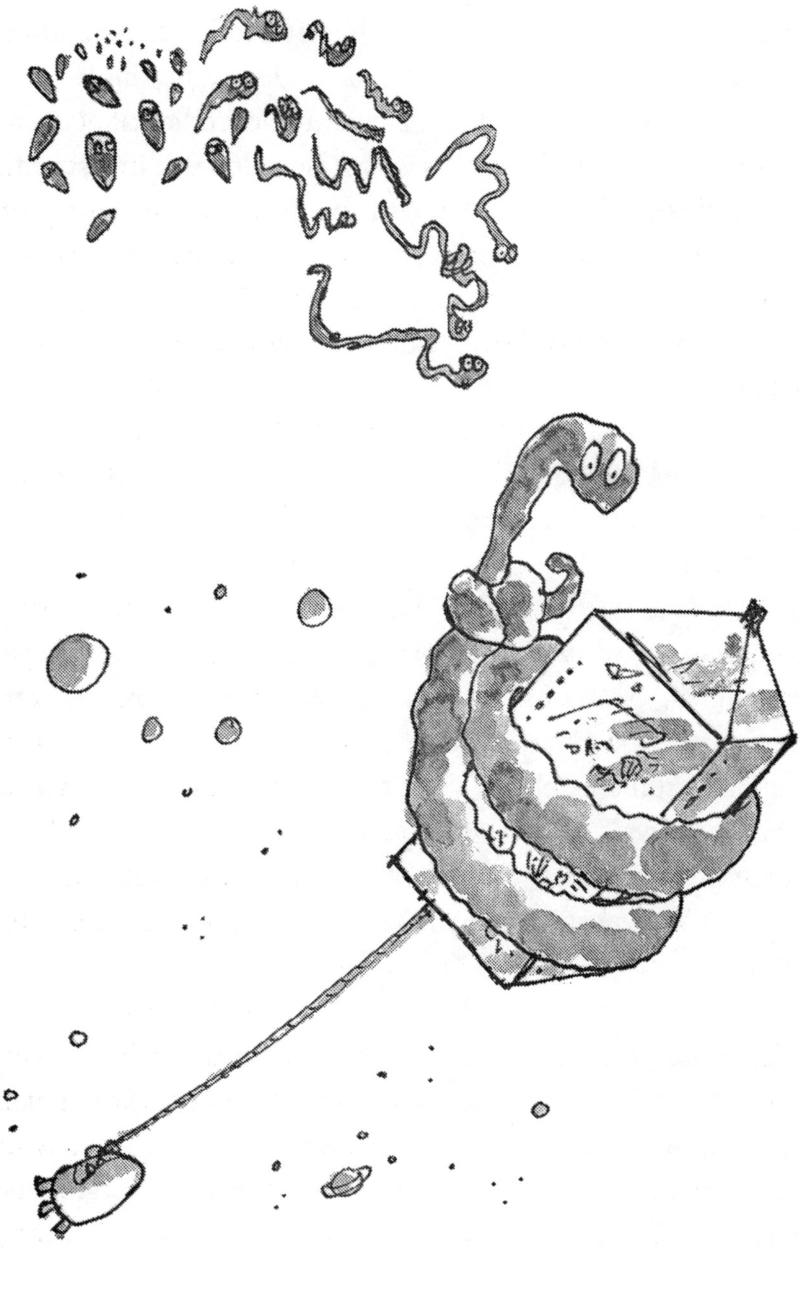

– Mr. Wonka ! s'écria Charlie, regardez les autres ! Que fabriquent-ils ?

En effet, que fabriquaient-ils ?

Ils avaient également changé de forme. Ils s'étaient allongés et amincis, mais pas autant que le premier. Chacun s'était transformé en une sorte de grosse baguette recourbée aux deux extrémités, comme un crochet à deux bouts. Alors, tous les crochets se relièrent en une longue chaîne. Un millier de Kpoux, dans le ciel, les uns à côté des autres, cela donnait une spirale d'au moins un demi-mile ! Et le Kpou qui était en tête, le chef (celui dont le crochet avant n'était pas fixe, bien sûr) les dirigeait vers le grand ascenseur de verre en décrivant un large cercle.

– Hé ! hurla grand-papa Joe. Ils vont s'accrocher à la bête qui nous a ficelés !

– Et nous remorquer ! cria Charlie.

– Jusqu'à la planète Vermiss, suffoquait grand-maman Joséphine, à dix-huit mille quatre cent vingt-sept millions de miles !

– Impossible ! s'écria Mr. Wonka. Ici, c'est nous qui remorquons !

– Ils vont s'accrocher, Mr. Wonka ! dit Charlie. C'est sûr ! On ne peut pas les arrêter ? Ils vont nous remorquer et remorquer aussi les gens que nous remorquons !

– Faites quelque chose, vieux fou ! vociféra grand-maman Georgina. Ne restez pas là à flotter en nous regardant !

– Je dois avouer que pour la première fois de ma vie, je suis un peu désorienté, dit Mr. Wonka.

A travers les parois de verre, tous fixaient avec horreur la longue chaîne des Kpoux Vermicieux. Les yeux furibonds, le chef se rapprochait, son crochet tout prêt. Dans trente secondes, il s'attacherait au Kpou enroulé autour de l'ascenseur.

– Je veux revenir sur Terre ! gémit grand-maman Joséphine. Pourquoi ne revenons-nous pas sur Terre ?

– Grands matous matinaux ! s'exclama Mr. Wonka. Mais oui, c'est ça ! La Terre ! Où donc avais-je la tête ? Viens, Charlie ! Vite ! Retour dans l'atmosphère de la Terre ! Prends le bouton jaune ! Appuie de toutes tes forces ! J'appuie sur ceux-là !

Charlie et Mr. Wonka volèrent littéralement jusqu'aux boutons.

– Attention les antennes ! hurla Mr. Wonka. Vos gésiers vont gémir ! Nous descendons !

Les fusées s'allumèrent de tous les côtés de l'ascenseur. Il s'inclina, fit une embardée a soulever le cœur du plus solide, puis plongea vers l'atmosphère de la Terre à une allure vertigineuse.

– Les rétro-fusées ! beugla Mr. Wonka. Il ne faut pas oublier les rétro-fusées !

Il vola vers un autre clavier de boutons et se mit à jouer dessus comme sur un piano.

L'ascenseur fonçait maintenant, tête la première, et les passagers se retrouvèrent en train de voler eux aussi à l'envers.

– Au secours ! braillait grand-maman Georgina. Le sang me monte à la tête !

– Tournez-vous dans l'autre sens, dit Mr. Wonka. C'est facile, non ?

Tous gonflèrent les joues, soufflèrent, firent des culbutes en l'air et, finalement, se remirent dans le bon sens.

– Est-ce que la corde tient, grand-papa ? cria Mr. Wonka.

– La corde tient, et bien ! Ils sont toujours avec nous, Mr. Wonka !

C'était un étonnant spectacle que l'ascenseur de verre filant vers la Terre avec l'énorme capsule du personnel remorquée à l'arrière. Mais la longue chaîne des Kpoux les suivait facilement au même rythme. A présent, le crochet du premier Kpou atteignait presque celui formé par le Kpou enroulé autour de l'ascenseur !

– Trop tard ! cria grand-maman Georgina. Ils vont nous rattraper et nous remorquer !

– Je ne le crois pas, dit Mr. Wonka. Vous ne vous rappelez pas ce qui arrive quand un Kpou entre dans l'atmosphère de la Terre à grande vitesse ? Il est porté au rouge et brûle en faisant une longue traînée. Il devient un Kpou filant. Bientôt, ces sales bêtes vont sauter comme du pop-corn !

Tandis qu'ils redescendaient, des étincelles se mirent à jaillir des parois de l'ascenseur. Le verre vira au rose, au rouge, puis à l'écarlate, des étincelles jaillirent aussi de la longue chaîne de Kpoux, et le chef commença à briller comme un tisonnier incandescent. Ce fut pareil pour les autres, ainsi que pour la grande bête gluante enroulée autour de l'ascenseur. En fait, celle-ci essayait désespérément de se désenrouler et de fuir, mais elle n'arrivait pas à défaire le nœud et, bientôt, elle commença à grésiller. Dans l'ascenseur, on pouvait même l'entendre. Cela ressemblait à du bacon en train de frire.

Et le même phénomène exactement se produisit pour les mille autres Kpoux de la chaîne. Ils furent tous chauffés au rouge vif, puis à blanc, en émettant une lumière éblouissante.

– Des Kpoux filants ! s'écria Charlie.

– Quel splendide spectacle ! dit Mr. Wonka. C'est mieux que des feux d'artifice !

Quelques secondes plus tard, les Kpoux avaient disparu dans un nuage de cendres. Tout était fini.

– Nous avons réussi ! hurla Mr. Wonka. Ils ont été rôtis comme des toasts ! Frits comme des frites ! Nous sommes sauvés !

– Sauvés ? Vous dites sauvés ? fit grand-maman Joséphine. Nous aussi, nous allons frire, si ça continue ! Nous allons être grillés comme des biftecks ! Regardez le verre ! Il brûle plus que de l'eau-de-vie !

– Ne craignez rien, chère madame, répondit Mr. Wonka. Mon ascenseur a l'air conditionné, un ventilateur et un aérateur. Tout est automatisé pour parer à toutes les éventualités. Ça va marcher comme sur des roulettes.

– Je n'ai pas la moindre idée de ce qui va arriver, dit Mrs. Bucket, qui ne s'exprimait pourtant pas très souvent. Mais, en tout cas, ça ne me plaît pas.

– Tu ne t'amuses pas, maman ? lui demanda Charlie.

– Non, dit-elle. Je ne m'amuse pas et ton père non plus.

– Quel spectacle grandiose ! dit Mr. Wonka. Regarde donc la Terre, Charlie. Elle grossit !

– Et nous allons l'atteindre à deux mille miles à l'heure ! grommela grand-maman Georgina. Comment allez-vous redescendre, pour l'amour du ciel ? Vous n'y avez pas pensé, hein !

– Il y a des parachutes, lui dit Charlie. Je parie qu'il y a de gros et grands parachutes qui s'ouvriront avant d'arriver.

– Des parachutes ! dit Mr. Wonka avec mépris. Les parachutes, c'est bon pour les astronautes et les poules mouillées ! De toute façon, nous ne voulons pas ralentir, nous voulons accélérer. Je vous ai déjà dit que nous devions aller à une vitesse absolument foudroyante pour tamponner la chocolaterie. Sinon, nous ne rentrerons jamais par le toit.

– Et la capsule ? demanda Charlie avec inquiétude.

– Nous allons la lâcher dans quelques instants, répondit Mr. Wonka. Ils ont trois parachutes pour ralentir au dernier moment, eux !

– Comment savez-vous si nous n'atterrirons pas en plein océan Pacifique ? demanda grand-maman Joséphine.

– Je ne sais pas, dit Mr. Wonka. Mais vous savez nager, n'est-ce pas ?

– Cet homme, hurla grand-maman Joséphine, est pimpin comme un pingouin !

– Givré comme un citron ! vociféra grand-maman Georgina.

Le grand ascenseur plongeait, plongeait vers la Terre de plus en plus proche. Les océans et les continents se précipitaient à sa rencontre et grossissaient de seconde en seconde.

– Monsieur grand-papa Joe ! Lancez la corde ! Lâchez-la ! commanda Mr. Wonka. Ils se débrouilleront, si leurs parachutes fonctionnent.

– Mission accomplie ! cria grand-papa Joe.

Et l'énorme capsule du personnel, libre à présent, se mit à basculer sur le côté. Charlie fit au revoir aux trois astronautes qui étaient toujours assis devant le hublot. Aucun ne lui répondit. Ils semblaient encore traumatisés et dévisageaient avec des yeux ronds les vieux, les vieilles et le petit garçon qui flottaient dans le grand ascenseur de verre.

– Il n'y en a plus pour longtemps, dit Mr. Wonka en rejoignant une rangée de minuscules boutons bleu pâle dans un coin. Nous saurons bientôt si nous sommes vivants ou morts. Restez calmes, s'il vous plaît, c'est le moment fatal. Il faut que je me concentre très fort, sinon nous tomberons au mauvais endroit !

Ils piquèrent dans une épaisse couche de nuages et, pendant dix secondes, ils ne virent plus rien. Lorsqu'ils en sortirent, la capsule du personnel avait disparu et la planète se trouvait à proximité. Il y avait seulement une grande étendue de terre en dessous d'eux, avec des montagnes et des forêts... des champs et des arbres... puis une petite ville.

– Voilà ! hurla Mr. Wonka. Ma chocolaterie ! Ma chocolaterie bien-aimée !

– Vous voulez dire la chocolaterie de Charlie, dit grand-papa Joe.

– Exact, dit Mr. Wonka en s'adressant à Charlie. J'avais complètement oublié. Excuse-moi, mon cher enfant. C'est la tienne, bien sûr ! Allons-y !

A travers le sol de verre de l'ascenseur, Charlie aperçut l'énorme toit rouge et les hautes cheminées de l'usine géante. Ils plongeaient droit dessus.

– Ne respirez plus ! hurla Mr. Wonka. Retenez votre souffle ! Attachez vos ceintures de sécurité et dites vos prières ! Nous traversons le toit !

12
De retour à la chocolaterie

Et puis, le bruit du bois volé en éclats et du verre cassé. L'obscurité la plus complète. D'abominables craquements, l'ascenseur avait foncé, brisant tout sur son passage.

Soudain, les bruits cessèrent et la course se ralentit. L'ascenseur semblait voyager sur des rails, le long d'un câble, en décrivant des lacets comme les montagnes russes. Et lorsque les lumières s'allumèrent, Charlie réalisa que depuis quelques secondes, il ne flottait plus du tout. Il était à nouveau debout sur le sol. Mr. Wonka aussi, ainsi que grand-papa Joe, Mr. et Mrs Bucket et le grand lit. Quant à grand-maman Joséphine. grand-maman Georgina et grand-papa Georges, ils avaient dû tomber directement sur le lit car maintenant, tous trois se trouvaient dessus et essayaient de se glisser à quatre pattes sous les couvertures.

– Nous l'avons traversé ! hurla Mr. Wonka. Nous avons réussi ! Nous y sommes !

Grand-papa Joe lui saisit la main et lui dit :

– Bravo, monsieur ! Splendide ! Magnifique !

– Où sommes-nous donc ? demanda Mrs. Bucket

– Nous sommes revenus, maman ! s'écria Charlie. Nous sommes à la chocolaterie !

– Je suis ravie de l'entendre, dit Mrs. Bucket. Mais il me semble que nous avons fait un long détour.

– Cétait indispensable pour éviter la circulation, dit Mr. Wonka.

– Je n'ai jamais vu d'homme qui dise d'aussi énormes bêtises ! s'écria grand-maman Georgina.

– Un peu de bêtise en saupoudrage, c'est le piment de l'homme sage, dit Mr. Wonka.

– Mais regardez donc où se dirige cet ascenseur fou ! brailla grand-maman Joséphine. Et arrêtez de faire la bête !

– Faites un peu la bête et ce sera la fête ! dit Mr. Wonka.

– Qu'est-ce que je vous disais ! s'exclama grand-maman Georgina. Il travaille du chapeau ! Toqué comme un tonneau ! Timbré comme un vélo ! Il a une araignée dans le plafond ! Je veux rentrer à la maison !

– Trop tard ! dit Mr. Wonka. Nous y sommes !

L'ascenseur s'arrêta. Les portes s'ouvrirent et Charlie se trouva une fois de plus devant la salle au chocolat avec sa rivière de chocolat, et sa cascade de chocolat, dans laquelle tout, les arbres, les feuilles, les galets et même les rochers, pouvaient se manger. Des centaines et des centaines de minuscules Oompa-Loompas, qui saluaient et applaudissaient, étaient venus les accueillir. C'était un spectacle à couper le souffle. Même grand-maman Georgina en perdit la parole pendant quelques secondes. Mais pas longtemps.

– Sapristi ! Qui sont ces drôles de petits bonshommes ? demanda-t-elle.

– Des Oompa-Loompas, lui répondit Charlie. Ils sont merveilleux. Tu vas les adorer.

– Chut ! dit grand-papa Joe. Écoute, Charlie ! Les tambours se mettent à jouer. Ils vont chanter.

Alléluïa ! chantèrent les Oompa-Loompas
Oh, Alléluïa et Hourrah !
C'est le retour de Willy Wonka !
On croyait qu'il avait quitté la maison !
En nous laissant seuls pour de bon !

Nous savions qu'il devait faire face
Aux affreux monstres de l'espace,
Mais quand on a entendu crunch crunch
On s'est dit : c'est lui qui sert de lunch !

– Très bien ! hurla Mr. Wonka en riant et en levant les bras. Merci pour votre accueil ! Est-ce que quelques-uns d'entre vous pourraient venir nous aider à sortir ce lit ?

Cinquante Oompa-Loompas accoururent et poussèrent le lit occupé par les trois vieux, hors de l'ascenseur. Mr. et Mrs Bucket, qui semblaient dépassés par tous ces événements, suivirent. Puis vinrent grand-papa Joe, Charlie et Mr. Wonka.

– A présent, dit Mr. Wonka en s'adressant à grand-papa Georges, grand-maman Georgina et grand-maman Joséphine, debout ! Hors du lit ! Mettons-nous au travail ! Je suis sûr que vous voulez tous aider à faire marcher l'usine !

– Qui ça ? Nous ?

– Oui, vous ! répondit Mr. Wonka.

– Vous plaisantez, dit grand-maman Georgina.

– Je ne plaisante jamais.

– Alors, écoutez-moi, monsieur, dit le vieux grand-papa Georges en se redressant dans le lit. Vous nous avez fourrés dans pas mal d'embrouillas et d'embarraminis pour la journée !

– Aussi je vous en ai tirés ! fit fièrement Mr. Wonka. De même que je vais vous tirer de ce lit, vous allez voir !

13
Comment fut inventé le Forti-Wonka

– Je ne suis pas sortie de ce lit depuis vingt ans, et personne ne m'en fera sortir ! affirma grand-maman Joséphine.

– Moi non plus, dit grand-maman Georgina.

– Vous en étiez sortis, il y a un instant, dit Mr. Wonka.

– Nous flottions, protesta grand-papa Georges. C'était plus fort que nous.

– Nous n'avons pas posé les pieds par terre, dit grand-maman Joséphine.

– Essayez, dit Mr. Wonka. Vous vous surprendrez peut-être vous-mêmes.

– Allons, Josie, dit grand-papa Joe. Essayez. Je l'ai fait et c'était facile.

– Nous sommes parfaitement bien là où nous sommes, merci beaucoup, fit grand-maman Joséphine.

Mr. Wonka soupira et secoua très lentement et très tristement la tête.

– Oh, bien, dit-il. Puisque c'est comme ça…

Il pencha la tête sur le côté et regarda pensivement les trois vieux grabataires. Charlie, qui l'observait attentivement, aperçut encore une fois une lueur s'allumer et scintiller dans ses petits yeux brillants.

« Oh, oh, songea Charlie, qu'est-ce qu'il mijote ? »

– Je suppose, reprit Mr. Wonka en mettant le bout d'un doigt sur le bout de son nez et en appuyant doucement, je suppose… car il s'agit d'un cas très particulier… Je suppose que je pourrais vous économiser un petit bout de…

Il s'arrêta et secoua la tête.

– Un tout petit bout de quoi ? demanda grand-maman Joséphine sèchement.

– Non, dit Mr. Wonka. Ça ne rime à rien. Vous paraissez avoir décidé de rester dans ce lit, quoi qu'il arrive. Et de toute façon, la chose est beaucoup trop précieuse pour être gaspillée. Désolé d'y avoir fait allusion.

Il commença à s'éloigner.

– Hé ! hurla grand-maman Georgina. Vous avez commencé, il faut aller jusqu'au bout ! Qu'est-ce qui est trop précieux pour être gaspillé ?

Mr. Wonka s'arrêta. Il se retourna lentement. Il regarda un

moment les trois vieux grabataires avec sévérité. Ils lui rendirent son regard, attendant qu'il poursuive. Il resta silencieux un petit peu plus longtemps, pour exciter leur curiosité. Derrière lui, les Oompa-Loompas, complètement immobiles, l'observaient.

– De quoi parliez-vous ? demanda grand-maman Georgina.

– Continuez, pour l'amour du ciel ! insista grand-maman Joséphine.

– Très bien, dit enfin Mr. Wonka. Je vais vous le dire. Et écoutez-moi attentivement, parce que ça peut changer toutes vos vies. Ça peut même vous changer.

– Je ne veux pas être changée ! brailla grand-maman Georgina.

– Puis-je continuer, madame ? Merci. Il n'y a pas longtemps, je m'amusais dans la salle des inventions. Je remuais des produits je les mélangeais comme je fais tous les après-midi, à 4 heures, lorsque soudain, je réalisai que j'avais fabriqué quelque chose qui semblait peu ordinaire. Cette chose changeait continuellement de couleur sous mes yeux et, de temps à autre, elle sautait légèrement, elle sautait vraiment en l'air, comme si elle était vivante. « Qu'est-ce que nous avons là ? » m'écriai-je, et je l'apportai précipitamment à la Salle des Vérifications pour en donner à l'Oompa-Loompa qui était de service, à ce moment-là. Le résultat fut immédiat. Terrassant ! Incroyable ! Mais plutôt affligeant !

– Que se passa-t-il ? interrogea grand-maman Georgina.

– Effectivement, que se passa-t-il ? répéta Mr. Wonka.

– Répondez-lui, dit grand-maman Joséphine. Qu'arriva-t-il à l'Oompa-Loompa ?

– Ah, dit Mr. Wonka. Oui… eh bien… c'est inutile de pleurer sur les pots cassés, n'est-ce pas ? Voyez-vous, je me rendis compte que j'étais tombé sur une nouvelle vitamine, formidablement puissante, et je savais aussi que si seulement je pouvais la fabriquer sans qu'elle comporte de risques, sans qu'elle fasse à d'autres ce qu'elle avait fait à l'Oompa-Loompa…

– Qu'avait-elle fait à l'Oompa-Loompa ? demanda durement grand-maman Georgina.

– Plus j'avance en âge, plus je deviens sourd, dit Mr. Wonka. Élevez un tout petit peu plus la voix la prochaine fois, s'il vous plaît. Merci beaucoup. Or, je devais absolument trouver le moyen de fabriquer cette chose sans qu'elle comporte de risques. Ainsi, les gens pourraient en prendre sans…

– Sans quoi ? aboya grand-maman Georgina.

– Sans une jambe pour se tenir droit, dit Mr. Wonka. Je retroussai donc mes manches, et je me remis au travail dans la salle des inventions. Je fis mixture sur mixture. Je dus essayer à peu près toutes les mixtures qui existent sous la lune. Au fait, il y avait un petit trou, dans un mur de la salle des inventions, qui communiquait avec la salle des vérifications. Aussi pouvais-je sans cesse vérifier les mélanges sur n'importe quel volontaire qui se trouvait être de service. Eh bien les premières semaines furent drôlement déprimantes, et nous n'en parlerons pas. Mais laissez-moi plutôt vous dire ce qui arriva le cent trente-deuxième jour de mes travaux. Ce matin-là, j'avais complètement changé la mixture et, cette fois, la petite pilule que j'avais obtenue à la fin n'était pas tout à fait aussi puissante que les précédentes. Elle changeait continuellement de couleur, oui, mais elle passait seulement du jaune citron au bleu, puis de nouveau au jaune. Et lorsque je la mis dans la paume de ma main, elle ne bondit pas comme une sauterelle. Elle ne fit que trembloter, et encore, à peine. Je courus au trou du mur qui conduisait à la salle des vérifications. Un très vieil Oompa-Loompa était de service, ce matin-là. C'était un vieux bonhomme chauve, ridé, édenté, dans un fauteuil roulant. Il était dans un fauteuil roulant depuis au moins quinze ans.

« Voici la vérification numéro cent trente-deux », dis-je en notant sur le tableau. Je lui tendis la pilule. Il la regarda avec inquiétude. Je ne pouvais le blâmer d'avoir un peu la frousse, après ce qui était arrivé aux cent trente et un volontaires.

– Que leur était-il arrivé ? hurla grand-maman Georgina. Pourquoi ne répondez-vous pas à cette question au lieu de tourner autour du pot ?

– Qui sait comment naissent les roses ? fit Mr. Wonka. Donc, ce brave vieil Oompa-Loompa prit la pilule et, par le truchement d'une gorgée d'eau, il l'avala. Alors il advint une chose stupéfiante. Devant mes propres yeux, d'étranges petites modifications survinrent dans son apparence. Un moment plus tôt, il était pratiquement chauve, avec juste une touffe de cheveux blancs comme neige sur les côtés et au bas du crâne. A présent, la touffe de cheveux blancs était devenue blonde et, sur tout le sommet du crâne, des cheveux dorés se mirent à pousser comme du gazon. En moins d'une demi-minute, une splendide moisson de longs cheveux dorés avait poussé. Au même moment, bon nombre de rides commencèrent à disparaître sur sa figure, pas toutes mais à peu près la moitié, ce qui le fit paraître beaucoup plus jeune. Tout ceci devait le chatouiller agréablement puisqu'il se mit à me sourire, puis à rire et, quand il ouvrit la bouche, j'eus un spectacle encore plus étrange. Sur ses vieilles gencives édentées, les dents poussaient, de bonnes dents blanches, et elles poussaient si vite que je les voyais grandir à vue d'œil ! J'étais trop éberlué pour parler. Je restais là, avec ma tête qui émergeait du trou dans le mur, fixant le petit Oompa-Loompa. Je le vis se lever lentement de son fauteuil roulant. Il posa ses jambes sur le sol et se mit debout. Il fit quelques pas. Puis il leva les yeux sur moi, la figure illuminée, Ses yeux étaient énormes et brillants comme des étoiles.

– Regardez-moi ! dit-il doucement. Miracle ! Je marche !

– C'est le Forti-Wonka, dis-je. Le grand régénérateur. Il vous a rendu la jeunesse. Quel âge avez-vous l'impression d'avoir ?

Il réfléchit bien à la question puis répondit :

– Je me sens presque comme à l'époque où j'avais cinquante ans.

– Quel âge aviez-vous, tout à l'heure, avant de prendre le Forti-Wonka ? demandais-je.

– J'ai eu soixante-dix ans à mon dernier anniversaire, répliqua-t-il.

– Donc, vous avez rajeuni de vingt ans, dis-je.

– Oui ! Oui ! s'écria-t-il, ravi. Je me sens sautillant comme une sauterelle.

– Pas vraiment, lui dis-je. Cinquante ans, c'est encore assez vieux. Voyons si je peux faire encore quelque chose pour vous. Restez là où vous êtes. Je reviens dans une minute.

Je courus à mon atelier et me mis à fabriquer une autre pilule, en utilisant exactement le même mélange que précédemment.

– Avalez ça, dis-je en lui passant la deuxième pilule à travers l'écoutille.

Cette fois-ci, il n'y avait plus à hésiter. Il la jeta prestement dans son gosier et l'avala avec un verre d'eau. Et en effet, en une demi-minute, son corps et sa figure étaient débarrassés de vingt années supplémentaires. C'était maintenant un mince et sémillant jeune Oompa-Loompa de trente ans. Il poussa un cri de joie et se mit à gambader dans la pièce, bondissant et retombant sur ses orteils.

– Êtes-vous heureux ? lui demandai-je.

– Je suis fou de bonheur ! s'écria-t-il en sautillant. Je suis heureux comme un cheval dans la prairie !

Il sortit en courant de la salle des vérifications pour se montrer à sa famille et à ses amis.

Ainsi fut inventé le Forti-Wonka ! Et il ne comporte aucun danger.

– Alors, pourquoi ne l'utilisez-vous pas vous-même ? demanda grand-maman Georgina. Vous avez dit à Charlie que vous deveniez trop vieux pour tenir l'usine. Pourquoi ne prenez-vous pas deux pilules pour rajeunir de quarante ans ? Dites-moi ça ?

– Tout le monde peut poser des questions, fit Mr. Wonka, mais seules les réponses sont importantes. Maintenant, si vous, les trois grabataires, vous voulez essayer une dose...

– Une minute ! dit grand-maman Joséphine en se redressant. D'abord, j'aimerais voir cet Oompa-Loompa âgé de soixante-dix ans et qui en a maintenant trente !

Mr. Wonka claqua des doigts. Un minuscule Oompa-Loompa à l'air jeune et éveillé se détacha de la foule, accourut et exécuta une merveilleuse petite danse devant les trois vieux.

– Il y a deux semaines, il avait soixante-dix ans et il était dans un fauteuil roulant, fit Mr. Wonka avec orgueil. Regardez-le !

– Les tambours, Charlie ! dit grand-papa Joe. Écoute ! Ils recommencent !

Au loin, sur la berge de la rivière de chocolat, Charlie vit l'orchestre des Oompa-Loompas recommencer à jouer. Les vingt Oompa-Loompas de l'orchestre (chacun muni d'un énorme tambour deux fois plus gros que lui) scandaient un rythme lent et mystérieux. Bientôt, les centaines d'autres Oompa-Loompas se balancèrent et se dandinèrent dans une sorte de transe. Puis ils se mirent à chanter :

Vous êtes vieux et tremblotant,
Peut-être même impotent ?
Vos muscles sont rouillés,
Votre vie est un boulet ?

Vous êtes grincheux, aigri, ingrat,
Un affreux grand-papa ?
PRENEZ DONC FORTI-WONKA !
Et hop ! Des cheveux par milliers
Et de bonnes joues dorées !
Et trente-deux dents,
Oui, oui ! Un sourire éclatant !
Pour vous, madame, votre corps de vingt ans,
Vos lèvres roses d'antan !
Et autour de vous,
Les garçons deviendront fous.
Ils susurreront, l'air charmeur :
« Un petit baiser, mon cœur ? »
Mais attention, Forti-Wonka,
C'est beaucoup plus que cela.
Vous avez bonne mine, oui,
Mais ce n'est pas tout dans la vie.
Chaque pilule vous aura donné
VINGT NOUVELLES ANNÉES !
Alors, chers vieux amis, essayez !
Votre vie deviendra gaie, gaie, gaie !
Rien qu'une dose modeste
Et l'effet sera gigantesque !
Rien ne va plus ? N'hésitez pas !
PRENEZ DONC FORTI-WONKA !

14
La formule Forti-Wonka

– Cest ça ! s'écria Mr. Wonka qui était au pied du lit et brandissait une petite bouteille. Les plus précieuses pilules du monde !

Il lança à grand-maman Georgina un coup d'œil malicieux.

– Et c'est d'ailleurs pourquoi je n'en ai pas pris moi-même. Elles sont trop précieuses pour être gâchées par moi.

Il tendit le flacon par-dessus le lit. Les trois vieux se redressèrent, étirèrent leurs maigres cous pour essayer d'apercevoir les pilules qui se trouvaient à l'intérieur. Charlie et grand-papa Joe s'approchèrent également. Mr. et Mrs. Bucket firent de même. Sur l'étiquette, on lisait :

FORTI-WONKA

CHAQUE PILULE VOUS RAJEUNIRA EXACTEMENT DE VINGT ANS.

ATTENTION

NE PAS DÉPASSER LA DOSE PRESCRITE PAR MR WONKA.

A l'intérieur de la bouteille, on pouvait voir des pilules jaune vif étinceler et trembler. Vibrer serait peut-être plus juste. Elles vibraient si vite qu'elles étaient floues et qu'on ne distinguait plus leur forme, rien que leur couleur. On avait l'impression qu'une chose minuscule, mais incroyablement puissante, une chose pas tout à fait de ce monde, se tenait enfermée à l'intérieur et luttait pour sortir.

– Elles s'agitent, dit grand-maman Georgina. Je n'aime pas les choses qui s'agitent. Comment savoir si elles ne continueront pas à s'agiter dans nos ventres, quand nous les aurons avalées ? Comme les haricots sauteurs mexicains de Charlie que j'ai avalés, il y a deux ans. Tu te souviens, Charlie ?

– Je t'avais dit de ne pas en manger, grand-maman.

– Ils ont continué à sauter dans mon ventre pendant un mois, continue grand-maman Georgina. Je ne pouvais plus rester tranquillement assise.

– D'abord, avant de prendre une de ces pilules, j'aimerais rudement savoir ce qu'il y a dedans, fit grand-maman Joséphine.

– Je ne vous critique pas, dit Mr. Wonka. Mais la formule est extrêmement compliquée. Attendez une minute… J'ai dû la noter quelque part. Il se mit à fouiller dans les poches de son habit à queue.

– Je sais qu'elle est par là, dit-il. Je ne peux pas l'avoir perdue. Je garde tous mes objets les plus précieux et les plus importants dans ces poches. L'ennui, c'est qu'il y en a tellement…

Il se mit à vider ses poches et à poser le contenu sur le lit : un lance-pierres « maison »… un yoyo… un faux œuf sur le plat en caoutchouc… une tranche de salami… une dent plombée… un paquet de poil à gratter…

– C'est certainement là, certainement, certainement, marmonnait-il sans cesse. Je l'ai rangée si soigneusement… Ah, la voici !

Il déplia un bout de papier froissé, le lissa et se mit à lire ce qui suit :

FORMULE DU FORTI-WONKA

Prendre un bloc d'une tonne du meilleur chocolat (ou plus simple : vingt sacs de chocolat en morceau). Mettre le chocolat dans un très grand chaudron et faire fondre sur un fourneau brûlant. Lorsque le chocolat est fondu, mettre à feu doux pour ne pas le laisser brûler, tout en maintenant à ébullition. Puis ajouter les ingrédients suivants, en respectant rigoureusement l'ordre donné, tout en remuant bien afin de dissoudre chaque ingrédient avant d'ajouter le suivant :

LE PIED D'UNE MANTICORE
LA TROMPE D'UN ÉLÉPHANT
TROIS BLANCS D'ŒUFS D'UN OISEAU DE BARBARIE
LA BROSSE D'UN SANGLIER
LA CORNE D'UNE VACHE
(SURTOUT, QU'ELLE CORNE BIEN !)

LA QUEUE AVANT D'UN COCATRIX
SIX ONCES D'OS D'UN GRATTE-SAUCE
DEUX POILS (ET UN CHAUDRON)
DE LA TÊTE D'UN HIPPOCAMPE
LE BEC D'UN ROUGEATROS
LA CORNE D'UN SABOT DE LICORNE
LES QUATRE TENTACULES D'UN ANIMALCULE
LE HIP (LE PO ET LE POT) D'UN HIPPOPOTAME
LE MUFLE D'UNE BLATTE PROGNATHE
LA MOUCHE D'UNE MOUCHE
LE CHAT D'UNE CHARADE
DOUZE BLANCS D'ŒUFS D'UN SAULE-CRIEUR
LES TROIS PIEDS D'UN TRAPÉZISTE JUSTICIER
(SI VOUS NE TROUVEZ PAS LES TROIS PIEDS,
UN TRÉPIED SUFFIRA)
LA RACINE CARRÉE D'UN BOULIER
SUD-AMÉRICAIN
LES CROCS D'UNE VIPÈRE
(UNE VIPÈRE À PARE-BRISE)
LES ARMES (ET LES DÉCORATIONS)
D'UN BÉTON ARMÉ

Lorsque tous les ingrédients ci-dessus seront mélangés, faire bouillir vingt-sept jours de plus, sans agiter. Au bout de ces vingt-sept jours, tout le liquide se sera évaporé et il restera au fond du chaudron un gros morceau de la taille d'un ballon de foot. Brisez-le avec un marteau et au cœur même de ce morceau, vous trouverez une petite pilule ronde. Cette pilule, c'est le Forti-Wonka !

15
Au revoir Georgina!

Lorsque Mr. Wonka eut fini de lire la formule, il replia soigneusement le papier et le fourra dans sa poche.

– Ce mélange est très, très compliqué, dit-il. Aussi, ne vous étonnez pas si j'ai mis si longtemps à le mettre au point.

Il leva la bouteille, la secoua légèrement. Les pilules roulèrent bruyamment comme des billes de verre.

– Maintenant, fit-il en offrant le flacon en premier à grand-papa Georges, voulez-vous prendre une ou deux pilules, monsieur ?

– Nous jurez-vous solennellement que cela fera l'effet que vous avez dit, et rien d'autre ? demanda grand-papa Georges.

Mr. Wonka mit sa main libre sur son cœur.

– Je le jure, dit-il.

Charlie s'avança tout doucement, avec grand-papa Joe. Tous deux ne se quittaient jamais.

– Excusez-moi de vous demander ça, dit Charlie, mais êtes-vous absolument sûr que c'est au point ?

– Qu'est-ce qui te fait poser une si drôle de question ? dit Mr. Wonka.

– Je pensais à la gomme que vous avez donnée à Violette Beauregard, dit Charlie.

– Ah, voilà ce qui te tracassait ! s'écria Mr. Wonka. Mais ne comprends-tu pas, mon cher enfant, que je n'ai jamais donné cette gomme à Violette ? Elle me l'a prise de force. J'ai crié : « Arrête ! Ne fais pas ça ! Recrache ! » Et cette petite oie ne m'a pas écouté. De toute façon, le Forti-Wonka est complètement différent. J'offre ces pilules à tes grands-parents et, même, je les leur recommande. Si l'on suit mes instructions, elles sont aussi inoffensives que du sucre candi.

– Bien sûr ! s'exclama Mr. Bucket. Qu'attendez-vous, vous autres ?

Depuis qu'il avait pénétré dans la salle au chocolat, Mr. Bucket avait extraordinairement changé. En temps normal, c'était quelqu'un d'assez timoré. Une vie entière consacrée à visser des capuchons sur des tubes de dentifrice dans une fabrique de pâte dentifrice avait fait de lui un homme plutôt calme et timide. Mais le spectacle de la merveilleuse chocolaterie lui avait redonné le moral. De plus, cette histoire de pilules semblait l'avoir terriblement excité.

– Écoutez ! cria-t-il en s'approchant du coin du lit. Mr. Wonka vous offre une vie nouvelle ! Profitez-en !

– C'est une sensation délicieuse, dit Mr. Wonka, et c'est très rapide. En une seconde, on perd une année. A chaque seconde qui s'écoule, on perd exactement une année !

Il s'approcha et posa doucement le flacon de pilules au milieu du lit.

– Tenez, mes amis, dit-il, servez-vous.

– Allez ! crièrent en chœur tous les Oompa-Loompas.

Allons, chers vieux amis, essayez !
Votre vie deviendra gaie, gaie, gaie !
Rien qu'une dose modeste

Et l'effet sera gigantesque !
Rien ne va plus ? N'hésitez pas !
PRENEZ DONC FORTI-WONKA !

C'en était trop pour les vieux grabataires. Tous trois se jetèrent sur le flacon. Six mains décharnées jaillirent et tâchèrent de s'en emparer. Ce fut grand-maman Georgina qui l'attrapa. Elle poussa un grognement de triomphe, déboucha le couvercle et renversa toutes les petites pilules jaune vif sur la couverture, au creux de ses genoux.

Elle les protégea de ses mains pour que les autres ne puissent pas les prendre.

– Très bien ! hurla-t-elle, en les comptant vite. Il y en a douze. Ça fait six pour moi et trois pour chacun d'entre vous !

– Hé ! Ce n'est pas juste ! brailla grand-maman Joséphine. Ça fait quatre pour chacun !

– Oui, quatre, cria grand-papa Georges. Allons, Georgina, donnez-moi ma part !

Mr. Wonka haussa les épaules et leur tourna le dos. Il détestait voir les gens se montrer cupides et égoïstes.

« Laissons-les se disputer », pensa-t-il. Et il s'éloigna. Il se dirigea lentement vers la cascade de chocolat. « C'est une triste vérité, se disait-il, mais presque tous les gens se conduisent mal quand il y a un gros enjeu. Ils se battent surtout à cause de l'argent. Et ces pilules valent plus que de l'argent. Elles peuvent des choses qu'aucune somme ne pourra jamais réaliser. Chaque pilule vaut au moins un million de dollars. » Il connaissait plein de gens très riches qui auraient allègrement donné cette somme pour rajeunir de vingt ans. Il atteignit la berge, sous la cascade, et là, il regarda le chocolat fondu couler en écumant et en bouillonnant. Il aurait souhaité que le bruit de la cascade couvre la dispute des grands-parents, mais non. Même en leur tournant le dos, il entendait la majeure partie de ce qu'ils disaient.

– C'est moi qui les ai vues la première ! hurlait grand-maman Georgina. Donc, c'est moi qui partage !

– Ah, non ! vociférait grand-maman Joséphine. Il ne te les a pas données ! Il nous les a données à tous les trois !

– Je veux ma part et personne ne m'empêchera de la prendre ! hurla grand-papa Georges. Allons, femme ! Donnez-la-moi !

Puis la voix de grand-papa Joe intervint avec sévérité au milieu de la pagaille.

– Arrêtez tout de suite, vous trois ! ordonna-t-il. Vous vous conduisez comme des sauvages !

– Mêlez-vous de vos affaires, Joe ! dit grand-maman Joséphine.

– Attention, Josie, continua grand-papa Joe. Quatre pilules, c'est trop pour une seule personne.

– C'est vrai, dit Charlie. Grand-maman, pourquoi n'en prends-tu pas une ou deux comme l'a recommandé Mr. Wonka ? Comme ça, grand-papa Joe, papa et maman en auraient quelques-unes.

– Oui ! s'écria Mr. Bucket. J'aimerais tant en prendre une !

– Oh, ce serait merveilleux d'avoir vingt ans de moins, dit Mrs. Bucket, et de ne plus avoir mal aux pieds. Maman, tu ne veux pas nous en laisser une pour chacun ?

– Non, répondit grand-maman Georgina. Ces pilules sont réservées à nous trois. Mr. Wonka l'a affirmé.

– Je veux ma part ! vociféra grand-papa Georges. Allons, Georgina ! Servez-nous !

– Hé ! Laissez-moi, espèce de brute ! s'écria grand-maman Georgina. Vous me faites mal ! Ouille !.... Très bien ! Très bien ! Je les partage si vous cessez de me tordre le bras.... C'est mieux... Voici quatre pour Joséphine... quatre pour Georges... et quatre pour moi.

– Bien, dit grand-papa Georges. Où y a-t-il un verre d'eau ?

Mr. Wonka n'avait même pas besoin de se retourner. Il savait que trois Oompa-Loompas allaient accourir avec trois verres d'eau. Les Oompa-Loompas étaient toujours prêts à aider. Il y eut une courte pause, puis :

– Ça y est ! L'eau arrive ! s'exclama grand-papa Georges.

– Je vais redevenir jeune et belle ! vociféra grand-maman Joséphine.

– Adieu, vieillesse ! brailla grand-maman Georgina. Tous ensemble, maintenant ! A la vôtre !

Ce fut le silence Mr. Wonka mourait d'envie de se retourner pour voir la scène mais il ne le fit pas. Du coin de l'œil, il apercevait un groupe d'Oompa-Loompas, immobiles, qui regardaient intensément vers le grand lit, près de l'ascenseur. Alors la voix de Charlie rompit le silence :

– Wow ! hurla-t-il. Regardez ça ! C'est fantastique ! C'est... c'est incroyable !

– Je n'en crois pas mes yeux ! cria grand-papa Joe. Ils rajeunissent ! Ils rajeunissent vraiment ! Regardez les cheveux de grand-papa Georges !

– Et ses dents ! fit Charlie. Hé, grand-papa ! Tu as de belles dents blanches, à présent !

– Maman ! cria Mrs. Bucket à grand-maman Georgina. Oh, maman, comme tu es belle ! Tu es si jeune !

Elle désigna grand-papa Georges :

– Et papa ! continua-t-elle. Regardez comme il est beau !

– Que ressentez-vous, Josie ? demanda grand-papa Joe, tout excité. Dites-nous l'effet que ça fait d'avoir à nouveau trente ans.... Attendez ! Vous avez moins de trente ans ! Vous n'avez pas plus de vingt ans, maintenant !... Si j'étais vous, je m'arrêterais ! Ça suffit ! Vingt ans, c'est assez jeune !...

Mr. Wonka secoua tristement la tête et se passa une main sur les yeux. Si vous aviez été près de lui, vous l'auriez entendu murmurer : « Oh, mon Dieu ! Mon Dieu ! Les ennuis recommencent ! »

– Maman ! s'écria Mrs. Bucket d'un ton alarmé. Pourquoi tu ne t'arrêtes pas, maman ? Tu exagères ! Tu as moins de vingt ans ! Tu n'as pas plus de quinze ans !... Tu as... tu as... Tu as dix ans... Tu rapetisses, maman !

– Josie ! hurla grand-papa Joe. Hé, Josie, non ! Vous rétrécissez ! Vous êtes une petite fille ! Arrêtez-la ! Vite !

– Ils exagèrent, tous les trois ! s'écria Charlie.

– Ils en ont trop pris ! dit Mr. Bucket.

– Maman rapetisse plus vite que les autres ! gémit Mrs. Bucket, Maman ! Tu m'entends, maman ? Tu ne peux plus t'arrêter ?

– Juste ciel ! Comme ça va vite ! dit Mr. Bucket qui semblait être le seul à s'amuser. Ils perdent vraiment une année par seconde !

– Mais il ne leur reste presque plus d'années ! soupira grand-papa Joe.

– Maman n'a pas plus de quatre ans ! s'écria Mrs. Bucket. Elle a trois ans… deux ans… un an ! Seigneur ! Qu'est-ce qui lui arrive ? Où a-t-elle disparu ? Maman ? Georgina ! Où es-tu ? Mr. Wonka ! Venez vite ! Venez, Mr. Wonka ! Il est arrivé quelque chose d'effrayant ! Quelque chose ne va pas ! Ma vieille mère a disparu !

Mr. Wonka soupira, se retourna et, tout à fait calme, se dirigea vers le lit.

– Où est ma mère ? brailla Mrs. Bucket.

– Regardez Joséphine ! criait grand-papa Joe. Mais regardez-la, je vous en prie !

Mr. Wonka regarda en premier grand-maman Joséphine.

Elle était assise au milieu du lit et balançait la tête.

– C'est un bébé pleurnichard ! fit grand-papa Joe. Ma femme est un bébé pleurnichard !

– L'autre, c'est grand-papa Georges, dit Mr. Bucket avec un sourire heureux. Celui qui est un tout petit peu plus grand et se balade à quatre pattes. C'est le père de ma femme !

– C'est vrai ! C'est mon père ! gémit Mrs. Bucket. Mais où est ma vieille mère, Georgina ? Elle a disparu ! Elle n'est nulle part, Mr. Wonka ! Absolument nulle part ! Je l'ai vue rapetisser et, à la fin, elle était si petite qu'elle s'est évanouie dans les airs ! Je veux savoir où elle est passée ! Comment faire pour la retrouver ?

– Mesdames et messieurs, dit Mr. Wonka en s'approchant et

en levant les bras pour imposer silence, je vous demande de ne pas vous formaliser. Ce n'est rien…

– Vous appelez ça rien ! s'écria la pauvre Mrs. Bucket. Alors que ma vieille mère a disparu et que mon père est un bébé braillard !

– Un adorable bébé, rectifia Mr. Wonka.

– Ça, c'est vrai ! dit Mr. Bucket.

– Et ma Josie ? cria grand-papa Joe.

– Ce qui lui est arrivé ?

– Eh bien…

– Elle va beaucoup mieux, dit Mr. Wonka. Vous n'êtes pas d'accord avec moi ?

– Oh, si ! dit grand-papa Joe. Enfin, NON ! C'est un bébé et elle hurle !

– Mais elle est en parfaite santé, dit Mr. Wonka. Puis-je vous demander combien de pilules elle a prises ?

– Quatre, dit grand-papa Joe, lugubre. Chacun en a pris quatre.

Mr. Wonka se racla la gorge et une expression de profond chagrin envahit sa figure.

– Pourquoi, mais pourquoi les gens ne sont-ils pas plus raisonnables ? fit-il avec tristesse. Pourquoi ne m'écoutent-ils pas quand je leur dis quelque chose ? J'ai expliqué très soigneusement, auparavant, que chaque pilule rajeunit celui qui la prend de vingt ans. Donc, si grand-maman Joséphine en a pris quatre, elle a rajeuni automatiquement de vingt fois quatre, ce qui fait... attendez un peu... deux fois quatre huit... J'ajoute un zéro... ça fait quatre-vingts ... donc elle a rajeuni exactement de quatre-vingts ans. Monsieur, si je peux me permettre, quel âge avait votre femme avant que ceci ne se produise ?

– Elle avait quatre-vingts ans, répondit grand-papa Joe. Elle avait quatre-vingts ans et trois mois.

– Nous y voilà ! s'écria Mr. Wonka avec un sourire heureux. Le Forti-Wonka a marché à la perfection ! Maintenant, elle a exactement trois mois ! Et c'est le bébé le plus rose et le plus dodu que j'aie jamais vu !

– Moi aussi, dit Mr. Bucket. Elle gagnerait un prix à tous les concours.

– Le premier prix, dit Mr. Wonka.

– Allons, courage grand-papa, dit Charlie en prenant la main

du vieil homme dans la sienne. Ne sois pas triste. C'est un magnifique bébé.

– Madame, fit Mr. Wonka en se tournant vers Mrs. Bucket, voulez-vous me dire quel âge avait votre père, grand-papa Georges ?

– Quatre-vingt-un ans, gémit Mrs. Bucket. Il avait juste quatre-vingt-un ans.

– Ce qui fait qu'à présent il est un grand et gros garçon d'un an, resplendissant de santé, dit joyeusement Mr. Wonka.

– Il est splendide, dit Mr. Bucket à sa femme. Tu vas être la première personne au monde à changer les couches de son père !

– Il peut les changer lui-même, ses sales couches ! dit Mrs. Bucket. Moi, je veux savoir où est passée ma mère ! Où est grand-maman Georgina ?

– Ah, ah, fît Mr. Wonka. Oh, oh oui, en effet… Où, mais où donc est passée Georgina ? Quel âge avait la dame en question ?

– Soixante-dix-huit ans, lui répondit Mr. Bucket.

– Bien sûr ! s'exclama Mr. Wonka en riant. Ça explique tout !

– Ça explique quoi ? glapit Mrs. Bucket.

– Chère madame, dit Mr. Wonka, si elle n'avait que soixante-dix-huit ans et qu'elle a pris assez de Forti-Wonka pour rajeunir de quatre-vingts ans, il est naturel qu'elle ait disparu. Elle a eu les yeux plus gros que le ventre. Elle s'est enlevé plus d'années qu'elle n'en avait.

– Expliquez-vous, dit Mrs. Bucket.

– Simple question d'arithmétique, dit Mr. Wonka. Enlevez quatre-vingts de soixante-dix-huit, que reste-t-il ?

– Moins deux, répondit Charlie.

– Hourra ! lança Mr. Bucket. Ma belle-mère est âgée de moins deux ans !

– Impossible ! dit Mrs. Bucket.

– Mais pourtant vrai, dit Mr. Bucket.

– Et puis-je savoir où elle est, maintenant ? demanda Mrs. Bucket.

– Bonne question, dit Mr. Wonka. Très bonne question, oui vraiment. Où est-elle maintenant ?

– Vous n'en avez pas la moindre idée, n'est-ce pas ?

– Bien sûr que si, dit Mr. Wonka. Je sais exactement où elle est.

– Alors, dites-moi !

– Essayez de comprendre que, si elle est âgée de moins deux ans, elle doit avoir deux ans de plus avant de pouvoir repartir à zéro. Il lui faut attendre.

– Où attend-elle ?

– Dans la salle d'attente, évidemment, répondit Mr. Wonka.

BOUM BOUM ! firent les tambours de l'orchestre des Oompa-Loompas. BOUM BOUM ! BOUM BOUM ! Et les centaines d'Oompa-Loompas, qui se trouvaient dans la salle au chocolat, se mirent à se balancer, à sauter et à danser en cadence.

– Attention, attention ! chantèrent-ils.

Attention, attention ! Attention, attention !
Retenez votre respiration !
Ouvrez l'œil et le bon !
Toute votre vie en dépend.
Oh, oh, dites-vous, ça ne me concerne pas.
Ah, ah ! Et pourquoi pas ?

Laissez-moi vous raconter
L'histoire de Rose Dragée.
Le jour de ses sept ans,
Elle va chez sa grand-maman
Le lendemain, au déjeuner,
Sa grand-mère dit : « Je m'en vais !

Ma petite Rosette,
Je pars faire des emplettes ! »
Savez-vous pourquoi elle n'ajoute pas :
« Ma chérie, viens avec moi » ?
Elle s'en va au bistrot du coin
Picoler avec les copains !

La porte fermée, grand-maman partie,
Vite, Rose Dragée vérifie
Qu'elle est bien seule au logis.
Elle court vers l'armoire à pharmacie,
Et, là, ses petits yeux gloutons
Voient des dragées et des bonbons,
Des petits, des gros, de toutes les couleurs,
Des roses, des bruns, des bleus, des verts !
« Très bien, dit-elle, essayons les bruns ! »
Et hop ! elle en avale un.
« Youm, youm ! crie-t-elle. Youpi ! Hourra !
Ils sont enrobés de chocolat ! »
Elle en prend cinq, elle en prend six,
Puis dix par dix,
Jusqu'au dernier !
Quand elle saute de son tabouret,
La voilà prise de hoquet !
Sa tête se met à tourner !

La petite Rose ignorait
(Qui le lui aurait raconté ?)
Que sa vieille mémé
Était affreusement constipée,
Et que, chaque nuit, elle prenait
Un médicament approprié,
Toutes ces dragées, tous ces bonbons,

Soignaient la constipation.
Les roses, les rouges, les bleus, les verts
Avaient un effet du tonnerre !
Mais le plus actif
De ces laxatifs
Était la pilule au chocolat !
Elle ébranlait grand-maman
Au point qu'elle n'osait pas
En prendre plus de deux fois l'an.
Aussi, ne vous étonnez pas
Si Rose était dans un drôle d'état !

Ça s'agite,
Ça gronde, ça palpite,
Et puis, tout d'un coup,
Ça gargouille comme dans un égout !
On entend des bruits stridents,
Des sifflements !
Un voisin s'écrie affolé :
« Un orage va éclater ! »
Les vitres tremblent.
Les murs branlent.
Rose se prend le ventre à deux mains
En hurlant : « Je suis mal en point ! »
Ce qui est, il faut l'avouer,
Pas tellement exagéré,
N'importe qui, dans ce cas-là,
Aurait bien mal à l'estomac !
Après avoir bu son whisky,
Grand-maman rentre au logis.
Elle aperçoit sans délai
L'armoire à pharmacie dévalisée
« Mes laxatifs ! » s'écrie grand-maman.

« Je suis malade ! » réplique l'enfant
Et la grand-mère, grommelant :
« Ça, ce n'est pas étonnant !
Pourquoi as-tu pris mes médicaments ? »
Téléphone d'urgence
Pour demander une ambulance
« Ma petite-fille s'est empoisonnée !
Venez vite la chercher,
Sinon, elle va exploser ! »

Je ne donnerai pas de détails
Sur l'épopée de l'hôpital.
Rose y fut horriblement torturée,
Sondée, lavée, piquée.
Sans doute voulez-vous savoir
La fin de cette histoire ?
Les médecins, à son chevet,
Disent : « Elle va bientôt claquer !
Elle meurt, elle meurt, ça y est !
Elle est condamnée ! condamnée ! »
« Pas sûr ! » réplique l'enfant.
Elle ouvre ses yeux bleus tout grand
Pousse un soupir de soulagement,
Cligne de l'œil aux médecins anxieux
Et ajoute : « Je vais beaucoup mieux ! »
Rose Dragée survécut et revint
Chez sa grand-mère, dans le Kent.
Son père vint bientôt en avion
La ramener à la maison.
Mais les ennuis de Rose Dragée
Ne faisaient que commencer !
Si l'on prend en quantité
Quelque produit dangereux,

On en gardera, c'est forcé,
Quelque souvenir affreux.
Hélas, c'était la triste chose
Qui attendait la pauvre Rose !
Elle avait pris une dose massive
De ces pilules laxatives.
Son sang, ses os furent sens dessus dessous !
Ses chromosomes devinrent fous !
Elle fut constamment perturbée,
Et ne put jamais, non jamais,
Vraiment se soigner !
Elle dut passer, la gamine,
Sept heures de toutes ses journées
Dans la mélancolie sans fin
Des latrines,
Autrement dit, des petits coins !
L'endroit est plutôt morose.
Aussi, avant qu'il ne soit trop tard,
Pensez au triste sort de Rose.
Et, toute plaisanterie mise à part,
Faites le solennel serment
De ne pas prendre de médicaments
Pour des bonbons succulents.

16
Le Wonki-Forta et la Terre des Moins

– Charlie, c'est à toi de décider, mon garçon, dit Mr. Wonka. C'est ton usine. Laissons-nous grand-maman Georgina attendre deux ans ou essayons-nous de la faire revenir maintenant ?

– Vous pouvez vraiment la faire revenir ? s'écria Charlie.

– On ne risque rien d'essayer... si c'est ce que tu veux.

– Oh, oui ! Bien sûr que je veux ! Surtout pour maman ! Vous voyez comme elle est triste ?

Mrs. Bucket était assise sur le bord du grand lit, et elle se tamponnait les yeux avec un mouchoir.

– Ma pauvre vieille maman, disait-elle. Elle est âgée de moins deux ans ! Je ne la verrai plus pendant des mois et des mois... je ne la reverrai peut-être plus jamais !

Derrière elle, grand-papa Joe, aidé d'un Oompa-Loompa, donnait le biberon à son épouse de trois mois, Joséphine. A leur côté, Mr. Bucket enfournait une cuillerée de bouillie Wonka dans la bouche de grand-papa Georges, et surtout sur son menton et sa poitrine.

– Flûte ! marmonnait-il furieux. Saleté de machin ! On m'a

dit que j'allais passer du bon temps à la chocolaterie et je me retrouve servant de maman à mon beau-papa !

– Tout marche bien, Charlie, dit Mr. Wonka qui surveillait la scène. Ils se débrouillent à merveille. On n'a plus besoin de nous. Viens avec moi. Nous partons chercher grand-maman !

Il prit Charlie par le bras et se dirigea en dansant jusqu'à la porte ouverte du grand ascenseur de verre.

– Dépêche-toi, mon cher enfant, dépêche-toi, cria-t-il. Nous devons nous presser si nous voulons arriver avant !

– Avant quoi, Mr. Wonka ?

– Avant qu'on ne fasse la soustraction ! Tous les Moins résultent de soustractions. Tu ne connais pas l'arithmétique ?

Maintenant, ils se trouvaient dans l'ascenseur. Mr. Wonka chercha parmi les centaines de boutons celui qu'il fallait.

« Voilà ! » dit-il en posant délicatement son doigt sur un minuscule bouton en ivoire sur lequel était écrit : « Terre des Moins ».

Les portes se refermèrent en glissant Et puis, avec des ronflements et des sifflements effrayants, la grande machine sauta sur la droite. Charlie saisit la jambe de Mr. Wonka et la serra de toutes ses forces. Mr. Wonka tira un strapontin du mur et dit :

– Assieds-toi vite, Charlie, et attache-toi ! Le voyage va être rude et agité !

Il y avait des courroies de chaque côté du siège et Charlie s'attacha solidement. Mr. Wonka tira un second siège et fit de même.

– Nous allons descendre très loin, dit-il. Oh, oui. très loin.

L'ascenseur gagnait de la vitesse. Il tanguait et faisait des embardées. Il se déporta brusquement sur la gauche, puis sur la droite, puis encore à gauche tout en descendant.

– Tout ce que je souhaite, dit Mr. Wonka, c'est que les Oompa-Loompas n'utilisent pas l'autre ascenseur, aujourd'hui.

– Quel autre ascenseur ? demanda Charlie,

– Celui qui va dans l'autre sens, sur la même voie.

– Sacrés serpents, Mr. Wonka ! Il pourrait nous rentrer dedans ?

– Jusqu'ici, j'ai eu de la chance, mon garçon... Hé ! Regarde au-dehors ! Vite !

A travers la vitre, Charlie aperçut la paroi rocheuse, brune et escarpée de ce qui lui sembla être une énorme carrière et, sur cette paroi, il y avait des centaines d'Oompa-Loompas qui travaillaient avec des pics et des foreuses mécaniques.

– Un rocher candi, dit Mr. Wonka. C'est la mine la plus riche de rochers candis du monde.

L'ascenseur filait.

– Nous nous enfonçons, Charlie. Nous nous enfonçons encore. Nous sommes déjà à environ deux cent mille pieds sous terre.

D'étranges spectacles apparaissaient à l'extérieur, mais l'ascenseur allait à une allure si effrayante que Charlie pouvait à peine les apercevoir. Une fois, il pensa voir au loin un groupe de maisons minuscules qui avaient la forme de tasses renversées, et, entre ces maisons, dans les rues, marchaient des Oompa-Loompas. Une autre fois, alors qu'ils passaient devant une sorte de vaste plaine rouge avec, semblait-il, des derricks de pétrole, il vit jaillir de terre un grand jet d'un liquide marron.

– Un gisement chocolatifère ! s'écria Mr. Wonka en battant des mains. Un colossal, un énorme gisement ! C'est splendide ! Juste au moment où nous en avions besoin !

– Un gisement chocoliquoi ? demanda Charlie.

– Un gisement de chocolat, mon garçon ! Encore un champ chocolatifère ! Oh, quel magnifique jet ! Regarde-moi ça !

Tandis qu'ils continuaient à descendre, des centaines de visions stupéfiantes (et ce n'est pas exagéré !) surgissaient à l'extérieur. Il y avait des roues dentées géantes qui tournaient,

des mixers qui mixaient, des bouillons qui bouillonnaient, des vastes vergers d'arbres à pommes au caramel, des lacs de la taille de terrains de football remplis de liquides bleus, verts et dorés, et, partout, des Oompa-Loompas.

– Tu réalises, dit Mr. Wonka, que ce que tu as vu auparavant quand tu as visité l'usine avec ces vilains petits enfants n'était qu'un minuscule coin de la chocolaterie. Elle descend sous terre sur des miles et des miles. Et dès que possible, nous en ferons le tour en prenant bien notre temps. Mais ça prendra trois semaines. Maintenant, il faut nous occuper d'autres choses. J'ai des nouvelles importantes à t'apprendre. Écoute-moi, Charlie. Je parle vite car nous arrivons dans deux minutes. Je suppose que tu as deviné ce qui est arrivé à ces Oompa-Loompas dans la salle des vérifications, lorsque j'ai essayé le Forti-Wonka. Bien sûr, tu as deviné. Ils ont disparu et sont devenus des Moins, comme ta grand-maman Georgina. La formule était beaucoup trop forte. L'un d'entre eux est même devenu un Moins quatre-vingt-sept ans. Tu imagines !

– Ça veut dire qu'il devra attendre quatre-vingt-sept ans avant de pouvoir revenir ? demanda Charlie.

– Voilà le hic, mon garçon. Après tout, on ne peut pas accepter que ses meilleurs amis attendent quatre-vingt-sept ans comme de misérables Moins.

– Et qu'ils soient soustraits, dit Charlie. Ce serait terrifiant.

– Bien sûr, Charlie. Aussi, qu'ai-je fait ? Willy Wonka, me suis-je dit, si tu peux inventer du Forti-Wonka pour rajeunir les gens, tu peux sûrement. Dieu merci, inventer autre chose pour les vieillir.

– Ah ! s'écria Charlie, Je vois où vous voulez en venir. Alors, vous changeriez les Moins en Plus et vous les ramèneriez à la chocolaterie !

– Précisément, mon cher enfant, précisément, en supposant toujours, évidemment, que je puisse découvrir où sont allés les Moins !

L'ascenseur plongeait, piquait vers le centre de la Terre. Maintenant, au-dehors, tout était noir. On ne voyait plus rien.

– Une fois de plus, continua Mr. Wonka, je retroussai mes manches et me mis à l'ouvrage. Une fois de plus, je me raclai la cervelle, en quête d'une nouvelle formule. Je devais créer de l'âge... vieillir les gens... les rendre vieux, plus vieux, de plus en plus vieux... « Ah, ah ! m'écriai-je, car les idées commençaient à venir, quelle est la plus vieille chose au monde ? Qu'est-ce qui vit plus longtemps que tout le reste ? »

– Un arbre, dit Charlie.

– Exact, Charlie ! Mais quelle sorte d'arbre ? Ni le sapin Douglas, ni le chêne, ni le cèdre. Non, non, mon garçon. C'est un arbre qui s'appelle le pin bristlecone, qui pousse sur les côtes du Wheeler Peak, dans le Nevada, aux U.S.A. On en trouve qui ont plus de quatre mille ans ! C'est un fait, Charlie. Demande à n'importe quel arborichronologue (et fais-moi le plaisir de vérifier ce mot dans le dictionnaire, quand tu reviendras à la maison). Donc, cela me fit démarrer. Je bondis dans le grand ascenseur de verre et filai de par le monde pour recueillir des spécimens des plus vieilles choses vivantes.

UNE PINTE DE SÈVE D'UN PIN BRISTLECONE DE 4 000 ANS
DES ROGNURES D'ONGLES DE PIEDS D'UN FERMIER RUSSE DE 168 ANS NOMMÉ PETROVITCH GREGOROVITCH
UN ŒUF PONDU PAR UNE TORTUE DE 200 ANS APPARTENANT AU ROI DU TONGA
LA QUEUE D'UN CHEVAL D'ARABIE DE 51 ANS
LES MOUSTACHES D'UN CHAT DE 36 ANS NOMMÉ MABOUL
LA VIEILLE MOUCHE QUI A VÉCU PENDANT 36 ANS SUR MABOUL

LA QUEUE D'UN RAT GÉANT DU TIBET DE 207 ANS
LES CHICOTS D'UN MISTIGRI DE 97 ANS VIVANT DANS UNE GROTTE SUR LE MONT POPOCATEPETL
LES ARTICULATIONS D'UN CATTALOU DU PÉROU DE 700 ANS

J'ai dépisté de très très vieux animaux dans le monde entier. Charlie, et j'ai pris à chacun un important petit bout de quelque chose qui leur appartenait, un poil, un sourcil ou quelquefois même seulement une once ou deux de la confiture raclée entre ses orteils, pendant son sommeil. J'ai dépisté LE COCHON À SIFFLET, LE BOBOLINK, LE SKROCK, LE POLLYFROG, LE CURLICUE GÉANT, LE LINGOT PIQUANT, ET LE SQUERKLË VENIMEUX qui peut t'envoyer son venin dans l'œil à cinquante yards. Mais ce n'est pas le moment d'en parler, Charlie. J'ajoute qu'à la fin, après avoir fait mes ébullitions, mes bouillons, mes mélanges et mes tests dans la salle des inventions, j'ai fabriqué une toute petite cuillerée d'un liquide noir et visqueux et j'en ai donné quatre gouttes à un brave volontaire Oompa-Loompa de vingt ans, pour voir ce qui allait se passer.

– Que s'est-il passé ? demanda Charlie.

– Ce fut fantastique ! s'écria Mr. Wonka. Au moment où il l'avala, il se mit à se rider et à se ratatiner de partout. Ses cheveux commencèrent à se clairsemer, ses dents à tomber et, en un clin d'œil, il était devenu soudain un vieux de soixante-cinq ans. Et c'est ainsi, mon cher Charlie, que fut inventé le Wonki-Forta !

– Avez-vous sauvé tous les Oompa-Loompas Moins, Mr. Wonka ?

– Tous, mon garçon ! Cent trente et un en tout ! Attention, ce ne fut pas si facile que ça, ce fut compliqué et il y eut des tas de pépins… Mon Dieu ! Nous sommes presque arrivés ! J'arrête de parler, il faut que je voie où nous allons.

Charlie réalisa que l'ascenseur avait ralenti et faisait moins de bruit. On aurait dit qu'il flottait.

– Défais tes courroies, dit Mr. Wonka. Il faut se préparer à l'action.

Charlie défit ses courroies et regarda au-dehors. C'était un spectacle à vous donner le frisson. Mr. Wonka et lui flottaient dans une lourde brume grise qui tourbillonnait et sifflait autour d'eux comme si elle était ballottée par les vents. Au loin, plus sombre, presque noire, elle semblait tournoyer avec plus de violence. Mr. Wonka fit coulisser les portes qui s'ouvrirent.

– Reste en arrière, dit-il. Ne tombe pas, quoi qu'il arrive, Charlie !

La brume pénétra dans l'ascenseur. Elle avait une odeur âcre de renfermé, comme dans un vieux donjon souterrain. Le silence était écrasant. Il n'y avait pas le moindre son, ni le chuchotement du vent, ni la voix de quelque créature, ni le bruit d'un insecte. Au milieu de ce néant gris et inhumain, Charlie avait une impression étrange et effrayante, comme s'il se trouvait dans un autre monde où l'homme ne devait jamais pénétrer.

– La Terre des Moins ! chuchota Mr. Wonka. Nous y sommes, Charlie ! Maintenant, le problème, c'est de la trouver. Peut-être aurons-nous de la chance… et peut-être pas !

17
Sauvetage sur la Terre des Moins

– Je n'aime pas du tout cet endroit, murmura Charlie. Il me donne le frisson.

– A moi aussi, lui répliqua Mr. Wonka, Mais nous avons une tâche à accomplir, Charlie, et nous devons la mener à bien.

Maintenant, la brume se condensait sur les parois de verre de l'ascenseur. Il était difficile de voir au-dehors, sauf à travers les portes ouvertes.

– Est-ce que d'autres créatures vivent ici, Mr. Wonka ?

– Des tas de Gnoulis.

– Sont-ils dangereux ?

– Oui, s'ils te mordent. Si tu es mordu par un Gnouli, tu es cuit, mon garçon.

L'ascenseur continuait à flotter, en se balançant doucement d'un côté, de l'autre. L'épais brouillard gris sombre les enveloppait de ses spirales.

– A quoi ressemblent les Gnoulis, Mr, Wonka ?

– Ils ne ressemblent à rien, Charlie. Ils sont indescriptibles.

– Vous n'en avez donc jamais vus ?

– On ne peut pas voir les Gnoulis, mon garçon. On ne peut

même pas les sentir… jusqu'à ce que toi, tu sentes leur piqûre… Alors, il est trop tard. Ils t'ont eu.

– Ça veut dire que… il y en a peut-être plein autour de nous, en ce moment ?

– Peut-être, répondit Mr. Wonka.

Charlie en avait la chair de poule.

– Est-ce qu'on meurt tout de suite ?

– D'abord, on te soustrait… un peu plus tard, on te divise, mais très lentement… cela prend très longtemps… c'est une très longue et très douloureuse division. Ensuite, tu deviens comme eux.

– On ne peut pas fermer la porte ? demanda Charlie.

– Hélas, non, mon garçon. On ne verrait pas ta grand-mère à travers la vitre. Il y a trop d'humidité, trop de brouillard. De toute façon, ce ne sera pas facile de la retrouver.

Charlie se tenait devant la porte ouverte de l'ascenseur et scrutait les vapeurs tourbillonnantes. Voilà à quoi doit ressembler l'enfer, songeait-il, un enfer glacial, avec quelque chose de maléfique, d'incroyablement diabolique. Tout était si horriblement calme, si vide, si désolé… En même temps, le balancement et le tournoiement perpétuels des vapeurs brumeuses donnaient le sentiment de quelque force mauvaise, très maligne, très puissante. Charlie sentit quelque chose lui piquer le bras. Il bondit et faillit presque tomber hors de l'ascenseur.

– Excuse-moi, dit Mr. Wonka. Ce n'est que moi.

– Oooh… haletait Charlie. Un moment, j'ai cru que…

– Je sais ce que tu as cru, mon garçon… et d'ailleurs, je suis drôlement content de t'avoir avec moi. Aimerais-tu venir ici seul comme je l'ai fait… comme j'ai dû le faire plusieurs fois ?

– Oh, non ! répondit Charlie.

– La voilà ! dit Mr. Wonka en désignant un point. Non, ce n'est pas elle !… Oh, mon Dieu ! Un moment, j'aurais juré l'avoir vue là-bas, sur le bord de cette tache sombre. Observe bien, Charlie.

– Là ! dit Charlie. Là-bas ! Regardez !

– Où ? fit Mr. Wonka. Montre-moi, Charlie.

– Elle est… elle est repartie. On dirait qu'elle s'est évanouie, dit Charlie.

Ils scrutaient toujours les volutes grises, devant la porte de l'ascenseur.

– Là ! Vite ! Là-bas ! cria Charlie. Vous la voyez ?

– Oui, Charlie ! Je la vois ! Je me rapproche.

Mr. Wonka vint vers lui, et se mit à toucher quelques boutons.

– Grand-maman ! appela Charlie. Nous sommes venus te chercher, grand-maman !

Ils la voyaient faiblement à travers la brume, très très faiblement. Et à travers elle, ils voyaient aussi la brume. Elle était transparente. Elle n'existait presque plus. Ce n'était plus qu'une ombre. Ils apercevaient son visage et les contours indistincts de son corps enveloppé dans une sorte de robe. Elle n'était pas debout, mais flottait à l'horizontale dans les vapeurs tourbillonnantes.

– Pourquoi est-elle allongée ? chuchota Charlie.

– Parce que c'est une Moins, Charlie. Tu sais sûrement à quoi ressemble un signe moins… A ça…

Mr. Wonka dessina dans l'air une ligne horizontale. L'ascenseur avançait en glissant. L'ombre fantomatique de la figure de grand-maman Georgina n'était plus qu'à un yard. Charlie étendit la main à travers la porte pour la toucher, mais il n'y avait rien à toucher. Sa main lui traversa la peau.

– Grand-maman ! fit-il, affolé.

Elle s'éloigna en flottant.

– Reste en arrière ! ordonna Mr. Wonka.

Et soudain, de quelque mystérieux endroit de son habit à queue, il fit surgir une pompe à vaporiser. C'était un objet dans le genre de ces vieux tue-mouches, que les gens utilisaient autrefois, avant l'invention des aérosols. Il le pointa droit sur grand-maman Georgina et appuya sur la pompe… UNE FOIS.

DEUX FOIS. TROIS FOIS ! A chaque fois jaillit un fin jet noir. Grand-maman Georgina disparut instantanément.

– J'ai fait mouche ! s'écria Mr. Wonka en gambadant de joie. Sans même recharger ! J'ai fait d'elle une Plus ! Vite fait, bien fait ! Le Wonki-Forta, c'est ça !

– Où a-t-elle disparu ? demanda Charlie.

– Là d'où elle venait, bien sûr ! A la chocolaterie ! Elle n'est plus une Moins, mon garçon ! C'est une Plus à cent pour cent pur sang ! Allons, viens ! Sortons vite d'ici avant que tes Gnoulis ne nous trouvent !

Mr. Wonka appuya sur un bouton. Les portes se fermèrent, et le grand ascenseur de verre monta d'un bond.

– Assieds-toi et attache-toi, Charlie ! dit Mr. Wonka. Et cette fois, bombons vers la chocolaterie !

L'ascenseur rugit et s'éleva en direction de la surface de la Terre. Mr. Wonka et Charlie, assis côté à côte sur leurs petits strapontins, s'attachèrent solidement. Mr. Wonka remit la pompe à vaporiser dans l'énorme poche nichéè quelque part dans son habit à queue.

– Quel dommage qu'on doive utiliser une vieille chose bête comme celle-ci, dit-il. Pourtant, c'est la seule façon d'agir. L'idéal, bien sûr, ce serait de mesurer exactement le bon nombre de gouttes dans une cuillère à café et de l'introduire soigneusement dans la bouche. Mais c'est impossible de donner quoi que ce soit à manger à un Moins. C'est comme essayer de nourrir sa propre ombre. Voilà pourquoi je dois utiliser cette pompe à vaporiser. Il faut asperger partout, mon garçon ! C'est le seul moyen !

– Ça a bien marché, malgré tout, n'est-ce pas ? dit Charlie.

– Oh, ça a très bien marché, Charlie ! Ça a magnifiquement marché. Mais obligatoirement, il y a eu trop de produit.

– Je ne comprends pas, Mr. Wonka.

– Mon cher enfant, il faut seulement quatre gouttes de Wonki-Forta pour changer un jeune Oompa-Loompa en vieillard…

Mr. Wonka leva les mains puis les laissa mollement retomber sur ses genoux.

– Alors, grand-maman en a trop reçu ? demanda Charlie qui avait légèrement pâli.

– Je crains que ce ne soit un euphémisme, dit Mr. Wonka.

– Pourquoi lui en avez-vous donné autant ? dit Charlie, de plus en plus inquiet. Pourquoi l'avez-vous aspergée trois fois ? Elle doit en avoir reçu des pintes et des pintes.

– Des gallons ! s'écria Mr. Wonka en se tapant sur les cuisses. Des gallons et des gallons ! Mais ne te tracasse pas pour ce détail, mon petit Charlie. L'important, c'est de l'avoir ramenée ! Elle n'est plus une Moins. C'est une adorable Plus !

Pour être Plus, qu'est-ce qu'elle est Plus !
Elle est plus Plus que vous plus moi
Mais quel âge a donc cette Plus ?
Quel âge a-t-elle, maintenant ?
A-t-elle plus de cent trois ans ?

18
La plus vieille personne du monde

– Nous allons faire une entrée triomphale, Charlie ! cria Mr. Wonka tandis que le grand ascenseur de verre commençait à ralentir. Une fois de plus, ta chère famille va se trouver réunie !

L'ascenseur s'arrêta. Les portes s'ouvrirent doucement. Et, devant eux, se trouvait la salle au chocolat avec la rivière de chocolat et, au milieu, le grand lit des trois vieux grands-parents.

– Charlie ! dit grand-papa Joe en s'élançant vers eux. Dieu merci, tu es revenu !

Charlie l'embrassa. Puis il embrassa sa mère et son père.

– Est ce que grand-maman Georgina est là ? demanda-t-il.

Personne ne répondit. Seul, grand-papa Joe désigna le lit, mais sans oser le regarder. D'ailleurs, personne ne regardait le lit, sauf Charlie. Il s'approcha pour mieux voir, et aperçut à un bout les deux bébés, grand-maman Joséphine et grand-papa Georges qui donnaient paisiblement, blottis à l'intérieur. Et à l'autre bout…

– N'aie pas peur, dit Mr. Wonka en accourant et en posant une main sur le bras de Charlie.

C'était obligé qu'elle devienne une sur-Plus. Je t'avais averti.

– Qu'avez-vous fait d'elle ? s'écria Mrs Bucket Ma pauvre vieille mère !

Appuyée contre les coussins, à l'autre bout du lit, se trouvait la chose la plus extraordinaire que Charlie avait Jamais vue. Était-ce un vieux fossile ? Impossible, car cela bougeait légèrement. Et cela émettait des sons ! Des coassements, le genre de sons qu'émettrait une très vieille grenouille si elle savait quelques mots.

– Eh bien, eh bien…coassa la chose, mais c'est ce petit Charlie !

– Grand-maman ! s'exclama Charlie. Grand-maman Georgina ! Oh…Oh…Oh !

La minuscule figure de grand-maman ressemblait à un pruneau séché. Il y avait tellement de plis et de rides qu'on ne lui voyait presque plus la bouche, les yeux ni même le nez. Ses cheveux étaient tout blancs, et ses mains, posées sur la couverture, n'étaient plus que des bouts de peau chiffonnés.

La présence de cette ancienne semblait avoir terrifié non seulement Mr. et Mrs. Bucket mais encore grand-papa Joe qui se tenait à l'arrière, loin du lit, Mr. Wonka, quant a lui, gardait sa bonne humeur.

– Chère madame ! s'écria-t-il en s'avançant au bord du lit et en prenant l'une des petites mains ridées entre les siennes. Bienvenue chez nous ! Comment allez-vous par cet éclatant jour de gloire ?

– Pas trop mal, coassa grand-maman Georgina. Pas mal du tout...étant donné mon âge.

– Parfait ! dit Mr Wonka. Brave fille ! Maintenant, il ne nous reste plus qu'à trouver votre âge exact. Alors, nous pourrons passer à l'action suivante !

– Vous ne passerez pas à l'action suivante, dit Mrs. Bucket. Vous avez déjà fait suffisamment de dégâts comme ça !

– Voyons, chère vieille niguedouille embrouille, fit Mr. Wonka en se tournant vers Mrs. Bucket. Quelle importance si notre vieille amie est devenue un brin trop âgée ? Nous pouvons rétablir ça en un instant ! Avez-vous oublié le Forti-Wonka ? Avez-vous oublié que chaque comprimé vous rajeunit de vingt ans ? Nous allons nous occuper d'elle. En un clin d'œil, nous allons la transformer en une rougissante jeune fille en fleur !

– A quoi bon puisque son mari porte encore des couches-culottes ? gémit Mrs. Bucket en montrant du doigt grand-papa Georges qui dormait paisiblement.

– Madame, dit Mr. Wonka, une seule chose à la fois...

– Je vous interdis de lui donner cette saleté de Forti-Wonka, dit Mrs. Bucket. Vous allez encore la changer en Moins, aussi sûr que je me trouve ici !

– Je ne veux pas être une Moins ! coassa grand-maman Georgina. Si je dois encore retourner sur cette affreuse Terre des Moins, les Gnoulis me gnouleront !

– Ne craignez rien dit Mr. Wonka, Cette fois-ci, c'est moi qui dirigerai les opérations. Je veillerai personnellement à ce que vous preniez la bonne dose. Écoutez-moi attentivement. Je ne peux pas savoir combien de pilules je dois vous donner sans connaître votre âge. Évident, n'est-ce pas ?

– Pas évident du tout, dit Mrs. Bucket. Pourquoi ne pas lui donner une pilule à la fois, pour plus de sûreté ?

– Impossible, madame. Dans des cas très sérieux comme celui-ci, le Forti-Wonka ne marche pas du tout s'il est donné à petites doses. On doit tout prendre en une seule fois. Il faut attaquer ferme. Une seule pilule ne la changerait absolument pas. Elle est à un stade trop avancé. C'est tout ou rien.

– Non, fit Mrs. Bucket d'un ton décidé.

– Si, fit Mr. Wonka. Chère madame, je vous en prie, écoutez-moi. Si vous avez un très sérieux mal de crâne, et qu'il vous faut trois aspirines pour le soulager, cela ne servira à rien de n'en prendre qu'une à la fois et d'attendre quatre heures pour prendre la suivante. Vous ne vous soignerez jamais de cette façon. Il vous faut toutes les avaler d'une seule traite. Même chose avec le Forti-Wonka. Puis-je commencer ?

– Oh, d'accord, comme vous voudrez, dit Mrs. Bucket.

– Bien, dit Mr. Wonka en faisant un petit bond et en décrivant des moulinets aériens avec les pieds. Maintenant, quel âge avez-vous, chère grand-maman Georgina ?

– Je ne sais pas, coassa-t-elle, j'ai perdu le compte de toutes ces années.

– N'avez-vous aucune idée ? demanda Mr. Wonka.

– Bien sûr que non, fit la vieille femme d'une voix inarticulée. Si vous étiez aussi vieux que moi, vous en seriez au même point.

– Réfléchissez ! dit Mr. Wonka. Il faut que vous réfléchissiez !

La minuscule figure de pruneau ridé se ratatina plus que jamais. Les autres attendaient. Les Oompa-Loompas, captivés par le spectacle de cette antiquité, s'approchèrent du lit. Les deux bébés dormaient toujours.

– Avez vous cent ans ? dit Mr. Wonka. Ou cent dix ans ? Ou cent vingt ans ?

– C'est inutile, coassa-t-elle. Je n'ai jamais été douée pour les chiffres.

– Catastrophe ! S'écria Mr. Wonka. Si vous ne pouvez pas dire votre âge, je ne pourrai pas vous aider ! Je n'ose pas prendre le risque de vous donner trop de produit !

La désolation s'empara de tous, y compris, pour une fois, de Mr. Wonka lui-même.

– Vous avez fait du propre ! dit Mrs. Bucket.

– Grand-maman, dit Charlie en s'approchant du lit, écoute-moi, grand-maman. Ne te tracasse pas pour savoir ton âge exact. Essaie plutôt de penser à un événement...à quelque chose qui t'est arrivé...que tu aimais...un souvenir, un souvenir aussi vieux que possible...ça peut nous aider...

– Des tas de choses me sont arrivées, Charlie...tant de choses, tant de choses me sont arrivées...

– Mais tu ne te rappelles pas l'une d'elles, grand-maman ?

– Oh, je ne sais pas, mon petit...sans doute je pourrais me rappeler une ou deux choses si je me concentrais...

– Bien, grand-maman, bien ! dit Charlie avec fébrilité. Quel est ton plus vieux souvenir ?

– Oh, mon cher enfant, ça nous ramènerait à quelques années en arrière, n'est-ce pas ?

– Quand tu étais petite, grand-maman, comme moi, tu ne te rappelles pas quelque chose que tu as fait quand tu étais petite ?

Les minuscules yeux noirs et enfoncés brillèrent faiblement, et une espèce de sourire anima les coins de la petite fente presque invisible de la bouche.

– Il y avait un bateau, dit-elle, je me souviens d'un bateau. Je ne l'oublierai jamais...

– Vas-y, grand-maman ! Quelle sorte de bateau ? Tu étais dessus ?

– Bien sûr, mon petit...nous avons tous navigué sur ce bateau...

– D'où êtes-vous partis ? Où alliez-vous ? continuait Charlie, tout excité.

– Oh, non, je ne pourrai pas te le dire...Je n'étais qu'une toute petite fille...

Elle se recoucha sur le coussin et ferma les yeux. Charlie l'observait, attendant la suite. Tout le monde attendait sans bouger.

– Il avait un joli nom. ce bateau... un joli nom... un si joli nom... et bien sûr, je n'arrive pas à le retrouver...

Charlie, assis au bord du lit, sursauta. Son visage était illuminé de joie.

– Si je dis le nom, grand-maman, tu le reconnaîtras ?

– Peut-être, Charlie... oui... peut-être oui...

– Le *MAYFLOWER* ! cria Charlie.

La tête de la vieille femme se souleva brusquement du coussin.

– C'est ça ! coassa-t-elle. Tu as trouvé, Charlie ! Le *Mayflower*... un si joli nom...

– Grand-papa ! fit Charlie en dansant de joie. En quelle année le *Mayflower* est-il parti pour l'Amérique ?

– Le *Mayflower* est parti du port de Plymouth le 6 septembre 1620, répondit grand-papa Joe.

– Plymouth... coassa la vieille femme. Ça me dit quelque chose. Oui, ça peut très bien être Plymouth...

– 1620 ! cria Charlie. Oh, mon Dieu ! Ça veut dire que tu as... Fais le compte, grand-papa !

– Eh bien, dit grand-papa Joe, enlevons 1620 de 1972... ça fait... ne me bouscule pas, Charlie... ça fait trois 352.

– Lapins pimpants ! hurla Mrs. Bucket. Elle a trois cent cinquante-deux ans !

– Elle en a plus, dit Charlie. Quel âge as-tu dit que tu avais, grand-maman, quand tu étais sur le *Mayflower* ? Huit ans ?

– Je crois que je n'étais qu'une toute petite fille… Je n'avais sans doute pas plus de six ans…

– Alors, elle a trois cent cinquante-huit ans ! fit Charlie, le souffle coupé.

– Le Wonki-Forta, c'est ça ! intervint fièrement Mr. Wonka. Je vous avais dit que c'était un truc très puissant.

– Trois cent cinquante-huit ans ! dit Mr. Bucket. Incroyable !

– Imagine tout ce qu'elle a vu dans sa vie ! dit grand-papa Joe.

– Ma pauvre vieille mère ! gémit Mrs. Bucket. Qu'est-ce que…

– Patience, chère madame, dit Mr. Wonka, Nous arrivons au moment le plus intéressant. Apportez-moi le Forti-Wonka !

Un Oompa-Loompa accourut avec un gros flacon et le donna à Mr. Wonka qui le posa sur le lit.

– Quel âge veut-elle avoir ? demanda-t-il.

– Soixante-dix-huit ans, affirma Mrs. Bucket. Exactement l'âge qu'elle avait avant toutes ces imbécillités !

– Sans doute préférerait-elle être un peu plus jeune ? dit Mr. Wonka.

– Certainement pas ! dit Mrs. Bucket. C'est trop risqué !

– Trop risqué, trop risqué ! coassa grand-maman Georgina. Vous referez de moi une Moins si vous voulez être trop malin !

– Comme vous voudrez, dit Mr. Wonka. Eh bien, faisons quelques opérations.

Un autre Oompa-Loompa trottina vers lui en lui tendant une ardoise.

Mr. Wonka prit un bout de craie dans sa poche et écrivit :

– Quatorze pilules de Forti-Wonka exactement ! dit Mr. Wonka.

Le Oompa-Loompa emmena l'ardoise. Mr. Wonka prit le flacon sur le lit, rouvrit et compta quatorze petites pilules jaune vif.

– De l'eau ! dit-il.

Un autre Oompa-Loompa accourut avec un verre d'eau. Mr. Wonka jeta les quatorze pilules dans le verre.

L'eau se mit à pétiller.

– Buvez pendant que ça fait des bulles, dit-il en élevant le verre jusque la bouche de grand-maman Georgina. D'une seule gorgée !

Elle le but. Mr. Wonka fit un bond en arrière et sortit une grosse montre de sa poche.

– N'oubliez pas ! cria-t-il. Un an par seconde ! Elle doit rajeunir de 280 ans ! Ça lui prendra quatre minutes quarante secondes ! Regardez les siècles s'écouler !

La salle était si silencieuse qu'ils pouvaient entendre le tic-tac de la montre de Mr. Wonka. D'abord, rien ne sembla se passer. L'aïeule ferma les yeux et s'allongea dans le lit. De temps en temps, la peau ridée de sa figure était agitée de tics, et ses petites mains tressautaient, mais c'était tout…

– Une minute ! annonça Mr. Wonka. Elle a 60 ans de moins.

– Moi, je ne trouve pas qu'elle ait changé, déclara Mr. Bucket.

– Vous avez raison, dit Mr. Wonka. Quand on a plus de trois cents ans, soixante ans de moins, ce n'est rien du tout !

– Ça va, maman ? demanda Mrs. Bucket avec inquiétude. Parle-moi, maman !

– Deux minutes ! annonça Mr. Wonka. Elle a cent vingt ans de moins !

Maintenant, des changements précis commençaient à apparaître sur la figure de la vieille femme. Sa peau tremblait de partout, certaines de ses rides les plus profondes s'estompaient, sa bouche et son nez devenaient plus nets.

– Maman ! cria Mrs. Bucket. Ça va bien ? Parle-moi, maman, s'il te plaît !

Soudain, avec une brusquerie qui fit sursauter tout le monde, la vieille femme s'assit toute droite dans le lit et se mit à hurler :

– Vous avez entendu les nouvelles ! L'amiral Nelson a battu les Français à Trafalgar !

– Elle devient folle ! dit Mr. Bucket.

– Non point, dit Mr. Wonka. Elle traverse le XIXe siècle. Trois minutes !

Maintenant, de seconde en seconde, elle était de moins en moins ridée et s'animait au fur et à mesure. C'était un merveilleux spectacle.

– Gettysburg ! s'écria-t-elle. Le général Lee est en déroute !

Et, quelques secondes plus tard, elle poussa un grand cri angoissé :

– Il est mort, il est mort ! Dit-elle.

– Qui est mort ? dit Mr. Bucket en allongeant le cou.

– Lincoln ! gémit-elle. Et le train continue de rouler…

– Elle doit l'avoir vu ! dit Charlie. Elle doit y avoir assisté !

– Elle y est ! dit Mr. Wonka. En tout cas, elle y était, il y a quelques secondes.

– Est-ce que quelqu'un va m'expliquer… dit Mrs. Bucket.

– 4 minutes ! annonça Mr. Wonka. Encore 40 secondes ! Il ne lui reste plus qu'à rajeunir de 40 ans !

– Grand-maman ! s'écria Charlie en accourant vers elle. Tu ressembles presque exactement à ce que tu étais ! Oh, comme je suis content !

– Espérons que ça s'arrêtera au bon moment, dit Mrs. Bucket.

– Je parie que ça ne s'arrêtera pas, dit Mr. Bucket. Il y a toujours quelque chose qui cloche.

– Pas lorsque c'est moi qui m'en occupe, monsieur, dit Mr. Wonka. Le temps s'est écoulé ! Elle a soixante-dix-huit ans ! Comment vous sentez-vous, chère madame ? Est-ce que vous allez bien ?

– Je me sens à peu près bien, dit-elle. A peu près. Mais ce n'est pas grâce à vous, vieille mouche du coche !

C'était la vieille grand-maman Georgina, revêche et grognon que connaissait si bien Charlie avant toutes ces aventures. Mrs. Bucket se jeta au cou de sa mère et se mit à pleurer de joie. La vieille femme l'écarta et dit :

– J'aimerais bien savoir ce que fabriquent ces deux stupides bébés à l'autre bout de mon lit.

– L'un d'eux est votre mari, dit Mr. Bucket.

– Balivernes ! s'écria-t-elle. Où est passé Georges ?

– C'est vrai, maman, dit Mrs. Bucket. C'est bien lui, à gauche Et l'autre, c'est Joséphine…

– Espèce de vieux… camembert carotteur ! hurla-t-elle en pointant un doigt féroce vers Mr. Wonka. Qu'est-ce qui…

– Allons, allons, allons, allons ! dit Mr. Wonka. Je vous en prie, assez de disputes pour la journée. Ne vous emballez pas et laissez-nous faire, Charlie et moi. Et ils redeviendront exactement comme avant, en un clin d'œil !

19
Les bébés grandissent

– Apportez-moi le Wonki-Forta ! dit Mr. Wonka. Nous allons nous occuper de ces deux bébés.

Un Oompa-Loompa accourut avec un petit flacon et deux cuillères à café en argent.

– Attendez ! aboya grand-maman Georgina. Quelle diablerie tramez-vous encore ?

– Tout va bien, grand-maman, dit Charlie. Je te promets que tout va bien. Le Wonki-Forta est le contraire du Forti-Wonka. Il vieillit. C'est ce qu'on t'a donné quand tu es devenue une Moins. Ça t'a sauvée !

– Vous m'en avez trop donné ! gémit la vieille femme.

– C'était obligé, grand-maman.

– Et maintenant, vous allez en donner trop à grand-papa Georges.

– Bien sûr que non, dit Charlie.

– J'avais trois cent cinquante-huit ans ! continua-t-elle. Qu'est-ce qui peut vous empêcher de commettre une petite erreur du même style et de lui en donner cinquante fois plus qu'à moi ? Après, j'aurais un vieil homme des cavernes de vingt mille ans au lit, près de moi ! Imaginez-le un peu tenant une grosse massue noueuse d'une main, et de l'autre me traînant par les cheveux ! Non, merci !

– Grand-maman, dit patiemment Charlie, on a dû utiliser une pompe à vaporiser avec toi parce que tu étais une Moins, un fantôme. Mais maintenant, Mr. Wonka peut...

– Ne me parle pas de cet homme ! cria-t-elle. Il est dingo comme un dindon !

– Non, grand-maman, il n'est pas dingo. Il peut calculer la dose exacte à la goutte près, et la donner aux deux bébés. N'est-ce pas, Mr. Wonka ?

– Charlie, dit Mr. Wonka, je vois que cette usine sera dans de bonnes mains lorsque je prendrai ma retraite. Je suis vraiment content de t'avoir choisi, mon cher enfant, vraiment content. Alors, que décidez-vous, maintenant ? On les laisse bébés ou on les fait grandir avec le Wonki-Forta ?

– Allez-y, Mr. Wonka, dit grand-papa Joe. J'aimerais que vous redonniez à ma Josie le même âge qu'avant, quatre-vingts ans.

– Merci, monsieur, dit Mr. Wonka. J'apprécie votre confiance. Et l'autre, grand-papa Georges ?

– Oh, d'accord, dit grand-maman Georgina. Mais s'il devient un homme préhistorique, plus question de l'avoir dans mon lit !

– Voilà qui est réglé ! dit Mr. Wonka. Viens, Charlie. Nous allons opérer ensemble. Tu prends une cuillère, et moi l'autre. Je mets quatre gouttes dans chaque cuillère, quatre gouttes seulement, on les réveille, et pop ! dans la bouche !

– Je m'occupe de qui, Mr. Wonka ?

– De la toute petite, de grand-maman Joséphine. Moi, je m'occupe de grand-papa Georges. Voici ta cuillère.

Mr. Wonka ouvrit le flacon et fit tomber quatre gouttes d'un liquide noir et visqueux dans la cuillère de Charlie. Puis il fit de même dans la sienne.

Il retendit le flacon à l'Oompa-Loompa.

– Est-ce qu'il ne faudrait pas tenir les bébés, pendant l'opération ? proposa grand-papa Joe. Je tiens grand-maman Joséphine.

– Vous êtes fou ! s'écria Mr. Wonka. Vous ne réalisez pas que le Wonki-Forta agit instantanément ? Une année par seconde, comme le Forti-Wonka. Le Wonki-Forta est rapide comme l'éclair. Au moment où on avale le remède... ping ! ça commence ! On grandit, on grandit, on vieillit et tout ça en une seconde ! Aussi, comprenez, cher monsieur, qu'à l'instant où vous tiendrez un petit bébé dans vos bras, à peine une seconde plus tard, vous chancellerez sous le poids d'une femme de quatre-vingts ans que vous jetterez par terre comme une tonne de briques !

– Je comprends, dit grand-papa Joe.

– Tout est prêt, Charlie ?

– Tout est prêt, Mr. Wonka.

Charlie fit le tour du lit et s'approcha de la petite dormeuse. Il lui mit une main derrière la tête et la souleva. Le bébé se réveilla et se mit à hurler. De l'autre côté du lit, Mr. Wonka faisait de même avec le petit Georges.

– Maintenant, tous les deux ensemble, Charlie ! dit Mr. Wonka. Prêts, à vos marques, partez ! Pop dans le gosier !

Charlie fourra sa cuillère dans la bouche ouverte du bébé et lui fit prendre les quatre gouttes.

– Il faut qu'elle avale, hein ? lui cria Mr. Wonka. Ça n'agit qu'une fois dans l'estomac !

Il est difficile d'expliquer ce qui arriva par la suite et de toute façon, cela ne dura qu'une seconde. Une seconde, juste le temps de dire vite à haute voix : « un, deux, trois, quatre, cinq ! » Effectivement, cela ne dura qu'une seconde au cours de laquelle Charlie guetta le petit bébé qui grandissait, grandissait, se ridait et devenait une grand-maman Joséphine de quatre-vingts ans. Ce fut une chose effrayante à voir, comme une éruption volcanique. Le petit bébé explosa soudain en une vieille femme et Charlie se retrouva tout à coup en train de regarder la vieille figure fripée qu'il connaissait bien et qu'il aimait tant de grand-maman Joséphine.

– Bonjour, mon chéri, dit-elle. D'où viens-tu ?

– Josie ! s'écria grand-papa Joe en se précipitant vers elle. C'est merveilleux ! Vous voilà de retour !

– Je ne savais pas que j'étais partie, dit-elle.

Grand-papa Georges avait également réussi son retour.

– Vous étiez plus mignon quand vous étiez bébé, lui dit grand-maman Georgina. Mais je suis contente que vous ayez à nouveau grandi, Georges… pour une bonne raison.

– Laquelle ? demanda grand-papa Georges.

– Vous ne mouillerez plus le lit.

20
Comment tirer quelqu'un du lit

– Je suis sûr, dit Mr. Wonka en s'adressant à grand-papa Georges, grand-maman Georgina et grand-maman Joséphine, je suis tout à fait sûr qu'après cela, vous désirez tous les trois sauter du lit et venir donner un coup de main dans l'usine.

– Qui ça ? Nous ? dit grand-maman Joséphine.

– Oui, vous ! dit Mr. Wonka.

– Vous êtes fou ? dit grand-maman Georgina. Je reste dans ce bon lit douillet, merci beaucoup.

– Moi aussi ! dit grand-papa Georges.

A ce moment-là, les Oompa-Loompas s'agitèrent brusquement, à l'autre bout de la salle au chocolat. Il y eut un bourdonnement de bavardages fébriles, ils se mirent à courir partout et à agiter les bras. Dans cette confusion, un Oompa-Loompa surgit et se précipita vers Mr. Wonka en portant une énorme enveloppe. Il se mit à chuchoter quelque chose à Mr. Wonka qui se pencha pour l'écouter.

– Devant les portes de l'usine ? s'écria Mr. Wonka. Des hommes !... Quelle sorte d'hommes ?... Oui, mais est-ce qu'ils ont l'air dangereux ? Est-ce qu'ils font des actes inconsidérés ?...

Et un quoi ? UN HÉLICOPTÈRE !... Et ces hommes en sortent ?... Ils vous ont donné ça ?...

Mr. Wonka prit l'énorme enveloppe, l'ouvrit vite et en tira une lettre pliée. Il y eut un grand silence tandis qu'il la lisait en diagonale. Personne ne bougeait. Charlie frissonna. Il sentait qu'il allait arriver quelque chose d'affreux. Il y avait certainement du danger dans l'air. Les hommes devant les portes, l'hélicoptère, l'inquiétude des Oompa-Loompas... Il observait la figure de Mr. Wonka, cherchant un signe, un changement dans son expression qui indiquerait de très mauvaises nouvelles.

– Par les six siroccos sirupeux ! s'écria Mr. Wonka en bondissant si haut que ses jambes le lâchèrent à l'atterrissage et qu'il tomba à la renverse.

Reniflantes rouflaquettes ! hurla-t-il en se redressant et en agitant la lettre en tous sens comme s'il chassait des moustiques. Écoutez-moi ça, vous tous ! Écoutez-moi ça !

Il se mit à lire à haute voix :

La Maison-Blanche
Washington DC
pour Mr. Wonka

Monsieur,

Aujourd'hui, toute notre nation et même le monde entier se réjouissent du retour à bon port de notre capsule du personnel avec ses 136 âmes à bord. Sans l'aide d'un vaisseau spatial inconnu, ces 136 personnes ne seraient jamais revenues. On m'a rapporté le courage extraordinaire qu'ont montré les huit astronautes de ce vaisseau. Nos stations radar, en suivant le trajet du vaisseau à son retour sur Terre, ont découvert qu'il avait atterri dans un endroit bien connu, la chocolaterie de Mr. Wonka. Et c'est pourquoi monsieur, cette lettre vous est adressée.

Je désire à présent vous exprimer la reconnaissance de notre nation en invitant ces huit astronautes incroyablement courageux à venir séjourner

quelques jours à la Maison-Blanche en qualité d'invités d'honneur. Je vais donner une grande fête dans le salon bleu, ce soir, pour célébrer cet événement, et au cours de cette fête, j'épinglerai en personne les médailles de la bravoure à ces huit vaillants conquérants de l'espace. Les personnalités les plus importantes du pays viendront saluer les héros dont les actes fabuleux sont désormais gravés pour toujours dans l'histoire de notre nation. Parmi les participants, il y aura la vice-présidente (miss Elvira Tibbs), tous les membres de mon cabinet, les chefs de l'armée de terre, de la marine, et de l'armée de l'air, et tous les membres du congrès, un célèbre avaleur de sabres d'Afghanistan qui m'apprend en ce moment à avaler du sable (il suffit d'enlever le r du sabre et de le remplacer par un l), et qui d'autre encore ? Ah, oui, mon interprète en chef, les gouverneurs de tous les États de l'union, et bien sûr ma chatte, Mrs. Taubsypuss.

Un hélicoptère vous attend tous les huit devant les portes de l'usine. Moi-même, j'attends votre arrivée à la Maison-Blanche avec le plus grand plaisir et la plus grande impatience.

Je vous prie d'agréer, monsieur, mes salutations distinguées.

Lancelot R. Gilligrass.

P.S. Voulez-vous, s'il vous plaît, m'apporter quelques délicieux fondants Wonka ? Je les adore, mais tous les gens de mon entourage n'arrêtent pas de dérober ceux que j'ai dans le tiroir de mon bureau. Et surtout pas un mot à Nounou !

Mr. Wonka s'arrêta de lire. Et dans le silence qui suivit, Charlie n'entendit plus que des bruits de respiration. Des inspirations et des expirations beaucoup plus rapides que d'habitude. Et il y avait plus encore. De l'émotion, de l'enthousiasme et du bonheur se mit soudain à flotter dans l'air. Charlie en avait la tête qui tournait. Grand-papa Joe fut le premier à dire quelque chose...

– Youpiiiiiiii !, hurla-t-il et il s'élança à travers la salle, attrapa Charlie par la main et tous deux se mirent à danser le long de la berge de la Rivière de Chocolat.

– Nous partons, Charlie ! chantait grand-papa Joe. Nous partons enfin pour la Maison-Blanche !

Mr. et Mrs. Bucket aussi dansaient, riaient et chantaient. Mr. Wonka courait dans toute la salle en montrant fièrement la lettre du président aux Oompa-Loompas. Puis il frappa dans ses mains pour réclamer le silence.

– Venez, venez donc ! appela-t-il. Il ne faut ni lambiner ni lanterner ! Viens, Charlie ! Et vous aussi, monsieur grand-papa Joe ! Et vous, Mr. et Mrs Bucket ! L'hélicoptère est devant les portes ! On ne peut pas le faire attendre !

Il se mit à les pousser tous les quatre vers la porte.

– Hé ! cria grand-maman Georgina de son lit. Et nous ? On nous a invités, vous l'oubliez !

– Il a dit qu'on était invités tous les huit ! brailla grand-maman Joséphine.

– Et moi aussi, je suis de la fête ! dit grand-papa Georges.

Mr. Wonka se retourna et les regarda.

– Bien sûr, vous êtes aussi de la fête, dit-il. Mais nous ne pouvons pas mettre ce lit dans un hélicoptère. Il ne passera pas par la porte.

– Alors… alors, si on ne sort pas du lit, on ne peut pas venir ? dit grand-maman Georgina.

– Exactement dit Mr. Wonka.

Il chuchota à Charlie en le poussant légèrement du coude.

– Continue, Charlie. Dirige-toi vers la porte

Soudain, derrière eux, SWOOOSH ! Les couvertures et les draps valsèrent ! Les ressorts du matelas grincèrent ! Les trois vieux jaillirent du lit. Ils sprintèrent vers Mr. Wonka en hurlant : « Attendez-nous ! Attendez-nous ! » C'était stupéfiant de voir comme ils couraient vite, dans la grande salle au chocolat Mr. Wonka. Charlie et les autres les fixaient, abasourdis. Flottant dans leur chemise de nuit, ils filaient sur leurs jambes nues. Ils bondissaient le long des sentiers et pardessus les petits buissons comme des gazelles au printemps.

Soudain, grand-maman Joséphine freina si fort qu'elle glissa sans s'arrêter sur une distance de cinq yards.

– Attendez ! brailla-t-elle. Nous sommes fous ! Nous ne pouvons pas aller à une grande fête à la Maison-Blanche en chemise de nuit ! Nous ne pouvons pas rester pratiquement nus, en face de tous ces gens pendant que le président nous décorera !

– Oooh ! gémit grand-maman Georgina. Et qu'est-ce qu'on va faire ?

– Vous n'avez pas d'habits du tout ? demanda Mr. Wonka.

– Bien sûr que non ! répondit grand-maman Joséphine. Nous ne sommes pas sortis de ce lit depuis trente ans !

– Impossible d'y aller ! soupira grand-maman Georgina. Nous devons rester en rade !

– On ne peut pas acheter quelque chose dans un magasin ? demanda grand-papa Georges.

– Avec quoi ? dit grand-maman Joséphine. Nous n'avons pas d'argent !

– De l'argent ! s'écria Mr. Wonka. Juste ciel ! Ne vous tracassez pas pour l'argent. J'en ai plein !

– Écoutez-moi, dit Charlie, on pourrait demander à l'hélicoptère d'atterrir sur le toit d'un grand magasin, en chemin. Alors, vous pourriez descendre et acheter exactement ce que vous voulez !

– Charlie ! s'exclama Mr. Wonka en l'attrapant par la main. Que ferions-nous sans toi ? Tu es génial ! Venez donc, vous tous ! Nous partons passer quelques jours à la Maison-Blanche !

Ils se prirent tous par le bras et sortirent de la salle au chocolat en dansant. Et ils dansèrent le long des couloirs, et en passant par la grande porte de la chocolaterie. Le grand hélicoptère les attendait à l'extérieur, devant l'usine. Un groupe de messieurs à l'air très important s'approcha d'eux pour les saluer.

– Eh bien, Charlie, dit grand-papa Joe. Voilà ce qui s'appelle une journée bien remplie.

– Elle n'est pas encore finie, dit Charlie en riant. Elle ne fait que commencer.

James et la grosse pêche

Ce livre est pour Olivia et Tessa

1

Voici le petit James Henry Trotter à l'âge de quatre ans.

Jusque-là, c'était un petit garçon très heureux. Il vivait en paix avec son père et sa mère dans une jolie maison, au bord de la mer. Il avait de nombreux compagnons de jeu avec qui il passait son temps à courir sur le sable et à barboter dans l'Océan. Bref, c'était la belle vie, la vie dont rêvent tous les petits garçons.

Puis, un jour, les parents du petit James se rendirent à Londres pour faire des achats et il leur arriva une chose épouvantable. Tous deux furent dévorés, en plein jour qui plus est, dans une rue pleine de monde, par un énorme et méchant rhinocéros échappé du jardin zoologique.

Ce qui, vous l'imaginerez sans peine, devait être une épreuve plutôt pénible pour de si gentils parents. Mais, réflexion faite, elle fut bien plus dure encore pour le petit James. Car leurs ennuis à eux ne durèrent que quelques secondes. Trente-cinq secondes exactement. Tout juste un mauvais moment à passer. Tandis que le pauvre petit James, lui, était bel et bien vivant, solitaire et sans défense dans un monde immense et hostile. La jolie maison au bord de la mer fut vendue aussitôt et le petit garçon expédié chez ses deux tantes avec, pour tout bagage, une petite valise contenant un pyjama et une brosse à dents.

Elles s'appelaient respectivement tante Éponge et tante Piquette, et je suis au regret de vous dire que toutes deux étaient terriblement méchantes. Méchantes et égoïstes et paresseuses et cruelles. Dès le premier jour, les coups pleuvaient sur le pauvre petit James, le plus souvent sans raison aucune. Elles ne l'appelaient jamais par son nom, se contentaient de le traiter de « petit monstre », de « petite peste » ou encore de « sale gosse », et j'en passe. Naturellement, elles ne lui donnaient jamais de jouets ni de livres d'images pour l'amuser. Sa petite chambre était aussi nue qu'une cellule de prison.

Tout ce petit monde – tante Éponge, tante Piquette et maintenant le petit James – habitait une singulière bicoque au sommet d'une colline pointue, dans le sud de l'Angleterre. Cette colline était si haute que, de n'importe quel coin du jardin,

James pouvait voir des kilomètres et des kilomètres d'un merveilleux paysage de champs et de forêts ; et, quand le temps était clair, il pouvait voir, à condition de regarder du bon côté, un minuscule point gris, très loin, à l'horizon, et ce point gris était la maison où il avait été si heureux avec ses parents bien-aimés. Et tout au fond s'étalait l'Océan, bleu-noir, pareil à un long trait d'encre bordant le ciel.

Mais James n'avait pas le droit de descendre du sommet de la colline. Ni tante Piquette ni tante Éponge ne prenaient jamais la peine de l'emmener en promenade et, naturellement, elles lui défendaient de sortir seul.

– Ce petit monstre ne ferait que des bêtises si on lui permettait de quitter le jardin, avait déclaré tante Piquette.

Elles allaient même jusqu'à menacer de l'enfermer dans la cave avec les rats pendant toute une semaine au cas où il tenterait d'escalader la haie.

Le jardin qui occupait tout le sommet de la colline était vaste et désolé. Mis à part un bouquet de lauriers poussiéreux, tout au fond, il ne comportait qu'un seul arbre : un vieux pêcher qui n'avait jamais porté de fruits. Il n'y avait là ni balançoire ni bascule ni sablière, rien que de l'herbe fatiguée. Jamais aucun enfant ne venait jouer avec le pauvre petit James. Pas même de chien ou de chat pour lui tenir compagnie. Et, à mesure que le temps passait, il devenait de plus en plus triste, de plus en plus solitaire. Sa seule distraction était de regarder à longueur d'heures, de ses yeux désenchantés, le beau paysage interdit, composé de forêts, de prairies et de cours d'eau, qui s'étalait à ses pieds comme un tapis magique.

2

Voici James Henry Trotter après avoir passé trois ans chez ses tantes, c'est-à-dire au moment où commence l'histoire à proprement parler.

Car un matin, il lui arriva quelque chose de plutôt insolite. Et cet événement qui n'était que PLUTÔT insolite allait bientôt donner lieu à un autre qui, lui, était FRANCHEMENT insolite. Et celui-ci, à son tour, allait déclencher un autre événement que je n'hésite pas à qualifier de FANTASTIQUEMENT insolite.

Tout cela devait commencer un jour de chaleur torride, en plein été. Tante Éponge, tante Piquette et le petit James se trouvaient tous dans le jardin. Les tantes, comme à l'accoutumée, faisaient travailler le pauvre petit James. Cette fois-ci, il lui fallait couper du bois pour le fourneau de la cuisine, tandis que tante Éponge et tante Piquette étaient confortablement installées sur leurs chaises longues. Elles buvaient à petites gorgées de la limonade gazeuse dans de grands verres, sans quitter des yeux le petit James, prêtes à le gronder s'il ne travaillait pas assez vite.

Tante Éponge était petite et ronde, ronde comme un ballon. Elle avait de petits yeux de cochon, une bouche en trou de serrure et une de ces grosses figures blanches et flasques qui ont l'air d'être bouillies. Elle ressemblait à un énorme chou blanc cuit à l'eau. Tante Piquette, au contraire, était longue, maigre et osseuse, elle portait des lunettes à monture d'acier fixées au bout de son nez avec une pince à linge. Sa voix était stridente et ses lèvres minces et mouillées. Quand elle s'animait ou quand elle était en colère, elle envoyait de petits postillons. Donc, elles étaient là, ces deux horribles sorcières, à siroter leurs boissons, sans oublier une seconde de pousser le pauvre petit James à travailler plus vite, toujours plus vite. Mais en même temps, elles parlaient aussi d'elles-mêmes, chacune d'elles vantant sa propre beauté. Tante Éponge avait posé sur ses genoux un miroir à long manche qu'elle ne cessait de soulever pour s'extasier devant sa hideuse vieille figure.

Tante Éponge :
« Je suis belle et parfumée
Comme une rose de juin
Que pensez-vous de la courbure
De mon petit nez mutin ?
De mes bouclettes de satin ?
Et quand j'enlève ma chaussure,
De mes orteils, si fins, si fins ? »
Tante Piquette :
« Et que faites-vous, ma chère
De ce ventre de lamantin ?
Tandis que moi, rien n'efface
Ma taille fine, ma denture,
Mes gestes lents et pleins de grâce,
L'éclat d'albâtre de mon front !
Et mes regards, comme ils sont beaux !
Ils font oublier, j'en suis sûre,
La verrue qui dépare mon menton. »
Tante Éponge :
« Ma pauvre vieille haridelle,
Vous n'avez que la peau sur les os !
Tandis que moi, c'est certain,
Je n'ai qu'une seule ambition :
Être vedette de cinéma
Voilà ma vraie vocation.
Là, ma beauté, avec ou sans voiles,
Fera pâlir toutes les étoiles ! »
Tante Piquette :
« Vous ferez, chère sœur, c'est certain,
Un admirable Frankenstein. »

Le pauvre James, lui, peinait toujours sous la chaleur qui était devenue intolérable. Il transpirait très fort et il avait mal au bras.

La hache qu'il maniait était beaucoup trop grande et trop lourde pour le petit garçon qu'il était. Et, tout en travaillant, James se mit à penser aux autres enfants de son âge. Que faisaient-ils en ce moment ? Les uns montaient à tricycle dans leur jardin. Les autres se promenaient dans la fraîcheur des bois en cueillant des fleurs sauvages. Et tous ses compagnons de jeu qu'il n'avait pas vus depuis si longtemps étaient certainement sur la plage. Ils jouaient sur le sable mouillé et barbotaient dans l'eau…

De grosses larmes se mirent à perler dans les yeux du petit James pour rouler le long de ses joues. Il laissa tomber sa hache et s'effondra sur le billot, pleurant son infortune.

– Que se passe-t-il ? grinça tante Piquette en lui jetant un regard par-dessus ses binocles à monture d'acier.

James sanglota encore plus fort.

– Arrête cette comédie, et au travail, petit monstre ! ordonna tante Éponge.

– Tante Éponge, pleura James, et vous, tante Piquette ! s'il vous plaît, ne pourrions-nous pas prendre le car tous les trois pour aller à la mer ? Ce n'est pas très loin, j'ai si chaud et je me sens si seul…

– Qu'est-ce que tu dis, petit paresseux ! hurla tante Piquette.

– Battez-le ! cria tante Éponge.

– Je n'y manquerai pas ! dit sèchement tante Piquette.

Elle lança à James un regard furibond, et James, lui, la regarda avec de grands yeux apeurés.

– Je te battrai plus tard, en fin de journée, quand j'aurai moins chaud, dit-elle. Et en attendant, que je ne te voie plus, petite vermine dégoûtante, et laisse-moi en paix !

James lui tourna le dos et courut jusqu'au bout du jardin. Là il se cacha derrière les touffes de laurier, se couvrit la figure des deux mains et pleura longtemps, longtemps.

3

C'est alors que lui arriva cette chose PLUTÔT insolite qui allait en entraîner d'autres bien plus insolites encore.

Car, soudain, James entendit derrière lui un bruissement de feuilles. Il se retourna et aperçut un vieil homme portant un drôle de costume vert sombre. C'était un vieillard tout petit, mais il avait une grosse tête chauve et de grands favoris noirs qui lui embroussaillaient les joues. Il venait de s'arrêter à trois mètres du petit James. Appuyé sur son bâton, il le regarda fixement. Enfin il se mit à parler d'une voix traînante et fêlée.

– Viens plus près, mon garçon, dit-il, tout en lui faisant signe d'un doigt. Viens près de moi et je te ferai voir quelque chose de MERVEILLEUX.

James était beaucoup trop effrayé pour faire un geste.

Le vieillard fit un pas vers lui, glissa une main dans la poche de sa veste et en sortit un petit sac de papier blanc.

– Tiens, dit-il à voix basse, en remuant doucement le petit sac, sais-tu ce que c'est ? Sais-tu ce qu'il y a dans ce petit sac ?

Il s'approcha plus encore, penché en avant, si près que James put sentir son haleine sur ses joues. L'haleine sentait le

moisi, le renfermé et la rouille. Une odeur de vieille cave, en somme.

– Regarde, mon petit, dit-il en ouvrant le sac.

A l'intérieur, James vit une masse de minuscules objets verts, on aurait dit de petites pierres ou des cristaux, pas plus grands que des grains de riz. Ils étaient d'une beauté extraordinaire, d'une étrange luminosité. De vraies petites merveilles.

– Écoute ! dit tout bas le vieillard. Les entends-tu bouger ?

James y colla l'oreille et entendit un petit bruit. Les mille petites choses vertes doucement grouillaient, comme autant de bestioles bien vivantes.

– Dans ces petites choses, il y a tout le pouvoir magique du monde, dit doucement le vieil homme.

– Mais... mais... qu'est-ce que c'est que ces choses ? murmura James qui, jusque-là, n'avait pas pu sortir un mot. Et d'où viennent-elles ?

– Ah ! dit le vieil homme à voix basse. Tu ne le devinerais jamais !

Il s'accroupit en approchant son visage et James sentit sur son front le bout de son gros nez. Mais soudain le vieillard fit un bond en arrière en brandissant son bâton.

– Des langues de crocodile ! cria-t-il. Il y en a mille ! Des langues de crocodile bouillies pendant vingt jours et vingt nuits dans le crâne d'une sorcière défunte, mélangées aux pupilles d'un lézard ! Sans oublier les doigts d'un jeune singe, un gésier de cochon, un bec de perroquet vert, du jus de porc-épic et trois cuillerées de sucre en poudre. Laisser cuire le tout pendant huit autres jours et la lune fera le reste !

Sur ce, il mit le sac de papier blanc entre les mains du petit James et dit :

– Tiens ! Prends-le ! Il est à toi !

4

James Henry Trotter prit le sac sans quitter des yeux le vieil homme.

– Et maintenant, dit le vieillard, voici ce que tu vas faire. Tu prendras une cruche pleine d'eau et tu y feras tremper toutes les petites choses vertes. Puis, tout doucement, tu y ajoutes dix cheveux de ta tête, pas plus ! C'est très important. Ça les réveille ! Ça les dégourdit ! Et au bout de dix minutes, tu verras l'eau bouillonner et mousser furieusement. Alors tu avaleras tout, oui, tout le contenu de la cruche, d'un seul trait. Et puis, mon garçon, tu sentiras cette eau clapoter et glouglouter dans ton estomac, la vapeur te sortira par la bouche et, aussitôt après, il t'arrivera des choses merveilleuses, des choses incroyables, des choses fabuleuses – et plus jamais tu ne seras malheureux, plus jamais ! Car tu es malheureux, n'est-ce pas ? Pas besoin de me le dire, je sais tout ! Et maintenant, dépêche-toi, fais ce que je viens de te dire. Et pas un mot à tes vilaines tantes ! Pas un mot ! Et prends bien soin de ces petites choses vertes ! Car si tu les perds, elles exerceront leur pouvoir magique sur quelqu'un d'autre ! Et ce serait bien dommage, mon garçon ! Car le premier être qu'elles rencontrent, fût-ce une punaise, une mouche, un chat ou un arbre, sera le seul à bénéficier de ce pouvoir ! Donc, je te le répète, prends bien soin de ce petit sac ! Ne déchire pas le papier ! Et maintenant, vas-y vite ! C'est le moment, vas-y !

Puis, sans attendre la réponse, le vieil homme lui tourna le dos et disparut dans la broussaille.

5

James ne perdit pas de temps. Il se mit à courir vers la maison. Tout ce que le vieillard lui avait recommandé de faire, il l'entreprendrait dans la cuisine – à condition de pouvoir s'y réfugier sans être vu des deux tantes. Tout ému, il courut, en sautant par-dessus les touffes d'herbe, en frôlant l'ortie sans craindre les brûlures. De loin, il vit les tantes assises sur leurs chaises longues, de dos. Soucieux de les éviter, il s'apprêta à contourner la maison, mais soudain, au moment même où il passait sous le vieux pêcher qui se dressait au milieu du jardin, il glissa et tomba sur le gazon. En touchant le sol, le sac de papier s'ouvrit tout d'un coup et les mille petites particules vertes se dispersèrent dans tous les sens.

James se mit aussitôt à quatre pattes, dans l'espoir de récupérer ses précieux trésors. Mais, à sa grande stupéfaction, ils étaient tous en train de s'enfoncer dans la terre ! Il pouvait même les voir s'agiter et se tortiller pour mieux se frayer un chemin tout au fond de cette terre rocailleuse et avant même qu'il étendît la main pour en sauver quelques-uns – trop tard ! Ils lui filèrent entre les doigts pour disparaître sous les souches. Il tenta d'en

attraper d'autres, mais c'était toujours la même chose ! Il se mit à gratter le sol avec frénésie pour empêcher les retardataires de suivre les autres, mais ils couraient beaucoup trop vite. Chaque fois qu'il allait les toucher du bout des doigts, ils lui échappaient pour disparaître dans des profondeurs inconnues. Et au bout de quelques secondes, il n'en restait plus un seul !

James dut faire un effort pour ne pas pleurer. Il ne les retrouverait plus. Elles étaient perdues, les petites choses. Perdues à jamais.

Mais où étaient-elles passées ? Et pourquoi avaient-elles été si pressées de s'engouffrer sous la terre ? Pourquoi ? Il n'y avait rien sous cette terre. Rien que les souches du vieux pêcher… et puis une quantité de vers de terre, de mille-pattes et d'autres insectes souterrains.

Mais le vieillard n'avait-il pas dit quelque chose comme : « Le premier être qu'ils rencontrent, mouche ou punaise, chat ou arbre, sera le seul à bénéficier de leur pouvoir magique ! »

Bonté divine, pensa James. Que se passera-t-il s'ils tombent sur un ver de terre ? Ou sur un mille-pattes ? Ou sur une araignée ? Ou s'ils se fourvoient dans les souches de cet arbre ?

– Vas-tu te lever, petit monstre paresseux ? hurla soudain une voix à l'oreille du petit James.

Il leva la tête et vit tante Piquette, longue, sèche et osseuse, qui le regardait durement à travers ses lorgnons à monture d'acier.

– Au travail ! A tes bûches ! ordonna-t-elle.

Grasse et onctueuse comme une méduse, tante Éponge accourut en se dandinant pour voir ce qui se passait.

– Et si nous le mettions dans un seau pour le laisser au fond du puits jusqu'au matin ? suggéra-t-elle. Ça lui apprendra à faire le lézard !

– Très bonne idée, ma chère Éponge. Mais qu'il finisse d'abord de couper du bois. Lève-toi, sale gosse ! Et au travail ! Vite !

Lentement, tristement, le pauvre petit James se leva et retourna à sa pile de bois. Oh ! si seulement il n'avait pas glissé ! S'il n'avait pas laissé tomber son précieux petit sac ! Tout espoir d'une vie plus heureuse était perdu maintenant. Désormais, tous les jours se ressembleraient. Ils ne lui apporteraient que punitions et privations, malheurs et désespoir.

Il ramassa sa hache pour se remettre au travail lorsque, soudain, il entendit des hurlements.

Il reposa l'outil et tourna la tête.

6

– Éponge ! Éponge ! Venez vite et regardez-moi ça !

– Que je regarde quoi ?

– Une pêche ! cria tante Piquette.

– Une quoi ?

– Une pêche ! Là, sur la plus haute branche ! La voyez-vous ?

– Vous délirez, ma chère Piquette. Ce misérable arbre ne porte jamais de fruits.

– Eh bien, il en porte maintenant, Éponge ! Voyez vous-même !

– Vous vous moquez de moi, Piquette. Vous voulez me mettre l'eau à la bouche, faute de mieux. Cet arbre qui n'a jamais fleuri, pourquoi porterait-il maintenant une pêche, une seule ? Et sur la plus haute branche, comme vous dites ? Je ne vois rien, moi. Très drôle… Ha ha !… Mais… mon Dieu… Est-ce que je rêve ? Je vais m'évanouir ! Mais… vous avez raison ! C'est une pêche ! Une vraie pêche !

– Une belle grosse pêche ! renchérit tante Piquette.

– Quelle beauté ! Quelle beauté ! s'extasia tante Éponge.

A cet instant, James posa doucement sa hache et jeta un regard du côté de l'arbre où se tenaient les deux tantes.

– Quelque chose va arriver, se dit-il. Quelque chose de tout à fait particulier peut se produire d'un instant à l'autre.

Bien sûr, il n'avait pas d'idée précise, mais il sentait, il sentait dans tout son corps que cette chose si incroyable ne se ferait plus attendre longtemps. Il le sentait dans l'air qui soufflait autour de lui… Dans le silence qui, tout à coup, avait envahi le jardin…

James se dirigea vers l'arbre sur la pointe des pieds. A présent, les tantes ne disaient rien, se contentant de regarder fixement la pêche. Tout était calme et immobile, pas une brise, pas un craquement de branche. Rien que le soleil, impassible au milieu du ciel bleu.

– Elle m'a l'air bien mûre, dit enfin tante Piquette, rompant le silence.

– Si on la mangeait ? suggéra tante Éponge en se léchant les babines. Nous allons la couper en deux. Hé, toi, James ! Amène-toi et grimpe sur cet arbre !

James accourut.

– Tu vas cueillir cette pêche, là, sur la plus haute branche, dit tante Éponge. La vois-tu ?

– Oui, ma tante, je la vois !

– Et gare à toi si tu en manges ! C'est nous, ta tante Piquette et moi, qui la mangerons. Et maintenant vas-y ! Grimpe !

James passa de l'autre côté de l'arbre.

– Arrête ! fit soudain tante Piquette. Ne bouge plus !

Bouche bée, les yeux exorbités, elle regardait fixement les branches comme si elle y avait vu un fantôme.

– Regardez ! dit-elle. Regardez, Éponge, regardez !

– Qu'avez-vous, ma sœur ? demanda tante Éponge.

– Elle POUSSE ! cria tante Piquette. Elle devient de plus en plus grosse !

– Qui ça ?

– La pêche, voyons !

– Vous plaisantez !

– Pas du tout, voyez vous-même !

– Ma chère Piquette, c'est parfaitement ridicule. C'est impossible. C'est… c'est… c'est… attendez une seconde… non… non… ce n'est pas vrai… non… mais si… grands dieux ! Mais elle pousse ! Elle pousse vraiment !

– Elle est déjà deux fois plus grosse qu'avant ! cria tante Piquette.

– C'est incroyable !

– Mais c'est la vérité !

– C'est un miracle !

– Ne la quittez pas des yeux !

– Je ne la quitte pas des yeux, soyez tranquille.

– Ciel ! hurla tante Piquette. Elle ne cesse de grossir ! Elle gonfle à vue d'œil !

7

Les deux femmes et le petit garçon se tenaient immobiles à l'ombre du vieux pêcher sans quitter des yeux ce fruit extraordinaire. Le petit visage de James était tout rouge, ses yeux agrandis brillaient comme des étoiles devant cette pêche qui grossissait, qui grossissait comme un ballon qui gonfle quand on souffle dedans.

Au bout d'une demi-minute, elle avait la grosseur d'un melon.

Encore quelques secondes et la voilà encore deux fois plus grosse.

– Comme elle pousse vite ! cria tante Piquette.

– Va-t-elle seulement s'arrêter ? cria tante Éponge en agitant ses gros bras.

Elle se mit à danser en rond.

A présent, au sommet de l'arbre, la pêche ressemblait à un énorme potiron.

– Ne reste pas si près de l'arbre, petit crétin ! hurla tante Piquette. La pêche peut tomber à la moindre secousse. Elle pèse au moins dix ou quinze kilos !

La branche où pendait la pêche commençait à plier sous son poids.

– Reculez ! hurla tante Éponge. Elle va tomber ! La branche ne tiendra pas le coup !

Mais la branche tenait bon, se contentant de plier un peu plus à mesure que le poids de la pêche augmentait.

Et elle grossit encore.

Une vraie pêche-mammouth. Aussi grosse, aussi ronde et aussi lourde que tante Éponge elle-même.

– Il faut qu'elle s'arrête ! cria tante Piquette. Ça ne peut plus durer !

Mais la pêche ne s'arrêta pas.

Bientôt elle fut de la taille d'une petite voiture. Elle allait toucher le sol.

Maintenant les deux tantes tournaient autour de l'arbre en bondissant comme des folles. Elles battaient des mains et poussaient des cris d'Indiens.

– Alléluia ! cria tante Piquette. En voilà une pêche ! En voilà une pêche !

– Formidable ! hurla tante Éponge, Magnifico ! Splendido ! Et quelle nouba !

– Elle pousse toujours !

– Je sais, je sais !

Quant à James, il était si magnétisé par ce phénomène qu'il en resta immobile, les yeux écarquillés, tout en murmurant, comme pour lui-même :

– Oh ! comme c'est beau ! Je n'ai jamais rien vu de pareil.

– Tais-toi, sale gosse ! grinça tante Piquette qui l'avait entendu. Ça ne te regarde pas !

– C'est juste, déclara tante Éponge. Ça ne te regarde en aucune manière ! Ne t'occupe pas de ça !

– Regardez ! cria tante Piquette. Elle pousse plus vite que jamais ! Elle accélère !

– Je le vois, Piquette ! Je le vois bien !

Et la pêche grossit, grossit, grossit.

Enfin, lorsqu'elle fut à peu près aussi grande que l'arbre qui la portait, aussi grande qu'une petite maison, sa partie inférieure toucha le sol en silence et ne bougea plus.

– Elle ne peut plus tomber maintenant ! cria tante Éponge.

– Elle ne pousse plus, c'est fini ! constata tante Piquette.

– Mais non, ce n'est pas fini !

– Si, c'est fini !

– Elle a ralenti, Piquette, c'est tout. Mais ce n'est pas fini !

Il y eut un silence.

– Oui, c'est ça, vous avez raison.

– Peut-on la toucher, qu'en pensez-vous ?

– Je ne sais pas. La prudence s'impose.

Tante Éponge et tante Piquette firent lentement le tour de la pêche afin de l'examiner minutieusement. On aurait dit deux chasseurs qui viennent d'abattre un éléphant, mais qui ne sont pas sûrs s'il est mort ou encore vivant. Et l'énorme fruit les dominait de sa rondeur dorée, si bien qu'elles ressemblaient à des Lilliputiennes venues d'un monde lointain.

La peau de la pêche était très belle. D'un superbe jaune doré avec des taches rouges et roses. Tante Éponge fit un pas prudent en avant et la toucha du bout du doigt.

– Elle est mûre ! cria-t-elle. Elle est à point ! Voyons, Piquette ! Si nous allions chercher une pelle pour en couper un bon morceau ?

– Non, dit tante Piquette. Pas encore.

– Pourquoi pas ?

– Parce que.

– Mais j'ai envie d'en manger ! cria tante Éponge. Sa bouche était pleine d'eau et un long filet de salive lui coulait du menton.

– Ma chère Éponge, dit tante Piquette d'une voix mesurée, accompagnée d'un petit sourire malicieux, n'oubliez pas que cette pêche représente une très grosse somme d'argent. Il suffit de savoir en profiter. Vous verrez bien.

8

La nouvelle de l'apparition de cette pêche aussi grande qu'une maison s'était répandue dans les environs comme un incendie de forêt. Le lendemain, les gens montèrent par milliers au sommet de la colline pour contempler cette merveille.

Tante Éponge et tante Piquette appelèrent aussitôt les charpentiers et firent élever une solide cloison autour de la pêche afin de la protéger de la foule ; et en même temps, les deux astucieuses mégères se plantèrent à l'entrée du jardin, munies chacune d'une pile de tickets.

– Entrez ! Entrez donc ! glapit tante Piquette. Un shilling, ce n'est pas cher pour voir la pêche géante !

– Demi-tarif pour les enfants de moins de six semaines ! hurla tante Éponge pour ne pas être en reste.

– Chacun son tour, s'il vous plaît ! Ne poussez pas ! Vous avez tout votre temps !

– Hé, vous, là-bas ! Revenez ! Vous n'avez pas payé !

A l'heure du déjeuner, le jardin fourmillait d'hommes, de femmes et d'enfants venus voir de près le fruit miraculeux. Des hélicoptères se posèrent à même la colline comme des guêpes

pour cracher des paquets de journalistes, de photographes et d'opérateurs de cinéma.

– Pour prendre des photos, c'est deux shillings ! cria tante Piquette.

– D'accord ! D'accord ! répondirent les photographes. Qu'à cela ne tienne !

Et de nouvelles pièces de monnaie vinrent remplir les poches des deux sœurs cupides. Mais tandis que dehors la foire battait son plein, le pauvre James était enfermé à clef dans sa chambre et ce n'est que par les barreaux de sa fenêtre qu'il pouvait voir la foule qui se pressait dans le jardin.

– Ce sale gosse serait capable de tout gâcher si nous lui permettions de sortir, avait dit tante Piquette le matin.

– Oh ! s'il vous plaît ! avait supplié James. Ça fait des années et des années que je n'ai vu d'autres enfants. Et il y en aura des tas, je pourrais jouer enfin ! Et je pourrais peut-être vous aider à distribuer vos tickets.

– Pas question ! avait répondu sèchement tante Éponge. Ta tante Piquette et moi avons l'intention de devenir millionnaires. Des comme toi ne peuvent que gâcher nos affaires.

Ce n'est qu'à la fin du premier jour, à l'heure où les visiteurs avaient tous quitté le jardin pour rentrer chez eux, que les tantes firent sortir le petit James de sa prison en lui donnant l'ordre de ramasser les peaux de bananes et d'oranges ainsi que les papiers fripés que la foule avait laissés sur le gazon.

– Ne pourrais-je pas manger quelque chose avant ? demanda-t-il. Je n'ai rien pris depuis hier soir !

– Non ! déclarèrent les tantes en le poussant par la porte. Nous sommes trop occupées pour faire la cuisine. Nous allons compter nos sous !

– Mais il fait noir ! se lamenta James.

– Sors ! hurlèrent les tantes. Et ne rentre pas avant d'avoir tout nettoyé !

La porte claqua. La clef tourna dans la serrure.

9

Seul dans le noir, mourant de faim, tremblant de peur, James ne savait que faire. La nuit, autour de lui, était profonde et la lune, blanche et affolée, galopait dans le ciel. A part cela, tout était calme, rien ne bougeait.

Rester seul dehors, sous la lune, cela a quelque chose d'effrayant, surtout pour un enfant. Le silence règne partout, un silence de mort, les ombres sont si longues et si noires, elles prennent des formes étranges qui ont l'air de remuer quand on les regarde. Le moindre craquement de brindille vous fait sursauter.

C'est cela, exactement, qu'éprouvait le petit James. Les yeux dilatés par la peur, il regardait droit devant lui, osant à peine respirer. A quelques pas de lui, au milieu du jardin, il pouvait voir se dresser majestueusement la pêche géante. N'avait-elle pas grossi encore depuis la veille ? Quel spectacle ! Le clair de lune l'éclaboussait de cristal, de métal, de paillettes. Elle ressemblait à un énorme ballon d'argent oublié dans l'herbe, muet, mystérieux et resplendissant.

Et puis soudain, James se mit à frissonner de la tête aux pieds.

Quelque chose va m'arriver, se dit-il. Quelque chose de

plus étrange que jamais. Oui. Il en était sûr. Il sentait venir cette chose.

Oui, mais quelle chose ? Le jardin somnolait, inondé de clarté lunaire. L'herbe était toute mouillée, des millions de gouttes de rosée étincelaient à ses pieds comme autant de diamants. Et soudain, tout le coin, tout le jardin parut animé de magie.

Sachant à peine ce qu'il faisait, attiré par une sorte d'aimant invisible et impérieux, James Henry Trotter se mit à marcher à pas lents vers la pêche géante. Il enjamba la cloison et leva les yeux sur ses flancs gigantesques et bombés. Puis il étendit la main et la toucha avec précaution, du bout du doigt. La peau de la pêche était douce et chaude comme une précieuse fourrure, ou plutôt comme la peau d'un bébé souris. Il s'approcha plus près pour frotter sa joue contre cette peau veloutée. Et soudain il s'aperçut que, non loin de lui, près du sol, la pêche avait un trou.

10

C'était un trou assez important. Il pouvait être l'œuvre d'un animal de la taille d'un renard.

James se mit à genoux devant le trou. Il y introduisit d'abord la tête et les épaules.

Il y entra tout entier, en rampant.

Et il continua à ramper.

– C'est beaucoup plus qu'un trou, pensa-t-il, tout ému. C'est un véritable tunnel !

Le tunnel était humide et sombre. Il y régnait une curieuse odeur douce-amère de fruit frais. Sous ses genoux, le sol était détrempé, les parois visqueuses et suintantes, du jus de pêche coulait du plafond. James ouvrit toute grande la bouche et tira la langue. Ce jus était délicieux.

A présent, il dut escalader une pente, comme si le tunnel conduisait au cœur même du fruit gigantesque. Toutes les deux secondes, James s'arrêtait pour manger un morceau de la paroi. La pêche était sucrée, juteuse et merveilleusement rafraîchissante.

Il fit encore plusieurs mètres en rampant lorsque soudain – bang ! – sa tête heurta quelque chose d'extrêmement dur qui

lui barrait le chemin. Il leva les yeux sur une paroi solide qui, à première vue, semblait être de bois. Il avança une main. Au toucher, cela ressemblait bien à du bois, mais à du bois tout sinueux, tout craquelé.

– Juste ciel ! s'écria-t-il. Je sais ce que c'est ! Je viens de me cogner au noyau de la pêche !

Puis il aperçut une petite porte découpée à même le noyau. Il la poussa, toujours à quatre pattes. Et, avant même d'avoir eu le temps de lever les yeux pour voir où il était, il entendit une voix : « Voyez qui arrive ! » puis une autre : « Il y a déjà un bon moment que nous t'attendons ! »

James s'arrêta, le visage blême de terreur.

Il tenta de se relever, mais ses genoux tremblaient si fort qu'il dut aussitôt s'asseoir sur le sol. D'un bref regard en arrière, il chercha le tunnel pour s'y réfugier, mais la porte avait disparu. Seul le grand mur brun se dressait derrière lui.

11

De ses grands yeux pleins de frayeur, James fit lentement le tour de la chambre.

Et cette chambre était pleine de monde. Et ces gens, ces... ces personnages dont quelques-uns trônaient sur des chaises, d'autres étaient allongés sur un sofa, ces personnages le regardaient de tous leurs yeux.

Des personnages ?

Ou des insectes ?

Un insecte, voyons, c'est généralement quelque chose de plutôt petit, n'est-ce pas ? Un grillon, par exemple, c'est bien un insecte.

Mais que dire d'un grillon des champs aussi grand qu'un chien ? Aussi grand qu'un gros chien. Peut-on appeler cela un insecte ?

Insecte ou non, un vieux grillon des champs était assis dans un fauteuil, juste en face du petit James.

Et à côté du vieux grillon des champs il y avait une énorme araignée.

Et à côté de l'araignée, une coccinelle géante portant neuf taches noires sur sa carapace rouge.

Tous trois installés dans des fauteuils somptueux.

Tandis que sur le sofa étaient vautrés deux autres « personnages » : un mille-pattes et un ver de terre.

Dans un coin, par terre, traînait un gros paquet blanc qui pouvait bien être un ver à soie. Mais ce dernier dormait profondément et personne ne s'occupait de lui.

Chacun de ces « personnages » était au moins aussi grand que le petit James et, sous l'étrange éclairage verdâtre venant d'un coin mal déterminé du plafond, ce petit monde offrait un spectacle absolument sinistre.

– J'ai faim, déclara soudain l'araignée en regardant fixement le petit James.

– Je meurs de faim, dit à son tour le vieux grillon des champs.

– Moi aussi, je meurs de faim ! s'écria la coccinelle.

Le mille-pattes se dressa sur son sofa.

– Tout le monde a faim, constata-t-il. Il faudrait manger !

James vit quatre paires de gros yeux noirs et vitreux braqués sur lui.

Le mille-pattes se tordit comme s'il allait quitter sa place. Mais finalement il resta où il était.

Il y eut un long silence.

L'araignée – une araignée femelle – ouvrit la bouche. Une langue noire et effilée parcourut délicatement ses lèvres.

– Et toi ? N'as-tu pas faim ? demanda-t-elle soudain à James.

Frissonnant, muet d'effroi, le pauvre petit garçon recula vers le mur.

– Qu'est-ce qui t'arrive ? demanda le vieux grillon des champs. Tu n'es pas malade ?

– On dirait qu'il va tomber dans les pommes, constata le mille-pattes.

– Oh ! le pauvre petit ! s'écria la coccinelle. Il pense que c'est lui que nous allons manger !

Et tout le monde éclata de rire.

– Pauvre petit, pauvre petit ! firent-ils tous. Quelle idée monstrueuse !

– N'aie pas peur, dit amicalement la coccinelle. Nous ne te ferons aucun mal. Tu es des nôtres maintenant. Tu es de l'équipage. Nous sommes tous embarqués sur le même bateau, en quelque sorte.

– Nous avons passé la journée à t'attendre, dit le vieux grillon des champs. Puis nous avons cru que tu ne te déciderais jamais à venir. Et te voici enfin. Ça me fait bien plaisir.

– Courage, mon garçon, courage ! dit le mille-pattes. Mais en attendant, ne pourrais-tu pas venir me donner un coup de main ? Je mets toujours des heures à retirer mes bottines.

12

Impossible de refuser. Ce n'était vraiment pas le moment. James traversa docilement la pièce et s'agenouilla près du mille-pattes.

– Merci mille fois, dit le mille-pattes. Tu es un bon petit.

– Vous en avez des bottines, murmura James.

– C'est normal, puisque j'ai des tas de jambes, répondit avec fierté le mille-pattes. Et, par conséquent, des tas de pieds ! J'en ai mille, pour ne rien te cacher.

– Et il remet ça ! s'exclama le ver de terre qui, jusque-là, n'avait rien dit. Il ne cesse de raconter des mensonges ! Mille pattes, vous voulez rire ! Il n'en a que quarante-deux ! Vrai, la plupart des gens ne prennent pas la peine de les compter. Ils le croient sur parole. D'ailleurs, cela n'a rien de prodigieux d'avoir des tas de pattes !

– Pauvre type, dit le mille-pattes à l'oreille de James. Il est aveugle de naissance. Il ne voit pas l'allure que ça me donne.

– A mon avis, poursuivit le ver de terre, ce qui est vraiment prodigieux, c'est de n'avoir pas de pattes du tout et de parvenir à marcher quand même.

– Tu appelles ça marcher ! cria le mille-pattes. Tu ne fais que ramper péniblement ! Tu fais pitié !

– Je glisse. Il y a une nuance ! répondit le ver de terre d'un air collet monté.

– Tu n'es qu'un animal visqueux, rétorqua le mille-pattes.

– Je ne suis pas un animal visqueux, dit le ver de terre. Je suis utile, moi, et aimé de tous. Demande à n'importe quel jardinier. Tandis que toi…

– Je suis un insecte nuisible ! proclama le mille-pattes avec un large sourire. Il regarda autour de lui pour voir l'effet que faisaient ses mots.

– Il en est si fier, dit en souriant la coccinelle. Je ne comprendrai jamais pourquoi.

– Je suis le seul insecte nuisible ici, dans cette pièce ! cria le mille-pattes sans cesser de ricaner. A moins que le grillon des champs ne se mette de mon côté. Il est vrai qu'il ne compte guère. Il est bien trop vieux pour être nuisible.

Le vieux grillon des champs tourna la tête, foudroyant le mille-pattes de ses énormes yeux noirs.

– Jeune homme, dit-il d'une voix grave et dédaigneuse, sachez que je n'ai jamais été une bête nuisible. Jamais de la vie. Je suis musicien de mon métier.

– BRAVO ! dit la coccinelle.

– James, dit le mille-pattes, tu t'appelles bien James ?

– Oui.

– Eh bien, James, qu'en penses-tu ? As-tu jamais vu un mille-pattes de ma taille ? Un colosse de mille-pattes ?

– Bien sûr que non, répondit James. Comment as-tu fait pour devenir si grand ?

– Très spécial, dit le mille-pattes. Très spécial, vraiment. Permets-moi de te raconter ce qui m'est arrivé. J'étais en train de fouiller l'herbe sous le vieux pêcher quand, tout à coup, une drôle de petite chose verte est passée sous mon nez en se tortillant. Ce qu'elle était belle ! On aurait dit une pierre précieuse…

– Oh ! je sais ce que c'était ! s'écria James.

– Moi, il m'est arrivé la même chose ! dit la coccinelle.

– Moi aussi ! dit l'araignée. Il y avait des petites choses vertes partout ! La terre en était couverte !

– J'en ai même avalé une ! déclara fièrement le ver de terre.

– Moi aussi ! dit la coccinelle.

– J'en ai avalé trois ! hurla le mille-pattes. Mais je suis en train de vous raconter mon histoire et vous m'interrompez tous ! En voilà des manières !

– Il est trop tard pour raconter des histoires. C'est l'heure d'aller au lit, dit le vieux grillon des champs.

– Je ne dormirai pas avec mes bottines ! cria le mille-pattes. Il en reste combien, James ?

– Je t'en ai enlevé vingt, dit James.

– Reste huit cent quatre-vingts, dit le mille-pattes.

– Menteur ! s'écria le ver de terre. Il en reste vingt-deux.

Le mille-pattes éclata de rire.

– Qu'en sais-tu puisque tu n'y vois pas !

– Cesse de lui marcher sur les pieds, dit la coccinelle.

– Lui marcher sur les pieds ? cria le mille-pattes. Quels pieds ?

James s'aperçut alors qu'il avait beaucoup de sympathie pour le mille-pattes. C'était un coquin sans aucun doute, mais quelle joie d'entendre rire quelqu'un ! Tante Éponge et tante Piquette ne riaient jamais.

– Allons dormir maintenant, dit le vieux grillon des champs. Demain sera une journée très dure. Mademoiselle l'araignée aurez-vous l'obligeance de faire nos lits ?

13

Et, au bout de quelques minutes à peine, l'araignée avait fait le premier lit. C'était à vrai dire un hamac suspendu par des cordes de fils. Mais il était très joli, ce hamac improvisé. Il brillait comme de la soie argentée.

– J'espère qu'il sera assez confortable, dit mademoiselle l'araignée au vieux grillon des champs. J'ai fait de mon mieux, j'ai employé des fils de la Vierge. Des fils d'une qualité supérieure, bien meilleurs que ceux que j'utilise pour mes propres toiles.

– Merci mille fois, mademoiselle, dit le vieux grillon des champs en grimpant dans son hamac. Oh ! oui, c'est exactement ce que je voulais. Bonne nuit, tout le monde.

Puis l'araignée confectionna un autre hamac pour la coccinelle.

Puis un troisième, beaucoup plus long, pour le mille-pattes. Et un quatrième, plus long encore, pour le ver de terre.

– Et toi, cher James, comment le préfères-tu, ton lit ? Le veux-tu dur ou douillet ? demanda enfin l'araignée.

– Douillet, s'il vous plaît. Et merci, répondit James.

– Pour l'amour de Dieu, cesse de regarder en l'air et continue à retirer mes bottines ! dit le mille-pattes. A ce train-là, nous n'allons jamais pouvoir nous coucher ! Et puis, quand tu auras fini, range-les par paire ! Ne te contente pas de les jeter par-dessus ton épaule !

James se pencha avec application sur les bottines du mille-pattes. Elles avaient des lacets avec des nœuds si compliqués qu'il faillit y laisser tous ses ongles. C'était épouvantable. La corvée dura environ deux heures. Et quand James venait enfin de délacer et de retirer la dernière bottine – cela faisait une interminable rangée, vingt et une paires en tout – le mille-pattes dormait à poings fermés.

– Lève-toi, mille-pattes, dit James à voix basse en lui donnant un petit coup dans l'estomac, il est temps de te coucher.

– Merci, mon petit, dit le mille-pattes en clignant de ses yeux bouffis.

Il glissa du sofa, traversa la pièce et grimpa dans son hamac. James occupa le sien, et comme ce hamac était doux, comparé aux planches dures et nues sur lesquelles il avait été condamné à dormir chez ses tantes !

– Éteins la lumière, dit le mille-pattes, d'une voix chargée de sommeil.

Rien ne bougea.

– Éteins, voyons ! répéta-t-il en élevant la voix.

James, tout en regardant autour de lui, se demandait à qui avait bien pu s'adresser le mille-pattes. Tout le monde dormait. Le vieux grillon des champs ronflait très fort par le nez. La coccinelle, elle, émettait des sifflements. Quant au ver de terre, enroulé en spirale à l'extrémité de son hamac, il respirait péniblement, la bouche grande ouverte. Mademoiselle l'araignée, de son côté, s'était tissé une bien jolie toile dans un coin de la pièce. Là, au milieu de ce fin tissu, elle se tenait accroupie en marmonnant tout doucement dans son sommeil.

– Éteins cette lumière, voyons ! cria le mille-pattes d'une voix courroucée.

– C'est à moi que tu parles ? demanda James.

– Mais non, petit sot, répondit le mille-pattes. C'est à cet étourdi de ver luisant qui s'est endormi sans éteindre sa lanterne !

Et, pour la première fois depuis son arrivée dans cette chambre, James leva les yeux au plafond et y vit quelque chose de tout à fait extraordinaire. Une gigantesque mouche sans ailes (elle mesurait près d'un mètre) se tenait sur ses six pattes, au beau milieu du plafond. Le bout de sa queue éclatait littéralement d'une vive lumière verte, plus claire que la plus puissante des ampoules électriques. C'est elle qui éclairait toute la pièce.

– C'est cela, un ver luisant ? demanda James, les yeux fixés sur le foyer lumineux. Je trouve qu'il n'a vraiment rien d'un ver !

– Bien sûr que c'est un ver luisant, répondit le mille-pattes. C'est du moins ce qu'il prétend. Pourtant, ta remarque est juste. Ce n'est pas un ver comme les autres. Les vers luisants ne sont pas du tout des vers comme les autres. Ce sont à proprement parler des mouches à feu qui n'ont pas d'ailes. Réveille-toi, paresseux !

Mais comme le ver luisant ne bougeait toujours pas, le mille-pattes avança une de ses quarante-deux pattes pour ramasser une de ses quarante-deux bottines.

– Éteins cette saloperie de lumière ! hurla-t-il. Et il lança la bottine au plafond.

Le ver luisant ouvrit lentement un œil sur le mille-pattes.

– Pas besoin d'être grossier, dit-il d'une voix impassible. Chaque chose en son temps.

– Allons, allons, allons ! s'impatienta le mille-pattes. Tu ne veux tout de même pas que j'éteigne à ta place ?

– Oh ! bonsoir, James ! dit avec un sourire amical le ver luisant. Je ne t'ai pas vu arriver. Sois le bienvenu parmi nous, mon garçon, et bonne nuit !

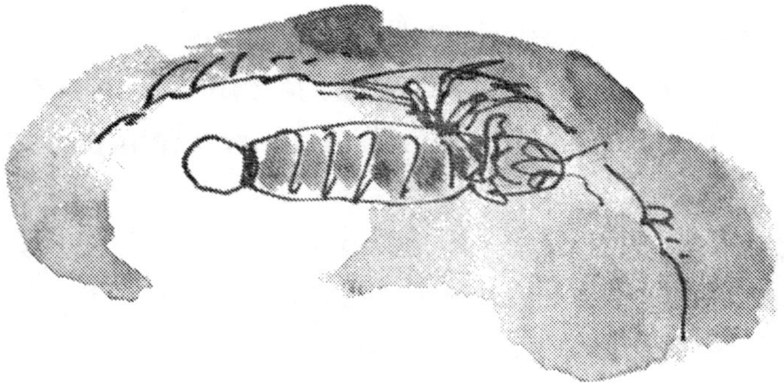

Puis il y eut un déclic et la lumière s'éteignit. Les yeux grands ouverts dans le noir, James Henry Trotter reposait dans son hamac en écoutant le bruit bizarre que faisaient ses compagnons en dormant. Qu'allait lui apporter le lendemain ? Déjà, il s'était mis tout doucement à aimer ses nouveaux amis. Ils étaient bien moins redoutables qu'ils ne paraissaient. En fait, ils n'étaient pas redoutables du tout. Malgré leurs cris et leurs disputes, c'étaient des créatures charmantes et serviables.

– Bonne nuit, vieux grillon des champs, murmura-t-il ; bonne nuit, coccinelle, bonne nuit, mademoiselle l'araignée.

Mais avant même d'avoir souhaité bonne nuit à chacun d'eux, il s'endormit.

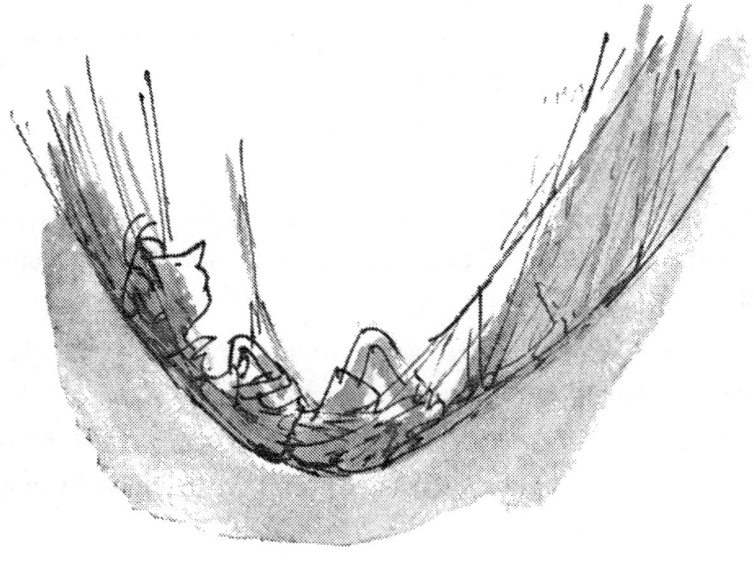

17

– Ça y est, ça y est ! cria une voix. Nous voilà partis !

James venait de se réveiller. Il fit un bond et leva les yeux. Les compagnons avaient tous quitté leurs hamacs. L'air agité, ils allaient et venaient dans la pièce. Soudain, il y eut une grande secousse, on aurait dit un tremblement de terre.

– Ça y est, nous roulons ! hurla le vieux grillon des champs en bondissant avec frénésie. Tenez bon !

– Que se passe-t-il ? cria James en sautant sur ses pieds.

La coccinelle, une créature extrêmement douce et aimable, vint à sa rencontre.

– Ne le sais-tu pas encore ? dit-elle. Nous allons quitter pour toujours cette sinistre colline où nous avons été prisonniers si longtemps. Nous allons rouler, rouler, loin d'ici. Cette belle grosse pêche va nous emporter vers un pays de… de… un pays de…

– De quoi ? demanda James.

– Qu'importe, dit la coccinelle. Mais rien ne peut être pire que cette colline désolée et tes répugnantes vieilles tantes…

– Écoutez ! Écoutez ! firent soudain toutes les voix en chœur. Écoutez !

– Tu as dû remarquer, reprit la coccinelle, que le jardin est en pente. En pente raide. Et la seule chose qui empêchait cette énorme boule de dévaler cette pente était la grosse tige qui l'attache à l'arbre. Une fois rompue, elle ne s'y oppose plus et nous voilà partis !

– Attention ! cria l'araignée quand la seconde secousse se fit sentir. Nous démarrons !

– Pas encore ! Pas encore !

– En ce moment, poursuivit la coccinelle, notre mille-pattes, qui a des mandibules aussi coupantes que des lames de rasoir, est en train de scier cette tige. Et il ne doit pas être loin d'avoir fini son travail, cela se sent ! Veux-tu que je te prenne sous mes ailes pour que tu ne tombes pas au moment du départ ?

– Vous êtes vraiment gentille, dit James, mais je crois que je me débrouillerai tout seul pour ne pas tomber.

A cet instant, le large sourire du mille-pattes apparut dans un trou du plafond.

– J'ai fini ! cria-t-il. Nous sommes libres !

– Nous sommes libres ! Nous sommes libres ! firent les autres.

– Le voyage commence ! cria le mille-pattes.

– Et qui sait où il finira, bougonna le ver de terre, si toutefois ça vous intéresse. Quant à moi, je ne prévois que des ennuis.

– Tu dis des bêtises, fit la coccinelle. Nous allons visiter les plus beaux coins de la terre et découvrir des tas de merveilles, n'est-ce pas, mille-pattes ?

– Vous n'avez pas idée de ce que nous allons voir ! s'écria le mille-pattes.

Nous verrons la bête aux quarante-neuf têtes
Nourrie de neiges désolées
Et quand elle attrape un rhume de cerveau
Elle a quarante-neuf nez à moucher.

Nous verrons le croque-mitaine venimeux
Qui d'un homme ne fait qu'une bouchée.
Il en avale cinq pour son déjeuner
Et dix-huit pour son souper.

Nous verrons la licorne violette,
Un dragon et le plus affreux
Des monstres à qui des doigts crochus
Servent de cils et de cheveux.

Nous verrons la poule aux œufs de dynamite,
Si noble, si douce et si belle.
Ses œufs, plongés dans une marmite
Vous font sauter la cervelle.

Sans parler du gnou et du gnocéros,
Sans parler de l'énorme moustique
Dont l'aiguillon vous sort par le chapeau
A chaque fois qu'il vous pique.

Dans mille tremblements de terre nous péririons
De froid, de faim et d'horreur
Nous hurlerons sous les coups de cornes
D'un affreux dilemme en fureur.

Mais qu'importe ! Quittons ce tertre odieux !
Que ça boume, que ça coule, que ça plonge !
Courons, roulons, dégringolons
Loin, loin de Piquette et d'Éponge !

Et au bout d'une seconde… lentement, ô combien lentement, et avec quelle délicatesse !… la grosse pêche s'ébranla.

Toute la chambrée s'en trouva sens dessus dessous, les meubles se mirent à glisser vers le mur d'en face. James, la coccinelle et le vieux grillon des champs, l'araignée et le ver de terre, tous furent projetés en avant, tous, même le mille-pattes qui les avait rejoints à la dernière minute.

15

Dans le jardin, pendant ce temps, tante Éponge et tante Piquette venaient d'occuper leurs postes, à l'entrée, chacune munie d'une pile de tickets. Déjà les premiers flots de visiteurs matinaux se dessinaient à l'horizon.

– Aujourd'hui nous ferons fortune, dit tante Piquette. Regardez ce monde !

– Je me demande ce qu'est devenu notre vilain petit gars la nuit dernière, dit tante Éponge. Il n'est pas rentré, n'est-ce pas ?

– Il a dû tomber dans le noir et se casser une jambe, dit tante Piquette.

– Ou peut-être le cou, dit tante Éponge, toute rêveuse.

– Que je lui mette la main dessus, dit tante Piquette en brandissant sa canne. Il ne recommencera plus ! Mais, mon Dieu ! Quel est ce bruit d'enfer ?

Les deux femmes tournèrent la tête.

Ce bruit, vous l'avez deviné, n'était autre que celui de la pêche géante qui venait de rompre la cloison qui l'entourait pour traverser majestueusement le jardin, roulant vers l'endroit même où se tenaient tante Éponge et tante Piquette.

Après quelques secondes de stupeur, celles-ci se mirent à pousser des cris. Puis, prises de panique, elles tentèrent de se sauver. Chacune ne pensait qu'à elle-même. Mais la grosse tante Éponge se prit les pieds dans la boîte qu'elle avait apportée pour y placer les gains de la journée. Elle tomba sur le ventre. Tante Piquette trébucha à son tour et s'abattit sur sa sœur. Toutes deux se roulèrent par terre en poussant des cris aigus, en luttant éperdument. Et avant qu'elles ne pussent se relever, la pêche, l'énorme pêche fut sur elles.

Il y eut un bruit de broiement.

Et puis ce fut le silence.

La pêche continua son chemin, laissant derrière elle tante Éponge et tante Piquette écrasées sur l'herbe. Écrasées, complètement aplaties et sans vie comme deux poupées de carton découpées dans un livre d'images.

16

La pêche avait quitté le jardin pour toujours. Dégringolant la pente abrupte de la colline, elle roula, elle roula, plus vite, plus vite, de plus en plus vite. Et la foule qui se dirigeait vers le sommet vit soudain le monstre sphérique qui fonçait sur elle. Les gens poussèrent des cris de terreur et se sauvèrent à toutes jambes à l'approche du désastre.

Arrivée au pied de la colline, la pêche traversa la chaussée, renversa un poteau télégraphique et écrabouilla deux automobiles en stationnement.

Puis elle s'élança follement à travers une vingtaine de champs, rompant les cloisons, écrasant les haies dans sa course. Elle dispersa un troupeau de belles vaches normandes, terrorisa les moutons, sema la panique dans un haras plein de chevaux, puis dans une cour bondée de cochons. Bientôt toute la campagne résonnait des cris et des piétinements affolés de toutes ces bêtes qui fuyaient à la débandade.

Et la pêche avançait toujours à un rythme infernal, ne songeant pas à ralentir. Elle arriva enfin à un village.

Dans la grand-rue, les gens, ahuris, ne savaient où se mettre pour ne pas se faire écraser. Au bout de la rue, la pêche traversa impitoyablement un énorme bâtiment en laissant deux trous béants dans les murs.

C'était une fameuse fabrique de confiserie. Aussitôt, un torrent de chocolat fondu, tout chaud encore, jaillit par les brèches. Au bout d'une minute, la masse onctueuse et brune avait envahi toutes les rues du village, les maisons, les boutiques et les jardins. Les enfants se promenaient dans des flots de chocolat fondu qui leur arrivaient jusqu'aux genoux, quelques-uns essayèrent même d'y nager, sans oublier d'en avaler d'énormes gorgées. La bouche pleine, la figure barbouillée, ils hurlaient de joie.

Mais la pêche était loin déjà. A la même vitesse infernale, elle sillonnait la campagne, laissant derrière elle d'ineffables ravages. Les troupeaux, les étables, les fermes, les habitations, les écuries, tout ce qu'elle rencontrait sur son chemin, elle le renversa comme un jeu de quilles. Un paisible vieillard qui pêchait le goujon au bord d'un fleuve perdit sa canne à pêche à son passage et une femme nommée Daisy Entwistle y laissa la peau de son nez, tant la pêche la rasa de près.

S'arrêterait-elle jamais ? Pourquoi donc s'arrêterait-elle ? Ce qui est rond est fait pour rouler tant qu'il se trouve sur une pente, c'est normal, pour rouler jusqu'à l'Océan, ce même Océan que, la veille encore, James avait tant souhaité revoir de près et dont les vilaines tantes lui avaient refusé l'accès. Peut-être le verrait-il maintenant. La pêche en approchait un peu plus à chaque seconde. Oui, la mer était de plus en plus proche, ainsi que les grandes falaises blanches qui la précédaient.

Ces falaises sont les plus hautes et les plus célèbres de toute l'Angleterre. A leur pied, la mer est profonde, glaciale, affamée. Des centaines de bateaux furent engloutis à cet endroit, avec tout leur équipage, avec tous leurs passagers. Et la pêche n'était qu'à une centaine de mètres de cette falaise – à une cinquantaine de mètres – à vingt mètres – à dix mètres – à cinq, et, ayant atteint le rebord, elle fut projetée en l'air, puis suspendue pendant quelques secondes, tournant toujours comme une planète...

Puis commença la chute...

Plus bas...

Encore plus bas...

Encore...

Encore...

Encore...

Et PLOUF ! Elle heurta la surface de l'eau dans un formidable éclaboussement, puis elle coula comme une pierre.

Mais au bout de quelques secondes elle remonta pour demeurer à la surface, paisible et victorieuse, en se balançant sur les flots.

17

A ce moment, le chaos régnait à l'intérieur de la pêche. Meurtri et couvert de bosses, James Henry Trotter gisait sur le sol de la chambre, au milieu d'un inextricable fouillis de mille-pattes, de ver de terre, d'araignée, de coccinelle, de ver luisant et de grillon. Oh ! la terrible aventure ! Pourtant, tout avait commencé par des rires et des chansons et nul n'avait songé aux dangers imminents. Au premier « boum », le mille-pattes avait déclaré : « C'était tante Éponge ! » Au second, il avait constaté : « C'était tante Piquette ! » Et ce fut un éclat de joie général.

Mais dès que la pêche eut quitté le jardin pour descendre la côte avec des sauts périlleux et des bonds furieux, l'aventure tourna au cauchemar. James se sentit projeté tantôt au plafond, tantôt au plancher, puis vers les murs, puis encore au plafond, tandis que ses compagnons farfelus voletaient dans tous les sens, ainsi que les meubles, sans parler des quarante-deux bottines du mille-pattes. Tout ce que contenait la pêche était secoué comme des pois dans un tamis, secoué sans pitié par un géant fou aux forces inépuisables. Et pour comble de malheur, la lanterne du ver luisant ne fonctionnait pas. Dans la pièce, il faisait noir comme dans un four.

Il y eut des cris, des pleurs et des plaintes. Une fois, James crut s'accrocher à une paire de poutres, puis il s'aperçut que c'était une des nombreuses paires de pattes du mille-pattes. « Lâche-moi idiot ! », hurla en gigotant le mille-pattes, et James fit une nouvelle embardée pour se retrouver sur les genoux podagres du vieux grillon des champs. Deux fois de suite, il devait s'embrouiller dans les pattes de mademoiselle l'araignée (l'horrible affaire), et à la fin, le pauvre ver de terre, tout fendillé par ses nombreux déplacements involontaires, s'enroula dans sa détresse autour de James, refusant obstinément de se dérouler.

Oh ! le singulier et terrible voyage !

Mais à présent, c'était fini, la chambre avait retrouvé l'ordre et le calme. Tout le monde était occupé à identifier ses membres, à défaire ses nœuds.

– Lumière, s'il vous plaît ! cria le mille-pattes.

– Lumière ! crièrent les autres en chœur. Un peu de lumière, s'il vous plaît !

– Si je pouvais, répondit le pauvre ver luisant. Je fais ce que je peux, croyez-moi. Un peu de patience, s'il vous plaît !

Et tout le monde attendit en silence.

Enfin une faible lueur verdâtre se mit à auréoler la queue du ver luisant et, petit à petit, cette lueur devint de plus en plus éclatante.

– Ah ! le beau voyage ! dit le mille-pattes en boitillant de long en large.

– Je ne serai plus jamais comme avant, murmura le ver de terre.

– Moi non plus, dit la coccinelle. J'ai l'impression d'avoir beaucoup vieilli.

– Voyons, mes chers amis, s'écria le vieux grillon des champs avec un sourire quelque peu forcé, puisque nous sommes arrivés maintenant !

– Arrivés où ? demandèrent les autres. Où sommes-nous ?

– Je n'en sais rien, dit le vieux grillon des champs, mais je suis sûr que c'est un bon coin.

– Nous sommes peut-être au fond d'une mine de charbon, dit d'une voix sombre le ver de terre. Nous avons fait une descente brusque. J'en ai eu mal au cœur. Je ne me sens toujours pas bien.

– Peut-être sommes-nous dans un pays merveilleux plein de musique et de chansons, dit le vieux grillon des champs.

– Ou au bord de la mer, dit avec passion le petit James, sur une belle plage de sable pleine d'enfants qui s'amusent !

– Pardonnez-moi, murmura la coccinelle en pâlissant un peu, mais me tromperais-je ? On dirait que nous nous balançons !

– Nous nous balançons ! crièrent les autres. Que voulez-vous dire par là ?

– Vous êtes encore tout étourdie par le voyage, dit le vieux grillon des champs. Ça passera. Est-ce que tout le monde est prêt ? Nous allons monter en haut pour inspecter les lieux !

– Oui, oui ! Allons-y ! Allons-y !

– Pas question que je sorte pieds nus, déclara le mille-pattes. Il faut d'abord que je mette mes bottines.

– Ah non ! protesta le ver de terre. Il ne faut pas lui passer tous ses caprices !

– Nous allons tous lui donner un coup de main, proposa gentiment la coccinelle. Ça ira vite !

Et tous se mirent au travail. Tous à l'exception de l'araignée occupée à filer une longue échelle de corde allant du sol au plafond. Le vieux grillon des champs avait suggéré avec beaucoup de sagesse qu'il serait imprudent de passer par la sortie latérale tant qu'ils ne savaient pas encore où ils se trouvaient. Mieux valait monter directement au sommet de la pêche.

Ainsi, au bout d'une demi-heure, lorsque l'échelle de corde fut prête et la quarante-deuxième bottine du mille-pattes correctement lacée, c'était le moment de sortir. Alors, en poussant des cris comme : « Voyons cette terre promise, mes enfants ! Comme c'est passionnant ! », ils grimpèrent un à un l'échelle pour disparaître dans l'obscurité suintante du tunnel qui montait à pic, presque verticalement.

18

Une minute plus tard, tout le monde était debout au sommet de la pêche. Rassemblés autour de la tige, ils se frottèrent tous les yeux.

– Que s'est-il passé ?

– Où sommes-nous ?

– Ce n'est pas possible !

– C'est incroyable !

– C'est effrayant !

– Je vous l'ai bien dit ! J'ai senti des secousses ! dit la coccinelle.

– Nous sommes en pleine mer ! cria James.

Et c'était vrai. Les courants et le vent s'étaient associés pour emporter la pêche si vite que, déjà, on ne voyait plus la Terre. Tout autour d'eux, rien que de l'eau, l'immense Océan sombre et affamé. De petites vagues clapotaient contre les flancs de la pêche.

– Est-ce possible ? crièrent-ils. Où sont les champs ? Où sont les forêts ? Où est l'Angleterre ?

Personne, pas même le petit James, ne comprenait comment la chose avait pu se produire.

– Mesdames ! Messieurs ! dit le vieux grillon des champs en

s'efforçant de dissimuler combien il était inquiet, je crains bien que nous ne nous trouvions dans une situation plutôt délicate !

– Délicate ! s'écria le ver de terre. Mon pauvre ami, nous sommes finis ! Nous allons tous périr ! Tout aveugle que je suis, je vois clair à ma façon !

– Vite ! Déchaussez-moi ! hurla le mille-pattes. Je ne peux pas nager avec mes bottines !

– Et moi, je ne sais pas nager du tout ! cria la coccinelle.

– Moi non plus, se lamenta le ver luisant.

– Moi non plus ! dit mademoiselle l'araignée.

– Mais personne n'a besoin de savoir nager, dit James avec calme. Puisque nous flottons. Tôt ou tard un bateau passera et nous sauvera.

Tous le regardèrent, fascinés.

– Es-tu bien sûr que nous ne coulerons pas ? demanda la coccinelle.

– Tout à fait sûr, répondit James. Voyez vous-mêmes.

Et tout le monde courut vers le rebord pour scruter l'eau qui entourait la pêche.

– Le petit a raison, dit le vieux grillon des champs. Nous flottons. Il ne nous reste qu'à nous asseoir et à nous tenir tranquilles. Et tout finira par s'arranger.

– Insensé ! cria le ver de terre. Rien ne finit jamais par s'arranger, vous le savez très bien.

– Pauvre ver de terre, glissa la coccinelle à l'oreille de James. Il a le goût du désastre. Il a horreur d'être heureux. Il n'est heureux que quand il est malheureux. N'est-ce pas bizarre ? Mais je suppose que le seul fait d'être un ver de terre peut assombrir toute une existence, qu'en penses-tu ?

– Bon, dit le ver de terre, si cette pêche ne coule pas et si nous ne mourons pas tous noyés, nous finirons tous par mourir de faim, c'est inévitable. Auriez-vous oublié que nous n'avons rien mangé depuis hier matin ?

– Il a raison, pardi ! cria le mille-pattes. Pour une fois, notre ver de terre a raison.

– Bien sûr que j'ai raison, dit le ver de terre. Comment voulez-vous trouver de la nourriture par ici ? Nous allons maigrir, maigrir, maigrir, la soif nous desséchera et nous mourrons de faim, d'une mort lente et terrible. Je me sens déjà mourir. Je dépéris lentement, faute de nourriture. J'aimerais encore mieux me noyer.

– Mais, bonté divine, serais-tu aveugle ? s'écria James.

– Tu sais bien que je le suis, dit amèrement le ver de terre. Pas besoin de me le rappeler.

– Oh ! pardon… Mais j'ai voulu dire… Ne vois-tu pas que… ?

– Voir ? s'écria le pauvre ver de terre. Voir ! Tu te moques de moi !

James poussa un profond soupir.

– Donc, disons : ne réalises-tu pas que nous avons assez à manger ? Assez pour des semaines ?

– Où donc ? firent les autres. Où donc ?

– La pêche ! Qu'en faites-vous ? Notre bateau se mange !

– Diable ! crièrent les autres. Nous n'y aurions jamais pensé !

– Mon petit, dit le vieux grillon des champs en posant affectueusement une patte sur l'épaule de James, je me demande ce que nous deviendrions sans toi. Tu es si intelligent. Mesdames et messieurs, nous voilà sauvés, une nouvelle fois !

– Je suis persuadé du contraire ! dit le ver de terre. Vous avez des idées folles ! Nous ne pouvons pas manger le bateau ! Que deviendrions-nous sans lui ?

– Nous allons mourir de faim si nous ne le mangeons pas ! dit le mille-pattes.

– Et nous allons nous noyer si nous le mangeons ! cria le ver de terre.

– Oh ! mon Dieu, mon Dieu, dit le vieux grillon des champs. Tout va plus mal que jamais !

– Ne pourrions-nous pas en manger un tout petit bout ? demanda mademoiselle l'araignée. J'ai une faim atroce.

– Mangez-en tant que vous voudrez, répondit James. Puisque je vous dis qu'il y en a pour des semaines et des semaines !

– Bonté divine, il a encore raison ! cria le vieux grillon des champs en battant des mains. Des semaines, bien sûr ! Mais ne trouons pas le pont, surtout ! Je pense qu'il vaudra mieux entamer le tunnel, celui par où nous sommes montés.

– Excellente idée, dit la coccinelle.

– Pourquoi as-tu l'air si navré, cher ver de terre ? demanda le mille-pattes. Quel est ton problème ?

– Mon problème…, dit le ver de terre, mon problème… eh bien, justement, mon problème, c'est qu'il n'y a pas de problème !

Tout le monde éclata de rire.

– Courage, ver de terre ! Et maintenant, à table !

Tout le monde se précipita vers l'entrée du tunnel pour entamer la belle pêche, si dorée, si juteuse, si appétissante.

– Merveilleux ! dit le mille-pattes, la bouche pleine.

– Dé-li-cieux ! dit le vieux grillon des champs.

– Fabuleux ! dit le ver luisant.

– Dieu ! soupira la coccinelle. Quelle saveur !

Elle sourit à James et James lui sourit. Ils s'assirent sur le pont en mastiquant joyeusement.

– Tu sais, James, dit la coccinelle, jusqu'à ce jour, je n'ai jamais mangé autre chose que ces petits moucherons verts qui vivent sur les rosiers. Ils sont très savoureux, ces moucherons. Mais, comparés à cette pêche, ils sont insipides.

– N'est-ce pas prodigieux ? dit mademoiselle l'araignée venue les rejoindre. J'ai toujours pensé qu'une grosse mouche à viande prise dans ma toile était le meilleur dîner du monde – je l'ai pensé avant de goûter à ceci.

– Quel régal ! cria le mille-pattes. C'est vraiment étonnant ! Incomparable ! Et je suis bien placé pour en juger. Les bons petits plats, ça me connaît !

Et le mille-pattes, la bouche pleine, le menton ruisselant de jus de pêche, se mit à chanter à tue-tête :

J'ai mangé bien des plats délicieux,
Des moustiques en gelée, des lobes d'oreilles au riz,
Des souris à la neige, c'était exquis,
Des rôtis de rat (aspergés de pipi).

J'ai mangé des tas de croquettes de crottin,
D'innombrables boulettes de hanneton,
Des œufs de serpent brouillés au gratin,
Des frelons cuits dans du goudron,
De la bave d'escargot et des queues de lézards,

Des fourmis, des cafards par milliers
(Dans du vinaigre, s'il vous plaît).

J'adore les tailles de guêpe écrasées
A la vaseline et sur canapé.
Et les vertèbres de porc-épic,
Le rôti de dragon un peu moisi,
Plat fort coûteux, fort apprécié
(Expédié par courrier supersonique).

Et j'aime les tentacules d'octopi,
Les petites saucisses à la réglisse
C'est chaud, c'est vivant et ça glisse
C'est arrosé de carburant
(De « super », naturellement) !

Le jour de ma fête, je me fais servir
Des nouilles flambées au poil de caniche
Bien parfumées à l'élixir
D'ongles coupés et de cils de biche
(A avaler les yeux fermés).

Enfin, il faut que je vous le dise :
Chacune de ces friandises
Est rare, onéreuse, onirique.
Mais je donnerais le tout
Pour un tout petit bout
De cette PÊCHE FANTASTIQUE *!*

Tout le monde était heureux et détendu. Le soleil brillait d'un éclat encourageant dans le ciel bleu et la mer était calme. La pêche géante, baignée de lumière, glissait majestueusement sur l'eau argentée comme une énorme boule d'or massif.

19

– Regardez ! s'écria le mille-pattes vers la fin du repas. Regardez comme c'est drôle, cette mince barre noire qui glisse dans l'eau, là-bas !

Tout le monde tourna la tête.

– Tiens, il y en a deux, dit mademoiselle l'araignée.

– Il y en a des tas ! dit la coccinelle.

– Qu'est-ce que c'est ? demanda le ver de terre avec inquiétude.

– Des poissons, sans doute, dit le vieux grillon des champs. Ils sont venus nous dire bonjour.

– Des requins ! hurla le ver de terre. Ce sont des requins, j'en suis sûr. Ils sont venus pour nous dévorer !

– Balivernes ! dit le mille-pattes, mais sa voix tremblait et il ne riait plus.

– Ce sont bien des requins ! répéta le ver de terre. J'en ai la certitude !

A présent, ils pensaient tous comme lui, mais ils étaient trop effrayés pour en convenir.

Il y eut un bref silence et tout le monde scruta anxieusement l'eau où les requins tournaient lentement autour de la pêche géante.

– Supposons que ce sont des requins, dit le mille-pattes. Nous ne risquons rien tant que nous restons perchés ici.

Mais avant même qu'il ait fini ces mots, un des longs poissons noirs fit soudain volte-face dans l'eau pour foncer sur la pêche. Aussitôt il s'immobilisa en levant ses vilains petits yeux sur l'étrange équipage.

– Va-t'en ! crièrent-ils. Va-t'en, sale bête !

Lentement, péniblement, le requin ouvrit la gueule (assez spacieuse pour contenir une voiture d'enfant) et tira la langue.

Tout le monde attendit, le souffle coupé. Et maintenant, comme sur le signe d'un chef, tous les autres requins se ruèrent vers la pêche à coups de nageoires furibonds, pour se grouper autour d'elle avant de passer à l'attaque. Ils étaient bien vingt ou trente, peut-être plus. Ils se bousculaient et barattaient l'eau avec leurs queues. Au sommet de la pêche, c'était la panique.

– Nous sommes perdus, perdus ! pleura mademoiselle l'araignée. Ils mangeront la pêche, et quand ils l'auront mangée, nous n'aurons plus de bateau et ils s'acharneront sur nous !

– C'est juste ! hurla la coccinelle. Nous sommes perdus !

– Oh ! je ne veux pas qu'ils me mangent ! geignit le ver de terre. Mais c'est moi qu'ils mangeront le premier parce que je suis si gros et si juteux et que je n'ai pas d'os !

– N'y a-t-il vraiment rien à faire ? demanda la coccinelle à James. Tu as peut-être une idée.

Et tous les regards se tournèrent vers James.

– Cherche ! supplia mademoiselle l'araignée. Cherche bien, mon petit James !

– Sauve-nous, dit le mille-pattes. Sauve-nous, James. Il doit y avoir moyen d'en sortir.

Les regards restèrent fixés sur James, pathétiques, pleins d'angoisse et d'espoir.

20

Je crois qu'il y a un moyen, dit lentement James Henry Trotter. Je ne peux pas encore vous dire s'il est efficace...

– Dis-le ! cria le ver de terre. Dis-le vite !

– Nous ferons tout ce que tu voudras ! dit le mille-pattes.

– Vite ! Vite !

– Taisez-vous et laissez-le parler ! dit la coccinelle. Vas-y James.

Ils se turent et firent cercle autour de lui. Et, tout en attendant en silence, ils entendaient les requins qui battaient l'eau. Cela seul suffisait à leur donner la chair de poule.

– Voyons, James, parle ! dit la coccinelle.

– Je... je... je crains que ce ne soit une mauvaise idée, murmura James en secouant la tête. Je suis désolé, mais nous n'avons pas de ficelle. Et il nous en faudrait plus de cent mètres pour faire ce que je pense.

– Quelle sorte de ficelle ? demanda vivement le vieux grillon des champs.

– N'importe laquelle. Mais il me faudrait beaucoup de ficelle très solide !

– Mais, mon cher enfant, si ce n'est que cela ! Nous en avons tant que tu voudras !

– Comment ?

– Le ver à soie ! s'écria le vieux grillon des champs.

– N'y as-tu pas pensé ? Il est toujours en bas ! Il ne se déplace jamais ! Il est couché toute la journée et il dort, mais rien ne nous empêche de le réveiller et de le faire travailler !

– Et moi ! dit mademoiselle l'araignée. Mon travail ne vaut-il pas celui d'un ver à soie ? Je suis une fileuse modèle !

– Pouvez-vous en produire assez à vous deux ? demanda James.

– Autant que tu voudras.

– Rapidement ?

– Bien sûr, bien sûr !

– Et sera-t-il solide, ce fil ?

– Plus solide que tout ! Aussi gros que ton doigt ! Mais pour quoi faire ?

– Il faut sortir la pêche de l'eau ! dit James.

– Tu es fou ! cria le ver de terre.

– C'est notre seule chance.

– Ce garçon est complètement fou !.. Il se moque de nous !

– Continue, James, dit doucement la coccinelle. Comment vas-tu faire ?

– L'accrocher aux nuages, je suppose, railla le mille-pattes.

– Les mouettes, dit calmement James. Il y en a des tas. Regardez !

Ils levèrent les yeux et virent de grands vols de mouettes qui tournoyaient dans le ciel.

– Je prendrai un long fil de soie, poursuivit James, et je nouerai un bout autour du cou d'une mouette. Quant à l'autre bout, je l'attacherai à la tige de la pêche.

Il désigna du doigt la tige qui se dressait au milieu de la pêche comme un gros bout de mât sur le pont d'un vaisseau.

– Puis j'attraperai une autre mouette et je procéderai de la même façon. Puis une autre encore et ainsi de suite.

– Ridicule ! crièrent-ils.

– Absurde !

– Folie !

– Balivernes !

Et le vieux grillon des champs remarqua :

– Comment ces quelques petites mouettes peuvent-elles soulever cette énorme boule, y compris nous tous ? Il nous faudrait des centaines… des milliers de mouettes…

– Ce ne sont pas les mouettes qui manquent, répondit James. Il nous en faudra à peu près quatre cents, ou cinq cents, ou six cents… peut-être mille… Je ne sais pas… Je n'aurai qu'à les relier à la tige les unes après les autres, jusqu'à ce qu'elles soient assez nombreuses pour nous soulever. A la fin, elles y arriveront. C'est comme les ballons. Si vous donnez des tas de ballons à quelqu'un, mais des tas, vraiment, il finit par s'envoler. Et une mouette, c'est bien plus costaud qu'un ballon. Pourvu que ces horribles requins nous laissent le temps d'aller jusqu'au bout...

– Aurais-tu perdu la tête ? dit le ver de terre. Comment veux-tu attacher un bout de ficelle au cou d'une mouette ? Vas-tu monter en l'air toi-même pour les attraper ?

– Complètement cinglé, ce garçon ! dit le mille-pattes.

– Laissez-le parler, dit la coccinelle.

– Continue, James. Comment vas-tu faire ?

– Il faut les appâter.

– Les appâter ? avec quoi ?

– Avec un ver, bien sûr. Les mouettes aiment beaucoup les vers, c'est bien connu. Et, par bonheur, nous en avons un parmi nous, le plus gros, le plus gras, le plus rose, le plus juteux de tous les vers du monde.

– Trêve de plaisanteries ! dit vivement le ver de terre. Ça suffit !

– Continue, firent les autres avec un intérêt croissant.

– Continue !

– D'ailleurs, les mouettes l'ont déjà repéré, poursuivit James. Ça explique pourquoi elles sont de plus en plus nombreuses à tournoyer au-dessus de nous. Mais elles ne se poseront jamais si nous restons tous dehors. C'est pourquoi...

– Assez ! cria le ver de terre. Assez, assez, assez ! Je ne marche pas ! Je proteste ! Je... je... je... je...

– Du calme ! dit le mille-pattes. N'as-tu pas honte de ne penser qu'à toi ?

– Je pense à ce qu'il me plaît !

– Mon cher ver de terre, de toute manière, tu seras mangé. Alors, être dévoré par des mouettes ou par des requins, quelle différence ?

– Je ne marche pas !

– Si nous écoutions plutôt la suite ? dit le vieux grillon des champs.

– Je me moque de la suite ! cria le ver de terre.

– Je ne me laisserai pas becqueter par une bande de mouettes !

– Tu seras un martyr, dit le mille-pattes. Je te respecterai jusqu'à la fin de ma vie.

– Moi aussi, je te respecterai, dit mademoiselle l'araignée. Et tu auras ton nom dans tous les journaux. Un ver de terre se sacrifie pour sauver ses amis…

– Mais il n'aura pas besoin de se sacrifier, intervint James. Écoutez-moi bien. Voici ce que nous allons faire…

21

Mais c'est absolument prodigieux ! cria le vieux grillon des champs lorsque James eut fini d'exposer son plan.

– Ce garçon est un génie ! proclama le mille-pattes. Et ça me permettra de garder toutes mes bottines.

– Elles me picoreront à mort ! se lamenta le ver de terre.

– Mais non, voyons !

– Mais si je le sais ! Et je ne les verrai même pas foncer sur moi puisque je n'ai pas d'yeux !

James s'approcha du ver de terre et lui posa doucement la main sur l'épaule :

– Je te protégerai, dit-il. C'est promis. Mais nous n'avons plus de temps à perdre ! Voyez, là-bas !

Une foule considérable de requins se pressait autour de la pêche. L'eau en bouillonnait. Ils étaient bien quatre-vingt-dix ou cent.

Et les voyageurs rassemblés au sommet de la pêche avaient l'obscur sentiment de couler déjà.

– Au travail ! ordonna James. Et en vitesse ! Plus une minute à perdre !

A présent, c'était lui le capitaine et personne ne l'ignorait. Les autres lui obéiraient au doigt et à l'œil.

– Que tout le monde descende, à l'exception du ver de terre ! commanda James.

– Oui, oui ! répondirent les compagnons en s'engouffrant dans le tunnel. Dépêchons-nous !

– Et toi, mille-pattes ! cria James. Qu'est-ce que tu attends pour déclencher le ver à soie ? Et dis-lui de travailler comme il n'a jamais travaillé de sa vie ! C'est une question de vie ou de mort ! Et cela s'adresse aussi à vous, mademoiselle l'araignée ! Vite ! Au travail !

22

Au bout de quelques minutes tout était prêt.

Le silence régnait au sommet de la pêche. Personne en vue – personne excepté le ver de terre.

Une moitié de ce ver de terre, semblable à une belle saucisse rose, s'étalait en toute innocence au soleil pour attirer les regards des mouettes.

L'autre moitié pendillait à l'intérieur du tunnel.

James était accroupi auprès du ver de terre dans l'entrée du tunnel, tout près de la surface, guettant l'arrivée de la première mouette. Il brandissait un nœud coulant en fil de soie.

Le vieux grillon des champs et la coccinelle étaient descendus plus bas dans le tunnel. Les pattes sur la queue du ver de terre, ils étaient prêts à le tirer vers l'intérieur en cas de danger, au moindre signe de James.

Et tout au fond du noyau de la pêche, le ver luisant éclairait la pièce pour permettre à l'araignée et au ver à soie de faire du bon travail. Le mille-pattes les surveillait tout en les encourageant avec ardeur. Des bribes de ses propos parvenaient à James :

– Vas-y, ver à soie, mets-toi en quatre, espèce de paresseux ! Plus vite, plus vite, sinon on te livrera aux requins !

– Voici la première mouette ! murmura James. Ne bouge pas, ver de terre. N'aie pas peur !

– Ne lui permets pas de me piquer ! supplia le ver de terre.

– C'est ça. Pssst !

Du coin de l'œil, James suivit la descente de la première mouette. Et soudain, celle-ci fut si proche qu'il pouvait voir ses petits yeux noirs et son bec crochu grand ouvert, prêt à arracher un bout de dos dodu du ver de terre.

– Tirez ! cria James.

Le vieux grillon des champs et la coccinelle tirèrent de toutes leurs forces sur la queue du ver de terre et, comme par magie, celui-ci disparut complètement dans le tunnel. Au même instant, James leva la main et la mouette se précipita sur le nœud coulant étudié exprès pour faire le tour du cou de l'oiseau. C'est ainsi que la première mouette fut prise.

– Hourra ! cria le vieux grillon des champs en avançant la tête hors du tunnel. Bravo, James !

La mouette s'envola pendant que James déroulait le fil. Il l'arrêta à une cinquantaine de mètres et attacha le bout à la tige de la pêche.

– A la suivante ! cria-t-il en regagnant d'un bond sa cachette dans le tunnel. A ton poste, ver de terre ! Et toi, mille-pattes, apporte-moi du fil !

– Oh ! je n'aime pas ce jeu, pleurnicha le ver de terre. Elle a failli me piquer ! J'ai senti ses battements d'ailes sur mon dos !

– Chut ! fit James. Ne bouge plus ! En voici une autre !

Et tout se passa comme pour la première mouette. Puis vint une troisième, une quatrième, une cinquième.

Les mouettes affluèrent et James les captura les unes après les autres et les attacha à la tige.

– Cent mouettes ! cria-t-il en s'épongeant la figure.

– Continue ! crièrent ses compagnons. Continue, James !

– Deux cents mouettes !

– Trois cents mouettes !

– Quatre cents mouettes !

Les requins, comme s'ils sentaient que leur proie allait leur échapper, s'attaquèrent à la pêche avec une fureur grandissante. Celle-ci ne cessait de s'enfoncer dans les eaux.

– Cinq cents mouettes !

– Le ver à soie te fait dire qu'il est à bout de fil ! annonça le mille-pattes. Il dit qu'il n'en peut plus. Mademoiselle l'araignée, elle aussi, est épuisée !

– Dis-leur de faire un petit effort ! répondit James.

– Ils ne peuvent pas s'arrêter maintenant !

– Nous remontons ! cria quelqu'un.

– Mais non !

– J'ai senti quelque chose !

– Vite, une autre mouette !

– Silence, en voilà une !

C'était la cinq cent unième mouette. Et au moment même où James l'attachait, la pêche géante commença soudain à se soulever avec lenteur.

– Regardez ! Nous voilà partis ! Attention !

Mais aussitôt après, la pêche s'immobilisa.

Elle demeura suspendue.

Se balançant doucement au bout de ses cinq cent un fils, elle refusait de monter plus haut.

C'est tout juste si le fond de la pêche touchait l'eau.

– Encore une et ça ira ! cria le vieux grillon des champs. C'est presque gagné !

Puis vint le grand moment où la cinq cent deuxième mouette fut attrapée et attachée à la tige.

Et puis enfin…

Très lentement…

Majestueusement…

Comme un fabuleux ballon d'or…

Entraînée par le formidable vol de mouettes… La pêche géante monta, ruisselante d'eau, plus haut, toujours plus haut, à la rencontre des nuages.

23

Au bout d'une seconde, tout le monde se retrouva en haut.

– Comme c'est beau !

– Quelle merveilleuse impression !

– Adieu, requins !

– Mon garçon, c'est ce que j'appelle voyager !

Mademoiselle l'araignée qui poussait des cris fous, tant elle était émue, prit le mille-pattes par la taille et tous deux se mirent à danser autour de la tige empanachée. Le ver de terre, dressé sur sa queue, se tortillait de plaisir. Le vieux grillon des champs exécutait des bonds de plus en plus vertigineux. La coccinelle courut vers James pour lui serrer cordialement la main. Le ver luisant, personnage plutôt timide et taciturne, se tenait, tous phares allumés, à l'entrée du tunnel. Même le ver à soie, blême, amaigri, l'air complètement épuisé, sortit tant bien que mal du tunnel pour assister à la fête.

Ils montèrent, ils montèrent, et bientôt ils planaient au-dessus de l'Océan, à hauteur d'un clocher d'église.

– Ce qui m'inquiète un peu, c'est l'état de la pêche, dit James lorsque ses compagnons eurent cessé de danser et de pousser

des hurlements de joie. Je me demande si les requins l'ont beaucoup abîmée. D'ici ça ne se voit pas.

– Si j'allais faire un petit tour en bas ? dit mademoiselle l'araignée. Ça ne m'ennuie pas du tout, croyez-moi !

Et, sans attendre la réponse, elle produisit aussitôt un long fil de soie et en attacha le bout à la tige.

– Je serai de retour dans une seconde, dit-elle.

Puis elle alla tranquillement vers le rebord de la pêche et sauta, suspendue à son fil.

Les autres, pleins d'anxiété, se rassemblèrent à l'endroit même où elle avait effectué son saut périlleux.

– Ce serait terrible si le fil ne tenait pas le coup, dit la coccinelle.

Il y eut un assez long silence.

– Vous allez bien, mademoiselle l'araignée ? cria le vieux grillon des champs.

– Oui, merci ! répondit la voix d'en bas. Je remonte !

Et elle remonta sur son fil en enroulant soigneusement dans son corps la soie qui avait déjà servi.

– Qu'y a-t-il ? demandèrent les compagnons.

– Ont-ils tout dévoré ? La pêche est-elle trouée de partout ?

Mademoiselle l'araignée atterrit sur le pont, l'air à la fois réjoui et défait.

– Vous ne me croirez jamais, dit-elle, mais la pêche est à peu près indemne ! A peine rognée, vraiment !

– Êtes-vous sûre de ne pas vous tromper ? dit James.

– Elle se trompe, cela ne fait aucun doute ! intervint le mille-pattes.

– Je vous assure que je ne me trompe pas, répondit mademoiselle l'araignée.

– Mais il y avait des centaines de requins autour de nous !

– Ils n'ont fait que baratter l'eau.

– Nous avons vu leurs grandes gueules s'ouvrir et se refermer !

– Ce que vous avez vu ne compte pas, répondit mademoiselle

l'araignée. Ce qui est certain, c'est qu'ils ont à peine endommagé la pêche.

– Alors, pourquoi nous sommes-nous mis à couler ? demanda le mille-pattes.

– C'est la peur qui a dû faire travailler notre imagination.

Elle ne croyait pas si bien dire. Un requin, voyez-vous, a le nez extrêmement long et pointu, tandis que sa bouche est placée sensiblement au-dessous et en arrière. Ce qui fait qu'il lui est pratiquement impossible de planter ses crocs dans une grande surface lisse et bombée telle que le flanc de la pêche géante. Même renversé sur le dos, il n'y parvient pas, son nez est trop encombrant. Avez-vous déjà vu un tout petit chien planter ses dents dans un énorme ballon ? Eh bien, imaginez ce que ça donne, la rencontre d'un requin et d'une pêche géante !

– Ça tient du miracle, dit la coccinelle. Les trous se sont refermés tout seuls.

– Tiens, un bateau ! s'écria James.

Tout le monde se précipita vers le rebord. Personne n'avait jamais vu de bateau.

– Comme il est grand !

– Il a trois cheminées !

– Il y a du monde sur les ponts !

– Il faut leur faire signe. Croyez-vous qu'ils nous voient ?

Ni James ni les autres ne pouvaient le savoir. Quant au paquebot en question, c'était justement le *Queen Mary* qui venait de quitter l'Angleterre pour gagner l'Amérique. Le capitaine, tout étonné, se tenait sur la passerelle, entouré de ses officiers. Tous ouvrirent de grands yeux étonnés sur l'énorme ballon doré qui naviguait dans le ciel.

– Ça ne promet rien de bon, dit le capitaine.

– J'allais vous le dire, dit le premier officier.

– Est-ce qu'ils nous suivent ? dit le second officier.

– Très fâcheux, tout ça, bougonna le capitaine.

– Il est peut-être dangereux, cet engin, dit le premier officier.

– Sûr, dit le capitaine. C'est une arme secrète ! Vite ! Câblez à la reine ! Prévenez les autorités ! Et passez-moi ma longue-vue !

Le premier officier tendit la longue-vue au capitaine. Le capitaine s'en empara aussitôt.

– Tiens, il y a des oiseaux partout ! cria-t-il. Le ciel est noir d'oiseaux ! Qu'est-ce qu'ils peuvent bien y faire ? Attendez une seconde ! Il y a du monde ! Et ça bouge ! Il y a un… un… mais est-ce que j'ai bien réglé ma longue-vue ? On dirait un petit garçon en culotte courte ! Oui, c'est bien ça, un petit garçon en culotte courte, pas d'erreur ! Et voilà une… une… une espèce de coccinelle géante !

– Voyons, capitaine ! dit le premier officier.

– Et un grillon vert grand comme un veau !

– Capitaine ! dit sévèrement le premier officier. Capitaine, je vous en prie !

– Et une araignée-mammouth !

– Ça y est, il a encore bu trop de whisky, dit le second officier à l'oreille du premier.

– Et un gigantesque, oui, un gigantesque mille-pattes ! hurla le capitaine.

– Appelez vite le toubib, dit le premier officier. Le capitaine est malade.

L'instant d'après, l'énorme boule dorée disparut dans un nuage et les gens qui se trouvaient à bord du paquebot ne devaient plus la revoir.

27

Mais au sommet de la pêche, la bonne humeur générale continuait.

– Je me demande comment finira cette aventure, dit le ver de terre.

– Qu'importe ? répondirent les autres. Tôt ou tard, les mouettes retournent toujours au pays.

Mais en attendant, la pêche volait de plus en plus haut, bien au-dessus des plus hauts nuages, en se balançant doucement.

– Et si nous écoutions un peu de musique ? proposa la coccinelle. Qu'en pensez-vous, grand-père grillon ?

– Avec plaisir, ma chère, répondit le vieux grillon des champs en bombant le torse.

– Chic, il va jouer pour nous ! crièrent-ils aussitôt.

Toute la compagnie fit cercle autour du vieux musicien. Et le concert commença. Dès la première note, le public fut sous le charme. James n'avait jamais rien entendu d'aussi beau. Tout petit, il avait souvent écouté le chant du grillon, le soir, dans son jardin, et il avait bien aimé ce bruit.

Mais cette fois-ci, c'était bien différent. C'était de la vraie musique, avec des accords, des arpèges, des trilles, des syncopes.

Et quel merveilleux instrument ! On aurait dit un violon. Oui, c'était presque cela !

L'archet de ce violon était la patte arrière du grillon. Quant aux cordes qui faisaient jaillir le son, elles étaient placées à l'extrémité de l'aile.

Il ne se servait que de la partie supérieure de sa patte, la laissant aller en avant et en arrière avec un art incroyable, tantôt lentement, tantôt rapidement, mais toujours avec autant de verve, de facilité. Comme un virtuose du violon. Et les mélodies enchantées montaient au ciel bleu.

A la fin de la première partie du concert, tout le monde applaudit à tout rompre. Mademoiselle l'araignée se leva et cria :

– Bravo ! Bravo ! Bis ! Encore !

– Et toi, James ? demanda en souriant le vieux grillon des champs. Qu'en penses-tu ?

– Oh ! j'adore votre musique ! répondit James. Elle est si belle ! On dirait un vrai violon !

– Un vrai violon ? s'écria le vieux grillon des champs. Qu'est-ce que tu racontes ? Mon garçon, sache que je suis moi-même un vrai violon, le plus vrai des violons !

– Mais est-ce que tous les grillons jouent du violon ? Et est-ce qu'ils jouent tous comme vous ? demanda James.

– Non, répondit le vieux grillon des champs, pas tous. Pour ne rien te cacher, je suis un grillon à cornes courtes. J'ai deux petites antennes sur la tête, les vois-tu ? Elles ne sont pas longues, n'est-ce pas ? De là mon surnom. Et nous autres grillons à cornes courtes sommes les seuls à jouer comme les vrais violonistes, avec un archet. Mes confrères à cornes longues, ceux qui ont de grandes antennes courbes sur la tête, se contentent de frotter leurs élytres l'un contre l'autre. Ce ne sont pas des violonistes, mais de vulgaires frotteurs d'élytres. Aussi leur musique est-elle d'une classe bien inférieure. C'est à peu près ce que le banjo est au violon.

– Comme c'est passionnant ! s'écria James. Et dire que jusqu'à présent je ne me suis jamais demandé de quoi est faite la musique d'un grillon !

– Jeune homme, dit affectueusement le vieux grillon des champs, il y a des tas de choses dans notre beau monde que tu ignores encore. Nos oreilles, par exemple. Où sont-elles, d'après toi ?

– Vos oreilles ? Eh bien... dans votre tête.

Tout le monde éclata de rire.

– Tu veux dire que tu ne sais même pas ça ? s'écria le mille-pattes.

– Réfléchis un peu. Fais un petit effort ! dit en souriant le vieux grillon des champs.

– Vous ne pouvez tout de même pas les mettre ailleurs ?

– Vraiment ?

– Eh bien, je me rends. Où les avez-vous ?

– Ici, dit le vieux grillon des champs. Sur le ventre. Une oreille de chaque côté.

– Ce n'est pas vrai !

– Mais si, c'est vrai. Qu'y a-t-il là de si extraordinaire ? Si tu savais où les ont mes cousins les criquets et mes cousines les sauterelles vertes d'Amérique !

– Où ça ?

– Dans les pattes. Une oreille dans chaque patte de devant, juste au-dessus du genou.

– Tu ne savais pas ça non plus ? dit le mille-pattes avec mépris.

– Vous plaisantez, dit James. On ne peut pas avoir les oreilles dans les jambes.

– Et pourquoi pas ?

– Parce que... parce que c'est ridicule, voilà.

– Sais-tu ce que je trouve ridicule, moi ? dit le mille-pattes en riant comme d'habitude. Loin de moi l'idée de vouloir te vexer, mais ce qui me paraît ridicule, c'est d'avoir les oreilles des deux côtés de la tête. Tu n'as qu'à te regarder dans une glace un jour.

– Quelle peste ! s'écria le ver de terre. Pourquoi es-tu toujours si brutal et si mal élevé ? Tu devrais faire tes excuses à James.

25

Pour éviter une nouvelle dispute entre le mille-pattes et le ver de terre, James demanda aussitôt à ce dernier :

– Et toi, de quel instrument joues-tu ?

– Je ne joue d'aucun instrument, mais j'ai un autre don, un don vraiment extraordinaire, dit le ver de terre, tout illuminé.

– Et quel est ce don ? demanda James.

– Eh bien, dit le ver de terre, la prochaine fois, quand tu te trouveras dans un champ ou dans un jardin, pense à ceci : chaque grain de cette terre où tu marches, chaque petit grumeau de terre que tu vois est passé par le corps d'un ver de terre ! N'est-ce pas merveilleux ?

– Ce n'est pas possible ! dit James.

– Mon garçon, c'est la vérité.

– Tu veux dire que tu passes ta vie à avaler de la terre ?

– Et comment ! dit avec fierté le ver de terre. Ça entre par un bout pour ressortir par l'autre.

– Mais pourquoi cela ?

– Comment, pourquoi ?

– Pourquoi avales-tu de la terre ?

– Pour aider les cultivateurs. Mon travail rend la terre souple, grasse et fertile. Aucun fermier ne pourrait se passer de nous, si tu veux tout savoir. Nous sommes indispensables. Nous sommes terriblement importants. Il est donc normal que les fermiers nous aiment bien. Ils nous préfèrent même aux coccinelles.

– Tiens, dit James en se tournant vers la coccinelle. Ils vous aiment donc aussi ?

– On le dit, répondit la coccinelle en rougissant avec modestie. Et c'est vrai. Il paraît que certains cultivateurs nous aiment tant qu'ils s'en vont acheter exprès des paquets entiers de coccinelles. Une fois rentrés, ils les lâchent au milieu des champs. Ils sont heureux comme tout quand ils ont des tas de coccinelles dans leurs champs.

– Mais pourquoi ? demanda James.

– Parce que nous mangeons toutes les vilaines bestioles qui, elles, dévorent la récolte. Nous sommes extrêmement utiles, d'autant plus que nous ne demandons pas un sou pour les services que nous rendons.

– Vous êtes merveilleuse, lui dit James. Puis-je vous poser une question ?

– Je t'en prie.

– Est-il vrai qu'on peut voir l'âge d'une coccinelle au nombre de ses taches ?

– Mais non, dit la coccinelle, ce n'est qu'une histoire de bonne femme. Nos taches ne se multiplient pas. Bien sûr, il y en a qui viennent au monde avec plus ou moins de taches, mais ça ne change plus. Le nombre de taches que porte une coccinelle indique seulement à quelle famille elle appartient. Moi par exemple, comme tu peux voir, je suis une coccinelle à neuf taches. Et j'en suis très heureuse. C'est très joli d'avoir neuf taches sur le dos.

– C'est vrai, dit James en contemplant la belle carapace rouge et ses neuf ronds noirs.

– Par contre, poursuivit la coccinelle, les moins heureuses de mes compagnes n'ont que deux taches ! Imagine un peu ! Ces coccinelles-là sont très communes, vulgaires et mal élevées, il faut bien le dire. Mais il y a aussi des coccinelles à cinq taches. Elles sont bien plus jolies que celles qui n'en comptent que deux, mais je les trouve un peu insolentes.

– Mais sont-elles toutes aussi appréciées ? demanda James.

– Oui, répondit la coccinelle. On les aime toutes.

– Vous êtes donc tous très aimés des hommes ! dit James. Comme c'est bien !

– Pas moi ! cria joyeusement le mille-pattes. Je suis un insecte nuisible et j'en suis fier ! Oui, je suis quelqu'un de peu recommandable !

– En effet, dit le ver de terre.

– Et vous, mademoiselle l'araignée ? demanda James. Vous aime-t-on aussi dans le monde ?

– Non, hélas, répondit mademoiselle l'araignée dans un long et bruyant soupir. On ne m'aime pas du tout. Et pourtant je ne fais que le bien. J'attrape des mouches et des moustiques à longueur de journées. Je suis quelqu'un de très convenable.

– Je n'en doute pas, dit James.

– On est très injuste pour les araignées, poursuivit l'araignée. Il y a huit jours à peine, ta tante Éponge a chassé mon pauvre père par le trou de vidage de la baignoire.

– Quelle horreur ! s'écria James.

– J'ai tout observé d'un coin du plafond, murmura l'araignée. C'était épouvantable. Nous ne l'avons plus revu.

Une grosse larme roula le long de sa joue pour s'écraser bruyamment sur le sol.

– Mais est-ce que ça ne porte pas malheur de tuer une araignée ? demanda James.

– Bien sûr que ça porte malheur ! cria le mille-pattes. C'est très dangereux ! Il suffit de penser à ce qui est arrivé à tante Éponge quelques jours après ce crime ! Elle a été écrabouillée par la pêche ! Nous l'avons bien senti en passant dessus. Quelle satisfaction pour vous, mademoiselle l'araignée !

– C'était en effet très satisfaisant, répondit mademoiselle l'araignée. Voulez-vous nous chanter une chanson, cher mille-pattes ?

Et le mille-pattes s'exécuta.

Tante Éponge, l'énorme sorcière
Était une montagne de graisse,
Ronde comme une soupière
Par-devant et par-derrière
C'était une horrible ogresse.

Alors elle dit : « Je veux devenir plate
Je veux devenir svelte comme une chatte.
Je me priverai de dîner
Pour mieux me ratatiner ! »
Mais la pêche passa,
La belle pêche bien mûre :
Et tante Éponge devint plus plate que nature !

– Charmant, dit mademoiselle l'araignée. Maintenant, vite, une chanson sur tante Piquette.

– Avec joie, répondit en riant le mille-pattes :

Tante Piquette était mince comme un fil
Et sèche comme un os rongé.
Aussi longue, aussi décharnée
Qu'un vieux tisonnier rouillé.

« Il faut que j'engraisse
Et en vitesse !
Il faut que je mange des tas et des tas
De gâteaux, de petits fours, de chocolats,
Pour m'arrondir comme un ballon ! »

« Oui, dit-elle, je fais serment
De me métamorphoser dès ce soir ! »
«Cela sera, dit la pêche, et bien avant,
Je m'en charge moi-même, à ma façon. »
Sur ce, elle la repassa comme un mouchoir
Au beau milieu du gazon !

Tous applaudirent et réclamèrent d'autres couplets au mille-pattes. Celui-ci entonna alors sa chanson favorite :

Il y a bien longtemps
Quand les porcs étaient des cochons
Quand les singes mangeaient du tabac
Quand les poules éternuaient jaune
Pour se donner du courage

Quand les canards chantaient des cantiques
Quand nos cousins les porcs-épics
Buvaient du vin flamboyant
Quand nos cousines les biques
Se bourraient de tapioca
Quand la…

– Attention, mille-pattes ! s'écria alors James. Attention !

26

Le mille-pattes, qui, tout en chantant, s'était mis à danser sur le pont comme un forcené, venait de glisser. Il s'était trop approché du rebord de la pêche. Pendant trois secondes, il s'y tint en équilibre en gigotant de toutes ses quarante-deux pattes. Mais avant même que quiconque ne pût l'attraper, il tomba dans le vide en poussant un long cri d'effroi. Les autres, qui s'étaient précipités vers le rebord pour le suivre des yeux, virent son pauvre corps dégingandé culbuter dans l'air et devenir de plus en plus petit avant de disparaître complètement.

– Ver à soie ! cria James. Vite ! Du fil !

Le ver à soie poussa un long soupir. Il était encore très fatigué. Mais il se mit au travail.

– Je vais le chercher ! cria James.

Et il descendit à mesure que le fil sortait du corps du ver à soie, le bout de ce fil attaché à la taille.

– Quant à vous, dit-il aux autres, attrapez le ver à soie et tenez-le bien fort pour que je ne l'entraîne pas avec moi. Et plus tard, quand j'aurai tiré trois fois sur la corde, remontez-moi !

Et il plongea dans le vide, à la recherche du mille-pattes. Il descendait, il descendait s'approchant du niveau de la mer, et vous imaginerez sans peine combien le ver à soie devait travailler vite pour le suivre dans sa descente.

– Nous ne les reverrons plus ni l'un ni l'autre ! gémit la coccinelle. Oh ! mon Dieu, mon Dieu ! Et dire que nous étions si heureux !

L'araignée, le ver luisant et la coccinelle se mirent à pleurer, ainsi que le ver de terre.

– Je ne regrette pas du tout le mille-pattes, sanglota ce dernier. Mais le petit James, je l'aimais bien !

Le vieux grillon des champs se mit à jouer en sourdine une marche funèbre sur son violon et, à la fin, tout le monde y compris lui-même nageait dans des torrents de larmes.

Soudain on tira trois coups sur le fil.

– Remontez-le ! hurla le vieux grillon des champs. Que tout le monde se mette derrière moi. Et tirez fort !

Il y avait plus d'un kilomètre de fil à ramener. Ils y allèrent de toutes leurs forces jusqu'au moment où ils virent apparaître un James tout ruisselant d'eau, flanqué d'un mille-pattes non moins ruisselant qui s'agrippait à lui de toutes ses quarante-deux pattes.

– Il m'a sauvé la vie ! fit entre deux hoquets le mille-pattes. Pour me retrouver, il a dû explorer tout l'Océan !

– Toutes mes félicitations, mon petit ! dit le vieux grillon des champs en donnant des tapes amicales dans le dos de James.

– Mes bottines ! cria le mille-pattes. Mes précieuses bottines ! Regardez ce qu'elles sont devenues !

– Tais-toi ! dit le ver de terre. Remercie le ciel d'avoir la vie sauve.

– Est-ce que nous montons toujours ? demanda James.

– Sans aucun doute, répondit le vieux grillon des champs. Et la nuit tombe.

– Je sais. Bientôt il fera noir comme dans un four.

– Si nous descendions tous dans le tunnel pour passer la nuit bien au chaud ? suggéra mademoiselle l'araignée.

– Non, dit le vieux grillon des champs. Ce ne serait pas raisonnable. Restons ici. Alors, quoi qu'il arrive, nous serons prêts à nous défendre.

27

James Henry Trotter et ses amis demeurèrent donc accroupis en haut de la pêche tandis que la nuit s'épaississait autour d'eux. Des nuages gros comme des montagnes accoururent de toutes parts, mystérieux, menaçants, impérieux. Enfin une lune blanche, presque pleine, apparut au-dessus des nuages pour éclairer l'étrange paysage de sa lumière blafarde. La pêche géante se balançait doucement au bout de ses fils multiples qui brillaient au clair de lune d'un bel éclat argenté. Les mouettes, elles aussi, étaient comme inondées d'argent.

Et quel silence ! Cette pêche n'avait rien de commun avec un avion. L'avion, lui, traverse l'espace avec un bruit de tonnerre. A son approche, les nuages s'enfuient en emportant tous leurs secrets. C'est pourquoi les gens qui voyagent en avion ne voient jamais rien.

Mais la pêche, voyageuse patiente et discrète, planait sans bruit. Et au cours de cette longue nuit au-dessus de l'Océan qui étincelait au clair de lune, James et ses amis devaient voir des choses que personne n'avait jamais vues auparavant.

C'est ainsi qu'à l'approche d'un énorme nuage tout blanc, ils virent au sommet de ce nuage un groupe de formes étrangement cylindriques, à peu près deux fois plus grandes que des hommes. Ces formes, qui étaient presque aussi blanches que le nuage lui-même, paraissaient vagues à première vue, mais ensuite, plus de doute : c'étaient bien des créatures vivantes – blanches, spectrales et cylindriques. Elles semblaient faites d'un mélange de coton, de sirop d'orgeat et de longs et fins cheveux blancs.

– Ooooooooooh ! dit la coccinelle. Ils n'ont rien de rassurant !

– Chut ! répondit James. Ne parlez pas si fort ! Ce sont sûrement des Nuageois !

– Des Nuageois ! Oh ! mon Dieu ! murmurèrent les compagnons en se serrant les uns contre les autres pour plus de sécurité.

– Je suis content d'être aveugle, dit le ver de terre, sans cela je pousserais des cris d'épouvante.

– J'espère que nous passerons inaperçus, balbutia mademoiselle l'araignée.

– Est-ce qu'ils vont nous manger ? demanda le ver de terre.

– C'est toi qu'ils mangeront, répondit le mille-pattes en ricanant. Ils te couperont en rondelles comme du saucisson, puis ils t'avaleront.

Le pauvre ver de terre se mit à trembler de tout son corps.

– Mais qu'est-ce qu'ils font ? demanda à voix basse le vieux grillon des champs.

– Je n'en sais rien, dit James. Nous le verrons tout à l'heure.

Les Nuageois assemblés en groupe faisaient des gestes étranges avec leurs mains. Pour commencer, ils étendirent les bras, tous en même temps, comme pour cueillir quelque chose dans les nuages. Puis ils roulèrent entre les doigts ce qu'ils venaient de cueillir pour en faire de grosses billes blanches. Et ces billes, ils les posaient pour en pétrir d'autres.

Tout cela se déroulait dans le plus profond silence, dans le plus grand mystère. A côté d'eux, les tas de billes grandissaient à vue d'œil. Bientôt il y en eut de quoi remplir des camions.

– Mais ils sont complètement fous ! dit le mille-pattes. Nous n'avons rien à craindre d'eux !

– Tais-toi, vermine ! siffla le ver de terre. Veux-tu qu'ils nous croquent tous ?

Mais les Nuageois étaient bien trop occupés à rouler leurs billes pour voir la grosse pêche qui passait en silence.

Enfin, l'un des Nuageois leva un long bras cylindrique et les passagers de la pêche l'entendirent crier :

– Ça suffit, les gars ! A vos pelles maintenant !

Alors les autres Nuageois se mirent à pousser des cris de joie perçants et à sautiller en jetant les bras en l'air. Puis ils se munirent de grandes pelles, attaquèrent les tas de billes pour en lancer d'énormes pelletées dans l'espace, par-dessus le rebord de leur nuage, tout en chantant :

Tombez, tombez,
Neiges et grêlons !
Rhumes et frissons !

– Des grêlons ! chuchota James tout excité. Ils ont fabriqué des grêlons et maintenant ils les envoient sur la terre !

– Des grêlons ? dit le mille-pattes. C'est ridicule ! Nous sommes en plein été.

– C'est peut-être une manœuvre, dit James.

– Je n'y crois pas ! dit le mille-pattes.

– Pssst ! firent les autres.

Et James dit à voix basse :

– Je t'en supplie, mille-pattes, fais un peu moins de bruit.

Mais le mille-pattes éclata de rire.

– Puisque ces imbéciles n'entendent rien ! cria-t-il. Ils sont sourds comme des pots ! Regardez !

Et avant que quiconque ne pût l'en empêcher, il mit ses pattes de devant en entonnoir devant la bouche et cria de toutes ses forces :

– Idiots ! Crétins ! Bêtas ! Andouilles ! Abrutis ! Qu'est-ce que vous fabriquez là ?

Le résultat ne se fit pas attendre. Les Nuageois sursautèrent comme piqués par une guêpe. Et lorsqu'ils virent passer l'énorme pêche dorée, ils poussèrent des cris de stupeur et laissèrent tomber leurs pelles. Debout, inondés de clair de lune, immobiles comme des statues chevelues, ils avaient tous le regard fixé sur le fruit gigantesque qui passait dans le ciel.

Tous les passagers, à l'exception du mille-pattes, étaient figés de terreur.

– C'est ta faute, répugnant individu ! lança le ver de terre au mille-pattes.

– Ils ne me font pas peur ! hurla le mille-pattes.

Et pour donner plus de poids à ses mots, il se dressa dans toute sa longueur et fit en dansant des pieds de nez et d'autres signes injurieux aux Nuageois, de toutes ses quarante-deux pattes.

Ce qui ne tarda pas à mettre en fureur les Nuageois. Ils se mirent à bombarder la pêche à coups de grêlons tout en poussant des cris féroces.

– Couchez-vous ! cria James. Vite ! A plat ventre ! Et ne bougez pas !

Heureusement, ils obéirent. Des grêlons de cette taille, c'est aussi lourd et aussi meurtrier que du plomb, à condition d'être lancé correctement – et, mon Dieu, comme ils visaient bien, ces Nuageois ! Les grêlons sifflaient dans l'air comme des boulets de canon et James put entendre le bruit qu'ils faisaient en heurtant le flanc de la pêche, en s'enfonçant dans sa chair – quel horrible vacarme ! Puis ils vinrent s'abattre sur la carapace de la pauvre coccinelle, qui, elle, ne pouvait pas s'aplatir comme les autres. Et puis, « crac ! » l'un d'eux atteignit le mille-pattes en plein nez, puis un autre le frappa ailleurs.

– Aïe ! cria-t-il. Aïe ! Arrêtez ! Arrêtez !

Mais les Nuageois n'avaient nulle envie d'arrêter. Pleins de rage, pareils à un troupeau de fantômes chevelus, ils ramassèrent de nouveaux grêlons, d'énormes grêlons, pour viser la pêche.

– Vite ! cria James. Engouffrez-vous dans le tunnel ! Sinon ils vont nous gommer tous !

Et ce fut la ruée vers l'entrée du tunnel. Au bout de quelques secondes, tout le monde était en sécurité dans le noyau de la pêche, bien que tremblant encore de peur. Dehors, le tintamarre continuait.

– Je suis une épave ! gémit le mille-pattes. Je ne suis que plaies et bosses.

– C'est bien fait, lança le ver de terre.

– Est-ce que quelqu'un pourrait voir si ma cuirasse est ébréchée ? demanda la coccinelle.

– De la lumière ! hurla le vieux grillon des champs.

– Impossible ! geignit le ver luisant. Ils ont cassé mon ampoule !

– Change-la ! dit le mille-pattes.

– Taisez-vous une seconde, dit James. Écoutez ! Je crois qu'ils ont cessé leurs manœuvres !

Ils se turent et tendirent l'oreille. Plus rien. Le silence. Les grêlons avaient cessé de malmener la pêche.

– C'est fini !

– Les mouettes nous ont tirés de là !

– Hourra ! Montons voir !

James monta le premier. Il quitta le tunnel avec précaution, sortit la tête et examina le terrain.

– Tout est désert ! cria-t-il. Plus un seul Nuageois en vue !

28

Un à un, les voyageurs quittèrent le tunnel en clignant des yeux, l'air mal assuré. La lune brillait toujours de tout son éclat sur les hauts massifs de nuages. Mais les Nuageois avaient disparu.

– La pêche a une fuite ! s'écria le vieux grillon des champs, qui s'était mis à examiner le fruit géant. Elle est pleine de trous et le jus coule de partout !

– Qu'est-ce que je vous disais ! cria le ver de terre. Nous allons sûrement nous noyer !

– Ne sois pas idiot ! dit le mille-pattes. Nous ne sommes pas encore à l'eau !

– Oh ! regardez ! s'écria la coccinelle. Là-bas !

Tout le monde tourna la tête.

Au loin, face à la pêche, ils virent alors quelque chose de tout à fait extraordinaire : une sorte d'arc gigantesque dont les deux extrémités reposaient sur un vaste nuage plat aussi étendu qu'un désert.

– Voyons, qu'est-ce que c'est encore ? demanda James.

– C'est un pont !

– C'est un cerceau géant coupé en deux !

– C'est un fer à cheval géant qu'on a mis sens dessus dessous !

– Dites-moi que je me trompe, murmura le mille-pattes en blêmissant, mais n'y a-t-il pas des tas de Nuageois là-dessus ?

Il y eut un horrible silence et la pêche poursuivit son chemin.

– Ce sont bien des Nuageois !

– Des Nuageois par centaines !

– Par milliers !

– Par millions !

– Je ne veux rien entendre ! glapit le pauvre ver de terre qui, comme tout le monde le savait, était aveugle. J'aimerais mieux encore me balancer au bout d'un hameçon que d'affronter une nouvelle fois ces monstres effroyables !

– J'aime mieux être frit à l'huile et avalé par un Mexicain ! soupira le vieux grillon des champs.

– Du calme, mes amis, dit James. C'est notre seule chance.

Ils demeurèrent accroupis sur le pont de la pêche sans quitter des yeux les fantômes chevelus. La surface du nuage en grouillait. Et ils étaient plus nombreux encore en haut de cet arc démesuré et énigmatique.

– Mais qu'est-ce que c'est que cette histoire ? fit la coccinelle. Qu'est-ce qu'ils font encore ?

– Je m'en moque ! dit le mille-pattes en se dirigeant vers l'entrée du tunnel. Moi je me sauve !

Mais les autres étaient trop effrayés ou peut-être trop fascinés pour faire un geste.

– Tiens, j'ai trouvé ! dit James.

– Alors ?

– Ce grand arc, on dirait qu'ils sont en train de le repeindre ! Ils ont des pots de peinture et des brosses, vous les voyez ?

Il ne se trompait pas. A présent, ils étaient assez près pour discerner ce que faisaient les Nuageois. Munis de gros pinceaux, ils répandaient de la peinture sur la voûte majestueuse de l'arc. Mais comme ils travaillaient vite ! Au bout de quelques minutes à peine, tout l'arc était couvert de couleurs éclatantes. Il y avait de tout. Du rouge, du bleu, du vert, du jaune, du violet.

– C'est un arc-en-ciel ! crièrent-ils tous en même temps.

– Comme il est beau !

– Quelles couleurs magnifiques !

– Mille-pattes ! crièrent-ils. Monte ! Il faut que tu voies ça !

Dans leur enthousiasme, ils avaient oublié de parler bas. Le mille-pattes passa précautionneusement la tête par l'ouverture du tunnel.

– Tiens, tiens, tiens, dit-il. J'ai toujours eu envie de connaître leurs secrets de fabrication. Mais tous ces cordons, à quoi servent-ils ?

– Bon Dieu, ils le poussent en avant ! cria James. Ça y est ! Ils vont le lâcher ! Ils vont le faire descendre sur la terre !

– Et si je ne m'abuse, nous allons nous y cogner ! dit le mille-pattes.

– Tiens, il a raison ! s'exclama le vieux grillon des champs.

Maintenant l'arc-en-ciel se balançait au-dessous du nuage. Et la pêche, elle, allait à sa rencontre.

– Nous sommes perdus ! cria mademoiselle l'araignée en se tordant les pattes. C'est la fin de tout !

– Je n'en peux plus ! gémit le ver de terre. Que se passe-t-il ?

– Nous allons le manquer ! hurla la coccinelle.

– Mais non !

– Mais si !

– Oh ! juste ciel !

– Attention, tout le monde ! cria James.

Et soudain il y eut une secousse formidable suivie d'un bruit de tonnerre. La pêche venait de traverser la partie supérieure de l'arc-en-ciel. Celui-ci se fendit aussitôt en deux.

Puis il arriva une chose extrêmement fâcheuse. Les cordes qui avaient servi aux Nuageois pour faire descendre l'arc-en-ciel s'embrouillèrent dans les fils de soie qui reliaient la pêche au vol de mouettes ! La pêche était prisonnière ! Tous les voyageurs furent pris de panique. En levant les yeux, James Henry Trotter vit des milliers de visages de Nuageois en fureur, penchés par-dessus le rebord de leur nuage. Ces visages étaient presque sans contours à cause de leurs longues barbes blanches. Ils n'avaient ni nez ni bouche ni oreilles ni menton, rien que des yeux, de petits yeux noirs qui clignaient avec malveillance sous les longues crinières blanches.

Puis vint l'instant le plus épouvantable de tous. L'un des Nuageois, un colosse mesurant au moins trois mètres, se dressa soudain, puis il fit un bond furieux, tentant d'attraper un des fils qui supportaient la pêche. James et ses amis le virent s'envoler au-dessus d'eux, les bras tendus en avant, vers le fil le plus proche. Il le saisit et s'y accrocha. Puis, très lentement, il se mit à descendre le long du fil.

– Au secours ! Pitié ! cria la coccinelle.

– Il descend ! Il va nous croquer ! gémit le vieux grillon des champs. Sautons par-dessus bord !

– Commence par le ver de terre ! hurla le mille-pattes. Moi je ne suis pas bon à manger ! Je suis plein d'arêtes comme un hareng !

– Mille-pattes ! cria James. Vite ! Coupe le fil !

Le mille-pattes se précipita sur la tige, prit entre ses mandibules le fil de soie où était accroché le Nuageois et le sectionna d'un seul coup. Et aussitôt, une mouette quitta ses compagnes pour s'envoler dans l'autre sens en traînant un fil. Et au bout de ce fil se balançait le colosse blanc et chevelu, en poussant des cris terribles. Il montait, il montait, tout droit vers la lune blanche, et James, qui surveillait avec joie son ascension, conclut :

– Il ne doit pas peser bien lourd puisqu'une seule mouette suffit pour le soulever ! Il doit être en papier !

Quant aux autres Nuageois, ils étaient si bouleversés par ce qui

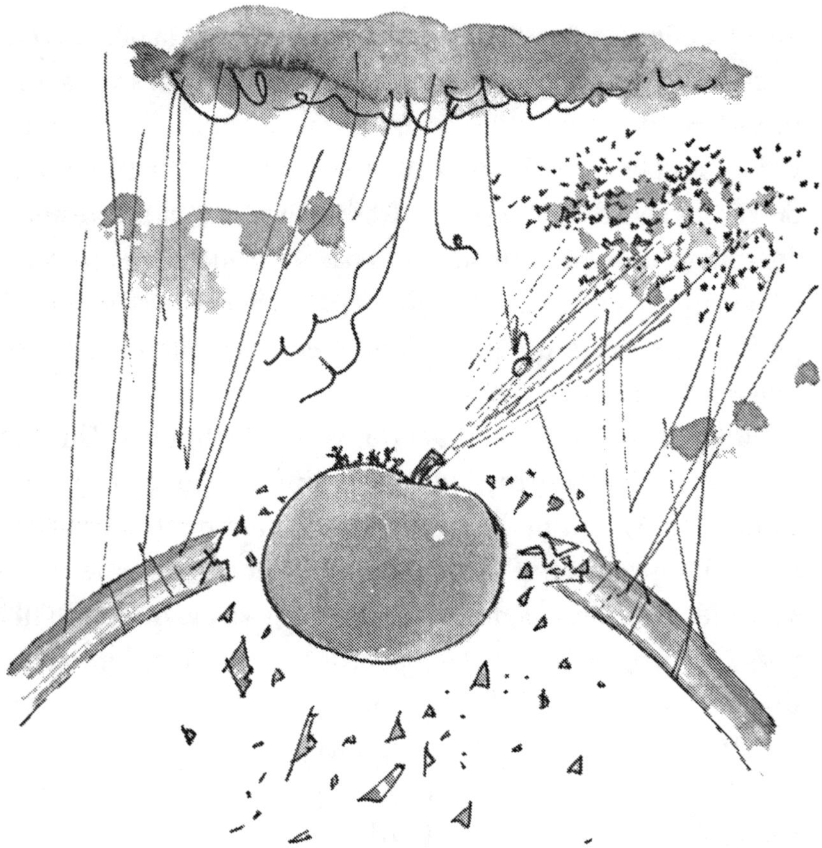

venait de se produire qu'ils lâchèrent les cordons, et l'arc-en-ciel coupé en deux leur échappa. Il descendit à toute vitesse vers la Terre lointaine. Cela permit à la pêche de poursuivre sa course et de s'éloigner du sinistre nuage.

Mais nos voyageurs n'étaient toujours pas en sécurité. Les Nuageois, fort irrités par ce qui venait de se passer, les poursuivirent en les bombardant impitoyablement de toutes sortes d'objets lourds et meurtriers. Des pots de peinture vides, des brosses, des escabeaux, des tabourets, des soupières, des poêles à frire, des œufs pourris, des rats morts, des bouteilles de brillantine, tout ce qu'ils avaient sous la main. Les projectiles improvisés pleuvaient sur la pauvre pêche.

Enfin, l'un des Nuageois lança un bidon plein de peinture violette à la tête du mille-pattes.

Celui-ci se mit à hurler :

– Mes pattes ! Elles sont toutes collées les unes aux autres ! Je ne peux plus marcher ! Et mes yeux ! Je ne peux plus les ouvrir ! Je ne vois plus clair ! Et mes bottines ! Mes pauvres bottines !

Mais tout le monde était trop occupé à se défendre contre les objets qui s'abattaient sur la pêche pour prêter attention aux souffrances du mille-pattes.

– La peinture sèche ! se lamenta-t-il. Elle durcit ! Je ne peux plus bouger les pattes ! Je suis paralysé !

– Tu remues encore très bien ta langue, dit le ver de terre, et c'est bien dommage.

– James ! brailla le mille-pattes. Aide-moi ! Ôte cette peinture ! Gratte-la ! Fais n'importe quoi, mais sauve-moi !

29

Les mouettes mirent longtemps à entraîner la pêche loin de l'horrible nuage à l'arc-en-ciel. Enfin, lorsque celui-ci eut disparu à l'horizon, tout le monde se pencha sur l'infortuné mille-pattes. Que faire pour enlever la couche de peinture qui le couvrait tout entier ?

Il est vraiment pittoresque à voir, le mille-pattes. Violet de la tête aux pieds. Et maintenant que la peinture commençait à sécher et à durcir, il était forcé de se tenir tout raide, comme s'il était plâtré ou cimenté. Ses quarante-deux pattes étaient figées comme des baguettes. Il tenta de parler, mais ses lèvres ne bougeaient plus. Il ne put sortir que de vagues sons gutturaux.

Le vieux grillon des champs lui toucha l'estomac avec précaution :

– Comment se fait-il que cette peinture soit déjà sèche ? demanda-t-il.

– C'est de la peinture à arc-en-ciel, répondit James. Ça sèche très vite et c'est très dur.

– J'ai horreur de la peinture, déclara mademoiselle l'araignée. La peinture, ça me fait penser à tante Piquette, je veux dire feue

tante Piquette. Parce que, la dernière fois qu'elle repeignait le plafond de sa cuisine, ma pauvre grand-mère s'y est aventurée par erreur, alors que la peinture collait encore. Elle ne devait jamais en sortir. Toute la nuit, elle appelait au secours, ça nous brisait le cœur que de l'entendre. Mais avant le lendemain, rien à faire. Le lendemain, la peinture était sèche. Naturellement, nous nous sommes tous précipités pour la réconforter et pour lui donner à manger. Et, me croirez-vous ? Elle a vécu ainsi pendant six mois. Immobile, la tête en bas, les pattes collées au plafond. Tous les jours nous lui apportions de la nourriture. Des mouches toutes fraîches, encore chaudes. Mais le 26 avril dernier, tante Éponge – pardon, feue tante Éponge – devait jeter un regard au plafond, comme ça, par hasard. « Une araignée ! » a-t-elle dit. « Quelle horreur ! Vite ! Un balai à franges ! » Et puis, oh ! c'était si horrible que je n'ose même plus y penser…

Mademoiselle l'araignée écrasa une larme et regarda tristement le mille-pattes.

– Mon pauvre ami, murmura-t-elle. Comme je te plains.

– C'est sans espoir, déclara le ver de terre. Notre mille-pattes ne bougera plus jamais. Il sera changé en statue. Nous l'installerons au milieu d'une pelouse avec une cuvette sur la tête.

– Nous pourrions peut-être le peler comme une banane, suggéra le vieux grillon des champs.

– Ou le frotter avec du papier de verre, dit la coccinelle.

– S'il arrivait à tirer la langue, dit le ver de terre en souriant, en souriant peut-être pour la première fois de sa vie, s'il la tirait aussi longue qu'il peut, nous l'attraperions tous en même temps, de toutes nos forces. Nous arriverions à le retourner comme un gant et il ferait peau neuve !

Le silence qui suivit permit aux autres de peser le pour et le contre de cette proposition si intéressante.

– Je pense, dit doucement James, je pense qu'il vaudrait mieux… mais il s'interrompit. Qu'est-ce que c'est ? fit-il. J'ai entendu une voix ! J'ai entendu crier quelqu'un !

30

Tout le monde tendit l'oreille.

– Pssst ! La revoici !

La voix venait de loin. Impossible de comprendre ce qu'elle disait.

– Ce sont encore ces diables de Nuageois, j'en suis sûre ! s'écria mademoiselle l'araignée.

– Ça vient d'en haut ! dit le ver de terre. Et, machinalement, tout le monde leva la tête. Tout le monde à l'exception du mille-pattes qui ne pouvait pas bouger.

– Au secours ! crièrent-ils. A nous ! Cette fois-ci, nous l'aurons !

Au-dessus de leurs têtes tourbillonnait et dansait un gros nuage noir qui ne promettait rien de bon. Et ce nuage d'aspect si redoutable se mit aussitôt à grogner et à rugir comme une bête féroce. Puis ils réentendirent la voix de tout à l'heure, mais cette fois-ci, elle était bien claire et distincte.

– Ouvrez les robinets ! cria-t-elle. Ouvrez les robinets !

Trois secondes plus tard, le nuage se fendit et se déchira comme un sac de papier. Puis ce fut la douche. Des torrents d'eau ! Pas une pluie qui tombe goutte à goutte. Pas du tout. Des masses d'eau. Une sorte d'océan craché par le ciel. Sur leurs têtes. Et ça tombait, ça tombait avec fracas, sur les mouettes d'abord, puis sur la pêche elle-même. Et les passagers, pris de panique, tournaient en rond, s'accrochant à n'importe quoi. A la tige. A un fil de soie. Et l'eau descendait toujours, grondante, rugissante, avec des bruits de tonnerre et des forces herculéennes. Assourdissante. Écrasante. On aurait dit les chutes d'eau les plus gigantesques de tout l'Univers. Interminables et fatales. Impossible de parler. Impossible d'y voir clair. Impossible de respirer. James Henry Trotter, cramponné à un fil de soie, se dit que c'était là sûrement la fin de toutes choses. Mais soudain, aussi brusquement qu'il était venu, le déluge cessa. La pêche était sortie du nuage. Les mouettes l'avaient traversé, les courageuses, les merveilleuses mouettes ! Et, de nouveau, la pêche naviguait, saine et sauve, au clair de lune.

– Je suis trempé, dit en grelottant le vieux grillon des champs. Et il cracha des litres d'eau.

– J'ai toujours cru que ma peau était imperméable, se lamenta le ver de terre, mais voilà, elle ne l'est pas, je suis tout imbibé d'eau !

– Regardez-moi, regardez-moi ! hurla tout excité le mille-pattes. Je suis propre ! La peinture est partie ! Je peux bouger !

– Mauvaise nouvelle, dit le ver de terre.

Et le mille-pattes se mit à danser, à faire des cabrioles. Puis il chanta :

Vive la pluie, vive la tempête !
Je suis guéri, ma joie est complète !
Je redeviens, oui, c'est possible
Le plus glorieux
Des insectes nuisibles !

– Veux-tu te taire ! dit le vieux grillon des champs.

– Mais regardez-moi donc ! cria le mille-pattes :

Pas une fêlure, pas un bouton !
J'ai frôlé la mort, l'enfer, le poison !
Mais me voilà remis à neuf !
Immortel, fort comme un bœuf
Ressuscité, indestructible
Le roi des insectes nuisibles !

31

– Comme nous allons vite, tout à coup, dit la coccinelle. Je me demande pourquoi.

– Les mouettes sont sûrement aussi pressées que nous de quitter cet endroit, dit James.

Les mouettes volaient de plus en plus vite. Blancs et fantasques au clair de lune, les nuages passaient un à un. Plusieurs d'entre eux étaient habités de Nuageois occupés à exercer leur sinistre magie sur les terriens.

Nos voyageurs passèrent devant une machine à faire de la neige. Les Nuageois tournaient la manivelle et des tourbillons de flocons blancs s'envolaient par une grande cheminée. Ils virent aussi la machine à tonnerre, une sorte de grosse caisse que les Nuageois accablaient de furieux coups de marteau. Ils aperçurent les manufactures de givre, toute l'industrie du vent, les endroits où l'on fabrique les cyclones et les tornades avant de les envoyer sur la Terre. Et une fois, tout au fond d'un gros nuage sinueux, ils découvrirent quelque chose qui ne pouvait être qu'une ville-nuage. Cette ville était pleine de cavernes et, à l'entrée de ces cavernes, les Nuageoises étaient accroupies devant leurs fourneaux, une poêle à frire à la main. Elles préparaient le déjeuner de leurs maris : des croquettes de boules de neige. Et des centaines de tout petits Nuageois s'amusaient dans tous les creux et sur toutes les bosses de leur nuage. Ils faisaient de la luge sur les pentes neigeuses en poussant des cris, en riant comme les enfants du monde entier.

Une heure plus tard, peu avant le petit jour, les voyageurs entendirent un doux frôlement au-dessus de leurs têtes. Ils levèrent les yeux et virent une sorte de chauve-souris géante qui voletait au-dessus de la pêche en battant lentement des ailes au clair de lune, les yeux fixés sur les passagers. Puis elle poussa toute une gamme de cris mélancoliques avant de disparaître dans la nuit.

– Oh ! si seulement cette nuit pouvait finir ! dit en frissonnant mademoiselle l'araignée.

– Patience, répondit James. Regardez ! Le jour se lève.

Ils attendirent en silence, les regards fixés sur l'horizon tout rose, l'arrivée d'un jour nouveau.

32

Puis le soleil se leva. Les voyageurs étirèrent leurs corps engourdis et endoloris. Soudain, le mille-pattes, qui était toujours le premier à voir les choses, s'écria :

– Regardez ! La Terre !

– Mais c'est vrai ! crièrent les autres.

Ils se précipitèrent vers le rebord de la pêche en poussant des cris de joie.

– On dirait des rues et des maisons !

– Mais comme tout ça est grand !

Tout en bas, une immense cité s'étalait au soleil matinal. Vues de si loin, les voitures ressemblaient à des scarabées et les gens qui marchaient dans les rues n'étaient pas plus grands que des grains de sable.

– Quelles maisons ! s'étonna la coccinelle. Je n'en ai jamais vu de si grandes chez nous, en Angleterre. Quelle peut bien être cette ville ?

– Ce n'est certainement pas une ville d'Angleterre, dit le vieux grillon des champs.

– Alors qu'est-ce que c'est ? demanda mademoiselle l'araignée.

– Savez-vous ce que c'est que ces grandes maisons ? cria James, tout ému. Ce sont des gratte-ciel ! Ce ne peut être que l'Amérique ! Et tout cela signifie, mes amis, que nous avons traversé l'Atlantique en une seule nuit !

– Tu plaisantes ! crièrent les compagnons.

– Ce n'est pas possible !

– C'est incroyable, inimaginable !

– J'ai toujours rêvé d'aller en Amérique ! s'écria le mille-pattes. Un jour, un de mes amis...

– Tais-toi ! dit le ver de terre. Ton ami n'intéresse personne. Ce qui nous intéresse, nous, c'est de pouvoir atterrir quelque part !

– Adresse-toi à James, dit la coccinelle.

– Ce ne doit pas être trop difficile, dit James. Nous n'avons qu'à couper quelques fils, c'est-à-dire lâcher quelques mouettes. Juste assez pour que les autres nous supportent encore. Alors nous descendrons tout doucement jusqu'à ce que nous touchions le sol. Mille-pattes, veux-tu couper quelques fils ?

33

En bas, dans la grande cité de New York, tout le monde fut pris de panique. Une énorme boule, aussi grande qu'une maison, avait été aperçue dans le ciel, juste au-dessus de Manhattan. Déjà le bruit courait qu'il s'agissait d'une redoutable bombe envoyée par une puissance étrangère pour réduire en cendres toute la cité. Toutes les sirènes se mirent à hurler. Tous les programmes de la radio et de la télévision furent interrompus. La population était invitée à gagner immédiatement les abris souterrains. Un million de paisibles promeneurs levèrent les yeux au ciel et virent l'engin monstrueux, prêt à s'abattre sur eux. Alors ils se mirent tous à courir vers la bouche de métro la plus proche. Les généraux se précipitèrent à leurs téléphones et donnèrent des ordres à tort et à travers. Le maire de New York appela le président des États-Unis à Washington pour lui demander de l'aide. Le président, en train de prendre son petit déjeuner en pyjama, repoussa son plateau chargé de biscuits et de confitures pour appuyer sur toutes sortes de boutons, à gauche et à droite, afin de convoquer tous ses généraux et tous ses amiraux. Et partout sur l'immense territoire d'Amérique, dans tous les cinquante États, de l'Alaska à la Floride, de la Pennsylvanie aux îles Hawaii, on sonna l'alerte en annonçant que la plus grosse bombe de tous les temps planait au-dessus de New York, prête à exploser.

37

– Vas-y, mille-pattes, coupe-nous le premier fil, ordonna James.

Et le mille-pattes prit entre ses mandibules l'un des fils de soie et le mordit de toutes ses forces. Et aussitôt, une mouette se détacha du peloton et disparut dans le ciel, mais celle-ci n'emportait pas le moindre Nuageois en furie.

– Coupes-en un autre, ordonna James.

Et le mille-pattes coupa un autre fil.

– Est-ce que nous descendons ?

– On le dirait.

– Mais non !

– N'oubliez pas que la pêche est bien plus légère maintenant qu'au départ, dit James. Elle a perdu pas mal de jus au moment du bombardement. Vas-y, mille-pattes, coupes-en d'autres !

– C'est mieux !

– Ça y est !

– Cette fois-ci, nous descendons vraiment !

– Oui, c'est parfait ! Arrête, mille-pattes. Il ne faut pas que la descente soit trop brusque ! Vas-y doucement !

Lentement, la grosse pêche se mit à descendre à la rencontre des gratte-ciel et des rues de la grande cité.

– Croyez-vous que nous aurons notre photo dans les journaux ? demanda la coccinelle.

– Mon Dieu, et moi qui ai oublié de cirer mes bottines ! s'écria le mille-pattes. Vite, aidez-moi ! Il faut qu'elles brillent au moment de l'atterrissage !

– Zut ! dit le ver de terre. Ne peux-tu pas penser à autre chose ?

Mais il ne devait jamais terminer sa phrase. Car soudain… dans un bruit de tonnerre… un puissant avion à quatre moteurs surgit d'un nuage et passa au-dessus d'eux, à dix mètres à peine de leurs têtes. C'était le courrier du matin, en provenance de Chicago. En passant il trancha tous les fils de soie en même temps. Toutes les mouettes s'envolèrent, et la pêche, que plus rien ne retenait, se mit à tomber comme une masse de plomb.

– Au secours ! cria le mille-pattes.

– Sauvez-nous ! glapit l'araignée.

– Nous sommes perdus ! dit la coccinelle.

– C'est fini ! hurla le vieux grillon des champs.

– James ! cria le ver de terre. Fais quelque chose ! Vite, sauve-nous !

– Impossible ! répondit James. C'est sans espoir, je suis désolé ! Adieu ! Fermez les yeux, ce ne sera pas long !

35

Et la pêche continua de dégringoler. Les passagers s'accrochaient désespérément à la tige pour ne pas être projetés dans l'espace.

Dans sa chute accélérée, elle approchait de plus en plus des toits et des rues où, dans un instant, elle allait fatalement s'écraser et éclater en mille morceaux. Et tout le long de la Cinquième Avenue, de Madison Avenue, et de toutes les autres rues de la grande ville, les gens qui n'avaient pas encore gagné les bouches de métro levèrent les yeux au ciel et la virent qui descendait à toute allure. Frappés de stupeur, ils crurent que la plus énorme de toutes les bombes était en train de tomber du ciel pour s'écraser sur leurs têtes. Quelques femmes éclatèrent en sanglots, d'autres se mirent à genoux sur le trottoir pour prier tout haut. Des hommes échangèrent des regards ahuris et des propos comme : « Cette fois-ci, c'est la fin, Joe », et « Adieu, adieu, tout le monde.» Et pendant trente secondes, toute la ville, le souffle coupé, attendit la fin du monde.

36

– Adieu, coccinelle ! dit James dans un souffle, cramponné à la tige de la pêche qui tombait, qui tombait. Adieu, mille-pattes. Adieu, tout le monde !

Encore quelques secondes et ils allaient s'écraser sur les gratte-ciel qui se dressaient comme des bras tendus. La plupart d'entre eux avaient le toit plat, mais le plus haut de tous se terminait en pointe, une longue pointe aiguë comme une gigantesque épingle enfoncée dans le ciel.

Et c'est précisément sur la pointe de cette épingle que devait tomber la pêche !

Le sirop gicla. La pointe pénétra profondément dans la pêche. Et soudain – oh ! la glorieuse image ! – on put voir la pêche géante perchée au pinacle de l'Empire State Building.

37

Quel spectacle fascinant ! Au bout de deux ou trois minutes, les passants comprirent que ce ne pouvait pas être une bombe. Ils sortirent par milliers des bouches de métro, les yeux levés au ciel. Les rues, tout autour du plus haut gratte-ciel de New York, étaient noires d'hommes, de femmes et d'enfants. Alors quelqu'un laissa entendre qu'il y avait des êtres vivants sur la grosse boule dorée. Et aussitôt tout le monde se mit à pousser des hurlements.

– Une soucoupe volante !

– Ils viennent d'une autre planète !

– Ce sont des Martiens !

– Ou peut-être des habitants de la Lune !

Un passant muni d'une paire de jumelles s'écria :

– Ils m'ont l'air drôlement bizarres, les cocos !

Les cars de police et les sapeurs-pompiers arrivèrent de tous les coins de la ville pour s'arrêter à proximité de l'Empire State Building.

Deux cents sapeurs-pompiers et six cents agents de police s'engouffrèrent dans l'ascenseur, qui les conduisit au dernier étage. Ils envahirent la plate-forme réservée habituellement aux touristes.

Tous les agents de police avaient le doigt sur la détente de leurs mitraillettes. Les pompiers empoignèrent leurs lances. Mais comme ils se tenaient tous à l'ombre de la pêche, il leur était difficile d'apercevoir les passagers.

– Hé, là-haut ! hurla le chef de la police. Sortez pour qu'on vous voie !

Soudain la grosse tête noire du mille-pattes apparut au rebord de la pêche. Avec ses yeux noirs, ronds comme des billes. Sa bouche se fendit et il sourit de toutes ses mandibules.

Comme il était d'une laideur monstrueuse, les agents de police et les pompiers se mirent à hurler en chœur.

– Prenez garde ! crièrent-ils. C'est un dragon !

– Mais non, ce n'est pas un dragon ! C'est un Wampoum !

– C'est une gorgone !

– C'est un serpent de mer !

– C'est un lunosaure !

– C'est un manticore !

Trois pompiers et cinq policiers s'évanouirent. On les emporta.

– C'est une joubarbosse ! cria le chef de la police.

– C'est une opotruche ! hurla le chef des sapeurs-pompiers.

Visiblement flatté, le mille-pattes souriait toujours à belles dents.

– Écoutez-moi ! cria le chef de police, les mains en porte-voix. Il faut que je sache d'où vous venez !

– Nous venons de loin ! répondit le mille-pattes en découvrant ses dents noires. Nous avons parcouru des milliers de kilomètres !

– Je vous l'ai bien dit ! s'écria triomphalement le chef de la police. Ce sont des Martiens !

– Ça ne fait aucun doute ! dit le chef des sapeurs-pompiers.

A cet instant, la grosse tête verte du grillon des champs apparut à côté de celle du mille-pattes. Il y eut six nouveaux évanouissements.

– Ça c'est un griffon ! hurla le chef des sapeurs-pompiers. J'en suis sûr !

– Vous voulez dire un basilic ! claironna le chef de la police. Reculez un peu, les gars ! Il peut nous sauter dessus à chaque instant !

– Qu'est-ce qu'ils racontent ? demanda le vieux grillon des champs au mille-pattes.

– Aucune idée, répondit le mille-pattes. Mais ils ont l'air plutôt embêté.

Puis ce fut le tour de mademoiselle l'araignée d'avancer sa sinistre face noire. Aux yeux d'un non-initié, c'était elle la plus terrifiante de tous.

– Seigneur ! hurla le chef des sapeurs-pompiers. Nous sommes finis ! C'est un scorpion géant !

– Si ce n'était que ça ! cria le chef de la police. C'est une tarentule vermicieuse ! Voyez sa face macabre !

– Une de celles qui avalent des hommes adultes pour leur goûter ? demanda, blanc comme un linge, le chef des sapeurs-pompiers.

– Je le crains, répondit le chef de la police.

– Messieurs, ne pourriez-vous pas m'aider à descendre ? cria alors mademoiselle l'araignée. J'ai le vertige !

– C'est sûrement un piège ! dit le chef des sapeurs-pompiers. Que personne ne bouge !

– Ils ont sûrement des armes spatiales ! grommela le chef de la police.

– Il faudrait entreprendre quelque chose ! s'affola le chef des sapeurs-pompiers. Dans la rue, la foule attend. Il ne faut pas la décevoir !

– Pourquoi ne montez-vous pas ? dit le chef de la police. Je resterai ici pour vous tenir l'échelle. Allez voir ce qui se passe là-haut !

– Merci beaucoup ! fit le chef des sapeurs-pompiers.

Bientôt sept énormes têtes plus biscornues les unes que les autres se penchaient par-dessus le rebord de la pêche. La tête du mille-pattes, la tête du vieux grillon des champs, celle de l'araignée, celle du ver de terre, celle de la coccinelle, sans oublier les têtes du ver à soie et du ver luisant. Les représentants de l'ordre public en étaient médusés.

Mais soudain, la panique fit place à la stupeur. Tout le monde eut le souffle coupé en voyant apparaître aux côtés de toutes ces créatures plus ou moins monstrueuses un petit garçon aux cheveux ébouriffés.

– Bonjour, tout le monde ! dit en riant le petit garçon.

Les représentants de l'ordre n'en croyaient pas leurs yeux.

– Tiens, tiens, tiens ! dit le chef des sapeurs-pompiers en devenant rouge comme une écrevisse. On dirait un petit garçon !

– N'ayez pas peur ! cria James. Nous sommes heureux d'être ici !

– Et tes amis ? demanda le chef de police. Ne sont-ils pas dangereux ?

– Pas le moins du monde ! répondit James. Ils sont plus gentils les uns que les autres ! Permettez-moi de faire les présentations. Puis vous serez tout à fait rassurés !

Voici mon ami le mille-pattes,
Que ses airs ne vous trompent pas !
Il est toujours d'humeur facile,
Si doux que la reine d'Espagne
L'a fait venir à la cour
pour chanter des berceuses
aux enfants royaux.
(« Rien d'étonnant, dit un pompier, à ce que
l'Espagne n'ait plus de roi ! »)

Voici mon ami le ver de terre,
C'est lui le roi des jardiniers.
Il creuse des souterrains incomparables
C'est un travailleur acharné
Et imbattable.
(Le ver de terre bomba le ventre
Et mademoiselle l'araignée
Applaudit à tout rompre.)

Mon ami le grillon des champs
Manie l'archet comme un grand,
Comme le plus grand des violonistes.
Qu'elle soit gaie, qu'elle soit triste,
Écoutez, messieurs, sa romance.
Vous en aurez les larmes aux yeux.
(Et le chef des flics de constater :
« Il n'est sûrement pas dangereux ! »)

Voici notre bon ver luisant,
Si génial et si pratique !
Collez-le au plafond
Ou dans n'importe quel coin,
Si vous êtes en panne d'électricité
Ou si vous aimez la simplicité.
(Les policiers crièrent en chœur :
« Il lui fait de la publicité ! »)

Et voici mademoiselle l'araignée,
Une vraie usine à ficelle,
Douce comme une gazelle,
Timide et farouche,
Elle n'a jamais fait de mal
A une mouche.
Et si ses regards vous font peur,
Dites-vous bien qu'elle porte bonheur.
(L'assistance approuva en chœur.)

Voici ma belle coccinelle
Si charmante et si fidèle
Elle a oublié chez elle
Ses mille et quatre cents enfants,
Mais la prochaine pêche disponible
Les amènera si possible
(Les pompiers crièrent :
« Elle est irrésistible ! »)

Voici notre ver à soie,
Incomparable lui aussi
De Tombouctou à Tahiti.
Il habille nos oncles, nos tantes
De soie fine et chatoyante
La reine d'Angleterre lui doit
Sa robe de mariée
Et votre Président, dit-on,
Son plus beau complet-veston.
(Les flics crièrent :
« Pourquoi attendre ?
Vite, vite ! Faites-les descendre ! »)

38

Cinq minutes plus tard, ils avaient quitté le sommet de la pêche. Tous étaient sains et saufs, et James raconta avec passion son histoire à un groupe de hauts fonctionnaires suffoqués.

A présent, ils étaient tous des héros ! On les escorta jusqu'aux marches de l'Hôtel de Ville et le maire de New York prononça un discours de bienvenue. Pendant ce temps, cent réparateurs de clocher munis de cordes, d'échelles et de poulies firent l'ascension de l'Empire State Building. Ils libérèrent la pêche géante et la firent descendre à terre.

Alors le maire s'écria :

– Nous allons organiser une parade en l'honneur de nos merveilleux invités !

On forma un grand cortège. Dans la voiture de tête (une énorme limousine découverte), on pouvait voir James entouré de tous ses amis.

Puis vint la pêche géante elle-même. A l'aide de toutes sortes de grues et de crémaillères, on l'avait hissée sur un très grand camion. Elle y trônait dans toute sa splendeur et dans toute sa gloire. Bien sûr, elle avait un trou tout au fond, dû à la pointe du plus haut gratte-ciel de New York, mais personne ne s'en souciait. Ni de ce trou ni des ruisseaux de jus de pêche qui en coulaient et qui commençaient à inonder les rues.

La pêche était suivie de la limousine du maire, tout éclaboussée de jus de pêche. Et à la limousine du maire succédaient une vingtaine d'autres limousines transportant les gens d'importance.

Une foule surexcitée bordait les trottoirs. Les fenêtres des gratte-ciel étaient pleines de gens qui hurlaient de joie et qui applaudissaient très fort en lançant des serpentins et des confettis. James et ses amis, debout dans leur voiture, les saluaient au passage.

Puis il arriva une chose plutôt bizarre. Le cortège remontait lentement la Cinquième Avenue lorsque soudain une petite fille en robe rouge se détacha de la foule et cria :

– Oh ! James, James ! Est-ce que je peux manger un tout petit bout, rien qu'un tout petit bout de ta pêche merveilleuse ?

– Sers-toi ! répondit James. Manges-en tant que tu voudras ! Il faudra bien en finir un jour !

A peine avait-il dit ces mots qu'une cinquantaine d'enfants prirent d'assaut le cortège.

– Et nous ? Est-ce que nous pouvons en manger aussi ?

– Naturellement ! répondit James. La pêche est à tout le monde !

Les enfants bondirent sur le camion et grimpèrent sur la pêche géante comme des fourmis pour s'en donner à cœur joie. La nouvelle s'était vite répandue de rue en rue. Les petits garçons et les petites filles affluèrent de toutes parts pour ne pas manquer le festin. Bientôt la pêche fut escortée d'un kilomètre d'enfants, tout le long de la Cinquième Avenue. Spectacle incroyable et fantastique. Quant à James, qui n'avait jamais vu tant d'enfants ensemble, jamais, pas même en rêve, il était heureux comme un roi.

Et à la fin de la parade, il ne restait plus rien de la pêche. Rien qu'un énorme noyau brun, bien nettoyé par des milliers de petites langues gourmandes et affamées.

39

Et c'est ainsi que se termina la journée. Mais nos braves voyageurs devaient en connaître bien d'autres. Dans ce pays nouveau, ils allaient tous vivre heureux et faire fortune.

Le mille-pattes fut nommé sous-chef des ventes dans une fabrique de chaussures extrêmement distinguée.

Grâce à son teint de rose, le ver de terre fut employé par une agence de publicité qui vantait à la télévision des produits de beauté pour dames.

Le ver à soie et l'araignée, après avoir remplacé leurs fils de soie par des fils de nylon, s'étaient associés pour fournir des cordes extra-solides aux funambules.

Le ver luisant fut promu au poste de flambeau, tout en haut de la statue de la Liberté, évitant à une cité reconnaissante de payer chaque année une grosse note d'électricité.

Le vieux grillon des champs fut engagé par le plus grand orchestre symphonique de New York. Il eut beaucoup de succès et d'innombrables admirateurs.

La coccinelle, qui, toute sa vie, avait été hantée par l'idée de voir ses enfants périr dans les flammes, épousa le chef des sapeurs-pompiers. Ce fut le plus heureux des mariages.

Quant à l'énorme noyau, il allait occuper une place d'honneur au milieu de Central Park et devenir un des monuments les plus visités. Mais ce n'était pas tout. Ce noyau était maintenant une vraie maison. Une célèbre maison où vivait un petit garçon célèbre…

JAMES HENRY TROTTER

Et si, un jour, vous passez par là, vous n'avez qu'à frapper à la porte. On vous fera entrer et vous verrez alors la fameuse chambre où James fit la connaissance de ses amis. Et si vous avez un peu de chance, vous y rencontrerez le vieux grillon des champs, installé dans un fauteuil au coin du feu, ou peut-être la coccinelle, venue prendre le thé et bavarder, ou encore le mille-pattes, venu présenter un lot de bottines flambant neuves.

Tous les jours de la semaine, les enfants accouraient par milliers pour visiter le merveilleux noyau dans le Parc. Et James Henry Trotter, qui, autrefois, avait été le plus triste et le plus solitaire des petits garçons, avait maintenant pour amis les enfants de la Terre entière. Mais comme ils le suppliaient sans cesse de leur raconter la fabuleuse aventure que fut son voyage à bord de la pêche géante, il commença à se demander ce que ce serait s'il écrivait son histoire pour en faire un livre.

C'est ce qu'il fit.

Et ce livre, vous venez de le lire.

Matilda

À Olivia
20 avril 1955 – 17 novembre 1962

1
Une adorable petite dévoreuse de livres

Pères et mères sont gens bien curieux. Même lorsque leurs rejetons sont les pires des poisons imaginables, ils persistent à les trouver merveilleux. Certains parents vont plus loin : l'adoration les aveugle à tel point qu'ils arrivent à se persuader du génie de leur progéniture. Mais, après tout, quel mal à cela ? Ainsi va le monde. C'est seulement quand les parents commencent à *nous* vanter les mérites de leurs odieux moutards que nous nous mettons à crier : « Ah, non, assez ! Vite, de l'air ! Vous allez nous, rendre malades ! »

Les enseignants souffrent beaucoup d'avoir à écouter ce genre de balivernes proférées par des parents gonflés d'orgueil mais, en général, ils se rattrapent dans l'établissement des notes en fin de trimestre. Si j'étais professeur, je concocterais des appréciations féroces pour les enfants de radoteurs aussi infatués. « Votre fils Maximilien, écrirais-je, est une nullité totale. J'espère que vous avez une entreprise familiale où vous pourrez le caser à la fin de ses études car il n'a aucune chance de trouver nulle part ailleurs le moindre emploi. » Ou bien, si je me sentais lyrique ce jour-là, je dirais : « Que les organes de l'ouïe des sauterelles se

trouvent aux flancs de leur abdomen est une curiosité de la nature. A en juger par ce qu'elle a appris au cours du dernier trimestre, votre fille Vanessa ne possède pas trace des organes en question. »

Je pourrais même m'aventurer plus loin dans l'histoire naturelle et déclarer : « La cigale passe six ans à l'état de larve enterrée dans le sol et pas plus de six jours à l'air libre, au soleil. Votre fils Gaston a passé six ans à l'état de larve dans cet établissement et nous attendons toujours qu'il sorte de sa chrysalide. » Une petite fille spécialement odieuse pourrait m'inspirer ce commentaire : « Fiona a la même beauté glaciale qu'un iceberg mais, contrairement à ce dernier, il n'y a strictement rien à trouver sous cette apparence. » Bref je crois que je me pourlécherais à rédiger des bulletins de fin de trimestre pour les jeunes pestes de ma classe. Mais en voilà assez. Poursuivons notre récit.

De loin en loin, il arrive qu'on rencontre des parents qui adoptent l'attitude opposée et ne manifestent pas le moindre

intérêt pour leurs enfants. Ceux-là sont, à coup sûr, bien pires que les admirateurs béats.

M. et Mme Verdebois appartenaient à cette espèce. Ils avaient un fils appelé Michael et une fille du nom de Matilda, et considéraient cette dernière à peu près comme une croûte sur une plaie. Une croûte, il faut s'y résigner jusqu'à ce qu'on puisse la détacher, s'en défaire et la bazarder. M. et Mme Verdebois attendaient avec impatience le moment où ils pourraient se défaire de leur petite fille et la bazarder, en l'expédiant de préférence dans le comté voisin ou même plus loin. Il est déjà assez triste que des parents traitent des enfants *ordinaires* comme s'ils étaient des croûtes ou des cors aux pieds, mais cette attitude est encore plus répréhensible si l'enfant en question est *extraordinaire*, j'entends par là aussi sensible que douée. Matilda était l'un et l'autre mais, par-dessus tout, elle était douée. Elle avait l'esprit si vif et si délié et apprenait avec une telle facilité que même les parents les plus obtus auraient reconnu des dons aussi exceptionnels. Mais M. et Mme Verdebois étaient, eux, si bornés, si confinés dans leurs petites existences étriquées et stupides, qu'ils n'avaient rien remarqué de particulier chez leur fille. Pour tout dire, fût-elle rentrée à la maison en se traînant avec la jambe cassée qu'ils ne s'en seraient pas aperçus.

Le frère de Matilda, Michael, était un garçon tout à fait normal, mais devant sa sœur – je le répète – vous seriez resté comme deux ronds de flan. A l'âge d'*un an et demi*, elle parlait à la perfection et connaissait à peu près autant de mots que la plupart des adultes.

Les parents, au lieu de la féliciter, la traitaient de moulin à paroles et la rabrouaient en lui disant que les petites filles sont faites pour être vues mais pas pour être entendues.

A *trois ans*, Matilda avait appris toute seule à lire en s'exerçant avec les journaux et les magazines qui traînaient à la maison. A quatre ans, elle lisait couramment et, tout naturellement, se mit à rêver de livres. Le seul disponible dans ce foyer de haute culture, *La Cuisine pour tous*, appartenait à sa mère et, lorsqu'elle l'eut épluché de la première page à la dernière et appris toutes les recettes par cœur, elle décida de se lancer dans des lectures plus intéressantes.

– Papa, dit-elle, tu crois que tu pourrais m'acheter un livre ?

– Un *livre* ? dit-il. Qu'est-ce que tu veux faire d'un livre, pétard de sort !

– Le lire, papa.

– Et la télé, ça te suffit pas ? Vingt dieux ! on a une belle télé avec un écran de 56, et *toi* tu réclames des bouquins ! Tu as tout de l'enfant gâtée, ma fille.

Presque chaque après-midi, Matilda se trouvait seule à la maison. Son frère (de cinq ans son aîné) allait en classe. Son père était à son travail et sa mère partait jouer au loto dans une ville située à une dizaine de kilomètres de là. Mme Verdebois était une mordue du loto et y jouait cinq après-midi par semaine. Ce jour-là, comme son père avait refusé de lui acheter un livre, Matilda décida de se rendre toute seule à la bibliothèque du village. Quand elle arriva, elle se présenta à la bibliothécaire, Mme Folyot. Puis elle demanda si elle pouvait s'asseoir et lire un livre. Mme Folyot, déconcertée par l'apparition d'une si petite visiteuse non accompagnée, l'accueillit néanmoins avec bienveillance.

– Où sont les livres d'enfants, s'il vous plaît ? demanda Matilda.

– Là-bas, sur les rayons du dessous, lui dit Mme Folyot. Veux-tu que je t'aide à en trouver un joli avec beaucoup d'images ?

– Non, merci, dit Matilda, je me débrouillerai bien toute seule.

A dater de ce jour-là, chaque après-midi, aussitôt sa mère partie pour aller jouer au loto, Matilda trottinait jusqu'à la bibliothèque. Il n'y avait que dix minutes de trajet, ce qui lui permettait de passer deux heures merveilleuses assise tranquillement dans un coin à dévorer livre sur livre.

Lorsqu'elle eut lu tous les livres d'enfants disponibles, elle se mit à fureter dans la salle, en quête d'autres ouvrages. Mme Folyot, qui l'avait observée avec fascination durant plusieurs semaines, se leva de son bureau et alla la rejoindre.

– Je peux t'aider ? demanda-t-elle.

– Je me demande ce que je pourrais lire maintenant, dit Matilda. J'ai fini tous les livres d'enfants.

– Tu veux dire que tu as regardé toutes les images ?

– Oui, mais j'ai aussi lu tout ce qui était écrit.

Mme Folyot considéra Matilda de toute sa hauteur, et Matilda, le nez en l'air, soutint son regard.

– J'en ai trouvé quelques-uns bien mauvais, ajouta-t-elle ; mais d'autres étaient très jolis. Celui que j'ai préféré, c'est *Le Jardin secret*. Il est plein de mystère. Le mystère de la pièce derrière la porte fermée et le mystère du jardin derrière le grand mur.

Mme Folyot était stupéfaite.

– Dis-moi, Matilda, demanda-t-elle, quel âge as-tu au juste ?

– Quatre ans et trois mois, répondit Matilda.

La stupeur de Mme Folyot était à son comble mais elle eut la présence d'esprit de ne pas le montrer.

– Quel genre de livre aimerais-tu lire maintenant ? demanda-t-elle.

– Je voudrais un de ces livres vraiment bons que lisent les grandes personnes. Un livre célèbre. Je ne connais pas les titres.

Mme Folyot, sans hâte, se mit à examiner les rayons. Elle ne savait trop à quel saint se vouer. « Comment choisit-on un livre d'adulte célèbre pour une enfant de quatre ans ? » se demandait-elle. Elle songea tout d'abord à lui donner un roman de jeune fille à l'eau de rose, du genre destiné aux adolescentes puis, mue par on ne sait quelle raison, elle s'éloigna résolument de l'étagère devant laquelle elle s'était arrêtée.

– Tiens, si tu essayais de lire ça, dit-elle. C'est un livre très connu et très beau. S'il est trop long pour toi, dis-le-moi et je t'en trouverai un autre plus court et plus facile.

– *Les Grandes Espérances*, lut Matilda, de Charles Dickens. J'ai très envie de m'y mettre.

« Je dois être folle », songea Mme Folyot. Ce qui ne l'empêcha pas d'affirmer :

– Bien sûr, ça devrait te plaire.

Au cours des après-midi suivants, Mme Folyot eut peine à détacher ses regards de la petite fille assise des heures durant dans le grand fauteuil au bout de la pièce, avec le livre sur les genoux. Le volume était en effet trop lourd pour qu'elle pût le tenir dans ses mains, si bien qu'elle devait rester penchée en avant pour pouvoir lire. Et c'était un étrange spectacle que celui de cette minuscule créature aux cheveux noirs, assise avec ses pieds qui n'atteignaient pas le sol, totalement captivée par les aventures de Pip et de la vieille Miss Havisham dans sa maison pleine de toiles d'araignée, totalement envoûtée par la magie des mots assemblés par le prodigieux conteur qu'était Dickens. N'était, par intervalles, un bref geste de la main pour tourner les pages, la petite fille restait immobile. Et c'était toujours avec tristesse que Mme Folyot, l'heure venue, se levait pour aller annoncer à la lectrice :

– Il est cinq heures moins dix, Matilda.

Durant la première semaine des visites de Matilda, Mme Folyot lui avait demandé :

– Ta maman t'accompagne ici tous les jours et vient te rechercher ?

– Ma mère va à Aylesbury tous les après-midi pour jouer au loto, avait répondu Matilda. Elle ne sait pas que je viens ici.

– Mais voyons, Matilda, ce n'est pas bien. Tu devrais lui demander la permission.

– Il vaut mieux pas, avait dit Matilda. Elle ne m'encourage pas du tout à lire. Pas plus que mon père d'ailleurs.

– Mais qu'est-ce qu'ils pensent que tu fais dans une maison vide tous les après-midi ?

– Que je traînaille et que je regarde la télé, je suppose. Ce que je peux faire ne les intéresse pas du tout, avait ajouté un peu tristement Matilda.

Mme Folyot s'inquiétait des risques que pouvait courir l'enfant en suivant la grand-rue très animée du village, puis en la traversant, mais elle résolut de ne pas s'en mêler.

Au bout de huit jours, Matilda avait fini *Les Grandes Espérances*. Une édition qui ne comptait pas moins de quatre cent onze pages.

– J'ai adoré ça, dit-elle à Mme Folyot. M. Dickens a écrit d'autres livres ?

– Tout un tas, dit Mme Folyot, éberluée. Tu veux que je t'en choisisse un second ?

Au cours des six mois suivants, sous l'œil ému et attentif de Mme Folyot, Matilda lut les livres suivants :

Nicholas Nickleby, de Charles Dickens
Oliver Twist, de Charles Dickens
Jane Eyre, de Charlotte Brontë
Orgueil et préjugé, de Jane Austen
Tess d'Urberville, de Thomas Hardy

Kim, de Rudyard Kipling
L'Homme invisible, de H. G. Wells
Le Vieil Homme et la Mer, d'Ernest Hemingway
Le Bruit et la Fureur, de William Faulkner
Les Raisins de la colère, de John Steinbeck
Les Bons Compagnons, de J. B. Priestley
Le Rocher de Brighton, de Graham Greene
La Ferme des animaux, de George Orwell.

C'était une liste impressionnante et Mme Folyot était maintenant au comble de l'émerveillement et de l'excitation, mais sans doute fit-elle bien de ne pas donner libre cours à ses émotions. Tout autre témoin des prouesses littéraires d'une si petite fille se serait sans doute empressé d'en faire toute une histoire et de clamer la nouvelle sur les toits, mais telle n'était pas Mme Folyot. Mme Folyot savait rester discrète et avait depuis longtemps découvert qu'il était rarement bon d'intervenir dans la vie des enfants des autres.

– M. Hemingway dit des tas de choses que je ne comprends pas, lui expliqua Matilda. Surtout sur les hommes et les femmes. Mais j'ai beaucoup aimé son livre quand même. Avec sa façon de raconter les choses, j'ai l'impression d'être là, sur place, et de les voir arriver.

– Un bon écrivain te fera toujours cet effet, dit Mme Folyot.

Et ne t'inquiète donc pas de ce qui t'échappe. Lis tranquillement et laisse les mots te bercer comme une musique.

– D'accord, d'accord.

– Sais-tu, reprit Mme Folyot, que dans les bibliothèques publiques comme celle-ci il est possible d'emprunter des livres et de les emporter chez soi ?

– Mais non, je ne savais pas, dit Matilda. Cela veut dire que je peux en emporter, *moi* ?

– Bien sûr, dit Mme Folyot. Quand tu as choisi le livre que tu désires, tu me l'apportes que je puisse le noter dans le cahier et il est à toi pour quinze jours. Tu peux même en prendre plus d'un si tu en as envie.

A dater de ce jour-là, Matilda ne se rendit plus à la bibliothèque qu'une fois par semaine pour y prendre des nouveaux livres et rendre ceux qu'elle avait lus. Sa petite chambre était devenue sa salle de lecture et elle y passait le plus clair de ses après-midi à lire avec, bien souvent, une tasse de chocolat chaud à côté d'elle. Elle n'était pas encore assez grande pour atteindre les choses dans la cuisine, mais elle tenait cachée, dans la cour, une caisse légère sur laquelle elle se juchait pour attraper les ingrédients dont elle avait besoin. La plupart du temps, elle préparait du chocolat, réchauffant le lait dans une casserole sur le fourneau avant d'y jeter le cacao. Il n'y avait rien de plus agréable que de boire un chocolat à petites gorgées en lisant.

Les livres la transportaient dans des univers inconnus et lui faisaient rencontrer des personnages hors du commun qui menaient des vies exaltantes. Ainsi navigua-t-elle sur d'antiques voiliers avec Joseph Conrad, explora-t-elle l'Afrique avec Ernest Hemingway et l'Inde avec Rudyard Kipling. Ainsi assise au pied de son lit, dans sa petite chambre d'un village anglais, visita-t-elle de long en large et de haut en bas le vaste monde.

2
M. Verdebois, le grand marchand de voitures

Les parents de Matilda possédaient une jolie maison avec, au rez-de-chaussée, une salle à manger, un salon et une cuisine, et trois chambres à l'étage. Son père était marchand de voitures d'occasion et semblait relativement prospère.

– La sciure de bois, disait-il avec fierté, voilà l'un des grands secrets de ma réussite. Et elle ne me coûte rien, la sciure de bois. Je l'ai gratis à la scierie.

– Mais à quoi elle te sert ? lui demandait Matilda.

– Ha, répondait mystérieusement le père, tu voudrais bien le savoir…

– Je ne vois pas comment la sciure de bois peut t'aider à vendre des voitures d'occasion, papa.

– C'est parce que tu es une ignorante petite bêtasse !

Son discours n'était jamais très raffiné, mais Matilda y était habituée. Elle savait aussi qu'il aimait se vanter et elle ne se faisait pas faute d'encourager, sans vergogne, ce travers.

– Tu dois être drôlement malin pour trouver un moyen d'utiliser quelque chose qui ne coûte rien… Si seulement je pouvais en faire autant.

– Tu ne pourrais pas, répliqua le père. Tu es trop bête. Mais je ne demande qu'à tout expliquer au jeune Mike ici présent qui deviendra un jour mon associé.

Dédaignant Matilda, il se tourna vers son fils et continua :

– Je suis toujours content d'acheter une voiture à un imbécile qui a tellement bousillé les vitesses que les pignons grincent comme des roues de charrette. Je n'ai plus qu'à mélanger une bonne dose de sciure à l'huile dans la boîte, et tout se remet à tourner rond.

– Et ça marche comme ça combien de temps avant de recommencer à craquer ? demanda Matilda.

– Assez longtemps pour que l'acheteur soit déjà loin, répondit le père en ricanant. Dans les cent cinquante kilomètres.

– Mais ce n'est pas honnête, papa, dit Matilda ; c'est de la triche.

– Personne ne s'enrichit en étant honnête, rétorqua le père. Les clients sont là pour être arnaqués.

M. Verdebois était un petit homme à face de rat dont les dents de devant saillaient sous une moustache mitée. Il avait un faible pour les vestons à carreaux aux couleurs criardes qu'il agrémentait de cravates généralement jaunes ou vert pâle.

– Maintenant, prends le kilométrage, par exemple, poursuivit-il. Celui qui achète une voiture d'occasion veut d'abord savoir combien elle a fait de kilomètres. D'accord ?

– D'accord, dit son fils.

– Donc, j'achète une vieille bagnole avec plus de deux cent mille bornes au compteur. Je l'ai pour une bouchée de pain. Personne ne va acheter une épave pareille, pas vrai ? De nos jours, on ne peut plus trafiquer les chiffres sur le compteur comme on le faisait il y a dix ans. Avec les trucs qu'ils ont mis au point, il faudrait être au moins horloger pour s'y frotter. Alors, qu'est-ce que je fais, moi ? Je me sers de ma cervelle, mon petit gars, voilà ce que je fais.

– Comment ? demanda le jeune Michael, subjugué.

Il paraissait avoir hérité de son père le goût de la filouterie.

– Eh ben, je m'assieds et je me dis : Voyons… comment est-ce que je peux faire passer un compteur de deux cent mille à vingt mille kilomètres sans mettre l'appareil en pièces détachées ? D'accord : si je faisais de la marche arrière assez longtemps, je finirais par y arriver car les chiffres défileraient à reculons… Tu comprends ça ? Mais qui va conduire une vieille chignole en marche arrière pendant des milliers de kilomètres ? Personne.

– Oh non, personne, c'est sûr, appuya le jeune Michael.

– Alors, je me gratte le crâne, reprit le père, je fais fonctionner mes méninges : quand on a reçu un cerveau bien organisé comme le mien, on s'en sert. Et d'un seul coup, paf ! Je trouve la solution ! Exactement comme ce type génial qui a découvert la pénicilline. Eurêka ! j'ai crié. J'ai mis le doigt dessus !

– Alors, qu'est-ce que tu as fait, papa ? lui demanda son fils.

– Le compteur, répondit M. Verdebois, est actionné par un câble branché sur une des roues avant. Donc, d'abord, je débranche ce câble. Ensuite, je prends une perceuse électrique et je branche dessus le bout du câble de façon que, quand l'appareil marche, le câble tourne à l'envers. Tu saisis, oui ? Tu me suis, fiston ?

– Oui, papa, dit Michael.

– Ces perceuses ont une vitesse de rotation formidable, enchaîna le père, si bien que dès que la machine se met à tourner, les chiffres sur le cadran tournent au même régime. En un rien de temps, avec le moteur au maximum, je peux retrancher pas loin de cent mille kilomètres. Et je me retrouve avec un kilométrage inférieur à vingt mille, et une bagnole parée pour la vente. « Elle est quasi neuve, je dis à mon client. Rendez-vous compte. Faut dire qu'elle appartenait à une vieille dame qui ne roulait qu'une fois par semaine pour aller faire ses courses. »

– On peut vraiment faire tourner le compteur en arrière avec une perceuse ? s'enquit Michael.

– Ce sont les ficelles du métier que je t'apprends, dit le père.

Surtout, garde ça pour toi. Tu voudrais pas que je me retrouve en taule, hein ?

– Je dirai rien à personne, dit le jeune garçon. Tu as fait ça à beaucoup de voitures, papa ?

– Toutes celles qui me passent par les mains y ont droit, dit le père. Je ramène tous les compteurs en dessous de vingt mille kilomètres avant de les mettre en vente. Et j'ai trouvé cette combine tout seul, hein, ajouta-t-il avec fierté. Je me suis ramassé un joli magot comme ça.

Matilda, qui avait écouté avec attention, intervint :

– Mais, papa, c'est encore plus malhonnête que la sciure. C'est dégoûtant. Tu trompes des gens qui te font confiance.

– Si ça ne te plaît pas, ne mange pas ce qu'on te sert ici. C'est sur mes bénéfices que tu te nourris.

– C'est du vol, insista Matilda. Ça me fait honte.

Deux taches rouges apparurent aux pommettes du père.

– Non mais, pour qui tu te prends avec tes sermons ! hurla-t-il. L'archevêque de Canterbury ou quoi ? Tu n'es qu'une petite cruche ignorante qui parle à tort et à travers.

– Très juste, Henri, approuva la mère et, tournée vers Matilda,

elle ajouta : Tu en as, du toupet, de prendre ce ton avec ton père. Et, maintenant, tu vas fermer ton clapet qu'on puisse regarder notre émission tranquilles.

Installés dans le salon, ils dînaient avec leurs assiettes sur les genoux, devant la télévision. Ils mangeaient des repas tout préparés dans des barquettes d'aluminium comportant des cases pour la viande bouillie, les pommes vapeur et les pois cassés. Mme Verdebois mastiquait consciencieusement, les yeux rivés sur l'émission de variétés saucissonnée de publicités. C'était une bonne femme mafflue, aux cheveux teints en blond platine à l'exception des racines qui ressortaient en un indéfinissable brun jaunâtre. Lourdement maquillée, elle présentait une de ces silhouettes adipeuses aux formes débordantes, à l'évidence comprimées de partout pour enrayer un effondrement général.

– Maman, dit Matilda, ça ne te ferait rien que j'aille dîner dans la salle à manger pour pouvoir lire mon livre ?

Le père lui lança un coup d'œil torve.

– Moi, ça me fait ! aboya-t-il. Le dîner, c'est une réunion de famille et personne ne sort de table avant qu'on ait fini !

– Mais nous ne sommes pas à table, remarqua Matilda.

Nous n'y sommes même jamais. Nous mangeons toujours sur nos genoux en regardant la télé.

– Qu'est-ce qu'il y a de mal à regarder la télé, je te demande un peu ? dit le père.

Sa voix, de mauvaise, s'était soudain faite doucereuse.

Matilda, se méfiant de ce qu'elle pourrait répondre, resta silencieuse. Elle sentait monter en elle la colère. Ce n'était pas bien de détester ainsi ses parents, elle le savait, mais c'était vraiment bien difficile de se contenir. Toutes ses lectures avaient développé en elle une conception de la vie qui leur échappait. Si seulement ils avaient un peu lu Dickens ou Kipling, ils auraient sans doute bientôt découvert que l'existence ne se bornait pas à escroquer ses semblables et à regarder la télévision. Sans compter que Matilda en avait assez d'être constamment traitée d'idiote et d'ignorante alors qu'elle savait très bien que ce n'était pas vrai. Ce soir-là, envahie d'une fureur croissante alors qu'elle était couchée dans son lit, elle finit par prendre une résolution : chaque fois qu'elle se ferait rabrouer par sa mère ou son père, décida-t-elle, elle se débrouillerait pour prendre sa revanche d'une façon ou d'une autre. Une modeste victoire, ou deux, de temps en temps l'aiderait à supporter leurs inepties et l'empêcherait de devenir folle. Il faut bien se rappeler qu'elle n'avait pas cinq ans et qu'il n'est pas facile, pour un petit être aussi jeune, de marquer des points contre des adultes tout-puissants. Elle n'en était pas moins déterminée pour autant et, après ce qui s'était passé ce soir-là devant la télévision, son père serait le premier sur sa liste.

3
Le chapeau et la superglu

Le lendemain matin, juste avant le départ de son père pour son infâme garage de voitures d'occasion, Matilda se faufila dans le vestibule et s'empara du chapeau dont M. Verdebois se coiffait tous les jours. Elle dut se hausser sur la pointe des pieds et tendre à bout de bras une canne pour décrocher, de justesse, le couvre-chef de sa patère. Il s'agissait d'un chapeau de tweed plat, avec une plume de geai fichée dans le ruban, et dont son père était très fier. Il lui donnait, pensait-il, une allure dégagée et sportive, surtout quand il le portait incliné sur l'oreille avec son veston à carreaux et sa cravate verte.

Matilda, tenant d'une main le chapeau et de l'autre un tube de superglu, entreprit de déposer un mince filet de liquide adhésif le long de la bordure intérieure. Puis, s'aidant de la canne, elle remit le chapeau en place. Elle avait minuté avec soin l'opération, appliquant la colle juste au moment où son père allait quitter la table du petit déjeuner.

M. Verdebois, en mettant son chapeau, ne s'aperçut de rien mais, une fois arrivé au garage, il constata qu'il lui était impossible de l'ôter. Cette superglu était si puissante que, s'il avait tiré trop fort sur son chapeau, c'en était fait d'une bonne partie de ses cheveux. M. Verdebois n'ayant aucune envie d'être scalpé dut donc garder son chapeau sur sa tête toute la journée, même en remplissant les boîtes de vitesses de sciure et en trafiquant les

compteurs kilométriques avec sa perceuse. S'efforçant de sauver la face, il adopta une attitude désinvolte dans l'espoir que son personnel penserait qu'il restait volontairement couvert, par pure fantaisie, comme le font les gangsters dans les films.

Lorsqu'il rentra à la maison ce soir-là, son chapeau tenait toujours aussi bien sur sa tête.

– Voyons, ne sois pas ridicule, lui dit sa femme. Viens ici, je vais te l'enlever.

Elle saisit les bords du chapeau et leur imprima une brusque saccade. M. Verdebois poussa un glapissement qui fit trembler les vitres.

– Aïïïïe ! hurla-t-il. Arrête ! Ne fais pas ça. Tu vas m'arracher la peau du front !

Matilda, du fond de son fauteuil, suivait avec intérêt la scène des yeux par-dessus le bord de son livre.

– Qu'est-ce qui t'arrive, papa ? demanda-t-elle. Ta tête a tout d'un coup enflé ou quoi ?

Le père foudroya sa fille d'un regard chargé de soupçons mais ne répondit rien. Qu'aurait-il pu lui dire ?

– Ça doit être de la superglu, assura Mme Verdebois. Qu'est-ce que tu veux que ce soit d'autre ? Ça t'apprendra à tripoter une saleté pareille. Tu devais sans doute essayer de coller une autre plume à ton chapeau.

– Je n'y ai même pas touché à cette fichue colle ! s'exclama M. Verdebois.

Il se détourna et dévisagea de nouveau Matilda dont les grands yeux marron soutinrent son regard avec innocence.

– Tu devrais lire l'étiquette sur le tube avant de manipuler des produits dangereux comme ça, lui dit Mme Verdebois. Il faut toujours veiller à suivre le mode d'emploi.

– Mais, nom d'un chien, qu'est-ce que tu me chantes, espèce de vieille sorcière ? hurla M. Verdebois en agrippant des deux mains les bords de son chapeau pour empêcher quiconque de se remettre à tirer dessus. Tu te figures que je suis assez bête pour me coller exprès ce galurin sur la tête ?

– Au bout de la rue, fit observer Matilda, il y a un garçon qui s'est mis de la superglu sur le doigt sans s'en apercevoir et, après ça, il s'est mis le doigt dans le nez.

M. Verdebois sursauta.

– Et qu'est-ce qui lui est arrivé ? bredouilla-t-il.

– Son doigt lui est resté collé dans le nez, dit Matilda, et il a dû rester comme ça pendant une semaine. Tout le monde lui disait : « Ne te mets donc pas le doigt dans le nez », mais il n'y pouvait rien. Ah, il n'avait pas l'air malin.

– Bien fait pour lui, dit Mme Verdebois. Il n'avait qu'à pas se fourrer le doigt dans le nez pour commencer. C'est une vilaine habitude. Si on mettait de la superglu sur les doigts de tous les enfants, ils arrêteraient vite de se curer le nez.

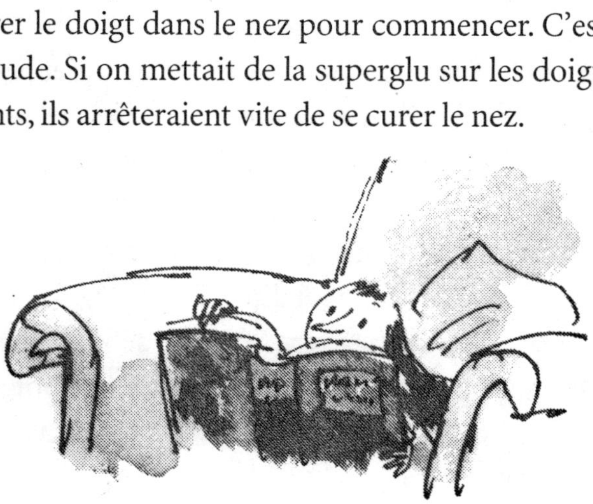

– Les grandes personnes le font aussi, maman, dit Matilda. Je t'ai vue le faire hier, dans la cuisine.

– Toi, tu vas te taire, riposta Mme Verdebois dont le visage s'était empourpré.

M. Verdebois dut garder son chapeau pendant tout le dîner devant la télévision. Il était grotesque à voir et s'abstint de toute réflexion.

Quand il se leva pour aller se coucher, il fit un nouvel essai pour se débarrasser du chapeau ; sa femme se mit de la partie, mais sans résultat.

– Comment est-ce que je vais prendre ma douche ? maugréa-t-il.

– Tu t'en passeras, voilà tout, lui dit sa femme.

Et, plus tard, comme elle regardait son petit gringalet de mari qui errait dans la chambre en pyjama rayé violet, avec son chapeau de tweed sur la tête, elle songea qu'il avait vraiment l'air minable. « Pour faire rêver les femmes, se dit-elle, on pourrait trouver mieux. »

M. Verdebois découvrit alors que le pire, lorsqu'on avait un chapeau vissé sur le crâne, c'était l'obligation de dormir avec. Pas moyen de poser confortablement sa tête sur l'oreiller.

– Mais arrête donc de te tortiller comme ça, glapit sa femme après qu'il se fut agité sans arrêt sous les couvertures pendant plus d'une heure. Demain matin il va se décoller tout seul ton chapeau ; et tu n'auras plus qu'à l'ôter.

Mais, le lendemain, le chapeau tenait toujours aussi bien sur la tête de son mari. Mme Verdebois s'arma alors d'une paire de ciseaux et découpa circulairement le couvre-chef à petits coups, d'abord la coiffe, ensuite les bords. Là où la bande intérieure adhérait solidement aux cheveux, elle dut couper les mèches au ras du crâne, si bien que M. Verdebois se retrouva finalement avec une sorte d'anneau blanchâtre autour de la tête, un peu

comme un moine. Et sur le front, là où la bande collait à la peau nue, subsista tout un semis de petits lambeaux de cuir brunâtre qu'aucun savonnage ne réussit à détacher.

Au petit déjeuner, Matilda dit à son père :

– Il faut absolument que tu fasses partir ces saletés de ton front, papa, on dirait que tu es couvert de petits insectes qui te rampent dessus. Les gens vont croire que tu as des poux.

– Assez ! aboya le père. Tu vas fermer ton sale petit clapet, tu m'entends !

« Tout bien considéré, songea Matilda, l'expérience est plutôt réussie. » Mais il ne fallait pas trop espérer que son père retiendrait longtemps la leçon qu'il avait reçue.

4
Le fantôme

Après l'épisode de la superglu, un calme relatif régna dans la maison des Verdebois pendant une semaine. M. Verdebois avait été, sans nul doute, douché par l'affaire du chapeau et semblait avoir perdu l'envie de se vanter et de rudoyer les autres. Mais, soudain, il se déchaîna de nouveau. Peut-être la journée avait-elle été mauvaise au garage et n'avait-il pas assez vendu de vieilles voitures déglinguées. Bien des sujets d'irritation peuvent assaillir un homme qui rentre le soir de son travail, et une épouse avisée sait reconnaître les signes avant-coureurs de la tempête et laisser son mari en paix jusqu'à ce que son humeur s'apaise.

Lorsque M. Verdebois rentra du garage ce soir-là, son visage était aussi sombre qu'un ciel d'orage et, de toute évidence, quelqu'un allait bientôt sentir passer la bourrasque. Mme Verdebois flaira tout de suite le danger et s'arrangea pour disparaître. Il pénétra alors au pas de charge dans le salon. Matilda, pelotonnée au fond d'un fauteuil, était plongée dans sa lecture. M. Verdebois appuya sur le bouton de la télévision. L'écran s'alluma. Les haut-parleurs se mirent à brailler. M. Verdebois fixa sur Matilda un œil torve. Elle n'avait pas bougé. Depuis longtemps, elle s'était entraînée à fermer les oreilles au vacarme de l'infernal appareil. Elle continua donc à lire, ce qui exaspéra son père. Peut-être était-il d'autant plus furieux qu'il voyait sa fille tirer plaisir d'une activité pour lui inaccessible.

– T'arrêteras donc *jamais* de lire ? lui lança-t-il.

– Oh, bonjour, papa, fit-elle d'un ton sucré. Tout s'est bien passé, aujourd'hui ?

– Qu'est-ce que c'est que cette idiotie ? dit-il en lui arrachant le livre des mains.

– Ce n'est pas une idiotie, papa. Ça s'appelle *Le Poney rouge*. C'est de John Steinbeck, un écrivain américain… Si tu essayais de le lire ? Ça te plairait beaucoup.

– Une saleté, oui ! s'écria M. Verdebois. Si c'est d'un Américain, c'est sûrement une saleté. De la saleté, oui ! C'est tout ce qu'ils savent écrire, les Américains !

– Mais non, papa, c'est très beau, je t'assure, ça raconte…

– Ce que ça raconte, je veux pas le savoir, aboya M. Verdebois. De toute façon, j'en ai plein le dos, de tes bouquins. Trouve-toi donc quelque chose d'utile à faire, pour changer.

Et, avec une violence alarmante, il se mit à arracher par poignées les pages du livre pour les jeter dans la corbeille à papier.

Matilda resta figée d'horreur. Son père continuait de plus belle à mettre le livre en pièces. Sans doute éprouvait-il une sorte de jalousie. Comment ose-t-elle, semblait-il dire à chaque page arrachée, comment ose-t-elle se complaire à lire des livres alors que j'en suis incapable ?

– C'est un livre de la bibliothèque ! cria Matilda. Il n'est pas à moi ! Je dois le rendre à Mme Folyot !

– Eh ben, tu lui en rachèteras un autre, voilà tout, dit le père, continuant à déchiqueter le livre. Tu économiseras sur ton argent de poche jusqu'à ce que tu aies assez dans ta tirelire pour en acheter un autre, à ta chère Mme Folyot.

Sur quoi, il jeta la couverture, maintenant vide du volume, dans la corbeille et sortit à grands pas de la pièce, laissant tonitruer la télévision.

A la place de Matilda, la plupart des enfants auraient fondu en larmes. Mais pas elle. Immobile, très pâle, elle resta assise à réfléchir. Elle semblait fort bien savoir que larmes ou rancœur ne la mèneraient nulle part. La seule réaction sensée lorsqu'on était attaqué, c'était – comme disait Napoléon – de contre-attaquer. Déjà, l'esprit subtil de Matilda élaborait un autre châtiment adéquat à l'intention du calamiteux auteur de ses jours. A la base du plan qu'elle était en train de mijoter, se posait une question : le perroquet de Fred parlait-il aussi bien que le prétendait son petit maître ?

Fred était un ami de Matilda. C'était un petit garçon de six ans qui habitait au coin de la rue et, depuis des jours et des jours, il ne cessait pas de vanter les dons qu'avait pour la parole le perroquet dont son père lui avait fait cadeau.

Donc, l'après-midi suivant, sitôt Mme Verdebois partie dans sa voiture pour aller jouer au loto, Matilda alla rendre visite à Fred. Après avoir frappé à sa porte, elle lui demanda s'il serait assez gentil pour lui montrer le fameux oiseau. Fred, ravi, la fit monter dans sa chambre où, dans une grande cage, trônait un superbe ara bleu et jaune.

– Le voilà, dit Fred. Il s'appelle Fred.

– Fais-le parler, dit Matilda.

– On ne peut pas le *faire* parler, dit Fred. Un peu de patience. Il parle quand il en a envie.

Matilda se résigna à attendre.

Soudain, le perroquet cria :

– Salut, salut, salut !

On aurait juré une voix humaine.

– Fantastique ! dit Matilda. Qu'est-ce qu'il sait dire d'autre ?

– Numérotez vos abattis ! dit le perroquet avec d'étonnantes intonations caverneuses.

– Il dit toujours ça, remarqua Fred.

– Et quoi d'autre encore ? demanda Matilda.

– C'est à peu près tout, répondit Fred, mais c'est déjà pas mal, non ?

– C'est fabuleux ! dit Matilda. Tu veux bien me le prêter juste pour un soir ?

– Ah non ! dit Fred. Sûrement pas !

– Je te donnerai tout mon argent de poche de la semaine prochaine.

Cela changeait tout. Fred réfléchit quelques secondes.

– D'accord, déclara-t-il, si tu me promets de me le rendre demain.

Matilda regagna sa maison vide d'un pas rendu légèrement vacillant par le poids de la grande cage qu'elle tenait à deux mains. Dans la salle à manger, il y avait une vaste cheminée et Matilda entreprit d'y cacher, la cage et son oiseau. Non sans peine, elle finit par l'y coincer suffisamment haut.

– Salut, salut, salut ! lui lança le perroquet. Salut, salut !

– Tais-toi donc, bécasson ! riposta Matilda, et elle alla laver ses mains pleines de suie.

Ce soir-là, tandis que la mère, le père, le frère et Matilda dînaient comme d'habitude au salon devant la télévision, une voix forte et claire retentit dans le vestibule, venant de la salle à manger :

– Salut, salut, salut !

– Henri ! s'écria la mère devenant toute blanche. Il y a quelqu'un dans la maison ! J'ai entendu une voix !

– Moi aussi ! dit le frère.

Matilda se leva d'un bond et alla éteindre la télé.

– Cchhhut ! fit-elle. Écoutez !

Ils cessèrent tous de manger et, sur le qui-vive, tendirent l'oreille.

– Salut, salut, salut ! reprit la voix.

– Ça recommence ! cria le frère.

– Des voleurs ! fit la mère d'une voix étranglée. Ils sont dans la salle à manger !

– Oui, je crois, dit le père, assis très raide sur sa chaise.

– Eh ben, va les attraper, Henri, reprit la mère. Vas-y donc, tu les prendras sur le fait !

Le père ne bougea pas. Il ne semblait nullement pressé d'aller jouer les héros. Son visage vira au grisâtre.

– Alors, tu te décides ! insista la mère. Ils doivent être en train de faucher l'argenterie !

M. Verdebois s'essuya nerveusement les lèvres avec sa serviette.

– Si on allait tous voir ensemble ? proposa-t-il enfin.

– C'est ça, allons-y ! dit le frère. Tu viens, m'man ?

– Pas de doute, ils sont dans la salle à manger, chuchota Matilda. J'en suis certaine.

La mère s'empara d'un tisonnier dans le foyer de la cheminée. Le père s'arma d'un club de golf posé dans un coin. Le frère saisit, sur une table, une lampe qu'il prit soin de débrancher. Matilda prit le couteau avec lequel elle mangeait, et tous quatre se dirigèrent sur la pointe des pieds vers la porte de la salle à manger, le père se tenant à distance respectueuse du reste de la famille.

– Salut, salut, salut ! lança de nouveau la voix.

– Allez ! s'écria Matilda, et elle fit irruption dans la pièce, son couteau brandi à bout de bras.

– Haut les mains ! enchaîna-t-elle, vous êtes pris !

Les autres la suivirent, agitant leurs armes diverses. Puis ils s'arrêtèrent, regardèrent autour d'eux. Personne.

– Il n'y a pas de voleur ici, déclara le père avec un vif soulagement.

– Je l'ai entendu, Henri ! glapit la mère d'une voix toujours aussi chevrotante. J'ai bien entendu sa voix. Et toi aussi !

– Je suis sûre de l'avoir entendu ! appuya Matilda. Il est ici, quelque part.

Elle se mit à chercher derrière le canapé, derrière les rideaux. C'est alors que la voix s'éleva de nouveau, voilée et rauque cette fois :

– Numérotez vos abattis ! dit-elle. Numérotez vos abattis !

Ils sursautèrent tous, y compris Matilda qui jouait fort bien la comédie. Ils inspectèrent toute la pièce. Il n'y avait toujours personne.

– C'est un fantôme, dit Matilda.

– Ah, mon Dieu ! s'exclama la mère en se jetant au cou de son mari.

– Je sais que c'est un fantôme, insista Matilda. Je l'ai déjà entendu ici. La salle à manger est hantée ! Je croyais que vous le saviez.

– Au secours ! hurla la mère, étranglant à demi son époux.

– Moi, je sors d'ici, bafouilla le père, plus gris que jamais.

Tous prirent la poudre d'escampette en claquant la porte derrière eux.

Le lendemain après-midi, Matilda s'arrangea pour extirper de la cheminée un perroquet plutôt grincheux et saupoudré de suie et pour le sortir de la maison sans être vue.

Elle le fit passer par la porte de derrière et trotta avec la cage jusque chez Fred.

– Alors, il s'est bien conduit ? lui demanda Fred.

– On s'est beaucoup amusés avec lui, assura Matilda. Mes parents l'ont adoré.

5
Un peu d'arithmétique

Matilda aurait sincèrement voulu que ses parents fussent bons, affectueux, compréhensifs, honnêtes et intelligents. Qu'ils ne possèdent aucune de ces qualités, il fallait bien qu'elle s'y résigne, mais ce n'était pas de gaieté de cœur. Cependant, le nouveau jeu qu'elle avait inventé pour les punir l'un et (ou) l'autre chaque fois qu'ils lui faisaient des crasses contribuait à lui rendre l'existence un peu plus supportable.

Étant très petite et très jeune, le seul pouvoir que Matilda pût exercer contre eux était celui de l'intelligence. Du seul point de vue de l'ingéniosité et de la vivacité d'esprit, elle les dépassait sans peine de cent coudées.

Mais il n'en demeurait pas moins que comme toutes les petites filles de cinq ans, dans n'importe quelle famille, elle était toujours obligée de faire ce qu'on lui disait, si saugrenus que pussent être les ordres qu'elle recevait. Ainsi était-elle toujours contrainte de manger son dîner sur un plateau devant la télévision détestée. Et elle devait toujours rester seule l'après-midi pendant les jours de semaine ; et, chaque fois qu'on lui intimait l'ordre de se taire, elle n'avait pas d'autre choix que d'obéir.

Ce qui lui avait, jusque-là, permis de garder son sang-froid, c'était le plaisir d'imaginer et d'appliquer à ses ennemis les ingénieuses sanctions de son cru, d'autant qu'elles semblaient efficaces, au moins pour de courtes périodes. Le père en particulier devenait moins bravache et moins odieux durant plusieurs jours lorsqu'il avait reçu sa dose des remèdes magiques de Matilda.

L'incident du perroquet dans la cheminée avait sérieusement douché ses parents et, pendant une bonne semaine, ils montrèrent un minimum d'égards envers leur petite fille. Mais, hélas, cette accalmie ne pouvait durer : l'accrochage suivant se produisit un soir, dans le salon. M. Verdebois venait de rentrer du travail ; Matilda et son frère étaient tranquillement assis sur le canapé, attendant que leur mère apportât les plateaux du dîner. La télévision n'avait pas encore été mise en marche.

Là-dessus, M. Verdebois fit son entrée en costume criard à carreaux, avec une cravate jaune. Les motifs orange et verts de la veste et du pantalon étaient à hurler. Il avait tout d'un bookmaker de bas étage endimanché pour le mariage de sa fille et, ce soir-là, il paraissait visiblement content de lui. Il se laissa tomber dans un fauteuil, se frotta les mains et, d'une voix forte, s'adressa à son fils :

– Eh bien, mon garçon, dit-il, ton père n'a pas perdu sa journée. Il est nettement plus riche ce soir que ce matin. Rends-toi compte. Il a vendu cinq voitures et chacune avec un joli bénéfice. Sciure de bois dans la boîte, perceuse dans la gaine du compteur, un coup de peinture ici et là, plus deux ou trois autres petits trucs et les idiots se sont bousculés pour acheter.

Il tira de sa poche un bout de papier froissé et l'examina :

– Écoute, mon petit, dit-il, tourné vers son fils et dédaignant ostensiblement Matilda, étant donné qu'un jour je vais faire de toi mon associé, il faut que tu sois capable de calculer les bénéfices quotidiens réalisés par l'affaire. Va donc chercher un cahier et un crayon et voyons comment tu te débrouilles.

Docilement, le fils sortit de la pièce et revint avec ce qu'il fallait pour écrire.

– Note les chiffres que je vais te donner, dit le père tout en consultant sa feuille de papier. La première voiture, je l'ai payée 278 livres et je l'ai revendue 1 425. Tu y es ?

Le gamin de dix ans inscrivit avec une lenteur appliquée les deux nombres.

– La deuxième voiture, poursuivit le père, m'a coûté 118 livres et je l'ai revendue 760. C'est noté ?

– Oui, papa, dit le fils, c'est noté.

– Pour la troisième voiture, j'ai déboursé 111 livres et j'en ai tiré 999,50 livres.

– Tu peux répéter, dit le fils, combien tu l'as vendue ?

– 999,50 livres, redit le père. Et ce chiffre-là, au fait, c'est un de mes petits trucs pour embobiner le client. Ne jamais demander 1 000 livres – toujours dire 999,50 livres. Ça paraît beaucoup moins sans l'être. Astucieux, non ?

– Très, dit le fils. Tu es fortiche, papa.

– La voiture n° 4 m'a coûté 86 livres – c'était une véritable épave – et je l'ai revendue 699,50 livres.

– Pas trop vite, dit le fils en notant les nombres indiqués. Ça y est. J'y suis.

– La cinquième voiture m'a coûté 637 livres et je l'ai revendue 1 649,50 livres. Tu as bien tout noté ?

– Oui, papa, répondit le gamin, en finissant d'écrire, laborieusement penché sur son cahier.

– Très bien, dit le père. Maintenant, calcule le bénéfice que j'ai fait sur chacune des cinq voitures et additionne le total. Ensuite, tu pourras me dire combien a empoché aujourd'hui cet être de génie qu'est ton père.

– Ça fait beaucoup de sous, dit le gamin.

– Naturellement, ça fait beaucoup de sous, dit le père. Mais quand on traite de grosses affaires, comme moi, il faut être un champion de l'arithmétique. Moi, tu comprends, j'ai quasiment un ordinateur dans le crâne. Il m'a fallu moins de dix minutes pour faire l'opération.

– Tu veux dire que tu l'as faite de tête, papa ? s'étonna le gamin, les yeux comme des soucoupes.

– Euh... pas exactement, répondit le père. Personne ne pourrait faire ça. Mais ça ne m'a pas pris longtemps. Quand tu auras fini, tu me diras quel bénéfice j'ai fait aujourd'hui. J'ai le total inscrit ici et je te dirai si tu tombes juste.

– Papa, dit Matilda d'un ton calme, tu as gagné exactement 4 303 livres et 50 pence.

– La paix ! dit le père. Ton frère et moi, on s'occupe de haute finance.

– Mais, papa...

– Tais-toi ! aboya le père. Cesse de jouer aux devinettes et tâche de réfléchir un peu.

– Voilà ta réponse, papa, insista Matilda avec douceur. Si tu ne t'es pas trompé, ça doit faire 4 303 livres et 50 pence. C'est ça le chiffre que tu as trouvé ?

Le père jeta un coup d'œil au papier dans sa main. Puis il sembla devenir soudain tout raide. Il y eut un silence.

– Répète-moi ça, dit-il au bout d'un moment.

– 4 303 livres et 50 pence, répéta Matilda.

Il y eut un autre silence. Le visage du père de Matilda virait au rouge sombre.

– Je suis sûre que c'est ça, ajouta Matilda.

– Espèce de… de petite tricheuse ! hurla brusquement le père, l'index pointé sur sa fille. Tu as regardé mon papier ! Tu as lu en douce ce que j'avais noté !

– Papa, je suis de l'autre côté de la pièce, dit Matilda. Comment veux-tu que j'aie pu voir ?

– Ne te paye pas ma tête, hein ? cria le père. Bien sûr que tu as regardé. Tu as forcément copié. Personne au monde ne pourrait donner une réponse comme ça, surtout une fille ! Vous êtes une petite truqueuse, mademoiselle, voilà ce que vous êtes, une truqueuse et une menteuse !

A ce moment, la mère fit son apparition portant un grand plateau avec les quatre dîners – cette fois c'étaient des saucisses frites que Mme Verdebois avait achetées à la boutique de saucisses frites en rentrant de sa partie. Ses après-midi de loto l'épuisaient tant, semblait-il, physiquement et moralement, qu'elle n'avait jamais l'énergie de préparer un vrai repas du soir. Et ils n'échappaient à l'insipide contenu des barquettes d'aluminium que pour se retrouver devant d'épouvantables saucisses frites.

– Pourquoi es-tu si rouge, Henri ? s'enquit-elle en posant le plateau sur une petite table.

– Ta fille est une tricheuse et une menteuse, dit le père, en prenant son assiette de saucisses frites qu'il posa sur ses genoux. Allez, mets la télé en marche et que tout le monde la boucle.

6
La teinture blond platine

Il ne faisait aucun doute pour Matilda que cette dernière manifestation de vilenie de son père méritait un sévère châtiment, et elle resta assise à manger ses infectes saucisses graisseuses et ses frites rances sans regarder la télévision, passant en revue diverses représailles possibles. Lorsqu'elle se mit au lit, sa décision était prise.

Le lendemain matin, levée très tôt, elle alla s'enfermer dans la salle de bains. Les cheveux de Mme Verdebois, nous le savons déjà, étaient teints d'un blond platine argenté, assez proche, comme nuance, de la couleur des collants d'une acrobate fil-de-fériste de cirque. La grande opération de teinture se déroulait deux fois par an chez le coiffeur mais, tous les mois environ, Mme Verdebois se faisait un rinçage au-dessus de son lavabo avec un produit appelé « teinture blond platine extra-forte ». Ce produit lui servait également à décolorer les racines de ses cheveux en une espèce de marron jaunâtre. La bouteille de teinture était rangée dans l'armoire à pharmacie de la salle de bains et, sous le nom du produit était écrit : *Attention, produit à base d'eau oxygénée. Ne pas laisser à la portée des enfants.*

Matilda avait lu bien des fois cet avertissement avec intérêt.

M. Verdebois avait une tignasse noire, qu'il partageait soigneusement en deux par une raie, et dont il était spécialement fier.

– A cheveux solides, cervelle de même ! aimait-il déclarer.

– Comme Shakespeare, lui avait un jour dit Matilda.

– Comme qui ?

– Shakespeare, papa.

– C'était un gars futé ?

– Très, papa.

– Il avait une vraie tignasse, alors ?

– Il était chauve, papa.

Sur quoi le père avait aboyé :

– Si tu ne peux dire que des bêtises, boucle-la.

Quoi qu'il en soit, M. Verdebois entretenait sa chevelure pour lui conserver son lustre et sa vigueur en la frictionnant abondamment chaque matin avec une lotion appelée « tonique capillaire à l'huile de violette ». Un flacon de cette mixture mauve odorante trônait en permanence au-dessus du lavabo de la salle de bains, à côté des brosses à dents, et M. Verdebois ne manquait

jamais de s'en masser le crâne avec énergie après s'être rasé. Cette friction s'accompagnait toujours d'un concert de grognements sonores, de halètements, d'exclamations étouffées : « Ahhh... Ohhh... Mmmm !!! » que Matilda entendait clairement de sa chambre, de l'autre côté du couloir.

Donc, seule et en sûreté dans la salle de bains, Matilda dévissa le bouchon de la lotion à l'huile de violette et en vida les trois quarts dans le lavabo. Puis elle remplit le flacon avec la teinture blond platine extraforte de sa mère. Elle avait pris soin de laisser assez de tonique capillaire pour qu'une fois secoué le liquide reprît une teinte mauve acceptable. Ensuite, elle replaça le flacon sur la tablette, au-dessus du lavabo, et rangea la teinture de sa mère dans l'armoire à pharmacie. Jusque-là, tout allait bien.

Au petit déjeuner, Matilda commença à manger ses corn flakes. En face d'elle, son frère, assis le dos à la porte, dévorait des tranches de pain tartinées d'un mélange de beurre de cacahuètes et de confiture de fraises. Dans la cuisine, la mère préparait le petit déjeuner de M. Verdebois qui se composait invariablement de deux œufs frits sur du pain grillé, avec trois saucisses, trois tranches de bacon et quelques tomates.

Ce fut alors que M. Verdebois fit une tapageuse irruption dans la pièce. Il était d'ailleurs incapable d'entrer où que ce fût calmement, surtout à l'heure du petit déjeuner. Marquer son apparition par un bruyant remue-ménage était chez lui un besoin irrépressible. On l'entendait presque pérorer : « C'est moi, le grand homme ! J'arrive, moi, le maître de maison, le gagneur qui vous fait une vie de coqs en pâte ! Regardez-moi et inclinez-vous ! »

Ce matin-là, il arriva à grandes enjambées, tapa sur l'épaule de son fils et tonitrua :

– Eh ben, mon garçon, ton père se sent fin prêt pour engranger le magot aujourd'hui au garage ! J'ai un joli lot de bagnoles pourries à fourguer aux pigeons ce matin. Où est mon petit déjeuner ?

– Il arrive, trésor, lui lança Mme Verdebois de la cuisine.

Matilda, le nez baissé sur ses corn flakes, n'osait pas lever la tête. D'abord, elle n'était pas sûre du spectacle qui allait s'offrir à ses yeux. Ensuite, si elle voyait ce à quoi elle s'attendait, elle craignait de ne pouvoir rester impassible et de se trahir. Quant à son frère, il regardait par la fenêtre tout en continuant à s'empiffrer de tartines de beurre de cacahuètes mélangé à de la confiture de fraises.

Le père allait s'asseoir au bout de la table quand la mère fit son entrée, venant de la cuisine, portant un vaste plateau surchargé d'œufs, de saucisses, de bacon et de tomates. Machinalement, elle leva les yeux. Et ce qu'elle vit la figea. Puis elle laissa échapper un hurlement qui parut la soulever de terre et lâcha son plateau qui heurta le sol à grand bruit, tandis que son contenu s'éparpillait de tous côtés. Tout le monde sauta en l'air, y compris M. Verdebois.

– Mais qu'est-ce qui te prend, crétine ? Regarde-moi ce gâchis que tu as fait sur le tapis !

– Tes cheveux ! glapit la mère, pointant un index frémissant sur son mari. Regarde tes cheveux ! Qu'est-ce que tu leur as fait, à tes cheveux ?

– Eh ben, quoi ? Qu'est-ce qu'ils ont mes cheveux, crénom ! cria M. Verdebois.

– Oh, mon Dieu, papa, qu'est-ce que tu as fait à tes cheveux ! hurla le fils.

Un tohu-bohu merveilleusement cacophonique se déchaîna dans la pièce.

Matilda, silencieuse, se contentait d'admirer le résultat de sa machination. La superbe chevelure noire de M. Verdebois avait pris une couleur d'argent jauni, semblable à celle du collant d'une acrobate fil-de-fériste qui aurait subi toute une saison de représentation, sans le moindre lavage.

– Tu... tu... tu les as teints ! glapit la mère. Pourquoi as-tu fait ça, pauvre idiot ! C'est horrible ! Ça fait peur à voir ! Tu as l'air d'un monstre !

– Mais qu'est-ce que vous me chantez tous, sacredieu ! vociféra le père en portant les deux mains à ses cheveux. Je ne me suis pas teint du tout ! Vous avez des visions, ma parole ! Qu'est-ce qui vous prend ? Vous vous payez ma tête, peut-être ?

Son visage avait pris une teinte vert pâle, couleur de pomme pas mûre.

– Mais bien sûr qu'il les a teints ! cria la mère. Ils n'ont pas changé de couleur tout seuls ! Tu voulais t'embellir ou quoi ? Tu as tout d'une grand-mère bonne pour l'asile, tiens !

– Qu'on me donne une glace ! hurla le père. Restez pas là à brailler comme des possédés. Une glace, vite !

Le sac à main de Mme Verdebois était posé sur une chaise, à l'autre bout de la table. Elle l'ouvrit et en sortit un poudrier avec un petit miroir circulaire dans le couvercle, qu'elle tendit à son mari. Il s'en empara brutalement et le brandit devant lui, répandant les trois quarts de la poudre qu'il contenait sur son veston de tweed à carreaux.

– Attention ! hurla la mère. Non mais, regarde ce que tu fais ! La meilleure poudre de chez Elizabeth Arden !

– Oh, misère ! s'exclama le père, les yeux rivés sur le petit miroir. Qu'est-ce qui m'est arrivé ? C'est affreux ! J'ai l'air d'un échappé d'asile ! Je ne peux pas aller au garage et vendre des voitures avec une tête pareille ! Comment est-ce arrivé ?

Il regarda autour de lui, d'abord la mère, puis le fils, et enfin Matilda.

– Comment est-ce que ça a *pu* arriver ? vociféra-t-il.

– Je suppose, papa, dit Matilda d'un ton posé, que tu n'as pas fait très attention et que tu as simplement pris la teinture de maman sur l'étagère au lieu de ta lotion.

– Mais oui, c'est sûrement ça ! s'exclama la mère. Vraiment, Henri, comment peut-on être aussi bête ? Pourquoi n'as-tu pas regardé l'étiquette avant de t'asperger la tête ? Ma teinture est terriblement forte. Je ne dois utiliser qu'une cuillerée à soupe dans une cuvette pleine d'eau, et toi tu t'es renversé ça complètement pur sur le crâne ! Ça va sans doute faire tomber tous tes cheveux. Tu ne sens pas un début de picotement ou de brûlure ?

– Quoi ! Tu veux dire que je vais perdre mes cheveux ? hurla le mari.

– J'en ai peur, dit la mère. L'eau oxygénée est un produit puissant. C'est ce qu'on met dans les toilettes pour nettoyer la cuvette, mais sous un autre nom.

– Qu'est-ce que tu dis ? hurla le mari. Je ne suis pas une cuvette de cabinet ! Je ne veux pas être désinfecté !

– Même dilué comme je l'utilise, reprit la mère, ça me fait perdre pas mal de cheveux, alors Dieu sait ce qui peut arriver aux tiens ! Et même ça m'étonne que ça ne t'ait pas encore décapé tout le sommet du crâne.

– Mais qu'est-ce que je vais faire ? se lamenta le père. Dis-moi vite ce que je dois faire avant que mes cheveux ne se mettent à tomber !

– Moi, à ta place, dit Matilda, je les laverais à fond au savon et à l'eau, mais il faut te dépêcher.

– Et mes cheveux redeviendront noirs ? demanda anxieusement le père.

– Bien sûr que non, andouille, dit la mère.

– Alors, qu'est-ce que je vais faire ? Je ne peux pas rester comme ça !

– Tu n'as qu'à te les faire teindre en noir, dit la mère. Mais commence par les laver, sinon il n'en restera pas un seul à teindre.

– C'est ça ! s'écria le père en bondissant, prêt à l'action. Prends-moi tout de suite un rendez-vous avec ton coiffeur !

Dis-lui que c'est urgent ! Ils n'ont qu'à déplacer une cliente ! Maintenant, je monte me laver la tête !

Là-dessus, il sortit en trombe de la pièce, et Mme Verdebois, exhalant un profond soupir, alla téléphoner au salon de coiffure.

– De temps en temps, il fait des grosses bêtises, tu ne trouves pas, maman ? dit Matilda.

La mère, tout en composant le numéro sur le cadran, lui répondit :

– J'ai peur que les hommes ne soient pas aussi malins qu'ils se l'imaginent. Tu apprendras ça quand tu seras un peu plus grande, ma fille.

7
Mlle Candy

Matilda avait commencé ses études un peu tard. La plupart des enfants ont entre quatre et cinq ans lorsqu'ils entrent à l'école pour la première fois. Mais les parents de Matilda, peu soucieux de l'éducation de leur fille, avaient oublié de faire les démarches nécessaires en temps voulu. Elle avait donc cinq ans et demi quand elle franchit le seuil de son école.

L'école du village était une ingrate bâtisse de brique appelée école primaire Lamy-Noir. Elle comptait environ deux cent cinquante élèves, âgés de quatre à onze ans révolus. La directrice, la patronne, la toute-puissante souveraine de l'établissement était une terrifiante matrone. Mlle Legourdin.

Naturellement, Matilda avait été mise dans la plus petite classe en compagnie de dix-sept garçons et filles de son âge. Leur institutrice s'appelait Mlle Candy et devait être âgée d'environ vingt-trois ou vingt-quatre ans. Elle avait un ravissant visage ovale et pâle de madone avec des yeux bleus et une chevelure châtain clair. Elle était si mince et si fragile qu'on avait l'impression qu'en tombant elle aurait pu se casser en mille morceaux, comme une statuette de porcelaine.

Mlle Jennifer Candy était une personne douce et discrète qui n'élevait jamais la voix, que l'on voyait rarement sourire mais qui possédait le don exceptionnel de se faire adorer de tous les enfants qui lui étaient confiés. Elle paraissait comprendre d'instinct l'effarement et la crainte qui envahissent si souvent les petits entrant pour la première fois de leur vie dans une salle de classe et contraints d'obéir aux ordres reçus. Un chaleureux rayonnement, pour ainsi dire tangible, illuminait les traits de Mlle Candy lorsqu'elle s'adressait à un nouveau venu, éperdu d'inquiétude, arrivé dans sa classe.

Mlle Legourdin, la directrice, était d'une autre race : c'était une géante formidable, un monstrueux tyran qui terrorisait également élèves et professeurs. Même à distance, une aura de menace l'enveloppait et, de près, l'on sentait les émanations brûlantes qu'elle dégageait comme une barre de métal chauffé à blanc. Lorsqu'elle fonçait – Mlle Legourdin ne marchait jamais ; elle avançait toujours comme un skieur, à longues enjambées,

en balançant les bras –, donc lorsqu'elle fonçait le long d'un couloir, on l'entendait toujours grogner et grommeler, et si un groupe d'enfants se trouvait sur son passage, elle chargeait droit dessus comme un tank, projetant les petits de part et d'autre. Dieu merci, les fléaux de son espèce sont rares en ce bas monde, mais ils existent néanmoins, et tous, nous risquons d'en rencontrer un au cours de notre vie. Si jamais cela vous arrive, réagissez comme vous le feriez devant un rhinocéros enragé dans la brousse : escaladez l'arbre le plus proche et restez-y perché jusqu'à ce que tout danger soit écarté. Cette femme, avec toutes ses bizarreries et l'étrangeté de son aspect extérieur, est presque impossible à décrire ; néanmoins je tenterai de vous faire son portrait un peu plus loin. Pour l'instant, abandonnons-la et revenons à Matilda et à sa première journée dans la classe de Mlle Candy.

Après avoir vérifié, selon la coutume, les noms de tous les enfants, Mlle Candy tendit à chacun d'eux un cahier tout neuf :

– J'espère que vous avez tous apporté vos crayons, dit-elle.

– Oui, Mlle Candy, répondirent-ils en chœur.

– Parfait ! C'est donc le tout premier jour de classe pour chacun d'entre vous. Autrement dit, le commencement d'au moins onze longues années d'études que vous aurez tous à suivre. Et six de ces années, vous allez les passer ici, à l'école Lamy-Noir dont, comme vous le savez, la directrice est Mlle Legourdin. Que je vous prévienne tout de suite à propos de Mlle Legourdin : elle fait régner une discipline très stricte dans l'établissement et, si vous voulez un conseil, ayez toujours devant elle une conduite irréprochable. Ne discutez jamais avec elle. Ne lui répondez jamais. Faites tout ce qu'elle vous dira de faire. Sinon elle aura tôt fait de vous réduire en bouillie comme une patate dans un mixer. Ça n'a rien de drôle, Anémone. Ne ris pas comme ça. Et rappelez-vous bien : Mlle Legourdin est d'une sévérité terrible avec quiconque enfreint la règle dans cette école. Avez-vous tous bien compris ?

– Oui, Mlle Candy, gazouillèrent avec conviction dix-huit petites voix.

– Quant à moi, poursuivit-elle, je vous aiderai de mon mieux à en apprendre le plus possible tant que vous serez dans cette classe. Parce que je sais que cela facilitera la suite de vos études. Pour commencer, je compte sur vous pour savoir tous par cœur, à la fin de la semaine, votre table de multiplication par 2. Et, dans un an, j'espère que vous saurez toutes les tables de multiplication jusqu'à celle de 12. Cela vous rendra de grands services. Maintenant, y en a-t-il parmi vous qui ont déjà appris la table de multiplication par 2 ?

Matilda leva la main. Elle était la seule. Mlle Candy considéra avec attention la minuscule fillette aux cheveux noirs et au visage si sérieux, assise au deuxième rang.

– C'est parfait, dit-elle. Lève-toi et récite la table. Je t'écoute.

Matilda se mit debout et commença à réciter la table de 2. Arrivée à 2 fois 12, 24, elle n'en resta pas là et poursuivit avec 2 fois 13, 26 ; 2 fois 14, 28 ; 2 fois 15, 30 ; 2 fois 16…

– Arrête ! dit Mlle Candy.

Elle avait écouté ce paisible récital, comme légèrement envoûtée. Elle demanda :

– Jusqu'où peux-tu aller ?

– Jusqu'où ? dit Matilda. Mais je ne sais pas, Mlle Candy ; encore assez loin, je crois.

Mlle Candy resta un instant rêveuse devant cette surprenante réponse, puis elle reprit :

– Pourrais-tu, par hasard, me dire combien font 2 fois 28 ?

– Oui, Mlle Candy.

– Et cela fait ?

– 56, Mlle Candy.

– Voyons… et une question bien plus difficile, par exemple, 2 fois 487 ? Tu peux me le dire ?

– Je pense, oui, dit Matilda.

– Tu es sûre ?

– Mais oui, Mlle Candy, presque sûre.

– Alors, combien font 2 fois 487 ?

– 974, répondit Matilda sans hésiter.

Elle parlait d'un ton égal et poli, sans le moindre signe de vanité.

Mlle Candy dévisagea Matilda, sidérée, mais ce fut d'un ton neutre qu'elle lui dit :

– C'est remarquable, bien sûr, mais la multiplication par 2 est beaucoup plus facile qu'avec les chiffres plus élevés. Alors, les autres tables de multiplication, en connais-tu quelques-unes ?

– Je crois, Mlle Candy, oui, je crois bien.

– Lesquelles ? demanda Mlle Candy. Jusqu'où es-tu allée ?

– Je… je ne sais pas trop, répondit Matilda. Je ne comprends pas bien ce que vous voulez dire.

– Eh bien, entre autres, connais-tu la table des 3 ?

– Oui, Mlle Candy.

– Et celle des 4 ?

– Oui, Mlle Candy.

– Voyons, combien en connais-tu, Matilda ? Les sais-tu toutes jusqu'à la table des 12 ?

– Oui, Mlle Candy.

– Combien font 12 fois 7 ?

– 84.

Mlle Candy poussa un soupir et se laissa aller contre le dossier de sa chaise, derrière la table de bois nu disposée au centre de la salle, en face des élèves. Elle était profondément troublée par cet intermède mais se garda de le montrer. Jamais elle n'avait rencontré d'enfant de cinq ans, ou même de dix, capable de faire des multiplications avec une telle aisance.

– J'espère que vous avez tous bien écouté, dit-elle, s'adressant aux autres élèves. Matilda a beaucoup de chance. Elle a des parents merveilleux qui lui ont déjà appris à multiplier des tas de chiffres. C'est ta maman, n'est-ce pas Matilda, qui t'a appris à compter ?

– Non, Mlle Candy, ce n'est pas elle.

– Alors, tu dois avoir un père épatant. Quel bon professeur il doit faire !

– Non, Mlle Candy, répondit calmement Matilda. Mon père ne m'a rien appris.

– Tu veux dire que tu as appris toute seule ?

– Je ne sais pas vraiment, dit Matilda avec sincérité. Simplement, je ne trouve pas très compliqué de multiplier un nombre par un autre.

Mlle Candy prit une profonde inspiration et exhala un long soupir. Elle regarda de nouveau la petite fille aux yeux brillants, si solennelle et si raisonnable à son pupitre.

– Tu dis que ce n'est pas difficile de multiplier un nombre par un autre. Si tu essayais de m'expliquer ce que tu veux dire ?

– Oh, mon Dieu, fit Matilda, c'est que je ne sais pas trop comment...

Mlle Candy attendait. Toute la classe, silencieuse, écoutait.

– Par exemple, reprit Mlle Candy, si je te demandais de multiplier 14 par 19... Non, c'est trop difficile.

– Ça fait 266, dit Matilda d'une voix douce.

Mlle Candy la regarda fixement, puis elle prit un crayon et fit une rapide multiplication sur un bout de papier.

– Combien as-tu dit ? demanda-t-elle en levant les yeux.

– 266, répéta Matilda.

Mlle Candy posa son crayon et ôta ses lunettes qu'elle se mit à essuyer avec un coin de son mouchoir. La classe, toujours muette, l'observait, attendant la suite. Matilda se tenait toujours debout à côté de son pupitre.

– Voyons, Matilda, poursuivit Mlle Candy tout en continuant à essuyer ses lunettes, pourrais-tu me dire ce qui se passe dans ta tête quand tu fais une multiplication comme celle-là. Il faut bien que tu passes par un raisonnement quelconque, même si tu donnes le résultat presque immédiatement. Prenons celui que tu viens de calculer : 14 fois 19.

– Je… je… je pose simplement le 14 dans ma tête et je le multiplie par 19, dit Matilda. J'ai peur de ne pas pouvoir expliquer comment. Je me suis toujours dit que si une calculette de poche pouvait le faire, pourquoi pas moi ?

– Pourquoi pas, en effet ? dit Mlle Candy. Le cerveau humain est un appareil étonnant.

– Je crois qu'il vaut bien mieux qu'un bout de métal, dit Matilda ; une calculette, ce n'est rien d'autre.

– Comme tu as raison, approuva Mlle Candy. D'ailleurs, les calculettes ne sont pas autorisées à l'école.

Mlle Candy se sentait quelque peu désorientée. Elle ne doutait pas un instant d'avoir rencontré une sorte de génie mathématique, et l'expression « enfant prodige » s'imposait à elle.

Elle savait que les phénomènes de ce genre font leur apparition de loin en loin en ce bas monde, mais pas plus d'une ou deux fois par siècle. Après tout, Mozart n'avait que cinq ans quand il a composé sa première pièce pour piano et voyez ce qu'il était devenu.

– Ce n'est pas juste, dit Anémone. Comment elle peut le faire et pas nous ?

– Ne t'inquiète pas, Anémone, tu la rattraperas bientôt, dit Mlle Candy, ne reculant jamais devant un mensonge pieux.

Là-dessus, Mlle Candy ne put résister à la tentation d'explorer plus avant l'esprit de cette prodigieuse petite fille. Elle savait qu'elle devait s'occuper aussi du reste des élèves, mais elle était trop surexcitée pour se détourner d'un sujet aussi palpitant.

– Allons, dit-elle, feignant de s'adresser à la classe entière, laissons les chiffres pour un moment et voyons si l'un de vous a commencé à apprendre à épeler. Que celui qui peut épeler « chat » lève la main.

Trois mains se dressèrent. C'étaient celles d'Anémone, d'un petit garçon nommé Victor et de Matilda.

– Épelle « chat », Victor.

Victor épela sans se tromper.

Mlle Candy décida alors de poser une question qu'en temps normal elle n'aurait jamais envisagé de poser un premier jour de classe :

– Je me demande, dit-elle, si l'un de vous trois – qui savez épeler « chat » – a appris à lire un groupe de mots lorsqu'ils sont assemblés pour former une phrase.

– Moi, dit Victor.

– Moi aussi, dit Anémone.

Mlle Candy alla au tableau et, avec un bâton de craie, elle écrivit : *J'ai déjà commencé à apprendre à lire de longues phrases.* Elle avait volontairement écrit une phrase compliquée et savait que bien rares étaient les enfants de cinq ans capables de la lire.

– Peux-tu me dire ce qui est écrit, Victor ? demanda-t-elle.

– C'est trop dur pour moi, dit Victor.

– Anémone ?

– Le premier mot est « Je », dit Anémone.

– L'un de vous peut-il lire la phrase complète ? demanda Mlle Candy, attendant le « oui » qui ne pouvait manquer de venir aux lèvres de Matilda.

– Oui, dit Matilda.

– Vas-y, dit Mlle Candy.

Matilda lut la phrase sans l'ombre d'une hésitation.

– Pas mal, dit Mlle Candy, proférant le plus bel euphémisme de sa carrière. Qu'est-ce que tu es capable de lire, Matilda ?

– Je crois que je peux lire presque tout, Mlle Candy, répondit Matilda, mais j'ai peur de ne pas toujours comprendre ce que ça signifie.

Mlle Candy se leva, sortit d'un pas vif de la classe et revint trente secondes plus tard, tenant un gros volume. Elle l'ouvrit au hasard et le plaça sur le pupitre de Matilda.

– C'est un livre de poésies légères, dit-elle. Voyons si tu peux en lire une à voix haute.

D'une voix bien modulée, et sur un rythme égal, Matilda récita :

Un fameux gourmet qui dînait à Pise
Trouva dans sa soupe une souris grise
Motus ! lui souffla le garçon futé
Sinon tout le monde va m'en réclamer !

Plusieurs enfants, sensibles au comique de la scène, se mirent à rire. Mlle Candy demanda :

– Sais-tu ce que c'est qu'un gourmet, Matilda ?

– C'est quelqu'un qui aime les bonnes choses à manger.

– Exact, dit Mlle Candy. Et sais-tu, par hasard, comment s'appelle ce petit poème ?

– C'est un quatrain, dit Matilda. Celui-ci est très amusant.

– Il est assez connu, dit Mlle Candy en reprenant le livre et en allant se rasseoir à sa table. Un quatrain spirituel demande beaucoup de talent. Ça paraît facile, mais c'est tout le contraire.

– Je sais, dit Matilda. J'ai essayé d'en faire plusieurs fois, mais ils ne sont pas fameux.

– Tu as essayé, vraiment ? s'étonna Mlle Candy, plus éberluée que jamais. Écoute, Matilda, j'aimerais beaucoup entendre un de tes quatrains. Pourrais-tu nous en dire un dont tu te rappelles ?

– Eh bien, fit Matilda, hésitante. A vrai dire, j'ai essayé d'en faire un sur vous, Mlle Candy, pendant qu'on était tous ici.

– Sur moi ! s'exclama Mlle Candy. Alors, celui-là, je tiens absolument à l'entendre, d'accord ?

– Je n'ai pas très envie de le réciter, Mlle Candy.

– S'il te plaît, pour me faire plaisir. Je te promets de ne pas t'en vouloir.

– Justement, j'en ai peur parce que j'ai employé votre petit nom pour la rime et, c'est pour ça que ça m'ennuie de le dire.

– Comment connais-tu mon petit nom ? demanda Mlle Candy.

– J'ai entendu une autre maîtresse qui vous parlait avant qu'on entre dans la classe, dit Matilda. Elle vous a appelée Jenny.

– J'insiste pour entendre ton quatrain, dit Mlle Candy, esquissant un de ses très rares sourires. Lève-toi et récite-le.

A contrecœur, Matilda se leva et, d'une voix lente, altérée par la nervosité, elle récita son quatrain :

Chacun se dit, voyant Jenny
Est-il possible qu'on trouve ici
Dame au visage aussi joli ?
Pas une, je vous le parie !

Le charmant et pâle visage de Mlle Candy s'empourpra de la gorge au front. A nouveau, un sourire lui vint aux lèvres, un sourire beaucoup plus épanoui, un sourire de pur plaisir.

– Oh, merci, merci, Matilda, dit-elle, ravie. Bien qu'il ne raconte rien de vrai, c'est un très bon quatrain. Mon Dieu, mon Dieu, il faut que je me le rappelle.

Du troisième rang de la classe, Anémone déclara :

– C'est drôlement bien. J'aime beaucoup.

– Et en plus, c'est vrai, appuya un petit garçon nommé Robert.

– Tu parles que c'est vrai, approuva Victor.

Déjà, Mlle Candy avait gagné la confiance et la sympathie de toute la classe alors qu'elle n'avait, jusque-là, guère prêté attention qu'à Matilda.

– Qui t'a appris à lire, Matilda ? demanda-t-elle.

– Oh, j'ai appris toute seule, Mlle Candy.

– Et tu as lu des livres pour ton plaisir à toi, des livres d'enfants, je veux dire ?

– J'ai lu tous ceux qu'on peut trouver à la bibliothèque publique de la grand-rue, Mlle Candy.

– Et tu les as aimés ?

– Certains je les ai aimés beaucoup, oui, répondit Matilda ; mais j'en ai trouvé d'autres bien ennuyeux.

– Cite-m'en un qui t'a vraiment plu.

– *L'Île au trésor*, dit Matilda. Je crois que M. Stevenson est un très bon écrivain, mais il a un défaut. Il n'y a pas de passages drôles dans son livre.

– Peut-être bien, dit Mlle Candy.

– Il n'y en a pas non plus beaucoup chez M. Tolkien, dit Matilda.

– Crois-tu qu'il devrait y avoir des moments drôles dans tous les livres d'enfants ? demanda Mlle Candy.

– Oui, répondit Matilda. Les enfants ne sont pas aussi sérieux que les grandes personnes et ils aiment rire.

Mlle Candy, confondue encore une fois par la sagesse de cette si petite fille, lui demanda :

– Et qu'est-ce que tu fais maintenant que tu as lu tous les livres d'enfants ?

– Je lis d'autres livres, répondit Matilda. Je les emprunte à la bibliothèque. Mme Folyot est très gentille avec moi. Elle m'aide à les choisir.

Mlle Candy, penchée en avant par-dessus sa table, considéra longuement Matilda d'un air rêveur. Elle avait, cette fois, totalement oublié les autres élèves.

– Quels livres ? murmura-t-elle.

– J'aime énormément Charles Dickens, dit Matilda. Il me fait beaucoup rire. Surtout M. Pickwick.

A cet instant, dans le couloir, la cloche sonna la fin de la classe.

8
Mlle Legourdin

Pendant la récréation, Mlle Candy, quittant la salle de classe, se rendit droit au bureau de la directrice. Elle était au comble de l'excitation. Elle venait de découvrir une petite fille douée, selon toute apparence, de facultés exceptionnelles. Si elle n'avait pas eu le temps de juger définitivement de la réalité de ces dons, Mlle Candy en avait suffisamment appris pour se rendre compte qu'il fallait agir sans délai. Il eût été ridicule de laisser une enfant pareille se morfondre dans une classe de débutants.

En temps normal, Mlle Candy, que la directrice terrifiait, veillait à s'en tenir à l'écart mais, étant donné la situation, elle était prête à affronter n'importe qui. Elle frappa donc à la porte du bureau redouté. « Entrez ! » tonna la voix profonde et menaçante de Mlle Legourdin. Et Mlle Candy entra.

Les dirigeants d'établissement scolaire sont, en général, choisis parce qu'ils font preuve d'éminentes qualités. Ils comprennent les enfants et prennent leurs intérêts à cœur. Ils sont ouverts et compréhensifs. Ils ont un sincère souci de la justice et de l'éducation de ceux qui leur sont confiés. Mlle Legourdin, elle, ne possédait aucune de ces qualités. Et comment elle avait pu accéder à son poste demeurait un véritable mystère.

C'était une espèce de monstre femelle d'aspect redoutable. Elle avait en effet accompli, dans sa jeunesse, des performances en athlétisme et sa musculature était encore impressionnante. Il suffisait de regarder son cou de taureau, ses épaules massives, ses bras musculeux, ses poignets noueux, ses jambes puissantes pour l'imaginer capable de tordre des barres de fer ou de déchirer en deux un annuaire téléphonique. Pas la moindre trace de beauté sur son visage qui était loin d'être une source de joie éternelle. Elle avait un menton agressif, une bouche cruelle et de petits yeux arrogants. Quant à ses vêtements, ils étaient, pour le moins, singuliers. Elle portait en permanence une blouse marron boutonnée, serrée à la taille par une large ceinture de cuir ornée d'une énorme boucle d'argent. Les cuisses massives émergeant de la blouse étaient moulées par une espèce de culotte extravagante, taillée dans une étoffe vert bouteille. Cette culotte s'arrêtait juste audessous du genou, ses bords affleurant le haut de bas grossiers à revers qui soulignaient à la perfection ses mollets de colosse. Aux pieds, elle portait de gros mocassins mous à talons plats et à la languette pendante. Bref, elle évoquait beaucoup plus une dresseuse de molosses sanguinaires que la directrice d'une paisible école primaire.

Lorsque Mlle Candy entra dans le bureau, Mlle Legourdin se tenait debout derrière sa vaste table de travail, avec une expression impatiente sur sa mine renfrognée.

– Oui ! grogna-t-elle. Qu'est-ce que vous voulez ? Vous m'avez l'air bien agitée, ce matin. Qu'est-ce qui vous arrive ? Ces petits garnements vous ont bombardée avec des boulettes de papier mâché ?

– Non, madame la directrice, pas du tout.

– Alors, quoi ? Je vous écoute. Je suis une femme très occupée.

Tout en parlant, elle s'était emparée d'un pichet sur sa table et s'était servi un verre d'eau.

– Il y a, dans ma classe, une petite fille, Matilda Verdebois… commença Mlle Candy.

– C'est la fille du patron du garage Verdebois, dans le village ! aboya Mlle Legourdin.

Car il ne lui arrivait pratiquement jamais de parler normalement : ou elle aboyait, ou elle beuglait.

– Un homme très bien, ce Verdebois, continua-t-elle. Je suis allée chez lui hier, justement. Il m'a vendu une voiture. Presque neuve. Elle n'avait fait que quinze mille kilomètres. Sa propriétaire était une vieille dame qui ne la sortait guère qu'une fois par an. Une affaire en or. Oui, il me plaît bien, Verdebois ! Un bon élément dans notre communauté. A part ça, il m'a dit que sa fille ne valait pas grand-chose, qu'il fallait la surveiller. D'après lui, s'il se produisait des pépins dans l'école, ce serait sûrement un coup de sa fille. Je n'ai pas encore vu cette effrontée, mais elle ne perd rien pour attendre. D'après son père, c'est un cafard ! une plaie ! une peste !

– Oh non, madame la directrice, ce n'est pas vrai ! s'écria Mlle Candy.

– Mais si, Candy, c'est fichtrement vrai ! Et, au fait, maintenant que j'y pense, ça doit être elle qui a mis cette boule puante sous mon bureau, ce matin. La pièce empestait. On aurait cru un égout ! Bien sûr que c'est elle ! Je ne vais pas la rater, comptez sur moi ! De quoi a-t-elle l'air ? D'une vilaine petite vermine, sans doute. Au cours de ma déjà longue carrière d'enseignante, j'ai découvert, Mlle Candy, que chez les enfants dévoyés, les filles étaient bien plus dangereuses que les garçons. Sans compter qu'elles sont beaucoup plus difficiles à mater. Vouloir mater une de ces petites pestes, c'est comme tenter d'écraser une mouche : vous tapez dessus et la sale bête a déjà filé. Satanée engeance que les petites filles ! Très heureuse de ne jamais en avoir été une.

– Oh, mais vous avez bien dû être une petite fille, madame la directrice ; sûrement, même.

– Pas longtemps, en tout cas, jappa Mlle Legourdin, un mauvais sourire aux lèvres. J'ai vieilli très vite.

« Elle perd les pédales, pensa Mlle Candy. Elle a une araignée au plafond. » Elle se campa résolument devant la directrice. Pour une fois, elle n'allait pas se laisser piétiner.

– Je dois vous dire, madame la directrice, que vous vous trompez complètement en accusant Matilda d'avoir mis une boule puante sous votre bureau.

– Je ne me trompe jamais, Mlle Candy.

– Mais, madame la directrice, cette petite est arrivée à l'école ce matin et elle est venue droit dans ma classe…

– Ne discutez pas avec moi, ma petite ! Cette vipère de… de Matilda a mis une boule puante sous ma table ! Ça ne fait aucun doute. Merci de me l'avoir signalé.

– Mais je ne vous l'ai pas signalé, madame la directrice.

– Ah, mais si ! Maintenant, qu'est-ce que vous voulez, Candy ? Pourquoi me faites-vous perdre mon temps ?

– Je suis venue vous parler de Matilda, madame la directrice. C'est une enfant extraordinaire. Puis-je vous expliquer ce qui vient de se passer dans ma classe ?

– Je suppose qu'elle a mis le feu à votre jupe et brûlé votre culotte ! répliqua Mlle Legourdin, hargneuse.

– Non, non ! s'écria Mlle Candy. Matilda est un génie.

A la mention de ce mot, Mlle Legourdin devint violette et tout son corps parut s'enfler comme celui d'un crapaud-bœuf.

– Un *génie* ! hurla-t-elle. Quelles âneries me débitez-vous ? Vous avez perdu la tête ! Son père m'a garanti que sa fille était un vrai gibier de potence !

– Son père a tort, madame la directrice.

– Surveillez vos paroles, Mlle Candy. Vous avez vu cette petite fille une demi-heure et son père la connaît depuis sa naissance.

Mais Mlle Candy était résolue à s'expliquer et elle entreprit de décrire certaines des performances étonnantes réalisées par Matilda en arithmétique.

– Bon, elle a appris quelques tables de multiplication par cœur ? aboya Mlle Legourdin. Ça ne fait pas d'elle un génie, jeune écervelée, mais un vulgaire perroquet.

– Mais, madame la directrice, elle sait lire.

– Moi aussi ! gronda Mlle Legourdin.

– A mon avis, insista Mlle Candy, cette Matilda devrait être retirée de ma classe et admise sans délai dans celle des grands de onze ans.

– Ha ! fit Mlle Legourdin. C'est ça ! Vous voulez vous en débarrasser ? En somme, vous êtes incapable de la neutraliser, et vous voulez donc vous en décharger sur la malheureuse Mlle Basquet chez qui elle mettra une pagaille encore pire.

– Non, non s'écria Mlle Candy. Ce n'est pas du tout mon idée !

– Oh, mais si ! beugla Mlle Legourdin. Je vois clair dans votre jeu, ma petite ! Et je réponds non ! Matilda restera où elle est. A vous de veiller à ce qu'elle se tienne tranquille.

– Mais, madame la directrice, je vous en prie…

– Pas un mot de plus ! vociféra Mlle Legourdin. De toute façon, la règle est formelle ici. Tous les enfants restent dans leur groupe d'âge, doués ou pas. Je ne vais pas mettre une petite diablesse de cinq ans avec les garçons et les filles de la grande classe. On n'a pas idée !

Mlle Candy restait là, impuissante, devant cette géante à l'encolure congestionnée. Elle avait encore bien des choses à dire mais savait que ce serait en pure perte.

– Très bien, dit-elle d'une voix douce, comme vous voudrez, madame la directrice.

– Parfaitement ! Comme je veux ! explosa Mlle Legourdin. Et n'oubliez pas, ma petite, que nous avons affaire à une jeune vipère qui a mis une boule puante sous ma table…

– Ce n'est pas elle qui a fait ça, madame la directrice.

– Si, bien sûr, c'est elle, tonna Mlle Legourdin. Et je vais vous dire une chose : je regrette bien de ne plus pouvoir me servir des verges ou de ma ceinture comme je le faisais dans le bon vieux temps ! Je lui tannerais le derrière, à cette Matilda… Elle en aurait pour un mois avant de pouvoir s'asseoir !

Mlle Candy tourna les talons et sortit du bureau, déprimée mais nullement battue. « Il faut que je fasse quelque chose pour cette enfant, se dit-elle. Quoi, au juste, je ne sais pas encore, mais je trouverai bien un moyen de l'aider, au bout du compte. »

9
Une visite chez les parents

La récréation n'était pas terminée, et Mlle Candy en profita pour emprunter aux professeurs qui enseignaient dans les classes des grands un certain nombre de manuels d'algèbre, de géométrie, de français, de littérature et autres. Puis elle alla chercher Matilda et la fit venir dans sa classe.

– Ça ne rime à rien, dit-elle, que tu restes là sur ton banc à te tourner les pouces pendant que j'apprends aux autres à réciter la table de 2 ou à épeler des mots de trois lettres. Donc, à chaque cours, je te donnerai un de ces livres à étudier. A la fin de la classe, tu pourras venir me trouver avec tes questions s'il y en a, et j'essaierai de t'aider. Qu'en penses-tu ?

– Merci beaucoup, dit Matilda. Ça m'a l'air parfait.

– Je suis certaine, reprit Mlle Candy, que nous pourrons te faire monter plus tard dans une autre classe mais, pour l'instant, la directrice préfère que tu restes où tu es.

– Très bien, Mlle Candy, dit Matilda. Et merci beaucoup de me prêter tous ces livres.

« Quelle enfant charmante, songea Mlle Candy. Ce que son père a pu dire d'elle, je m'en moque. Elle paraît aussi calme que gentille. Et aucune fatuité en dépit de ses dons. En fait, elle n'a même pas l'air d'en avoir conscience. »

Donc, lorsque les élèves eurent regagné la classe, Matilda, à son pupitre, se plongea dans l'étude d'un livre de géométrie que lui avait donné Mlle Candy. Celle-ci, qui l'observait du coin de l'œil, se réjouit de constater que, très vite, la petite fille fut captivée par sa lecture. A tel point que, pas une fois durant le cours, elle ne leva le nez.

Cependant Mlle Candy avait pris une autre décision : elle avait résolu d'aller trouver les parents de Matilda et d'avoir avec eux un entretien confidentiel. Elle n'admettait pas de laisser se poursuivre ainsi une situation aussi ridicule. Et puis, elle ne se résignait pas à croire les parents de Matilda totalement indifférents aux talents remarquables de leur fille. Après tout, M. Verdebois était un négociant prospère et, donc, il devait posséder un minimum de bon sens. De plus, il est bien connu que les parents ne *sous-estiment* jamais les capacités de leurs enfants. Bien au contraire. A un point tel qu'il est souvent impossible à un professeur de convaincre un père ou une mère, débordants de fierté, que leur marmot bien-aimé est un parfait crétin. Forte de ces principes, Mlle Candy avait la conviction qu'elle persuaderait sans peine M. et Mme Verdebois des remarquables mérites de leur fille. Le seul problème consisterait peut-être à endiguer leur excès d'enthousiasme.

Sur quoi, Mlle Candy donna libre cours à ses espérances. Et elle se demanda si elle pourrait se passer de l'autorisation des parents pour donner, après l'école, des leçons particulières à Matilda. La perspective de servir de mentor à une enfant aussi brillante comblait ses aspirations de pédagogue. Et, soudain, elle décida d'aller rendre visite à M. et Mme Verdebois le soir même. Elle attendrait assez tard, entre neuf et dix heures, pour être sûre que Matilda soit déjà au lit.

Ainsi se déroulèrent les choses. Ayant trouvé l'adresse dans le

dossier scolaire de Matilda, Mlle Candy se mit en route à pied vers neuf heures pour se rendre chez les Verdebois. Elle trouva la maison dans une rue agréable où des jardinets séparaient les pavillons les uns des autres. C'était une moderne construction de brique qui avait certainement coûté un bon prix et dont le nom, inscrit sur la porte, était *L'Ermitage*. « *Gîte amer* aurait mieux convenu », pensa Mlle Candy qui avait un faible pour les anagrammes. Elle suivit l'allée, gravit le perron, sonna et attendit. A l'intérieur, la télévision tonitruait.

Une sorte de criquet à face et moustache de rat, en veston à carreaux orange et verts, vint lui ouvrir.

– Vous désirez ? dit-il en la toisant. Si vous vendez des billets de loterie, j'en veux pas.

– Je ne vends rien. Excusez-moi de venir vous déranger à cette heure. Je suis l'institutrice de Matilda à l'école et il est important que je vous parle à vous et à votre femme.

– Elle s'est déjà attiré des ennuis, c'est ça ? maugréa M. Verdebois, bloquant le passage. Mais c'est vous qui en êtes responsable, maintenant. A vous de vous débrouiller avec elle.

– Elle ne s'est attiré aucun ennui, répondit Mlle Candy quelque peu surprise. Je viens avec de bonnes nouvelles pour elle. Des nouvelles sidérantes, même, monsieur Verdebois. Pourrais-je entrer un instant et vous parler de Matilda ?

– Nous sommes en plein milieu d'un de nos feuilletons préférés. Vous tombez très mal. Si vous reveniez plus tard, une autre fois ?

Mlle Candy commençait à perdre patience

– Monsieur Verdebois, dit-elle, si vous croyez qu'une émission minable est plus importante que l'avenir de votre fille, vous ne méritez guère d'être son père. Allez donc arrêter ce fichu appareil et écoutez-moi.

Cette apostrophe désarçonna M. Verdebois. Il n'avait pas l'habitude d'être interpellé sur ce ton. L'œil inquisiteur, il examina cette frêle jeune femme si résolument campée sur son perron.

– Bon, bon, ça va, aboya-t-il. Entrez, qu'on liquide ça en vitesse.

Mlle Candy franchit vivement le seuil.

– Mme Verdebois va vous bénir, dit M. Verdebois en la faisant entrer dans le salon où une blonde platinée adipeuse dévorait des yeux les images sur le petit écran.

– Qu'est-ce que c'est ? s'enquit-elle sans lever la tête.

– Une instite, ou quelque chose comme ça, dit M. Verdebois. Paraît qu'elle veut nous parler de Matilda.

Il s'approcha du poste dont il baissa le son.

– Mais t'es fou, Henri ! s'écria Mme Verdebois. Willard va justement proposer le mariage à Angelica.

– Continue à regarder pendant qu'on cause, dit M. Verdebois. C'est la maîtresse de Matilda. Elle aurait des nouvelles à nous donner à propos de la gosse.

– Je m'appelle Jennifer Candy, dit Mlle Candy. Comment allez-vous, madame Verdebois ?

Mme Verdebois la foudroya du regard :

– Eh ben, quoi, qu'est-ce qui ne va pas ?

Personne n'ayant invité Mlle Candy à s'asseoir, elle prit donc une chaise et s'installa.

– C'était la première journée de votre fille à l'école, dit-elle.

– Oui, on le sait, grogna Mme Verdebois aux cent coups à l'idée de rater son feuilleton. C'est tout ce que vous avez à nous dire ?

Mlle Candy plongea son regard dans les yeux grisâtres de son interlocutrice et laissa le silence se prolonger jusqu'à ce que Mme Verdebois s'agitât, mal à l'aise.

– Voulez-vous que je vous explique pourquoi je suis venue ?

– Eh bien, allez-y, fit Mme Verdebois.

– Vous savez sûrement, dit Mlle Candy, que les enfants dans

cette classe ne savent, en principe, ni lire, ni épeler, ni compter à leur arrivée. Les petits de cinq ans en sont incapables, mais Matilda, elle, peut faire tout cela. Et, à l'en croire…

– La croyez pas, coupa Mme Verdebois.

Elle ne décolérait pas d'être privée du son de la télé.

– Alors, reprit Mlle Candy, elle mentait donc quand elle me disait que personne ne lui avait appris à faire des multiplications ou à lire ! Est-ce l'un de vous deux qui lui a appris…

– Appris quoi ? demanda M. Verdebois.

– A lire. A lire des livres, dit Mlle Candy. Peut-être est-ce vous qui l'avez initiée, peut-être mentait-elle. Peut-être avez-vous des étagères chargées de livres dans toute la maison. Est-ce que je sais ? Peut-être êtes-vous tous les deux de grands lecteurs.

– Bien sûr qu'on lit, dit M. Verdebois. Faites pas tant de chichis. Moi, je lis *L'Automobile* et *Moteurs* toutes les semaines, de A à Z.

– Cette petite a déjà lu un nombre étonnant de livres, reprit Mlle Candy. Je voulais simplement savoir si elle venait d'une famille qui aimait la bonne littérature.

– Nous, on n'est pas pour la lecture des livres, dit M. Verdebois. C'est pas en restant assis sur ses fesses et en bouquinant qu'on gagne sa vie. Des bouquins, chez nous, y en a pas !

– Je vois, dit Mlle Candy. Enfin, je suis seulement venue vous dire que Matilda est particulièrement douée. Mais je suppose que vous le saviez déjà.

– Évidemment, je savais qu'elle savait lire, intervint la mère. Elle passe sa vie, enfermée dans sa chambre, à se farcir la tête d'un tas de sottises.

– Mais ça ne vous étonne pas, insista Mlle Candy, qu'une petite fille de cinq ans lise de longs romans de Dickens ou d'Hemingway ? Ça ne vous fait pas bondir de joie ?

– Pas spécialement, dit la mère. Les intellectuelles, j'en ai rien à faire. Une gamine doit penser à se faire belle pour pouvoir décrocher plus tard un bon mari. C'est plus important que les livres, ça, Mlle Condé.

– Mon nom est Candy, dit Mlle Candy.

– Tenez, regardez-moi simplement, dit Mme Verdebois. Et puis, regardez-vous. Vous avez choisi les livres, moi, j'ai choisi de bien vivre.

Mlle Candy considéra la créature adipeuse, au visage de pudding graisseux, affalée devant elle.

– Vous avez dit ? demanda-t-elle.

– J'ai dit que vous aviez choisi les livres, et que moi, j'ai choisi

de bien vivre, répéta Mme Verdebois. Et qui s'en sort le mieux des deux, hein ? Moi, pardi ! Bien installée dans une jolie maison avec un homme d'affaires prospère, et vous obligée de vous échiner à seriner B A Ba à un tas de sales petits morveux.

– T'as raison, ma cocotte, glapit M. Verdebois, posant sur sa femme un regard d'une telle veulerie larmoyante qu'il aurait rendu malade même un chacal.

Il devenait évident que si Mlle Candy voulait obtenir la moindre concession de gens pareils, elle ne devait surtout pas perdre son sang-froid.

– Je ne vous ai pas encore tout dit, reprit-elle. Matilda, pour autant que j'aie pu en juger, est un véritable génie mathématique. Elle est capable de multiplier instantanément des nombres compliqués.

– Et à quoi ça sert quand on peut se payer une calculette ? grogna M. Verdebois.

– C'est pas avec sa cervelle qu'une fille va dégoter un homme, dit Mme Verdebois. Tenez, regardez cette vedette de cinéma, ajouta-t-elle en désignant le petit écran silencieux où une jeune femme au buste avantageux se laissait enlacer par une sorte de déménageur, au clair de lune. Vous n'allez pas me dire que c'est en lui jetant des chiffres à la figure qu'elle l'a tombé ? Pas de danger. Et maintenant, il va l'épouser, ça ne fait pas un pli, et elle va vivre dans un palais avec un maître d'hôtel et des tas de femmes de chambre.

Mlle Candy avait peine à en croire ses oreilles. Elle connaissait par ouï-dire l'existence de tels parents et savait que leurs enfants devenaient immanquablement de jeunes délinquants – voire des marginaux –, mais d'en rencontrer un couple en chair et en os ne l'en bouleversait pas moins.

– L'ennui, avec Matilda, reprit-elle, s'obstinant malgré tout à suivre son idée, c'est qu'elle est tellement en avance sur les autres que cela vaudrait la peine de lui faire donner des leçons particulières. Je crois sérieusement que, dans deux ou trois ans, secondée de façon adéquate, elle pourrait atteindre le niveau de l'université.

– L'université ? hurla M. Verdebois en bondissant de son fauteuil. Mais, sciure de bois, qu'est-ce que vous me chantez avec votre université ! Tout ce qu'on y apprend, c'est des mauvaises habitudes.

– Pas du tout ! rétorqua Mlle Candy. Si vous aviez une crise cardiaque à cet instant même et qu'il faille appeler un docteur, ce docteur aurait un titre universitaire. Si vous étiez poursuivi pour avoir vendu une voiture d'occasion pourrie, il vous faudrait un avocat qui, lui aussi, serait diplômé de l'université. Ne méprisez pas les gens instruits, monsieur Verdebois. Et comme je vois que nous n'allons pas pouvoir tomber d'accord, excusez-moi d'avoir fait irruption chez vous de cette façon.

Là-dessus, elle se leva de sa chaise et sortit de la pièce.

M. Verdebois l'accompagna jusqu'à la porte d'entrée.

– Merci d'être venue, Mlle Condé... non, Caddie, peut-être... ?

– Ni l'un ni l'autre, dit Mlle Candy, mais c'est sans importance.

Et, sur ces dernières paroles, elle s'en alla.

10
La méthode Legourdin

L'un des agréments de Matilda tenait à ce que, si on la rencontrait par hasard et qu'on bavardait avec elle, on pouvait la prendre pour une petite fille de cinq ans tout à fait normale. Elle ne donnait pratiquement aucun signe de son génie et n'essayait jamais d'épater les autres. « Voilà une petite fille aussi tranquille que raisonnable », auriez-vous pensé. Et, à moins d'entamer avec elle, pour une raison ou une autre, une discussion sur la littérature ou les mathématiques, jamais vous ne vous seriez douté de ses facultés mentales exceptionnelles.

Matilda n'avait donc nulle peine à se faire des amis parmi ses petits camarades. Tous les élèves de sa classe l'aimaient. Certes, ils savaient qu'elle était très forte parce qu'ils n'avaient pas oublié la façon dont elle avait répondu aux questions de Mlle Candy le premier jour de la classe. Et ils savaient aussi qu'elle était autorisée à rester assise dans un coin avec un livre pendant le cours sans faire attention à la maîtresse. Mais les enfants de cet âge ne s'interrogent pas trop sur le pourquoi des choses. Ils sont trop absorbés par tous leurs petits problèmes personnels pour se soucier des faits et gestes des autres et de leurs motivations.

Parmi les nouveaux amis de Matilda se trouvait la fillette appelée Anémone. Dès le premier jour, les deux enfants ne s'étaient pas quittées pendant les récréations du matin et de midi. Anémone, particulièrement petite pour son âge, était une sorte de mauviette aux yeux marron foncé, avec une frange de cheveux bruns sur le front. Matilda l'aimait parce qu'elle était intrépide et aventureuse. Et Anémone aimait Matilda exactement pour les mêmes raisons.

Avant même la fin de la première semaine, des histoires terrifiantes sur la directrice, Mlle Legourdin, étaient parvenues aux oreilles des nouvelles venues. Le troisième jour, pendant la récréation du matin, Matilda et Anémone furent abordées par une sauterelle de dix ans avec un bouton sur le nez, du nom d'Hortense.

– Vous êtes des pouillardes, hein ! fit Hortense en les toisant de toute sa hauteur.

– Des pouillardes ? demanda Matilda.

– Des nouvelles, quoi !

Elle mâchait des chips qu'elle sortait d'un vaste sac de papier et enfournait par poignées dans sa bouche.

– Bienvenue au pénitencier, ajouta-t-elle en soufflant des fragments de frites qui tombèrent devant elle tels des flocons de neige.

Les deux fillettes, impressionnées par cette géante, gardèrent un silence prudent.

– Vous avez pas encore fait connaissance avec la mère Legourdin ? demanda Hortense.

– On l'a aperçue à la rentrée, répondit prudemment Anémone, mais on la connaît pas.

– Vous perdez rien pour attendre, reprit Hortense, elle peut pas blairer les tout-petits. Autrement dit, votre classe et tous ceux qu'en font partie. Pour elle, les mômes de cinq ans, c'est des larves qui sont pas encore sorties de leur cocon.

Et, hop ! elle engouffra une nouvelle poignée de chips. Flop, flop, flop, firent les miettes surgissant de sa bouche alors qu'elle précisait :

– Si vous tenez le coup un an, vous arriverez peut-être à aller jusqu'au lycée ; mais y en a beaucoup qui craquent ! On les emmène, hurlaaantes, sur des civières. Combien de fois j'ai vu ça…

Hortense fit une pause pour juger de l'effet de ses révélations sur les deux microbes. Un effet, à l'évidence, très limité. Car elles n'avaient pour ainsi dire pas pipé. La grande décida donc de les régaler d'horreurs supplémentaires :

– Je suppose que vous savez que la mère Legourdin a un placard dans son appartement qu'on appelle l'Étouffoir. Vous en avez entendu parler, de l'Étouffoir ?

Matilda et Anémone secouèrent la tête sans quitter des yeux la géante. Avec leur taille lilliputienne, elles avaient tendance à se méfier de toute créature plus grande qu'elles, surtout des élèves de la classe supérieure.

L'Étouffoir, poursuivit Hortense, c'est donc un placard très haut, mais très étroit. Le fond n'a pas plus de vingt-cinq centimètres de côté, ce qui fait qu'on ne peut ni s'y asseoir ni s'accroupir. Il faut rester debout. Les trois autres sont des murs de ciment avec des éclats de verre qui dépassent, ce qui empêche de s'y appuyer. On est obligé de se tenir comme au garde-à-vous tout le temps, là-dedans. C'est terrible.

– On ne peut pas s'appuyer à la porte ? demanda Matilda.

– Tu rêves ! dit Hortense. La porte, elle est pleine de clous pointus qui ressortent, des clous plantés de l'extérieur, sans doute par la mère Legourdin.

– Tu y as déjà été enfermée ? s'enquit Anémone.

– Moi ? Six fois pendant mon premier trimestre, répondit Hortense. Deux fois pendant une journée entière et les autres fois pendant deux heures. Mais deux heures là-dedans, c'est déjà long. On n'y voit rien et si on se tient pas droit comme un piquet, ou si on se balance un peu, les bouts de verre des murs et les pointes des clous sur la porte vous rentrent dans la peau.

– Pourquoi on t'y a mise ? demanda Matilda. Qu'est-ce que tu avais fait ?

– La première fois, j'avais versé du sirop d'érable sur la chaise où Legourdin va s'asseoir pour faire l'étude. C'était formidable.

Quand elle a posé ses fesses sur la chaise il y a eu un de ces gargouillis... Comme l'hippopotame qui enfonce une patte dans la berge du grand fleuve Limpopo... Mais vous êtes trop mignardes et trop bêtes pour avoir lu les *Histoires comme ça*, non ?

– Moi, je les ai lues, dit Matilda.

– Menteuse ! fit Hortense, aimablement. Tu sais même pas lire. Mais ça fait rien. Quand Legourdin s'est assise dans le sirop, c'était trop beau à entendre ! Et quand elle a ressauté, la chaise lui est restée un moment collée au fond de son horrible culotte verte avant de se détacher lentement. Alors elle s'est pris le derrière à deux mains... Fallait voir ses mains qui dégoulinaient. Si vous l'aviez entendue brailler !

– Mais comment elle a su que c'était toi ? demanda Anémone.

– Un sale morpion, Paulo Siffloche, m'a caftée, maugréa Hortense. Je lui ai fait sauter trois dents !

– Et la mère Legourdin t'a mise à l'Étouffoir pendant toute une journée ? demanda Matilda d'une voix étranglée.

– Du matin au soir, appuya Hortense. Quand elle m'a laissée sortir, je tournais plus rond. Je bafouillais comme une détraquée.

– Et qu'est-ce que tu as fait d'autre pour être enfermée dans l'Étouffoir ? demanda Anémone.

– Oh, je me souviens pas de tout, répondit Hortense.

Elle parlait en prenant des mines de vieux guerrier qui a livré tellement de batailles que la bravoure est devenue, chez lui, une seconde nature.

– Ça remonte si loin, ajouta-t-elle en s'empiffrant de chips. Ah, si ! Je me rappelle un coup... Voilà ce qui s'est passé. J'avais choisi une heure où je savais que Legourdin faisait la classe des huitièmes, j'ai donc levé la main pour demander la permission d'aller aux toilettes. Mais, à la place, je me suis faufilée chez la mère Legourdin. J'ai farfouillé en vitesse dans sa commode et j'ai trouvé le tiroir où elle mettait ses affaires de gym...

– Continue, dit Matilda, fascinée. Qu'est-ce qui s'est passé ?

– Je m'étais fait envoyer par la poste du poil à gratter, reprit Hortense. Ça coûte cinquante pence le paquet et ça s'appelle du ronge-couenne. D'après l'étiquette, c'est fait avec des dents de serpent venimeux réduites en poudre et garanti provoquer sur la peau des cloques grosses comme des noix. J'ai donc saupoudré l'intérieur de ses culottes et je les ai bien repliées dans le tiroir.

Hortense s'arrêta, le temps d'absorber un supplément de chips.

– Et ça a marché ? demanda Anémone.

– C'est-à-dire que deux ou trois jours après, reprit Hortense, pendant l'étude, Legourdin s'est mise à se gratter comme une dingue. Ah ! je me suis dit. Ça y est, elle s'est changée pour la gym. L'idée que j'étais la seule à savoir pourquoi elle faisait des bonds à se taper la tête au plafond, vous pensez si j'étais heureuse. Sans compter que je risquais rien. Personne pouvait me coincer. Ça la grattait de plus en plus ; elle ne pouvait plus s'arrêter. Sans doute qu'elle croyait avoir un nid de guêpes où je pense. Et là-dessus, la voilà qui se prend les fesses à pleines mains et sort en courant.

Anémone et Matilda étaient émerveillées. Pas d'erreur possible, elles se trouvaient en présence d'une championne, d'un crack de l'expérience. Et non seulement cette fille était la reine du coup tordu, mais elle était prête à risquer gros pour arriver à ses fins. Les deux petites contemplaient cette déesse avec admiration. Le bouton dont s'ornait son nez n'était plus une disgrâce, mais témoignait de son courage.

– Mais comment elle t'a attrapée, cette fois-là ? demanda quand même Anémone, haletante d'émotion.

– Elle n'y est pas arrivée, répondit Hortense, mais j'ai eu droit à l'Étouffoir quand même.

– Pourquoi ? demandèrent-elles avec ensemble.

– Legourdin, expliqua Hortense, elle a une sale habitude, figurez-vous. Elle veut toujours deviner. Quand elle ne connaît pas le coupable, elle y va au flair et, le pire, c'est qu'elle tombe souvent juste. Ce coup-là, après l'histoire du sirop, j'étais la suspecte numéro un et, même sans aucune preuve, tout ce que j'ai pu dire n'a rien changé. J'ai eu beau crier : « Mais comment j'aurais fait ça, Mlle Legourdin ? Je ne savais même pas que vous aviez du linge à l'école ! Je ne sais même pas ce que c'est que le poil à gratter ! » J'ai eu beau faire, mes mensonges n'ont servi à rien. Legourdin m'a attrapée par une oreille, m'a traînée au pas de charge jusqu'à l'Étouffoir et m'y a bouclée. C'était la seconde fois que j'y passais. Une vraie torture. J'étais piquée et écorchée de partout quand je suis ressortie.

– Mais c'est comme la guerre ! s'exclama Matilda, horrifiée.

– Tu parles que c'est la guerre ! cria Hortense. Et les pertes sont terribles. Nous sommes les croisés, les vaillants paladins qui se battent presque à mains nues et, elle, Legourdin, c'est le prince des Ténèbres, c'est le démon du Mal, la Bête immonde avec toutes les armes de l'Enfer à sa disposition. Notre vie est un combat de tous les instants. Il faut s'entraider !

– Tu peux compter sur nous, affirma Anémone, s'efforçant d'étirer au maximum les quatre-vingt-quinze centimètres de sa taille.

– Bof, dit Hortense. Vous n'êtes que des crevettes ; mais on ne sait jamais. Un de ces jours, on vous trouvera peut-être une mission secrète à remplir.

– Et si tu nous en disais encore un peu plus sur elle ? suggéra Matilda. Tu veux, dis ?

– Il ne faut pas que je vous fasse trop peur. Après tout, vous êtes des nouvelles, se rengorgea Hortense.

– Ça ne risque rien, dit Anémone. On est petites mais on n'est pas dégonflées.

– Alors, écoutez-moi, dit Hortense. Hier encore, Legourdin a surpris un gamin qui s'appelle Jules Bigornot à manger de la réglisse pendant le cours d'écriture et elle l'a simplement attrapé par un bras et balancé dehors par la fenêtre ouverte de la classe. La classe est au premier et on a vu Jules Bigornot voltiger au-dessus du jardin comme un Frisbee et atterrir, avec un choc mou, au milieu des laitues. Après quoi, Legourdin s'est tournée vers nous et nous a dit : « A partir de maintenant, tout élève surpris à manger en classe passera par la fenêtre. »

– Et ce Jules Bigornot n'a rien eu de cassé ? demanda Anémone.

– Oh, deux, trois os seulement, dit Hortense. Faut se rappeler que Legourdin, dans le temps, elle a lancé le marteau pour l'Angleterre aux jeux Olympiques et qu'elle en est drôlement fière.

– Lancer le marteau, ça veut dire quoi ? demanda Anémone.

– Le marteau, expliqua Hortense, c'est une espèce de gros boulet de canon fixé au bout d'un fil et que le lanceur fait tourner au-dessus de sa tête de plus en plus vite avant de le lâcher. Pour y arriver, il faut avoir une force terrible. Legourdin, pour se maintenir en forme, lance n'importe quoi, spécialement des enfants.

– Mon Dieu ! dit Anémone.

– Il paraît, poursuivit Hortense, qu'un garçon est à peu près du même poids qu'un marteau olympique ; donc, pour s'exercer, il n'y a rien de tel que d'en avoir quelques-uns sous la main.

A cet instant survint un étrange phénomène. La cour de récréation, qui résonnait jusque-là des cris et des appels des enfants en train de jouer, devint soudain silencieuse comme un tombeau.

– Attention ! chuchota Hortense.

Matilda et Anémone détournèrent la tête et virent la silhouette gigantesque de Mlle Legourdin s'avançant à travers la foule des petits garçons et des petites filles à larges enjambées menaçantes. Les enfants s'écartaient précipitamment pour lui laisser le passage et sa progression sur l'asphalte du sol évoquait celle de Moïse franchissant la mer Rouge entre les deux murailles liquides. Certes, avec sa robe boutonnée, sa large ceinture et sa culotte verte, c'était une apparition biblique. Au-dessous de ses genoux, ses mollets moulés de bas verts saillaient comme des pamplemousses.

– Amanda Blatt ! tonna-t-elle. Oui, toi, Amanda Blatt, viens ici !

– Cramponnez-vous ! chuchota Hortense.

– Qu'est-ce qui va se passer ? murmura Anémone.

– Cette idiote d'Amanda a encore laissé pousser ses cheveux

pendant les vacances et sa mère les a tressés en nattes. Quelle bêtise !

– Pourquoi ? demanda Matilda.

– S'il y a une chose que Legourdin ne supporte pas, c'est justement les nattes, dit Hortense.

Médusées, Matilda et Anémone virent la géante en culotte

verte marcher sur une fillette d'une dizaine d'années dont les nattes aux reflets dorés flottant sur ses épaules s'ornaient à chaque extrémité de nœuds de satin bleu du plus gracieux effet.

Amanda Blatt, figée sur place, regardait s'avancer la géante vers elle avec l'expression d'une personne coincée dans un champ contre une barrière tandis qu'un taureau furieux fonce sur elle. Les yeux dilatés de terreur, frémissante, paralysée, la fillette se disait sans doute que le jour du jugement dernier était venu pour elle.

Mlle Legourdin avait maintenant atteint sa victime et la dominait de toute sa hauteur.

– Quand tu reviendras à l'école demain, vociféra-t-elle, je veux que ces saletés de nattes aient disparu. Tu vas me les couper et les jeter à la poubelle, compris ?

Amanda, statufiée par la peur, parvint à balbutier :

– Mmm ... maman les aime bbb… beaucoup. Elle me les ttt... tresse tous les mama… matins.

– Ta mère est une pochetée ! aboya Mlle Legourdin.

Elle pointa un index de la grosseur d'un saucisson sur la tête de l'enfant et brailla :

– Avec cette queue qui te sort du crâne, tu as l'air d'un rat !

– Mmm… man trouve ça tr… tr… très joli, mademoiselle, bégaya Amanda, tremblant comme une crème renversée.

– Je me fiche comme d'une guigne de ce que pense ta mère ! hurla Legourdin.

Sur quoi, elle se courba brusquement sur Amanda, empoigna ses deux nattes de la main droite, la souleva de terre et se mit à la faire tournoyer autour de sa tête de plus en plus vite, tout en criant :

– Je t'en ficherai, moi, des nattes, sale petit rat tandis que la petite fille s'époumonait de terreur.

– Souvenir des Olympiades, murmura Hortense. Elle accélère le mouvement, tout comme avec le marteau. Je vous parie 10 contre 1 qu'elle va la lancer.

Mlle Legourdin, cambrée en arrière et pivotant habilement sur la pointe des pieds, se mit à tourner sur elle-même tandis qu'Amanda tourbillonnait si vite qu'elle devenait invisible. Soudain, avec un puissant grognement, l'ex-championne du marteau lâcha les nattes et Amanda fila comme une fusée par-dessus le mur de la cour de récréation, s'élevant vers le ciel.

– Beau lancer ! cria quelqu'un de l'autre côté de la cour.

Et Matilda, pétrifiée devant cette exhibition démente, vit Amanda Blatt qui redescendait, décrivant une gracieuse parabole, au-delà du terrain de sport.

Le projectile vivant atterrit dans l'herbe, rebondit deux ou trois fois et s'immobilisa. Puis, à la stupeur générale, Amanda se mit sur son séant. Elle semblait un peu hébétée et personne n'aurait songé à le lui reprocher mais, au bout d'une minute environ, elle se remit sur pied et revint en trottinant vers l'école.

Campée au milieu de la cour de récréation, Legourdin s'époussetait les mains :

– Pas mal, fit-elle, malgré mon manque d'entraînement. Pas mal du tout.

Puis elle s'en alla.

– Elle est folle à lier, dit Hortense.

– Mais les parents ne se plaignent pas ? s'étonna Matilda.

– Ils se plaindraient, les tiens ? riposta Hortense. Je sais que les miens ne bougeraient pas. Les parents, elle les traite comme les enfants et ils en ont tous une peur bleue. A un de ces jours, vous deux.

Et elle partit d'un pas élastique.

11
Julien Apolon et le gâteau

– Comment peut-elle s'en sortir sans ennuis ? dit Anémone à Matilda. Les enfants racontent sûrement ce qu'ils ont vu à leurs parents. Moi, je sais que mon père ferait un foin du diable s'il savait que la directrice m'a attrapée par les cheveux et balancée de l'autre côté de la cour.

– Il ne dirait rien, soupira Matilda. Et je peux t'expliquer pourquoi. C'est bien simple, il ne te croirait pas.

– Je te garantis qu'il me croirait.

– Non, soupira de nouveau Matilda. Et pour une bonne raison. Ton histoire paraîtrait trop invraisemblable pour être réelle. Voilà le grand secret de Legourdin.

– C'est-à-dire ? demanda Anémone.

– Il ne faut jamais rien faire à moitié si on ne veut pas se faire punir. Mettre le paquet. Passer les bornes. S'arranger pour pousser la dinguerie au-delà du croyable. Quel parent admettrait cette histoire de tresses ? Pas un seul, je te dis. En tout cas, les miens sûrement pas. Ils me traiteraient de menteuse.

– Dans ce cas-là, remarqua Anémone, la mère d'Amanda ne va pas lui couper ses nattes.

– Non, répondit Matilda, c'est Amanda qui le fera elle-même. Ça ne fait pas un pli.

– Tu crois qu'elle est folle ? demanda Anémone.

– Qui ?

– Legourdin.

– Non, elle n'est pas folle, répondit Matilda, mais elle est très dangereuse. Être élève ici, c'est comme d'être enfermée dans une cage avec un cobra. Il faut avoir de bons réflexes.

Un autre exemple de la férocité de la directrice les édifia dès le lendemain. Pendant le déjeuner, il fut annoncé que l'école au complet devrait se rassembler dans la grande salle de réunion dès la fin du repas.

Lorsque les quelque deux cent cinquante garçons et filles eurent pris place dans la salle, Mlle Legourdin monta sur l'estrade. Aucun des autres professeurs ne l'accompagnait. Dans sa main droite, elle tenait une cravache.

Plantée au centre de l'estrade, jambes écartées, poings sur les hanches, elle promena un regard flamboyant sur la mer de visages levés vers elle.

– Qu'est-ce qui va se passer ? chuchota Anémone.

– Je ne sais pas, répondit Matilda sur le même ton.

Toute l'école semblait suspendue aux paroles de la directrice.

– Julien Apolon ! aboya brusquement Legourdin. Où est Julien Apolon ?

Une main se tendit parmi les enfants assis.

– Viens ici ! cria Legourdin. Et en vitesse !

Un jeune garçon de onze ans, rond et replet, se leva et, d'un pas décidé, gagna l'estrade qu'il escalada.

– Mets-toi là ! ordonna Legourdin, l'index pointé.

Le gamin obéit ; il paraissait nerveux. Il savait très bien qu'on ne l'avait pas fait venir pour lui décerner un prix. D'un œil méfiant, il surveillait la directrice, s'écartant d'elle à petits pas furtifs, battant en retraite comme un rat guetté par un foxterrier. Son visage, mou et empâté, était devenu grisâtre d'appréhension. Ses chaussettes lui pendaient sur les chevilles.

– Ce *bubon*, tonna la directrice en braquant sur lui sa cravache comme une rapière, ce furoncle, cet *anthrax*, ce *flegmon pustuleux* que vous avez devant vous est un misérable criminel, un rebut de la pègre, un membre de la mafia !

– Qui, moi ? fit Julien Apolon, l'air sincèrement ahuri.

– Un voleur ! hurla Mlle Legourdin. Un escroc, un pirate, un brigand, un coquin !

– Ah, dites donc ! fit le gamin. Tout de même...

– Nierais-tu, par hasard, misérable bourbillon ? Est-ce que tu plaiderais non coupable ?

– Je ne sais pas de quoi vous parlez, balbutia le gosse, plus éberlué que jamais.

– Je m'en vais te le dire de quoi je parle, espèce de petit mal blanc ! hurla de plus belle Mlle Legourdin. Hier matin, pendant la récréation, tu t'es glissé dans la cuisine comme un serpent et tu as volé une tranche de mon gâteau au chocolat sur mon plateau à thé ! Ce plateau qui venait d'être préparé exprès pour moi par la cuisinière. Mon en-cas du matin ! Quant au gâteau, il venait de mes provisions personnelles. Ce n'était pas le gâteau des élèves. Tu ne t'imagines tout de même pas que je vais manger les mêmes saletés que vous ? Ce gâteau était fait avec du vrai beurre et de la vraie crème ! Et lui, ce jeune forban, ce perceur de coffres, ce détrousseur de grand chemin que vous voyez là, avec ses chaussettes en tire-bouchon, il m'a volé mon gâteau et l'a mangé !

– C'est pas moi ! s'écria le gamin, virant du gris au blanc.

– Ne mens pas, Apolon ! aboya Mlle Legourdin. La cuisinière t'a vu. Et elle t'a même vu le manger.

Mlle Legourdin s'arrêta un instant pour essuyer l'écume qui lui moussait aux lèvres.

Lorsqu'elle reprit la parole, ce fut sur un ton soudain posé, doucereux, presque amical. Penchée sur le gamin, souriante, elle lui dit :

– Tu l'aimes bien, mon gâteau spécial au chocolat, hein, Apolon ? Il est bon et délicieux ?

– Très très bon, répondit le gamin.

Les mots lui avaient échappé malgré lui.

– Tu as raison, reprit Mlle Legourdin. Il est très très bon. Je crois donc que tu devrais féliciter la cuisinière. Quand un monsieur s'est régalé d'un repas succulent, Julien Apolon, il transmet toujours ses compliments au chef. Tu ne savais pas ça, hein ? Il est vrai que les gens qui fréquentent les criminels des bas-fonds ne sont pas réputés pour leurs bonnes manières.

Le gamin resta silencieux.

– Madame Criquet ! cria Mlle Legourdin, tournant la tête vers la porte. Venez ici, Mme Criquet. Apolon voudrait vous dire tout le bien qu'il pense de votre gâteau au chocolat !

La cuisinière, une asperge flétrie qui donnait l'impression d'avoir été soumise depuis belle lurette à une dessiccation totale dans un four brûlant, monta sur l'estrade. Elle portait un tablier blanc douteux et son apparition avait été visiblement organisée d'avance par la directrice.

– Allons, Julien Apolon, tonna Mlle Legourdin, dis à Mme Criquet ce que tu penses de son gâteau au chocolat.

– C'est très bon, marmonna le gamin.

Sans nul doute, il commençait à se demander ce qui l'attendait. Il n'avait qu'une certitude : la loi interdisait à Mlle Legourdin de le frapper avec la cravache dont elle se tapotait la cuisse à petits coups. Mais ce n'était qu'une maigre consolation car Mlle Legourdin était une personne imprévisible. Jamais l'on ne savait ce qu'elle allait inventer.

– Vous entendez, Mme Criquet, cria Mlle Legourdin, Apolon

aime votre gâteau. Il adore votre gâteau. En avez-vous un peu plus à lui donner ?

– Oh, oui, répondit la cuisinière.

Elle semblait avoir appris ses répliques par cœur.

– Alors, allez donc le chercher. Et apportez un couteau pour le couper.

La cuisinière s'éclipsa. Presque aussitôt, elle réapparut, ployant sous le poids d'un énorme gâteau au chocolat posé sur un plat de porcelaine. Ce gâteau avait bien quarante centimètres de diamètre et il était nappé d'un luisant glaçage à base de chocolat.

– Posez-le sur la table, dit Mlle Legourdin.

Il y avait, au centre de l'estrade, une petite table avec une chaise disposée derrière. La cuisinière plaça avec précaution le gâteau sur la table.

– Assieds-toi, Apolon, ordonna Mlle Legourdin. Assieds-toi ici.

Le gamin s'approcha à pas prudents de la table et s'assit. Puis il contempla le gâteau géant.

– Eh bien, voilà, Apolon, dit Mlle Legourdin, et de nouveau sa voix était sucrée, persuasive, presque onctueuse. Il est entièrement pour toi, ce gâteau. Comme tu avais tellement apprécié la tranche que tu as mangée, j'ai demandé à Mme Criquet de t'en préparer un énorme rien que pour toi.

– Ah... merci, fit le gosse, totalement ahuri.

– Remercie donc Mme Criquet.

– Merci, Mme Criquet, dit le gamin.

La cuisinière restait plantée là, raide comme un passe-lacet, les lèvres serrées, l'air pincé. On aurait dit qu'elle avait la bouche pleine de jus de citron.

– Allez, vas-y, déclara Mlle Legourdin. Coupe-toi une belle tranche de ce gâteau pour le goûter.

– Quoi ? Tout de suite ? demanda le gamin, circonspect.

Tout cela cachait un piège, il s'en doutait. Mais quoi au juste ?..

– Je pourrais pas l'emporter chez moi ? demanda-t-il.

– Ce ne serait pas poli, répondit Mlle Legourdin avec un sourire rusé. Tu dois montrer à notre bonne cuisinière que tu la remercies de tout le mal qu'elle s'est donné.

Le gamin ne bougea pas.

– Allons, vas-y, je te dis, reprit Mlle Legourdin. Coupe-toi une tranche et mange. On n'a pas toute la journée.

Le gamin saisit le couteau et, à l'instant où il allait entamer le gâteau, retint son geste. Il considéra le gâteau, leva les yeux vers Mlle Legourdin, puis vers la cuisinière filiforme, à la bouche en cul de poule. Tous les enfants rassemblés attendaient, sur le qui-vive, qu'il se passe quelque chose. La mère Legourdin n'était pas du genre à offrir un gâteau au chocolat par pure générosité. Beaucoup supposaient qu'il était truffé de poivre, d'huile de foie de morue ou de toute autre substance répugnante propre à rendre celui qui en mangeait malade comme un chien. Peut-être

même s'agissait-il d'arsenic, auquel cas il tomberait mort en dix secondes pile. A moins que le gâteau ne fût piégé et qu'il n'explosât au premier contact du couteau, emportant avec ses débris le cadavre déchiqueté de Julien Apolon. Personne, à l'école, ne doutait que Mlle Legourdin fût capable des pires excès.

– Je veux pas le manger, dit le gamin.

– Goûte-le tout de suite, petit morveux, hurla Mlle Legourdin. Tu insultes Mme Criquet.

Très délicatement, le gamin coupa une mince part du gâteau, la souleva, reposa le couteau, saisit la tranche collante entre ses doigts et se mit à la mastiquer sans hâte.

– C'est bon, hein ?

– Très bon, dit le gamin en mâchant avec application.

Puis il finit la tranche.

– Prends-en une autre !

– Ça suffit, merci, murmura le gamin.

– J'ai dit : prends-en une autre ! répéta Mlle Legourdin. Mange une autre tranche ! Fais ce qu'on te dit !

– J'en veux pas d'autre, dit le gamin.

Alors Mlle Legourdin explosa :

– Mange ! hurla-t-elle en se frappant la cuisse de sa cravache. Si je te dis de manger, tu manges ! Tu voulais du gâteau. Tu as volé du gâteau ! Et, maintenant, tu es servi. Et tu vas le manger.

Tu ne quitteras pas cette estrade et personne ne sortira de cette salle avant que tu aies mangé entièrement le gâteau posé devant toi ! Tu as bien compris, Apolon, c'est bien clair ?

Le gamin regarda Mlle Legourdin. Puis il baissa les yeux sur l'énorme gâteau.

– Mange ! Mange !

Très lentement, le gamin se coupa une deuxième tranche et se mit à la manger. Matilda était fascinée.

– Tu crois qu'il pourra y arriver ? chuchota-t-elle à Amanda Blatt.

– Non, répondit Amanda sur le même ton. C'est impossible. Il sera malade avant d'être arrivé à la moitié.

Le gamin continuait à mâcher. Quand il eut fini la deuxième tranche, il regarda Mlle Legourdin, hésitant.

– Mange ! hurla-t-elle. Les petits voleurs gloutons qui aiment les gâteaux doivent les manger ! Mange plus vite ! Plus vite ! On ne va pas passer la journée ici ! Et ne t'arrête pas comme ça ! La prochaine fois que tu t'arrêtes avant d'avoir tout fini, tu auras droit à l'Étouffoir ; je te boucle dedans et je jette la clef dans le puits !

Le gamin se coupa une troisième tranche et entreprit de l'avaler. Il acheva cette dernière plus rapidement que les deux précédentes et à peine eut-il fini qu'il prit le couteau pour se couper une nouvelle tranche. De façon étrange, il donnait l'impression d'avoir trouvé son rythme de croisière.

Matilda, qui l'observait avec attention, n'avait encore remarqué chez lui aucun signe de fléchissement. Il paraissait même plutôt prendre peu à peu confiance.

– Dis donc, il s'en tire pas mal, souffla-t-elle à Anémone.

– Il sera bientôt malade, murmura Anémone. Ça va être affreux.

Lorsque Julien Apolon eut réussi à absorber la moitié du gâteau géant, il s'arrêta deux ou trois secondes et prit quelques profondes inspirations.

Mlle Legourdin, poings aux hanches, le fusillait des yeux :

– Continue ! cria-t-elle. Allez, mange !

Soudain, le gamin laissa échapper un énorme rot qui se répercuta dans la grande salle comme un roulement de tonnerre. De nombreux rires s'élevèrent dans l'assistance.

– Silence ! cria Mlle Legourdin.

Le gamin se tailla une autre tranche de gâteau et se mit à la manger rapidement. Il paraissait toujours d'attaque. En tout cas, il n'était certainement pas près de déclarer forfait et de s'écrier : « Je ne peux plus ! Je ne peux plus manger ! Je vais être malade ! » Bref, il était encore dans la course.

Alors, un changement subtil se fit jour parmi les deux cent cinquante enfants, témoins de la scène. Un peu plus tôt, ils flairaient l'imminence du désastre. Ils s'étaient préparés à une scène pénible où la malheureuse victime, bourrée de gâteau jusqu'aux sourcils, devrait jeter bas les armes et demander grâce ; après quoi, Legourdin, triomphante, enfournerait sans pitié tout le reste du gâteau dans le gosier du gamin suffocant.

Mais, tout au contraire, Julien Apolon avait franchi les trois quarts du chemin et continuait à mastiquer gaillardement.

On sentait qu'il commençait à se faire plaisir. Il avait une montagne à gravir et, par le diable, il en atteindrait le sommet, quitte à mourir pendant sa tentative. De plus, il se rendait maintenant clairement compte qu'il tenait son public en haleine et que, sans le montrer, ce public faisait bloc avec lui. Il ne s'agissait plus maintenant que d'une bataille entre lui et la puissante mère Legourdin.

Soudain, quelqu'un cria :

– Vas-y, Juju ! Tu y arriveras !

Mlle Legourdin pivota sur elle-même et brailla :

– Silence !

L'assistance n'en perdait pas une miette. Tous avaient pris parti dans le duel en cours. Ils mouraient d'envie d'applaudir mais n'osaient pas s'y décider.

– Je crois bien qu'il va y arriver, susurra Matilda.

– Je le pense aussi, répondit Anémone. Jamais je n'aurais cru quelqu'un capable de manger tout seul un gâteau de cette taille-là.

– Legourdin n'y croyait pas non plus, chuchota Matilda. Regarde-la. Elle devient de plus en plus rouge. S'il gagne, elle va le tuer, c'est sûr.

Le gamin commençait à ralentir, c'était indiscutable, mais il continuait néanmoins à enfourner les bouchées de gâteau avec la persévérance d'un coureur de fond qui a entrevu la ligne d'arrivée et sait qu'il doit tenir jusqu'au bout. Lorsqu'il eut avalé

la toute dernière bouchée, une formidable ovation monta de l'assistance. Les enfants sautaient sur leurs chaises, poussaient des cris, applaudissaient et s'époumonaient :

– Bravo, Juju ! T'as gagné, Juju ! A toi la médaille d'or !

Mlle Legourdin se tenait immobile sur l'estrade ; son large visage chevalin avait pris la couleur de la lave en fusion et ses yeux étincelaient de fureur. Elle fixait un regard meurtrier sur Julien Apolon qui, affalé sur sa chaise comme une outre pleine à craquer, à demi comateux, était incapable de bouger ou de parler. Une mince pellicule de transpiration luisait sur son front, mais un sourire de triomphe illuminait son visage.

Brusquement, elle plongea en avant, empoigna le vaste plateau de porcelaine qui ne portait plus que des traces de chocolat, le brandit au-dessus d'elle et l'abattit avec violence sur le crâne de Julien Apolon, plongé dans l'hébétude. Des éclats de porcelaine voltigèrent de tous côtés.

Le gamin était à ce point bourré de gâteau qu'il avait acquis la consistance d'un sac de ciment humide et même un marteau-pilon l'eût à peine entamé. Il se contenta de secouer la tête deux ou trois fois sans cesser de sourire.

– Va te faire pendre ! hurla Mlle Legourdin.

Et elle quitta l'estrade à grandes enjambées, la cuisinière sur les talons.

12
Anémone

Au milieu de la première semaine du premier trimestre de Matilda, Mlle Candy déclara à ses élèves :

– J'ai des nouvelles importantes pour vous. Alors, écoutez-moi bien. Toi aussi, Matilda. Pose ce livre un instant et ouvre tes oreilles.

Tous les visages se levèrent vers elle, attentifs.

– C'est l'habitude de la directrice, poursuivit Mlle Candy, de prendre la place des professeurs une fois par semaine dans chacune des classes de l'école. L'heure et le jour sont fixés d'avance. Pour nous, c'est toujours à deux heures le jeudi tout de suite après le déjeuner. Donc, demain à deux heures, Mlle Legourdin va donner le cours à ma place. Je serai présente, bien sûr, mais seulement comme un témoin silencieux. Vous avez bien compris ?

– Oui, Mlle Candy, gazouillèrent les élèves en chœur.

– Maintenant, que je vous prévienne, dit Mlle Candy. La directrice est très stricte pour tout. Veillez bien à ce que vos vêtements, vos visages et vos mains soient propres. Ne parlez que si on vous adresse la parole. Si on vous pose une question, levez-vous avant de répondre. Ne discutez jamais avec elle. Ne la défiez pas. N'essayez pas d'être drôles. Si vous prenez ce risque, vous la mettrez en colère, et quand la directrice est en colère, il vaut mieux se méfier.

– Tu parles, murmura Anémone.

– Je suis certaine, reprit Mlle Candy, qu'elle vous interrogera sur ce que vous avez appris cette semaine, c'est-à-dire la table de multiplication par 2. Je vous conseille donc de la réviser ce soir en rentrant chez vous. Demandez à votre père ou à votre mère de vous la faire réciter.

– Qu'est-ce qu'elle nous demandera d'autre ? questionna une voix.

– Elle vous fera épeler les mots. Tâchez de vous rappeler ce que vous avez appris ces derniers jours. Ah, encore une chose : il doit toujours y avoir un verre et un pichet d'eau prêts sur la table pour la directrice quand elle vient faire les cours. Alors qui va veiller à les préparer ?

– Moi, répondit Anémone.

– Très bien, Anémone, dit Mlle Candy. Tu seras donc chargée d'aller à la cuisine, d'y prendre le pichet, de le remplir et de le mettre sur la table avec un verre propre avant le début de la classe.

– Et si le pichet n'est pas dans la cuisine ?

– Il y a une douzaine de pichets et de verres pour la directrice à la cuisine, dit Mlle Candy. Ils servent dans toute l'école.

– Je n'oublierai pas, dit Anémone, c'est promis.

Déjà l'esprit industrieux d'Anémone envisageait les possibilités que pouvait lui offrir la tâche dont elle s'était chargée. Elle rêvait d'accomplir un geste héroïque. Hortense, son aînée, lui inspirait une admiration sans bornes pour les exploits qu'elle avait réalisés à l'école. Elle admirait également Matilda qui lui avait fait jurer le secret sur l'histoire du perroquet fantôme ainsi que sur celle de la lotion capillaire qui avait décoloré les

cheveux de son père. C'était à son tour maintenant de devenir une héroïne, à condition de mettre au point une machination ingénieuse.

En rentrant de l'école cet après-midi-là, elle commença à passer en revue les diverses possibilités qui s'offraient à elle et lorsque enfin lui surgit à l'esprit le germe d'une brillante idée, elle entreprit d'établir son plan avec le même soin que le duc de Wellington avait mis à préparer la bataille de Waterloo. Certes, dans le cas présent, l'ennemi n'était pas Napoléon. Mais jamais, à l'école de Lamy-Noir, quelqu'un n'avait admis que la directrice était un adversaire moins formidable que le fameux empereur français. Il faudrait faire preuve d'une grande dextérité, se dit Anémone, et observer un secret absolu si elle voulait sortir vivante de sa téméraire entreprise.

Au fond du jardin d'Anémone se trouvait une mare plutôt boueuse où vivait une colonie de tritons. Le triton, quoique assez répandu dans les étangs d'Angleterre, reste en général invisible aux humains car c'est une créature timide et craintive. D'une laideur repoussante, le triton ressemble un peu à un bébé crocodile, mais avec une tête plus courte. En dépit de son aspect rébarbatif, il est parfaitement inoffensif. Long d'une douzaine de centimètres, visqueux, avec une peau gris verdâtre sur le dessus et un ventre orange, c'est un amphibien qui peut vivre dans et hors de l'eau.

Ce soir-là, Anémone gagna le fond du jardin, résolue à pêcher un triton. Ce sont des petites bêtes agiles et rapides, difficiles à attraper. Elle attendit donc patiemment sur le bord de voir apparaître un des habitants de la mare. Puis, utilisant son chapeau de paille en guise de filet, elle réussit à en capturer un. Elle avait garni son plumier d'herbes aquatiques prêtes à recevoir la bestiole, mais elle constata qu'il était bien difficile de sortir du chapeau le triton qui gigotait et se tortillait comme un diable, d'autant que son plumier était à peine plus grand que le batracien. Lorsqu'elle eut enfin réussi à le faire entrer dans la boîte, elle dut veiller à ne pas lui coincer, la queue en faisant coulisser le couvercle. Un de ses petits voisins, Robert Soulat, lui avait dit que si on coupait la queue d'un triton, cette queue continuait à vivre et donnait un triton dix fois plus gros que le premier. Il pouvait atteindre la taille d'un alligator. Anémone ne le croyait guère mais elle préférait éviter le risque d'une telle métamorphose. Finalement, elle parvint à refermer le couvercle du plumier puis, à la réflexion, le rouvrit d'un millimètre pour permettre à la bête de respirer.

Le jour suivant, elle transporta son arme secrète à l'école dans son cartable. Au comble de l'excitation, elle grillait d'envie de raconter à Matilda son plan de bataille. En fait, elle aurait voulu l'expliquer à toute la classe. Mais, pour finir, elle décida de le garder pour elle seule. Cela valait beaucoup mieux car, même sous la pire torture, personne ne pourrait la dénoncer.

Vint l'heure du déjeuner. Il y avait au menu ce jour-là des saucisses accompagnées de haricots blancs, l'un des plats préférés d'Anémone ; mais elle était incapable d'avaler la moindre bouchée.

– Tu ne te sens pas bien, Anémone ? demanda Mlle Candy en bout de table.

– J'ai pris un petit déjeuner énorme, expliqua Anémone. Vraiment, je suis incapable de manger.

Le repas terminé, elle se précipita à la cuisine et y trouva l'un des fameux pichets de Mlle Legourdin. C'était un récipient ventru, de grès bleu verni. Anémone le remplit à moitié d'eau, le porta avec un verre dans la classe et posa les deux objets sur la table de la maîtresse. La classe était encore vide. Rapide comme l'éclair, elle sortit son plumier de son cartable et entrouvrit le couvercle. Le triton se tenait immobile. Avec précaution, elle leva le plumier au-dessus du goulot du pichet, dégagea le couvercle et fit tomber le triton dans le récipient. L'animal toucha, l'eau avec un floc léger puis se trémoussa frénétiquement quelques secondes avant de s'immobiliser. Alors, pour que le triton se sentît moins dépaysé, Anémone versa également dans le pichet les herbes aquatiques dont elle lui avait fait un lit dans son plumier.

Le geste était accompli. Tout était prêt. Anémone remit ses crayons dans le plumier plutôt humide et le reposa à sa place habituelle sur son pupitre. Puis elle sortit rejoindre les autres dans la cour de récréation jusqu'à ce que sonne l'heure de la classe.

13
Le cours du jeudi

A deux heures pile, la classe entière était assemblée. Mlle Candy, après avoir constaté que la cruche et le verre n'avaient pas été oubliés, alla se placer, debout, au fond de la salle. Tout le monde attendait. Soudain la gigantesque silhouette de la directrice avec sa robe sanglée à la taille et sa culotte verte apparut dans l'encadrement de la porte.

– Bonjour, les enfants, aboya-t-elle.

– Bonjour, Mlle Legourdin, gazouillèrent-ils.

La directrice, plantée devant les élèves, jambes écartées, poings sur les hanches, promena un regard furieux sur les petits garçons et les petites filles, assis, comme sur un gril, à leurs pupitres.

– Ah, vous n'êtes pas beaux à voir ! dit-elle avec une expression de profond dégoût comme si elle regardait une procession de limaces au milieu de la salle. Quel ramassis de répugnants cancrelats vous faites !

Chacun eut le bon sens de rester silencieux.

– Ça me fait vomir, enchaîna-t-elle, de penser que me voilà obligée de supporter un ramassis de déchets pareils dans mon école pour les six années à venir. Pas de doute, il faudra que j'élimine le plus grand nombre possible d'entre vous dans les plus brefs délais si je ne veux pas finir à l'asile !

Elle s'interrompit et se mit à émettre une série de renâclements. C'était un bruit curieux. On entendait un peu la même chose en parcourant une écurie à l'heure du repas des chevaux.

– Je suppose, reprit-elle, que vos pères et mères vous trouvent merveilleux. Eh bien, moi, je suis là pour vous garantir le contraire et je vous conseille de me croire. Debout, tout le monde !

Tous les élèves se mirent debout avec précipitation.

– Maintenant, tendez les mains en avant et, pendant que je passerai devant vous, vous me les montrerez des deux côtés que je voie si elles sont propres.

Mlle Legourdin se mit à marcher à pas lents le long des pupitres alignés, inspectant les mains tendues. Tout se passa bien jusqu'au moment où elle arriva à la hauteur d'un petit garçon, au deuxième rang.

– Toi, comment tu t'appelles ? demanda-t-elle.

– Victor.

– Victor, quoi ?

– Victor Patte.

– Victor Patte, quoi ? hurla Mlle Legourdin.

Elle lui avait soufflé à la figure avec une telle force qu'elle faillit faire passer le petit bonhomme par la fenêtre.

– Ben, c'est tout, dit Victor, sauf si vous voulez mes autres prénoms.

C'était un gamin courageux et l'on voyait bien qu'il s'efforçait de réprimer la peur que lui inspirait la redoutable gorgone penchée sur lui.

– Je ne veux pas tes autres prénoms, vermine ! hurla la gorgone. Comment est-ce que je m'appelle, moi ?

– Mlle Legourdin, répondit Victor.

– Alors sers-toi de mon nom quand tu me parles ! Maintenant recommençons. Comment t'appelles-tu ?

– Victor Patte, Mlle Legourdin.

– C'est mieux, dit Mlle Legourdin. Tu as les mains sales, Victor. Quand les as-tu lavées pour la dernière fois ?

– Attendez que je réfléchisse, répondit Victor. Je ne me souviens pas très bien. Hier, peut-être... A moins que ce soit avant-hier.

Le corps et le visage de Mlle Legourdin parurent se dilater comme s'ils étaient gonflés par une pompe à bicyclette.

– Je le savais ! tonna-t-elle. Je le savais dès le début que tu n'étais qu'une raclure d'évier ! Qu'est-ce qu'il fait ton père ? Il est égoutier ?

– Il est docteur, répondit Victor. Et même un très bon docteur. Il dit que, de toute façon, nous sommes tellement couverts de petites bêtes qu'un peu plus ou un peu moins de crasse n'y change pas grand-chose.

– Heureusement que ce n'est pas le mien, de docteur, rétorqua

Mlle Legourdin. Et pourquoi, veux-tu me le dire, y a-t-il un haricot sur le devant de ta chemise ?

– Y en avait pour le déjeuner, Mlle Legourdin.

– Et, en général, c'est sur ta chemise que tu mets ton déjeuner, Victor ? C'est ça que t'a appris ton fameux docteur de père ?

– Les haricots, c'est pas facile à manger, Mlle Legourdin. Ils tombent toujours de ma fourchette.

– Répugnant ! vociféra Mlle Legourdin. Tu es un porteur de germes ambulant ! Je ne veux plus te voir aujourd'hui ! Va au coin, le nez au mur, debout sur une jambe.

– Mais… Mlle Legourdin.

– Ne discute pas avec moi, vermisseau, ou je t'oblige à te tenir sur la tête. Maintenant, obéis !

Victor s'exécuta.

– Et maintenant ne bouge plus, reprit-elle, pendant que je

t'interroge pour voir ce que tu as appris cette semaine. Et ne tourne pas la tête pour me répondre. Reste face au mur que je ne voie pas ta sale bobine. Maintenant épelle-moi le mot « hockey ».

– Lequel ? demanda calmement Victor. Celui qu'on joue avec une crosse ou celui qu'on a en avalant de travers ?

Il se trouvait que c'était un enfant particulièrement éveillé et auquel, à la maison, sa mère avait fait faire beaucoup de progrès en lecture.

– Celui qu'on joue avec une crosse, petit imbécile.

Victor épela le mot correctement, à la grande surprise de Mlle Legourdin. Elle croyait l'avoir collé avec un mot difficile qu'il n'avait pas encore appris, et son dépit n'en fut que plus grand de l'entendre donner une réponse exacte.

Là-dessus, Victor, toujours contre le mur en équilibre sur un pied, déclara :

– Mlle Candy nous a appris à épeler hier un nouveau mot très long.

– Et ce mot, c'est quoi ? demanda Mlle Legourdin d'une voix feutrée.

Plus sa voix s'adoucissait, plus grand était le danger, mais Victor refusait d'en tenir compte.

– « Difficulté », dit-il. Tout le monde dans la classe peut épeler « difficulté » aujourd'hui.

– Quelle sottise ! dit Mlle Legourdin. Vous n'êtes pas censés apprendre des mots comme ça avant huit ou neuf ans. Et toi, ne viens pas me raconter que tout le monde dans la classe peut épeler ce mot. Tu me dis des mensonges, Victor.

– Faites un essai, insista Victor, prenant des risques insensés. Avec n'importe qui.

Les yeux de la directrice, brillant d'un inquiétant éclat, se promenèrent sur l'ensemble de la classe.

– Toi, dit-elle pointant le doigt sur une petite fille à l'air borné du nom de Prudence, épelle le mot « difficulté ».

Étrangement, Prudence épela le mot sans faute et sans hésitation. Mlle Legourdin resta un instant médusée.

– Hmmmf ! fit-elle, méprisante. Et je suppose que Mlle Candy a perdu une heure de cours entière à vous apprendre à épeler un seul mot.

– Oh non ! répondit Victor d'une voix aiguë. Mlle Candy nous a appris le mot en trois minutes et nous ne l'oublierons jamais. Elle nous apprend des tas de mots en trois minutes.

– Et quelle est exactement cette méthode magique, Mlle Candy ? demanda la directrice.

– Je vais vous l'expliquer, claironna le valeureux Victor, venant au secours de Mlle Candy. Est-ce que je peux reposer mon autre pied et me retourner pour vous expliquer, s'il vous plaît ?

– Pas question ! aboya Mlle Legourdin. Garde la position et explique-moi.

– Très bien, dit Victor, vacillant sur sa jambe. Mlle Candy nous donne une petite chanson pour chaque mot ; nous la chantons tous ensemble et nous apprenons à épeler les mots en un rien de temps. Vous voulez entendre la chanson sur « difficulté » ?

– J'en serais ravie, déclara Mlle Legourdin d'une voix chargée de sarcasme.

– La voilà, dit Victor.

Mme D, Mme I, Mme FFI ;
Mme C, Mme U, Mme LTÉ.

Et voilà, ça fait « difficulté ».

– C'est grotesque ! aboya Mlle Legourdin. Pourquoi toutes ces femmes sont-elles mariées ? Et, d'ailleurs, vous n'avez pas à apprendre des poésies aux enfants quand vous les faites épeler. Qu'il n'en soit plus question à l'avenir.

– Mais cela permet de leur apprendre facilement quelques mots compliqués, murmura Mlle Candy.

– Ne discutez pas avec moi, Candy, tonna la directrice. Faites ce qu'on vous dit, c'est tout. Maintenant, je vais passer aux tables de multiplication et voir si vous leur avez appris quelque chose dans ce domaine.

Mlle Legourdin était revenue prendre sa place sur l'estrade, et son regard diabolique errait lentement sur les rangées de petits élèves.

– Toi aboya-t-elle, braquant l'index sur un petit garçon nommé Robert, au premier rang. Combien font 2 fois 7 ?

– 16, répondit Robert, étourdiment.

A pas comptés, Mlle Legourdin s'avança vers Robert, un peu comme une tigresse s'approchant d'une gazelle. Robert prit soudain conscience du danger qui le guettait et tenta un nouvel essai.

– Ça fait 18 ! cria-t-il. 2 fois 7 font 18.

– Espèce de limace ignare ! tonna Mlle Legourdin. Double zéro ! Âne bâté ! Triple buse !

Plantée juste devant Robert, elle tendit soudain vers lui une main de la taille d'une raquette de tennis et l'empoigna par les cheveux. Robert avait une abondante tignasse aux reflets dorés que sa mère, pleine d'admiration, ne pouvait pas se résoudre à sacrifier chez le coiffeur. Or Mlle Legourdin éprouvait la même aversion pour les cheveux longs chez les garçons que pour les jupes plissées et les nattes chez les filles, et elle allait en donner la preuve. Assurant sa prise sur la toison dorée de Robert de sa gigantesque main droite, elle tendit son bras musculeux, souleva le gamin sans défense au-dessus de sa chaise et le maintint, gigotant, en l'air.

Robert se mit à pousser des cris perçants. Il se tordait sur lui-même, se cambrait, ruait dans le vide, hurlait comme un cochon qu'on égorge tandis que Mlle Legourdin vociférait :

– 2 fois 7 14 ! 2 fois 7 14 ! Je ne te lâcherai pas avant que tu l'aies dit !

Du fond de la classe, Mlle Candy s'écria :

– Mlle Legourdin ! Je vous en prie. Reposez-le par terre ! Vous lui faites mal ! Ses cheveux risquent d'être arrachés !

– Et c'est ce qui va arriver s'il ne cesse pas de se trémousser ! grogna Mlle Legourdin. Tiens-toi tranquille, asticot !

Quelle extraordinaire vision offrait cette directrice colossale secouant à bout de bras le gamin qui se contorsionnait, tournoyait comme un pantin au bout d'un fil tout en continuant à hurler comme un possédé !

– Dis-le ! tonna de nouveau Mlle Legourdin. Dis-le que 2 fois 7 font 14 ! Dépêche-toi ou je te secoue jusqu'à ce que tes cheveux soient arrachés et qu'on puisse rembourrer mon canapé avec ! Allons, je t'écoute ! Dis-moi 2 fois 7 14 et je te laisse aller.

– Deux f… fois s… sept qua… quatorze, bégaya Robert.

Sur quoi, la directrice, fidèle à sa parole, ouvrit la main et laissa tomber sa victime. Le gamin, heurtant le sol, y rebondit comme un ballon de football.

– Relève-toi et cesse de geindre ! aboya Mlle Legourdin.

Robert se remit sur pied et regagna son pupitre en se massant le crâne à deux mains. Mlle Legourdin retourna à sa place en face des élèves. Les enfants étaient immobiles, comme hypnotisés. Aucun d'eux n'avait encore été témoin d'une scène pareille. C'était un spectacle prodigieux, bien supérieur aux marionnettes, mais avec une différence considérable : dans cette salle de classe évoluait une énorme bombe humaine susceptible d'exploser à tout moment et de volatiliser l'un ou l'autre de ses jeunes spectateurs. Les enfants gardaient les yeux rivés sur la directrice.

– Je n'aime pas les petits, déclara-t-elle brusquement. Les petits devraient toujours rester invisibles. Il faudrait les enfermer dans des boîtes comme des épingles ou des boutons. Vraiment, je ne comprends pas pourquoi les petits mettent si longtemps à grandir. Ma parole, ils le font exprès pour m'embêter !

Un autre gamin, d'une bravoure peu commune, assis au premier rang, se risqua à demander :

– Mais, Mlle Legourdin, vous avez sûrement été petite autrefois ?

– Je n'ai jamais été petite ! aboya la directrice. J'ai toujours été grande et je ne vois pas pourquoi les autres sont incapables d'en faire autant.

– Mais vous avez bien dû commencer par être un bébé, insista le petit garçon.

– Moi, un bébé ! hurla Mlle Legourdin. Comment oses-tu dire une chose pareille ! Quel toupet ! Quelle insolence ! Comment t'appelles-tu ? Et lève-toi pour me répondre !

Le petit garçon obéit.

– Je m'appelle Éric Lencre, Mlle Legourdin, dit-il.

– Éric, quoi ? brailla Mlle Legourdin.

– Lencre, répéta l'enfant.

– Quelle sottise ! Ce nom-là n'existe pas

– Regardez dans l'annuaire, dit Éric. Vous y trouverez mon père à « Lencre ».

– Bon, très bien, très bien. Tu es peut-être un Lencre, mais je te garantis une chose : tu n'es pas indélébile. Et j'aurai vite fait de t'effacer si tu essaies de faire le malin avec moi. Épelle-moi QUOI.

– Je ne comprends pas, dit Éric. Qu'est-ce que vous voulez que j'épelle ?

– Que tu épelles QUOI, idiot ! Le mot « quoi » !

– C.O.U.A., dit Éric, répondant trop vite.

Il y eut un long silence.

– Je te donne encore une chance, dit Mlle Legourdin sans bouger.

– Ah oui, je sais, dit Éric. C'est C.O.I., pas difficile.

En deux enjambées, Mlle Legourdin parvint derrière le pupitre d'Éric et s'y immobilisa comme une colonne menaçante dominant de sa masse le gamin éperdu. Éric jeta un coup d'œil anxieux par-dessus son épaule, vers le monstre.

– C'était bien ça, hein… balbutia-t-il.

– Non ! hurla la directrice, ce n'était pas ça ! Tu t'es trompé. Et si tu veux savoir, tu me fais l'effet d'être une de ces teignes purulentes qui font et feront toujours tout mal. Tu t'assieds mal ! Tu te tiens mal ! Tu parles mal ! Tout est mauvais chez toi ! Je te donne une dernière chance ! Épelle « quoi » !

Éric hésita. Puis très lentement, il déclara :

– Ce n'est pas C.O.U.A. ni C.O.I. Ah je sais, ça doit être K.O.I.T.

Campée derrière Éric, Mlle Legourdin avança les bras et saisit le gamin par les oreilles entre le pouce et l'index.

– Aïe ! cria Éric. Aïe ! Vous me faites mal !

– Je n'ai même pas commencé, ricana Mlle Legourdin.

Assurant alors sa prise sur les deux oreilles, elle souleva le gamin de sa chaise et le maintint en l'air devant elle.

Comme Robert avant lui, Éric se mit à pousser des hurlements de putois.

Du fond de la classe, Mlle Candy intervint à nouveau :

– Mlle Legourdin ! s'écria-t-elle. Arrêtez ! Lâchez-le, je vous prie ! Ses oreilles pourraient se déchirer !

– Elles ne risquent pas de se déchirer, riposta Mlle Legourdin. Ma longue expérience, Mlle Candy, m'a appris que les oreilles des petits garçons étaient solidement attachées à leur tête.

– Lâchez-le, je vous en prie, implora Mlle Candy. Vous pourriez réellement le blesser. Si jamais elles s'arrachaient…

– Les oreilles ne s'arrachent jamais ! hurla Mlle Legourdin. Elles s'étirent superbement comme elles le font maintenant, vous voyez, mais je vous garantis qu'elles ne vont pas se détacher !

Éric glapissait plus fort que jamais et pédalait frénétiquement dans le vide.

Matilda n'avait jamais vu jusque-là un petit garçon, ou toute autre créature vivante, suspendu par les oreilles. Comme Mlle Candy, elle était persuadée que, d'un instant à l'autre, avec tout le poids qu'elles supportaient, les oreilles d'Éric allaient se rompre.

La directrice continuait à vociférer.

– Ce mot « quoi » s'écrit Q.U.O.I. ! Maintenant, je t'écoute !

Éric n'hésita pas. Il avait appris en regardant Robert quelques instants plus tôt que plus vite on répondait, plus vite on était libéré.

– Q.U.O.I., s'égosilla-t-il. Quoi s'épelle Q.U.O.I.

Le tenant toujours par les oreilles, Mlle Legourdin le déposa sur sa chaise derrière son pupitre. Puis elle revint se planter en face de la classe, s'époussetant les mains comme si elle venait de les salir.

– Voilà comment on leur inculque le savoir, Mlle Candy, dit-elle. Croyez-moi, il ne suffit pas de leur dire les choses. Il faut les leur faire entrer de force dans la tête. Rien de tel que de les faire un peu danser en l'air pour stimuler leur mémoire et activer leur concentration d'esprit.

– Vous pourriez les handicaper pour la vie, Mlle Legourdin ! s'écria Mlle Candy.

– Oh, je n'en doute pas, répondit Mlle Legourdin en ricanant. C'est déjà arrivé. Les oreilles d'Éric se sont sûrement pas mal étirées en deux minutes. Elles seront nettement plus longues qu'avant. Mais quel mal à ça, je vous le demande ! Ça va lui donner une intéressante allure de lutin pour le reste de ses jours.

– Mais... Mlle Legourdin...

– Oh, taisez-vous, Candy ! Vous êtes aussi sotte que les autres. Si cet établissement ne vous convient pas, allez donc chercher un poste dans une de ces écoles privées de gosses de riches élevés dans du coton. Quand vous aurez enseigné aussi longtemps que moi, vous vous rendrez compte que ça ne vaut rien d'être gentil avec les enfants. Relisez *Nicholas Nickleby*, Mlle Candy, de M. Dickens. Rappelez-vous M. Wackford Squeers, l'admirable directeur de Dotheboys Hall. Il savait comment traiter ses petites brutes d'élèves, lui ! Il savait se servir des verges ! Il leur tenait l'arrière-train si bien au chaud qu'on aurait pu faire cuire dessus des œufs au bacon ! Voilà un bon livre ! Mais je ne pense pas que ce ramassis de bourriques le lira jamais car, à les voir, on peut penser que pas un ne sera jamais fichu de lire !

– Moi, je l'ai lu, dit Matilda d'un ton calme.

La tête de Mlle Legourdin pivota brusquement et la directrice lorgna avec attention la minuscule petite fille brune aux yeux marron assise au deuxième rang.

– Qu'est-ce que tu as dit ! demanda-t-elle sèchement.

– Je dis que je l'ai lu, Mlle Legourdin.

– Lu, quoi ?

– *Nicholas Nickleby*, Mlle Legourdin.

– Vous mentez, mademoiselle ! vociféra Mlle Legourdin, foudroyant Matilda du regard. Il est probable qu'aucun élève de l'école ne l'a lu et toi, microbe, dans la plus petite classe, tu me racontes un mensonge pareil ! Pourquoi ? Dis-le-moi. Tu me prends pour une idiote ou quoi, hein ?

– Eh bien… commença Matilda, puis elle s'arrêta.

Elle aurait aimé dire : « Et comment ! » mais c'eût été un pur suicide.

– Eh bien… reprit-elle, se refusant à dire « non ».

Mlle Legourdin devina ce que pensait l'enfant et n'en conçut aucun plaisir.

– Debout quand tu me parles ! aboya-t-elle. Comment t'appelles-tu ?

Matilda se leva et répondit :

– Je m'appelle Matilda Verdebois, Mlle Legourdin.

– Verdebois ? Tiens, alors tu dois être la fille du patron du garage Verdebois.

– Oui, Mlle Legourdin.

– C'est un escroc ! cria Mlle Legourdin. Il y a une semaine, il m'a vendu une voiture d'occasion en prétendant qu'elle était presque neuve. Sur le moment, je l'ai trouvée très bien. Mais, ce matin, pendant que je roulais dans le village, la boîte de vitesses est tombée sur la chaussée ! Elle était pleine de sciure de bois ! Cet individu est un voleur, un forban. Et j'aurai sa peau à cette crapule, je te le garantis !

– Il est doué pour les affaires, dit Matilda.

– Doué, mon œil ! s'exclama Mlle Legourdin. Mlle Candy prétend que, toi aussi, tu es douée ! Eh bien, ma petite, je n'aime pas les gens doués ! Ce sont tous des faux jetons. Et toi, tu es certainement faux jeton. Avant de me laisser rouler par ton père, il m'en a appris de belles sur la façon dont tu te conduisais chez toi ! Mais ici, à l'école, je te conseille de te tenir tranquille. A partir de maintenant je vais t'avoir à l'œil, compte sur moi ! Rassieds-toi et boucle-la.

14
Le premier miracle

Matilda se rassit à son pupitre. Mlle Legourdin alla s'installer à la table de la maîtresse. C'était la première fois qu'elle s'asseyait depuis le début de la classe. Elle tendit alors la main et se saisit du pichet d'eau. Tenant le récipient par la poignée, mais sans le soulever, elle déclara :

– Jamais je n'ai compris pourquoi les petits enfants étaient si répugnants. Ils m'empoisonnent l'existence. Ils sont comme des insectes. On devrait s'en débarrasser le plus vite possible ; on élimine bien les mouches avec des bombes insecticides et des papiers tue-mouches. J'ai souvent pensé à inventer une bombe pour éliminer les petits. Quelle merveille ce serait de pouvoir circuler dans la classe avec un aérosol géant et d'arroser toute cette vermine ! Ou, encore mieux, d'accrocher au plafond d'énormes bandes de papier tue-mouches. J'en mettrais partout dans l'école, vous vous y retrouveriez tous collés et on n'en parlerait plus ! Qu'est-ce que vous dites de ça, Mlle Candy ?

– Si c'est une plaisanterie, madame la directrice, je ne la trouve pas très drôle, dit Mlle Candy du fond de la classe.

– Ah, vraiment ! Mais ce n'est *pas* une plaisanterie. Pour moi, l'école parfaite, Mlle Candy, est celle où il n'y a pas d'enfants du tout. Un de ces jours, j'en ouvrirai une de ce genre. Je crois que ce sera une grande réussite.

« Cette femme est folle, songea Mlle Candy, c'est d'elle qu'il faudrait se débarrasser. »

Mlle Legourdin souleva alors le grand pichet de terre cuite bleue et versa un peu d'eau dans son verre. C'est alors, avec un *plop* mat, que le triton entraîné par le liquide fit un plongeon dans le verre.

Mlle Legourdin laissa échapper un glapissement et bondit comme si un pétard avait explosé sous sa chaise. Les enfants virent alors la longue créature à ventre jaune et semblable à un lézard qui tournoyait dans le verre et ils se mirent à leur tour à trépigner et à se contorsionner en criant :

– Ah la la ! Qu'est-ce que c'est ? Quelle horreur ! Un serpent ! Un bébé crocodile ! Un alligator !

– Attention, Mlle Legourdin, s'écria Anémone. Je parie qu'elle mord cette bête-là.

Mlle Legourdin, cette femme colossale, debout, avec sa culotte verte, tremblait comme une crème renversée. Que quelqu'un eût réussi à la faire bondir et crier ainsi alors qu'elle était si fière de son sang-froid la mettait dans une rage noire. Elle ne quittait pas des yeux l'étrange créature qui se tortillait dans son verre. Bizarrement, elle n'avait jamais vu de triton. L'histoire naturelle n'était pas son fort. Elle n'avait aucune idée de ce que pouvait être cette bestiole qui, en tout cas, n'avait rien de ragoûtant.

Avec lenteur, elle se rassit sur sa chaise. Peut-être n'avait-elle jamais paru aussi terrifiante qu'à cet instant. La haine et la fureur étincelaient dans ses petits yeux noirs.

– Matilda ! aboya-t-elle. Debout !

– Qui, moi ? dit Matilda. Qu'est-ce que j'ai fait ?

– Debout, petite blatte puante !

– Mais je n'ai rien fait, Mlle Legourdin. Sincèrement, jamais je n'ai vu une bête pareille !

– Debout tout de suite, cloporte !

A contrecœur, Matilda se mit sur ses pieds. Elle était au deuxième rang. Anémone, derrière elle, commençait à se sentir coupable. Elle n'avait jamais songé à causer des ennuis à son amie. D'un autre côté, elle n'allait certainement pas se dénoncer.

– Tu es une infecte, une abjecte, une méchante petite punaise ! hurla Mlle Legourdin. Tu n'as rien à faire dans cette école ! Derrière des barreaux, voilà où on devrait te mettre ! Je vais te faire expulser d'ici avec perte et fracas ! Te faire chasser dans les

couloirs par les surveillants avec des crosses de hockey ! On te ramènera chez toi sous bonne garde ! Et, ensuite, je veillerai à ce qu'on t'expédie dans une maison de correction où tu resteras jusqu'à quarante ans !

Mlle Legourdin était tellement hors d'elle que son visage avait pris la couleur du homard bouilli, et que les commissures de ses lèvres se frangeaient d'écume. Mais elle n'était pas la seule à perdre tout contrôle d'elle-même. Matilda aussi commençait à voir rouge. Être accusée d'un méfait qu'elle avait effectivement commis ne la choquait nullement. Ce n'était après tout que justice. Mais se voir chargée d'un crime dont elle était parfaitement innocente était pour elle une expérience aussi nouvelle qu'inacceptable. « Par tous les diables de l'enfer, se dit-elle, ce vieux crapaud de Legourdin ne va pas me fourrer cette histoire sur le dos ! »

– Ce n'est pas moi ! hurla-t-elle.

– Oh si, c'est toi ! rugit Mlle Legourdin. Personne d'autre que toi n'aurait pu penser à me jouer un pareil tour de cochon. Ton père avait bien raison de me mettre en garde.

La directrice avait perdu tout contrôle d'elle-même. Elle était en plein délire.

– C'est terminé pour toi dans cette école, ma petite ! hurla-t-elle. C'est terminé pour toi partout ! Je veillerai à ce qu'on t'enferme dans un trou où même les corbeaux ne pourront jamais te retrouver ! Tu ne reverras sans doute jamais la lumière du jour.

– *Puisque je vous dis que ce n'est pas moi !* s'époumona Matilda. Jamais de ma vie je n'ai vu une bête comme ça !

– Tu as... tu as... mis un... crocodile dans mon eau ! vociféra Mlle Legourdin. C'est le pire affront qu'on puisse faire à une directrice d'école ! Maintenant rassieds-toi et ne dis plus un mot. Allez, tout de suite !

– *Mais puisque je vous répète...* cria Matilda, refusant de se rasseoir.

– Je t'ai dit de te taire ! Si tu ne la boucles pas immédiatement et que tu ne t'assieds pas, j'enlève ma ceinture et je te corrige avec la boucle !

Lentement, Matilda se rassit. Oh, quelle infamie ! Quelle injustice ! Comment pouvait-on la chasser pour une faute dont elle était innocente ! Matilda sentait monter en elle une fureur intense... De plus en plus intense... Si intense qu'elle se sentait au bord d'une explosion interne. Quant au triton, il se démenait toujours au fond du verre d'eau. Il ne semblait pas à son aise. Sans doute le verre était-il trop petit pour lui.

Matilda ne quittait pas la directrice des yeux. Comme elle la haïssait ! Enfin, elle regarda le verre avec le triton dedans. Elle mourait d'envie de se lever, de marcher droit vers la table, de saisir le verre et d'en verser le contenu, eau et triton, sur la tête de Legourdin. Puis elle frémit en songeant à ce que pourrait lui faire la directrice si jamais elle passait aux actes.

Assise à la table de la maîtresse, Mlle Legourdin considérait avec un mélange d'horreur et de fascination le triton qui se tortillait dans son verre. Matilda, elle aussi, gardait les yeux rivés sur le verre. Et, peu à peu, elle fut envahie d'une sensation tout à fait extraordinaire, une sensation qui se localisait surtout dans les yeux. Une sorte d'électricité semblait s'y accumuler. Un pouvoir indéfinissable s'y concentrait, une force irrésistible s'amassait au fond de ses orbites. En même temps, elle avait l'impression qu'émanaient de ses yeux de minuscules éclairs, des ondes lumineuses instantanées. Ses globes oculaires devenaient brûlants comme si une immense énergie s'y développait. C'était une sensation totalement inconnue. Comme elle ne quittait toujours pas le verre des yeux, elle sentit la puissance qui les habitait se fractionner en un double rayonnement, s'intensifier jusqu'à ce que lui vînt le sentiment que des millions de minuscules bras invisibles avec des mains au bout lui jaillissaient des yeux visant le verre qu'elle ne cessait d'observer.

– *Renversez-le !* murmura Matilda. *Renversez-le !*

Elle vit le verre vaciller légèrement, d'un demi-centimètre peut-être, puis retomber sur sa base. Elle continua à le pousser de ses millions de petites mains invisibles, sentant les faisceaux d'énergie s'élancer des deux petits points noirs situés au cœur de ses iris.

– *Renversez-le !* murmura-t-elle de nouveau. *Renversez-le !*

Encore une fois le verre vacilla. Elle poussa plus fort, concentrant plus que jamais toute sa volonté. Alors, très lentement, si lentement que le mouvement était à peine perceptible, le verre commença à s'incliner, à pencher de plus en plus, jusqu'à ce qu'il s'immobilise en équilibre précaire sur l'extrême bord de sa base. Il oscilla quelques secondes dans cette position puis bascula et s'abattit avec un tintement clair sur la table. L'eau et le triton qui se tortillait de plus belle jaillirent sur Mlle Legourdin dont ils éclaboussèrent l'énorme giron. La directrice laissa échapper un glapissement qui dut faire vibrer toutes les vitres

de l'établissement et, pour la seconde fois en cinq minutes, elle bondit de sa chaise comme une fusée. Le triton se cramponnait désespérément au tissu de la robe auquel s'accrochaient ses petites pattes griffues. Mlle Legourdin baissa les yeux, vit l'animal agrippé sur sa poitrine et, hurlant de plus belle, elle expédia d'un revers de main la créature aquatique à travers la classe. Le triton atterrit à côté du pupitre d'Anémone qui, prestement, se pencha pour le récupérer et le remettre dans son plumier pour la prochaine occasion. « Un triton, se dit-elle, peut rendre bien des services. »

Mlle Legourdin, le visage plus congestionné que jamais, restait plantée devant les élèves, frémissant d'une fureur sans bornes. Son énorme poitrine se soulevait et s'abaissait au rythme de ses halètements et, sous la sombre tache d'humidité qui s'étalait sur sa robe, l'eau avait dû pénétrer jusqu'à sa peau.

– *Qui a fait ça ?* rugit-elle. *Allons ! Avouez ! Cette fois vous n'y couperez pas ! Qui est responsable de ce coup monté ? Qui a poussé ce verre ?*

Personne ne répondit. La classe resta silencieuse, comme une tombe.

– Matilda ! vociféra-t-elle. C'est toi ! Je sais que c'est toi !

Matilda, au deuxième rang, ne souffla mot. Un curieux sentiment de sérénité se répandait en elle et, soudain, elle songea que plus personne au monde ne pouvait lui faire peur. Par le seul pouvoir de ses yeux, elle avait réussi à renverser un verre d'eau et à en répandre son contenu sur l'horrible directrice et, pour quelqu'un capable d'un tel prodige, tout était possible.

– Parle donc choléra ! rugit Mlle Legourdin. Avoue que c'est toi !

Matilda soutint le regard enflammé de la géante en furie et répondit avec un calme parfait :

– Je n'ai pas bougé de mon pupitre depuis le début de la classe, Mlle Legourdin. C'est tout ce que je peux dire.

Subitement, tous les élèves parurent se liguer contre la directrice.

– Elle n'a pas bougé ! crièrent-ils. Matilda n'a pas bougé du tout ! Personne n'a bougé ! Vous avez dû le renverser vous-même !

– Je ne l'ai sûrement pas renversé ! vociféra Mlle Legourdin. Comment osez-vous dire une chose pareille ! Mlle Candy, parlez ! Vous avez dû voir quelque chose ! Qui a renversé mon verre ?

– Aucun des enfants, en tout cas, Mlle Legourdin, répondit Mlle Candy. Je peux vous garantir que pas un n'a bougé de sa place pendant tout le temps que vous étiez ici, à l'exception de Victor Patte qui est toujours dans son coin.

Mlle Legourdin jeta à Mlle Candy un regard mauvais. Mlle Candy ne cilla pas.

– Je vous dis la vérité, madame la directrice, reprit-elle, vous avez dû le renverser sans vous en rendre compte. Ce sont des choses qui arrivent…

– J'en ai plein le dos de votre ramassis de nabots ! rugit Mlle Legourdin. Je refuse de perdre une minute de plus de mon précieux temps ici !

Sur quoi, elle sortit à grands pas de la classe en claquant la porte derrière elle.

Dans le lourd silence qui suivit, Mlle Candy regagna sa place à sa table devant les élèves.

– Pfff ! fit-elle. Je crois que nous avons assez travaillé pour aujourd'hui, non ? La classe est finie. Vous pouvez sortir dans la cour de récréation et attendre que vos parents viennent vous chercher pour rentrer à la maison.

15
Le deuxième miracle

Matilda ne se joignit pas à ses camarades qui se pressaient pour sortir. Une fois tous les autres enfants partis, elle resta assise à son pupitre, immobile et songeuse. Elle savait qu'après l'extraordinaire affaire du verre d'eau il lui fallait parler à quelqu'un. Quelqu'un de confiance, adulte et compréhensif, qui l'aiderait à comprendre le sens et la portée d'un événement si fantastique.

Sa mère et son père, il n'y fallait pas songer. Si, par hasard, ils croyaient son histoire, ce qui était improbable, jamais la moindre lueur ne se ferait dans leurs esprits obtus quant à ses conséquences possibles. Non, le seul être auquel elle pouvait se confier – la chose allait de soi –, c'était Mlle Candy.

Précisément Matilda et Mlle Candy étaient les deux seules personnes restées dans la classe. Mlle Candy, qui feuilletait des papiers assise à sa table, leva les yeux et dit à Matilda :

– Eh bien, tu ne sors pas retrouver les autres ?

– Est-ce que je pourrais vous parler un instant ? demanda Matilda.

– Bien sûr. Quel est ton problème ?

– Il m'est arrivé quelque chose de très spécial, Mlle Candy.

Aussitôt, Mlle Candy dressa l'oreille. Depuis les deux affrontements qui l'avaient opposée, le premier à la directrice, le second aux abominables Verdebois, à propos de Matilda, elle avait beaucoup réfléchi à la petite fille en se demandant comment lui venir en aide.

Et maintenant, voici que Matilda, une singulière exaltation peinte sur le visage, sollicitait d'elle un entretien. Mlle Candy ne lui avait jamais vu des yeux aussi dilatés ni un regard aussi énigmatique.

– Eh bien, Matilda, dit-elle. Raconte-moi donc ce qui t'est arrivé.

– Mlle Legourdin ne va pas me chasser, dites ? demanda Matilda. Parce que ce n'est pas moi qui ai mis cette bestiole dans son pichet d'eau. Je vous en donne ma parole.

– Je le sais bien, dit Mlle Candy.

– Je vais être renvoyée, vous croyez ?

– Je ne pense pas, dit Mlle Candy. La directrice était seulement un peu surexcitée, voilà tout.

– Bien, dit Matilda, mais ce n'était pas de ça que je voulais vous parler.

– De quoi veux-tu me parler, Matilda ?

– Je veux vous parler du verre d'eau avec cette bestiole dedans, répondit Matilda. Vous l'avez vu se renverser sur Mlle Legourdin, n'est-ce pas ?

– Mais oui.

– Eh bien, Mlle Candy, je ne l'ai pas touché, je ne m'en suis même pas approchée.

– Je sais. Tu m'as entendue dire à la directrice que ça ne pouvait pas être toi.

– Ah, mais c'est moi justement, dit Matilda. C'est de ça que je voulais vous parler.

Mlle Candy marqua un temps d'arrêt et considéra attentivement l'enfant.

– Je crains de ne pas très bien te suivre, dit-elle.

– J'étais tellement en colère d'être accusée injustement que j'ai fait arriver le… l'accident.

– Tu as fait arriver quoi, Matilda ?

– J'ai fait tomber le verre d'eau.

– Je ne comprends pas ce que tu veux dire, dit Mlle Candy avec douceur.

– Je l'ai fait avec mes yeux, dit Matilda. J'ai fixé le verre en voulant qu'il se renverse. Je me suis sentie bizarre, mes yeux sont devenus brûlants, il en est sorti une espèce de force et le verre s'est renversé.

Mlle Candy continuait à dévisager calmement Matilda à travers ses lunettes cerclées de métal, et Matilda lui rendait son regard.

– Vraiment, je ne te suis pas très bien, reprit Mlle Candy. Tu veux dire que tu as donné l'ordre au verre de tomber ?

– Oui, répondit Matilda, avec mes yeux.

Mlle Candy resta un moment silencieuse. Elle ne croyait pas que Matilda essayait de lui mentir, mais plutôt qu'elle se laissait emporter par sa brûlante imagination.

– Tu veux dire que, assise à la place où tu es en ce moment, tu as dit au verre de tomber et qu'il s'est renversé ?

– Quelque chose comme ça, oui.

– Si jamais tu as fait ça, c'est le plus grand miracle qu'un être humain ait accompli depuis le temps de Jésus.

– Je l'ai fait, Mlle Candy.

« C'est extraordinaire, songea Mlle Candy, à quel point les petits enfants peuvent souvent être en proie à des sortes de délires imaginatifs comme celui-ci. » Elle décida d'y mettre un terme avec toute la douceur possible.

– Pourrais-tu recommencer ? demanda-t-elle avec un sourire.

– Je ne sais pas, répondit Matilda, mais je crois que je pourrais, oui.

Mlle Candy disposa le verre maintenant vide au milieu de la table.

– Veux-tu que je mette un peu d'eau dedans ? proposa-t-elle.

– Je pense, dit Matilda, que ça n'a pas d'importance.

– Très bien. Alors, vas-y et essaie de le faire tomber.

– Ça peut prendre un certain temps.

– Prends tout le temps que tu veux. Je ne suis pas pressée.

Matilda, toujours assise au deuxième rang, à trois mètres environ de l'institutrice, s'accouda sur son pupitre, le visage entre les mains et, cette fois, donna sans attendre l'ordre fatidique :

– *Renverse-toi, verre, renverse-toi !*

Mais ses lèvres ne bougèrent pas et il n'en sortit aucun son. Elle se contenta de crier à l'intérieur de sa tête. Puis elle concentra toute la force de son esprit et de sa volonté dans ses yeux et, de nouveau, mais beaucoup plus vite que la première fois, elle sentit l'afflux d'électricité qui s'accumulait avec son pouvoir mystérieux, puis une chaleur ardente s'irradia dans ses globes oculaires tandis que, par millions, de minuscules bras invisibles se tendaient en direction du verre. Toujours en silence, mais dans un grand cri intérieur, elle ordonna au verre de basculer. Elle le vit osciller, se balancer, puis tomber de côté en tintant sur la table à vingt centimètres à peine des bras croisés de Mlle Candy.

Bouche bée, Mlle Candy ouvrit des yeux si grands que tout le tour de l'iris apparut cerclé de blanc. Elle ne dit pas un mot. Elle en était incapable. Témoin d'un miracle, elle en restait pétrifiée. Penchée sur le verre, elle le contempla comme si elle avait sous les yeux un objet maléfique. Puis, lentement, elle leva la tête et regarda Matilda. L'enfant, blanche comme du papier, tremblait des pieds à la tête, les yeux rivés droit devant elle, ne voyant rien. Son visage était transfiguré : ses yeux ronds luisaient et elle restait là, immobile, figée sur sa chaise, muette, étrangement belle, murée dans son silence.

Mlle Candy, tremblant elle-même un peu, observait Matilda qui, très lentement, reprenait ses esprits. Puis, soudain, comme un déclic, son visage se mit à rayonner d'un calme angélique.

– Ça va bien, dit-elle avec un sourire. Ça va très bien, Mlle Candy. Ne vous inquiétez pas comme ça.

– Tu semblais si loin, murmura Mlle Candy, frappée de stupeur.

– Oui, j'étais très loin, envolée au-delà des étoiles sur des ailes d'argent, dit Matilda. C'était merveilleux.

Mlle Candy considérait toujours l'enfant, plongée dans un étonnement sans bornes, comme si elle assistait à la Création, au commencement du monde, au premier matin de l'univers.

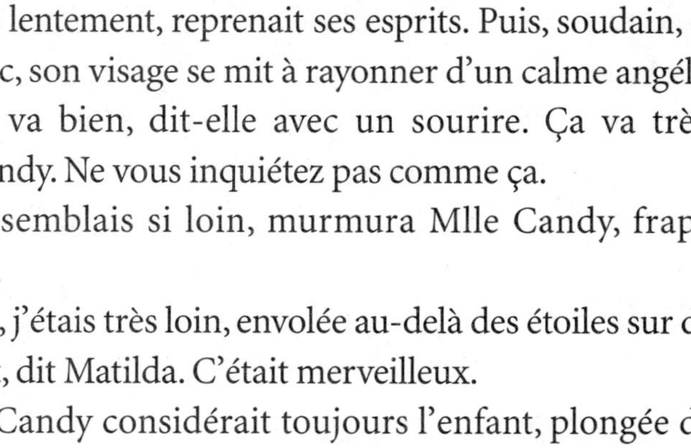

– C'est allé bien plus vite cette fois, dit tranquillement Matilda.

– Ce n'est pas possible ! fit Mlle Candy, le souffle coupé. Je n'y crois pas. Je ne peux pas y croire…

Elle ferma les yeux et les garda fermés un long moment et, lorsqu'elle les rouvrit, elle semblait avoir repris ses esprits.

– Veux-tu venir prendre une tasse de thé chez moi ? proposa-t-elle.

– Oh, j'adorerais ça, dit Matilda.

– Très bien. Rassemble tes affaires et on se retrouvera dehors dans deux minutes.

– Vous ne parlerez à personne de ce… de ce que j'ai fait, n'est-ce pas ?

– Cette idée ne m'effleurerait même pas, répondit Mlle Candy.

16
Chez Mlle Candy

Mlle Candy rejoignit Matilda devant la porte de l'école et toutes deux s'éloignèrent en silence le long de la grand-rue du village. Elles passèrent devant le marchand de primeurs avec sa vitrine pleine de pommes et d'oranges, devant la boucherie avec ses quartiers de viande saignante sur l'étal et les poulets plumés pendus, devant la banque, l'épicerie, la boutique d'électricité et, après les dernières maisons, elles se retrouvèrent sur l'étroite route de campagne presque déserte où ne circulaient que de rares voitures.

A présent qu'elles étaient seules, Matilda fut prise d'une animation frénétique. Il semblait qu'en elle une soupape eût éclaté, libérant d'énormes réserves d'énergie. Elle se mit à trotter à la hauteur de Mlle Candy par petits bonds élastiques et ses doigts voltigeaient en tous sens comme si elle voulait les disperser aux quatre vents, tandis que ses paroles fusaient, tel un feu d'artifice à une allure d'enfer. C'était Mlle Candy ceci, Mlle Candy cela…

– Mlle Candy, je crois que je pourrais faire bouger n'importe quoi au monde, et pas simplement renverser des verres ou des petits objets comme ça… Je pourrais renverser des tables et des chaises, Mlle Candy… Même avec des gens assis dessus, je pourrais les faire tomber et même des choses plus grosses, bien plus lourdes que des chaises et des tables… Je n'ai qu'à concentrer toutes mes forces dans mes yeux et ces forces je pourrais les projeter sur n'importe quoi pourvu que je regarde assez… assez fort. Il faut que je regarde très fort, Mlle Candy, très très fort, et alors je sens tout ce qui se passe derrière mes yeux, mes yeux qui deviennent brûlants, mais ça ne fait pas mal du tout, Mlle Candy, et ensuite…

– Calme-toi, mon petit, calme-toi, dit Mlle Candy. Ne nous montons pas trop vite la tête à propos de ce phénomène.

– Mais vous trouvez ça *intéressant*, n'est-ce pas, Mlle Candy ?

– Oh, c'est tout à fait intéressant. Et même plus qu'intéressant. Mais, à partir de maintenant, nous devons être de la plus grande prudence, Matilda.

– Pourquoi faut-il que nous soyons de la plus grande prudence, Mlle Candy ?

– Parce que nous jouons avec des forces mystérieuses, mon enfant, dont nous ne savons rien. Je ne crois pas qu'elles soient mauvaises. Peut-être même sont-elles bonnes et, qui sait, d'essence divine. Mais qu'elles le soient ou pas, il faut les manier avec précaution.

Ces sages paroles tombaient de la bouche d'un être aussi sage qu'averti, mais Matilda était trop exaltée pour s'en accommoder.

– Je ne vois pas pourquoi il faut être si prudentes, dit-elle en continuant de sautiller.

– J'essaie de t'expliquer, reprit Mlle Candy patiemment, que nous nous aventurons dans l'inconnu. C'est une chose inexplicable. Le mot exact est « phénomène ». Oui, il s'agit d'un phénomène.

– Je suis un phénomène, moi ? demanda Matilda.

– Ce n'est pas impossible, répondit Mlle Candy. Mais, pour l'instant, je préférerais que tu ne te poses pas trop de questions sur toi-même. Si tu veux mon avis, nous devrions explorer un peu plus ce phénomène, toutes les deux, mais en veillant à ne pas commettre d'imprudences inutiles.

– Vous voulez que je refasse un essai, Mlle Candy ?

– C'est un peu ce que j'allais te suggérer, dit-elle d'un ton circonspect.

– Chic, alors ! fit Matilda.

– Pour ma part, reprit Mlle Candy, je suis beaucoup plus désarçonnée que toi par ce que tu as fait, et je cherche des explications logiques.

– Par exemple ? demanda Matilda.

– Par exemple, je me demande s'il y a un lien entre ce don et ta précocité.

– Qu'est-ce que ça veut dire ce mot-là, ? demanda Matilda.

– Un enfant précoce, expliqua Mlle Candy, est un enfant qui montre une intelligence exceptionnelle, très en avance sur les autres. Et toi, tu es exceptionnellement précoce.

– Vraiment ? dit Matilda.

– Mais, bien sûr. Rends-toi compte. Tu sais lire. Tu sais compter…

– Vous avez peut-être raison, dit Matilda.

Mlle Candy était confondue et ravie par l'absence de prétention et de suffisance chez sa petite élève.

– Je ne peux pas m'empêcher de me demander, dit-elle, si ce soudain pouvoir de faire bouger un objet à distance que tu as reçu est en rapport avec les capacités de ton cerveau.

– Vous voulez dire qu'il n'y aurait pas assez de place dans ma tête pour toutes ces forces et qu'elles ont besoin d'en sortir malgré elles ?

– Non, pas tout à fait, répondit Mlle Candy avec un demi-sourire. Mais quoi qu'il arrive, je le répète, nous devons avancer avec prudence sur ce terrain. Je n'ai pas oublié cet étrange

rayonnement sur ton visage après que tu as renversé le verre pour la seconde fois.

– Vous pensez que ça pourrait vraiment me faire du mal, c'est ça que vous pensez, Mlle Candy ?

– Enfin, tu t'es sentie bizarre quand c'est arrivé, non ?

– Je me suis sentie merveilleusement bien, dit Matilda. Pendant un moment, j'ai volé au milieu des étoiles sur des ailes d'argent, je vous l'ai dit. Et puis, ce n'est pas tout, Mlle Candy. La seconde fois, ça a été beaucoup plus facile. Je crois que c'est comme tout le reste ; plus on s'exerce à quelque chose, moins on a de mal à le faire.

Mlle Candy marchait à pas lents afin que la petite fille n'ait pas à trottiner trop vite pour se maintenir à sa hauteur et elles continuèrent à cheminer paisiblement sur la route étroite au-delà du village. C'était un de ces après-midi dorés d'automne avec des haies chargées de mûres noires, de fils de la vierge, des aubépines aux baies rouges qui nourriraient les oiseaux l'hiver venu. Çà et là, de part et d'autre de la route, se dressaient de grands arbres,

chênes, sycomores, frênes et, de temps en temps, un châtaignier. Mlle Candy, souhaitant pour le moment changer de sujet, révéla à Matilda le nom de tous ces végétaux et lui apprit comment les reconnaître à la forme de leurs feuilles et au grain de leur écorce. Matilda enregistrait avec soin toutes ces connaissances nouvelles dans son esprit.

Elles atteignirent enfin une brèche dans la haie, sur le côté gauche de la route, où se trouvait une petite barrière.

– C'est là, dit Mlle Candy en ouvrant la barrière qu'elle referma après avoir laissé passer Matilda.

Elles suivirent une étroite allée de terre bordée de noisetiers et l'on distinguait dans leurs gaines vertes des grappes de noisettes fauves.

– Les écureuils viendront bientôt les récolter, dit Mlle Candy, et les engrangeront dans leurs cachettes pour les durs mois d'hiver à venir.

– Vous voulez dire que vous habitez ici ? demanda Matilda.

– Mais oui, répondit simplement Mlle Candy.

Matilda ne s'était jamais demandé où pouvait bien vivre Mlle Candy. Elle l'avait toujours purement et simplement considérée comme la maîtresse, une personne issue du néant qui faisait la classe puis s'évanouissait ensuite dans la nature. « Un seul d'entre nous, ses élèves, songea-t-elle, s'est-il jamais demandé où allait la maîtresse quand la journée d'école était finie ? Sommes-nous curieux de savoir si elle vit seule, ou si chez elle attend une mère, une sœur, un mari ? »

– Vous vivez toute seule, Mlle Candy ? demanda-t-elle.

– Oui, répondit Mlle Candy. Tout à fait.

Elles s'avançaient le long des ornières desséchées sur le sol terreux et devaient veiller à ne pas se tordre les chevilles. Quelques oiseaux voletaient dans les branches des noisetiers, mais c'était tout.

– C'est simplement une cabane d'employé de ferme, dit Mlle Candy. Ne t'attends à rien d'extraordinaire, surtout. Nous y sommes presque.

Elles atteignirent un nouveau petit portail vert à demi enfoui dans la haie, sur la droite, et presque caché par les branches de noisetiers. Mlle Candy posa une main sur le portail et dit :

– Voilà, c'est ici que j'habite.

Matilda vit un court sentier menant à une minuscule maisonnette de brique rouge. On eût dit plutôt la maison d'une poupée que la demeure d'un être humain. Les briques, très anciennes, étaient délitées et décolorées. Sur le toit d'ardoise se dressait une étroite cheminée, et deux petites fenêtres carrées s'ouvraient dans la façade. Il n'y avait ni étage ni grenier. Les deux côtés du sentier se hérissaient d'un impénétrable fouillis d'orties, de prunelliers et de longues herbes brunâtres. Un énorme chêne étendait son ombre par-dessus la cabane. Ses ramures immenses donnaient l'impression d'engloutir la frêle construction tout en la dissimulant peut-être au reste du monde.

Mlle Candy, une main posée sur le portail encore fermé, dit à Matilda :

– Un poète nommé Dylan Thomas a un jour écrit une poésie à laquelle je pense chaque fois que je remonte ce sentier.

Matilda attendit et Mlle Candy, d'une voix lente et mélodieuse, se mit à réciter le poème :

Jamais, jamais, ô mon amie qui voyage proche et lointaine,
Au pays des contes du coin du feu endormie par magie
Ne crois ou ne crains que le loup en blanc mouton déguisé
Sautillant et bêlant gaiement surgisse, Aimée, ma bien-aimée,
Hors d'un antre dans les amas de feuilles d'une année baignée de rosée
Pour dévorer ton cœur au fond du bois léger.

Il y eut un moment de silence et Matilda qui n'avait jamais entendu de grande poésie romantique murmura, très émue :

– C'est comme de la musique.

– C'est de la musique, dit Mlle Candy.

Puis, comme embarrassée d'avoir révélé une partie secrète d'elle-même, elle ouvrit le portail d'une poussée rapide et s'avança vers la maison. Derrière elle, Matilda se sentit prise de crainte. Le décor était si irréel, si fantastique, si étranger au monde terrestre ! On eût dit une illustration de Grimm ou d'Andersen. C'était la cabane où le pauvre bûcheron vivait avec Hansel et Gretel, où habitait la grand-mère du Petit Chaperon rouge, c'était aussi la maison des sept nains, des trois ours et de tant d'autres personnages imaginaires. Elle sortait droit d'un conte de fées.

– Viens, ma chérie, l'appela Mlle Candy, et Matilda la rejoignit.

La porte d'entrée était couverte d'une peinture verte écaillée et il n'y avait pas de serrure. Mlle Candy souleva simplement le loquet et entra. En dépit de sa petite taille, elle dut se pencher pour franchir le seuil. Matilda la suivit et crut qu'elle venait de pénétrer dans un étroit tunnel sans lumière.

– Tu peux venir à la cuisine et m'aider à faire le thé, dit Mlle Candy, et elle précéda Matilda le long du tunnel jusqu'à la cuisine.

En admettant qu'on pût utiliser ce mot, la pièce n'était guère plus grande qu'une armoire et il y avait au fond une petite fenêtre au-dessus d'un évier dépourvu de robinet. Contre un autre mur s'ancrait une tablette, sans doute pour préparer les repas. Au-dessus était accroché un petit placard. Sur la tablette étaient posés un réchaud Primus, une casserole et une demi-bouteille de lait. Un Primus est un petit réchaud de camping qui fonctionne au pétrole sous pression et qu'on alimente, une fois mis en marche, avec une pompe.

– Tu peux m'apporter un peu d'eau pendant que j'allume le

réchaud, dit Mlle Candy. Le puits est derrière la maison. Prends le seau. Il est là. Tu trouveras une corde au puits. Accroche le seau à la corde et descends-le dans le puits, mais fais attention de ne pas y tomber.

Matilda, plus étonnée que jamais, s'empara du seau et fit le tour de la maisonnette. Le puits était couvert d'un petit toit de bois équipé d'un simple rouleau à manivelle et la corde pendait dans un trou obscur. Matilda remonta la corde et accrocha au bout l'anse du seau, puis elle le laissa descendre jusqu'à ce qu'elle entendît un *plouf* sonore tandis que la corde mollissait entre ses doigts. Puis, tant bien que mal, elle hissa le seau chargé d'eau.

– Il y en a assez ? demanda-t-elle, en regagnant la maison.

– Ça ira, dit Mlle Candy. Tu n'avais sans doute jamais fait ça.

– Jamais, dit Matilda. C'est amusant. Comment remontez-vous assez d'eau pour votre bain ?

– Je ne prends pas de bain, dit Mlle Candy. Je me lave debout. Je remplis un seau d'eau, je le réchauffe sur le réchaud, je me déshabille et je me lave des pieds à la tête.

– Vous faites ça, c'est vrai ? demanda Matilda.

– Mais oui, bien sûr. Tous les pauvres, en Angleterre, se lavaient de cette façon il n'y a pas encore très longtemps. Et ils n'avaient pas de réchaud ; ils devaient chauffer l'eau sur le feu dans la cheminée.

– Vous êtes pauvre, Mlle Candy ?

– Oui, dit Mlle Candy, très pauvre. C'est un bon petit réchaud, n'est-ce pas ?

Le Primus ronflait avec une puissante flamme bleue et déjà, dans la casserole, l'eau commençait à bouillonner. Mlle Candy sortit une théière du placard et y mit une pincée de thé. Elle prit également une miche de pain marron, en coupa deux tranches puis, ouvrant une boîte en plastique pleine de margarine, en tartina le pain.

« De la margarine, pensa Matilda. Elle doit vraiment être pauvre. »

Mlle Candy se munit d'un plateau, y déposa deux gobelets, la demi-bouteille de lait et une soucoupe avec les tartines.

– Je crains de ne pas avoir de sucre, dit-elle, je n'en mange jamais.

– C'est très bien comme ça, dit Matilda.

Elle était assez raisonnable pour se rendre compte du délicat de la situation et veillait avec soin à ne rien dire qui pût embarrasser sa compagne.

– On va le prendre dans le salon, dit Mlle Candy en prenant le plateau et en quittant la cuisine par le petit tunnel obscur pour regagner la pièce de devant.

Matilda la suivit mais, sur le seuil du salon, elle s'arrêta, stupéfaite, ouvrant de grands yeux. La pièce était aussi exiguë et nue qu'une cellule de prison. La pâle lumière du jour qui l'éclairait venait d'une unique et étroite fenêtre sans rideaux. Il n'y avait pour mobilier que deux caisses de bois renversées qui servaient de sièges et une troisième qui tenait lieu de table. C'était tout. Pas une gravure aux murs, pas de tapis par terre ; un simple sol de planches brutes et disjointes où traînaient des moutons de poussière. Le plafond était si bas qu'en sautant Matilda l'aurait presque touché du bout des doigts. Les murs étaient blancs, mais d'une blancheur qui n'était pas celle de la peinture. Matilda y passa la main et sa paume se couvrit de poudre blanche. La pièce était simplement passée à la chaux comme une écurie, une étable ou un poulailler.

Matilda était atterrée. Était-ce vraiment dans cette masure que vivait sa maîtresse si propre et si soignée ? Était-ce là tout ce qui l'attendait lorsqu'elle rentrait de l'école après une journée de travail ? C'était incroyable. Et quelle était l'explication de ce dénuement ? Il existait sûrement quelque raison étrange à une telle misère.

Mlle Candy posa le plateau sur l'une des caisses retournées.

– Assieds-toi, mon enfant, assieds-toi, dit-elle, et nous allons boire une bonne tasse de thé. Sers-toi de pain. Les deux tartines sont pour toi. Je ne mange jamais rien en rentrant. Je prends un solide déjeuner à midi à l'école et ça me suffit jusqu'au lendemain matin.

Matilda se percha avec précaution sur l'une des caisses et, par politesse plutôt que pour toute autre raison, prit une des tartines

de margarine et se mit à la manger. Chez elle, il y aurait eu sans doute sur son pain du beurre et de la confiture de fraises sans compter une tranche de cake pour conclure son goûter. Et pourtant ce thé si modeste lui donnait bien plus de plaisir. Un mystère entourait cette maison, un grand mystère, cela ne faisait pas de doute, et Matilda rêvait de l'élucider.

Mlle Candy servit le thé et ajouta un peu de lait dans les deux gobelets. Elle ne semblait nullement gênée d'être là assise sur une caisse retournée dans une pièce nue à boire du thé dans un gobelet posé sur son genou.

– Tu sais, dit-elle, j'ai beaucoup réfléchi à ce que tu as fait avec ce verre. C'est un très grand pouvoir qui t'a été donné, le sais-tu ?

– Oui, Mlle Candy, je le sais, répondit Matilda, mastiquant sa tartine de margarine.

– A ma connaissance, poursuivit Mlle Candy, personne dans l'histoire du monde n'a jamais été capable de déplacer un objet sans le toucher, souffler dessus ou utiliser une aide extérieure.

Matilda hocha la tête sans répondre.

– Ce qui serait fascinant, continua Mlle Candy, ce serait de connaître les limites véritables de ton pouvoir. Oh, je sais que tu te crois capable de faire bouger n'importe quoi, mais là-dessus j'ai des doutes.

– J'aimerais essayer avec quelque chose de réellement très grand, dit Matilda.

– Et la distance ? Faudrait-il toujours que tu sois près de l'objet pour le remuer ? Je me le demande…

– Ça, je n'en sais rien, répondit Matilda, mais ce serait bien amusant de le découvrir.

17
Ce que raconta Mlle Candy

– Ne nous pressons pas trop, dit Mlle Candy. Et buvons encore une tasse de thé. Et toi, mange l'autre tartine. Tu dois avoir faim.

Matilda prit la seconde tranche de pain et se mit à la manger sans hâte. La margarine n'était pas si mauvaise. Peut-être même n'aurait-elle rien remarqué si elle n'avait pas été prévenue.

– Mlle Candy, demanda-t-elle brusquement, vous êtes très mal payée à l'école ?

Mlle Candy lui lança un regard aigu.

– Pas trop mal, répondit-elle. Je reçois à peu près la même chose que les autres.

– Mais ça doit tout de même être très peu pour que vous soyez aussi pauvre, dit Matilda. Tous les autres professeurs vivent aussi comme ça, sans meubles, sans fourneau, ni salle de bains ?

– Non, non, répondit Mlle Candy d'un ton crispé. Il se trouve que je suis l'exception.

– Sans doute aimez-vous vivre d'une façon très simple, insista Matilda. Le ménage doit être bien plus facile. Vous n'avez pas de meubles à astiquer ni tous ces bibelots stupides qu'il faut épousseter tous les jours. Et je suppose que, puisque vous n'avez pas de réfrigérateur, vous n'êtes pas obligée d'acheter tout un tas de produits comme des œufs, de la mayonnaise ou des glaces pour le remplir. Ça doit vous éviter une foule de commissions.

A cet instant, Matilda remarqua que le visage de Mlle Candy s'était contracté et avait pris une expression très particulière. Une sorte de rigidité s'était emparée de tout son corps. Les épaules raidies, les lèvres serrées, les deux mains crispées sur son gobelet de thé, elle en regardait fixement le fond comme à la recherche de réponses aux questions faussement innocentes de Matilda. Un long silence un peu pesant s'ensuivit. En trente secondes, l'atmosphère avait complètement changé dans la petite pièce, alourdie d'un malaise chargé de secrets.

– Excusez-moi de vous avoir posé ces questions, Mlle Candy. Je me mêle de ce qui ne me regarde pas.

Sur cette réflexion, la jeune femme parut redevenir elle-même. Elle secoua les épaules et, d'un geste délicat, reposa son gobelet sur le plateau.

– Pourquoi ne me poserais-tu pas ces questions ? dit-elle. C'était inévitable. Tu es trop avisée pour ne pas t'en poser toi-même. D'ailleurs, peut-être avais-je envie que tu me les poses. Peut-être est-ce pour cette raison que je t'ai invitée chez moi.

En fait, tu es la première visite que je reçois ici depuis que je m'y suis installée il y a deux ans.

Matilda resta silencieuse. Elle sentait une sorte de tension monter dans la minuscule pièce.

– Tu as une intelligence tellement au-dessus de ton âge, reprit Mlle Candy, que je n'en reviens pas. Tu as l'air d'une petite fille mais avec l'esprit et la faculté de raisonnement d'un adulte. Nous pourrions peut-être donc t'appeler une enfant-femme, si tu vois ce que je veux dire.

Matilda continua à garder le silence, attendant la suite.

– Jusqu'à maintenant il m'a été impossible de parler à qui que ce soit de mes problèmes. J'aurais été par trop gênée et puis le courage me manquait. Le peu que je pouvais avoir a été anéanti dans ma jeunesse. Mais maintenant, tout à coup, me voilà prise d'une envie désespérée de tout dire à quelqu'un. Tu n'es qu'une toute petite fille, je le sais, mais il y a en toi une sorte de pouvoir magique, je l'ai constaté de mes propres yeux.

Matilda soudain dressa l'oreille. La voix qu'elle entendait appelait à l'aide, c'était indiscutable.

– Bois encore un peu de thé, je crois qu'il en reste une goutte.

Matilda hocha la tête.

Mlle Candy servit le thé dans les deux gobelets et ajouta du lait. De nouveau, elle prit le gobelet à deux mains et se mit à boire à petites gorgées.

Après un silence prolongé, elle demanda

– Je peux te raconter une histoire ?

– Bien sûr, dit Matilda.

– J'ai vingt-trois ans, commença Mlle Candy. Quand je suis née, mon père était docteur dans ce village. Nous avions une jolie maison, une grande maison de brique rouge. Elle est cachée dans les bois derrière la colline. Je ne pense pas que tu la connaisses.

Matilda ne répondit pas.

– Je suis née là-bas, continua Mlle Candy ; et alors s'est passée la première tragédie : ma mère est morte quand j'avais deux ans. Mon père qui était surchargé de travail avait besoin de quelqu'un pour tenir la maison et s'occuper de moi. Il a donc invité la sœur de ma mère, ma tante, à venir s'installer chez nous. Elle a accepté et elle est venue. Elle n'était pas mariée.

Matilda écoutait avec une extrême attention.

– Quel âge avait votre tante quand elle est venue chez vous ? demanda-t-elle.

– Elle n'était pas vieille, dit Mlle Candy. Un peu plus de trente ans, je pense. Mais je l'ai détestée tout de suite. Ma mère me manquait horriblement. Et ma tante n'était pas gentille du tout. Mon père ne s'en rendait pas compte parce qu'il n'était presque jamais là ; et, quand il faisait une apparition, elle changeait tout à fait d'attitude.

Mlle Candy but une gorgée de thé avant d'ajouter

– Je me demande pourquoi je te raconte tout ça...

– Continuez, dit Matilda. Je vous en prie.

– Bon, dit Mlle Candy. Alors est arrivée la deuxième tragédie : quand j'avais cinq ans, mon père est mort subitement. Un jour, il était là, comme d'habitude, et le lendemain... disparu. Je me suis retrouvée seule avec ma tante. Elle est devenue ma tutrice légale. Elle avait sur moi tous les droits parentaux. Et, d'une façon que j'ignore, elle est devenue propriétaire de la maison.

– Comment votre père est-il mort ? s'enquit Matilda.

– Tu as raison de me demander ça, dit Mlle Candy. J'étais bien trop jeune à l'époque pour me poser la question, mais je me suis rendu compte depuis qu'il y avait bien des côtés mystérieux à cette mort.

– Personne ne vous a jamais raconté comment c'était arrivé ? demanda Matilda.

– Pas vraiment, répondit Mlle Candy d'un ton hésitant.

Tu comprends, il était difficile de croire qu'il avait fait une chose pareille… C'était un homme très équilibré et solide.

– Fait quoi ? demanda Matilda.

– Se suicider…

– C'est vrai ? Il s'est… dit Matilda, atterrée.

– Du moins, on pouvait croire à un suicide, dit Mlle Candy. Mais qui sait ?

Elle haussa les épaules et détourna la tête pour regarder par la petite fenêtre.

– Je sais ce que vous pensez, dit Matilda. Vous pensez que votre tante l'a tué et s'est arrangée pour qu'on croie qu'il s'est suicidé.

– Je ne pense rien, répondit Mlle Candy. Il ne faut jamais avoir des pensées comme celles-là sans preuve.

Un long silence plana sur la petite pièce. Matilda remarqua que les mains de Mlle Candy, crispées sur son gobelet, tremblaient légèrement.

– Qu'est-ce qui est arrivé ensuite ? demanda-t-elle. Qu'est-ce qui s'est passé quand vous vous êtes retrouvée seule avec votre tante ? Elle n'a pas été gentille avec vous ?

– Gentille ? C'était un démon. Dès que mon père n'a plus été là, elle est devenue un être épouvantable ! Ma vie fut un cauchemar.

– Qu'est-ce qu'elle vous a fait ?

– Je ne veux pas en parler. C'est trop horrible. Mais à la fin j'avais tellement peur d'elle que, dès qu'elle entrait dans la pièce où j'étais, je me mettais à trembler. Comprends bien que je n'avais pas un caractère aussi affirmé que le tien. J'étais très timide et effacée.

– Vous n'aviez pas d'autres parents ? Des oncles, des tantes, une grand-mère pour venir vous voir.

– Pas que je sache. Ils étaient tous morts ou partis pour l'Australie.

– Vous avez donc grandi seule dans cette maison avec votre tante, dit Matilda. Mais vous avez bien dû aller à l'école ?

– Bien sûr, dit Mlle Candy. Je suis allée à la même école que celle où tu es maintenant. Mais j'habitais à la maison.

Mlle Candy se tut et regarda le fond de son gobelet vide.

– Je crois que ce que j'essaie de t'expliquer, reprit-elle, c'est qu'au long des années j'ai été à tel point écrasée, dominée par cette tante monstrueuse qu'au moindre ordre qu'elle me donnait j'obéissais instantanément. Ce sont des choses qui arrivent, tu comprends. Et quand j'ai eu dix ans, j'étais devenue son esclave. Je faisais le ménage, lui faisais son lit, lavais et repassais le linge, faisais la cuisine. J'ai appris à tout faire.

– Mais, enfin, vous auriez bien pu vous plaindre à quelqu'un.

– A qui ? dit Mlle Candy. Et, de toute façon, j'étais bien trop terrifiée pour me plaindre. Je te le répète, j'étais son esclave.

– Elle vous battait ?

– N'entrons pas dans les détails, ça n'en vaut pas la peine.

– Mais c'est horrible, dit Matilda. Vous pleuriez beaucoup ?

– Quand j'étais toute seule, oui. Je n'avais pas le droit de pleurer devant elle. Je vivais dans la peur perpétuelle.

– Qu'est-ce qui s'est passé quand vous avez quitté l'école ? demanda Matilda.

– J'étais une brillante élève, dit Mlle Candy. J'aurais facilement pu entrer à l'université, mais il n'en était pas question.

– Pourquoi donc, Mlle Candy ?

– Parce que je devais rentrer faire mon travail à la maison.

– Alors, comment êtes-vous devenue professeur ?

– Il y a un centre de formation d'enseignants à Reading, dit Mlle Candy. Ce n'est qu'à quarante minutes d'ici en car. J'ai eu le droit d'y aller à condition d'être rentrée tous les après-midi pour le lavage, le repassage, le ménage et la préparation du dîner.

– Vous aviez quel âge à ce moment-là ?

– Quand je suis entrée au centre, j'avais dix-huit ans.

– Vous auriez pu faire votre valise et vous en aller pour toujours, dit Matilda.

– Pas à moins d'avoir un travail, répondit Mlle Candy. Et, ne l'oublie pas, j'étais à tel point sous la domination de ma tante que jamais je n'aurais osé. Tu ne peux pas imaginer ce que c'est que d'être sous la coupe d'une personnalité aussi redoutable. Tu te retrouves comme une chiffe molle. Eh bien, voilà : je t'ai raconté la triste histoire de ma vie. Et, maintenant, j'ai assez parlé.

– Je vous en prie, ne vous arrêtez pas, dit Matilda. Vous n'avez pas terminé. Comment vous êtes-vous débrouillée pour lui échapper en fin de compte et venir vivre dans cette drôle de petite maison ?

– Ah, ça, c'est une autre affaire, dit Mlle Candy. Et j'en suis assez fière !

– Racontez-moi, dit Matilda.

– Voyons… Quand j'ai eu mon diplôme d'enseignante, ma tante m'a dit que je lui devais beaucoup d'argent. Je lui ai demandé pourquoi. Elle m'a répondu : « Parce que je t'ai nourrie pendant toutes ces années, que je t'ai acheté tes souliers et tes vêtements ! » Elle m'a dit que le total faisait des milliers de livres et que je devais la rembourser en lui donnant mon salaire pendant les dix années à venir. « Je te donnerai une livre par semaine d'argent de poche, m a-t-elle dit. Tu n'auras rien de plus. » Elle s'est même arrangée avec la direction de l'école pour que mon salaire soit directement versé à sa banque. Elle m'a fait signer un papier.

– Vous n'auriez pas dû faire ça, dit Matilda, votre salaire, votre seule chance de liberté !

– Je sais, je sais, dit Mlle Candy. Mais j'avais été son esclave presque toute ma vie et je n'ai pas eu le courage ou l'audace de dire non. Je restais toujours paralysée de terreur devant elle. Elle pouvait me faire beaucoup de mal.

– Alors, comment avez-vous réussi à lui échapper ? demanda Matilda.

– Ah ça, dit Mlle Candy, souriant pour la première fois depuis le début de son récit. Ça s'est passé il y a deux ans. Et ça a été mon plus grand triomphe !

– Oh, racontez-moi, s'il vous plaît, dit Matilda.

– J'avais l'habitude de me lever très tôt et d'aller faire un tour à pied pendant que ma tante dormait encore. Un jour, je suis tombée sur ce petit cottage. Il était vide… J'ai trouvé qui en était le propriétaire : un fermier. Je suis allée le voir. Les fermiers, eux aussi, se lèvent très tôt. Il était en train de traire ses vaches. Je lui ai demandé s'il voulait me louer sa cabane. « Vous ne pouvez pas vivre là-dedans ! s'est-il écrié. Il n'y a aucun confort, pas d'eau courante, rien. » « J'ai envie d'y habiter, lui ai-je dit. Je suis romantique. J'ai eu le coup de foudre pour cette maison. Je vous en prie louez-la-moi. » « Vous êtes folle, m'a-t-il répondu. Enfin, puisque vous insistez, ça vous regarde. Le loyer sera de dix pence par semaine. » « Voici un mois de loyer d'avance, lui ai-je dit en lui donnant quarante pence. Et merci de tout cœur ! »

– Super ! s'écria Matilda. Alors, tout d'un coup, vous voilà avec une maison bien à vous ! Mais comment avez-vous trouvé le courage de prévenir votre tante ?

– Cela a été très dur. Un soir, après lui avoir préparé son dîner, je suis montée ranger quelques affaires dans une boîte en carton, puis je suis redescendue en annonçant que je m'en allais.

« J'ai loué une maison », ai-je dit. Ma tante a explosé : « Loué une maison ! a-t-elle hurlé. Comment peux-tu louer une maison quand tu n'as qu'une livre par semaine ? » « Je me suis débrouillée », ai-je répondu. « Et comment vas-tu payer ta nourriture ? » « Je m'arrangerai », ai-je murmuré et je suis sortie en courant.

– Bravo ! s'écria Matilda. Alors vous étiez enfin libre !

– J'étais enfin libre, oui, dit Mlle Candy, et tu ne peux pas savoir comme c'était merveilleux !

– Mais vous avez vraiment réussi à vivre ici avec une livre par semaine pendant deux ans ? demanda Matilda.

– Certainement, répondit Mlle Candy. Je paie dix pence de loyer et le reste sert à m'acheter le pétrole pour le réchaud et pour ma lampe, un peu de lait, de thé, de pain et de la margarine, c'est tout ce dont j'ai besoin. Et comme je te l'ai dit, à midi à l'école, je fais un repas substantiel.

Matilda fixa sur elle de grands yeux. Quel merveilleux acte de courage de la part de Mlle Candy qui, soudain, acquit la stature d'une héroïne dans l'esprit de Matilda.

– Mais est-ce que vous n'avez pas terriblement froid l'hiver ? demanda-t-elle.

– J'ai un petit radiateur à pétrole. Tu serais étonnée de voir comme la maison est confortable.

– Vous avez un lit, Mlle Candy ?

– Eh bien, pas exactement, dit Mlle Candy, souriant à nouveau, mais il paraît que c'est très sain de dormir sur une surface dure.

Subitement, Matilda eut parfaitement conscience de la situation : Mlle Candy avait besoin d'aide ; elle ne pouvait pas continuer à subsister ainsi indéfiniment.

– Vous vous en tireriez beaucoup mieux si vous abandonniez votre travail, Mlle Candy, et si vous vous inscriviez au chômage.

– Jamais je ne ferai une chose pareille ! protesta Mlle Candy. J'adore enseigner !

– Cette horrible tante, reprit Matilda, je suppose qu'elle vit toujours dans votre jolie vieille maison.

– Bien sûr ! Elle n'a que cinquante ans. Elle est encore là pour longtemps.

– Et vous croyez que votre père voulait qu'elle devienne propriétaire de la maison ?

– Je suis tout à fait sûre du contraire, dit Mlle Candy. Les parents accordent souvent à un tuteur le droit d'occuper la maison pendant un certain temps mais elle continue presque toujours d'appartenir à l'enfant qui en hérite quand il devient plus grand.

– Alors, cette maison est sûrement à vous ? demanda Matilda.

– On n'a jamais trouvé le testament de mon père ; il semble qu'il ait été détruit par quelqu'un.

– Inutile de demander par qui.

– Inutile, en effet.

– Mais s'il n'y a pas de testament, alors cette maison doit vous revenir automatiquement. Vous êtes la plus proche parente.

– Je sais, dit Mlle Candy, mais ma tante a produit un papier, paraît-il écrit par mon père, disant qu'il laissait la maison à sa belle-sœur en remerciement du dévouement avec lequel elle s'était occupée de moi. Je suis sûre que c'est un faux. Mais personne ne peut le prouver.

– Vous ne pourriez pas essayer ? dit Matilda. Si vous preniez un bon avocat pour intenter un procès ?

– Je n'ai pas l'argent nécessaire. Et rappelle-toi que cette tante est une personne éminemment respectée dans notre communauté. Elle a une grosse influence.

– Qui est-ce ? demanda Matilda.

Mlle Candy hésita un moment. Puis elle déclara d'une voix douce :

– Mlle Legourdin.

18
Matilda a une idée

– Mlle Legourdin ! s'écria Matilda, sautant comme un ressort. Vous voulez dire que c'est votre tante ? C'est elle qui vous a élevée ?

– Oui, répondit Mlle Candy.

– Pas étonnant qu'elle vous ait terrifiée ! s'exclama Matilda. L'autre jour, nous l'avons vue attraper une fille par ses nattes et la projeter par-dessus la barrière du terrain de jeu.

– Tu n'as encore rien vu, dit Mlle Candy. Après la mort de mon père, quand j'avais cinq ans et demi, elle me faisait prendre mon bain toute seule. Et puis elle venait voir si j'étais propre et, quand elle jugeait que je ne m'étais pas bien lavée, elle m'enfonçait la tête sous l'eau. Mais ne me laisse pas me lancer sur ce chapitre. Parler de tout ce qu'elle a pu faire ne servirait à rien.

– Non, dit Matilda. A rien.

– Nous sommes venues ici pour parler de toi, dit Mlle Candy, et je n'ai pas cessé de parler de moi. Je me sens stupide. Ce qui m'intéresse vraiment, c'est de savoir ce que tu es capable de faire avec ces yeux extraordinaires.

– Je peux faire bouger des objets. Je sais que je le peux. Je peux les renverser.

– Que dirais-tu, proposa Mlle Candy, de tenter quelques expériences prudentes pour voir jusqu'à quel point tu peux faire bouger et renverser les choses ?

– Si ça ne vous fait rien, répondit Matilda à la grande surprise de Mlle Candy, j'aimerais mieux pas. Je préférerais rentrer chez moi maintenant et réfléchir à tout ce que j'ai appris cet après-midi.

Mlle Candy se leva aussitôt.

– Naturellement, dit-elle, je t'ai gardée ici trop longtemps. Ta mère va commencer à s'inquiéter…

– Ça ne risque pas d'arriver, dit Matilda avec un sourire. Mais j'aimerais quand même rentrer chez moi, si vous le permettez.

– Alors, allons-y. Je suis désolée de t'avoir offert un aussi mauvais goûter.

– Mais pas du tout, protesta Matilda. C'était merveilleux !

Toutes deux regagnèrent la maison de Matilda dans un profond silence. Mlle Candy sentait que tel était le désir de la petite fille. L'enfant semblait tellement perdue dans ses pensées qu'elle regardait à peine où elle marchait et, lorsqu'elles eurent atteint la barrière de la maison des Verdebois, Mlle Candy dit à Matilda :

– Je te conseille d'oublier tout ce que je t'ai raconté cet après-midi.

– Je ne peux pas vous le promettre, dit Matilda, mais je vous promets de ne jamais en parler à personne, pas même à vous.

– Je crois que ce serait sage de ta part, approuva Mlle Candy.

– Mais je ne promets pas de ne plus y penser, malgré tout, rectifia Matilda. Je n'ai pas cessé d'y réfléchir depuis que nous avons quitté votre maison et il me semble que j'ai une petite idée en tête.

– Il ne faut pas, dit Mlle Candy. Je t'en prie, oublie toute cette histoire.

– J'aimerais vous poser trois dernières questions avant de

cesser d'en parler, dit Matilda. Voulez-vous y répondre, s'il vous plaît, Mlle Candy ?

Mlle Candy lui sourit. C'était incroyable, songea-t-elle, la façon dont ce petit bout de bonne femme semblait soudain prendre en charge tous ses problèmes et avec quelle autorité !

– Eh bien, dit-elle, cela dépend de tes questions.

– Voici la première, dit Matilda. Comment Mlle Legourdin appelait-elle votre père quand ils étaient ensemble à la maison ?

– Elle l'appelait Magnus, j'en suis certaine. C'était son prénom.

– Et comment votre père, lui, appelait-il Mlle Legourdin ?

– Son prénom est Agatha. C'est sûrement comme cela qu'il l'appelait.

– Et, enfin, reprit Matilda, comment votre père et Mlle Legourdin vous appelaient-ils, vous, à la maison ?

– Ils m'appelaient Jenny, répondit Mlle Candy.

Matilda récapitula les trois réponses.

– Voyons, que je sois sûre de ne pas me tromper, dit-elle.

A la maison votre père était Magnus, Mlle Legourdin Agatha et vous Jenny. C'est bien ça ?

– Tout à fait, dit Mlle Candy.

– Merci, dit Matilda. Et, maintenant, je ne parlerai plus du tout de cette histoire.

Mlle Candy se demandait quelles idées pouvaient bien trotter par la tête de cette petite fille.

– Surtout ne fais pas de bêtises, dit-elle.

Matilda se mit à rire, courut jusqu'à la porte de la maison et lança du perron :

– Au revoir, Mlle Candy. Et merci beaucoup pour le thé.

19
Matilda s'entraîne

Matilda trouva la maison vide comme d'habitude. Son père n'était pas encore rentré du travail, sa mère jouait encore au loto et son frère pouvait traîner n'importe où. Elle alla droit au salon et ouvrit le tiroir de la commode, où elle savait que son père rangeait sa boîte de cigares. Elle en prit un, l'emporta jusqu'à sa chambre où elle s'enferma.

« Maintenant, exerçons-nous, se dit-elle. Ça va être difficile mais je suis bien décidée à réussir. »

Le plan qu'elle avait conçu pour venir en aide à Mlle Candy prenait petit à petit forme dans son esprit. Elle en avait prévu presque tous les détails mais la réussite finale dépendait d'une action décisive reposant sur le pouvoir de ses yeux. Elle se savait incapable de l'accomplir dans l'immédiat mais ne doutait pas, en y consacrant assez d'efforts, en s'entraînant assez assidûment, d'atteindre le but qu'elle s'était fixé. Le cigare jouait un rôle essentiel. Peut-être était-il un peu plus épais qu'elle ne l'aurait souhaité mais il avait le poids voulu. Pour s'exercer, c'était l'accessoire idéal.

Il y avait dans la chambre de Matilda une petite coiffeuse avec dessus sa brosse, son peigne et deux livres de la bibliothèque. Elle repoussa ses objets de côté et posa le cigare au milieu de la tablette, puis elle alla s'asseoir à l'extrémité de son lit. Elle se trouvait maintenant à trois mètres environ du cigare.

Elle s'installa confortablement et commença à se concentrer. Et très vite, cette fois, elle sentit l'électricité affluer à l'intérieur de sa tête, se masser derrière ses globes oculaires, puis ses yeux devinrent brûlants et des milliers de petites mains invisibles se projetèrent en avant comme des gerbes d'étincelles vers le cigare.

– Bouge ! murmura-t-elle.

A son immense surprise, presque aussitôt, le cigare, avec sa mince bague rouge et or, roula le long de la tablette et tomba sur le tapis.

Matilda était ravie. Pouvait-on imaginer un jeu plus captivant ? Il lui semblait que des flammèches lui tourbillonnaient dans la tête, puis lui jaillissaient des yeux. Et cette décharge électrique donnait un sentiment de puissance presque surnaturel.

Et comme tout s'était déroulé si vite et de façon si simple cette fois ! Elle alla ramasser le cigare et le reposa sur la tablette.

« Maintenant, passons à un exercice plus difficile, se dit-elle. Si j'ai le pouvoir de *pousser* un objet, je devrais avoir aussi celui de le *soulever*. Il est vital que j'y parvienne. Je *dois* absolument apprendre à le faire monter en l'air et à y rester. Ce n'est pas bien lourd, un cigare. »

Assise au bout du lit, elle fixa de nouveau intensément le cigare. Elle concentrait maintenant sans peine son pouvoir. C'était un peu comme si elle pressait une détente dans son cerveau.

– *Soulève-toi !* murmura-t-elle. Allez, *soulève-toi, monte !*

Tout d'abord, le cigare commença par rouler de côté. Puis, tandis que Matilda faisait appel à toute la force de sa volonté, l'un des bouts décolla de la tablette de deux ou trois centimètres. Avec un effort colossal, elle réussit à le maintenir dans cette position pendant une dizaine de secondes. Puis il retomba.

– Pfff ! fit-elle, essoufflée. Ça commence à venir. Je vais y arriver !

Pendant l'heure suivante, Matilda continua à s'entraîner et, pour finir, elle réussit, par le seul pouvoir de ses yeux, à faire monter le cigare à une quinzaine de centimètres de la tablette et à l'y maintenir durant une minute. Mais soudain elle se sentit si épuisée qu'elle s'écroula sur son lit et s'y endormit.

Ce fut ainsi que la trouva sa mère plus tard dans la soirée.

– Qu'est-ce qui t'arrive ? lui demanda Mme Verdebois en la réveillant. Tu es malade ?

– Oh là là ! fit Matilda en se mettant sur son séant et en regardant autour d'elle. Non, non, ça va très bien. J'étais simplement un peu fatiguée.

Dès lors, chaque jour après l'école, Matilda s'enferma dans sa chambre et s'entraîna avec le cigare. Et, bientôt, un succès total vint couronner ses efforts répétés. Six jours plus tard, le mercredi soir, elle était capable non seulement de faire monter le cigare à la hauteur qu'elle voulait mais de lui faire prendre toutes les positions de son choix. C'était merveilleux.

– Ça y est, j'y arrive ! s'écria-t-elle. Ça marche ! Par le seul pouvoir de mes yeux, je peux diriger le cigare en l'air exactement comme je le veux !

Il ne lui restait plus qu'à mettre son plan grandiose en action.

20
Le troisième miracle

Le lendemain était un jeudi et, comme tous les élèves de Mlle Candy le savaient, c'était le jour où la directrice se chargeait de faire la classe après le déjeuner.

Le matin, Mlle Candy déclara aux enfants :

– Un ou deux d'entre vous ont gardé un mauvais souvenir du dernier cours donné par la directrice à ma place. Essayons donc tous d'être particulièrement prudents et attentifs aujourd'hui. Comment vont tes oreilles, Éric, après ta dernière rencontre avec Mlle Legourdin ?

– Elle les a allongées, dit Éric. D'après ma mère, elles sont nettement plus grandes qu'avant.

– Et toi, Robert ? reprit Mlle Candy. Je suis heureuse de voir que tu n'as pas perdu de cheveux depuis jeudi dernier.

– J'ai eu drôlement mal au crâne après, dit Robert.

– Et toi, Victor, dit Mlle Candy, n'essaie pas de faire le malin avec la directrice. Tu as été vraiment trop insolent l'autre semaine.

– Je la déteste, dit Victor.

– Essaie de ne pas trop le montrer, dit Mlle Candy. Ça ne peut rien te valoir de bon. Cette femme est un véritable hercule. Elle a des muscles gros comme des câbles d'acier.

– Si seulement j'étais assez grand, grogna Victor, je lui rentrerais dans le lard.

– Tu n'y arriverais certainement pas. Jusqu'ici personne n'a eu le dessus avec elle. Et puis, sois poli !

– Sur quoi elle va nous interroger ? demanda une petite fille.

– Sans doute sur la table des 3, répondit Mlle Candy. C'est ce que vous êtes tous censés avoir appris cette semaine. Tâchez de bien la savoir.

L'heure du déjeuner arriva et passa trop vite.

Après le repas, la classe se réunit à nouveau. Mlle Candy alla se placer au fond de la pièce. Tous attendirent, silencieux, remplis d'appréhension. Enfin, telle une inexorable incarnation du destin, l'énorme Mlle Legourdin fit son entrée avec sa culotte verte et sa robe de coton. Elle alla droit au pichet d'eau, le souleva par la poignée et jeta un coup d'œil à l'intérieur du récipient.

– Je vois avec plaisir, dit-elle, qu'il n'y a pas cette fois dans mon eau de créature visqueuse. Si jamais j'en avais trouvé une, de très gros ennuis seraient arrivés à tous les membres de cette classe. Y compris vous, Mlle Candy.

Les élèves restèrent muets, tendus. Ils avaient appris à connaître cette tigresse humaine et personne ne voulait risquer de s'y frotter.

– Très bien ! tonna Mlle Legourdin. Voyons si vous savez votre table des 3.

Campée devant la table, dans sa position favorite, jambes écartées, poings aux hanches, la directrice fixait d'un regard farouche Mlle Candy debout dans son coin, silencieuse.

Matilda, immobile à son pupitre du deuxième rang, suivait le déroulement de la scène avec une extrême attention.

– Toi ! cria Mlle Legourdin, en braquant un doigt de la

grosseur d'une quille sur un gamin nommé Guillaume qui se trouvait à la dernière place à droite du premier rang. Debout !

Guillaume se leva docilement.

– Récite-moi la table des 3 à l'envers ! aboya Mlle Legourdin.

– A l'envers ? bégaya Guillaume. Mais je… je l'ai pas apprise à l'envers.

– Et voilà, s'exclama Mlle Legourdin, triomphante. Elle ne vous a rien appris ! Candy, pourquoi ne leur avez-vous rien appris du tout pendant la dernière semaine ?

– Mais ce n'est pas vrai, madame la directrice, dit Mlle Candy. Ils ont tous appris leur table des 3. Mais je ne vois pas l'intérêt de la leur apprendre à l'envers. A quoi sert d'apprendre quoi que ce soit à l'envers ? Le but de l'existence, madame la directrice, c'est d'aller de l'avant. Je me demande même si vous, par exemple, pourriez épeler un simple mot comme « faux » à l'envers sans réfléchir… Et je me permets d'en douter.

– Pas d'impertinences avec moi, Mlle Candy ! cria Mlle Legourdin.

Puis elle se tourna vers le malheureux Guillaume.

– Très bien, mon garçon, dit-elle… Réponds à cette question. J'ai sept pommes, sept oranges et sept bananes. Combien de fruits cela fait-il ? Dépêche-toi ! Allons, vite, réponds !

– Mais c'est… c'est une addition ! s'écria Guillaume. Ce n'est pas la table des 3.

– Misérable crétin ! hurla Mlle Legourdin. Virus ambulant ! Moisissure ! Si, c'est la table des 3 ! Tu as trois tas de sept fruits chacun. 3 fois 7 21. Tu comprends ça, têtard pourri ? Je te donne encore une chance. J'ai huit serins d'Italie, huit serins des Canaries et huit serins comme toi. Ça fait combien de serins en tout ? Réponds vite !

Le pauvre Guillaume était perdu.

– Attendez ! cria-t-il. Attendez, s'il vous plaît ! Il faut que j'additionne huit serins d'Italie et huit serins des Canaries…

Il se mit à compter sur ses doigts.

– Pauvre raclure ! glapit Mlle Legourdin. Extrait de punaise ! Ce n'est pas une addition ! C'est une multiplication ! La réponse est 3 fois 8 ! Ou bien 8 fois 3 ! Quelle est la différence entre 3 fois 8 et 8 fois 3 ? Dis-moi ça, pustule, et grouille-toi !

Cette fois, Guillaume était par trop affolé et ahuri pour pouvoir ouvrir la bouche.

En deux enjambées, Mlle Legourdin le rejoignit et, par un habile tour de gymnastique – judo ou karaté –, elle faucha net du pied les deux jambes de Guillaume qui, décollé brusquement du sol, fit malgré lui une cabriole et se retrouva cul par-dessus tête. La directrice en profita pour l'empoigner en plein vol par la cheville et le tint en l'air, pendu la tête en bas, comme un poulet plumé.

– 8 fois 3, hurla Mlle Legourdin en secouant violemment Guillaume par la jambe. 8 fois 3, c'est la même chose que 3 fois 8 et 3 fois 8 font 24 ! Répète-moi ça !

A ce moment précis, Victor, à l'autre bout de la classe bondit sur ses pieds et le bras tendu vers le tableau noir, les yeux hors de la tête, se mit à crier :

– La craie ! la craie ! Regardez la craie ! Elle bouge toute seule !

Sa voix suraiguë avait pris un tel accent d'hystérie que tout le monde dans la salle de classe, y compris Mlle Legourdin, se tourna vers le tableau. Et là, en effet, un bâton de craie tout neuf commençait à grincer sur la surface sombre du tableau.

– *Elle écrit quelque chose !* hurla Victor. *La craie écrit quelque chose !*

Et c'était vrai ! La craie s'était mise à écrire.

– Par l'enfer ! Qu'est-ce que c'est que ça ? hurla Mlle Legourdin.

En voyant son prénom écrit par une main invisible, elle avait vacillé.

Laissant retomber Guillaume sur le sol, elle cria dans le vide :

– Qui fait ça ? Qui écrit ça ?

La craie continuait à tracer des mots. Chacun de sa place entendit le cri qui s'étrangla dans la gorge de Mlle Legourdin.

– Non ! hurla-t-elle. Non, c'est impossible ! Ça ne peut pas être Magnus !

Du fond de la classe, Mlle Candy lança un bref coup d'œil à Matilda. La petite fille était assise, très droite, à son pupitre, la tête haute, les lèvres serrées et ses yeux scintillaient comme des étoiles. Tous les yeux étaient maintenant fixés sur Mlle Legourdin. Le visage de la directrice était devenu d'une blancheur de neige et sa bouche s'ouvrait et se fermait comme celle d'une lotte tirée hors de l'eau, en émettant une série de hoquets étouffés.

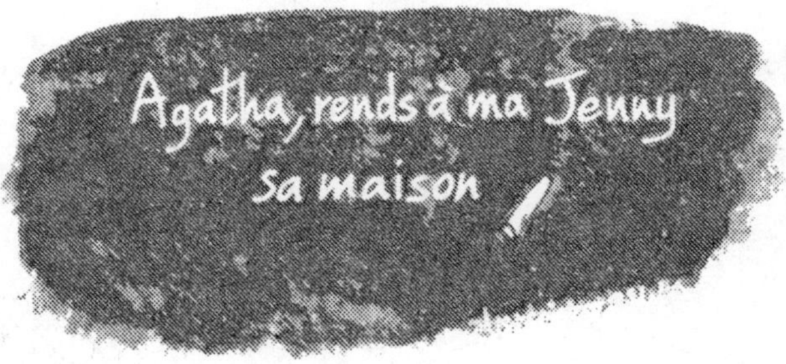

La craie cessa d'écrire, resta un instant suspendue en l'air puis tomba soudain sur le sol où elle se brisa en deux.

Guillaume qui, tant bien que mal, avait regagné sa place se mit à glapir.

– Mlle Legourdin est tombée ! Mlle Legourdin est par terre !

La nouvelle était prodigieuse, et tous les élèves bondirent de leurs places pour venir voir le spectacle de plus près. En effet,

l'immense carcasse de la directrice gisait là, étalée sur le dos, sans connaissance.

Mlle Candy courut s'agenouiller auprès de la géante inerte et se pencha sur elle.

– Elle est évanouie ! s'écria-t-elle. Elle s'est trouvée mal ! Vite ! Allez chercher l'infirmière.

Trois enfants sortirent en courant de la classe.

Victor, toujours prêt à l'action, s'élança pour empoigner le gros pichet d'eau.

– Mon père dit que l'eau froide, c'est ce qu'il y a de mieux pour réveiller quelqu'un qui s'est évanoui, déclara-t-il.

Sur quoi, il bascula le récipient et en versa tout le contenu sur la tête de Mlle Legourdin. Personne, pas même Mlle Candy, n'émit la moindre protestation.

Quant à Matilda, elle était restée immobile, assise à son pupitre. Envahie d'un étrange soulagement, il lui semblait avoir approché un univers hors de ce monde, le point le plus élevé des cieux, l'étoile la plus lointaine. Elle avait clairement ressenti l'afflux des forces mystérieuses derrière ses yeux, une sorte de jaillissement liquide et chaud à l'intérieur de sa tête. Puis ses yeux étaient devenus plus brûlants qu'ils ne l'avaient jamais été auparavant. Les ondes avaient rayonné de ses orbites ardentes, le bâton de craie s'était élevé en l'air et avait commencé à écrire. Elle avait presque l'impression de n'avoir rien fait tant l'opération s'était déroulée avec facilité.

L'infirmière de l'école, suivie de cinq professeurs, trois femmes et deux hommes, fit irruption dans la classe.

– Sacredieu ! Enfin quelqu'un l'a envoyée au tapis ! s'écria l'un des hommes. Félicitations, Mlle Candy.

– Qui lui a jeté de l'eau à la figure ? demanda l'infirmière.

– Moi, déclara Victor avec fierté.

– Bravo lui dit un autre professeur. On l'arrose un peu plus ?

– Arrêtez, dit l'infirmière. Il faut la transporter à l'infirmerie.

Les cinq professeurs et l'infirmière suffirent à peine pour soulever l'énorme créature et l'emporter en zigzaguant hors de la classe.

Mlle Candy dit alors aux élèves :

– Maintenant, allez donc tous jouer dans la cour de récréation jusqu'à la prochaine classe.

Puis elle se détourna et alla effacer avec soin toutes les phrases écrites par la craie.

Les enfants sortirent à la queue leu leu de la pièce. Matilda leur emboîta le pas mais, en passant devant Mlle Candy, elle s'arrêta brièvement ; son regard étincelant croisa celui de Mlle Candy qui courut vers elle et l'étreignit avec force en lui donnant un fougueux baiser.

21
Et c'est ainsi que…

Vers la fin de la journée commença à se répandre la nouvelle selon laquelle la directrice, revenue à elle, était sortie à grands pas de l'école, le visage blême et la bouche crispée.

Le lendemain matin, elle ne parut pas à l'école. A l'heure du déjeuner, M. Trilby, le directeur adjoint, téléphona chez elle pour s'enquérir de sa santé. Personne ne répondit.

Une fois l'école finie, M. Trilby décida de pousser plus loin son enquête et se rendit à pied à la maison où habitait Mlle Legourdin en lisière du village.

C'était une gracieuse demeure de brique de style géorgien connue sous le nom de *La Maison rouge*, enfouie dans un bois derrière une hauteur.

Il sonna à la porte. Pas de réponse.

Il frappa avec énergie. Pas de réponse.

Il appela :

– Il y a quelqu'un ?

Pas de réponse.

Il tourna la poignée et constata avec surprise que la porte n'était pas fermée. Il entra.

Un profond silence régnait dans la maison. Il n'y avait personne mais tout le mobilier était en place.

M. Trilby monta jusqu'à la grande chambre de maître. Tout lui parut normal jusqu'à ce qu'il prit l'initiative d'ouvrir les tiroirs et de fouiller les armoires. Il n'y avait plus trace de vêtements, de linge ou de souliers. Tout avait disparu.

« Elle est partie », se dit-il, et il alla prévenir les administrateurs de l'école que la directrice s'était apparemment volatilisée.

Le matin suivant, Mlle Candy reçut une lettre recommandée venant d'un cabinet d'avoués local et l'informant que les dernières volontés et le testament de feu son père, le docteur Candy, avaient soudain et mystérieusement réapparu. Ce document lui apprit que, depuis la mort de son père, Mlle Candy avait été en réalité la véritable propriétaire d'une maison appelée *La Maison rouge*, occupée jusqu'à une date récente par une Agatha Legourdin. Le testament lui révéla également qu'elle héritait du capital économisé par son père et qui, par bonheur, se trouvait toujours en sûreté à la banque. La lettre de l'avoué ajoutait que si Mlle Candy voulait bien appeler son bureau le plus tôt possible, la propriété et l'argent seraient transférés à son nom dans les plus brefs délais.

Mlle Candy suivit les instructions données et, quinze jours plus tard, elle emménageait dans *La Maison rouge*, le lieu même où elle avait passé toute son enfance et où les meubles et les tableaux de famille étaient toujours en place. A dater de ce jour-là, Matilda devint une visiteuse toujours bien accueillie de *La Maison rouge* chaque soir après la classe, et une étroite amitié lia bientôt la petite fille et sa maîtresse.

A l'école également allaient intervenir de grands changements. Dès qu'il fut bien clair que Mlle Legourdin avait définitivement disparu de la scène, l'excellent M. Trilby fut nommé à sa place directeur de l'établissement. Et, peu après, Matilda fut reçue dans la classe des grands où Mlle Basquet put rapidement constater que cette stupéfiante enfant était en tout point aussi brillante élève que le lui avait assuré Mlle Candy.

Un soir, quelques semaines plus tard, Matilda prenait le thé avec Mlle Candy dans la cuisine de *La Maison rouge*, après l'école selon leur habitude, quand Matilda déclara soudain :

– Il m'arrive une chose étrange, Mlle Candy.

– Quoi donc, Matilda ?

– Ce matin, simplement pour m'amuser, j'ai essayé de déplacer quelque chose avec mes yeux et je n'y suis pas arrivée. Rien n'a bougé. Je n'ai même pas senti cette chaleur qui m'envahissait les autres fois. Mon pouvoir a disparu. Je crois que je l'ai complètement perdu.

Mlle Candy beurra avec soin une tranche de pain bis et étala dessus un peu de confiture de fraises.

– Je m'y attendais un peu, dit-elle.

– Vraiment ? Pourquoi ? demanda Matilda.

– Eh bien, dit Mlle Candy, ce n'est qu'une supposition, mais voilà ce que je pense. Quand tu étais dans ma classe, tu n'avais rien à faire, aucun but à viser réclamant un effort de ta part. Ton cerveau spécialement développé devenait malade de frustration. Il bouillonnait follement dans ton crâne. Une formidable énergie s'y emmagasinait sans aucune voie de sortie et, d'une façon ou d'une autre, tu as réussi à expulser cette énergie en la projetant par tes yeux et en faisant bouger des objets. Mais, aujourd'hui, c'est tout différent. Tu es dans la grande classe avec des enfants qui ont plus du double de ton âge, et toute cette énergie mentale, tu la consumes en étudiant. Pour la première fois, ton cerveau doit s'employer à fond pour se maintenir au niveau des autres et c'est parfait. Remarque, ce n'est jamais qu'une théorie, et elle est peut-être stupide, mais je ne crois pas être très loin de la vérité.

– Je suis contente que ce soit arrivé, dit Matilda. Je n'aurais pas voulu continuer à vivre avec ces histoires de miracles.

– Tu en as assez fait, dit Mlle Candy. J'ai bien du mal à me rendre compte de tout ce que tu as fait pour moi.

Matilda, perchée sur un haut tabouret devant la table de la cuisine, savourait sans hâte sa tartine. Elle aimait tant ces fins d'après-midi en compagnie de Mlle Candy ! Elle se sentait parfaitement à l'aise avec elle et toutes deux se parlaient à peu près comme des égales.

– Saviez-vous, demanda brusquement Matilda, que le cœur d'une souris bat à 650 pulsations par minute ?

– Non, je ne le savais pas, dit Mlle Candy, en souriant. Où as-tu lu ça ? C'est fascinant.

– Dans un livre de la bibliothèque, dit Matilda. Autrement dit, il bat si vite qu'on ne peut même pas entendre les battements. Ça doit donner l'impression d'un bourdonnement.

– Certainement.

– Et, d'après vous, à quelle vitesse bat le cœur d'un hérisson ? demanda Matilda.

– Dis-le-moi donc.

– Pas aussi vite qu'une souris. Trois cents fois par minute, dit Matilda. N'empêche, vous n'auriez jamais pensé que le cœur d'un animal aussi lent battait si vite, n'est-ce pas, Mlle Candy ?

– Certainement pas, dit Mlle Candy, toujours souriante. Raconte-moi encore.

– Le cheval, par exemple, dit Matilda a le cœur très lent. Quarante battements par minute seulement.

« Cette enfant, pensa Mlle Candy, paraît vraiment s'intéresser à tout. Avec elle, il est impossible de s'ennuyer. C'est délicieux. »

Toutes deux s'attardèrent à bavarder dans la cuisine pendant une bonne heure puis, vers six heures, Matilda dit bonsoir à Mlle Candy et regagna la maison de ses parents qui se trouvait à moins de dix minutes à pied. Lorsqu'elle parvint au portail, elle vit garée devant une grosse Mercedes noire. Elle n'y prêta guère attention. Il y avait souvent des voitures inconnues en stationnement devant chez elle. Mais, à peine le seuil de la maison franchi, elle tomba sur un véritable capharnaüm : dans le hall d'entrée, sa mère et son père enfournaient frénétiquement des vêtements et toutes sortes d'objets dans les valises.

– Mon Dieu, qu'est-ce qui se passe ? s'écria-t-elle. Papa, qu'est-ce qui arrive ?

– On s'en va, répondit M. Verdebois sans lever le nez. On file à l'aérodrome dans une demi-heure. Alors, fais tes paquets en vitesse ! Allez, remue-toi ! Grouille !

– On part ? s'écria Matilda. Mais où ?

– En Espagne, dit le père. Le climat est bien meilleur là-bas que dans ce fichu pays.

– L'Espagne ! s'exclama Matilda. Mais je ne veux pas aller en Espagne ! J'aime être ici ; j'aime mon école.

– Fais ce qu'on te dit et ne discute pas, aboya son père. J'ai déjà assez d'ennuis sans que tu viennes me casser les pieds !

– Mais, papa...

– Ferme-la ! cria son père. On part dans une demi-heure ! Je veux surtout pas rater l'avion !

– Mais pour combien de temps, papa ? demanda Matilda. Quand reviendra-t-on ?

– On revient pas, dit son père. Maintenant, du vent ! Je suis occupé.

Matilda lui tourna le dos et ressortit sur le perron. Dès qu'elle fut dans la rue, elle se mit à courir. Elle fila droit jusqu'à la maison de Mlle Candy qu'elle atteignit en moins de quatre minutes. A toutes jambes, elle remonta l'allée et vit soudain Mlle Candy dans le jardin au milieu d'un massif de rosiers, qui s'affairait avec un sécateur. Mlle Candy, qui avait entendu les pas précipités de Matilda sur le gravier, se redressa et sortit du massif tandis que l'enfant s'élançait vers elle.

– Mon Dieu, mon Dieu ! dit-elle. Qu'est-ce qui t'arrive ?

Matilda se tenait devant elle, hors d'haleine, son petit visage empourpré par la course.

– Ils s'en vont ! cria-t-elle. Ils sont tous devenus fous, ils font leurs valises et ils partent pour l'Espagne dans une demi-heure !

– Qui ? demanda calmement Mlle Candy.

– Maman, papa et mon frère Michael, et ils disent que je dois partir avec eux !

– Tu veux dire en vacances ? demanda Mlle Candy.

– *Pour toujours !* s'écria Matilda. Papa dit qu'on ne reviendra jamais !

Il y eut un court silence, puis Mlle Candy déclara :

– Entre nous, ça ne m'étonne pas tellement.

– Vous voulez dire que vous saviez qu'ils s'en iraient ? s'exclama Matilda. Pourquoi ne m'avez-vous rien dit ?

– Non, ma chérie, répondit Mlle Candy. Je ne savais pas qu'ils allaient partir, mais la nouvelle ne me surprend pas.

– Pourquoi ? cria Matilda. Je vous en prie ; dites-moi pourquoi.

Elle était encore essoufflée et sous le choc de la surprise.

– Parce que ton père, expliqua Mlle Candy, est associé à une bande d'escrocs. Tout le monde le sait dans le village. En fait, je crois qu'il est receleur de voitures volées venant des quatre coins du pays. Il est compromis jusqu'au cou.

Matilda la considéra bouche bée.

Mlle Candy poursuivit :

– Les gens amenaient des voitures volées à l'atelier de ton père qui changeait les plaques, peignait les carrosseries d'une autre couleur. Et, maintenant, on l'a sûrement prévenu qu'il avait la police aux trousses et il fait ce que font tous les escrocs, il file dans un pays où on ne peut pas le rattraper. Il a dû envoyer là-bas depuis des années de l'argent qui sera à sa disposition dès son arrivée.

Toutes deux se tenaient sur la pelouse devant la maison de brique rouge avec son toit de vieilles tuiles et ses hautes cheminées. Mlle Candy avait toujours son sécateur à la main. C'était une chaude soirée aux reflets cuivrés ; un merle chantait quelque part dans le jardin.

– Je ne veux pas aller avec eux ! s'écria brusquement Matilda. Non, je n'irai pas avec eux !

– J'ai peur que tu y sois obligée, dit Mlle Candy.

– Je veux vivre ici avec vous, cria Matilda. Je vous en prie, gardez-moi près de vous !

– Je ne demande pas mieux, mais je crains que ce ne soit impossible. Tu ne peux pas quitter tes parents simplement parce que tu en as envie. Ils ont le droit de t'emmener avec eux.

– Mais s'ils étaient d'accord ? s'écria Matilda d'un ton pressant. S'ils disaient oui… que je peux rester avec vous ? Alors vous me garderiez près de vous ?

– Bien sûr, dit doucement Mlle Candy. Ce serait le paradis.

– Vous savez, je crois que c'est possible ! s'écria Matilda. Sincèrement, je pense qu'ils accepteraient. Ils se fichent pas mal de moi !

– Pas si vite, dit Mlle Candy.

– Il faut faire vite, répliqua Matilda. Ils vont partir d'une minute à l'autre maintenant. Allez, venez ! s'écria-t-elle en saisissant la main de son amie. Vite, venez leur demander avec moi ! Mais dépêchons-nous !

L'instant d'après, toutes deux s'élançaient le long de l'allée puis continuaient à courir sur la route, Matilda tirant en avant Mlle Candy par le poignet. Dans la campagne, puis à travers le village, elles firent une course échevelée, merveilleuse, jusqu'à la maison des parents. La grosse Mercedes noire était toujours là avec son coffre et toutes ses portières ouvertes.

M. et Mme Verdebois ainsi que leur fils Michael s'activaient autour comme des fourmis, empilant paquets et valises lorsque Matilda et Mlle Candy arrivèrent hors d'haleine.

– Papa, maman ! cria Matilda à bout de souffle. Je ne veux pas partir avec vous ! Je veux rester ici et vivre avec Mlle Candy et elle dit que je peux si vous m'en donnez la permission ! S'il vous plaît, dites oui ! Papa, je t'en prie, dis oui ! Dis oui, maman !

Le père se retourna et dévisagea Mlle Candy.

– C'est vous l'instite qu'est venue un jour me voir, non ? dit-il.

Puis il repiqua du nez dans la voiture pour ranger les bagages.

– Celle-là, lui dit sa femme, faudra la mettre sur le siège arrière. Y a plus de place dans le coffre.

– J'aimerais tant garder Matilda, dit Mlle Candy. Je veillerai sur elle avec tendresse, M. Verdebois, et je me chargerai de tous les frais. Elle ne vous coûtera pas un sou. Mais ce n'est pas mon idée, c'est celle de Matilda. Et je ne la prendrai avec moi qu'avec votre consentement.

– Allez, Henri, dit la mère, en poussant une lourde valise sur la banquette arrière. Pourquoi qu'on la laisserait pas aller si c'est ça qu'elle veut ? Ça fera toujours un souci de moins.

– Je suis pressé, dit le père. J'ai un avion à prendre, bon sang. Si elle veut rester, qu'elle reste. J'ai rien contre.

Matilda sauta dans les bras de Mlle Candy et se pelotonna contre elle. Mlle Candy lui rendit son étreinte alors que la mère, le père et le frère s'engouffraient dans la voiture qui démarra dans un long crissement de pneus. Michael fit un vague salut de la main par la lunette arrière, mais les deux autres occupants de la voiture ne se retournèrent même pas. Mlle Candy serrait toujours la petite fille dans ses bras et toutes deux, sans dire un mot, regardèrent la grosse voiture noire qui prenait le virage sur les chapeaux de roues au bout de la route et disparaissait à jamais dans le lointain.

Roald Dahl, d'origine norvégienne, est né au pays de Galles en 1916. L'école ne lui a pas laissé un très bon souvenir, hormis la chocolaterie qui jouxtait son collège ! Ces premières années seront pourtant une grande source d'inspiration. A dix-huit ans, rêvant d'aventure, il part pour Terre-Neuve, puis s'engage dans une compagnie pétrolière, avant de devenir pilote de chasse dans la Royal Air Force pendant la Seconde Guerre mondiale. Encouragé par l'écrivain C.S. Forrester, il se met à écrire des nouvelles pour adultes. Après un séjour aux États-Unis, il revient en Angleterre et s'installe avec sa femme et leurs cinq enfants dans sa maison de Gipsy House et c'est dans une cabane isolée, au fond de son jardin, qu'il poursuit sa carrière d'écrivain. Mais ce n'est qu'en 1961 qu'il se lance dans la littérature enfantine avec *James et la grosse pêche*. Il connaît son premier grand succès avec *Charlie et la chocolaterie* et, dès lors, il ne cessera de publier des livres pour enfants. Parmi ses titres les plus célèbres, il faut citer : *L'Énorme Crocodile* (1976), *La Potion magique de Georges Bouillon* (1981), *Le Bon Gros Géant* (1982), *Sacrées sorcières* (1983) et *Matilda* (1988). Après sa mort, survenue en 1990, sa seconde femme, Felicity, a créé la Fondation Roald-Dahl qui se consacre à des causes chères à l'écrivain : les maladies infantiles, la dyslexie, l'illettrisme et l'encouragement à la lecture. Roald Dahl compte aujourd'hui parmi les auteurs les plus populaires auprès des enfants comme des adultes. En juin 2005, la Grande-Bretagne lui a rendu hommage en inaugurant The Roald Dahl Museum and Story Center et le 13 septembre 2006, à l'occasion de la date qui aurait marqué son quatre-vingt-dizième anniversaire, sera célébré le Roald Dahl Day.

Quentin Blake est né en Angleterre en 1932. Il publie son premier dessin à seize ans dans le célèbre magazine satirique *Punch*. Après des études à l'université de Cambridge, il devient professeur puis directeur du département Illustration du prestigieux Royal College of Art. Parallèlement, il entre dans le monde de la littérature enfantine et devient l'illustrateur attitré de Roald Dahl. Leurs livres, qui ont fait le tour du monde, ont marqué des générations d'enfants. Quentin Blake a aussi collaboré avec beaucoup d'autres écrivains célèbres, et illustre ses propres albums (*Clown*, *Zagazou*, *Le bateau vert*...). Très populaire en France, il est publié par Gallimard depuis près de trente ans et certains de ses livres ont été créés spécialement pour les lecteurs français, tels *La Vie de la page*, à propos de son travail d'illustrateur, *Promenade de Quentin Blake au pays de la poésie française*, anthologie illustrée de poésie, *Nous, les oiseaux*, préfacé par Daniel Pennac et *Les Demoiselles des bords de Seine*, parcours illustré de l'exposition inaugurant le Petit Palais. Artiste à part entière, il a été plusieurs fois exposé en France et nommé chevalier des Arts et des Lettres. En Angleterre, la reine l'a élevé au rang de commandeur de l'Ordre de l'Empire britannique et en 1999, il est devenu le premier « Children's Laureate », ambassadeur du livre jeunesse dans le monde. Aujourd'hui, il vit et travaille entre Londres et le Sud-Ouest de la France. Tout en poursuivant sa féconde carrière, il se consacre au projet d'un musée Quentin-Blake de l'Illustration, qui sera, à Londres, un nouvel espace d'exposition consacré à l'illustration internationale d'hier et d'aujourd'hui, et présentera également les archives de l'artiste.

Maquette : Aubin Leray

Achevé d'imprimer sur Roto-Page
par l'Imprimerie Floch à Mayenne
Dépôt légal : septembre 2006
Numéro d'impression : 66320
Numéro d'édition : 144747
ISBN 2-07-057828-3
Loi n° 49-956 du 16 juillet 1949
sur les publications destinées à la jeunesse
Imprimé en France